Theodor Fontane

Printed in the European Union 11/1998
ISBN-3-85049-476-4

Theodor Fontane

Balladen und Erzählungen

Vorwort

Theodor Fontane (1819 – 1898)

Theodor Fontane wurde am 30.12.1819 als Sohn eines Apothekers in Neuruppin geboren. Die Vorfahren seiner Eltern waren als hugenottische Flüchtlinge gegen Ende des 17. Jahrhunderts aus Frankreich nach Deutschland eingewandert.

Seine Jugend verbrachte Fontane in Swinemünde, wo sein Vater die Adler-Apotheke erworben hatte. Schon damals war der Knabe von dem Strom, dem Hafen und der See fasziniert. Hauptsächlich wurde er in dieser Zeit von seinem Vater unterrichtet.

Mit siebzehn Jahren begann er auf Drängen seines Vaters eine Apothekerlehre in Berlin. Bereits mit vierzehn Jahren schrieb Fontane seine ersten Gedichte, als Lehrling veröffentlichte er Balladen und fand bald Eintritt in dichterische Kreise. 1848 gab er den Apothekerberuf endgültig auf, um Schriftsteller zu werden. Schon 1851 wurde Fontane von vielen seiner Kollegen als ‚Meister der Ballade' gefeiert.

Besonders geprägt wurde Fontane durch sein Aufenthalte in England, die sich in vielen Balladen aus dem englisch-schottischen Raum widerspiegeln.

1859 kehrte er endgültig nach Berlin zurück. Dort gehörte er zehn Jahre lang der Redaktion einer Zeitung an. Er besuchte als Kriegsberichterstatter die Kriegsschauplätze von 1864 und 1866 und wurde 1870, ebenfalls als Kriegsberichterstatter, in Frankreich als Spion verhaftet. Dort wurde er auf der Isle d'Oléron festgehalten, bis er durch Bismarcks Eingreifen befreit wurde.

Erst spät in seinem Leben wandte sich Fontane dem Romaneschreiben zu: 1878 erschien sein erster Roman, dem dann fast im Jahresrhythmus weitere Romane folgten.

Eine große Ehre wurde Fontane 1891 zuteil: Er erhielt den Schillerpreis.

Am 20.9.1898 stirbt Fontane in seiner Wohnung in Berlin an einem Herzschlag.

Sein umfangreiches Werk zeichnet sich durch seine kraftvollen Balladen nordischer und englischer Geschichte aus, daneben durch seine oft so einfühlsamen Gedichte und natürlich durch seine bekannten Romane, wie z.B. ‚Effi Briest' und ‚Frau Jenny Treibel', die ihn zu einem der bedeutendsten Dichter des 19. Jahrhundert machen.

Ich wünsche bei der Lektüre dieses Buches viel Vergnügen.

Markus Weis

Inhalt

Lieder und Gedichte

Balladen
Nordische Balladen:

Englisch-schottische Balladen:

Deutsche Balladen:

Balladen aus aller Welt:

Romane:

Lieder und Gedichte

Frühling

Nun ist er endlich kommen doch
In grünem Knospenschuh;
„Er kam, er kam ja immer noch",
Die Bäume nicken sich's zu.

Sie konnten ihn all erwarten kaum,
Nun treiben sie Schuß auf Schuß;
Im Garten der alte Apfelbaum,
Er sträubt sich, aber er muß.

Wohl zögert auch das alte Herz
und atmet noch nicht frei,
Es bangt und sorgt:„Es ist erst März,
Und März ist noch nicht Mai."

O schüttle ab den schweren Traum
Und die lange Winterruh:
Es wagt es der alte Apfelbaum,
Herze, wag's auch du.

*

Mittag

Am Waldessaume träumt die Föhre,
Am Himmel weiße Wölkchen nur,
Es ist so still, daß ich sie höre,
Die tiefe Stille der Natur.

Rings Sonnenschein auf Wies' und Wegen,
Die Wipfel stumm, kein Lüftchen wach,
Und doch, es klingt, als ström' ein Regen
Leis tönend auf das Blätterdach.

*

Der erste Schnee

Herbstsonnenschein. Des Winters Näh'
Verrät ein Flockenpaar;
Es gleicht das erste Flöckchen Schnee
Dem ersten weißen Haar.

Noch wird – wie wohl von lieber Hand
Der erste Schnee dem Haupt –
So auch der erste Schnee dem Land
Vom Sonnenstrahl geraubt.

Doch habet acht! mit einem Mal
Ist Haupt und Erde weiß,
Und Liebeshand und Sonnenstrahl
Sich nicht zu helfen weiß.

*

Das Fischermädchen

Steht auf sand'gem Dünenrücken
Eine Fischerhütt' am Strand;
Abendrot und Netze schmücken
Wunderlich die Giebelwand.

Drinnen spinnt und schnurrt das Rädchen,
Blaß der Mond ins Fenster scheint,
Still am Herd das Fischermädchen
Denkt des letzten Sturms und – weint.

Und es klagen ihre Tränen:
„Weit der Himmel, tief die See,
Doch noch weiter geht mein Sehnen,
Und noch tiefer ist mein Weh."

*

Verlobung

Es paßt uns nicht die alte Leier
In unsren jungen Liebesrausch,
Wir denken und wir fühlen freier
Und wollen's auch beim Ringetausch;
Der Treue Pfand, zu dieser Stunde
Empfang's in perlend-goldnem Wein
Und laß den Ring auf Bechers Grunde
Dir Sinnbild meines Lebens sein.
Laß übersprudeln mich und freue
Der Kraft dich, die da schäumt und gärt,
Denn innen, wie dies Bild der Treue,
Lebt meine Liebe unversehrt.

*

Winterabend

Da draußen schneit es: Schneegeflimmer
Wies heute mir den Weg zu dir;
Ein tret' ich in dein traulich Zimmer,
Und warm ans Herze fliegst du mir –
Ab schüttl' ich jetzt die Winterflocken,
Ab schüttl' ich hinterdrein die Welt,
Nur leise noch von Schlittenglocken
Ein ferner Klang herübergellt.

„Nun aber komm, nun laß uns plaudern
Vom eignen Herd, von Hof und Haus!"
Da baust du lachend, ohne Zaudern,
Bis unters Dach die Zukunft aus;
Du hängst an meines Zimmers Wände
All meine Lieblingsschilderein,
Ich seh's und streck' danach die Hände,
Als müss' es wahr und wirklich sein.

So flieht des Abends schöne Stunde,
Vom fernen Turm tönt's Mitternacht,

Die Mutter schläft, in stiller Runde
Nur noch die Wanduhr pickt und wacht.
Ade, ade! von warmen Lippen
Ein Kuß noch, – dann in Nacht hinein:
Das Leben lacht, trotz Sturm und Klippen,
Nur Steurer muß die Liebe sein.

*

In Hangen und Bangen

1

Ach, daß ich dich so heiß ersehne,
Weckt aller Himmel Widerspruch,
Und jede neue bittre Träne
Macht tiefer nur den Friedensbruch.

Der Götter Ohr ist keinem offen,
Der sich zergrämt in banger Nacht, –
Komm Herz, wir wollen gar nichts hoffen
Und sehn, ob so das Glück uns lacht.

Vergebnes Mühen, eitles Wollen,
Die Lippe weiß kaum, was sie spricht,
Und, nach wie vor, die Tränen rollen
Mir über Wang' und Angesicht.

2

Du holde Fee, mir treu geblieben
Aus Tagen meiner Kinderzeit,
Was hat dich nun verscheucht, vertrieben,
Du stille Herzensheiterkeit?

Leicht trugst du, wie mit Wunderhänden,
Mich über Gram und Sorge fort,
Und selbst aus nackten Felsenwänden
Rief Quellen mir dein Zauberwort.

Du, Trostesreichste mir vor allen,

Kehr neu-beflügelt bei mir ein
Und laß dein Lächeln wieder fallen
Auf meinen Pfad wie Vollmondschein.

3

„Vertrauen, schönster Stein in Königskronen,
Du Mutter aller Liebe und ihr Kind,
Du einzig Pfühl, auf dem wir sorglos schlummern,
Ich rufe dich, kehr' wieder in dies Herz!
Es gibt kein Glück, wo du den Rücken wandtest,
Es gibt kein Unglück, lächelst du aufs neu;
Laß kämpfen mich in deinem Spruch und Zeichen,
Und wieder wird das Leben mir zum Sieg."

4

Storch und Schwalbe sind gekommen,
Veilchen auch, die blauen frommen
Frühlingsaugen, grüßen mich;
Aber hin an Lenz und Leben
Zieh' in Bangen ich und Beben –
Um dich.

Ach, um dich! und doch ich fühle,
Träte jetzt die Todeskühle
An mein Herz und riefe mich,
Wie ein Kind dann, unter Jammern
Würd' ich mich ans Leben klammern –
Um dich.

5

Zerstoben sind die Wolkenmassen,
Die Morgensonn' ins Fenster scheint:
Nun kann ich wieder mal nicht fassen,
daß ich die Nacht hindurch geweint.

Dahin ist alles, was mich drückte,
Das Aug' ist klar, der Sinn ist frei,

Und was mir je mein Herz entzückte,
Tanzt wieder, lachend, mir vorbei.

Es grüßt, es nickt; ich steh' betroffen,
Geblendet schier von all dem Licht:
Das alte, liebe, böse Hoffen –
Die Seele läßt es einmal nicht.

*

In der Krankheit

(Brief an E.)

Mein ganzes Zimmer riecht nach Wald,
Das machen die kienenen Tische,
Glaub mir, ich muß genesen bald
In dieser Harzesfrische.

Du bist noch kaum bei uns daheim
An unsres Kindes Bettchen,
Und sieh, schon sitzt ein muntrer Reim
Auf meinem Fensterbrettchen.

Er sitzt allda und schaut mich an
Wie auf dem Felde die Lerchen
Und singt: „Du hast ganz wohlgetan,
Dich still hier einzupferchen.

Steh nur früh auf und schweif umher
Und lache wie der Morgen,
So wird dies grüne Waldesmeer
Schon weiter für dich sorgen.

Und schiedst du doch zu dieser Frist,
So tu es ohne Trauern,
Das Leben, weil so schön es ist,
kann es nicht ewig dauern."

*

Das alte Lied

Es sang vor vielen tausend Jahren
Die Nachtigall wie heute schon,
Von Jahr zu Jahre – neue Scharen,
Von Jahr zu Jahr – der alte Ton.

Das alte Lied! Auf allen Zweigen
Tönt's ewig schön den Wald entlang,
Und doch – der Dichter soll verschweigen,
Was vor ihm schon ein andrer sang.

Was schiert's die Welt, ob tiefempfunden
Sein altes Lied, ob's wahr, ob's treu;
Sie fragt: „Ist's leidlich gut erfunden?"
Und fragt vor allem: „Ob es neu?"

Weh Abendrot, daß du mich wieder
Zu einem alten Sange zwingst,
Du Purpurträger, der du Lieder
Von je als Huld'gungseid empfingst.

Du Bild von einem Königsohne,
Der, in sich selber stark und fest,
Die strahlenreiche, goldne Krone,
Als wär's ein Spielzeug, sinken läßt.

*

Todesahnung

Einsam wandre ich bei Nacht;
Höre Trauermelodien
Durch die Eichengipfel ziehen,
Sanft vom Winde angefacht.

Weh, die düstren Klagelieder
Dringen tief zu meinem Herzen,

Wecken mir die alten Schmerzen
Und die alten Klagen wieder.

Winde, wehet! Winde, weht!
Alte Eichen, klaget, klaget! –
Bald, mein Herz, drum unverzaget,
All dein Leid zu Grabe geht.

*

Die lieben Sterne

Auf des Hauses niedrer Schwelle
Saß ich Wehmut in der Brust,
Sah hinauf zur Sternenhelle, –
Da ergriff mit banger Lust
Sehnsucht mich nach jenen Sternen,
Die, im mildverklärten Schein,
Hoch aus weiten Himmelsfernen
Unsrem Herzen Trost verleihn.

Aber ach, trotz allen Strebens
Nach dem ew'gen Himmelszelt,
War mein Sehnen doch vergebens,
Denn ich blieb der Erdenwelt.
Soll mir nie der Zutritt werden,
Rief ich nun gar traurig aus,
O, so schickt herab auf Erden
Einen Stern aus eurem Haus.

Und die lieben, guten Sterne
Haben mich nicht ausgelacht,
Haben trotz der weiten Ferne
Ihres armen Freunds gedacht.
Denn sie weigerten die Bitte
Mir dem einst Verschmähten nicht
Und gesandt aus ihrer Mitte
Strahlt ein zwiefach Doppellicht.

Ach, es strahlt mir, voller Wahrheit;
Treue Liebe; Glaube, Hoffen;
Meines Sternbilds Sonnenklarheit
Hat wie Zauber mich getroffen.
Teures Bild verweile lange
Fern vom heimatlichen Zelt,
Leuchte mir noch auf dem Gange,
Der mich führt in deine Welt.

*

Lied des Blinden

Wie, ist es mein ewiges Leben.
Dies Leben voll Kummer und Not?
Es ist wohl die Parze gestorben,
Und tot ist wohl endlich der Tod!

Ach, Vater im Himmel – ich flehte
Vergeblich noch immer zu dir,
Die letzte Bitte – zu sterben,
Versagst du auch diese noch mir?

Du drücktest doch, wie einem Toten,
Die Augen auf ewig mir zu,
So übe nun endlich Erbarmen
Und gönne dem Toten die Ruh'!

Dann kämen die lachenden Erben
Und scharrten gar hurtig mich ein
Und schmausten im Trauerhause
Bei Leichenkuchen und Wein.

Verteilten zuerst meine Habe,
Zuletzt gedächten sie mein
Und weinten – vor Freude und sprächen:
„Der Gute wird glücklich nun sein."

Dann aber erwacht' ich im Grabe

Und lachte und jubelte laut,
Weil ich mit erblindeten Augen
Das menschliche Herz noch durchschaut.

*

An Marie

Zur Maria, zur Madonne,
Bet' ich gläubig spät und früh,
All mein Sein ist Andachtswonne
Vor der himmlischen Marie.

Und das Himmelskind Marias,
Der Erlöser Jesus Christ,
Ja, die Liebe – der Messias
Endlich mir erschienen ist.

Daß Maria doch verbliebe
Ihrem Kinde treugesinnt!
Tötet sie in mir die Liebe,
Kreuzigt sie das eigne Kind.

*

Mein Herz

Der stolzen Sonne, heiß und glühend,
Dem stillen Monde, trüb und bleich,
– Sehnsüchtig tausend Sterne sprühend –
Mein Herz, mein Herz ist beiden gleich.

Dem Himmel, klar und rein und blauend,
Der Wolke – jetzt gewitterreich
Und jetzt in Tränen niedertauend –
Mein Herz, mein Herz ist beiden gleich.

Der Nachtigall voll frischer Lieder,
Der Rose – blüten- dornenreich,

Dem Frühling und dem Winter wieder,
Mein Herz, es ist dem allen gleich.

Nur einem gleicht es nicht auf Erden:
Nie will in seinem kleinen Reich
Der langersehnte Friede werden,
Drum ist es nie sich selber gleich.

*

Meerfahrt

Meer, du heißt das ungetreue!
Nun so stürme, stürme laut,
Zeige, daß der Himmelsbläue
Deiner Flut ein Tor nur traut.

Seit die Sprache ihres blauen,
Schönen Kopfes mich belog,
Treue heuchelnd und Vertrauen
Und um Liebe mich betrog –

Muß ja deine Himmelsbläue
Nur der trügerische Schein
Wie ihr Auge voller Treue
Nichts als eine Lüge sein.

*

Gewitter

Hoch auf dem Turm, vom Sonnenstrahl beschienen,
Die Hölle Dantes vor mir aufgeschlagen,
Las ich in den gewaltigen Terzinen
Mit banger Wonn' und wonnereichem Zagen.

Inmitten der gigantischen Gestalten,
Die mir des Dichters Riesengeist geschildert,
Erlag ich meiner Phantasie Gewalten,
Die siegestrunken immer mehr verwildert.

Da dunkelt es, steigt schon die Nacht hernieder,
Die Zauberin, der Welt mich zu entrücken,
Ich schau empor – da beben meine Glieder
Und dem Entsetzen weichet mein Entzücken.

Die Geister alle, die entzückt gewesen,
Auf ewig in der Hölle nur zu leben,
Von denen, trunknen Sinnes, ich gelesen,
Ich seh sie über mir am Himmel schweben.

Er ist bedeckt schon von den schwarzen Seelen,
Die wie Gigantenschatten hoch sich türmen:
„Unsel'ge flieht, es ist ein fruchtlos Quälen
Ihr werdet nimmer Gottes Himmel stürmen!"

Weh mir! Sie stürzen sich jetzt auf die Erde,
Sie wollen nicht auf jeden Sieg verzichten,
Nein, daß ihr Gotteshaß gesättigt werde,
Gilt nun es, seine Erde zu vernichten.

So schwül die Luft – sie droht mich zu ersticken –
Und Flüche hör' ich wie den Donner rollen,
Und seh den Himmel keine Rettung schicken:
„Gott willst auch Du, daß wir verderben sollen?"

Schon blitzt ihr Aug' in langen Feuerhalmen,
Nein, ihre Zungen sind's, die niederflammen,
Nein, Arme sind's, die Erde zu zermalmen;
Wie lange noch, so stürzt der Turm zusammen!

Doch plötzlich – wie des Donners Fluch verhöhnend,
Erschallet jetzt – gleich einer Gottesstimme –
Die große Glocke – und gewaltig tönend
Saust sie und braust in nie gehörtem Grimme.

Die Geister fliehn! Ich seh den Himmel wieder,
Den sie zu stürmen eben sich vermessen;

Sie fliehn, doch stürzen Tränenströme nieder,
Die ihren Augen Schmerz und Wut entpressen.

Und als der Vollmond jetzt hervorgetreten,
Und als der Glocke letzter Ton verklungen,
Da kniet ich nieder, um zu Gott zu beten,
Und hab ihm, betend, dieses Lied gesungen.

*

Das Gespensterschiff

1. Der Fluch

„Gestritten hab' ich wochenlang
Umsonst gen Wind und Wogendrang,
Gebetet fromm und wild geflucht;
Es war umsonst, was ich versucht.

Und dennoch biet' ich trotzig Hohn,
Und wächst der Elemente Drohn,
Ich will ums Kap und kämpfe, bis
Das Meer mich in die Tiefe riß."

So ruft Herr Vanderdecken laut
Und spottet stolz der Sturmesbraut,
Höhnt ihren Buhlen, den Orkan,
Und fordert sie zum Kampf heran.

Da wächst der Wind zur Sturmeswut,
Da schäumt vor Gram und Zorn die Flut,
Da beugt den riesigen Mittelmast
Die sturmgeschwellte Segellast.

Bang stöhnt das Schiff, die Planke kracht,
Es wandelt sich der Tag in Nacht,
Das Schiffsvolk kniet und fleht zu Gott:
„Errett' uns, Herr, aus unsrer Not!"

Doch Vanderdecken zornerblaßt,

Hat jetzt das Steuer selbst erfaßt,
Er lenkt das Schiff mit kräftiger Faust,
Wohl sieht er, wie's die Flut durchsaust.

Allein dem Sturmkap bleibt es fern:
Da flucht er schrecklich Gott dem Herrn.
Da ruft er in die Nacht hinaus,
Verhöhnend Sturm und Wogenbraus:

„Ich schwör's beim heiligen Kreuzesspan,
Der meines Weibes Talisman,
Ich will ums Kap und weiche nicht,
Und kämpft' ich bis zum Weltgericht."

Und wie das letzte Wort verhallt,
Der Donner dumpf herüberschallt,
Und Blitze jagen, wild und bleich,
Am Himmel – bösen Geistern gleich.

Und wenn es blitzt am Firmament,
In fahlem Glanz die Inschrift brennt:
„Du Tor, dem Himmel weichst du nicht?
So kämpfe bis zum Weltgericht!"

2. Die Erscheinung

Daheim hat schon die halbe Nacht
Frau Vanderdecken lang durchwacht,
Ihr Herz ist schwer, die Wange blaß,
Das Auge trüb und tränennaß.

Ihr Kind, aus Träumen aufgeschreckt,
Die Händchen ihr entgegenstreckt;
Sie achtet's nicht; und nur der Wind
Singt Schlummerlieder für das Kind.

Sie denkt mit ahnungsvollem Weh
Nur ihres Gatten auf der See,

Sie neigt das Haupt und betet still,
Doch kein Gebet sie trösten will.

„Es ist umsonst, der Tränen Lauf
Weckt nimmer mir die Toten auf.
In dieser Welt läßt all mein Flehn
Mich nie den Gatten wiedersehn.“

Da plötzlich flammt es durch die Nacht,
Die Erde bebt, der Donner kracht,
Und brüllend wütet Sturmesbraus
Um des entsetzten Weibes Haus.

Die Fenster springen auf, das Licht
Erlischt, und trüb von Angesicht,
Schwebt sturmumbraust, bei Blitzesschein,
Ihr Gatte ins Gemach hinein.

Er schlingt den Arm so eisigkalt
Um ihre zitternde Gestalt,
Und preßt das todesblasse Weib
An seinen wellenfeuchten Leib.

„Mein Käthlieb, herz' und küsse mich
Recht glühend und recht inniglich,
Dein Gatte heischt noch als Gespenst,
Daß du in Liebe für ihn brennst.

Vergäß ich nur in deinem Schoß,
An deiner Brust mein grausig Los,
Doch diese Nacht, die mich erquickt,
Den Dolch nach deinem Frieden zückt.

Vernimm, ich bin verflucht von Gott,
Ich lebe nicht und bin nicht tot,
Wie einen zweiten Ahasver
Jagt mich der Fluch von Meer zu Meer.

Ich schwur beim heiligen Kreuzesspan,
Ums Sturmkap müßt' ich trotz Orkan
Und Windesbraut und Wellenschlag,
Und kämpft' ich bis zum jüngsten Tag.

Da schrieb ans schwarze Leichentuch
Des Himmels Gott selbst meinen Fluch:
In riesiger Schrift mit Blitzeslicht
Zu kämpfen bis zum Weltgericht.

Der würde mich vom Fluch befrein,
Doch sich gewissem Tode weihn,
Aus dessen Hand den heiligen Span
Auf meinem Schiff ich könnt' empfahn.

Dort, Käthlieb, schlummert mir ein Sohn,
... Doch nein, leb wohl, es dämmert schon."
Er sauste blitzend fort, und fern
Verschwand er wie ein blasser Stern.

3. Die Erlösung

Wohl siebzig Jahre schwanden schon,
Ein Greis ist Vanderdeckens Sohn,
Der, auf der Brust den Talisman,
Durchkreuzt den weiten Ozean.

Seit in der Mutter Sterbestund'
Ihm das Geheimnis wurde kund:
Sein Vater sei von Gott verflucht,
Hat er zu retten ihn gesucht.

Umsonst! er jagt von Meer zu Meer
Ein halb Jahrhundert schon umher,
Der Gram hat längst sein Haar gebleicht,
Weil er den Vater nicht erreicht.

Oft, wenn der Himmel blau und klar,
Das Meer ein glatter Spiegel war,

Sah er ihn fern auf dunkler Flut
Ankämpfen wie gen Sturmeswut.

Oft konnt' er seinen Ruf verstehn,
Auf dem Verdeck ihn schreiten sehn
Mit grauumwölktem Angesicht,
Doch ihn erreichen konnt' er nicht.

Heut schwillt sein Herz, der Ahnung voll,
Daß er ihn bald erlösen soll,
Und auf der regungslosen Flut
Am Horizont sein Auge ruht.

Da hört er von des Mastes Höh'
Den Ruf: Ein Segel fern auf See!
Und seiner Wünsche Inbegriff
Jagt herwärts – das Gespensterschiff.

Mit vollen Segeln sieht er's nahn,
Gleich einem weißen Riesenschwan,
Schnell, wie auf Schwingen des Orkans,
Durchfliegt's die Flut des Ozeans.

Schon ist's heran, berührt den Bug
Des fremden Schiffs im Vogelflug,
Dann plötzlich hemmt es seinen Lauf,
Und Vanderdecken springt hinauf.

Er hat den Vater kaum erblickt
Und kaum zum Gruß sich angeschickt,
Da ruft er überwältigt schon:
„Erkenne, Vater, deinen Sohn!"

Der sieht ihn fragend, zweifelnd an,
Doch als der Sohn den Talisman
Ihm reicht, da preßt er ihn ans Herz
Und weinet lang vor Freud und Schmerz.

So ruhen sie, der Vater braun
Und manneskräftig anzuschaun,
Das Haar des Sohnes silberweiß,
Er selbst ein altersschwacher Greis.

Inbrünstig preßt der Vater dann
An seinen Mund den Talisman,
Und als er dreimal ihn geküßt,
Das Schiff zur Tiefe niederschießt.

Und Arm in Arm, und Brust an Brust,
Im Auge heiße Todeslust,
Steigt in das kühle Wassergrab
Der Vater mit dem Sohn hinab.

*

Im Ilsetal

Hier möcht' ich, wo hüpfend die Wellen
Sich stürzen vom Felsgestein,
Hier unter dem blauenden Himmel
Im Frühling geboren sein.

Dann hätte sich statt eines Priesters,
Sobald ich die Sonne erblickt,
Die hehre, göttliche Schöpfung
Zu meiner Taufe beschickt.

Es hätte sich über dem Täufling
Gewölbt des Himmels Dom,
Die Bäume hätten gerauschet
Wie leiser Orgelstrom.

Es wäre darinnen erklungen
Der Vögel Melodei;
Die Felsen hätten gestanden
Als ernste Zeugen dabei.

Ein Felsblock hätte mich sicher
In seinem weiten Schoß
Wohl über die Taufe gehalten,
Umhüllt von duftigem Moos.

Es hätte der Kuß der Sonne
Die Stirne mir gesengt,
Und mit dem Wasser der Taufe
Die Ilse mich besprengt.

Die Felsen hätten geschworen
Den felsenfesten Schwur:
Im Glauben mich groß zu ziehen
An Gott in der Natur.

*

Im Herbst

Es fällt das Laub wie Regentropfen
So zahllos auf die Stoppelflur;
Matt pulst der Bach wie letztes Klopfen
Im Todeskampfe der Natur.

Still wird's! Und als den tiefen Frieden
Ein leises Wehen jetzt durchzog,
Da mocht' es sein, daß abgeschieden
Die Erdenseele aufwärts flog.

*

Unter grasbedeckten Wiesen

Unter grasbedeckten Wiesen
Schlängelt sich ein reiner Quell.
Keiner hat ihn je gepriesen,
Dennoch fließt er klar und hell.

Und aus felsigem Geklüfte
Und aus tiefer Waldesgruft

Senden Blumen ihre Düfte
Unbewundert in die Luft.

Unbewundert schlägt im stillen
Nächt'gen Hain die Nachtigall.
Nur des innren Dranges willen
Tönen ihre Lieder all.

Stell' den Geiz nach Ehr' und Ruhme,
Eitle Seele, stell' ihn ein.
Quell und Nachtigall und Blume,
Laß sie deine Führer sein!

*

Wissen und Wähnen

Hoch oben in des Lichtes Sphäre
Hat sich der Aar hinaufgesehnt;
Und nun erbebt er vor der Leere,
Die endlos ihm entgegengähnt.

Er seufzt, daß er den Dämmerungen
Der Erde nun so fern, so weit,
Daß er zum Licht emporgedrungen
Nur um den Preis der Einsamkeit.

Tief unten schließt des Käfigs Riegel
Ein Vöglein in sein Bauer ein.
Er ist allein; und doch der Spiegel
Macht glauben ihn, er sei zu zwein.

Und wenn er grüßt, so grüßt es wieder
Vom Spiegel drüben, allsobald,
Der Nachhall seiner eignen Lieder
Wie Antwort ihm des andern schallt.

Sie sind sein Glück, die lieben Züge,
Ein Glück, wie's ihm kein zweites gibt.

Und doch ist's nichts als Schein und Lüge
Und Täuschung alles, was er liebt. –

O, Menschenlos! im Lichtgefilde
Der Aar am tiefsten Leben krank;
Und Vöglein vor dem Spiegelbilde
So voller Lust, so voller Dank.

*

Der Totengräber

Ich eile und mühe mich sonder Rast,
Auf Erden hat jeder sein' liebe Last;
Ich schaufle und schaufle ein Grab wieder zu:
Ich grub schon manch sorgenvoll Herze zur Ruh'.

Es jagt der Mensch sein Gebild' durch die Welt,
Ob auch die Liebe, die Tugend drob fällt.
Sie eilen, sie treiben und jagen sich ab
Und jagen doch endlich ins offene Grab. –

Es lagert hier stille, so heil'ge Ruh;
Sie alle deckt nämliche Erde zu –
Und draußen die wilde, geschäftige Welt:
Vor Wehmut das Herz mir im Leibe zerfällt. –

*

Eine Linde

Sieh, im Winde hebt den Wipfel
Ein gebeugter Lindenbaum,
Fast als such' er mit dem Gipfel
Wieder freien Himmelsraum.

Doch vergeblich ist sein Ringen;
In den dunklen Gassen – ach –
Glückt's ihm kaum hinaufzudringen
Zu der Häuser hohem Dach.

Und er hat's auch aufgegeben,
Und geschüttelt schmerzlich still,
Wie wenn einer nichts vom Leben
Weiter als noch sterben will.

Jährlich, wenn der Lenz erschienen,
Doch erst spät, im Monat Mai,
Zeigte seiner Zweige Grünen,
Daß er noch am Leben sei.

Aber Blüten hat seit Jahren
Schon der Lenz ihm nicht erzeugt;
Spott nur ist ihm widerfahren,
Der ihn mehr und mehr gebeugt.

Weil das Licht der Sonn' und Sterne
Ihn so kümmerlich bescheint,
Hat man einer Gaslaterne
Licht dem ihren noch vereint.

Und statt Nachtigallenlieder
Bot man ihm ein Liedchen an,
Das, die Straßen auf und nieder,
Spielt der Leierkastenmann.

Winters auch um seine Rinde
Legt man Stroh und warmen Mist
Wie zum Weihnachtsangebinde –
Daß der Baum nicht glücklich ist.

*

Auch ein Herzenstrost

Mein Freund, du frägst, warum ich singe?
Das ist mir eine Frage, das;
Ich singe, nun, ich singe, singe –
Mir macht einmal das Singen Spaß.

Daß andre so wie ich empfinden,
Das wär' bedeutend stolz gedacht;
Ich kenn' am besten die Gefühle,
Die solch ein Lied hervorgebracht.

Drum mach ich einen Katzenbuckel,
Biet' ich mein Lied den Leuten an:
„Sollt' etwas nur darán gefallen,
Ist's mehr schon, als ich hoffen kann!"

Vor jedem Lumpenjournalisten
Bin ich ein tief bescheidner Mann:
Der Mensch wird ganz gewiß was wissen,
Was unsereins nicht machen kann.

So schick' ich meine Vers' ins Leben,
Bis an ein Herz ins weite Land,
Das einst wie ich mit Jugendwärme
Die großen Sänger nachempfand.

Das einst wie ich an seiner Wiege
Der Musen Feuerkuß erhielt,
Das einst vielleicht auch meine Lieder
Mit allem Leben wiederfühlt.

Mein Freund, das ist so meine Hoffnung,
Das ist so meine Hoffnung, das –
Derweile sing' ich, sing' ich Lieder,
Mir macht einmal das Singen Spaß.

Ich singe fort, solang ich fühle,
Verlange Mitgefühle nie
Und klage nie, wie andre Dichter,
Ob Lumpenwelt und Kompanie.

*

Maisonntag

Du klare Luft, du liebe Sonne,
Du grüner Wald, du Blütental,
Du ganze große Maienwonne,
Sei mir gegrüßt viel tausendmal.

Wie regungslos ob deiner Schöne
Hemmt seinen Lauf der Morgenwind,
Und Vogelsang und Glockentöne
Nur in der Luft lebendig sind.

Es steigt der Rauch vom Hüttenherde
Wie Abels Opfer himmelwärts,
Doch höher hebt sich von der Erde
Mein lied- und dankerfülltes Herz.

*

„Sei milde stets ..."

Sei milde stets und halte fern
Von Hoffart deine Seele,
Wir wandeln alle vor dem Herrn
Des Wegs in Schuld und Fehle.

Woll' einen Spruch, woll' ein Geheiß
Dir in die Seele schärfen:
„Es möge, wer sich schuldlos weiß,
Den Stein auf andre werfen!"

Die Tugend, die voll Stolz sich gibt,
Ist eitles Selbsterheben;
Wer alles Rechte wahrhaft liebt,
Weiß Unrecht zu vergeben.

*

Poesie

Poesie, das liebe Hexchen,
Lebt nicht länger mehr mit mir,
Legt nur dann und wann ein Kleckschen
Still vor meine Stubentür.

Wenn ich morgens dann erwache
Und das Kleckschen liegen seh',
Denk' ich, das ist ihre Rache,
Weil ich jetzt mit andern geh'.

Dummes Ding, sie will's nicht fassen,
Daß ich tu' nur, was ich muß;
Sollt' mich lieber laufen lassen
Ohne Vorwurf und Verdruß.

*

Herbst

O du wunderschöner Herbst,
Wie du die Blätter golden färbst,
Deiner reinen Luft, so klar und still,
Noch einmal ich mich freuen will.

Ich geh' den Wald, den Weiher entlang;
Es schweigt das Leben, es schweigt Gesang,
Ich hemme den Schritt, ich hemme den Lauf –
Erinnerungen ziehen herauf.

Erinnerungen sehen mich an,
Haben es wohl auch sonst getan.
Nur eins hält nicht mehr damit Schritt:
Lachende Zukunft geht nicht mehr mit.

Vergangenheit hält mich in ihrem Bann,
Vergangenheit hat mir's angetan;
Den Blick in den Herbst, den hab' ich frei,

Den Blick und den Herbst. Aber der Mai? –

*

Über ein Weilchen

Wohl im Zeichen des Verkehrs
Stehen die modernen Zeiten,
Aber auch in dem des Heers
Und in dem der Plötzlichkeiten.

Gestern noch ein frischer Mann,
Heute noch in Sicherheiten,
Morgen tritt Lucanus an,
Ach, wie schnell die Toten reiten!

Selbst der neuste Ritter Götz
Wird sich Dauer nicht erstreiten,
Und wohl auch für Herrn Plötz
Kommen plötzlich Plötzlichkeiten.

*

Leben

Leben; Wohl dem, dem es spendet
Freude, Kinder, täglich Brot;
Doch das Beste, was es sendet,
Ist das Wissen, daß es endet,
Ist der Ausgang, ist der Tod.

*

Immer eigensinniger ...

„Immer eigensinniger und verstockter
Wirst du ... so frage doch den Dokter!
So lange man lebt, muß man doch leben!
Du hustest – es muß doch am Ende was geben:
Einen Brunnen, ein Bad, eine Medizin,
Sulfonal oder Antipyrin,

Massage, Kneipp, Kaltwasserkur
Oder Schreber … versuch' doch irgend etwas nur!
Davos oder Nizza, oder Sylt oder Föhr,
Oder bloß auch Mampes Magenlikör!"

So stürmt es zu Zeiten auf mich ein;
Ich nehm' es hin, ich steck' es ein,
Ich denke der Szene, die, jahrauf, jahrab,
Ich halbjährlich mit meinem Schuhmacher hab'.
Ich zeig' ihm dann ein Stiefelpaar,
Das in Ehren gedient seit manchem Jahr,
Und will ihn, während Zigarren glimmen,
Zu 'nem Riester für den Stiefel bestimmen.
Er aber dreht bloß hin und her
Und lächelt: „Wirklich, es lohnt nicht mehr!"

*

Auch ein Stoffwechsel

Im Legendenland, am Ritterbronnen,
Mit Percy und Douglas hab' ich begonnen;
Dann hab' ich in seiner Schwadronen Mitten
Unter Seydlitz die großen Attacken geritten;
Und dann bei Sedan die Fahne geschwenkt
Und vor zwei Kaisern sie wieder gesenkt.
In der Jugend ist man eben dreister,
Mag nicht die Zunft der Handwerksmeister …
Jetzt ist mir der Alltag ans Herz gewachsen,
Und ich halt' es mit Rosenplüt und Hans Sachsen.

*

Gruß an Autographensammler

Jeden Morgen (auch wohl, daß es zweimal sich traf)
Fordert ein Gönner ein Autograph.
Ich schreib' auch gleich ohne langes Besinnen,
Denn der Gönner meiste sind Gönnerinnen.
So komm' ich im Jahr auf mehrere Hundert.

Von jedem einzelnen ward ich bewundert.
Einige von ganz fanatischem Wesen
Haben „Sämtliches" gelesen –
Das gibt, rechn' ich zehn Jahr' zurück,
Dreitausendsechshundertundfünfzig Stück ...
Dreitausendsechshundertundfünfzig Bände
Von jedem Roman – wenn's doch so stände!

*

Frühlingslieder

1

Der Frühling hat des Winters Kette
Gelöst nach altem, gutem Brauch;
O, daß er doch zerbrochen hätte
Die Ketten unsrer Freiheit auch!

Er nahm das weiße Totenlinnen,
Das die gestorb'ne Erde trug,
Und sieht die Fürsten weiterspinnen
An unsrer Freiheit Leichentuch.

Wird nie der Lenz der Freiheit kommen?
Und werden immer Schnee und Eis
Und nimmer Ketten uns genommen?
Es seufzt mein Herz: Wer weiß, wer weiß?

2

Der Frühling kam, der Weltbefreier.
Die Erde liebt und grünt und blüht,
Am Himmel keine Wolkenschleier,
Und ohne Wolken das Gemüt.

Die Vögel und die Menschen singen,
Und wie die Lerche himmelwärts,
Will sich empor zur Gottheit schwingen
In Dankgebet das Menschenherz.

O, Herz! es brach die Frühlingssonne
Des Winters Ketten wohl entzwei;
Wohl ziemt der Erde Dank und Wonne,
Doch bist auch du von Ketten frei?

*

Der Taugenichts

Bei Gott, ich war ein guter Junge,
Als mich der Bröder eingehetzt,
Obschon ich oft mit scharfer Zunge
Den lieben Lehrern zugesetzt,
Obschon sie männiglich zu leiden
Vom Hohn und Spott des kleinen Wichts,
Obschon ich hieß Herr Unbescheiden
Und schließlich gar ein – Taugenichts.

Doch jeder meiner Brüder nannte
Mich seinen Freund und Hirt und Hort,
Und hatte, als man mich verbannte,
Manch liebevolles Trosteswort.
Sie sprachen all: „Aus deinen Augen,
Aus jedem deiner Züge spricht's:
Du magst denn doch wohl etwas taugen,
Du fortgejagter Taugenichts."

Ich blieb mir treu; ich böser Junge
Hab' auf der Lebensschule jetzt
Nach altem Brauch, mit scharfer Zunge,
Den lieben Lehrern zugesetzt.
Mir dienten ihre Narreteien
Zum Vorwurf manchen Spottgedichts,
Drum hör' ich schon den Rektor schreien:
„Ins Karzer mit dem Taugenichts!"

O, möchten dann mit milden Worten
Sich meine Leidensbrüder nahn,
Du deutsches Volk von allen Orten,

Für das ich tat, was ich getan,
Und sagen mir mit trüben Augen:
„Aus jedem deiner Lieder spricht's:
Du magst denn doch wohl etwas taugen,
Du eingesperrter Taugenichts."

*

Der blinde König

Ein Bettler steht gebückt am Wege
Und harrt des Königs stundenlang,
Daß er zum Mitleid ihn bewege,
Wozu sein Elend jeden zwang.
Jetzt naht der König mit den Seinen,
Er geht vorüber, lacht und spricht; –
Der blinde König würde weinen,
Doch ach, der König sieht es nicht.

Es murrt das Volk; – des Königs Räte
Bedrücken das verarmte Land,
Und mit der Blütezeit der Städte
Die Liebe zu dem Fürsten schwand.
Die Not, der Gram und Kummer einen
Sich auf so manchem Angesicht; –
Der blinde König würde weinen,
Doch ach, der König sieht es nicht.

Der König zieht durch seine Lande;
Still bleibt das Volk, der Jubel schweigt,
Zerrissen sind die Liebesbande,
Und jeder Blick Verachtung zeigt.
Nur hier und dorten treibt es einen
Zur Huldigung aus Furcht und Pflicht; –
Der blinde König würde weinen,
Doch ach, der König sieht es nicht.

Der König starb; an seiner Bahre
Ist jedes Auge tränenleer,

Und weil's getrauert viele Jahre,
Drum trauert jetzt das Volk nicht mehr.
Man sieht die Hoffnung wieder scheinen
Auf manchem bleichen Angesicht;
Der blinde König würde weinen –
Wohl ihm, wohl ihm – er sieht es nicht.

*

Balladen

Nordische Balladen

Hakon Borkenbart

Der König Hakon Borkenbart
Hat Roß und Ruhm, hat Waff' und Wehr
Und hat allzeit zu Krieg und Fahrt
Viel hohe Schiff' auf hohem Meer;
Es prangt sein Feld in Garben,
Er aber prangt in Narben,
In Narben von den Dänen her.

Es wallt im Wind sein graues Haar,
Er liebt die Schlacht und liebt den Wein,
Doch nie, trotz seiner siebzig Jahr,
Ward ihm zu Sinn, als müss' er frein;
Heut zieht er aus in Sorgen:
Er liebt Schön-Ingeborgen,
Des Königs Sala Töchterlein.

Schon grüßt ihn fern so Turm wie Schloß,
Und lächelnd plötzlich blickt er drein;
Er spricht herab von seinem Roß:
„Und bin ich alt, so mag ich's sein!
Und wär' ich alt zum Sterben,
Auch Ruhm und Narben werben,
Und werben gut wie Jugendschein."

*

Harald Harfager

Da sprach König Harald (Harfager zubenannt):
„Wißt, ich habe Boten an Rynhild, ausgesandt,
An Rynhild, Blaatands Tochter. Und ziehet sie morgen ein,
Unter meinen Frauen allen soll fortan auch Rynhilde sein."

Sprach es König Harald. Und auf und ab im Saal
Im Schlosse zu Drammen saßen die Großen allzumal,
Und dazwischen in lachender Jugend und wie Kinder
anzuschaun
Saßen blond und stolz und glücklich Harald Harfagers
neunundzwanzig Fraun.

Und als der König gesprochen, alles flüsterte leis,
Aber plötzlich schwieg das Flüstern, Olaf Thureson trat in
den Kreis.
Olaf Thureson, Haralds Bote. Vor den König tritt er und
spricht:
„Ich bringe Rynhilds Antwort, Rynhilden aber bring' ich nicht.

In der Marmorhalle zu Roskild', meine Botschaft zu hören
bereit,
Stand sie, Korallen im Goldhaar, an König Blaatands Seit',
Längst war ihr Kunde gekommen, um wessentwill' ich kam,
Und sie lachte, dieweil sie die Spange wie spielend von ihrem
Arme nahm.

König Harald ist Herr über Norweg, über Norwegs Frauen
auch,
Aber euer Brauch in Drammen ist nicht in Roskilde Brauch,
Und liebt' ich ihn, wie ich ihn hasse, meine Liebe hätte nicht
Eil',
Ein ganzes Herz will Rynhilde, nicht eines Herzens dreißig-
sten Teil."

Olaf Thureson sprach's. Wie Freude zuckt's um die Lippe der
Fraun,
Aber rot auf Haralds Stirne war das Zornesmal zu schaun.
Er rief: „Und wirken nicht Worte, so wirke denn das Schwert,
Noch nie hat König Harald ein Königskind umsonst begehrt."

Und er stieg hinab zum Strande. Segelfertig Schiff um Schiff;
Am ersten Tage vorüber an Skagens Horn und Riff,

Am zweiten: Nebel und Windstill', alle Segel schlaff und matt,
Aber sieh, mit Ruderschlage geht es süderwärts in das Kattegatt.

Und am dritten Tag ein Windstoß und zerrissen die Nebelschlei'r,
Und am blauen Himmel die Sonne. „Die Sonne, die schickt uns Frej'r.
Frej'r will den Weg uns zeigen." Und mit Waffenklirrn an Bord
Und bei Kriegshörnerblasen läuft Harald ein in Roskilde-Fjord.

Hoch oben aber am Saaltor, auf der Treppe von Roskild',
In Ruhe steht König Blaatand und neben ihm Rynhild',
Und sie zählen die Nordlandsschiffe, hundert Segel fast –
Am Bug steht König Harald. Kriegswimpel flattern hoch am Mast.

„Krieg bringt er!" Aber plötzlich ... welch' Wunder, das Wandel schuf,
Es schweigt das Waffenklirren, und es schweigt der Schlachtenruf,
Es schweigt der Hörner Blasen – nur Zimbeln und Schalmein:
„Harald kommt nicht, um zu fechten, Harald kommt, um minniglich zu frein."

Und sieh, hinan die Stufen steigt er und beugt sein Knie:
„König Blaatand, deine Tochter, in Demut werb' ich um sie,
Meinen Stolz hat sie bezwungen. Und meiner Krone Glanz,
Ich will ihn teilen mit Rynhild. Aber mein Herze hat sie ganz."

*

Gorm Grymme

König Gorm herrscht über Dänemark,
Er herrscht die dreißig Jahr,
Sein Sinn ist fest, seine Hand ist stark,
Weiß worden ist nur sein Haar,

Weiß worden sind nur seine buschigen Brau'n,
Die machten manchen stumm,
In Grimme liebt er drein zu schaun, –
Gorm Grymme heißt er drum.

Und die Jarls kamen zum Feste des Jul,
Gorm Grymme sitzt im Saal,
Und neben ihm sitzt, auf beinernem Stuhl,
Thyra Danebod, sein Gemahl;
Sie reichen einander still die Hand
Und blicken sich an zugleich,
Ein Lächeln in beider Auge stand –
Gorm Grymme, was macht dich so weich?

Den Saal hinunter, in offner Hall',
Da fliegt es wie Locken im Wind,
Jung-Harald spielt mit dem Federball,
Jung-Harald, ihr einziges Kind,
Sein Wuchs ist schlank, blond ist sein Haar,
Blau-golden ist sein Kleid,
Jung-Harald ist heut fünfzehn Jahr,
Und sie lieben ihn allbeid'.

Sie lieben ihn beid'; eine Ahnung bang
Kommt über die Königin,
Gorm Grymme aber den Saal entlang
Auf Jung-Harald deutet er hin,
Und er hebt sich zum Sprechen – sein Mantel rot
Gleitet nieder auf den Grund:
„Wer je mir spräche ‚er ist tot',
Der müßte sterben zur Stund'!"
Und Monde gehn. Es schmolz der Schnee,
Der Sommer kam zu Gast,
Dreihundert Schiffe fahren in See,
Jung-Harald steht am Mast,
Er steht am Mast, er singt ein Lied,
Bis sich's im Winde brach,

Das letzte Segel, es schwand, es schied –
Gorm Grymme schaut ihm nach.

Und wieder Monde. Grau-Herbstestag
Liegt über Sund und Meer,
Drei Schiffe mit mattem Ruderschlag
Rudern heimwärts drüber her;
Schwarz hängen die Wimpel; auf Brömsebro-Moor
Jung-Harald liegt im Blut –
Wer bringt die Kunde vor Königs Ohr?
Keiner hat den Mut.

Thyra Danebod schreitet hinab an den Strand,
Sie hatte die Segel gesehen;
Sie spricht: „Und bangt sich euer Mund,
Ich meld' ihm, was geschehn."
Ab legt sie ihr rotes Korallengeschmeid'
Und die Gemme von Opal,
Sie kleidet sich in ein schwarzes Kleid
Und tritt in Hall' und Saal.

In Hall' und Saal. An Pfeiler und Wand
Goldteppiche ziehen sich hin,
Schwarze Teppiche nun mit eigener Hand
Hängt darüber die Königin,
Und sie zündet zwölf Kerzen, ihr flackernd Licht,
Es gab einen trüben Schein.,
Und sie legt ein Gewebe, schwarz und dicht,
Auf den Stuhl von Elfenbein.

Ein tritt Gorm Grymme. Es zittert sein Gang,
Er schreitet wie im Traum,
Er starrt die schwarze Hall' entlang,
Die Lichter, er sieht sie kaum,
Er spricht: „Es weht wie Schwüle hier,
Ich will an Meer und Strand,
Reich meinen rot-goldenen Mantel mir
Und reiche mir deine Hand."

Sie gab ihm um einen Mantel dicht,
Der war nicht golden, nicht rot,
Gorm Grymme sprach: „Was niemand spricht,
Ich sprech' es: er ist tot."
Er setzte sich nieder, wo er stand,
Ein Windstoß fuhr durchs Haus,
Die Königin hielt des Königs Hand,
Die Lichter loschen aus.

*

Olaf Kragebeen

Olaf Kragebeen blickt auf Land und See:
„Stavanger-Fjord liegt noch im Schnee,
Schnee die Felsen und Schnee die Bucht,
Und doch ist der Winter schon auf der Flucht,
Von Westen weht's – einen Frühlingston,
Ich fühl' ihn in Luft und Sonne schon,
Und das Meer ein Spiegel ... Steig' ich zu Schiff?
Überrasch' ich den Feind auf Kongens-Kliff?
Ihr, meine Räte zu Land und See,
Schreibt euren Rat mir in den Schnee,
Laßt mich eure Zeichen erspähn,
Ihr, meine Weisen, ihr meine Krähn."

Und kaum gerufen, so sind sie da,
Setzen sich um ihm, fern und nah,
Aber was er auch lockend tu',
Keine, hüpft auf ihn zu,
Wenden sich all, ihrer Füße Spur,
Abgewandt, rückwärts führt sie nur,
Rückwärts hüpfen sie Schritt um Schritt:
„Krähen, nehmt ihr das Glück mir mit?"

Und als er so sprach und als er so sann,
Erik Jarl, sein Freund, tritt an ihn heran:
„König Olaf, der Däne spielt um sein Glück,
Im Öresund hielt's ihn nicht länger zurück,

Aus der Kjöge Bucht, aus dem Wassersack,
Ist er hinaus ins Skager-Rak,
Hundert Schiffe führt er, zehnhundert an Bord –
Auf, Olaf, auf, aus Stavanger-Fjord!“

Und der König steigt hinab an das Meer,
Seine Krähen kreischen um ihn her,
Er hört nicht mehr ihr schrill Geschrei.
„Erik Jarl“, so spricht er, „du bist mit dabei,
Du folgst. Ich führe den ersten Stoß,
Und wankt der Däne, so brichst du los,
Ihr letztes Schiff, es muß in den Grund,
Nichts darf heim in den Öresund.“

Sprach es. Und als den Feind er sah,
In goldener Rüstung stand er da;
Zu Füßen ihm, des Reiches Stolz,
Lag der Runenbogen aus Eschenholz,
Der stärkste Bogen in Norderland,
Keiner spannt ihn, nur Olafs Hand.

Und in des Feindes gedoppelte Reihn
Olaf Kragebeen fährt jetzt mitten hinein,
Erik Jarl, wohl folgt er – doch nicht zum Stoß,
Zum vernichtenden, löst er von Olaf sich los,
Neben dem Feinde legt er bei:
„Das also, Krähen, war euer Geschrei.
Verrat und durch ihn! Aber sei's ... Wohlan
Der Däne galt nichts, jetzt erst hebt's an,
Norweg gegen Norweg. Erik Jarl, wirf gut,
Laß sehen, wer die besten Würfe tut.“

Und er nahm den Bogen, als wär' es ein Spiel,
Auf seine Rüstung die Sonne fiel,
Er spannte den Bogen mit aller Kraft,
Klirrend zerbrach der Eschenschaft,
Und hüben und drüben klang es zugleich:
„Zerbrochen der Bogen, zerbrochen das Reich.“

Olaf Kragebeen aber, des Schiffes Mast,
Hält sein Arm nicht länger umfaßt,
Er schreitet bis zu des Schiffes Bug,
Statt der Krähen umschwirrt ihn ein Möwenzug,
Immer dichter flattert es um ihn her:
„Weiße Wogenkinder, euch sendet das Meer,
Es ruft mich – mein Glück einst, nun mein Grab."
Und in goldener Rüstung stieg er hinab.

*

Swend Gabelbart

Swend Gabelbart, über Sund und Belt
Er siegreich das Zepter von Dänemark hält,
Seine Schiffe von Insel zu Insel ziehn,
Unterworfen ist Wendland und Julin,
Und nun gen Westen, über das Meer
Jagt er, der Schrecken vor ihm her,
In die Themsemündung fährt er ein,
Ganz London ist ein Feuerschein.
Und nun zu Roß und nun zu Hauf
Essex und Norfolk zieht er hinauf,
Und mit Zechgenossen und mit Kumpanei
Reitet er ein in Sankt Edmunds-Abtei.
Da sitzen sie nun die Hall' entlang,
Aus der Kirche klingt frommer Mönche Gesang.
„Was soll das Geplärr uns?" Und in die Kapell'n
Swend Gabelbart läßt seinen Marstall er stell'n,
Er mag sie nicht hören, die Litanein,
(Lärm und Gewieher, so soll es sein),
In der Rosse Gestampf erlischt der Chor,
Swend aber lacht: „Die tun's euch zuvor!
Schüttet Hafer auf Sankt Edmunds Truh,
Er selber nickt euch den Segen dazu."

Sankt Edmund, an schwarz-goldener Wand,
Hall' aufwärts in seiner Nische stand.
Einst war er König. Ein mattes Licht

Umspielt ihn flackernd; Swend aber spricht:
„Sankt Edmund, du schufst hier Kirch' und Abtei,
Dein Land, es ging verloren dabei,
Nun stehst du da, trägst mönchisch Gewand,
Hältst wie zum Spott ein Schwert in der Hand,
Ein zerbrochen Schwert, wenn recht ich seh'.
Und doch, o König, warst König du je,
Du tätest jetzt ab deine Todesruh
Und kämst als ein Rächer auf mich zu,
Und ob zerbrochen auch dein Schwert,
Es wäre dir doch des Kampfes wert,
Aus dieser Hall' hier, aus diesem Haus,
Auch mit stumpfen Schwerte triebst du mich aus.
Nie warst du König. Trotz Reif und Kron',
Ein Mönchsbild warst du bei Lebzeit schon."

Swend Gabelbart schwieg. Im Kreise rundum
Ward es so still und ward es so stumm,
In der Nische das Licht immer düsterer brennt.
Da steigt es herab vom Postament,
Und tapp und tapp, in steinernem Schuh
Auf Swend Gabelbart schreitet Sankt Edmund zu,
Vor streckt er sein zerbrochen Schwert:
„Nun, Swend, laß sehn, wer besser bewehrt."
Aus des Königs Aug' ein Entsetzen spricht,
Er schlägt nach dem Schwert, sein Schwert zerbricht,
Das stumpfe Schwert, es traf ihn gut,
Swend Gabelbart liegt in seinem Blut.
Näher klingt der Mönche Gesang –
Sie tragen den Toten die Hall' entlang.

*

Waldemar Atterdag

Und Waldemar (König Christophers Sohn),
Im Dome zu Ringstedt nahm er die Kron',
Nun führt er die Herrschaft mit kluger Hand
Über Dänemark-Meer und Dänemark-Land,

Nie faßt ihn Jähzorn, nie treibt ihn Eil',
„Erst wägen, dann wagen“ ... „Eile mit Weil'.“
Und ob es zur Tat ihn auch drängen mag,
Auf den andern Tag schiebt er's: „Atterdag.“

Und er fährt gen Jütland. Auf Schloß Aarhuus
Harrt er auf Huldigung und Gruß,
Auf Gruß des Adels. Der hält sich zurück;
Einer nur sprengt über die Brück':
„Um Gott, König Waldemar, auf und flieh,
In hellen Haufen kommen sie,
Sie zürnen dir schwer, weil du zubestimmst
Dem Bauer all das, was dem Adel du nimmst,
Sehstedt führt sie; von Viborg her
Kommen dreihundert oder mehr.
In den Sattel, König, und flieh und jag'
Hin über die Heide.“ ... „Atterdag.“

Und ein Jahr und ein Tag, und auf Schloß Helsingör
Im Landthing sitzt er und gibt Gehör;
Um ihn her seine Räte; da stürmt in den Saal
Erik Swensen, sein erster Admiral.
„Eile dich, König. Zu dieser Stund'
Fahren die Lübischen in den Sund,
Zwischen Insel Amak und Insel Hveen
Sind siebenundzwanzig Segel zu sehn,
An der Spitze die ‚Seekuh‘, ihr bestes Schiff,
Greif zu, wie dein Vater einst sie griff.
Sie kommen wie Räuber. Nach Gut und Blut
Dürsten sie. Zertritt ihre Brut,
Vernichte sie mit einem Schlag.“
„Erst wägen, dann wagen ... Atterdag.“

Und wieder ein Jahr, und auf Schloß Wordingborg
In Stille sitzt er und doch in Sorg',
In Sorg' um Heilwig. Auf seinem Sinn
Lastet die schöne Königin.
Es heißt, sie sei krank, ohne Schlaf ihre Ruh,

Aber ein Kämmerling flüstert ihm zu:
„Der Königin Krankheit ist Lug, ist Schein,
Sten Sture geht lachend aus und ein,
Er ist noch ein Knabe, noch halb ein Kind,
Das lieben die Frauen, wie Frauen sind.
Auf, Waldemar, stör ihre Lust, ihre List,
Zeige, daß du der König bist,
Überrasche Schön-Heilwig, erforsche sie, frag."
„Es würde sie töten … Atterdag."

Und die Jahre gehn, und in Roskild-Abtei
Todkrank liegt Waldemar, Gott steh' ihm bei,
Sein Blick ist erloschen, fahl sein Gesicht,
Erzbischof Ansgar aber spricht:
„Alle Sünde, die dich quält und brennt,
Es löscht sie Beicht' und Sakrament,
Und willst du dein Gewissen still'n,
Hier bin ich, sprich deinen letzten Will'n,
Unsre Kirch' ist arm, wer sie speist und tränkt,
Des auch die Kirch' in Liebe gedenkt.
Dein Spruch war immer: ‚Eile mit Weil',
Aber jetzt eilt es mit deinem Heil,
Säen ist ernten und Opfer Ertrag;
Säe, König."
„Atterdag."

*

Englisch-schottische Balladen

Archibald Douglas

„Ich hab' es getragen sieben Jahr
Und ich kann es nicht tragen mehr,
Wo immer die Welt am schönsten war,
Da war sie öd' und leer.

Ich will hintreten vor sein Gesicht,
In dieser Knechtsgestalt,
Er kann meine Bitte versagen nicht,
Ich bin ja worden alt.

Und trüg' er noch den alten Groll,
Frisch wie am ersten Tag,
So komme, was da kommen soll,
Und komme, was da mag."

Graf Douglas spricht's. Am Weg ein Stein
Lud ihn zu harter Ruh,
Er sah in Wald und Feld hinein,
Die Augen fielen ihm zu.

Er trug einen Harnisch, rostig und schwer,
Darüber ein Pilgerkleid –
Da horch, vom Waldrand scholl es her.
Wie von Hörner und Jagdgeleit.

Und Kies und Staub aufwirbelte dicht,
Her jagte Meut' und Mann,
Und ehe der Graf sich aufgerich't,
Waren Roß und Reiter heran.

König Jakob saß auf hohem Roß,

Graf Douglas grüßte tief,
Dem König das Blut in die Wange schoß,
Der Douglas aber rief:

„König Jakob, schaue mich gnädig an
Und höre mich in Geduld,
Was meine Brüder dir angetan,
Es war nicht meine Schuld.

Denk nicht an den alten Douglas-Neid,
Der trotzig dich bekriegt,
Denk lieber an deine Kinderzeit,
Wo ich dich auf den Knien gewiegt.

Denk lieber zurück an Stirling-Schloß,
Wo ich Spielzeug dir geschnitzt,
Dich gehoben auf deines Vaters Roß
Und Pfeile dir zugespitzt.

Denk lieber zurück an Linlithgow,
An den See und den Vogelherd,
Wo ich dich fischen und jagen froh
Und schwimmen und springen gelehrt.

O denk an alles, was einsten war,
Und sänftige deinen Sinn,
Ich hab' es gebüßet sieben Jahr,
Daß ich ein Douglas bin."

„Ich seh' dich nicht, Graf Archibald,
Ich hör' deine Stimme nicht,
Mir ist, als ob ein Rauschen im Wald
Von alten Zeiten spricht.

Mir klingt das Rauschen süß und traut,
Ich lausch' ihm immer noch,
Dazwischen aber klingt es laut:
Er ist ein Douglas doch.

Ich seh' dich nicht, ich höre dich nicht,
Das ist alles, was ich kann,
Ein Douglas vor meinem Angesicht
Wär' ein verlorener Mann."

König Jakob gab seinem Roß den Sporn,
Bergan ging jetzt sein Ritt,
Graf Douglas faßte den Zügel vorn
Und hielt mit dem Könige Schritt.

Der Weg war steil, und die Sonne stach,
Und sein Panzerhemd war schwer,
Doch ob er schier zusammenbrach,
Er lief doch nebenher.

„König Jakob, ich war dein Seneschall,
Ich will es nicht fürder sein,
Ich will nur warten dein Roß im Stall
Und ihm schütten die Körner ein.

Ich will ihm selber machen die Streu
Und es tränken mit eig'ner Hand,
Nur laß mich atmen wieder aufs neu
Die Luft im Vaterland.

Und willst du nicht, so hab' einen Mut,
Und ich will es danken dir,
Und zieh dein Schwert und triff mich gut
Und laß mich sterben hier."

König Jakob sprang herab vom Pferd,
Hell leuchtete sein Gesicht,
Aus der Scheide zog er sein breites Schwert,
Aber fallen ließ er es nicht.

„Nimm's hin, nimm's hin und trag' es neu
Und bewache mir meine Ruh',

Der ist in tiefster Seele treu,
Wer die Heimat liebt wie du.

Zu Roß, wir reiten nach Linlithgow,
Und du reitest an meiner Seit',
Da wollen wir fischen und jagen froh,
Als wie in alter Zeit."

*

Lied des James Monmouth

Es zieht sich eine blutige Spur
Durch unser Haus von alters,
Meine Mutter war seine Buhle nur,
Die schöne Lucy Walters.

Am Abend war's, leis wogte das Korn,
Sie küßten sich unter der Linde,
Eine Lerche klang und ein Jägerhorn –
Ich bin ein Kind der Sünde.

Meine Mutter hat mir oft erzählt
Von jenes Abends Sonne,
Ihre Lippen sprachen: Ich habe gefehlt!
Ihre Augen lachten vor Wonne.

Ein Kind der Sünde, ein Stuartkind,
Es blitzt wie Beil von weiten:
Den Weg, den alle geschritten sind,
Ich werd' ihn auch beschreiten.

Das Leben geliebt und die Krone geküßt
Und den Frauen das Herz gegeben,
Und den letzten Kuß auf das schwarze Gerüst –
Das ist ein Stuart-Leben.

*

Die Hamiltons oder Die Locke der Maria Stuart

Lord William kam zu sterben,
Lord William Hamilton;
Er spricht zu seinem Sohne:
„Nun höre mich an, Sir John!

Ich lasse dir Land und Leute,
Unsren Namen und unsren Ruhm,
Und ich lasse dir, mehr als alles,
Dieser Locke Heiligtum.

Ich sah die Locke fallen,
Ich hörte der Schere Schnitt –
Und als Maria gebetet,
Da betete leis ich mit.

Da hab ich still geschworen:
Zu tragen in Leid und Lust,
Zu tragen in Jubel und Tränen
Diese Locke auf der Brust.

Ich hab' sie in Tränen getragen
Und lass' erst im Tode davon –
Für die Stuarts zu leben und sterben,
Das schwör' auch du, Sir John."

Lord William hat es gesprochen,
Sir John hat's treu gemeint:
Erst barg er still die Locke,
Dann hat er still geweint.

Er trug sie zwanzig Jahre,
Und als sein Stündlein kam,
Er mit des Vaters Worten
Die Locke vom Herzen nahm.

Er gab sie seinem Sohne,

Und der Sohn dem Enkel dann,
Ihr Erbteil war die Treue
Und der Locke Talisman.

Und als auf blinkendem Zelter
König James gen London zog,
Und als auf schwarzem Schafotte
Karls Haupt vom Rumpfe flog,

Und als an der Boyne wieder
„Stuart" das Feldgeschrei, –
In Lust und Leid, die Locke
Und die Hamiltons waren dabei.

Und waren dabei zuletzt auch,
Als auf Cullodens Plan
Ihre Augen das Distelbanner
Noch einmal flattern sahn.

's war wieder ein Lord William
Und wieder ein Sir John,
Ein Alter und ein Junger,
Doch jeder ein Hamilton.

Der Junge focht zu Fuße,
Der Alte focht zu Roß,
Bis eine englische Kugel
Ihn aus dem Sattel schoß.

Hin reicht' er seinem Sohne
Die Locke, rot von Blut,
Er hatte nicht Zeit zu sprechen,
Er sprach nur: „Wahre sie gut!"

Er wahrte sie gut, der Junge,
Manchen Mond und manches Jahr,
Der Junge ward ein Alter –
Das Herz blieb, wie es war.

Und als in letzten Tagen
Ihm Kunde kam ins Haus:
„Sie trugen im fernen Süden
Den letzten Stuart hinaus",

Da sprach er, als er sterbend
Seinem Sohne die Locke gab:
„Die Stuarts sind gestorben,
Doch Treue kennt kein Grab."

Und siehe, die Hamiltons wahren
Bis heut ihren alten Ruhm,
Doch eines mehr als alles:
Der Locke Heiligtum.

*

Volkslied
(gesungen in den Straßen Londons im Winter 1855)

All, die ihr schlaft auf Daunen, behaglich, wohlgemut,
Denkt unsrer armen Brüder, die kalt sind bis aufs Blut,
Die in den Gräben liegen, krank, hungrig, starr und stumm,
Die Blüte unsres Landes, im Schlammbett kommt sie um.

Vom Balaklawa-Hafen bis an die Stadt heran,
Vor Karren und Geschützen sie selber als Gespann,
So haben sie's gehalten, dann kam die stille Nacht,
So viele gingen schlafen, so wenig sind erwacht.

Ich hört' ein Mädchen klagen, sie rief: „Was fang' ich an?
Mein Vater liegt und schlummert im Tal von Inkerman,
Mein Bruder liegt verwundet, genesen wird er nie,
Es kann kein Christ genesen in jenem Skutari."

Gott, schütze unsre Brüder mit deiner mächt'gen Hand,
Leih ihnen Sieg und führe sie heim ins Vaterland,
Beschütz' auch, was sie lieben, Weib, Vater, Mutter, Kind,

Und sei ein Tröster aller, die schweren Herzens sind.

*

Die Brück' am Tay (28. Dezember 1879)

When shall we three meet again ?
Macbeth

„Wann treffen wir drei wieder zusamm?"
„Um die siebente Stund', am Brückendamm."
„Am Mittelpfeiler."
„Ich lösche die Flamm."
„Ich mit."

„Ich komme vom Norden her."
„Und ich vom Süden."
„Und ich vom Meer."

„Hei, das gibt einen Ringelreihn,
Und die Brücke muß in den Grund hinein."

„Und der Zug, der in die Brücke tritt
Um die siebente Stund'?"
„Ei, der muß mit."
„Muß mit."

„Tand, Tand
Ist das Gebilde von Menschenhand!"

Auf der Norderseite, das Brückenhaus –
Alle Fenster sehen nach Süden aus,
Und die Brücknersleut' ohne Rast und Ruh
Und in Bangen sehen nach Süden zu,
Sehen und warten, ob nicht ein Licht
Übers Wasser hin „Ich komme" spricht,
„Ich komme, trotz Nacht und Sturmesflug,
Ich, der Edinburger Zug."

Und der Brückner jetzt: „Ich seh' einen Schein
Am anderen Ufer. Das muß er sein.
Nun, Mutter, weg mit dem bangen Traum,
Unser Johnie kommt und will seinen Baum,
Und was noch am Baume von Lichtern ist,
Zünd' alles an wie zum heiligen Christ,
Der will heuer zweimal mit uns sein, –
Und in elf Minuten ist er herein."

Und es war der Zug. Am Süderturm
Keucht er vorbei jetzt gegen den Sturm,
Und Johnie spricht: „Die Brücke noch!
Aber was tut es, wir zwingen es doch.
Ein fester Kessel, ein doppelter Dampf,
Die bleiben Sieger in solchem Kampf.
Und wie's auch rast und ringt und rennt,
Wir kriegen es unter, das Element.

Und unser Stolz ist unsre Brück';
Ich lache, denk' ich an früher zurück,
An all den Jammer und all die Not
Mit dem elend alten Schifferboot;
Wie manche liebe Christfestnacht
Hab' ich im Fährhaus zugebracht
Und sah unsrer Fenster lichten Schein
Und zählte und konnte nicht drüben sein."

Auf der Norderseite, das Brückenhaus –
Alle Fenster sehen nach Süden aus,
Und die Brücknersleut' ohne Rast und Ruh
Und in Bangen sehen nach Süden zu;
Denn wütender wurde der Winde Spiel,
Und jetzt, als ob Feuer vom Himmel fiel',
Erglüht es in niederschießender Pracht
Überm Wasser unten ... Und wieder ist Nacht.

„Wann treffen wir drei wieder zusamm?"

„Um Mitternacht, am Bergeskamm."
„Auf dem hohen Moor, am Erlenstamm."

„Ich komme."
„Ich mit."
„Ich nenn' euch die Zahl."
„Und ich die Namen."
„Und ich die Qual."
„Hei,
Wie Splitter brach das Gebälk entzwei."

„Tand, Tand
Ist das Gebilde von Menschenhand."

*

John Maynard

John Maynard!

„Wer ist John Maynard?"

„John Maynard war unser Steuermann,
Aus hielt er, bis er das Ufer gewann,
Er hat uns gerettet, er trägt die Kron',
Er starb für uns, unsre Liebe sein Lohn.
John Maynard."

Die „Schwalbe" fliegt über den Eriesee,
Gischt schäumt um den Bug wie Flocken von Schnee,
Von Detroit fliegt sie nach Buffalo –
Die Herzen aber sind frei und froh,
Und die Passagiere mit Kindern und Fraun
Im Dämmerlicht schon das Ufer schaun,
Und plaudernd an John Maynard heran
Tritt alles: „Wie weit noch, Steuermann?"
Der schaut nach vorn und schaut in die Rund':
„Noch dreißig Minuten ... Halbe Stund."

Alle Herzen sind froh, alle Herzen sind frei –
Da klingt's aus dem Schiffsraum her wie Schrei,
„Feuer!" war es, was da klang,
Ein Qualm aus Kajüt' und Luke drang,
Ein Qualm, dann Flammen lichterloh,
Und noch zwanzig Minuten bis Buffalo.

Und die Passagiere, buntgemengt,
Am Bugspriet stehn sie zusammengedrängt,
Am Bugspriet vorn ist noch Luft und Licht,
Am Steuer aber lagert sich's dicht,
Und ein Jammern wird laut: „Wo sind wir? Wo?"
Und noch fünfzehn Minuten bis Buffalo.

Der Zugwind wächst, doch die Qualmwolke steht,
Der Kapitän nach dem Steuer späht,
Er sieht nicht mehr seinen Steuermann,
Aber durchs Sprachrohr fragt er an:
„Noch da, John Maynard?" „Ja, Herr. Ich bin."
„Auf den Strand! In die Brandung!" „Ich halte drauf hin."
Und das Schiffsvolk jubelt: „Halt aus! Hallo!"
Und noch zehn Minuten bis Buffalo.

„Noch da, John Maynard?" Und Antwort schallt's
Mit ersterbender Stimme: „Ja, Herr, ich halt's!"
Und in die Brandung, was Klippe, was Stein,
Jagt er die „Schwalbe" mitten hinein.
Soll Rettung kommen, so kommt sie nur so.
Rettung: der Strand von Buffalo.
Das Schiff geborsten. Das Feuer verschwelt.
Gerettet alle. Nur einer fehlt.

Alle Glocken gehn; ihre Töne schwell'n
Himmelan aus Kirchen und Kapell'n,
Ein Klingen und Läuten, sonst schweigt die Stadt,
Ein Dienst nur, den sie heute hat:
Zehntausend folgen oder mehr,
Und kein Aug' im Zuge, das tränenleer.

Sie lassen den Sarg in Blumen hinab,
Mit Blumen schließen sie das Grab,
Und mit goldner Schrift in den Marmorstein
Schreibt die Stadt ihren Dankspruch ein:
„Hier ruht John Maynard! In Qualm und Brand
Hielt er das Steuer fest in der Hand,
Er hat uns gerettet, er trägt die Kron',
Er starb für uns, unsre Liebe sein Lohn.
John Maynard."

*

Robin Hood

1

Liebe Herrn, horcht auf und habt mal Geduld,
Und lauf mir keiner davon –
Ich will euch erzählen von Robin Hood,
Und vielleicht auch von Little John.

Zu Locksly, im lustigen Nottinghamshire,
Beginn' ich mit meiner Geschicht',
Da bracht' Robins Mutter den Robin zur Welt,
Und das andre – das weiß ich nicht.

Das aber weiß ich und hört' es oft:
Sein Vater war Förster allda,
Er traf ins Schwarze, auf tausend Schritt,
Und das ist just nicht nah.

Mit Adam Bell und Will Cloudesly
Schoß er oftmals um die Wett',
Die mußten ihm zahlen vierzig Mark
In Gold und auf ein Brett.

Robins Mutter, die war John Gamwels Kind,
Der 'nen Wolf mit der Hand erwürgt
(Zu Coventry der Ochsenwirt
Hat mir's hundertmal verbürgt).

Und ihr Bruder hieß Gamwel von Gamwel-Hall,
Und sein altes Herz war frisch –
Das weißeste Brot in Nottinghamshire,
Das kam auf seinen Tisch. –

Und sieh, Jung-Robin wuchs heran,
Zählte zwanzig Jahre bald,
Er hatte Vater und Mutter lieb,
Doch noch lieber den Sherwood-Wald.

Robins Mutter aber zum Vater sprach:
„Mein Liebster, der du bist,
Gern ritt' ich heute gen Gamwel-Hall
Und feierte heiligen Christ;

Ich hab' eine Lust, in Keller und Küch'
So recht zur Hand zu gehn;
Auch hab' ich den lieben Bruder mein
Seit Pfingsten nicht gesehen."

Vater Robin drauf: „Lieb' Hanna, gewiß,
Meinen Braunen geb' ich gern,
Nur nimm mir unsren Robin mit
Und zeig' ihn dem alten Herrn;

Und grüß den Alten und küsse dazu
Die Kinder groß und klein,
Und wenn ihr alle recht lustig seid,
Lieb' Hanna, so denke mein."

Er sprach's. Alsbald der Braune kam,
Gestriegelt und aufgestutzt!
Nur Robins Mutter und Robin selbst,
Die waren noch mehr geputzt.

Jung-Robin trug eine blaue Kapp'
Und ein Schwert an seiner Seit',

Und die Mutter gar, die bauschte daher
Im Vierzigfaltenkleid.

Es war ein selbstgesponnenes Stück,
Und sie wußte sich was darin,
Und sie sah beinah so stattlich aus
Wie zu London die Königin.

Jung-Robin schwang in den Sattel sich,
Seine Mutter kletterte nach,
Sie sah den Braunen ängstlich an,
Vater Robin aber sprach:

„Lieb' Hanna, laß, ich kenne sein Kreuz,
Zwei Reiter ist ihm Spiel,
Er trug schon sieben Scheffel Korn,
Und die wiegen doppelt so viel."

Er sprach's. Jung-Robin ritt im Schritt
Bis dicht an das Stadttor hin –
Das Händeschütteln nahm kein End'
Von Nachbar und Nachbarin.

Nun aber ging's auf den Braunen los
Zugleich mit Peitsch' und Sporn,
Und Robin rief: „He, lauf einmal
Und verdiene dein Weihnachtskorn."

Sie kamen an. Das ganze Haus
Geriet wie außer sich,
Der Alte rief in einem fort:
„Lieb' Schwester, wie freue ich mich!"

Am andern Morgen ging's zur Mess',
Dann aber ging's wieder nach Haus,
Sechs Tische standen da, wohlgedeckt,
Drauf dampfte der Weihnachtsschmaus.

Jede Tafel trug eine braune Gans,
Mit saftigen Äpfeln gefüllt,
Daneben Wildbret mit Schinken zumal,
In Eierteig gehüllt.

Sechs Lichter brannten; der Pfarrer vom Dorf
Sprach den Segen kurz und fromm –
Dann aber rief Squire Gamwel selbst:
„Liebe Gäste, Gott willkomm!

Willkommen mir all in Gamwel-Hall,
Und nun seht, was die Küche briet,
Wer aber mein Märzbier trinken will,
Der singe zuvor ein Lied."

Da sangen sie all (denn das Bier war gut)
Aus voller Kehl' und Brust –
Squire Gamwel schlug den Takt dazu
Und weinte beinah vor Lust.

Er rief: „Hört nur, wie draußen der Wind
Den Regen ans Fenster schlägt,
Das ist die Zeit, wo das Menschengemüt
Einen Humpen mehr verträgt.

Lieb' Hanna, hol uns den Stachelbeerwein,
Er zählt schon manchen Tag,
Und wirf mehr Holz noch in den Kamin,
Daß es lustiger knistern mag."

Und sie brachte das Holz und sie brachte den Wein,
Und sie tranken wacker davon,
Und der Alte rief: „Nun kommt das Best',
Nun hol' ich den Little John;

Little John, das ist der flinkste Bursch
Zehn Meilen in der Rund':

Kopfstehen, Radschlagen und Gliederverdrehn,
Das versteht er aus dem Grund."

Little John trat ein; Jung-Robin rief:
„Nun flinkester Bursch, komm her!
Und springst du sieben Ellen weit,
So spring' ich noch eine mehr."

Little John sprang sieben, Jung-Robin sprang acht,
Auf Zollbreit hielt er Wort,
Da rief der Alte: „So wahr ich leb',
Ich lasse dich nicht mehr fort.

Sei mir ein Sohn: wir haben hier auch
Fangmesser, Bogen und Pfeil,
Und mach' ich mal die Augen zu,
So erbst du Kindesteil."

2

Jung-Robin blieb. Der Frühling kam,
Auf sproßten die Veilchen, die blaun,
Die Lerche hatte mit Liedern zu tun,
Und die Schwalbe mit Nesterbaun;

Da rief Jung-Robin: „Nun komm, Little John,
Jeder Vogel ruft mich hinaus –
Ich muß wieder heim in den Sherwood-Wald
Und sein grünes Blätterhaus."

Sie kamen zum Wald; sein Hüfthorn rasch
Führte Robin an den Mund –
Da wuchsen, wie auf Zauberschlag,
Fünfzig Jäger aus dem Grund.

Er rief: „Grüß' Gott euch, liebe Geselln!"
Und fragte sie her und hin;
Dann plötzlich schwieg er: aus Waldesnacht
Trat Jenny, die Schäferin.

Seine Sinne hatten sie nie gesehn,
Betroffen er vor ihr stand;
Sie trug in Strählen ihr schwarzes Haar,
Durchflochten mit rotem Band.

Sie trug ein Mieder, kornblumenblau,
An silbernen Spangen reich,
Und ihr Aug', umwölbt von dunkler Brau,
Blickte mild und mutig zugleich.

Er rief: „Willkommen, wer immer du seist!
Und suchest du unsren Schutz –
Beim Himmel, um deinen süßen Leib
Böt' ich dem Könige Trutz."

Da lachte sie laut und rief: „Hab' Dank!
Ich bin eine Warwick-Maid,
Und braucht' ich Schutz, sieh diesen Pfeil
Und den Bogen an meiner Seit'!"

Sie sprach es kaum, da brach mit Geräusch
Ein Reh durchs knickende Holz,
Sie rief: „Schau auf!" und mitten durchs Herz
Drang ihr gefiederter Bolz.

Jung-Robin sah's. „Und brauchtest du nicht
Meines Arms" – so rief er laut –
„So nimm meine Hand und mein Herz dazu
Und sei meine süße Braut.

Ich bin Robin Hood. Im Sherwood-Wald
Sollst du die Königin sein,
Was Bogen und Pfeil erreichen kann,
Ist alles, alles mein."

Wohl wurde sie rot und rief doch: „Ja!
Ja, und von Herzen gern,

Ich will dir folgen, wohin du gehst,
Und dir dienen als meinem Herrn.

Jetzt aber komm und geleite mich heim
In meines Vaters Haus,
Wir feiern heute das Kirchweihfest –
Nun wird es mein Hochzeitsschmaus!“

Da brachen sie auf nach Titbury-Town,
Little John, der schritt voran,
Auf den Schultern er einen Rehbock trug,
Den man immer brauchen kann.

So ging's feldein. Schon grüßte der Turm
Von Titbury ganz in der Näh'
Da sperrten fünf Burschen ihnen den Weg
Und schrien: „Gebt uns das Reh!“

Ihre Messer blitzten. Da lachten laut auf
Robin Hood und Little John,
Sie schlugen zwei von den Strolchen tot,
Die andern liefen davon.

Beim Himmel, ein lustiger Stückchen Kampf
Tät Robin nie bestehn –
Ich bin der Fiedler von Titbury-Town
Und habe mit zugesehn.

Ich stand kaum fünfzig Schritt davon
Und fiedelte wacker mit drein,
Auch aus der Stadt scholl Jubel her
Von Dudelsack und Schalmein.

Und als der Kampf vorüber war,
Jung-Robin war nicht matt,
Er faßte schön Jenny um den Leib
Und tanzte hinein in die Stadt.

Da war auf Markt und Gassen schon
Das Kirchweihfest im Gang,
Selbst Tom, der Schreiber vom Gericht,
Über Tisch und Bänke sprang.

Er führte die Anne Marie zum Tanz
– Bei Gott, eine hübsche Dirn!
Und richtig gezählt, jeden dritten Takt
Da küßt' er sie auf die Stirn.

Ich bin der Fiedler und hab' es gesehn
Und gönn's ihm auch von Grund,
Denn meine Nanny war auch dabei,
Und die küßt' ich auf den Mund.

Jung-Robin aber und Jenny schön,
Die tanzten zum Vater ins Haus,
Und als der Herr Pfarrer sein Sach' getan,
Ging's tanzend wieder hinaus;

Hinaus in den Wald; da waren die Tisch'
Unterm Laubdach angericht't, –
Ach, was ich da alles gegessen hab',
Vor Trinken weiß ich's nicht.

Nur in den Wabenhonig hinein
Schnitt ich ein tiefes Loch,
Und wenn ich daran denken tu,
Schmeckt es mir immer noch.

Jung-Robin und Jenny gingen zu Bett,
Wir aber schliefen aus,
Und als der nächste Morgen kam,
Nahm jeder was mit nach Haus.

Ich nahm einen Kuchen; er war nicht groß,
Doch war er auch nicht klein,

Ich lebt an die sieben Tagen davon
Und lud noch Gäste ein.

Und halt! daß eins ich nicht vergess'
Vor lauter Hast und Eil':
Sie wurden getraut mit einem Ring;
Und nun dem Könige Heil!

Dem Könige Heil! und geb' ihm Gott
Einen jungen Prinzen bald; –
Ich aber will singen von Robin Hood
Und dem lustigen Sherwood-Wald.

*

König Alfred

Der Däne haust mit Mord und Brand
In Wessex und Northumberland:
Held Alfred irrt im eignen Reich
Umher, dem flücht'gen Hirsche gleich.

Bei Wolf und Elen, tief im Wald,
Da nimmt er seinen Aufenthalt,
Da sammelt er, im Schutz der Nacht,
Ein neues Heer zu neuer Schlacht.

Und als die Seinen kampfbereit,
Da legt er an ein Harfnerkleid:
Ins Dänenlager will er gehn,
Des Feindes Schwächen auszuspähn.

Schon tritt er kühn, die Harf' im Arm,
Vor König Guthruns Zecherschwarm,
Bald in der Becher Kling und Klang
Tönt König Alfreds Schlachtgesang.

Er singt von jenem Zechermahl,
Wo statt der Becher Stahl an Stahl

In Lüften klirrt und Schild an Schild, –
Wo Blut statt Wein in Strömen quillt.

Er singt von jenem Zechermahl,
Wo „Tod“ den schäumenden Pokal
Kredenzt und jeder, der da trinkt,
Für alle Zeit zu Boden sinkt.

Von seiner Ahnen Kraft und Krieg,
Von Hengist und dem Stamford-Sieg,
Von Eglesford, wo Horsa fiel, –
Singt er ein Lied zum Saitenspiel.

Der Dänenkönig aber lacht
Wohl ob der Sachsen Mut und Macht,
Er lacht und hört nicht, wie das Lied
Der Raben schon die Luft durchzieht.

Er zecht und jubelt noch im Zelt,
Als schon der siegessichre Held
Mit Schild und Speer ins Lager dringt
Und neue Schlachtgesänge singt.

Und wilder jetzt in Feindesreihn
Greift er als in die Harf' hinein
Und spielt, daß Sait' um Saite springt
Und Schrei um Schrei gen Himmel dringt.

Des Liedes lacht der Däne nicht,
Das klingenscharf zum Herzen spricht,
Gen Jütland jagt es übers Meer
Ihn ohne Rast und – ohne Heer.

In Wessex und Northumberland
Herrscht wieder König Alfreds Hand,
Und heimwärts lenkt des Dänen Kiel,
Denkt er an Alfreds Saitenspiel.

*

Schloß Eger

Lärmend, im Schloß zu Eger,
Über dem Ungarwein,
Sitzen die Würdenträger
Herzogs Wallenstein:
Tertschka, des Feldherrn Schwager,
Illo und Kinsky dazu,
Ihre Heimat das Lager,
Und die Schlacht ihre Ruh.

Lustig flackern die Kerzen;
Aber der Tertschka spricht:
„Ist mir's Nacht im Herzen
Oder vorm Gesicht?
Diese Lichter leuchten
Wie in dunkler Gruft,
Und die Wände, die feuchten,
Hauchen Grabesluft.“

Feurig funkelt der Unger;
Aber der Kinsky spricht:
„Draußen bei Frost und Hunger
Schüttelte so mich's nicht,
Hielte lieber bei Lützen
Wieder in Qualm und Rauch;
Wolle Gott uns schützen,
Oder – der Teufel auch.“

Illo nur, Herz wie Kehle
Hält er bei Laune sich,
Dicht ist seine Seele
Gegen Hieb und Stich,

Trägt ein Büffelkoller
Wie sein Körper braun,
Lustiger und toller
War er nie zu schaun.

Und vom Trunke heiser
Ruft er jetzt und lacht:
„Das erst ist der Kaiser,
Wer den Kaiser macht;
Eid und Treue brechen,
Taten wir's allein?
Hoch der König der Tschechen,
Herzog Wallenstein!" –

Burg- und Schloßbewohner
Ruhen … Da sieh, in Stahl,
Buttlersche Dragoner
Dringen in den Saal;
Buttler selbst, im Helme,
Tritt an den Illo: „Sprich,
Seid ihr Schurken und Schelme
Oder gut kaiserlich?!"

Hei, da fahren die Klingen
Wie von selber heraus,
Von dem Pfeifen und Schwingen
Löschen die Lichter aus;
Weiter geht es im Dunkeln,
Nein, im Dunkeln nicht:
Ihrer Augen Funkeln
Gibt das rechte Licht.

Tertschka fällt; daneben
Kinsky mit Fluch und Schwur;
Mehr um Tod wie Leben
Ficht selbst Illo nur,
Schlägt blindhin in Scherben
Schädel und Flaschen jetzt,

Wie ein Eber im Sterben
Noch die Hauer wetzt.

Licht und Fackel kommen,
Geben düstren Schein:
Ineinander verschwommen
Blinken Blut und Wein;
Überall im Saale
Leichen in buntem Gemisch,
Stumm, vor seinem Mahle,
Sitzt der Tod am Tisch.

Buttler aber, wie Wetter,
Donnert jetzt: „Laßt sie ruhn!
Das sind erst die Blätter,
An die Wurzel nun.“
Bald in Schlosses Ferne
Hört man's krachen und schrei'n; –
Schau nicht in die Sterne,
Rette dich, Wallenstein!

*

Der alte Derffling

Es haben alle Stände
So ihren Degenwert,
Und selbst in Schneiderhände
Kam einst das Heldenschwert;
Drum jeder, der da zünftig
Mit Nadel und mit Scher',
Der mache jetzt und künftig
Vor Derffling sein Honneur.

In seinen jungen Tagen
War das ein Schneiderblut,
Doch mocht' ihm nicht behagen
So Zwirn wie Fingerhut;
Und wenn er als Geselle

So saß und fädelt' ein,
Schien ihm die Schneiderhölle
Die Hölle selbst zu sein.

Einst, als das Nagelhalten
Ihm schier ans Leben ging,
Dacht' er: „Das Schädelspalten
Ist doch ein ander Ding";
Fort warf er Maß und Elle
Voll Kriegslust an die Wand
Und nahm an Nadels Stelle
Den Säbel in die Hand.

Sonst focht er still und friedlich
Nach Handwerksburschen-Recht,
Jetzt war er unermüdlich
Beim Fechten im Gefecht;
Es war der flinke Schneider
Zum Stechen wohl geschickt,
Oft hat er an die Kleider
Dem Feinde was geflickt.

Er stieg zu hohen Ehren,
Feldmarschall ward er gar,
Es mocht' ihn wenig kehren
Daß einst er Schneider war;
Nur, fand er einen Spötter,
Verstund er keinen Spaß
Und brummte: „Für Hundefutter
Ist hier mein Ellenmaß.".

Krank lag in seinem Schlosse
Der greise Feldmarschall,
Keins seiner Lieblingsrosse
Kam wiehernd aus dem Stall;
Er sprach: „Als alter Schneider
Weiß ich seit langer Zeit,

Man wechselt seine Kleider –
Auch hab' ich des nicht Leid.

Es fehlt der alten Hülle
In Breite schon und Läng',
Der Geist tritt in die Fülle,
Der Leib wird ihm zu eng;
Gesegnet sei dein Wille,
Herr Gott, in letzter Not!"
Er sprach's und wurde stille –
Der alte Held war tot.

*

Havelland
(Statt eine Vorwortes zu dem 3. Band der „Wanderungen" 1873)

Grüß Gott dich, Heimat! ... Nach langem Säumen
In deinem Schatten wieder zu träumen,
Erfüllt in dieser Maienlust
Eine tiefe Sehnsucht mir die Brust.
Ade nun, Bilder der letzten Jahre,
Ihr Ufer der Somme, der Seine, Loire,
Nach Krieges- und fremder Wässer Lauf,
Nimm, heimische Havel, mich wieder auf.

Es spiegeln sich in deinem Strome
Wahrzeichen, Burgen, Schlösser, Dome:
Der Julius-Turm, den Märchen und Sagen
Bis Römerzeiten rückwärts tragen,
Das Schildhorn, wo, bezwungen im Streite,
Fürst Jazko dem Christengott sich weihte,
Der Harlunger-Berg, des oberste Stelle
Weitschauend trug unsre erste Kapelle,
Das Plauer-Schloß, wo fröstelnd am Morgen
Hans Quitzow steckte im Röhricht verborgen,
Die Pfaueninsel, in deren Dunkel
Rubinglas glühte Johannes Kunkel,

Schloß Babelsberg und „Schlößchen Tegel“,
Nymphäen, Schwäne, blinkende Segel –
Ob rote Ziegel, ob steinernes Grau,
Du verklärst es, Havel, in deinem Blau.

Und schönest du alles, was alte Zeiten
Und neue an deinem Bande reihten,
Wie schön erst, was fürsorglich längst
Mit liebendem Arme du umfängst.
Jetzt Wasser, drauf Elsenbüsche schwanken,
Lücher, Brücher, Horste, Lanken,
Nun kommt die Sonne, nun kommt der Mai,
Mit der Wasser-Herrschaft ist es vorbei.
Wo Sumpf und Lache jüngst gebrodelt,
Ist alles in Teppich umgemodelt –
Ein Riesenteppich, blumenverziert,
Viele Meilen im Geviert.
Tausendschönchen, gelbe Ranunkel,
Zittergräser, hell und dunkel,
Und mitteninne (wie das lacht!)
Des roten Ampfers leuchtende Pracht.
Ziehbrunnen über die Wiese zerstreut,
Trog um Trog zu trinken beut,
Und zwischen den Trögen und den Halmen,
Unter nährendem Käuen und Zermalmen,
Die still Herde … das Glöcklein klingt,
Ein Luftzug das Läuten herüberbringt.

Und an dieses Teppichs blühendem Saum
Die lachenden Dörfer, ich zähle sie kaum:
Linow, Lindow,
Rhinow, Glindow,
Beetz und Gatow,
Dreetz und Flatow,
Bamme, Damme, Kriele, Krielow,
Petzow, Retzow, Ferch am Schwielow,
Zachow, Wachow und Groß-Bähnitz,
Marquard an der stillen Schlänitz,

Sentzke, Lentzke und Marzahne,
Lietzow, Tietzow und Rekahne,
Und zum Schluß in dem leuchtenden Kranz:
Ketzin, Ketzür und Vehlefanz.

Und an deinen Ufern und an deinen Seen,
Was, stille Havel, sahst all du geschehn ?!
Aus der Tiefe herauf die Unken klingen –
Hunderttausend Wenden hier untergingen;
In Lüften ein Lärmen, ein Bellen und Jagen,
„Das ist Waldemar" sie flüstern und sagen;
Im Torfmoor, neben dem Cremmer-Damme,
(Wo Hohenloh' fiel) was will die Flamme?
Ist's bloß ein Irrlicht? ... Nun klärt sich das Wetter,
Sonnenschein, Trompetengeschmetter,
Derfflinger greift an, die Schweden fliehn,
Grüß Gott dich, Tag von Fehrbellin.

Grüß Gott dich, Tag, du Preußen-Wiege,
Geburtstag und Ahnherr unsrer Siege,
Und Gruß dir, wo die Wiege stand,
Geliebte Heimat, Havelland!

*

Jung-Bismarck
(Zu einem Bild des 19jährigen)

In Lockenfülle das blonde Haar,
Allzeit im Sattel und neunzehn Jahr,
Im Fluge weltein und nie zurück –
Wer ist der Reiter nach dem Glück?
Jung-Bismarck.

Was ist das Glück? Ist's Gold, ist's Ehr',
Ist's Ruhm, ist's Liebe? Das Glück ist mehr,
Noch liegt es im Dämmer, erkennbar kaum,
Aber er sieht es in seinem Traum,
Jung-Bismarck.

Er sieht es im Traume. Was ist, das er sah?
Am Brunnen sitzt Germania,
Zween Eimer wechseln, der eine fällt,
Der andere steigt; wer ist's, der ihn hält?
Jung-Bismarck.

Und neue Bilder: ein Schloß, ein Saal,
Was nicht blitzt von Golde, das blitzt von Stahl,
Einer dem Barbarossa gleicht –
Wer ist es, der die Krone ihm reicht?
Jung-Bismarck.

Was ist das Glück? Ist's Gold, ist's Ehr',
Ist's Ruhm, ist's Liebe? Das Glück ist mehr:
„Leben und Sterben dem Vaterlande" –
Gott segne fürder deine Hand,
Jung-Bismarck.

*

Hochzeit

Im Grafenschlosse drüben
Tobt laut der Freude Sturm,
Und in der Mühle hüben
Pickt leis der Totenwurm.
Im Schlosse heut vereinet
Die Braut dem Grafen sich,
Und in der Mühle weinet
Sein Liebchen bitterlich.

Im Grafenschlosse drüben
Erstirbt der Freude Sturm,
Doch in der Mühle hüben
Pickt noch der Totenwurm.
Im Schloß nach Gattenweise
Der Graf die Braut umschlingt,
Und in der Mühle leise
Es nach dem Liebchen winkt.

Im Grafenschlosse drüben
Erlosch der Freude Sturm,
Und in der Mühle hüben
Schweigt selbst der Totenwurm.
Die Gräfin, süß gekettet,
Entschlief im Brautgemach,
Das Liebchen, tief gebettet,
Ruht aus im Mühlenbach.

*

Graf Hohenstein

1

Der junge Graf von Hohenstein
War sonst kein Weidgeselle,
Was hält sein Roß tagaus, tagein
Jetzt an des Försters Schwell?
Er trägt kein Hifthorn um den Leib, –
Was will der Graf erjagen?
Ihr müßt des Försters junges Weib,
Die schöne Gertrud fragen.

Die schöne Gertrud horcht gespannt
Bei Dämmerschein im Garten;
Durch ihre Brust zieht, Hand in Hand,
Ein Bangen und Erwarten;
Da schallt ein Huf, der Hund schlägt an,
Sie spricht: „Gott, hab' Erbarmen!"
Und ehe sie weiter beten kann,
Hält sie der Graf in Armen.

Er spricht: „Nun halt' es endlich mir,
Was du mir oft versprochen,
Mir ist die Zeit seit Monden schier
Auf Schnecken fortgekrochen;
Sprich nicht, auf's neue, hin und her
Von Schwur, Altar und Treue, –

Die Treu' ist eine alte Mär,
Und Schwachheit ist die Reue."

Er spricht's, und als die Nacht erscheint,
Da hat das Spiel ein Ende;
Fort jagt der Graf, Schön-Gertrud weint
Und ringt die sünd'gen Hände;
Ihr Mann kehrt heim mit Gruß und Kuß,
Wie Abschied er genommen,
Sie heuchelt, weil sie heucheln muß,
Und heißt ihn froh willkommen. –

Ein Jahr und wenig Tage sind's,
Der Graf zieht andre Fährte,
Zur Taufe nur des Försterkinds
'nen Becher Wein er leerte.
Der Wein war nüchtern, wie die Leut'
Und konnt' ihn wenig laben,
Nur mocht' an Försters Vaterfreud'
Er seine Freude haben.

2

Manch Jahr in immer schnell'rer Flucht
Ist hin ins Land gegangen,
Längst hält der Graf in Sitt' und Zucht
Ein jung Gemahl umfangen;
In ihrem Aug' ist andres nicht
Wie Lieb' und Treu' zu schauen,
Doch keinem Engelsangesicht
Vermöcht' er zu vertrauen.

Er schläft: – auffährt er aus dem Traum,
Er bebt an Seel' und Leibe,
Todblaß, die Füße wollen kaum,
Schleicht er zu seinem Weibe;
Er lauscht und, als er vor ihr steht,
Was hört er? seinen Namen;

Ihr Träumen war ein fromm Gebet,
Vernehmlich sprach sie „Amen!"

Er reitet einsam in den Wald
Und sinnt und – muß erbleichen:
Er drückt dem Renner allsobald
Die Sporen in die Weichen,
Er fliegt nach Haus auf seinem Roß
Im Wettlauf mit dem Winde –
Und findet, spielend vor dem Schloß,
Sein Weib mit seinem Kinde.

Oft läßt er selbst, auf seinen Knien,
Den hübschen Blondkopf schaukeln,
Bis plötzlich tolle Bilder ihn,
Wie hergeweht, umgaukeln:
Des Kindes Augen sind so blau,
Und schwarz sind doch die seinen, –
Er stößt es fort und murmelt rauh:
„Was kümmert mich sein Weinen?"

Einst, als sein Roß im Walde draus
Gar alten Weg genommen,
Ist an des Försters stillem Haus
Der Graf vorbeigekommen;
Er sprach: „Die Treu' ist keine Mär; –
Ich hab' ihr Band zerrissen,
Nun treibt mich ruhelos umher
Ein strafendes Gewissen."

*

Schön-Anne

1

Schön-Anne strählt ihr schwarzes Haar
Und hängt den Kopf in Trauer;
Sie spricht: „Heut werd' ich zwanzig Jahr',
Und Jugend hat nicht Dauer;

Wenn ich ein Herz noch finden soll,
Recht wie mein eignes liebevoll,
So muß ich's balde finden."

Der Tag ist um; neugierig-bang
Legt Anne sich die Karten:
„Ein Jahr noch!" Ach, es ist so lang,
Bis übers Jahr zu warten;
Sie seufzet: „Wär' erst wieder Mai,
Nicht eher atm' ich froh und frei,
Bis ich ein Herz gefunden."

Das Jahr ist um, der Mai ist da
Mit seinen Blumen allen,
Wohl mochte manchem, der sie sah,
Die hübsche Dirn gefallen;
Doch Anne war ein Waisenkind,
Und wo nicht Hof und Truhe sind,
Da hat die Lieb' ein Ende.

Das Jahr ist um, und Anne spricht:
„Gott, diese Herzensleere
Trag' ich geduldig länger nicht,
Und kostet's Ruf und Ehre;
Die Eltern hab' ich kaum gekannt,
Niemals ein Herze mein genannt, –
Ich will ein Herz besitzen."

Und als der Sonntag Abend kam,
Da ging sie hin zum Tanze,
Sie fragte nichts nach Schand' und Scham
Und nichts nach ihrem Kranze, –
Sie suchte sich den Hübsch'sten aus
Und nahm ihn keck mit sich nach Haus; –
Es war ihr fester Wille.

„Ich hab' ein Recht!" Der eitle Wahn
Ließ keinen Spott sie scheuen;

Sie sprach: „Ich weiß, was ich getan,
Und nimmer soll's mich reuen;
Was mir das Leben schuldig ist,
Das soll mir nun in kurzer Frist
Mein eigen Kind bezahlen."

2

Und übers Dorf ging Jahr um Jahr,
Aufschoß manch schlanke Tanne;
Sie aber, die „Schön-Anne" war,
Heißt lang nun „Mutter Anne";
Jetzt, wenn im Krug brav' Tänzer sind,
Geht schon der schönen Anne Kind
Im Sonntagsschmuck zu Tanze.

Was weint die Mutter Anne so
Und stützt den Kopf in Sorgen?
Schlägt ihr das Mutterherz nicht froh
An jedem neuen Morgen?
Die Tochter kommt vom Tanz nach Haus,
Die Mutter spricht: „Bliebst lange aus,
Kind, halte dich in Ehren!"

Die Tochter zieht ein schnipp'sch Gesicht
Und spricht: „Laß mich nur machen!
Ich dächt', ich hielt auf Ehr' und Pflicht,
Und – kann mich selbst bewachen;
Und wenn ich leicht und locker wär',
Es käm' wohl nicht von ungefähr,
Hat alles seine Gründe.

Du sagst mir oft, mein Vater sei
Vor Jahren schon gestorben,
Doch hat mir manche Neckerei
Den Glauben dran verdorben;
Wohl schuld' ich dieses Leben dir,
Doch, weiß es Gott, oft wünsch' ich mir,
Ich wäre nicht geboren."

Sie spricht's, ihr schwarzes Auge glüht,
Die Tür ist zugeflogen,
Und um die letzte Hoffnung sieht
Arm-Anne sich betrogen;
Sie seufzt: „Das also ist der Lohn,
Um den ich allen Spott und Hohn
Mein lebelang getragen!"

Dann aber betet sie bewegt:
„Gott, es ist mein Verschulden!
Was uns dein Wille auferlegt
Geziemet uns zu dulden; –
Entsagen kann ich wahre Lieb',
Es war die Selbstsucht, die mich trieb,
Und bitter muß ich's büßen."

*

Hannefried

Es zieht ein Zug das Dorf entlang
Mit schwarzen Trauerfahnen,
Und vor ihm schreitet Glockenklang,
Zu Ruh' und Ernst zu mahnen;
An jeder Tür steht jung und alt,
Und wo der Zug vorüberwallt,
Folgt ihm ein leises ‚Amen!'

Es hält der Zug; man senkt hinab
Ein Kind von achtzehn Jahren,
Wollt' ihr der Tod im frühen Grab
Reinheit und Unschuld wahren?
Von Tränen leer ist kein Gesicht,
Und ‚Jesus meine Zuversicht'
Erklingt von hundert Stimmen.

Da plötzlich tönt ein Wirtshauslied
Schrill in die heil'gen Klänge,
Des Schulzen Sohn, der Hannefried,

Liebt anderlei Gesänge:
„Trin-Annchen hin, Trin-Annchen her,
's gibt noch der schmucken Dirnen mehr."
So hat er laut gesungen.

Es stockt das Lied; im ganzen Kreis
Kein Singen und kein Beten,
Der Priester nur – ein hoher Greis –
Ist an das Grab getreten;
Er wirf die Hand voll Sand hinein
Und segnet still die Leiche ein,
Als hätt' er nichts vernommen.

Dann aber hebt er seine Hand
Und ruft: „Fluch soll ihn treffen,
Der es gewagt, voll Schimpf und Schand,
Das Heiligste zu äffen;
Das sei ihm Fluch: Wenn's Herz ihm bricht,
‚Herr Jesus meine Zuversicht'
Soll er nicht lallen können!"

Er schweigt; die Menge strömt nach Haus,
Stumm, ohne Lied und Klagen,
Der Hannefried schwankt hinaus,
Als hätt' er schwer zu tragen.
Sein Blick ist scheu, ernst seine Stirn,
Er geht zu Krug, doch Bier und Dirn,
Sie wollen ihm nicht munden.

Ein Jahr verging; der Hannefried
Hat Haus und Hof erworben,
Doch ob er's blühn und reifen sieht,
Ihm ist all Freud' verdorben.
Er nimmt ein Weib, er tut so warm,
Und oftmals doch in ihrem Arm
Fühlt er sich frostgeschüttelt.

Die Jahre fliehn; ein einzig Kind

Hat ihm der Herr gegeben,
Er hing an ihr, wie Eltern sind,
Mehr als am eignen Leben;
Vor Monden ward sie achtzehn Jahr',
Heut ist sie aller Rosen bar
Und wird hinausgetragen.

Und sieh, es zieht das Dorf entlang
Ein Zug mit schwarzen Fahnen,
Und vor ihm schreitet Glockenklang
Zu Ruh' und Ernst zu mahnen;
An jeder Tür steht jung und alt,
Und wo der Zug vorüberwallt,
Folgt ihm ein leises ‚Amen!'

Der Vater folgt dem Sarge dicht,
Dicht nach ihm folgt die Mange,
Und ‚Jesus meine Zuversicht'
Ertönen jetzt die Klänge.
Und wie das Lied die Luft durchzieht,
Mitsingen will der Hannefried,
Was aber muß er lallen?

„Trin-Annchen hin" – er hört's entsetzt –
Er will nicht weiter singen;
Umsonst, sein Fluch, er zwingt ihn jetzt
Das Lied zu End' zu bringen
Und weiter geht's: „Trin-Annchen her,
's gibt noch der schmucken Dirnen mehr
Für einen schmucken Jungen."

Das Grab ist zu; der Sang ist aus,
Stumm sind Gebet und Klagen,
Der Hannefriedel schwankt nach Haus,
Als hätt' er schwer zu tragen;
Er lebt und lebt, sein Haar wird weiß,
Er ruft den Tod, so oft, so heiß, –
Der aber will nicht kommen.

Da einstens – wie? das wußt' er nicht –
Ward ihm so leicht die Seele,
Und ‚Jesus meine Zuversicht'
Klang's frei ihm aus der Kehle,
Er sang das ganze Lied zu End'; –
Gefaltet fromm die starren Händ'
Fand ihn die Morgensonne.

*

Balladen aus aller Welt

Der Markuslöwe

Venedig schläft; doch schlummerscheu
Wacht der geflügelte Markusleu,
Er wacht und von der Lagune zum Meer
Wandert sein Auge hin und her.

Und wie er starr in die Ferne schaut,
Da wird's in der Piazetta laut,
Das Wasser steigt, und Well' auf Well'
Umplätschert des Löwen Fußgestell.

Der Wogen eine züngelt empor
Und raunt dem ehernen Wächter ins Ohr:
„Was blickst du starr in die See hinaus,
Dieweil Verderben im eigenen Haus?

Als ich dem Palaste vorübergerauscht,
Hab' ich den grauen Falieri belauscht;
Bedroht ist die Freiheit, bedroht ist der Staat,
Im Herzen des Dogen brütet Verrat.

Was suchst du den Feind auf der Adria?
Falieri heißt er, nicht Doria;
Nach Kron' und Szepter trachtet sein Sinn,
Leu, rette die Meereskönigin!"

Da springt mi einem gewaltigen Satz
Der Löwe hinab auf den Markusplatz; –
Schon huscht der Verrat durch die Straßen scheu,
Da hält am Markusturme der Leu.

Mit seiner Tatze zerschlägt er das Tor,

Er fliegt die steinernen Treppen empor,
Umklammert die Glocke hoch oben im Turm
Und der Markuslöwe läutet Sturm.

Wie wenn er die Toten wecken will,
Mischt er dem Donner sein eigen Gebrüll; –
Venedig ist wach, entdeckt der Verrat,
Gefangen Falieri, gerettet der Staat.

Auf seiner Säule rastet aufs neu
Venedigs Wächter – der Markusleu;
Den Dogen findet das Morgenrot
Auf dem Schafotte blutig und tot.

*

Katharina von Medici

Bluthochzeit feierte die Stadt Paris,
Der Glocke Zeichen war in Nacht verklungen
Und durch die Straßen, wie gehetztes Wild,
Wehschreiend, betend floh der Hugenott.
Schon zog ein Blutstreif durch den Seine-Fluß,
Schon lag verstümmelt, siebenfach durchbohrt,
Auf offnem Platz der greise Coligny,
Und immer noch, den Mord zum Morde mahnend,
„Laßt Ader!" schrie der tückische Tavannes.
Im Schlosse aber, das sie Louvre nennen,
An seiner hohen Bogenfenster einem
Stand König Karl, der neunte seines Namens,
Und zitterte. Der ungeheure Frevel
Griff ihm ins Herz. Trotz Licht und Fackelglanz,
Nacht war's um ihn. Er warf die Büchse fort.
„Ich kann nicht schießen, Mutter!" rief der König
Da trat sie selbst hervor, schwarz war ihr Haar,
Schwarz wie der Sammet ihres Schleppenkleides,
Und ihrem Aug' entflammte tiefre Glut,
Als dem Rubin, der ihr am Nacken blitzte.
„Bist du ein Mann?" so raunte sie ihm zu,

„Ein König und so feig? Ich mag's nicht glauben."
Das zündete. Der Fürst, in falscher Scham,
Griff wieder nach dem Rohr, sie aber rief:
„Schau dort das Weib, das Hugenottenweib,
Sie flieht und birgt den Säugling an der Brust,
Zertritt das Raupennest!" Der König schoß;
Ein Wehschrei klang herauf; sie aber klatschte
Laut in die Hand ... In jener dunklen Nacht
Erlosch der Glanz des Hauses Medici.

*

Der schwarze Korsar

Ein Spiegel das Meer – auf der Fluten Blau
Tanzt leicht der Fregatte zierlicher Bau.
Das Erz der Geschütze, das Segel so weiß,
Blinkt hell in der Sonne so tropenheiß.

Matrosen, gebräunt und von struppigem Haar,
Schaun südwärts und schwatzen vom schwarzen Korsar;
Vom schwarzen Korsar, vom guten Fang,
Auf den sie passen schon mondenlang.

Schon flimmert am Himmel der Abendstern,
Da zieht's wie ein Schatten in weiter Fern.
Wie, sind sie der schwarzen Flagg' auf der Spur;
Wie, ist es ein schwarzes Wölkchen nur?

Er naht, der Korsar, er weckt das Meer,
Er segelt mit vollen Segeln daher;
Seine Stimme ist Donner, Nacht ist sein Haar,
So naht der Sturm, der schwarze Korsar.

Er höhnt die Fregatte und jagt herbei,
Als ob er ein Sklavenhändler sei,
Und peitschet über das schäumende Meer
Die schwarzen Wolken wie Neger einher.

Wohl trotzet die Fregatte dem Sturmesdräun,
Wohl krachen die Salven, den Feind zu zerstreun.
Umsonst – schon hat er sie wütend gefaßt,
Und die Fahne senkt sich, der Flaggenmast.

Schon streckt die Fregatte Gewaffen und Wehr
Und wirft die Geschütze hinunter ins Meer.
Der letzten Salve gedämpfter Klang
Wie Hilferufen zum Himmel drang.

Umsonst – unter schrillem Hurrageschrei
Bricht er der Schlanken die Rippen entzwei,
Sie sinkt, von Riesenfäusten gepackt,
Und über ihr schließt sich der Katarakt.

Und weiter stürmt mit flatterndem Haar,
Mit blitzendem Auge der schwarze Korsar
Und spürt nach neuem Spielzeug umher
Für sein Lieb, das unersättliche Meer.

*

Bianka

„Am Finger schon den Goldreif
Und im Haare schon den Kranz
Und im Herzen Tage der Zukunft,
So schritten wir zum Tanz.

Wir sahen uns ins Auge, –
Aufsprangen die Türen da,
Blut floß und Wein zusammen,
Ich weiß nicht, was geschah.

Mir schwanden alle Sinnen;
Mir war es in meiner Nacht,
Als ritten wir über die Heide, –
Im Kerker bin ich erwacht.

Ich dächt' ich läg' im Traume,
Wäre die Fessel nicht,
Die mir unerbittlich
Beide Hände umflicht.

Sie schließen sich zum Gebete:
Erbarme dich meiner Not!
Sende mir, Gott, deine Engel
Oder sende mir den Tod!"

*

Romane

Unterm Birnbaum

Erstes Kapitel

Vor dem in dem großen und reichen Oderbruchdorfe Tschechin um Michaeli 1820 eröffneten Gasthaus und Materialwarengeschäft von Abel Hradscheck (so stand auf einem über der Tür angebrachten Schilde) wurden Säcke vom Hausflur her auf einen mit zwei mageren Schimmeln bespannten Bauernwagen geladen. Einige von den Säcken waren nicht gut gebunden oder hatten kleine Löcher und Ritzen, und so sah man denn an dem, was herausfiel, daß es Rapssäcke waren. Auf der Straße neben dem Wagen aber stand Abel Hradscheck selbst und sagte zu dem eben vom Rad her auf die Deichsel steigenden Knecht: „Und nun vorwärts, Jakob, und grüße mir Ölmüller Quaas. Und sag ihm, bis Ende der Woche müßte ich das Öl haben, Leist in Wrietzen warte schon. Und wenn Quaas nicht da ist, so bestelle der Frau meinen Gruß und sei hübsch manierlich. Du weißt ja Bescheid und weißt auch, Kätzchen hält auf Komplimente."

Der als Jakob Angeredete nickte nur statt aller Antwort, setzte sich auf den vordersten Rapssack und trieb beide Schimmel mit einem schläfrigen „Hüh!" an, wenn überhaupt von Antreiben die Rede sein konnte. Und nun klapperte der Wagen nach rechts hin den Fahrweg hinunter, erst auf das Bauer Orthsche Gehöft samt seiner Windmühle (womit das Dorf nach der Frankfurter Seite hin abschloß) und dann auf die weiter draußen am Oderbruchdamm gelegene Ölmühle zu. Hradscheck sah dem Wagen nach, bis er verschwunden war, und trat nun erst in den Hausflur zurück. Dieser war breit und tief und teilte sich in zwei Hälften, die durch ein paar Holzsäulen und zwei dazwischen ausgespannte Hängematten voneinander getrennt waren. Nur in die Mitte hatte man einen Durchgang gelassen. An dem Vorflur lag nach rechts hin das Wohnzimmer, zu dem eine Stufe hinaufführte, nach links hin aber der Laden, in den man durch ein großes, fast die halbe Wand einnehmendes Schiebefenster hineinsehen konnte. Früher war hier die Verkaufsstelle gewesen, bis sich die zum Vornehmtun geneigte

Frau Hradscheck das Herumtrampeln auf ihrem Flur verbeten und auf Durchbruch einer richtigen Ladentür, also von der Straße her, gedrungen hatte. Seitdem zeigte dieser Vorflur eine gewisse Herrschaftlichkeit, während der nach dem Garten hinausführende Hinterflur ganz dem Geschäft gehörte. Säcke, Zitronen- und Apfelsinenkisten standen hier an der einen Wand entlang, während an der andern übereinandergeschichtete Fässer lagen, Ölfässer, deren stattliche Reihe nur durch eine zum Keller hinunterführende Falltür unterbrochen war. Ein sorglich vorgelegter Keil hielt nach rechts und links hin die Fässer in Ordnung, so daß die untere Reihe durch den Druck der obenaufliegenden nicht ins Rollen kommen konnte.

So war der Flur. Hradscheck selbst aber, der eben die schmale, zwischen den Kisten und Ölfässern frei gelassene Gasse passierte, schloß, halb ärgerlich, halb lachend, die trotz seinen Verbotes mal wieder offen stehende Falltür und sagte: „Dieser Junge, der Ede. Wann wird er seine fünf Sinne beisammen haben!“

Und damit trat er vom Flur her in den Garten.

Hier war es schon herbstlich; nur noch Astern und Reseda blühten zwischen den Buchsbaumrabatten, und eine Hummel umsummte den Stamm eines alten Birnbaums, der mitten im Garten hart neben dem breiten Mittelsteige stand. Ein paar Möhrenbeete, die sich samt einem schmalen mit Kartoffeln besetzten Ackerstreifen an ebendieser Stelle durch eine Spargelanlage hinzogen, waren schon wieder umgegraben; eine frische Luft ging, und eine schwarzgelbe, der nebenan wohnender Witwe Jeschke zugehörige Katze schlich, mutmaßlich auf der Sperlingssuche, durch die schon hoch in Samen stehenden Spargelbeete.

Hradscheck aber hatte dessen nicht acht. Er ging vielmehr rechnend und wägend zwischen den Rabatten hin und kam erst zu Betrachtung und Bewußtsein, als er, am Ende des Gartens angekommen, sich umsah und nun die Rückseite seines Hauses vor sich hatte. Da lag es, sauber und freundlich, links die sich von der Straße her bis in den Garten hinziehende Kegelbahn, rechts der Hof samt dem Küchenhaus, das er erst neuerdings an den Laden angebaut hatte. Der kaum vom Winde bewegte Rauch stieg sonnenbeschienen auf und gab ein Bild von Glück und Frieden. Und das war alles sein! Aber wie lange noch? Er sann ängstlich nach und fuhr aus seinem Sinnen erst auf, als er, ein paar Schritte von sich entfernt, eine große, durch ihre Schwere und Reife sich von selbst ablösende Malvasierbirne mit eigentümlich dumpfem Ton aufklatschen hörte. Denn sie war nicht auf den harten Mittelsteig, sondern auf eins der umgegrabenen Möhrenbeete gefallen. Hradscheck ging darauf zu, bückte sich und hatte die Birne kaum aufgehoben, als er sich von der Seite her angerufen hörte:

„Dag, Hradscheck. Joa, et wahrd nu Tied. De Malvesieren kümmen all von sülwst"

Er wandte sich bei diesem Anruf und sah, daß seine Nachbarin, die Jeschke, deren kleines, etwas zurückgebautes Haus den Blick auf seinen Garten hatte, von drüben her über den Himbeerzaun guckte.

„Ja, Mutter Jeschke, 's wird Zeit", sagte Hradscheck. „Aber wer soll die Birnen abnehmen? Freilich wenn Ihre Line hier wäre, die könnte helfen. Aber man hat ja keinen Menschen und muß alles selbst machen."

„Na, Se hebben joa doch den Jungen, den Ede."

„Ja, den hab ich. Aber der pflückt bloß für sich."

„Dat sall woll sien", lachte die Alte. „Een in't Töppken, een in' Kröppken."

Und damit humpelte sie wieder nach ihrem Hause zurück, während auch Hradscheck wieder vom Garten her in den Flur trat.

Hier sah er nachdenklich auf die Stelle, wo vor einer halben Stunde noch die Rapssäcke gestanden hatten, und in seinem Auge lag etwas, als wünsch' er, sie stünden noch am selben Fleck, oder es wären neue statt ihrer aus dem Boden gewachsen. Er zählte dann die Fässerreihe, rief im Vorübergehen einen kurzen Befehl in den Laden hinein und trat gleich danach in seine gegenüber gelegene Wohnstube.

Diese machte neben ihrem wohnlichen zugleich einen eigentümlichen Eindruck, und zwar, weil alles in ihr um vieles besser und eleganter war, als sich's für einen Krämer und Dorfmaterialisten schickte. Die zwei kleinen Sofas waren mit einem hellblauen Atlasstoff bezogen, und an dem Spiegelpfeiler stand ein schmaler Trumeau, weiß lackiert und mit Goldleiste. Ja, das in einem Mahagonirahmen über dem kleinen Klavier hängende Bild (allem Anscheine nach ein Stich nach Claude Lorrain) war ein Sonnenuntergang mit Tempeltrümmern und antiker Staffage, so daß man sich füglich fragen durfte, wie das alles hierherkomme? Passend war eigentlich nur ein Stehpult mit einem Gitteraufsatz und einem Guckloch darüber, mit Hilfe dessen man über den Flur weg auf das große Schiebefenster sehen konnte.

Hradscheck legte die Birne vor sich hin und blätterte das Kontobuch durch, das aufgeschlagen auf dem Pulte lag. Um ihn her war alles still, und nur aus der halb offen stehenden Hinterstube vernahm er den Schlag einer Schwarzwälder Uhr.

Es war fast, als ob das Ticktack ihn störe, wenigstens ging er auf die Tür zu, anscheinend um sie zu schließen; als er indes hineinsah, nahm er überrascht wahr, daß seine Frau in der Hinterstube saß, wie gewöhnlich schwarz, aber sorglich gekleidet, ganz wie jemand, der sich auf Figurmachen und Toilettendinge versteht. Sie flocht eifrig an einem Kranz, während ein zweiter, schon fertiger, an einer Stuhllehne hing.

„Du hier, Ursel! Und Kränze! Wer hat denn Geburtstag?"

„Niemand. Es ist nicht Geburtstag. Es ist bloß Sterbetag, Sterbetag deiner Kinder. Aber du vergißt alles. Bloß dich nicht."

„Ach, Ursel, laß doch. Ich habe meinen Kopf voll Wunder. Du mußt mir nicht Vorwürfe machen. Und dann die Kinder. Nun ja, sie sind tot, aber ich kann nicht trauern und klagen, daß sie's sind. Umgekehrt, es ist ein Glück."

„Ich verstehe dich nicht."

„Und ist nur zu gut zu verstehn. Ich weiß nicht aus noch ein und habe Sorgen über Sorgen."

„Worüber? Weil du nichts Rechtes zu tun hast und nicht weißt, wie du den Tag hinbringen sollst. Hinbringen, sag ich, denn ich will dich nicht kränken und von Zeittotschlagen sprechen. Aber sage selbst, wenn drüben die Weinstube voll ist, dann fehlt dir nichts. Ach, das verdammte Spiel, das ewige Knöcheln und Tempeln. Und wenn du noch glücklich spieltest! Ja, Hradscheck, das muß ich dir sagen, wenn du spielen willst, so spiele wenigstens glücklich. Aber ein Wirt, der nicht glücklich spielt, muß davon bleiben; sonst spielt er sich von Haus und Hof. Und dazu das Trinken, immer der schwere Ungar, bis in die Nacht hinein."

Er antwortete nicht, und erst nach einer Weile nahm er den Kranz, der über der Stuhllehne hing und sagte: „Hübsch. Alles, was du machst, hat Schick. Ach, Ursel, ich wollte, du hättest bessere Tage."

Dabei trat er freundlich an sie heran und streichelte sie mit seiner weißen, fleischigen Hand.

Sie ließ ihn auch gewähren, und als sie, wie beschwichtigt durch seine Liebkosungen, von ihrer Arbeit aufsah, sah man, daß es ihrer Zeit eine sehr schöne Frau gewesen sein mußte; ja, sie war es beinah noch. Aber man sah auch, daß sie viel erlebt hatte. Glück und Unglück, Lieb' und Leid, und durch allerlei schwere Schulen gegangen war. Er und sie machten ein hübsches Paar und waren gleichaltrig, Anfang vierzig, und ihre Sprech- und Verkehrsweise ließ erkennen, daß es eine Neigung gewesen sein mußte, was sie vor länger oder kürzer zusammengeführt hatte.

Der herbe Zug, den sie bei Beginn des Gesprächs gezeigt, wich denn auch mehr und mehr, und endlich fragte sie: „Wo drückt es wieder? Eben hast du den Raps weggeschickt, und wenn Leist das Öl hat, hast du das Geld. Er ist prompt auf die Minute."

„Ja, das ist er. Aber ich habe nichts davon, alles ist bloß Abschlag und Zins. Ich stecke tief drin und leider am tiefsten bei Leist selbst. Und dann kommt die Krakauer Geschichte, der Reisende von Olszewski-Goldschmidt und Sohn. Er kann jeden Tag da sein."

Hradscheck zählte noch anderes auf, aber ohne daß es einen tieferen Eindruck auf seine Frau gemacht hätte. Vielmehr sagte sie langsam und mit gedehnter Stimme: „Ja, Würfelspiel und Vogelstellen …"

„Ach, immer Spiel und wieder Spiel! Glaube mir, Ursel, es ist nicht so schlimm damit, und jedenfalls mach ich mir nichts draus. Und am wenigsten aus dem Lotto; 's ist alles Torheit und weggeworfen Geld, ich weiß es, und doch hab ich wieder ein Los genommen. Und warum? Weil ich heraus will, weil ich heraus muß, weil ich uns retten möchte."

„So, so", sagte sie. während sie mechanisch an dem Kranze weiterflocht und vor sich hinsah, als überlege sie, was wohl zu tun sei.

„Soll ich dich auf den Kirchhof begleiten", fragte er, als ihn ihr Schweigen zu bedrücken anfing. „Ich tu's gern, Ursel."

Sie schüttelte den Kopf.

„Warum nicht?"

„Weil, wer den Toten einen Kranz bringen will, wenigstens an sie gedacht haben muß.“

Und damit erhob sie sich und verließ das Haus, um nach dem Kirchhof zu gehen.

Hradscheck sah ihr nach, die Dorfstraße hinauf, auf deren roten Dächern die Herbstsonne flimmerte. Dann trat er wieder an sein Pult und blätterte.

Zweites Kapitel

Eine Woche war seit jenem Tage vergangen, aber das Spielglück, das sich bei Hradscheck einstellen sollte, blieb aus und das Lottoglück auch. Trotz alledem gab er das Warten nicht auf, und da gerade Lotterieziehzeit war, kam das Viertellos gar nicht mehr von seinem Pult. Es stand hier auf einem Ständerchen, ganz nach Art eines Fetisch, zu dem er nicht müde wurde respektvoll und beinah mit Andacht aufzublicken. Alle Morgen sah er in der Zeitung die Gewinnummern durch, aber die seine fand er nicht, trotzdem sie unter ihren fünf Zahlen drei Sieben hatte und mit sieben dividiert glatt aufging. Seine Frau, die wohl wahrnahm, daß er litt, sprach ihm nach ihrer Art zu, nüchtern, aber nicht unfreundlich, und drang in ihn, „daß er den Lotteriezettel wenigstens vom Ständer herunternehmen möge, das verdrösse den Himmel nur, und wer dergleichen täte, kriege statt Rettung und Hilfe den Teufel und seine Sippschaft ins Haus. Das Los müsse weg. Wenn er wirklich beten wolle, so habe sie was Besseres für ihn, ein Marienbild, das der Bischof von Hildesheim geweiht und ihr bei der Firmelung geschenkt habe.“

Davon wollte nun aber der beständig zwischen Aber- und Unglauben hin und her schwankende Hradscheck nichts wissen. „Geh mir doch mit dem Bild, Ursel. Und wenn ich auch wollte, denke nur, welche Bescherung ich hätte, wenn's einer merkte. Die Bauern würden lachen von einem Dorfende bis ans andere, selbst Orth und Igel, die sonst keine Miene verziehen. Und mit der Pastorfreundschaft wär's auch vorbei. Daß er zu dir hält, ist doch bloß, weil er dir den katholischen Unsinn ausgetrieben und einen Platz im Himmel, ja vielleicht an seiner Seite, gewonnen hat. Denn mit meinem Anspruch auf Himmel ist's nicht weit her.“

Und so blieb denn das Los auf dem Ständer, und erst als die

Ziehung vorüber war, zerriß es Hradscheck und streute die Schnitzel in den Wind. Er war aber auch jetzt noch, all seinem spöttischüberlegenen Gerede zum Trotz, so schwach und abergläubisch, daß er den Schnitzeln in ihrem Fluge nachsah, und als er wahrnahm, daß einige die Straße hinauf bis an die Kirche geweht wurden und dort erst niederfielen, war er in seinem Gemüte beruhigt und sagte: „Das bringt Glück."

Zugleich hing er wieder allerlei Gedanken und Vorstellungen nach, wie sie seiner Phantasie jetzt häufiger kamen. Aber er hatte noch Kraft genug, das Netz, das ihm diese Gedanken und Vorstellungen überwerfen wollten, wieder zu zerreißen.

„Es geht nicht."

Und als im selben Augenblick das Bild des Reisenden, dessen Anmeldung er jetzt täglich erwarten mußte, vor seine Seele trat, trat er erschreckt zurück und wiederholte nur so vor sich hin: „Es geht nicht."

*

So war Mitte Oktober herangekommen.

Im Laden gab's viel zu tun, aber mitunter war doch ruhige Zeit, und dann ging Hradscheck abwechselnd in den Hof, um Holz zu spellen, oder in den Garten, um eine gute Sorte Tischkartoffeln aus der Erde zu nehmen. Denn er war ein Feinschmecker. Als aber die Kartoffeln heraus waren, fing er an, den schmalen Streifen Land, darauf sie gestanden, umzugraben. Überhaupt wurde Graben und Gartenarbeit mehr und mehr seine Lust, und die mit dem Spaten in der Hand verbrachten Stunden waren eigentlich seine glücklichsten.

Und so beim Graben war er auch heute wieder, als die Jeschke, wie gewöhnlich, an die die beiden Gärten verbindende Heckentür kam und ihm zusah, trotzdem es noch früh am Tage war.

„De Tüffeln sinn joa nu rut, Hradscheck."

„Ja, Mutter Jeschke, seit vorgestern. Und war diesmal 'ne wahre Freude; mitunter zwanzig an einem Busch und alle groß und gesund."

„Joa, joa, wenn een's Glück hebben sall. Na, Se hebben't Hradscheck. Se hebben Glück bi de Tüffeln un bi de Malvesieren ook. Joa, Se möten joa woll 'n Scheffel 'runnergeplückt hebb'n."

„O mehr, Mutter Jeschke, viel mehr."

„Na bereden Se't nich, Hradscheck. Nei, nei. Man sall nix bereden. Ook sien Glück nich."

Und damit ließ sie den Nachbar stehen und humpelte wieder auf ihr Haus zu.

Hradscheck aber sah ihr ärgerlich und verlegen nach. Und er hatte wohl Grund dazu. War doch die Jeschke, so freundlich und zutulich sie tat, eine schlimme Nachbarschaft und quacksalberte nicht bloß, sondern machte auch sympathetische Kuren, besprach Blut und wußte, wer sterben würde. Sie sah dann die Nacht vorher einen Sarg vor dem Sterbehause stehen. Und es hieß auch, „sie wisse, wie man sich unsichtbar machen könne", was, als Hradscheck sie seinerzeit danach gefragt hatte, halb von ihr bestritten und dann halb auch wieder zugestanden war. „Sie wisse es nicht; aber d a s wisse sie, daß frisch ausgelassener Lammtalg gut sei, versteht sich: von einem ungeborenen Lamm und als Licht über einen roten Wollfaden gezogen; am besten aber sei Farnkrautsamen, in die Schuhe oder Stiefel geschüttet". Und dann hatte sie herzlich gelacht, worin Hradscheck natürlich einstimmte. Trotz dieses Lachens aber war ihm jedes Wort, als ob es ein Evangelium wär, in Erinnerung geblieben, vor allem das „ungeborene Lamm" und der „Farnkrautsamen". Er glaubte nichts davon und auch wieder alles, und wenn er, seiner sonstigen Entschlossenheit unerachtet, schon vorher eine Furcht vor der alten Hexe gehabt hatte, so nach dem Gespräch über das sich Unsichtbarmachen noch viel mehr.

*

Und solche Furcht beschlich ihn auch heute wieder, als er sie, nach dem Morgengeplauder über die „Tüffeln" und die „Malvesieren", in ihrem Hause verschwinden sah. Er wiederholte sich jedes ihrer Worte: „Wenn een's Glück hebben soll. Na, Se hebben't joa, Hradscheck. Awers bereden Se't nich." Ja, so waren ihre Worte gewesen. Und was war mit dem allem gemeint? Was sollte dies ewige Reden von Glück und wieder Glück? War es Neid, oder wußte sie's besser? Hatte sie doch vielleicht mit ihrem Hokuspokus ihm in die Karten geguckt?

Während er noch so sann, nahm er den Spaten wieder zur Hand und begann rüstig weiterzugraben. Er warf dabei ziemlich viel Erde heraus und war keine fünf Schritte mehr von dem alten Birnbaum, auf den der Ackerstreifen zulief, entfernt, als er auf etwas stieß, das unter dem Schnitt des Eisens zerbrach und augenscheinlich weder Wurzel noch Stein war. Er grub also vorsichtig weiter und sah alsbald, daß er auf Arm und Schulter eines hier verscharrten Toten gestoßen war. Auch Zeugreste kamen zutage, zerschlissen und gebräunt, aber immer noch färbig und wohlerhalten genug, um erkennen zu lassen, daß es ein Soldat gewesen sein müsse.

Wie kam der hierher?

Hradscheck stützte sich auf die Krücke seines Grabscheits und überlegte. „Soll ich es zur Anzeige bringen? Nein. Es macht bloß Geklätsch. Und keiner mag einkehren, wo man einen Toten unterm Birnbaum gefunden hat. Also besser nicht. Er kann hier weiter liegen."

Und damit warf er den Armknochen, den er ausgegraben, in die Grube zurück und schüttete diese wieder zu. Während dieses Zuschüttens aber hing er all jenen Gedanken und Vorstellungen nach, wie sie seit Wochen ihm immer häufiger kamen. Kamen und gingen. Heut aber gingen sie nicht, sondern wurden Pläne, die Besitz von ihm nahmen und ihn, ihm selbst zum Trotz, an die Stelle bannten, auf der er stand. Was er hier zu tun hatte, war getan, es gab nichts mehr zu graben und zu schütten; aber immer noch hielt er das Grabscheit in der Hand und sah sich um, als ob er bei böser Tat ertappt worden wäre. Und fast war es so. Denn unheimlich verzerrte Gestalten (und eine davon er selbst) umdrängten ihn so faßbar und leibhaftig, daß er sich wohl fragen durfte, ob nicht andere da wären, die diese Gestalten auch sähen. Und er lugte wirklich nach der Zaunstelle hinüber. Gott sei Dank, die Jeschke war nicht da. Aber freilich, wenn sie sich unsichtbar machen und sogar Tote sehen konnte, Tote, die noch nicht tot waren, warum sollte sie nicht die Gestalten sehen, die jetzt vor seiner Seele standen? Ein Grauen überlief ihn, nicht vor der Tat, nein, aber bei dem Gedanken, daß das, was erst Tat werden sollte, vielleicht in diesem Augenblicke schon erkannt und verraten war. Er zitterte, bis er, sich plötzlich aufraffend, den Spaten wieder in den Boden stieß.

„Unsinn. Ein dummes altes Weib, das gerade klug genug ist, noch Dümmere hinters Licht zu führen. Aber ich will mich ihrer schon wehren, ihrer und ihrer und ihrer ganzen Totenguckerei. Was ist es denn? Nichts. Sie sieht einen Sarg an der Tür stehn, und dann stirbt einer. Ja, sie sagt es, aber sagt es immer erst, wenn einer tot ist oder keinen Atem mehr hat oder das Wasser ihm schon ans Herz stößt. Ja, dann kann ich auch prophezei'n. Alte Hexe, du sollt mir nicht weitere Sorge machen. Aber Ursel! Wie bringt ich's der bei? Da liegt der Stein. Und wissen muß sie's. Es müssen zwei sein ..."

Und er schwieg. Bald aber fuhr er entschlossen fort: „Ah, bah, es wird sich finden, weil sich's finden muß. Not kennt dein Gebot. Und was sagte sie neulich, als ich das Gespräch mit ihr hatte? ‚Nur nicht arm sein ... Armut ist das Schlimmste.' Daran halt ich sie; damit zwing ich sie. Sie muß wollen."

Und so sprechend, ging er, das Grabscheit gewehrüber nehmend, wieder auf das Haus zu.

Drittes Kapitel

Als Hradscheck bis an den Schwellstein gekommen war, nahm er das Grabscheit von der Schulter, lehnte die Krücke gegen das am Hause sich hinziehende Weinspalier und wusch sich die Hände, ein sauberer Mann, der er war, in einem Kübel, drin die Dachtraufe mündete. Danach trat er in den Flur und ging auf sein Wohnzimmer zu.

Hier traf er Ursel. Diese saß an einem Nähtisch am Fenster und war, trotz der frühen Stunde, schon wieder in Toilette, ja noch sorglicher und geputzter als an dem Tage, wo sie die Kränze für die Kinder geflochten hatte. Das hochanschließende Kleid, das sie trug, war auch heute schlicht und dunkelfarbig (sie wußte, daß Schwarz sie kleidete); der blanke Ledergürtel aber wurde durch eine Bronzeschnalle von auffälliger Größe zusammengehalten, während in ihren Ohrringen lange birnenförmige Bummeln von venetianischer Perlenmasse hingen. Sie wirkten anspruchsvoll und störten mehr, als sie schmückten. Aber für dergleichen gebrach es ihr an Wahrnehmung, wie denn auch der mit Schildpatt ausgelegte Nähtisch, trotz seiner Eleganz, zu den beiden hellblauen Atlassofas nicht recht passen wollte. Noch weniger zu dem weißen Trumeau. Links, neben ihr auf dem Fensterbrett, stand ein Arbeitskästchen, darin sie gerade, als Hradscheck eintrat, nach einem Faden suchte. Sie ließ sich dabei nicht stören und sah erst auf, als der Eintretende halb scherzhaft, aber doch mit einem Anfluge von Tadel sagte:

„Nun, Ursel, schon in Staat? Und nichts zu tun mehr in der Küche?"

„Weil es fertig werden muß."

„Was?"

„Das hier." Und dabei hielt sie Hradscheck ein Samtkäpsel hin, an dem sie gerade nähte. „Wenig mit Liebe."

„Für mich?"

„Nein. Dazu bist du nicht fromm und, was du lieber hören wirst, auch nicht alt genug."

„Also für den Pastor?"

„Geraten."

„Für den Pastor. Nun gut. Kleine Geschenke erhalten die Freundschaft, und die Freundschaft mit einem Pastor kann man doppelt brauchen. Es gibt einem solch Ansehen. Und ich habe mir auch vorgenommen, ihn wieder öfter zu besuchen und mit Ede Sonntags umschichtig in die Kirche gehen."

„Das tu nur; er hat sich schon gewundert."

„Und hat auch recht. Dann ich bin ihm eigentlich verschuldet. Und ist noch dazu der einzige, dem ich gern verschuldet bin. Ja, du siehst mich an, Ursel. Aber es ist so. Hat er dich nicht auf den rechten Weg gebracht? Sage selbst. Wenn Eccelius nicht war, so stecktest du noch in dem alten Unsinn."

„Sprich nicht so. Was weißt du davon? Ihr habt ja gar keine Religion. Und Eccelius eigentlich auch nicht. Aber er ist ein guter Mann, eine Seele von Mann, und meint es gut mit mir und aller Welt. Und hat mir zum Herzen gesprochen."

„Ja, das versteht er; das hat er in der Loge gelernt. Er rührt einen zu Tränen. Und nun gar erst die Weiber."

„Und dann halt ich zu ihm", fuhr Ursel fort, ohne der Unterbrechung zu achten, „weil er ein gebildeter Mann ist. Ein guter Mann und ein gebildeter Mann. Und offen gestanden, daran bin ich gewöhnt."

Hradscheck lachte. „Gebildet, Ursel, das ist dein drittes Wort. Ich weiß schon. Und dann kommt der Göttinger Student, der dir einen Ring geschenkt hat, als du vierzehn Jahre alt warst, er wird wohl nicht echt gewesen sein, und dann kommt vieles nicht oder doch manches nicht ... verfärbe dich nur nicht gleich wieder ... und zuletzt kommt der Hildesheimer Bischof. Das ist dein höchster Trumpf, und was Vornehmeres gibt es in der ganzen Welt nicht. Ich weiß es seit lange. Vornehm, vornehm. Ach, ich rede nicht gern davon, aber deine Vornehmheit ist mir teuer zu stehn gekommen."

Ursel legte das Samtkäpsel aus der Hand, steckte die Nadel hinein und sagte, während sie sich mit halber Wendung von ihm ab und dem Fenster zu kehrte: „Höre Hradscheck, wenn du gute Tage mit mir haben willst, so sprich nicht so. Hast du Sorgen, so will ich sie mittragen, aber du darfst mich nicht dafür verantwortlich machen, daß sie da sind. Was ich dir hundertmal gesagt habe, das muß ich dir wieder sagen. Du bist kein guter Kaufmann, denn du hast das Kaufmännische nicht gelernt, und du bist kein guter Wirt, denn du spielst schlecht oder doch nicht mit Glück und trinkst nebenher deinen eigenen Wein aus. Und was da nach drüben geht, nach Neu-Lewin hin, oder wenigstens gegangen ist", und dabei wies sie mit der Hand nach dem Nachbardorf, „davon will ich nicht reden, schon gar nicht, schon lange nicht. Aber das darf ich dir sagen, Hradscheck, so steht es mit dir. Und anstatt dich zu deinem Unrecht zu bekennen, sprichst du von meinen Kindereien und von dem hochwürdigen Bischof, dem du nicht wert bist die Schuhriemen zu lösen. Und wirfst mir dabei meine Bildung vor."

„Nein, Ursel."

„Oder daß ich's ein bißchen hübsch oder, wie du sagst, vornehm haben möchte."

„Ja, das."

„Also doch. Nun aber sage mir, was hab ich getan? Ich habe mich in den ersten Jahren eingeschränkt und in der Küche gestanden und gebacken und gebraten, und des Nachts an der Wiege gesessen. Ich bin nicht aus dem Haus gekommen, so daß die Leute darüber geredet haben, die dumme Gans draußen in der Ölmühle natürlich an der Spitze, du hast es mir selbst erzählt, und habe jeden Abend vor einem leeren Kleiderschrank gestanden und die hölzernen Riegel gezählt. Und so sieben Jahre, bis die Kinder starben, und erst als sie tot waren und ich nichts hatte, daran ich mein Herz hängen konnte, da hab ich gedacht, nun gut, nun will ich es wenigstens hübsch haben und eine Kaufmannsfrau sein, so wie man sich in meiner Gegend eine Kaufmannsfrau vorstellt. Und als dann der Konkurs auf Schloß Hoppenrade kam, da hab ich dich gebeten, dies bißchen hier anzuschaffen, und das hast du getan, und ich habe mich dafür bedankt. Und war auch bloß in der Ordnung. Denn

Dank muß sein, und ein gebildeter Mensch weiß es und es wird ihm nicht schwer. Aber all das, worüber jetzt soviel geredet wird, als ob es wunder was wäre, ja, was ist es denn groß? Eigentlich ist es doch nur altmodisch, und die Seide reißt schon, trotzdem ich sie hüte wie meinen Augapfel. Und wegen dieser paar Sachen stöhnst du und hörst nicht auf zu klagen und verspottest mich wegen meiner Bildung und Feinheit, wie du zu sagen beliebst. Freilich bin ich feiner als die Leute hier, in meiner Gegend ist man feiner. Willst du mir einen Vorwurf daraus machen, daß ich nicht wie die Pute, die Quaas bin, die ‚mir' und ‚mich' verwechselt und eigentlich noch in den Friesrock gehört und Liebschaftenhaben für Bildung hält und sich ‚Kätzchen' nennen läßt, obschon sie bloß eine Katze ist und eine falsche dazu? Ja, mein lieber Hradscheck, wenn du mir daraus einen Vorwurf machen willst, dann hättest du mich nicht nehmen sollen, das wäre dann das klügste gewesen. Besinne dich. Ich bin dir nicht nachgelaufen, im Gegenteil, du wolltest mich partout und hast mich beschworen um mein ‚Ja'. Das kannst du nicht bestreiten. Nein, das kannst du nicht, Hradscheck. Und nun dies ewige ‚vornehm' und wieder ‚vornehm'. Und warum? Bloß weil ich einen Trumeau wollte, den man wollen muß, wenn man ein bißchen auf sich hält. Und für einen Spottpreis ist er fortgegangen."

„Du sagst Spottpreis, Ursel. Ja, was ist Spottpreis? Auch Spottpreise können zu hoch sein. Ich hatte damals nichts und hab es von geborgtem Gelde kaufen müssen."

„Das hättest du nicht tun sollen, Abel, das hättest du mir sagen müssen. Aber da genierte der werte Herr Gemahl und mußte sich auch genieren. Denn warum war kein Geld da? Wegen der Person drüben. Alte Liebe rostet nicht. Versteht sich."

„Ach Ursel, was soll das! Es nutzt uns nichts, uns unsere Vergangenheit vorzuwerfen."

„Was meinst du damit? Was heißt Vergangenheit?"

„Wie kannst du nur fragen? Aber ich weiß schon, das ist das alte Lied, das ist Weiberart. Ihr streitet eurem eignen Liebhaber die Liebschaft ab. Ursel, ich hätte dich für klüger gehalten. So sei doch nicht so kurz von Gedächtnis. Wie lag es denn? Wie fand ich dich damals, als du wieder nach Hause kamst, krank und elend und mit dem Stecken in der Hand, und als der Alte dich nicht aufnehmen wollte mit deinem Kind und du dann zufrieden warst mit einer

Schütte Stroh unterm Dach? Ursel, da hab ich dich gesehn, und weil ich Mitleid mit dir hatte, weil ich vernarrt in dich war, da hab ich dich bei der Hand genommen, und wir sind hierher gegangen und der Alte drüben, dem du das Käpsel da nähst, hat uns zusammengetan. Es tut mir nicht leid, Ursel, denn du weißt, daß ich in meiner Neigung und Liebe zu dir der alte bin, aber du darfst dich auch nicht aufs hohe Pferd setzen, wenn ich vor Sorgen nicht aus noch ein weiß, und darfst mir nicht Vorwürfe machen wegen der Rese drüben in Neu-Lewin. Was da hinging, glaube mir, das war nicht viel und eigentlich nicht der Rede wert. Und nun ist sie lange tot und unter der Erde. Nein. Ursel, daher stammt es nicht, und ich schwöre dir's, das alles hätt ich gekonnt, aber der verdammte Hochmut, daß es mit uns was sein sollte, das hat es gemacht, das ist es. Du wolltest hoch hinaus und was Apartes haben, damit sie sich wundern sollten. Und was haben wir nun davon? Da stehen die Sachen, und das Bauernvolk lacht uns aus."

„Sie beneiden uns."

„Nun gut, vielleicht oder wenigstens solang es vorhält. Aber wenn das alles eines schönen Tages fort ist?"

„Das darf nicht sein, sag ich. Alles andre. Nein, Hradscheck, das darfst du mir nicht antun, da nehm ich mir das Leben und geh in die Oder, gleich auf der Stelle. Was Jammer und Elend ist, das weiß ich, das hab ich erfahren. Aber gerade deshalb, gerade deshalb. Ich bin jetzt aus dem Jammer heraus, Gott sei Dank, und ich will nicht wieder hinein. Du sagst, sie lachen über uns, nein sie lachen nicht; aber wenn uns was passierte, dann würden sie lachen. Und daß dann ‚Kätzchen' ihren Spaß haben und sich über uns lustig machen sollte, oder gar die gute Mietzel, die noch immer in ihrem schwarzen Kopftuch steckt und nicht mal weiß, wie man einen Hut oder eine Haube manierlich aufsetzt, das trüg ich nicht, da möcht ich gleich tot umfallen. Nein, nein, Hradscheck, wie ich dir schon neulich sagte, nur nicht arm. Armut ist das schlimmste, schlimmer als Tod, schlimmer als ..."

Er nickte. „So denk ich auch, Ursel. Nur nicht arm. Aber komm in den Garten! Die Wände haben Ohren."

Und so gingen sie hinaus. Draußen aber nahm sie seinen Arm, hing sich, wie zärtlich, an ihn und plauderte, während sie den Mittelsteig des Gartens auf und ab schritten. Er seinerseits schwieg und überlegte, bis er mit einem Male stehen blieb und, das Wort nehmend, auf die wieder zugeschüttete Stelle neben dem Birnbaum wies. Und nun wurden Ursels Augen immer größer, als er rasch und lebhaft alles, was geschehen müsse, herzuzählen und auseinanderzusetzen begann.

„Es geht nicht. Schlag es dir aus dem Sinn. Es ist nichts so fein gesponnen ..."

Er aber ließ nicht ab, und endlich sah man, daß er ihren Widerstand besiegt hatte. Sie nickte, schwieg, und beide gingen auf das Haus zu.

Viertes Kapitel

Der Oktober ging auf die Neige, trotzdem aber waren noch schöne warme Tage, so daß man sich im Freien aufhalten und die Hradschecksche Kegelbahn benutzen konnte. Diese war in der ganzen Gegend berühmt, weil sie nicht nur ein gutes waagerechtes Laufbrett, sondern auch ein bequemes Kegelhäuschen und in diesem zwei von aller Welt bewunderte buntglasige Guckfenster hatte. Das gelbe sah auf den Garten hinaus, das blaue dagegen auf die Dorfstraße samt dem dahinter sich hinziehenden Oderdamm, über den hinweg dann und wann der Fluß selbst aufblitzte. Drüben am andern Ufer aber gewahrte man einen langer Schattenstrich: die neumärkische Heide.

Es war halb vier, die Kugeln rollten schon seit einer Stunde. Der zugleich Kellnerdienste verrichtende Ladenjunge lief hin und her, mal Kaffee, mal einen Kognak bringend, am öftesten aber neugestopfte Tonpfeifen, aus denen die Bauern rauchten und die Wölkchen in die klare Herbstluft hineinbliesen. Es waren ihrer fünf, zwei aus dem benachbarten Kienitz herübergekommen, der Rest echte Tschechiner: Ölmüller, Quaas, Bauer Mietzel und Bauer Kunicke. Hradscheck, der, von Berufs wegen, mit dem Schreib- und Rechenwesen am besten Bescheid wußte, saß vor einer großen schwarzen Tafel, die die Form eines Notenpultes hatte.

„Kunicke steht wieder am besten." „Natürlich, gegen den kann keiner." „Dreimal acht um den König." Und nun begann ein sich Überbieten in den Kegelwitzen. „Er kann hexen", hieß es. „Er hockt mit der Jeschke zusammen." „Er spielt mit falschen Karten." „Wer so viel Glück hat, muß Strafe zahlen." Der, der das von den „falschen Karten" gesagt hat, war Bauer Mietzel, des Ölmüllers Nachbar, ein kleines aufgetrocknetes Männchen, das mehr einem Leineweber als einem Bauern glich. War aber doch ein richtiger Bauer, in dessen Familie nur von alter Zeit her der Schwind war.

„Wer schiebt?"

„Hradscheck."

Dieser kletterte jetzt von seinem Schreibersitz und wartete gerad' auf seine die Lattenrinne langsam herunter kommende Lieblingskugel, als der Landpostbote durch ein auf die Straße führendes Türchen eintrat und einen großen Brief an ihn abgab; Hradscheck nahm den Brief in die Linke, packte die Kugel mit der Rechten und setzte sie kräftig auf, zugleich mit Spannung dem Lauf derselben folgend.

„Sechs!" schrie der Kegeljunge, verbesserte sich aber sofort als nach einigem Wackeln und Besinnen noch ein siebenter Kegel umfiel.

„Sieben also!" triumphierte Hradscheck, der sich bei dem Wurf augenscheinlich etwas gedacht hatte.

„Sieben geht", fuhr er fort. „Sieben ist gut. Kunicke, schiebe für mich und schreib an. Will nur das Porto zahlen."

Und damit nahm er den Briefträger unterm Arm und ging mit ihm von der Gartenseite her ins Haus.

Das Kegeln setzte sich mittlerweile fort, wer aber Spiel und Gäste vergessen zu haben schien, war Hradscheck. Kunicke hatte schon zum dritten Male statt seiner geschoben, und so wurde man endlich ungeduldig und riß heftig an einem Klingeldraht, der nach dem Laden hineinführte.

Der Junge kam auch.

„Hradscheck soll wieder antreten, Ede. Wir warten ja. Mach flink!"

Und sieh, gleich danach erschien auch der Gerufene, hochrot und aufgeregt, aber, allem Anscheine nach, mehr in heiterer als verdrießlicher Erregung. Er entschuldigte sich kurz, daß er habe warten lassen, und nahm dann ohne weiteres eine Kugel um zu schieben.

„Aber du bist ja gar nicht dran!" schrie Kunicke. „Himmelwetter, was ist denn los? Und wie der Kerl aussieht! Entweder is ihm eine

Schwiegermutter gestorben oder er hat das große Los gewonnen."
Hradscheck lachte.

„Nu, so rede doch. Oder sollst du nach Berlin kommen und ein paar neue Rapspressen einrichten? Hast ja neulich unserm Quaas erst vorgerechnet, daß er nichts von der Ölpresse verstünde."

„Hab ich, und ist auch so. Nichts für ungut, ihr Herren, aber der Bauer klebt immer am alten."

„Und die Gastwirte sind immer fürs Neue. Bloß daß nicht viel dabei herauskommt."

„Wer weiß!"

„Wer weiß? Höre, Hradscheck, ich fange wirklich an zu glauben ... Oder is es 'ne Erbschaft?"

„Is so was. Aber nicht der Rede wert."

„Und von woher denn?"

„Von meiner Frau Schwester."

„Bist doch ein Glückskind. Ewig sind ihm die gebratenen Tauben ins Maul geflogen. Und aus dem Hildesheimschen, sagst du?"

„Ja, da so 'rum."

„Na, da wird Reetzke drüben froh sein. Er war schon ungeduldig."

„Weiß; er wollte klagen. Die Neu-Lewiner sind immer ängstlich und Pfennigfuchser und können nicht warten. Aber er wird's nun wohl lernen und sich anders besinnen. Mehr sag ich nicht und paßt sich auch nicht. Man soll den Mund nicht voll nehmen. Und was ist am Ende solch bißchen Geld?"

„Geld ist nie ein bißchen. Wie viel Nullen hat's denn?"

„Ach, Kinder, redet doch nicht von Nullen. Das beste ist, daß es nicht viel Wirtschaft macht und daß meine Frau nicht erst nach Hildesheim braucht. Solche weite Reise, da geht ja gleich die Hälfte drauf. Oder vielleicht auch das Ganze."

„War es denn schon in dem Brief?"

„I, bewahre. Bloß die Anzeige von meinem Schwager, und daß das Geld in Berlin gehoben werden kann. Ich schicke morgen meine Frau. Sie versauert hier ohnehin."

„Versteht sich", sagte Mietzel, der sich immer ärgerte, wenn von dem „Versauern" der Frau Hradscheck die Rede war. „Versteht sich, laß sie nur reisen; Berlin, das ist so was für die Frau Baronin. Und vielleicht bringt sie dir gleich wieder ein Atlassofa mit. Oder 'nen

Trumeau. So heißt es ja wohl? Bei so was Feinem muß unserein immer erst fragen. Der Bauer ist ja zu dumm."

Frau Hradscheck reiste wirklich ab, um die geerbte Summe von Berlin zu holen, was schon im voraus das Gerede der ebenso neidischen wie reichen Bauernfrauen weckte, vor allen der Frau Quaas, die sich, ihrer gekrausten blonden Haare halber, ganz einfach für eine Schönheit hielt und aus dem Umstande, daß sie zwanzig Jahre jünger war als ihr Mann, ihr Recht zu fast ebenso vielen Liebschaften herleitete. Was gut aussah, war ihr ein Dorn im Auge, zumeist aber die Hradscheck, die nicht nur stattlicher und klüger war als sie selbst, sondern zum Überfluß auch noch in Verdacht stand (wenn auch freilich mit Unrecht), den ältesten Kantorssohn – einen wegen Demagogie relegierten Tunichtgut, der nun bei dem Vater auf der Bärenhaut lag – zu Spottversen angestiftet zu haben. Es war eine lange Reimerei, drin jeder was wegkriegte. Der erste Vers aber lautete:

Woytasch hat den Schulzen-Stock,
Kunicke 'nen langen Rock.
Mietzel ist ein Hobelspan
Quaas hat keinem was getan,
Nicht mal seiner eignen Frau,
Kätzchen weiß es ganz genau.
Miau, miau.

Dergleichen konnte nicht verziehen werden, am wenigsten solcher Bettelperson wie dieser hergelaufenen Frau Hradscheck, die nun mal für die Schuldige galt. Das stand bei Kätzchen fest.

„Ich wette", sagte sie zur Mietzel, als diese denselben Abend noch, an dem die Hradscheck abgereist war, auf der Ölmühle vorsprach, „ich wette, daß sie mit einem Samthut und einer Straußenfeder wiederkommt. Sie kann sich nie genug tun, diese zierige Person, trotz ihrer vierzig. Und alles bloß, weil sie ‚Swein' sagt und nicht ‚switzen' kann, auch wenn sie drei Kannen Fliedertee getrunken. Sie sagt aber nicht Fliedertee, sie sagt Holunder. Und das soll denn was sein. Ach, liebe Mietzel, es ist zum Lachen."

„Ja, ja!" stimmte die Mietzel ein, schien aber geneigt, die größere Schuld auf Hradscheck zu schieben, der sich einbilde, Wunder was

Feines geheiratet zu haben. Und sei doch bloß 'ne Kattolsche gewesen und vielleicht auch 'ne Springerin; wenigstens habe sie so was munkeln hören. „Und überhaupt, der gute Hradscheck"; fuhr sie fort, „er soll doch nur still sein. In Neu-Lewin reden sie nicht viel Gutes von ihm. Die Rese hat er sitzen lassen. Und mit eins war sie weg, und keiner weiß wie und warum. Und war auch von Ausgraben die Rede, bis unser alter Woytasch 'rüber fuhr und alles wieder still machte. Natürlich, er will keinen Lärm haben und is 'ne Suse. Zu Hause darf er ohnehin nicht reden. Oder ob er der Hradschecken nach den Augen sieht? Sie hat so was. Und ich sage bloß, wenn wir alles hergelaufene Volk ins Dorf kriegen, so haben wir nächstens auch die Zigeuner hier, und Frau Woytasch kann sich dann nach 'nem Schwiegersohn umsehn. Zeit wird es mit der Rike; dreißig is sie ja schon."

So ging gleich am ersten Tage das Geklatsch. Als aber eine halbe Woche später die Hradscheck gerade so wieder kam, wie sie gegangen war, das heißt ohne Samthut und Straußenfeder, und noch ebenso grüßte, ja womöglich noch artiger als vorher, da trat ein Umschlag ein, und man fing an, sie gelten zu lassen und sich einzureden, daß die Erbschaft sie verändert habe.

„Man sieht doch gleich", sagte die Quaas, „daß sie jetzt was haben. Sonst sollte das immer was sein, und sie logen einen grausam an, und war eigentlich nicht zum Aushalten. Aber gestern war sie anders und sagte ganz klein und bescheiden, daß es nur wenig sei."

„Wie viel mag es denn wohl sein?" unterbrach hier die Mietzel.

„Ich denke mir so tausend Taler."

„O mehr, viel mehr. Wenn es nicht mehr wäre, wäre sie nicht so; da zierte sie sich ruhig weiter. Nein, liebe Mietzel, da hat man denn doch so seine Zeichen, und denken Sie sich, als ich sie gestern fragte, ob es ihr nicht ängstlich gewesen wäre, so ganz allein mit dem vielen Geld', da sagte sie: ‚nein, es wär ihr nicht ängstlich gewesen, denn sie habe nur wenig mitgebracht, eigentlich nicht der Rede wert. Das meiste habe sie bei dem Kaufmann in Berlin gleich stehen lassen.' Ich weiß ganz bestimmt, sie sagte: das meiste. So wenig kann es also nicht sein."

*

Unterredungen, wie diese, wurden ein paar Wochen lang in jedem Tschechiner Hause geführt, ohne daß man mit Hilfe derselben im geringsten weiter gekommen wäre, weshalb man sich schließlich hinter den Postboten steckte. Dieser aber war entweder schweigsam oder wußte nichts, und erst Mitte November erfuhr man von ihm, daß er neuerdings einen rekommandierten Brief bei den Hradschecks abgegeben habe.

„Von woher denn?"

„Aus Krakau."

Man überlegte sich's, ob das in irgend einer Beziehung zur Erbschaft stehen könne, fand aber nichts.

Und war auch nichts zu finden. Denn der eingeschriebene Brief lautete:

„Krakau, den 9.November 1831"

Herrn Abel Hradscheck

in Tschechin. Oderbruch.

Ew. Wohlgeboren bringen wir hiermit zu ganz ergebenster Kenntnis, daß unser Reisender, Herr Szulski, wie alljährlich, so auch in diesem Jahre wieder, in der letzten Novemberwoche, bei Ihnen eintreffen und Ihre weitern geneigten Aufträge in Empfang nehmen wird. Zugleich aber gewärtigen wir, daß Sie, hochgeehrter Herr, bei dieser Gelegenheit Veranlassung nehmen wollen, unsre seit drei Jahren anstehende Forderung zu begleichen. Wir rechnen um so bestimmter darauf, als es uns, durch die politischen Verhältnisse des Landes und den Rückschlag derselben auf unser Geschäft, unmöglich gemacht wird, einen ferneren Kredit zu bewilligen. Genehmigen Sie die Versicherung unserer Ergebenheit.

Olszewski-Goldschmidt&Sohn

Hradscheck, als er diesen Brief empfangen hatte, hatte nicht gesäumt, auch seine Frau mit dem Inhalt desselben bekannt zu machen. Diese blieb anscheinen ruhig, nur um ihre Lippen flog ein nervöses Zittern.

„Wo willst du's hernehmen, Abel? Und doch muß es geschafft werden. Und ihm eingehändigt werden. Und zwar vor Zeugen. Willst du's borgen?"

Er schwieg.

„Bei Kunicke?“

„Nein. Geht nicht. Das sieht aus nach Verlegenheit. Und die darf es nach der Erbschaft nicht mehr geben. Und gib's auch nicht. Ich glaube, daß ich's schaffe.“

„Gut. Aber wie?!

“ Bis zum 30. hab ich noch die Feuerkassengelder.“

„Die reichen nicht.“

„Nein. Aber doch beinah. Und den Rest deck ich mit einem kleinen Wechsel. Ein großer geht nicht, aber ein kleiner ist gut und eigentlich besser als bar.“

Sie nickte.

Dann trennte man sich, ohne daß weiter ein Wort gewechselt worden wäre.

Was zwischen ihnen zu sagen war, war gesagt und jedem seine Rolle zugeteilt. Nur fanden sie sich sehr verschieden hinein, wie schon die nächste Minute zeigen sollte.

Hradscheck, voll Beherrschung über sich selbst, ging in den Laden, der gerade voll hübscher Bauernmädchen war, und zupfte hier der einen am Busentuch, während er der andern die Schürzenbänder aufband. Einer Alten aber gab er einen Kuß. „Einen Kuß in Ehren darf niemand wehren – nich wahr, Mutter Schickedanz?“

Mutter Schickedanz lachte.

Der Frau Hradscheck aber fehlten die guten Nerven, deren ihr Gatte sich rühmen konnte. Sie ging in ihr Schlafzimmer, sah in den Garten und überschlug ihr Leben. Dabei murmelte sie halb unverständliche Worte vor sich hin und schien, den Bewegungen ihrer Hand nach, einen Rosenkranz abzubeten. Aber es half alles nichts. Ihr Atem blieb schwer, und sie riß endlich das Fenster auf, um die frische Luft einzusaugen.

So vergingen Stunden. Und als Mittag kam, kamen nur Hradscheck und Ede zu Tisch.

*

Fünftes Kapitel

Es war Ende November, als an einem naßkalten Abende der von

der Krakauer Firma angekündigte Reisende vor Hradschecks Gasthof vorfuhr. Er kam von Küstrin und hatte sich um ein paar Stunden verspätet, weil die vom Regen aufgeweichten Bruchwege beinah unpassierbar gewesen waren, am meisten im Dorfe selbst. Noch die letzten dreihundert Schritt von der Orthschen Windmühle her hatten ein Stück Zeit gekostet, weil das ermüdete Pferd mitunter stehen blieb und trotz allem Fluchen nicht weiter wollte. Jetzt aber hielt der Reisende vor der Ladentür, durch deren trübe Scheiben ein Lichtschein auf den Damm fiel und knipste mit der Peitsche.

„Hallo, Wirtschaft!"

Eine Weile verging, ohne daß wer kam. Endlich erschien der Ladenjunge, lief aber, als er den Tritt heruntergeklappt hatte, gleich wieder weg, „weil er den Knecht, den Jakob, rufen wolle."

„Gut, gut. Aber flink ... Is das ein Hundewetter!"

Unter solchen und ähnlichen Ausrufungen schlug der jetzt wieder allein gelassene Reisende das Schutzleder zurück, hing den Zügel in den frei gewordenen Hocken und kletterte, halb erstarrt und unter Vermeidung des Tritts, dem er nicht recht zu trauen schien, über das Rad weg auf eine leidlich trockenen, grad' vor dem Ladeneingange durch Aufschüttung von Müll und Schutt hergerichtete Stellen. Wolfsschur und Pelzmütze hatten ihm Kopf und Leib geschützt, aber die Füße waren wie tot, und er stampfte hin und her, um wieder Leben ins Blut zu bringen.

Und jetzt erschien auch Jakob, der den Reisenden schon von früher her kannte.

„Jott, Herr Szulski, bi so'n Wetter! Un so'ne Weg'! J, doa kümmt joa keen Düwel nich."

„Aber ich", lachte Szulski.

„Joa, blot Se, Herr Szulski. Na, nu geihen's man in de Stuw. Un dat Fellisen besorg ick. Un will ook glieks en beten war inböten. Ich weet joa: de Giebestuw, de geele, de noah de Kegelboahn to."

Während er noch so sprach, hatte Jakob den Koffer auf die Schulter genommen und ging, dem Reisenden vorauf, auf die Treppe zu; als er aber sah, daß Szulski, statt nach links hin in den Laden, nach rechts hin in das Hradschecksche Wohnzimmer eintreten wollte, wandt er sich wieder und sagte: „Nei, nich doa, Herr Szulski. Hradscheck is in die Wienstuw ... Se weten joa."

„Sind denn Gäste da?"

„Versteih sich. Wat arme Lüd sinn, na, de bliewen to Huus, awers Oll-Kunicke kümmt, un denn kümmt Orth ook. Un wenn Orth kümmt, denn kümmt ook Quaas un Mietzel. Geihens man in. Se tempeln alle wedder."

*

Eine Stunde später war der Reisende, Herr Szulski, der eigentlich ein einfacher Schulz aus Beuthen in Oberschlesien war und den Nationalpolen erst mit dem polnischen Samtrock samt Schnüren und Knebelknöpfen angezogen hatte, der Mittelpunkt der kleinen, auch heute wieder in der Weinstube versammelten Tafelrunde. Das Geschäftliche war in Gegenwart von Quaas und Kunicke rasch abgemacht und die hochaufgelaufene Schuldsumme, ganz wie gewollt, durch Barzahlung und kleine Wechsel beglichen worden, was dem Pseudopolen, der eine so rasche Regulierung kaum erwartet haben mochte, Veranlassung gab, einiges von dem von seiner Firma gelieferten Ruster bringen zu lassen.

„Ich kenne die Jahrgänge, meine Herren, und bitt um die Ehr'."

Die Bauern stutzten einen Augenblick, sich so zu Gäste geladen zu sehen, aber sich rasch erinnernd, daß einige von ihnen bis ganz vor kurzem noch zu Kunden der Krakauer Firma gehört hatten, sahen sie das Anerbieten schließlich als einen bloßen Geschäftsakt an, den man sich gefallen lassen könne. Was aber den Ausschlag gab, war, daß man durchaus von dem eben beendigten polnischen Aufstand hören wollte, von Diebitsch und Paskewitsch, und vor allem, ob es nicht bald wieder losgehe.

Szulski, wenn irgendwer, mußte davon wissen.

Als er das vorige Mal in ihrer Mitte weilte, war es ein paar Wochen vor Ausbruch der Insurrektion gewesen. Alles, was er damals als nahe bevorstehend prophezeit hatte, war eingetroffen und lag jetzt zurück, Ostrolenka war geschlagen und Warschau gestürmt, welchem Sturme der zufällig in der Hauptstadt anwesende Szulski zum mindesten als Augenzeuge, vielleicht auch als Mitkämpfer (er ließ dies vorsichtig im Dunkel) beigewohnt hatte. Das alles traf sich trefflich für unsere Tschechiner, und Szulski, der als guter Weinreisender natürlich auch ein guter Erzähler war, schwelgte förmlich in Schilderung der polnischen Heldentaten, wie nicht minder in Schilderung der Grausamkeiten, deren sich die Russen schuldig gemacht hatten. Eine Häuserstürmung in der Dlugastraße, just da, wo diese mit ihren zwei schmalen Ausläufern die Weichsel berührt, war dabei sein Paradepferd.

„Wie hieß die Straße“ fragte Mietzel, der nach Art aller verquienten Leute bei Kriegsgeschichten immer hochrot wurde.

„Dlugastraße“, wiederholte Szulski mit einer gewissen gekünstelten Ruhe. „Dluga, Herr Mietzel. Und das Eckhaus, um das es sich in meiner Geschichte handelt, stand dicht an der Weichsel, der Vorstadt Praga grad' gegenüber, und war von unseren Akademikern und Polytechnikern besetzt, das heißt von den wenigen, die von ihnen noch übrig waren, denn die meisten lagen längst draußen auf dem Ehrenfelde. Gleichviel indes, was von ihnen noch lebte, das steckte jetzt in dem vier Etagen hohen Hause, von Treppe zu Treppe bis unters Dach. Auf dem abgedeckten Dach aber befanden sich Frauen und Kinder, die sich hier hinter Balkenlagen verschanzt und mit herangeschleppten Steinen bewaffnet hatten. Als nun die Russen, es war das Regiment Kaluga, bis dicht heran waren, rührten sie die Trommel zum Angriff. Und so stürmten sie dreimal, immer umsonst, immer mit schwerem Verlust, so dicht fiel der Steinhagel auf sie nieder. Aber das vierte Mal kamen sie bis an die verrammelte Tür, stießen sie mit Kolben ein und sprangen die Treppe hinauf. Immer höher zogen sich unsere Tapferen zurück, bis sie zuletzt, mit den Frauen und Kindern und im bunten Durcheinander mit diesen, auf dem abgedeckten Dache standen. Da sah ich jeden Einzelnen so deutlich vor mir, wie ich Sie jetzt sehe, Bauer Mietzel“ – dieser fuhr zurück- „denn ich hatte meine Wohnung in dem Hause gegenüber, und sah, wie sie die Konfederatka schwenkten, und hörte, wie sie unser Lied sangen: ‚Noch ist Polen nicht verloren.‘ Und bei meiner Ehre, hier, an dieser Stelle, hätten sie sich trotz aller Übermacht des Feindes gehalten, wenn nicht plötzlich, von der Seite her, ein Hämmern und Schlagen hörbar geworden wäre, ein Hämmern und Schlagen sag ich, wie von Äxten und Beilen.“

„Wie? Was? von Äxten und Beilen?“ wiederholte Mietzel, dem sein bißchen Haar nachgerade zu Berge stand. „Was war es?“

„Ja, was war es? Vom Nachbarhause her ging man vor; jetzt war ein Loch da, jetzt eine Bresche, und durch die Bresche hin drang das russische Regiment auf den Dachboden vor. Was ich da gesehen habe, spottet jeder Beschreibung. Wer einfach niedergeschosssen wurde, konnte von Glück sagen, die meisten aber wurden durch einen Bajonettstoß auf die Straße geschleudert. Es war ein Graus, meine Herren. Eine Frau wartete das Massacre, ja, vielleicht Schimpf und Entehrung, denn dergleichen ist vorgekommen, nicht erst ab; sie nahm ihre beiden Kinder an die Hand und stürzte sich mit ihnen in den Fluß."

„Alle Wetter", sagte Kunicke, „das ist stark! Ich habe doch auch ein Stück Krieg mitgemacht und weiß wohl, wo man Holz fällt, fallen Späne. So war es bei Möckern, und ich sehe noch unsren alten Krosigk, wie der den Marinekaptän über den Haufen stach, und wie dann das Kolbenschlagen losging, bis alle dalagen. Aber Frauen und Kinder! Alle Wetter, Szulski, das ist scharf. Is es denn auch wahr?"

„Ob es wahr ist? Verzeihung, ich bin kein Aufschneider, Herr Kunicke. Kein Pole schneidet auf, das verachtet er. Und ich auch. Aber was ich gesehn habe, das hab ich gesehn, und eine Tatsache bleibt eine Tatsache, sie sei wie sie sei. Die Dame, die da herunter sprang, und ich schwör Ihnen, meine Herren, es war eine Dame, war eine schöne Frau, keine sechsunddreißig, und so wahr ein Gott im Himmel lebt, ich hätt ihr was Bessres gewünscht, als diese naßkalte Weichsel."

Kunicke schmunzelte, während der neben anderen Schwächen und Leiden auch an einer Liebesader leidende Mietzel nicht umhin konnte, seiner nervösen Erregtheit plötzlich eine ganz neue Richtung zu geben. Szulski selbst aber war viel zu sehr von sich und seiner Geschichte durchdrungen, um nebenher noch zu Zweideutigkeiten Zeit zu haben, und fuhr, ohne sich stören zu lassen, fort: „Eine schöne Frau, sag ich, und hingemordet. Und was das Schlimmste dabei, nicht hingemordet durch den Feind, nein, durch uns selbst; hingemordet, weil wir verraten waren. Hätte man uns freie Hand gelassen, kein Russe wäre je über die Weichsel gekommen. Das Volk war gut, Bürger und Bauer waren gut, alles einig, alles da mit Gut und Blut. Aber der Adel! Der Adel hat uns um dreißig Silberlinge verschachert, bloß weil er an sein Geld und seine Güter dachte. Und wenn der Mensch erst an sein Geld denkt, ist er verloren."

„Kann ich nicht zugeben", sate Kunicke. „Jeder denkt an sein Geld. Alle Wetter, Szulski, das sollt unsrem Hradscheck schon gefallen, wenn der Reisende von Olszewski-Goldschmidt und Sohn alle November hier vorspräch und nie an Geld dächte. Nicht wahr, Hradscheck, da ließe sich bald auf einen grünen Zweig kommen und brauchte keine Schwester oder Schwägerin zu sterben und keine Erbschaft ausgezahlt zu werden."

„Ah, Erbschaft", wiederholte Szulski. „So, so; daher. Nun, gratuliere. Habe neulich auch einen Brocken geerbt und in Lemberg angelegt. Lemberg ist besser als Krakau. Ja, das muß wahr sein, Erbschaft ist die beste Art zu Gelde zu kommen, die beste und eigentlich auch die anständigste ..."

„Und namentlich auch die leichteste", bestätigte Kunicke. „Ja das liebe Geld. Und wenn's viel ist, das heißt sehr viel, dann darf man auch dran denken! Nicht wahr, Szulski?"

„Natürlich", lachte dieser. „Natürlich, wenn's viel ist. Aber, Bauer Kunicke, denken und denken ist ein Unterschied. Man muß wissen, daß man's hat, soviel ist richtig, das ist gut und ein angenehmes Gefühl und stört nicht ..."

„Nein, nein, stört nicht."

„Aber, meine Herren, ich muß es wiederholen, denken und denken ist ein Unterschied. An Geld immer denken, bei Tag und bei Naht, das ist soviel, wie sich immer drum ängstigen. Und ängstigen soll man sich nicht. Wer auf Reisen ist und immer an seine Frau denkt, der ängstigt sich um seine Frau."

„Freilich", schrie Kunicke. „Quaas ängstigt sich auch immer."

Alle lachten unbändig, und nur Szulski selbst, der auch darin durchaus Anekdoten- und Geschichtenerzähler von Fach war, daß er sich nicht gern unterbrechen ließ, fuhr mit allem erdenklichen Ernst fort: „Und wie mit der Frau, meine Herren, so mit dem Geld. Nur nicht ängstlich; haben muß man's, aber man muß nicht ewig daran denken. Oft muß ich lachen, wenn ich so sehe, wie der oder jener im Postwagen oder an der Table d'hote mit einem Male nach seiner Brieftasche faßt, ‚ob er's auch noch hat'. Und dann atmet er auf und ist ganz rot geworden. Das ist immer lächerlich und schadet bloß. Und auch das Einnähen hilft nichts, das ist ebenso dumm. Ist der Rock weg, ist auch das Geld weg. Aber was man auf seinem Leibe hat, das hat man. All die andern Vorsichten sind Unsinn."

„Recht so", sagte Hradscheck. „So mach' ich's auch. Aber wir sind bei dem Geld und dem Einnähen ganz von Polen abgekommen. Ist es denn wahr, Szulski, daß sie Diebitschen vergiftet haben?"

„Versteht sich, es ist wahr."

„Und die Geschichte mit den elf Talglichtern auch? Auch wahr?"

„Alles wahr", wiederholte Szulski. „Daran ist kein Zweifel. Und es kam so. Konstantin wollte die Polen ärgern, weil sie gesagt hatten, die Russen fräßen bloß Talg. Und da ließ er, als er eines Tages elf Polen eingeladen hatte, zum Dessert elf Talglichte herumreichen, das zwölfte aber war von Marzipan und natürlich für ihn. Und versteht sich nahm er immer zuerst, dafür war er Großfürst und Vizekönig. Aber das eine Mal vergriff er sich doch und da hat er's runter würgen müssen."

„Wird nicht sehr glatt gegangen sein."

„Gewiß nicht ... Aber, Ihr Herren, kennt Ihr denn schon das neue Polenlied, das sie jetzt singen?"

„Denkst du daran —"

„Nein, das ist alt. Ein neues."

„Und heißt?"

„Die letzten Zehn vom vierten Regiment ... Wollt Ihr's hören? Soll ich es singen?"

„Freilich."

„Aber ihr müßt einfallen ..."

„Versteht sich, versteht sich."

Und nun sang Szulski, nachdem, nachdem er sich geräuspert hatte:

Zu Warschau schwuren tausend auf den Knien:
Kein Schuß im heil'gen Kampfe sei getan,
Tambour schlag an, zum Blachfeld laßt uns ziehen,
Wir greifen nur mit Bajonetten an!
Und ewig kennt das Vaterland und nennt
Mit stillem Schmerz sein viertes Regiment.

„Einfallen! Chorus." „Weiter Szulski, weiter."

Ade, ihr Brüder, die zu Tod getroffen
An unsrer Seite dort wir stürzen sahn,
Wir leben noch, die Wunden stehen offen
Und um die Heimat ewig ist's getan;

Herr Gott im Himmel, schenk ein gnädig End'
Uns letzten Zehn vom vierten Regiment.

Chorus:

„Uns letzten Zehn vom vierten Regiment."

Alles jubelte. Dem alten Quaas aber traten seine schon von Natur vorstehenden Augen immer mehr aus dem Kopf.

„Wenn ihn jetzt seine Frau sähe", rief Kunicke.

„Da hätt er Oberwasser."

„Ja, ja."

Und nun stieß man an und ließ die Polen leben. Nur Kunicke, der an Anno 13 dachte, weigerte sich und trank auf die Russen. Und zuletzt auch auf Quaas und Kätzchen.

Mietzel aber war ganz übermütig und halb wie verdreht geworden und sang, als er Kätzchens Namen hörte, mit einem Male:

„Nicht mal seiner eignen Frau,
Kätzchen weiß es ganz genau.
Miau."

Quaas sah verlegen vor sich hin. Niemand indessen dachte mehr an Übelnehmen.

Und nun wurde der Ladenjunge gerufen, um neue Flaschen zu bringen.

Sechstes Kapitel

So ging es bis Mitternacht. Der schräg gegenüber wohnende Kunicke wollte noch bleiben und machte spitze Reden, daß Szulski, der schon ein paarmal zum Aufbruch gemahnt, so müde sei. Der aber ließ sich weder durch Spott noch gute Worte länger zurückhalten; „er müsse morgen um neun in Frankfurt sein." Und damit nahm er den bereitstehenden Leuchter, um in seine Giebelstube hinaufzusteigen. Nur als er die Türklinke schon in der Hand hatte, wandt er sich noch einmal und sagte zu Hradscheck: „Also vier Uhr, Hradscheck. Um fünf muß ich weg. Und versteht sich ein Kaffee.

Guten Abend, Ihr Herren. Allerseits wohl zu ruhn!“

Auch die Bauern gingen; ein starker Regen fiel und alle fluchten über das scheußliche Wetter. Aber keine Stunde mehr, so schlug es um, der Regen ließ nach und ein heftiger Südost fegte statt seiner über das Bruch hin. Seine Heftigkeit wuchs von Minute zu Minute, so daß allerlei Schaden an Häusern und Dächern angerichtet wurde, nirgends aber mehr als an dem Hause der alten Jeschke, das grad' an dem Windstrome lag, der, von der andern Seite der Straße her, zwischen Kunickes Stall und Scheune mitten durchfuhr. Klappernd kamen die Ziegel vom Dachfirst herunter und schlugen mit einem dumpfen Geklatsch in den aufgeweichten Boden.

„Dat's joa, grad, als ob de Bös kümmt“, sagte die Alte und richtete sich in die Höh', wie wenn sie aufstehen wolle. Das Herausklettern aus dem hochstelligen Bett aber schien ihr zu viel Mühe zu machen, und so klopfte sie nur das Kopfkissen wieder auf und versuchte weiterzuschlafen. Freilich umsonst. Der Lärm draußen und die wachsende Furcht, ihren ohnehin schadhaften Schornstein in die Stube hinabstürzen zu sehen, ließen sie mit ihrem Versuche nicht weit kommen, und so stand sie schließlich doch auf und tappte sich an den Herd hin, um hier an einem bißchen Aschenglut einen Schwefelfaden und dann das Licht anzuzünden. Zugleich warf sie reichlich Kienäpfel auf, an denen sie nie Mangel litt, seit sie letzten Herbst dem vierjährigen Jungen vom Förster Notnagel, drüben in der neumärkischen Heide, das freiwillige Hinken wegkuriert hatte.

Das Licht und die Wärme taten ihr wohl, und als es ein paar Minuten später in dem immer bereit stehenden Kaffetopfe zu dampfen und zu brodeln anfing, hockte sie neben dem Herde nieder und vergaß über ihrem Behagen den Sturm, der draußen heulte. Mit einem Male aber gab es einen Krach, als bräche was zusammen, ein Baum oder ein Strauchwerk, und so ging sie denn mit dem Licht ans Fenster und, weil das Licht hier blendete, vom Fenster her in die Küche, wo sie den oberen Türladen rasch aufschlug, um zu sehn, was es sei. Richtig, ein Teil des Gartenzauns war umgeworfen, und als sie das niedergelegte Stück nach links hin bis an das Kegelhäuschen verfolgte, sah sie, zwischen den Pfosten der Lattenrinne hindurch, daß in dem Hradscheckschen Hause noch Licht war. Es flimmerte hin und her, mal hier, mal da, so daß sie nicht recht sehen konnte, woher es kam, ob aus dem Kellerloch unten oder aus dem dicht darüber gelegenen Fenster der Weinstube.

„Mien Jott, supen se noch?“ fragte die Jeschke vor sich hin.

„Na, Kunicke is et kumpafel. Un dann seggt he hinnerher, dat Wedder wihr Schull un he künn nich anners.“

Unter dieser Betrachtung schloß sie den Türladen wieder und ging an ihre Herdstätte zurück. Aber ihr Hang zu spionieren ließ ihr keine Ruh, und trotzdem der Wind immer stärker geworden war, suchte sie doch die Küche wieder auf und öffnete den Laden noch einmal, in der Hoffnung, was zu sehen. Eine Weile stand sie so, ohne daß etwas geschehen wäre, bis sie, als sie sich schon zurückziehn wollte, drüben plötzlich die Hradschecksche Gartentür auffliegen und Hradscheck selbst in der Türöffnung erscheinen sah. Etwas Dunkles, das er schon vorher herangeschafft haben mußte, lag neben ihm. Er war in sichtlicher Erregung und sah gespannt nach ihrem Hause hinüber. Und dann war's ihr doch wieder, als ob er wolle, daß man ihn sähe. Denn wozu sonst das Licht, in dessen Flackerschein er dastand? Er hielt es immer noch vor sich, es mit der Hand schützend, und schien zu schwanken, wohin damit. Endlich aber mußt er eine geborgene Stelle gefunden haben, denn das Licht selbst war weg und statt seiner nur noch ein Schein da, viel zu schwach, um den nach wie vor in der Türöffnung liegenden dunklen Gegenstand erkennen zu lassen. Was war es? Eine Truhe? Nein. Dazu war es nicht lang genug. Oder ein Korb, eine Kiste? Nein, auch das nicht.

„Wat he man hett?“ murmelte sie vor sich hin.

Aber ehe sie sich, aus ihren Mutmaßungen heraus, ihre Frage noch beantworten konnte, sah sie, wie der ihr auf Minuten aus dem Auge gekommene Hradscheck von der Tür her in den Garten trat und mit einem Spaten in der Hand rasch auf den Birnbaum zuschritt. Hier grub er eifrig und mit sichtlicher Hast und mußte schon ein gut Teil Erde herausgeworfen haben, als er mit einem Male das Graben aufgab und sich aufs neue nach allen Seiten hin umsah. Aber auch jetzt wieder (so wenigstens schien es ihr) mehr in Spannung als in Angst und Sorge.

„Wat he man hett?“ wiederholte sie.

Dann sah sie, daß er das Loch rasch wieder zuschüttete. Noch einen Augenblick und die Gartentür schloß sich und alles war wieder dunkel.

„Hm“, brummte Jeschke. „Dat's joa binoah, as ob he een abmurkst hett'. Na, so dull wahrd es joa woll nich sinn … Nei, nei, denn wihr dat Licht nich. Awers ich tru em nich. Un ehr tru ick ook nich.“

Und dann ging sie wieder bis an ihr Bett und kletterte hinein.

Aber ein rechter Schlaf wollt ihr nicht mehr kommen und in ihrem halbwachen Zustande sah sie beständig das Flimmern im Kellerloch und dann den Lichtschein, der in den Garten fiel, und dann wieder Hradscheck, wie er unter dem Baume stand und grub.

Siebentes Kapitel

Um vier Uhr stieg der Knecht die Stiege hinauf, um Szulski zu wecken. Er fand aber die Stube verschlossen, weshalb er sich begnügte, zu klopfen und durch das Schlüsselloch hineinzurufen:

„Is vier, Herr Szulski; steihn's upp.“ Er horchte noch eine Weile hinein, und als alles ruhig blieb, riß er an der klapprigen Türklinke hin und her und wiederholte: „Steihn's upp, Herr Szulski, is Tied; ich spann nu an.“ Und danach ging er wieder treppab und durch den Laden in die Küche, wo die Hradschecksche Magd, eine gutmütige Person mit krausem Haar und vielen Sommersprossen, noch halb verschlafen am Herde stand und Feuer machte.

„Na, Maleken, ook all rut? Watt seggst du dato? Klock vieren. Is doch Menschenschinnerei. Worümm nich um söss? Um söss wihr ook noch Tied. Na, nu koch uns man en beten wat mit.“

Und damit wollt er von der Küche her in den Hof hinaus. Aber der Wind riß ihm die Tür aus der Hand und schlug sie mit Gekrach wieder zu.

„Jott, Jakob, ick hebb mi so verfiert. Dat künn joa 'nen Doden uppwecken.“

„Sall ook, Male. He hett joa 'nen Dodensloap. Nu wahrd he woll uppstoahn.“

Eine halbe Stunde später hielt der Einspänner vor der Haustür, und Jakob, dem die Hände vom Leinehalten schon ganz klamm waren, sah ungeduldig in den Flur hinein, ob der Reisende noch nicht komme.

Der aber war immer noch nicht zu sehen, und statt seiner erschien nur Hradscheck und sagte: „Geh hinauf, Jakob, und sieh nach, was es ist. Er ist am Ende wieder eingeschlafen. Und sag ihm auch, sein Kaffee würde kalt ... Aber nein, laß nur; bleib. Er wird schon kommen."

Und richtig, er kam auch und stieg, während Hradscheck so sprach, gerade die nicht allzu hohe Treppe hinunter. Diese lag noch im Dunkel, aber ein Lichtschimmer vom Laden her ließ die Gestalt des Fremden doch einigermaßen deutlich erkennen. Er hielt sich am Geländer fest und ging mit besonderer Langsamkeit und Vorsicht, als ob ihm der große Pelz unbequem und beschwerlich sei. Nun aber war er unten, und Jakob, der alles neugierig verfolgte, was vorging, sah, wie Hradscheck auf ihn zuschritt und hinein komplimentierte, wo der Kaffe schon seit einer Viertelstunde wartete.

„Na, nu wahrd et joa woll wihr'n", tröstete sich der draußen immer ungeduldiger Werdende. „Kümmt Tied, kümmt Roath." Und wirklich, ehe fünf Minuten um waren, erschien das Paar wieder auf dem Flur und trat von diesem her auf die Straße, wo der verbindliche Hradscheck nunmehr rasch auf den Wagen zuschritt und den Tritt herunterließ, während der Reisende, trotzdem ihm die Pelzmütze tief genug im Gesicht saß, auch noch den Kragen seiner Wolfsschur in die Höhe klappte.

„Das ist recht", sagte Hradscheck. „Besser bewahrt, als beklagt. Und nun mach flink, Jakob, und hole den Koffer."

Dieser tat auch wie befohlen, und als er mit dem Mantelsack wieder unten war, saß der Reisende schon im Wagen und hatte den von ihm als Trinkgeld bestimmten Gulden vor sich auf das Spritzleder gelegt. Ohne was zu sagen, wies er darauf hin und nickte nur, als Jakob sich bedankte. Dann nahm er die Leine ziemlich ungeschickt in die Hand, woran wohl die großen Pelzhandschuhe schuld sein mochten, und fuhr auf das Orthsche Gehöft und die schattenhaft am Dorfausgange stehende Mühle zu. Diese ging nicht; der Wind wehte zu heftig.

Hradscheck sah dem auf dem schlechten Wege langsam sich fortbewegenden Fuhrwerk eine Weile nach, sein Kopf war unbedeckt und sein spärlich blondes Haar flog ihm um die Stirn. Es war aber, als ob die Kühlung ihn erquicke. Als er wieder in den Flur trat. fand er Jakob, der sich das Guldenstück ansah.

„Gefällt dir wohl? Einen Gulden gibt nicht jeder. Ein feiner Herr!"

„Dat sall woll sien. Awers worümm he man so still wihr? He

saggte joa kenn Wuhrt nich."

„Nein, er hatte wohl noch nicht ausgeschlafen", lachte Hradscheck. „Is ja erst fünf."

„Versteiht sich. Klock feiv red ick ook nich veel."

Achtes Kapitel

Der Wind hielt an, aber der Himmel klärte sich, und bei hellem Sonnenschein fuhr um Mittag ein Jagdwagen vor dem Tschechiner Gasthause vor. Es war der Friedrichsauer Amtsrat; Trakehner Rapphengste, der Kutscher in Livree. Hradscheck erschien in der Ladentür und grüßte respektvoll, fast devot.

„Tag, lieber Hradscheck; bringen Sie mir einen ‚Luft' oder lieber gleich zwei; mein Kutscher wird auch nichts dagegen haben. Nicht wahr, Johann? Eine wahre Hundekälte. Und dabei diese Sonne."

Hradscheck verbeugte sich und rief in den Laden hinein: „Zwei Pfefferminz, Ede; rasch!" und wandte sich dann mit der Frage zurück, womit er sonst noch dienen könne?

„Mir mit nichts, lieber Hradscheck, aber andren Leuten. Oder wenigstens der Obrigkeit. Da liegt ein Fuhrwerk unten in der Oder, wahrscheinlich fehl gefahren und in der Dunkelheit vom Damm gestürzt."

„Wo, Herr Amtsrat?"

„Hier gleich. Keine tausend Schritt hinter Orths Mühle."

„Gott im Himmel, ist es möglich! Aber wollen der Amtsrat nicht bei Schulze Woytasch mit vorfahren?"

„Kann nicht, Hradscheck; ist mir zu sehr aus der Richt. Der Reitweiner Graf erwartet mich, und ich habe mich schon verspätet. Und zu helfen ist ohnehin nicht mehr, soviel hab ich gesehn. Aber alles muß doch seinen Schick haben, auch Tod und Unglück. Adieu … Vorwärts!"

Und damit gab er dem Kutscher einen Tip auf die Schulter, der seine Trakehner wieder antrieb und wenigstens einen Versuch machte, trotz der grundlosen Wege das Versäumte nach Möglichkeit wieder einzubringen.

*

Hradscheck machte gleich Lärm und schickte Jakob zu Schulze

Woytasch während er selbst zu Kunicke hinüber ging, der eben seinen Mittagsschlaf hielt.

„Stör dich nicht gern um diese Zeit, Kunicke; Schlaf ist mir allemal heilig, und nun gar deiner! Aber es hilft nichts, wir müssen hinaus. Der Friedrichsauer Amtsrat war eben da und sagte mir, daß ein Fuhrwerk in der Oder liege. Mein Gott, wenn es Szulski wäre!"

„Wird wohl", gähnte Kunicke, dem der Schlaf noch in allen Gliedern steckte, „wird wohl ... Aber er wollte ja nicht hören, als ich ihm gestern abend sagte ‚nicht so früh, Szulski, nicht so früh ...' Denke bloß voriges Jahr, wie die Post 'runter fiel und der arme Kerl und Postillon gleich mausetot. Und der kannte doch unsern Damm! Und nu solch Polscher, solch Bruder Krakauer. Na, wir werden ja sehn."

Inzwischen hatte sich Kunicke zurechtgemacht und war erst in hohe Bruchstiefel und dann in einen dicken graugrünen Flauschrock hineingefahren. Und nun nahm er seine Mütze vom Riegel und einen Pikenstock aus der Ecke.

„Komm!"

Damit traten er und Hradscheck vom Flur her auf die Treppenrampe hinaus.

Der Wind blies immer stärker, und als beide, so gut es ging, von oben her sich umsahen, sahen sie, daß Schulze Woytasch, der schon anderweitig von dem Unglück gehört haben mußte, die Dorfstraße herunter kam. Er hatte seine Ponies, brillante kleine Traber, einspannen lassen und fuhr, aller Polizeimaßregel zum Trotz, über den aufgeschütteten Gangweg hin, was er sich als Dorfobrigkeit schon erlauben konnte. Zudem durfte er sich mit Dringlichkeit entschuldigen. Als er dicht an Kunickes Rampe heran war, hielt er und rief beiden zu: „Wollt auch hinaus? Natürlich. Immer aufsteigen. Aber rasch." Und im nächsten Augenblicke ging es auf dem aufgeschütteten Wege in vollem Trabe weiter, auf Orths Gehöft und die Mühle zu. Hradscheck saß vorn neben dem Kutscher, Kunicke neben dem Schulzen. Das war so Regel und Ordnung, denn ein Bauerngut geht vor Gasthaus und Kramladen.

Gleich hinter der Mühle begann die langsam und allmählich zum Damm ansteigende Schrägung. Oben war der Weg etwas besser, aber immer noch schlecht genug, so daß es sich empfahl, dicht am Dammrand entlang zu fahren, wo, wegen des weniger aufgeweichten Bodens, die Räder auch weniger tief einschnitten.

„Paß Achtung", sagte Woytasch, „sonst liegen wir auch unten."

Und der Kutscher, dem selber ängstlich sein mochte, lenkte sofort auf die Mitte des Damms hinüber, trotzdem er hier langsamer fahren mußte.

Sah man von der Fährlichkeit der Situation ab, so war es eine wundervolle Fahrt und das sich weithin darbietende Bild von einer gewissen Großartigkeit. Rechtshin grüne Wintersaat, soweit das Auge reichte, nur mit einzelnen Tümpeln, Häusern und Pappelweiden dazwischen, zur Linken aber die von Regengüssen hoch angeschwollene Oder, mehr ein Haff jetzt als ein Strom. Wütend kam der Südost vom jenseitigen Ufer herüber und trieb die graugrünen Wellen mit solcher Gewalt an den Damm, daß es wie eine Brandung war. Und in eben dieser Brandung standen gekröpfte Weiden, nur noch den häßlichen Kopf über dem Wasser, während, auf der neumärkischen Seite, der blauschwarze Strich einer Kiefernwaldung in grellem, unheimlichem Sonnenscheine dalag.

Bis dahin war außer des Schulzen Anruf an den Kutscher kein Wort laut geworden, jetzt aber sagte Hradscheck, indem er sich zu den beiden hinter ihm Sitzenden umdrehte: „Der Wind wird ihn 'runtergeweht haben."

„Unsinn!" lachte Woytasch, „Ihr müßt doch sehn, Hradscheck, der Wind kommt ja von da, von drüben. Wenn der schuld wäre, läg er hier rechts vom Damm und nicht nach links hin in der Oder ... Aber seht nur, da wanken ja schon welche herum und halten sich die Hüte fest. Fahr zu, daß wir nicht die Letzten sind."

Und eine Minute darauf hielten sie gerade an der Stelle, wo das Unglück sich zugetragen hatte. Wirklich, Orth war schon da, mit ihm ein paar seiner Mühlknechte, desgleichen Mietzel und Quaas, deren ausgebaute Gehöfte ganz in der Nähe lagen. Alles begrüßte sich und kletterte dann gemeinschaftlich den Damm hinunter, um unten genau zu sehen, wie's stünde. Die Böschung war glatt, aber man hielt sich an dem Werft und Weidengestrüpp, das überall stand. Unten angekommen, sah man bestätigt, was von Anfang an niemand bezweifelt hatte: Szulskis Einspänner lag wie gekentert im Wasser, das Verdeck nach unten, die Räder nach oben; von dem Pferd sah man nur dann und wann ein von den Wellen überschäumtes Hinterteil, während die Schere, darin es eingespannt war, wie ein Wahrzeichen aufragte. Den Mantelsack hatten die Wellen an den Damm gespült, und nur von Szulski selbst ließ sich nichts entdecken.

„Er ist nach Kienitz hin weggeschwemmt", sagte Schulze Woytasch. „Aber weit weg kann er nicht sein; die Brandung geht ja schräg gegen den Damm."

Und dabei marschierte man truppweise weiter, von Gestrüpp zu Gestrüpp, und durchsuchte jede Stelle.

„Der Pelz muß doch oben schwimmen."

„Ja, der Pelz", lachte Kunicke. „Wenn's bloß der Pelz wär. Aber der Polsche steckt ja drin."

Es war der Kunickesche Trupp, der so plauderte, ganz wie bei Dachsgraben und Hühnerjagd, während der den andern Trupp führende Hradscheck mit einem Male rief: „Ah, da ist ja seine Mütze!"

Wirklich, Szulskis Pelzmütze hing an dem kurzen Geäst einer Kopfweide.

„Nun, haben wir die", fuhr Hradscheck fort, „so werden wir ihn auch selber bald haben."

„Wenn wir nur ein Boot hätten. Aber es kann hier nicht tief sein, und wir müssen immer peilen und Grund suchen."

Und so geschah's auch. Aber alles Messen und Peilen half nichts, und es blieb bei der Mütze, die der eine der beiden Müllerknechte mittlerweile mit einem Haken herangeholt hatte. Zugleich wurde der Wind immer schneidender und kälter, so daß Kunicke, der noch von Möckern und Montmirail her einen Rheumatismus hatte, keine Lust mehr zur Fortsetzung verspürte. Schulze Woytasch auch nicht.

„Ich werde Gendarm Geelhaar und Kienitz und Güstebiese schicken", sagte dieser. „Irgendwo muß er doch antreiben. Und dann wollen wir ihm ein ordentliches Begräbnis machen. Nicht wahr, Hradscheck? Die Hälfte kann die Gemeinde geben."

„Und die andre Hälfte geben wir", setzte Kunicke hinzu.

„Denn wir sind eigentlich ein bißchen schuld. Oder eigentlich ganz gehörig. Er war gestern abend verdammt fißlig und man bloß noch so so. War er denn wohl kattolsch?"

„Natürlich war er", sagte Woytasch. „Wenn einer Szulski heißt und aus Krakau kommt, ist er kattolsch. Aber das schad't nichts. Ich bin für Aufklärung. Der alte Fritz war auch für Aufklärung. Jeder nach seiner Facon …"

„Versteht sich", sagte Kunicke. „Versteht sich. Und dann am Ende, wir wissen auch nicht, das heißt, ich meine, so ganz bestimmt wissen wir nicht ob er ein Kattolscher war oder nich. Un was man nich weiß, macht einen nich heiß. Nicht wahr, Quaas?"

„Nein, nein. Was man nicht weiß, macht einen nicht heiß. Und Quaasen auch nicht."

Alle lachten und selbst Hradscheck, der bis dahin eine würdige Zurückhaltung gezeigt hatte, stimmte mit ein.

Neuntes Kapitel

Der Tote fand sich nicht, der Wagen aber, den man mühevoll aus dem Wasser heraufgeholt hatte, wurde nach dem Dorf geschafft und in Kunickes große Scheune gestellt. Da stand er nun schon zwei Wochen, um entweder abgeholt oder auf Antrag der Krakauer Firma versteigert zu werden.

Im Dorfe gab es inzwischen viel Gerede, das aller Orten darauf hinauslief: „Es sei was passiert und stimme nicht mit den Hradschecks. Hradscheck sei freilich ein feiner Vogel und Spaßmacher und könne Witzchen und Geschichten erzählen, aber er habe es hinter den Ohren, und was die Frau Hradscheck angehe, die vor Vornehmheit nicht sprechen könne, so wisse jeder, stille Wasser seien tief. Kurzum es sei beiden nicht recht zu traun und der Polsche werde wohl ganz wo anders liegen als in der Oder." Zum Überfluß griff auch noch unser Freund, der Kantorssohn, der sich jedes Skandals mit Vorliebe bemächtigte, in die Saiten seiner Leier, und allabendlich, wenn die Knechte, mit denen er auf du und du stand vom Kruge her durchs Dorf zogen, sangen sie nach bekannter Melodie:

Morgenrot!
Abel schlug den Kain tot.
Gestern noch bei vollen Flaschen,
Morgens ausgeleerte Taschen
Und ein kühles Gra-ab.

All dies kam zuletzt auch dem Küstriner Gericht zu Ohren, und wiewohl es nicht viel besser als Klatsch war, dem alles Beweiskräftige fehlte, so sah sich der Vorsitzende des Gerichts, Justizrat Vowinkel, doch veranlaßt, an seinen Duz- und Logenbruder Eccelius einige Fragen zu richten und dabei Erkundigungen über das Vorleben der Hradschecks einzuziehen.

Das war am 7. Dezember, und noch am selben Tage schrieb Eccelius zurück:

„Lieber Bruder. Es ist mir sehr willkommen, in dieser Sache das Wort nehmen und Zeugnis zugunsten der beiden Hradschecks ablegen zu können. Man verleumdet sie, weil man sie beneidet, besonders die Frau. Du kennst unsere Brücher; sie sind hochfahrend und steigern ihren Dünkel bis zum Haß gegen alles was sich ihnen gleich oder wohl gar überlegen glaubt. Aber ad rem. Er, Hradscheck, ist kleiner Leute Kind aus Neu-Lewin und wie sein Name bezeugt, von böhmischer Extraktion. Du weißt, daß Neu-Lewin in den achtziger Jahren mit böhmischen Kolonisten besetzt wurde. Doch dies beiläufig. Unsres Hradschecks Vater war Zimmermann, der, nach Art solcher Leute, den Sohn für dasselbe Handwerk bestimmte. Und unser Hradscheck soll denn auch wirklich als Zimmermann gewandert und in Berlin beschäftigt gewesen sein. Aber es mißfiel ihm, und so fing er, als er vor etwa fünfzehn Jahren nach Neu-Lewin zurückkehrte, mit einem Kramgeschäft an, was ihm auch glückte, bis er, um eines ihm unbequem werdenden ‚Verhältnisses' willen, den Laden aufgab und den Entschluß faßte nach Amerika zu gehen. Und zwar über Holland. Er kam aber nur bis ins Hannöversche, wo er, in der Nähe von Hildesheim, also katholische Gegend, in einer gasthausartigen Dorfherberge Quartier nahm. Hier traf es sich, daß an demselben Tage, die seit Jahr und Tag in der Welt umher gezogene Tochter des Hauses, krank und elend von ihren Fahrten und Abenteuern – sie war mutmaßlich Schauspielerin gewesen – zurückkam und eine furchtbare Szene mit ihrem Vater hatte, der ihr nicht nur die bösesten Namen gab, sondern ihr auch Zuflucht und Aufnahme verweigerte. Hradscheck, von dem Unglück und wahrscheinlich mehr noch von dem eigenartigen und gewinnenden Wesen der jungen Frau gerührt, ergriff Partei für sie, hielt um ihre Hand an, was dem Vater wie der ganzen Familie nur gelegen kam, und heiratete sie, nachdem er seinen Auswanderungsplan aufgegeben hatte. Bald danach, um Martini herum, übersiedelten beide hierher, nach Tschechin, und schon am ersten Adventssonntage kam die junge Frau zu mir und sagte, daß sie sich zur Landeskirche halten und evangelisch getraut sein wolle. Was denn auch geschah und damals (es geht jetzt ins zehnte Jahr) einen großen Eindruck auf die Bauern machte.

Daß der kleine Gott mit dem Bogen und Pfeil in dem Leben beider eine Rolle gespielt hat, ist mir unzweifelhaft, ebenso daß beide seinen Versuchungen unterlegen sind. Auch sonst noch, wie nicht bestritten werden soll, bleiben einige dunkle Punkte, trotzdem es an anscheinend offenen Bekenntnissen nie gefehlt hat. Aber wie dem auch sein möge, mir liegt es pflichtmäßig ob zu bezeugen, daß es wohlanständige Leute sind, die solang ich sie kenne, sich gut gehalten und allzeit in einer christlichen Ehe gelebt haben. Einzelnes, was ihm, nach der entgegengesetzten Seite hin, vor längrer oder kürzerer Zeit nachgesagt wurde, mag auf sich beruhn, um so mehr als mir Sittenstolz und Tugendrichterei von Grund aus verhaßt sind. Die Frau hat meine besondere Sympathie. Daß sie den alten Aberglauben abgeschworen, hat sie mir, wie Du begreifen wirst, von Anfang an lieb und wert gemacht."

Die Wirkung diese Ecceliusschen Briefes war, daß das Küstriner Gericht die Sache vorläufig fallen ließ; als demselben aber zur Kenntnis kam, „daß Nachtwächter Mewissen, nach neuerdings vor Schulze Woytasch gemachten Aussagen, an jenem Tage, wo das Unglück sich ereignete, so zwischen fünf und sechs (um die Zeit also, wo das Wetter am tollsten gewesen) die Frau Hradscheck zwischen den Pappeln an der Mühle gesehen haben wollte, ganz so, wie wenn sie halb verbiestert vom Damm her käme", – da waren die Verdachtsgründe gegen Hradscheck und seine Frau doch wieder so gewachsen, daß das Gericht einzuschreiten beschloß. Aber freilich auch jetzt noch unter Vermeidung jedes Eklats, weshalb Vowinkel an Eccelius, dem er ohnehin noch einen Dankesbrief schuldete, die folgenden Zeilen richtete:

„Habe Dank, lieber Bruder, für Deinen ausführlichen Brief vom 7. d. M., dem ich, soweit er ein Urteil abgibt, in meinem Herzen zustimme. Hradscheck ist ein durchaus netter Kerl, weit über seinen Stand hinaus, und Du wirst Dich entsinnen, daß er letzten Winter sogar in Vorschlag war, und zwar auf meinen speziellen Antrag. Das alles steht fest. Aber zu meinem Bedauern will die Geschichte mit dem Polen nicht aus der Welt, ja, die Verdachtsgründe haben sich gemehrt, seit neuerdings auch euer Mewissen gesprochen hat. Andererseits freilich ist immer noch wenig Substanz da, um ohne weiteres eine Verhaftung eintreten zu lassen, weshalb ich vorhabe, die Hradscheckschen Dienstleute, die doch schließlich alles am besten wissen müssen, zu vernehmen und von ihrer Aussage mein weiteres Tun oder Nichttun abhängig zu machen. Unter allen Umständen aber wollen wir alles, was Aufsehen machen könnte, nach Möglichkeit vermeiden. Ich treffe morgen gegen zwei Uhr in Tschechin ein, fahre gleich bei Dir vor und bitte Dich, Sorge zu tragen, daß ich den Knecht Jakob samt den beiden andern Personen, deren Namen ich vergessen, in Deinem Hause vorfinde."

*

So des Justizrats Brief. Er selbst hielt zu festgesetzter Zeit vor dem Pfarrhaus und trat in den Flur, auf dem die drei vorgeforderten Dienstleute schon standen. Vowinkel grüßte sie, sprach, in der Absicht ihnen Mut zu machen, ein paar freundliche Worte zu jedem und ging dann, nachdem er sich aus seinem Mantel herausgewikkelt, auf Eccelius' Studierstube zu, darin nicht nur, der große schwarze Kachelofen, sondern auch der wohl arrangierte Kaffeetisch jeden Eintretenden überaus anheimelnd berühren mußte. Dies war denn auch bei Vowinkel der Fall. Er wies lachend darauf hin und sagte: „Vortrefflich, Freund. Höchst einladend. Aber ich denke, wir lassen das bis nachher. Erst das Geschäftliche. Das Beste wird sein, d u stellst die Fragen, und ich begnüge mich mit der Beisitzerrolle. Sie werden dir unbefangener antworten als mir." Dabei nahm er in einem neben dem Ofen stehenden hohen Lehnstuhle Platz, während Eccelius, auf den Flur hinaus, nach Ede rief und sich's nun erst, nach Erledigung aller Präliminarien, an seinem mächtigen Schreibtische bequem machte, dessen großes, zwischen einem Sand- und einem Tintenfaß stehendes Alabasterkreuz ihn von hinten her überragte.

Der Gerufene war inzwischen eingetreten und blieb an der Tür stehn. Er hatte sichtlich sein Bestes getan, um einen manierlichen Menschen aus sich zu machen, aber nur mit schwachem Erfolg. Sein brandrotes Haar lag großenteils blank an den Schläfen, während ihm das wenige, was ihm sonst noch verblieben war, nach Art einer Spitzflamme zu Häupten stand. Am schlimmsten aber waren seine winterlichen Hände, die, wie eine Welt für sich, aus dem überall zu kurz gewordenen Einsegnungsrock hervorsahen.

„Ede", sagte der Pastor freundlich, „du sollst über Hradscheck und den Polen aussagen, was du weißt."

Der Junge schwieg und zitterte.

„Warum sagst du nicht? Warum zitterst du?"

„Ick jrul mi so."

„Vor wem? Vor uns?"

Ede schüttelte mit dem Kopf.

„Nun, vor wem denn?"

„Vor Hradschecken ..."

Eccelius, der alles zugunsten der Hradschecks gewendet zu sehen wünschte, war mit dieser Aussage wenig zufrieden, nahm sich aber zusammen und sagt: „Vor Hradscheck. Warum vor Hradscheck? Was ist mit ihm? Behandelt er dich schlecht?"

„Nei."

„Nu wie denn?"

„Ick weet nich ... He is so anners."

„Nu gut. Anders. Aber das ist nicht genug, Ede. Du mußt uns mehr sagen. Worin ist er anders? Was tut er? Trinkt er? Oder flucht er? Oder ist er in Angst?"

„Nei."

„Nu wie denn? Was denn?"

„Ick weet nich ... He is so anners."

Es war ersichtlich, daß aus dem eingeschüchterten Jungen nichts weiter herauszubringen sein würde, weshalb Vowinkel dem Freunde zublinkte, die Sache fallen zu lassen. Dieser brach denn auch wirklich ab und sagte: „Nun, es ist gut, Ede. Geh. Und schicke die Male herein."

Diese kam und war in ihrem Kopf- und Brusttuch, das sie heute wie sonntäglich angelegt hatte, kaum wieder zu erkennen. Sie sah klar aus den Augen, war unbefangen und erklärte, nachdem Eccelius seine Frage gestellt hatte, daß sie nichts wisse. Sie habe Szulski gar nicht gesehn, „un ihrst um Klocker vier oder noch en beten danoah" wäre Hradscheck an ihre Kammertür gekommen und hätte gesagt, daß sie rasch aufstehn und Kaffee kochen solle. Das habe sie denn auch getan, und grad' als sie den Kien gespalten, sei Jakob gekommen und hab ihr so im Vorübergehn gesagt, „daß er den Polschen geweckt habe; der Polsche hab aber 'nen Dodenschlaf gehabt und habe gar nicht geantwortet. Und da hab er an die Dhür gebullert."

All das erzählte Male hintereinander fort, und als der Pastor zum Schlusse frug, ob sie nicht noch weiter was wisse, sagte sie: „Nein, weiter wisse sie nichts, oder man bloß noch das eine, daß die Kanne, wie sie das Kaffeegeschirr herausgeholt habe, beinah noch ganz voll gewesen sei. Und sei doch ein gräuliches Wetter gewesen und kalt und naß. Und wenn sonst einer des Morgens abreise, so tränk er mehrstens oder eigentlich immer die Kanne leer, un von Zucker-übrig-lassen wär gar keine Rede nich. Und manche nähmen ihn auch mit. Aber der Polsche hätte keine drei Schluck getrunken und sei eigentlich alles noch so gewesen, wie sie's reingebracht habe. Weiter wisse sie nichts."

Danach ging sie, und der dritte, der nun kam, war Jakob.

„Nun, Jakob, wie war es?" fragte Eccelius; „du weißt, um was es sich handelt. Was du Malen und mir schon vorher gesagt hast, brauchst du nicht zu wiederholen. Du hast ihn geweckt, und er hat nicht geantwortet. Dann ist er die Treppe heruntergekommen, und du hast gesehen, daß er sich an dem Geländer festhielt, als ob ihm das Gehn in dem Pelz schwer würde. Nicht wahr, so war es?"

„Joa, Herr Pastor."

„Und weiter nichts?"

„Nei, wider nix. Und whir man blot noch, dat he so'n beten lütt utsoah, un ..."

„Und was?"

„Un dat he so still wihr un seggte keen Wuhrd nich. Un as ick to em seggen deih: ‚Na Adjes, Herr Szulski`, doa wihr he wedder so bummsstill un nickte man blot so."

Nach dieser Aussage trat auch Jakob ab, und die Pfarrköchin brachte den Kaffee. Vowinkel nahm eine der Tassen und sagte, während er sich an das Fensterbrett lehnte: „Ja, Freund, die Sache steht doch schlimmer, als du wahr haben möchtest, und fast auch schlimmer als ich erwartete."

„Mag sein", erwiderte der Pastor. „Nach meinem Gefühl indes, das ich selbstverständlich deiner besseren Erfahrung unterordne, bedeuten all diese Dinge gar nichts oder herzlich wenig. Der Junge, wie du gesehn hast, konnte vor Angst kaum sprechen, und aus der Köchin Aussage war doch eigentlich nur das eine festzustellen, daß es Menschen gibt, die viel, und andere, die wenig Kaffee trinken."

„Aber Jakob!"

Eccelius lachte. „Ja Jakob. ‚He whir en beten to lütt', das war das eine, ‚un he whir en beten to still', das war das andere. Willst du daraus einen Strick für die Hradschecks drehn?"

„Ich will es nicht, aber ich fürchte, daß ich es muß. Jedenfalls haben sich die Verdachtsgründe durch das, was ich eben gehört habe, mehr gemehrt als gemindert, und ein Verfahren gegen den so mannigfach Belasteten kann nicht länger mehr hinausgeschoben werden. Er muß in Haft, wär es auch nur um einer Verdunkelung des Tatbestandes vorzubeugen."

„Und die Frau?"

„Kann bleiben. Überhaupt werd ich mich auf das Nötigste beschränken, und um auch jetzt noch alles Aufsehen zu vermeiden, hab ich vor, ihn auf meinem Wagen, als ob es sich um eine Spazierfahrt handelte, mit nach Küstrin zu nehmen."

„Und wenn er nun schuldig ist, wie du beinah glaubst oder wenigstens für möglich hältst? Ist dir eine solche Nachbarschaft nicht einigermaßen ängstlich?"

Vowinkel lachte. „Man sieht, Eccelius, daß du kein Kriminalist bist. Schuld und Mut vertragen sich schlecht zusammen. Alle Schuld lähmt."

„Nicht immer."

„Nein, nicht immer. Aber doch meist. Und allemal da, wo das Gesetz schon über ihr ist."

*

Zehntes Kapitel

Die Verhaftung Hradschecks erfolgte zehn Tage vor Weihnachten. Jetzt war Mitte Januar, aber die Küstriner Untersuchung rückte nicht von der Stelle, weshalb es in Tschechin und den Nachbardörfern hieß: „Hradscheck werde mit nächstem wieder entlassen werden, weil nichts gegen ihn vorliege ...“ Ja, man begann auf das Gericht und den Gerichtsdirektor zu schelten, wobei sich's selbstverständlich traf, daß alle die, die vorher am leidenschaftlichsten von einer Hinrichtung geträumt hatten, jetzt im Tadeln und Schmähen mit gutem Beispiel vorangingen.

Vowinkel hatte viel zu dulden; kein Zweifel. Am ausgiebigsten in Schmähungen aber war man gegen die Zeugen, und der Angriffe gegen diese wären noch vielmehr gewesen, wenn man nicht gleichzeitig über sie gelacht hätte. Der dumme Ladenjunge, der Ede, so versicherte man sich gegenseitig, könne doch nicht für voll angesehen werden und die Male mit ihren Sommersprossen und ihrem nicht ausgetrunkenen Kaffee womöglich noch weniger. Daß man bei den Hradschecks oft einen wunderbaren Kaffee kriege, das wisse jeder, und wenn alle die, die das durchgetrichterte Zichorienzeug stehn ließen, auf Mord und Totschlag hin verklagt und eingezogen werden sollten, so säße bald das halbe Bruch hinter Schloß und Riegel. „Aber Jakob und der alte Mewissen?“ hieß es dann wohl. Indes auch von diesen beiden wollte die plötzlich zugunsten Hradschecks umgestimmte Majorität nichts wissen. Der dußlige Jakob, von dem jetzt so viel gemacht werde, ja, was hab er denn eigentlich beigebracht? Doch nichts weiter als das ewige „He wihr so'n beten still“. Aber du lieber Himmel, wer habe denn Lust, um Klock fünf und bei steifem Südost einen langen Schnack zu machen? Und nun gar der alte Mewissen, der, solang er lebe, den Himmel für einen Dudelsack angesehen habe? Wahrhaftig, der könne viel sagen, eh man's zu glauben brauche. „Mit einem karierten Tuch über dem Kopf. Und wenn's kein kariertes Tuch gewesen, dann sei's eine Pferdedecke gewesen.“ O, du himmlische Güte! Mit einer Pferdedecke! Die Hradscheck, mit einer Pferdedecke! Gibt es Pferdedecken ohne Flöhe? Nein. Und nun gar diese schnippsche Prise, die sich ewig mit ihrem türkischen Schal herumziert und noch ötepotöter is als die Reitweinsche Gräfin!

So ging das Gerede, das sich, an und für sich schon günstig genug für Hradscheck, infolge kleiner Vorkommnisse mit jedem neuen Tage günstiger gestaltete. Darunter war eins von besondrer Wirkung. Und zwar das folgende. Heiligabend war ein Brief Hradschecks bei Eccelius eingetroffen, worin es hieß: „Es ging ihm gut, weshalb er sich auch freuen würde, wenn seine Frau zum Fest herüberkommen und eine Viertelstunde mit ihm plaudern wolle; Vowinkel hab es eigens gestattet, versteht sich in Gegenwart von Zeugen." So, die briefliche Mitteilung, auf welche Frau Hradscheck, als sie durch Eccelius davon gehört, diesem letzteren sofort geantwortet hatte: „Sie werde diese Reise nicht machen, weil sie nicht wisse, wie sie sich ihrem Manne gegenüber zu benehmen habe. Wenn er schuldig sei, so sei sie für immer von ihm geschieden, einmal um ihrer selbst, aber mehr noch um ihrer Familie willen. Sie wolle daher lieber zum Abendmahl gehen und ihre Sache vor Gott tragen und bei der Gelegenheit den Himmel inständig bitten, ihres Mannes Unschuld recht bald an den Tag zu bringen." So was hörten die Tschechiner gern, die sämtlich einen ungeheuren Respekt vor jedem hatten, der „lieber zum Abendmahl gehen und seine Sache vor Gott tragen", als nach Küstrin hin reisen wollte.

Kurzum, alles stand gut, und hätte sich von einer totalen „Rückeroberung" des dem Inhaftierten anfangs durchaus abgeneigten Dorfes sprechen lassen, wenn nicht ein Unerschütterlicher gewesen wäre, der, sobald Hradschecks Unschuld behauptet wurde, regelmäßig versicherte: „Hradscheck? Den kenn ich. Der muss ans Messer."

Dieser Unerschütterliche war niemand Geringeres als Gendarm Geelhaar, eine sehr wichtige Person im Dorf, auf deren Autorität hin die Mehrheit sofort geschworen hätte, wenn ihr nicht seine bittre Feindschaft gegen Hradscheck und die kleinliche Veranlassung dazu bekannt gewesen wäre. Geelhaar, guter Gendarm, aber noch besserer Saufaus, war, um Kognaks und Rums willen, durch viele Jahre hin ein Intimus bei Hradscheck gewesen, bis dieser eines Tages, des ewigen Gratisseinschenkens müde, mit mehr Übermut als Klugheit gesagt hatte: „Hören Sie, Geelhaar, Rum ist gut. Aber Rum kann einen auch 'rumbringen." Auf welche Provokation hin (Hradscheck liebte dergleichen Witze) der sich nun plötzlich aufs hohe Pferd setzende Geelhaar mit hochrotem Gesicht geantwortet hatte: „Gewiß, Herr Hradscheck. Was kann einen nich alles 'rumbringen? Den einen dies, den andern das. Und mit Ihnen, mein lieber Herr, is auch noch nicht alle Tage Abend."

Von der aus diesem Zwiegespräch entstandenen Feindschaft wußte das ganze Dorf, und so kam es, daß man nicht viel darauf gab und im wesentlichen bloß lachte, wenn Geelhaar zum hundersten Male versicherte: „Der? Der muß ans Messer."

*

„Der muß ans Messer", sagte Geelhaar, aber in Tschechin hieß es mit jedem Tage mehr: „Er kommt wieder frei."

Und „he kümmt wedder rut", hieß es auch im Hause der alten Jeschke, wo die blonde Nichte, die Line – dieselbe, nach der Hradscheck bei seinen Gartenbegnungen mit der Alten immer zu fragen pflegte – seit Weihnachten zum Besuch war und an einer Ausstattung, wenn auch freilich nicht an ihrer eigenen, arbeitete. Sie war eine hervorragend kluge Person, die trotzdem sie noch keine Siebenundzwanzig zählte, sich in den verschiedensten Lebensstellungen immer mit Glück versucht hatte: früh schon als Kinder- und Hausmädchen, dann als Näherin und schließlich als Pfarrköchin in einem neumärkischen Dorf, in welch letzterer Eigenschaft sie nicht nur sämtliche Betstunden mitgemacht, sondern sich auch durch einen exemplarisch sittlichen Lebenswandel ausgezeichnet hatte. Denn sie gehörte zu denen, die, wenn engagiert, innerhalb ihres Engagements alles Geforderte leisten, auch Gebet, Tugend und Treue.

Solcher Forderungen entschlug sich nun freilich die Jeschke, die vielmehr, wenn sie den Faden von ihrem Wocken spann, immer nur Geschichten von begünstigten und genau geführten Liebhabern hören wollte, besonders von einem Küstriner Fouragebeamten, der drei Stunden lang im Schnee hatte warten müssen. Noch dazu vergeblich. All das freute die Jeschke ganz ungemein, die dann regelmäßig hinzusetzte: „Joa, Line, so wihr ick ook. Awers moak et man nich to dull." Und dann antwortete diese:

„Wie werd ich denn, Mutter Jeschke!" Denn sie nannte sie nie Tante, weil sie sich der nahem Verwandtschaft mit der alten Hexe schämen mochte.

Plaudern war beider Lust. Und plaudernd saßen beide Weibsen auch heute wieder.

Es war ein ziemlich kalter Tag und draußen lag fußhoher Schnee. Drinnen aber war es behaglich, das Rotkehlchen zwitscherte, die Wanduhr ging in starkem Schlag und der Kachelofen tat das Seine. Dem Ofen zunächst aber hockte die Jeschke, während Line weitab an dem ganz mit Eisblumen überdeckten Fenster saß und sich ein Guckloch gepustet hatte, durch das sie nun bequem sehen konnte, was auf der Straße vorging.

„Da kommt ja Gendarm Geelhaar", sagte sie. „Grad' über den Damm. Er muß drüben bei Kunicke gewesen sein. Versteht sich, Kunicke frühstückt um diese Zeit. Und sieht auch so rot aus. Was er nur will? Er wird am Ende der armen Frau, der Hradschecken, einen Besuch machen wollen. Is ja schon vier Wochen Strohwitwe."

„Nei, nei", lachte die Alte. „Dat deiht he nich. Dem is joa sien ejen all to veel, so lütt se is. Ne, ne, den kenn ick. Geelhaar is man blos noch för so."

Und dabei machte sie die Bewegung des aus der Flaschetrinkens.

„Hast recht", sagte Line. „Sieh, er kommt grad' auf unser Haus zu."

Und wirklich, unter diesem Gespräch, wie's die Jeschke mit ihrer Nichte geführt hatte, war Geelhaar von der Dorfstraße her in einen schmalen, bloß mannsbreiten Gang eingetreten, der, an der Hradscheckschen Kegelbahn entlang, in den Garten der alten Jeschke führte.

Von hier aus war auch der Eingang in das Häuschen der Alten, das mit seinem Giebel nach der Straße stand.

„Guten Tag, Mutter Jeschke", sagte der Gendarm. „Ah, und guten Tag Lineken. Oder ich muß jetzt wohl sagen Mamsell Linchen."

Line, die den stattlichen Geelhaar (er hatte bei den Gardekürassieren gedient), aller despektierlichen Andeutungen der Alten ungeachtet, keineswegs aus ihrer Liste gestrichen hatte, stemmte sofort den linken Fuß gegen einen ihr gegenüberstehenden Binsenstuhl und sah ihn zwinkernd über das große Stück Leinwand hin an, das sie, wie wenn sie's abmessen wollte, mit einem energischen Ruck und Puff vor sich ausspannte.

Die Wirkung dieser kleinen Künste blieb auch nicht aus. So wenigstens schien es Linen. Die Jeschke dagegen wußt es besser, und als Geelhaar auf ihre mit Vorbedacht in Hochdeutsch gesprochene Frage, „was ihr denn eigentlich die Ehre verschaffe", mit einem scherzhaft gemeinten Fingerzeig auf Line geantwortet hatte, lachte sie nur und sagte:

„Nei, nei, Herr Gendarm. Ick weet schon, ick weet schon … Awers nu setten's sich ihrst … Joa, diss' Hradscheck … he kümmt joa nu wedder rut.“

„Ja, Mutter Jeschke“, wiederholte Geelhaar, „he kümmt nu wedder rut. Das heißt, er kommt wieder ’raus, wenn er nich drin bleibt.“

„Woll, woll. Wenn he nicht drin bliewt. Awers worümm sall he drin bliewen? Keen een hatt joa wat siehn, und keen een hett joa watt utfunn’n. Un Se ook nich, Geelhaar.“

„Nein“, sagte der Gendarm. „Ich auch nich. Aber es wird sich schon was finden oder doch finden lassen, und dazu müssen Sie helfen, Mutter Jeschke. Ja, ja. Soviel weiß ich, die Hradscheck hat schon lange keinen Schlaf mehr und ist immer treppauf und treppab. Und wenn die Leute sagen, es sei bloß, weil sie sich um den Mann gräme, so sag ich: Unsinn, er is nich so und sie is nich so.“

„Nei, nei“, wiederholte die Jeschke. „He is nich so un se is nich so. De Hradschecks, nei, de sinn nich so.“

„Keinen ordentlichen Schlaf also“, fuhr Geelhaar fort, „nich bei Tag und auch nich bei Nacht, und wankt immer so ’rum, und is mal im Hof und mal im Garten. Das hab ich von der Male … Hören Sie, Mutter Jeschke, wenn ich so mal nachtens hier auf Posten stehen könnte! Das wäre so was. Line bleibt mit auf, und wir setzen uns dann ans Fenster und wachen und gucken. Nich wahr, Line?“

Line, die schon vorher das Weißzeug beiseite gelegt und ihren blonden Zopf halb aufgeflochten hatte, schlug jetzt mit dem losen Büschel über ihre linke Hand und sagte: „Will es mir noch überlegen, Herr Geelhaar. Ein armes Mädchen hat nichts als seinen Ruf.“

Und dabei lachte sie.

„Kümmen’s man, Geelhaar“, tröstete die Jeschke, trotzdem Trost eigentlich nicht nötig war. „Kümmen’s man. Ick geih to Bett. Watt doa to siehn is, ick meen hier buten, dat hebb ick siehn, dat weet ick all. Un is ümmer dat Sülwigte.“

„Dat Sülwigte?“

„Joa. Nu nich mihr. Awers as noch keen Snee wihr. Doa …“

„Da. Was denn?“

„Doa wihr se nachtens ümmer so rümm hier.“

„So, so“, sagte der Gendarm und tat vorsichtig allerlei weitere Fragen. Und da sich die Jeschke von guten Beziehungen zur

Dorfpolizei nur Vorteile versprechen konnte, so wurde sie trotz aller sonstigen Zurückhaltung immer mitteilsamer und erzählte dem Gendarm Neues und Altes, namentlich auch das, was sie damals, in der stürmischen Novembernacht, von ihrer Küchentür aus beobachtet hatte. Hradscheck habe lang da gestanden, ein flackrig Licht in der Hand. „Un wihr binoah so, as ob he wull, dat man em seihn sull." Und dann hab er einen Spaten genommen und sei bis an den Birnbaum gegangen. Und da hab er ein Loch gegraben. An der Gartentür aber habe was gestanden wie ein Koffer oder Korb oder eine Kiste. Was? das habe sie nicht genau sehen können. Und dann hab er das Loch wieder zugeschüttet.

Geelhaar, der sich bis dahin, allem Diensteifer zum Trotz, ebensosehr mit Line wie mit Hradscheck beschäftigt hatte, ja, vielleicht mehr noch Courmacher als Beamter gewesen war, war unter diesem Bericht sehr ernsthaft geworden und sagte, während er mit Wichtigkeitsmiene seinen gedunsenen Kopf hin und her wiegte: „Ja, Mutter Jeschke, das tut mir leid. Aber es wird Euch Ungelegenheiten machen."

„Wat? wat, Geelhaar?"

„Ungelegenheiten, weil Ihr damit so spät herauskommt."

„Joa, Geelhaar, wat sall dat? wat mienens mit ‚to spät?' Et hett mi joa keener nich froagt. Un Se ook nich. Un wat weet ick denn ok? Ick weet joa nix. Ick weet joa joar nix."

„Ihr wißt genug, Mutter Jeschke."

„Nei, nei, Geelhaar. Ick weet joar nix."

„Das ist gerade genug, daß einer nachts in seinem Garten ein Loch gräbt und wieder zuschüttet."

„Joa, Geelhaar, ick weet nich, awers jed' een möt doch in sien ejen Goarden en Loch buddeln könn'."

„Freilich. Aber nicht nicht um Mitternacht und nicht bei solchem Wetter."

„Na, rieden's mi man nich rin. Und moaken Se't good mit mi ... Line, Line, segg doch ook wat."

Und wirklich, Line trat infolge dieser Aufforderung an den Gendarmen heran und sagte, tief aufatmend, wie wenn sie mit einer plötzlichen und mächtigen Sinnenerregung zu kämpfen hätte: „Laß nur, Mutter Jeschke. Herr Geelhaar wird schon wissen, was er zu tun hat. Und wir werden es auch wissen. Das versteht sich doch von selbst. Nicht wahr, Herr Geelhaar?"

Dieser nickte zutraulich und sagte mit plötzlich verändertem und wieder freundlich werdendem Tone: „Werde schon machen, Mamsell Line. Schulze Woytasch läßt ja, Gott sei Dank, mit sich reden und Vowinkel auch, Hauptsach' is, daß wir den Fuchs überhaupt ins Eisen kriegen. Un is dann am Ende gleich, wann wir ihn haben, und ob ihm der Balg heut oder morgen abgezogen wird."

Elftes Kapitel

Vierundzwanzig Stunden später kam – und zwar auf die Meldung hin, die Geelhaar, gleich nach seinem Gespräch mit der Jeschke, bei der Behörde gemacht hatte – von Küstrin her ein offener Wagen, in dem außer dem Kutscher der Justizrat und Hradscheck saßen. Die Luft ging scharf, und die Sonne blendete, weshalb Vowinkel, um sich gegen beides zu schützen, seinen Mantel aufgeklappt, der Kutscher aber seinen Kopf bis an Nas' und Ohren in den Pelzkragen hineingezogen hatte. Nur Hradscheck saß frei da, Luft und Licht, deren er seit länger als vier Wochen entbehrt hatte, gierig einsaugend. Der Wagen fuhr auf der Dammhöhe, von der aus sich das untenliegende Dorf bequem überblicken und beinah jedes einzelne Haus in aller Deutlichkeit erkennen ließ. Das da, mit dem schwarzen teergestrichenen Gebälk, war das Schulhaus, und das gelbe, mit dem gläsernen Aussichtsturm, mußte Kunickes sein, Kunickes „Villa", wie die Tschechiner es spöttisch nannten. Das niedrige, gerade gegenüber aber, das war seine, das sah er an dem Birnbaum, dessen schwarzes Gezweig über die mit Schnee bedeckte Dachfläche wegragte. Vowinkel bemerkte wohl, wie Hradscheck sich unwillkürlich auf seinem Sitze hob, aber nichts von Besorgnis drückte sich in seinen Mienen und Bewegungen aus, sondern nur Freude, seine Heimstätte wieder zu sehen.

Im Dorfe selbst schien man der Ankunft des justizrätlichen Wagens schon entgegengesehen zu haben. Auf dem Vorplatze der Igelschen Brett- und Schneidemühle, die man, wenn man von der Küstriner Seite her kam, als erstes Gehöft zu passieren hatte (gerade so wie das Orthsche nach der Frankfurter Seite hin), stand der alte Brett- und Schneidemüller und fegte mit einem kurzen, storrigen Besen den Schnee von der obersten Bretterlage fort, anscheinend aufs eifrigste mit dieser seiner Arbeit beschäftigt, in Wahrheit aber nur begierig, den herankommenden Hradscheck eher als irgendein anderer im Dorfe gesehen zu haben. Denn Schneidemüller Igel, oder der „Schneidigel", wie man ihn kurzweg und in der Regel mit absichtlich undeutlicher Aussprache nannte, war ein Topfgucker. Aber so topfguckrig er war, so stolz und hochmütig war er auch, und so wandt er sich in demselben Augenblicke, wo der Wagen an ihm vorüberfuhr, rasch wieder auf sein Haus zu, bloß um nicht grüßen zu müssen. Hier nahm er, um seine Neugier, deren er sich schämen mochte, vor niemandem zu verraten, Hut und Stock mit besonderer Langsamkeit vom Riegel und folgte dann dem Wagen, den er übrigens bald danach schon vor dem Hradscheckschen Hause vorfahren sah.

Frau Hradscheck war nicht da. Statt ihrer übernahm es Kunicke, den sie darum gebeten haben mochte, den Wirt und sozusagen die Honneurs des Hauses zu machen. Er führte denn auch den Justizrat vom Flur her in den Laden und von diesem in die dahinter befindliche Weinstube, wo man einen Imbiß bereit gestellt hatte. Vowinkel nahm aber, unter vorläufiger freundlicher Ablehnung, nur ein kleines Glas Portwein und trat dann in den Garten hinaus, wo sich bereits alles, was zur Dorfobrigkeit gehörte, versammelt hatte: Schulze Woytasch, Gendarm Geelhaar, Nachtwächter Mewissen und drei bäuerliche Gerichtsmänner. Geelhaar, der zur Feier des Tages seinen Staats-Tschako mit dem armlangen schwarzen Lampenputzer aufgesetzt hatte, ragte mit Hilfe dieser Paradezutaten um fast drei Haupteslängen über den Rest aller Anwesenden hinaus. Das war der innere Zirkel. Im weiteren Umkreis aber standen die, die bloß aus Neugier sich eingefunden hatten, darunter der schon stark gefrühstückte Kantorssohn und Dorfdichter, während einige zwanzig eben aus der Schule herangekommene Jungens mit ihren Klapp-Pantinen auf das Kegelhaus geklettert waren, um von hier aus Zeugen zu sein, was wohl bei der Sache herauskommen würde, Vorläufig indes begnügten sie sich damit, Schneebälle zu machen, mit denen sie nach den großen und kleinen Mädchen warfen, die hinter dem Gartenzaun der alten Jeschke standen. Alles plapperte, lachte, reckte den Hals, und wäre nicht Hradscheck selbst gewesen, der die Blicke seiner alten Freunde vermeidend, ernst und schweigend vor sich hinsah, so hätte man glauben können, es sei

Kirmes oder eine winterliche Jahrmarktszene.

Die Gerichtsmänner flüsterten und steckten die Köpfe zusammen, während Woytasch und Geelhaar sich umsahen. Es schien noch etwas zu fehlen, was auch zutraf. Als aber bald danach der alte Totengräber Wonnekamp mit noch zwei von seinen Leuten erschien, rückte man näher an den Birnbaum heran und begann den Schnee, der hier lag, fortzuschippen. Das ging leicht genug, bis statt des Schnees die gefrorene Erde kam, wo nun die Pickaxt aushelfen mußte. Der Frost indessen war nicht tief in die Erde gedrungen und so konnte man den Spaten nicht nur bald wieder zur Hand nehmen, sondern kam auch rascher vorwärts, als man anfangs gehofft hatte. Die herausgeworfenen Schollen und Lehmstücke wurden immer größer, je weicher der Boden wurde, bis mit einem Male der alte Totengräber einem Arbeiter in den Arm fiel und mit der seinem Stande zuständigen Ruhe sagte:

„Nu giw mi moal; nu kümmt wat." Dabei nahm er ihm das Grabscheit ohne weiteres aus der Hand und fing selber an zu graben. Aber ersichtlich mit großer Vorsicht. Alles drängte vor und wollte sehen. Und siehe da, nicht lange, so war ein Toter aufgedeckt, der zu großem Teile noch in Kleiderresten steckte. Die Bewegung wuchs, und aller Augen richteten sich auf Hradscheck, der, nach wie vor, vor sich hinsah und nur dann und wann einen scheuen Seitenblick in die Grube tat.

„Nu hebben se'n", lief ein Gemurmel den Gartenzaun entlang, unklar lassend, ob man Hradscheck oder den Toten meine; die Jungens auf dem Kegelhäuschen aber reckten ihre Hälse noch mehr als vorher, trotzdem sie weder nah noch hoch genug standen, um irgendwas sehn zu können.

Eine Pause trat ein. Dann nahm der Justizrat des Angeklagten Arm und sagte, während er ihn dicht an die Grube führte: „Nun, Hradscheck, was sagen Sie?"

Dieser verzog keine Miene, faltete die Hände wie zum Gebet und sagte dann fest und feierlich: „Ich sage, daß dieser Tote meine Unschuld bezeugen wird."

Und während er so sprach, sah er zu dem alten Totengräber hinüber, der den Blick auch verstand und, ohne weitere Fragen abzuwarten, geschäftsmäßig sagte: „Ja, der hier liegt, liegt hier schon lang. Ich denke zwanzig Jahre. Und der Polsche, der es sein soll, is noch keine zehn Wochen tot."

Und siehe da, kaum daß diese Worte gesprochen waren, so war ihr Inhalt auch schon bewiesen und jeder schämte sich, so wenig kaltes Blut und so wenig Umsicht und Überlegung gehabt zu haben. In einem gewissen Entdeckungseifer waren alle wie blind gewesen und hatten unbeachtet gelassen, daß ein Schädel, um ein richtiger Schädel zu werden, auch sein Stück Zeit verlangt und daß die Toten ihre Verschiedenheiten und ihre Grade haben, gerade so gut wie die Lebendigen.

Am verlegensten war der Justizrat. Aber er sammelte sich rasch und sagte: „Totengräber Wonnekamp hat recht. Das ist nicht der Tote, den wir suchen. Und wenn er zwanzig Jahre in der Erde liegt, was ich keinen Augenblick bezweifle, so kann Hradscheck an diesem Toten keine Schuld haben. Und kann auch von einer früheren Schuld keine Rede sein. Denn Hradscheck ist erst im zehnten Jahr in diesem Dorf. Das alles ist jetzt erwiesen. Trotz alledem bleiben ein paar dunkle Punkte, worüber Aufklärung gegeben werden muß. Ich lebe der Zuversicht, daß es an dieser Aufklärung nicht fehlen wird, aber ehe sie gegeben ist, darf ich Sie, Herr Hradscheck, nicht aus der Untersuchung entlassen. Es wird sich dabei, was ich als eine weitere Hoffnung hier ausspreche, nur noch um Stunden und höchstens um Tage handeln."

Und damit nahm er Kunickes Arm und ging in die Weinstube zurück, woselbst er nunmehr, in Gesellschaft von Woytasch und den Gerichtsmännern, dem für ihn servierten Frühstücke tapfer zusprach. Auch Hradscheck ward aufgefordert, sich zu setzen und einen Imbiß zu nehmen. Er lehnte jedoch ab und sagte, daß er mit seiner Mahlzeit lieber warten wolle, bis er im Küstriner Gefängnis sei.

So waren seine Worte.

Und diese Worte gefielen den Bauern ungemein. „Er will nicht an seinem eigenen Tisch zu Gaste sitzen und das Brot, das er gebacken, nicht als Gnadenbrot essen. Da hat er recht. Das möcht ich auch nicht."

So hieß es, und so dachten die meisten.

Aber freilich nicht alle.

Gendarm Geelhaar ging an dem Zaun entlang, über den samt anderem Weibervolk, auch Mutter Jeschke weggeguckt hatte.

Natürlich auch Line.

Geelhaar tippte dieser mit dem Finger auf den Dutt und sagte: „Nu Line, was macht der Zopf?"

„Meiner?" lachte diese. „Hörens, Herr Gendarm, jetzt kommt Ihrer an die Reih'."

„Wird so schlimm nicht werden, Lineken … Und Mutter Jeschke, was sagt die dazu?"

„Joa, wat sall se seggen? He is nu wedder rut. Awers he kümmt ook woll wedder rin."

Zwölftes Kapitel

Eine Woche war vergangen, in der die Tschechiner viel erlebt hatten. Das Wichtigste war: Hradscheck, nachdem er noch ein Küstriner Schlußverhör durchgemacht hatte, war wieder da. Schlicht und unbefangen, ohne Lücken und Widersprüche, waren die Dunkelheiten aufgeklärt worden, so daß an seiner Unschuld nicht länger zu zweifeln war. Es seien ihm, so hieß es in seiner vor Vowinkel gemachten Aussage, durch Unachtsamkeit, deren er sich selber zu zeihen habe, mehrere große Speckseiten verdorben, und diese möglichst unbemerkt im Garten zu vergraben, hab er an jenem Tage vorgehabt. Er sei denn auch, gleich nachdem seine Gäste die Weinstube verlassen hätten, ans Werk gegangen und habe, genau so wie's die Jeschke gesehen und erzählt, an dem alten Birnbaum ein Loch zu graben versuch; als er aber erkannt habe, daß da was verscharrt liege, ja, dem Anscheine nach ein Toter, hab ihn eine furchtbare Angst gepackt, infolge deren er nicht weiter gegraben, sondern das Loch rasch wieder zugeschüttet habe. Der Koffer, den die Jeschke gesehen haben wolle, das seien eben jene Speckseiten gewesen, die dicht übereinander gepackt an der Gartentür gelegen hätten. „Aber wozu die Heimlichkeit und die Nacht?" hatte Vowinkel nach dieser Erklärung etwas spitz gefragt, worauf Hradscheck, in seiner Erzählung fortfahrend, ohne Verlegenheit und Unruhe geantwortet hatte: „Zu dieser Heimlichkeit seien für ihn zwei Gründe gewesen. Erstens habe er sich die Vorwürfe seiner Frau, die nur zu geneigt sei, von seiner Unachtsamkeit in Geschäftsdingen zu sprechen, ersparen wollen. Und er dürfe wohl hinzusetzen, wer verheiratet sei, der kenne das und wisse nur zu gut, wie gerne man sich solcher Anklagen und Streitszenen entziehe. Der zweite Grund aber sei noch wichtiger gewesen: die Rücksicht auf die Kundschaft. Die Bauern, wie der Herr Justizrat ja wisse, seien die schwierigsten Leute von der Welt, ewig voll Mißtrauen, und wenn sie derlei Dinge, wie Schinken und Speck, auch freilich nicht in seinem Laden zu kaufen pflegten, weil sie ja genug davon im eigenen Rauch hätten, so zögen sie doch gleich Schlüsse vom einen aufs andere. Dergleichen hab er mehr als einmal durchgemacht und dann wochenlang aller Ecken und Enden hören müssen, er passe nicht auf. Ja, noch letzten Herbst, als ihm ganz ohne seine Schuld eine Tonne Heringe tranig geworden sei, habe Schneidigel überall im Dorfe geputscht und unter anderem zu Quaas und Kunicke gesagt: „Uns wird er damit nicht kommen; aber die kleinen Leute, die, ..."

Der Justizrat hatte hierbei gelächelt und zustimmend genickt, weil er die Bauern fast so gut wie Hradscheck kannte, so daß nach Erledigung auch diese Punktes eigentlich nichts übrig geblieben war als die Frage: „was denn nun, unter so bewandten Umständen, aus dem durchaus zu beseitigenden Speck geworden sei?" Welche Frage jedoch nur dazu beigetragen hatte, Hradschecks Unschuld vollends ins Licht zu stellen. „Er habe die Speckseiten an demselben Morgen noch an einer anderen Gartenstelle verscharrt, gleich nach Szulskis Abreise." „Nun, wir werden ja sehen", hatte Vowinkel hierauf geantwortet und einen seiner Gerichtsdiener abgeschickt, um sich in Tschechin selbst über die Richtigkeit oder Unrichtigkeit dieser Aussage zu vergewissern. Und als sich nun in kürzester Frist alles bestätigte, oder mit anderen Worten, der vergrabene Speck wirklich an der von Hradscheck angegebenen Stelle gefunden wurde, hatte man das Verfahren eingestellt, und an demselben Nachmittage noch war der unter so schwerem Verdacht Gestandene nach Tschechin zurückgekehrt und in einer stattlichen Küstriner Mietschaise vor seinem Hause vorgefahren. Ede, ganz verblüfft, hatte nur noch Zeit gefunden, in die Wohnstube, darin sich Frau Hradscheck befand, hineinzurufen: „Der Herr, der Herr ...", worauf Hradscheck selbst mit der eigenen Jovialität und unter dem Zurufe: „Nun, Ede, wie geht's?" in den Flur seines Hauses eingetreten, aber freilich im selben Augenblick auch wieder mit einem erschreckten „Was is, Frau?" zurückgefahren war. Ein Ausruf, den er wohl tun durfte.

Denn gealtert, die Augen tief eingesunken und die Haut wie Pergament, so war ihm Ursel unter der Tür entgegengetreten.

*

Hradscheck war da, das war das eine Tschechiner Ereignis. Aber das andere stand kaum dahinter zurück: Eccelius hatte, den Sonntag darauf, über Sacharja 7, Vers 9 und 10 gepredigt, welche Stelle lautete: „So spricht der Herr Zebaoth: Richtet recht, und ein jeglicher beweise an seinem Bruder Güte und Barmherzigkeit. Und tuet nicht Unrecht den Fremdlingen und denke keiner wider seinen Bruder etwas Arges in seinem Herzen." Schon bei Lesung des Textes und der sich daran knüpfenden Einleitungsbetrachtung hatten die Bauern aufgehorcht; als aber der Pastor das Allgemeine fallen ließ und, ohne Namen zu nennen, den Hradscheckschen Fall zu schildern und die Trüglichkeit des Scheines nachzuweisen begann, da gab sich eine Bewegung kund, wie sie seit dem Sonntag (es ging nun ins fünfte Jahr), an welchem Eccelius auf die schweren sittlichen Vergehen eines als Bräutigam vor dem Altar stehenden reichen Bauernsohnes hingewiesen und ihn zu besserem Lebenswandel ermahnt hatte, nicht mehr dagewesen war. Beide Hradschecks waren in der Kirche zugegen und folgten jedem Worte des Geistlichen, der heute viel Bibelsprüche zitierte, mehr noch als gewöhnlich.

Es war unausbleiblich, daß diese Rechtfertigungsrede zugleich zur Anklage gegen alle diejenigen wurde, die sich in der Hradscheck-Sache so wenig freundnachbarlich benommen und durch allerhand Zuträgereien entweder ihr Übelwollen oder doch zum mindesten ihre Leichtfertigkeit und Unüberlegtheit gezeigt hatten. Wer in erster Reihe damit gemeint war, konnte nicht zweifelhaft sein, und vieler Augen, nur nicht die der Bauern, die, wie herkömmlich, keine Miene verzogen, richteten sich auf die mitsamt ihrem „Lineken" auf der vorletzten Bank sitzende Mutter Jeschke, der Kanzel gerad' gegenüber, dicht unter der Orgel. Line, sonst ein Muster von Nichtverlegenwerden, wußte doch heute nicht wohin und verwünschte die alte Hexe, neben der sie das Kreuzfeuer so vieler Augen aushalten mußte. Mutter Jeschke selbst aber nickte nur leise mit dem Kopf, wie wenn sie jedes Wort billige, das Eccelius gesprochen, und sang, als die Predigt aus war, den Schlußvers ruhig mit. Ja, sie blieb selbst unbefangen, als sie draußen, an den zu beiden Seiten des Kirchhofweges stehenden Frauen vorbeihumpelnd, erst die vorwurfsvollen Blicke der Älteren und dann das Kichern der Jüngeren über sich ergehen lassen mußte.

Zu Hause sagte Line: „Das war eine schöne Geschichte, Mutter Jeschke. Hätte mir die Augen aus dem Kopf schämen können."

„Bis doch sünnst nicht so."

„Ach was, sünnst. Hat er recht oder nicht? Ich meine, der Alte drüben?"

„Ick weet nich, Line", beschwichtigte die Jeschke. „He möt et joa weeten."

Dreizehntes Kapitel

„He möt es joa weeten", hatte die Jeschke gesagt und damit ausgesprochen, wie sie wirklich zu der Sache stand. Sie mißtraute Hradscheck nach wie vor; aber der Umstand, daß Eccelius von der Kanzel her eine Rechtfertigungsrede für ihn gehalten hatte, war doch nicht ohne Eindruck auf sie geblieben und veranlaßte sie, sich einigermaßen zweifelvoll gegen ihren eigenen Argwohn zu stellen. Sie hatte Respekt vor Eccelius, trotzdem sie kaum weniger als eine richtige alte Hexe war und die heiligen Handlungen der Kirche ganz nach Art ihrer sympathetischen Kuren ansah. Alles, was in der Welt wirkte, war Sympathie, Besprechung, Spuk, aber dieser Spuk hatte doch zwei Quellen, und der weiße Spuk war stärker als der schwarze. Demgemäß unterwarf sie sich auch (und zumal wenn er von Altar oder Kanzel her sprach) dem den weißen Spuk vertretenden Eccelius, ihm sozusagen die sichrere Bezugsquelle zugestehend. Unter allen Umständen aber suchte sie mit Hradscheck wieder auf einen guten Fuß zu kommen, weil ihr der Wert einer guten Nachbarschaft einleuchtete. Hradscheck seinerseits, statt den Empfindlichen zu spielen, wie manch anderer getan hätte, kam ihr dabei auf halbem Wege entgegen und war überhaupt von so viel Unbefangenheit, daß, ehe noch die Fastelabend-Pfannkuchen gebacken wurden, die ganze Szulski-Geschichte so gut wie vergessen war. Nur Sonntags im Kruge kam sie noch dann und wann zur Sprache.

„Wenn man wenigstens de Pelz wedder in die Hücht käm …"

„Na, du wührst doch den Polschen sien Pelz nich antrecken wulln?“

„Nich antrecken? Worüm nich? Dat de Polsche drinn wihr, dat deiht em nix. Un mi ook nich. Un wat sünnst noch drin wihr, na, dat wahrd nu joa woll rut sinn.“

„Joa, joa. Dat wahrd nu woll rut sinn.“

Und dann lachte man und wechselte das Thema.

Solche Scherze bildeten die Regel, und nur selten war es, daß irgendwer ernsthaft auf den Fall zu sprechen kam und bei der Gelegenheit seine Verwunderung ausdrückte, daß die Leiche noch immer nicht angetrieben sei. Dann aber hieß es, „der Tote liege im Schlick, und der Schlick gäbe nicht heraus, oder doch erst nach fünfzig Jahren, wenn das angeschwemmte Vorland Acker geworden sei. Dann würd er mal beim Pflügen gefunden werden, gerade so wie der Franzose gefunden wär.“

Ja, gerade so wie der Franzose, der jetzt überhaupt die Hauptsache war, viel mehr als der mit seinem Fuhrwerk verunglückte Reisende, was eigentlich auch nicht wundernehmen konnte. Denn Unglücksfälle, wie der Szulskische, waren häufig oder wenigstens nicht selten, während der verscharrte Franzos unterm Birnbaum alles Zeug dazu hatte, die Phantasie der Tschechiner in Bewegung zu setzen. Allerlei Geschichten wurden ausgesponnenen, Liebesgeschichten, in deren einer es hieß, daß Anno 13 ein in eine hübsche Tschechinerin verliebter Franzose beinah täglich von Küstrin her nach Tschechin gekommen sei, bis ihn ein Nebenbuhler erschlagen und verscharrt habe. Diese Geschichten ließen sich auch die Mägde nicht nehmen, trotzdem sich ältere Leute sehr wohl entsannen, daß man einen Chasseur- oder nach anderer Meinung einen Voltigeur-Korporal einfach wegen zu scharfer Fouragierung beiseite gebracht und still gemacht habe. Diese Besserwissenden drangen aber mit ihrer Prosageschichte nicht durch, und unter allen Umständen blieb der Franzose Held und Mittelpunkt der Unterhaltung.

All das kam unserem Hradscheck zu statten. Aber was ihm noch mehr zu statten kam, war das, daß er denselben „Franzosen unterm Birnbaum“ nicht bloß zur Wiederherstellung, sondern sogar zu glänzender Aufbesserung seiner Reputation zu benutzen verstand.

Und das kam so.

Nicht allzulange nach seiner Entlassung aus der Untersuchungshaft war in einer Kirchen-Gemeinderatssitzung, der Eccelius in Person präsidierte, davon die Rede gewesen, dem Franzosen auf dem Kirchhof ein christliches Begräbnis zu gönnen. „Der Franzose sei zwar", so hatte sich der den Antrag stellende Kunicke geäußert, sehr wahrscheinlich ein Katholscher gewesen, aber man dürfe das so genau nicht nehmen; die Katholschen seien bei Licht besehen auch Christen, und wenn einer schon so lang in der Erde gelegen habe, dann sei's eigentlich gleich, ob er den vereinigten Glauben gehabt habe oder nicht." Eccelius hatte dieser echt Kunickeschen Rede, wenn auch selbstverständlich unter Lächeln, zugestimmt, und die Sache war schon als angenommen und erledigt betrachtet worden, als sich Hradscheck noch im letzten Augenblick zum Worte gemeldet hatte. „Wenn der Herr Prediger das Begräbnis auf dem Kirchhofe, der, als ein richtiger christlicher Gottesacker, jedem Christen, evangelisch oder katholisch, etwas durchaus Heiliges sein müsse, für angemessen oder gar für pflichtmäßig halte, so könne es ihm nicht einfallen, ein Wort dagegen sagen zu wollen; wenn es aber nicht ganz so liege, mit andern Worten, wenn ein Begräbnis daselbst nicht absolut pflichtmäßig sei, so sprach er hiermit den Wunsch aus, den Franzosen in seinem Garten behalten zu dürfen. Der Franzose sei sozusagen sein Schutzpatron geworden, und kein Tag ginge hin, ohne daß er desselben in Dankbarkeit und Liebe gedenke. Das sei das, was er nicht umhin gekonnt habe hier auszusprechen, und er setze nur noch hinzu, daß er, gewünschten Falls, die Stelle mit einem Gitter versehen oder mit einem Buchsbaum umziehen wolle." Die ganze Rede hatte Hradscheck mit bewegter und die Dankbarkeitsstelle sogar mit zitternder Stimme gesprochen, was eine große Wirkung auf die Bauern gemacht hatte.

„Bist ein braver Kerl", hatte der, wie alle Frühstücker, leicht zum Weinen geneigte Kunicke gesagt und eine Viertelstunde später, als er Woytasch und Eccelius bis vor das Pfarrhaus begleitete, mit Nachdruck hinzugesetzt: „Un wenn's noch ein Russe wär! Aber das is ihm alles eins, Russ' oder Franzos. Der Franzos hat ihm geholfen, und nu hilft er ihm wieder und läßt ihn eingittern. Oder doch wenigstens eine Rabatte ziehen. Und wenn es ein Gitter wird, so hat er's nicht unter zwanzig Taler. Und da rechne ich noch keinen Anstrich und keine Vergoldung."

Das alles war Mitte März gewesen, und vier Wochen später, als die Schwalben zum ersten Male wieder durch die Dorfgasse hinschossen, um sich anzumelden und zugleich Umschau nach den alten Menschen und Plätzen zu halten, hatte Hradscheck ein Zwiegespräch mit Zimmermeister Buggenhagen, dem er bei der Gelegenheit eine Planzeichnung vorlegte.

„Sehen Sie, Buggenhagen, das Haus ist überall zu klein, überall ist angebaut und angeklebt, die Küche dicht neben dem Laden, und für die Fremden ist nichts da, wie die zwei Giebelstuben oben. Das ist zu wenig, ich will also ein Stock aufsetzen. Was meinen Sie? Wird der Unterbau ein Stockwerk aushalten?"

„Was wird er nicht!" sagte Buggenhagen. „Natürlich Fachwerk!"

„Natürlich Fachwerk!" wiederholte Hradscheck. „Auch schon der Kosten wegen. Alle Welt tut immer, als ob meine Frau zum mindesten ein Rittergut geerbt hätte. Ja, hat sich was mit Rittergut. Erbärmliche tausend Taler."

„Na, na."

„Nun, sagen wir zwei", lachte Hradscheck. „Aber mehr nicht, auf Ehre. Und daß davon keine Seide zu spinnen ist, das wissen Sie. Keine Seide zu spinnen und auch keine Paläste zu bauen. Also so billig wie möglich, Buggenhagen. Ich denke, wir nehmen Lehm als Füllung. Stein ist zu schwer und zu teuer, und was wir dadurch sparen, das lassen wir der Einrichtung zugute kommen. Ein paar Öfen mit weißen Kacheln, nicht wahr? Ich habe schon an Feilner geschrieben und angefragt. Und natürlich alles Tapete! Sieht immer nach was aus und kann die Welt nicht kosten. Ich denke, weiße; das ist am saubersten und zugleich das Billigste."

Buggenhagen hatte zugestimmt und gleich nach Ostern mit dem Umbau begonnen.

Und nicht allzulange, das Wetter hatte den Bau begünstigt, so war das Haus, das nun einen aufgesetzten Stock hatte, wieder unter Dach. Aber es war das alte Dach, die nämlichen alten Steine, denn Hradscheck wurde nicht müde, Sparsamkeit zu fordern und immer wieder zu betonen, „daß er nach wie vor ein armer Mann sei."

Vier Wochen später standen auch die Feilnerschen Öfen, und nur hinsichtlich der Tapete waren andere Beschlüsse gefaßt und statt der weißen ein paar buntfarbige gewählt worden.

*

Anfangs, solange das Dachabdecken dauerte, hatte Hradscheck in augenscheinlicher Nervosität immer zur Eile angetrieben, und erst als die rechts nach der Kegelbahn hin gelegene Giebelwand eingerissen und statt der Stuben oben nur noch das Balken- und Sparrenwerk sichtbar war, hatte sich seine Hast und Unruhe gelegt und Aufgeräumtheit und gute Laune waren an Stelle derselben getreten. In dieser guten Laune war und blieb er auch, und nur ein einziger Tag war gewesen, der ihm dieselbe gestört hatte.

„Was meinen Sie, Buggenhagen", hatte Hradscheck eines Tages gesagt, als er eine aus dem Keller herauf geholte Flasche mit Portwein aufzog. „Was meinen Sie, ließe sich nicht der Keller etwas höher wölben? Natürlich nicht der ganze Keller. Um Gottes willen nicht, da blieb am Ende kein Stein auf dem andren, und Laden und Wein- und Wohnstube, kurzum alles müßte verändert und auf einen andren Leisten gebracht werden. Das geht nicht. Aber es wäre schon viel gewonnen, wenn wir das Mittelstück, das gerade unter dem Flur hinläuft, etwas höher legen könnten. Ob die Diele dadurch um zwei Fuß niedriger wird, ist ziemlich gleichgültig; denn die Fässer, die da liegen, haben immer noch Spielraum genug, auch nach oben hin, und stoßen nicht gleich an die Decke."

Buggenhagen widersprach nie, teils aus Klugheit, teils aus Gleichgültigkeit, und das einzige, was er sich dann und wann erlaubte, waren halbe Vorschläge, hinsichtlich deren es ihm gleich war, ob sie gutgeheißen oder verworfen wurden. Und so verfuhr er auch diesmal wieder und sagte: „Versteht sich, Hradscheck. Es geht. Warum soll es nicht gehn? Es geht alles. Und der Keller ist auch wirklich nicht hoch genug, ich glaube keine fünftehalb Fuß, und die Fenster viel zu klein und zu niedrig; alles wird stockig und multrig. Muß also gemacht werden. Aber warum gleich wölben? Warum nicht lieber ausschachten? Wenn wir zehn Fuhren Erde raus nehmen, haben wir überall fünf Fuß im ganzen Keller, und kein Mensch stößt sich mehr die kahle Platte. Nach oben hin wölben macht bloß Kosten und Umstände. Wir können ebensogut nach unten gehn."

Hradscheck, als Buggenhagen so sprach, hatte die Farbe gewechselt und sich momentan gefragt, „ob das alles vielleicht was zu bedeuten habe?" Bald aber von des Sprechenden Unbefangenheit überzeugt, war ihm seine Ruhe zurückgekehrt.

„Wenn ich mir's recht überlege, Buggenhagen, so lassen wir's. Wir müssen auch an das Grundwasser denken. Und ist es so lange so gegangen, so kann's auch noch weiter so gehen. Und am Ende, wer kommt denn in den Keller? Ede. Und der hat noch lange keine fünf Fuß."

*

Das war einige Zeit vor Beginn der Manöver gewesen, und wenn es ein paar Tage lang ärgerlich und verstimmend nachgewirkt hatte, so verschwand es rasch wieder, als Anfang September die Truppenmärsche begannen und die Schwedter Dragoner als Einquartierung ins Dorf kamen. Das Haus voller Gäste zu haben, war überhaupt Hradschecks Vergnügen, und der liebste Besuch waren ihm Rittmeister und Leutnants, die nicht nur ihre Flasche tranken, sondern auch allerlei wußten und den Mund auf dem rechten Fleck hatten. Einige verschworen sich, daß ein Krieg ganz nahe sei. Kaiser Nikolaus, Gott sei Dank, sei höchst unzufrieden mit der neuen französischen Wirtschaft, und der unsichere Passagier, der Louis Philipp, der doch eigentlich bloß ein Waschlappen und ein halber Kretin sei, solle mit seiner Konstitution wieder beiseite geschoben und statt seiner eine bourbonische Regentschaft eingesetzt oder vielleicht auch der vertriebene Karl X. wieder zurückgeholt werden, was eigentlich das beste sei. Kaiser Nikolaus habe recht, überhaupt immer recht. Konstitution sei Unsinn und das ganze Bürgerkönigtum die reine Phrasendrescherei.

Wenn so das Gespräch ging, ging unserem Hradscheck das Herz auf, trotzdem er eigentlich für Freiheit und Revolution war. Wenn es aber Revolution nicht sein konnte, so war er auch für Tyrannei. Bloß gepfeffert mußte sie sein. Aufregung, Blut, Totschießen, – wer ihm das leistete, war sein Freund, und so kam es, daß er über Louis Philipp mit zu Gericht saß, als ob er die hyperloyale Gesinnung seiner Gäste geteilt hätte. Nur von Ede sah er sich noch übertroffen, und wenn dieser durch die Weinstube ging und ein neues Beefsteak oder eine neue Flasche brachte, so lag allemal ein dümmliches Lachen auf seinem Gesichte, wie wenn er sagen wollte: „Recht so, 'runter mit ihm; alles muß, um einen Kopf kürzer gemacht werden." Ein paar blutjunge Leutnants, die diese komische Raserei wahrnahmen, amüsierten sich herzlich über ihn und ließen ihn mittrinken, was alsbald dahin führte, daß der für gewöhnlich so schüchterne Junge ganz aus seiner Reserve heraustrat und sich gelegentlich selbst mit dem sonst so gefürchteten Hradscheck auf einen halben Unterhaltungsfuß stellte.

„Da, Herr", rief er eines Tages, als er gerade mit einem Korbe voll Flaschen wieder aus dem Keller herauf kam. „Da, Herr; das hab ich eben unten gefunden." Und damit schob er Hradscheck einen schwarzübersponnenen Knebelknopf zu. „Sind solche, wie der Polsche an seinem Rock hatte."

Hradscheck war kreideweiß geworden und stotterte: „Ja, hast recht, Ede. Das sind solche. Hast recht. Das heißt, die von dem Polschen, die waren größer. Solche kleinen wie d i e, die hatte Hermannchen, uns' Lütt-Hermann, an seinem Pelzrock. Weißt du noch? Aber nein, da warst du noch gar nicht hier. Bring ihn meiner Frau; vergiß nicht. Oder gib ihn mir lieber wieder; ich will ihn ihr selber bringen."

Ede ging, und die zunächst sitzenden Offiziere, die Hradschecks Erregung wahrgenommen hatten, aber nicht recht wußten, was sie daraus machen sollten, standen auf und wandten sich einem Gespräch mit andern Kameraden zu.

*

Auch Hradscheck erhob sich. Er hatte den Knebelknopf zu sich gesteckt und ging in den Garten, ärgerlich gegen den Jungen, am ärgerlichsten aber gegen sich selbst.

„Gut, daß es Fremde waren, und noch dazu solche, die bloß an Mädchen und Pferde denken. War's einer von uns hier, und wenn auch bloß der Ölgötze, der Quaas, so hatt ich die ganze Geschichte wieder über dem Hals. Aufpassen, Hradscheck, aufpassen. Und das verdammte Zusammenfahren und sich Verfärben! Kalt Blut, oder es gibt ein Unglück."

So vor sich hinsprechend, war er, den Blick zu Boden gerichtet, schon ein paarmal in dem Mittelgang auf und ab geschritten. Als er jetzt wieder aufsah, sah er, daß die Jeschke hinter dem Himbeerzaune stand und ein paar verspätete Beeren pflückte.

„Die alte Hexe. Sie lauert wieder."

Aber trotz alledem ging er auf sie zu, gab ihr die Hand und sagte: „Nu, Mutter Jeschke, wie geht's? Lange nicht gesehen. Auch

Einquartierung?"
„Nei, Hradscheck."
„Oder is Line wieder da?"
„Nei, Lineken ook nich. De is joa jitzt in Küstrin."
„Bei wem denn?"
„Bi School-Inspekters. Un doa will se nich weg ... Hüren's, Hradscheck, ick glöw, de School-Inspekters sinn ook man so ... Awers wat hebben Se denn? Se sehn joa ganz geel ut ... Un hier so 'ne Falt. Oh, Se möten sich nich ärgern, Hradscheck."
„Ja, Mutter Jeschke, das sagen Sie wohl. Aber man m u ß sich ärgern. Da sind nun die jungen Offiziere. Na, die gehn bald wieder und sind auch am Ende so schlimm nicht und eigentlich nette Herrchen und immer fidel. Aber der Ede, dieser Ede! Da hat der Junge gestern wieder ein halbes Faß Öl auslaufen lassen. Das ist doch über den Spaß. Wo soll man denn das Geld schließlich hernehmen? Und dann die Plackerei treppauf, treppab, und die schmalen Kellerstufen halb abgerutscht. Es ist zum Halsbrechen."
„Na, Se hebben joa doch nu Buggenhagen bi sich. De künn joa doch ne nije Treppe moaken."
„Ach, der, der. Mit dem ist auch nichts; ärgert mich auch. Sollte mir da den Keller höher legen. Aber er will nicht hat allerhand Ausreden. Oder vielleicht versteht er's auch nicht. Ich werde mal den Küstriner Maurermeister kommen lassen, der jetzt an den Kasematten herumflickt. Kasematten und Keller ist ja beinah dasselbe. Der muß Rat schaffen. Und bald. Denn der Keller ist eigentlich gar kein richtiger Keller; is blos ein Loch, wo man sich den Kopf stößt."
„Joa, joa. De Wienstuw sitt em to sihr upp'n Nacken."
„Freilich. Und die ganze Geschichte hat nicht Luft und nicht Licht. Und warum nicht? Weil kein richtiges Fenster da ist. Alles zu klein und zu niedrig. Alles zu dicht zusammen."
„Woll, woll", stimmte die Jeschke zu. „Jott, ick weet noch, as de Polsche hier wihr und dat Licht ümmer so blinzeln deiht. Joa, wo wihr dat Licht? Wihr et in de Stuw o'r wehr et in'n Keller? Ich weet et nich."
Alles klang so pfiffig und hämisch, und es lag offen zutage, daß sie sich an ihres Nachbarn Verlegenheit weiden wollte. Diesmal aber hatte sie die Rechnung ohne den Wirt gemacht, und die Verlegen-

heit blieb schließlich auf ihrer Seite. War doch Hradscheck seit langem schon Willens, ihr gegenüber bei sich bietender Gelegenheit mal einen anderen Ton anzuschlagen. Und so sah er sie denn jetzt mit seinen durchdringenden Augen scharf an und sagte, sie plötzlich in der dritten Person anredend: „Jeschken, ich weiß, wo sie hin will. Aber weiß sie denn auch, was eine Verleumdungsanklage ist? Ich erfahre alles, was sie so herumschwatzt; aber seh sie sich vor, sonst kriegt sie's mit dem Küstriner Gericht zu tun; sie ist 'ne alte Hexe, das weiß jeder, und der Justizrat weiß es auch. Und er wartet bloß noch auf eine Gelegenheit."

Die Alte fuhr erschreckt zusammen. „Ick meen joa man, Hradscheck, ick meen joa man ... Se weeten doch, en beten Spoaß möt sinn."

„Nun gut. Ein bißchen Spaß mag sein. Aber wenn ich Euch raten kann, Mutter Jeschke, nicht zu viel. Hört Ihr wohl, nicht zu viel."

Und damit ging er wieder auf das Haus zu

Vierzehntes Kapitel

Ängstigungen und Ärgernisse wie die vorgeschilderten kamen dann und wann vor, aber im ganzen, um es zu wiederholen, war die Bauzeit eine glückliche Zeit für unsern Hradscheck gewesen. Der Laden war nie leer, die Kundschaft wuchs, und das dem Grundstück zugehörige, draußen an der Neu-Lewiner Straße gelegene Stück Ackerland gab in diesem Sommer einen besonders guten Ertrag. Dasselbe galt auch von dem Garten hinterm Haus; alles gedieh darin, der Spargel prachtvoll, dicke Stangen mit gelbweißen Köpfen, und die Pastinake- und Dillbeete standen hoch in Dolden. Am meisten aber tat der alte Birnbaum, der sich mehr als seit Jahren anstrengte. „Dat 's de Franzos", sagten die Knechte sonntags im Krug, „de deiht wat för em", und als die Pflückenszeit gekommen, rief Kunicke, der sich gerade zum Kegeln eingefunden hatte: „Hör, Hradscheck, du könntest uns mal ein paar von deinen Franzosenbirnen bringen." Franzosenbirnen! Das Wort wurde sehr bewundert, lief rasch von Mund zu Mund, und ehe drei Tage vergangen waren, sprach kein Mensch mehr von Hradschecks „Malvasieren", sondern bloß noch von den „Franzosenbirnen". Hradscheck selbst aber freute sich des Wortes, weil er daran erkannte, daß man, trotz aller

Stichelreden der alten Jeschke, mehr und mehr anfing, die Vorkommnisse von der scherzhaften Seite zu nehmen.

Ja, die Sommer- und Baumonate brachten lichtvolle Tage für Hradscheck, und sie hätten noch mehr Licht und noch weniger Schatten gehabt, wenn nicht Ursel gewesen wäre. Die füllte, während alles andere glatt und gut ging, seine Seele mit Mitleid und Sorge, mit Mitleid, weil er sie liebte (wenigstens auf seine Weise), mit Sorge, weil sie dann und wann ganz wunderliche Dinge redete. Zum Glück hatte sie nicht das Bedürfnis, Umgang zu pflegen und Menschen zu sehen, lebte vielmehr eingezogener denn je und begnügte sich damit, sonntags in die Kirche zu gehen. Ihre sonst tiefliegenden Augen sprangen dann aus dem Kopf, so begierig folgte sie jedem Wort, das von der Kanzel her laut wurde; das Wort aber, auf das sie wartete, kam nicht. In ihrer Sehnsucht ging sie dann, nach der Predigt, zu dem guten, ihr immer gleichmäßig geneigt bleibenden Eccelius hinüber, um, soweit es ging, Herz und Seele vor ihm auszuschütten und etwas von Befreiung oder Erlösung zu hören; aber Seelsorge war nicht seine starke Seite, noch weniger seine Passion, und wenn sie sich der Sünde geziehen und in Selbstanklagen erschöpft hatte, nahm er lächelnd ihre Hand und sagte: „Liebe Frau Hradscheck, wir sind allzumal Sünder und mangeln des Ruhmes, den wir vor Gott haben sollen. Sie haben eine Neigung, sich zu peinigen, was ich mißbillige. Sich ewig anklagen ist oft Dünkel und Eitelkeit. Wir haben Christum und seinen Wandel als Vorbild, dem wir im Gefühl unserer Schwäche demütig nachstreben sollen. Aber wahren wir uns vor Selbstgerechtigkeit, vor allem vor der, die sich in Zerknirschung äußert. Das ist die Hauptsache." Wenn er das trocken-geschäftsmäßig, ohne Pathos und selbst ohne jede Spur von Salbung gesagt hatte, ließ er die Sache sofort wieder fallen und fragte, zu natürlicheren und ihm wichtiger dünkenden Dingen übergehend, „wie weit der Bau sei?" Denn er wollte nächstes Frühjahr auch bauen. Und wenn dann die Hradscheck, um ihm zu Willen zu sein, von allen möglichen Kleinigkeiten, am liebsten und eingehendsten aber von den Meinungsverschiedenheiten zwischen ihrem Mann und Zimmermeister Buggenhagen geplaudert hatte, rieb er sich, schmunzelnd und vor sich hinnickend, die Hand und sagte rasch und in augenscheinlicher Furcht, das Seelengespräch wieder aufgenommen zu sehen:

„Und nun, liebe Frau Hradscheck, muß ich Ihnen meine Nelken zeigen."

*

Um Johanni wußte ganz Tschechin, daß die Hradscheck es nicht mehr lange machen werde. Keinem entging es. Nur sie selber sah es so schlimm nicht an und wollte von keinem Doktor hören. „Sie wissen ja doch nichts. Und dann der Wagen und das viele Geld." Auf das letztere, das „viele Geld", kam sie jetzt überhaupt mit Vorliebe zu sprechen, fand alles unnötig oder zu teuer, und während sie noch das Jahr vorher für ein Polisander-Fortepiano gewesen war, um es, wenn nicht der Amtsrätin in Friedrichsau, so doch wenigstens der Domänenpächterin auf Schloß Solikant gleich zu tun, so war sie jetzt sparsam bis zum Geiz. Hradscheck ließ sie gewähren, und nur einmal, als sie gerade beim Schotenpalen war, nahm er sich ein Herz und sagte:

„Was ist das nur jetzt, Ursel? Du ringst dir ja jeden Dreier von der Seele." Sie schwieg, drehte die Schüssel hin und her und palte weiter. Als er aber stehen blieb und auf Antwort zu warten schien, sagte sie, während sie die Schüssel rasch und heftig beiseite setzte: „Soll es alles umsonst gewesen sein? Oder willst du ... " Weiter kam sie nicht. Ein Herzkrampf, daran sie jetzt häufiger litt, überfiel sie wieder, und Hradscheck sprang zu, um ihr zu helfen.

Ihre Wirtschaft besorgte sie pünktlich, und alles ging am Schnürchen wie vordem. Aber Interesse hatte sie nur für eins, und das eine war der Bau. Sie wollte ihn, darin Hradschecks Eifer noch übertreffend, in möglichster Schnelle beendet sehen, und so sparsam sie sonst geworden war, so war sie doch gegen keine Mehrausgabe, die Beschleunigung und rascheres Zustandekommen versprach. Einmal sagte sie: „Wenn ich nur erst oben bin. Oben werd ich auch wieder Schlaf haben. Und wenn ich erst wieder schlafe, werd ich auch wieder gesund werden." Er wollte sie beruhigen und strich ihr mit der Hand über Stirn und Haar. Aber sie wich seiner Zärtlichkeit aus und kam in ein heftiges Zittern. Überhaupt war es jetzt öfter so, wie wenn sie sich vor ihm fürchte. Mal sagte sie leise: „Wenn er nur nicht so glatt und glau wär. Er ist so munter und spricht so viel und kann alles. Ihn ficht nichts an ... Und die drüben in Neu-Lewin war auch mit einem Male weg."

Solche Stimmungen kamen ihr von Zeit zu Zeit, aber sie waren flüchtig und vergingen wieder.

*

Und nun waren die letzten Augusttage.

„Morgen, Ursel, ist alles fertig."

Und wirklich, als der andere Tag da war, bot ihr Hradscheck mit einer gewissen freundlichen Feierlichkeit den Arm, um sie treppauf in eine der neuen Stuben zu führen. Es war die, die nach der Kegelbahn hinauslag, jetzt die hübscheste, hellblau tapeziert und an der Decke gemalt: ein Kranz von Blüten und Früchten, um den Tauben flogen und pickten. Auch das Bett war schon heraufgeschafft und stand an der Mittelwand, genau da, wo früher die Bettwand der alten Giebel- und Logierstube gewesen war.

Hradscheck erwartete Dank und gute Worte zu hören. Aber die Kranke sagte nur: " Hier? Hier, Abel?"

„Es sind neue Steine", stotterte Hradscheck.

Ursel indes war schon von der Türschwelle wieder zurückgetreten und ging den Gang entlang, nach der anderen Giebelseite hinüber, wo sich ein gleich großes, auf den Hof hinaussehendes Zimmer befand. Sie trat an das Fenster und öffnete; Küchenrauch, mehr anheimelnd als störend, kam ihr von der Seite her entgegen, und eine Henne mit ihren Kückelchen zog unten vorüber; Jakob aber, der holzsägend in Front einer offenen Remise stand, neckte sich mit Male, die beim Brunnen Wäsche spülte.

„Hier will ich bleiben."

Und Hradscheck, der durch den Auftritt mehr erschüttert als verdrossen war, war einverstanden und ließ alles, was sich von Einrichtungsgegenständen in der hellblau tapezierten und für Ursel bestimmten Stube befand, nach der anderen Seite hinüberbringen.

*

Und siehe da, Frau Hradscheck erholte sich wirklich und sogar rascher, als sie selbst zu hoffen gewagt hatte. Schlaf kam, der scharfe Zug um ihren Mund wich, und als die schon erwähnten Manövertage mit ihrer Dragonereinquartierung kamen, hatte sich ihr Aussehen und ihre Stimmung derart verbessert, daß sie gelegentlich die Wirtin machen und mit den Offizieren plaudern konnte. Das Hagere,

Hektische gab ihr, bei der guten Toilette, die sie zu machen verstand, etwas Distinguiertes, und ein alter Eskadronchef, der sie mit erstaunlicher Ritterlichkeit umcourte, sagte, wenn er ihr beim Frühstück nachsah und mit beiden Händen den langen, blonden Schnurrbart drehte: „Famoses Weib. Auf Ehre. Wie die nur hierherkommt?“ Und dann gab er seiner Bewunderung auch Hradscheck gegenüber Ausdruck. Worauf dieser nicht wenig geschmeichelt antwortete: „Ja, Herr Rittmeister, Glück muß der Mensch haben! Mancher kriegt's im Schlaf.“ Und dann lachte der Eskadronchef und stieß mit ihm an.

*

Das alles war Mitte September.

Aber das Wohlbefinden, so rasch es gekommen, so rasch ging es auch wieder, und ehe noch das Erntefest heran war, waren die Kräfte schon so geschwunden, daß die Kranke die Treppe kaum noch hinunter konnte. Sie blieb deshalb oben, sah auf den Hof und machte sich, um doch etwas zu tun, mit der Neueinrichtung sämtlicher Oberzimmer zu schaffen. Nur die Giebelstube, nach der Kegelbahn hin, vermied sie.

Hradscheck, der noch immer an die Möglichkeit einer Wiederherstellung gedacht hatte, sah jetzt auch, wie's stand, und als der heimlich zu Rate gezogene Doktor Oelze von Abzehrung und Nervenschwindsucht gesprochen, machte sich Hradscheck auf ihr Hinscheiden gefaßt. Daß er darauf gewartet hätte, konnte nicht wohl gesagt werden; im Gegenteil, er blieb seiner alten Neigung treu, war überaus rücksichtsvoll und klagte nie, daß ihm die Frau fehle. Er wollt auch von keiner andern Hilfe wissen und ordnete selber alles an, was in der Wirtschaft zu tun nötig war. Vieles tat er selbst. „Is doch ein Mordskerl“, sagte Kunicke. „Was er will, kann er. Ich glaub, er kann auch einen Hasen abziehen und Sülze kochen.“

An dem Abend, wo Kunicke so gesprochen, hatte die Sitzung in der Weinstube wieder ziemlich lange gedauert, und Hradscheck war noch keine halbe Stunde zu Bett, als Male, die jetzt oben bei der Kranken schlief, treppab kam und an seine Tür klopfte.

„Herr Hradscheck, steihn's upp. De Fru schickt mi. Se sülln ruppkoamen.“

Und nun saß er oben an ihrem Bett und sagte: „Soll ich nach

Küstrin schicken, Ursel? Soll Oelze kommen? Der Weg ist gut. In drei Stunden ist er hier."

„In drei Stunden ..."

„Oder soll Eccelius kommen?"

„Nein", sagte sie, während sie sich mühevoll aufrichtete, „es geht nicht. Wenn ich es nehme, so sag ich es."

Er schüttelte verdrießlich den Kopf.

„Und sag ich es nicht, so ess' ich mir selber das Gericht."

„Ach, laß doch das, Ursel. Was soll das? Daran denkt ja keiner. Und ich am wenigsten. Er soll bloß kommen und mit dir sprechen. Er meint es gut mit dir und kann dir einen Spruch sagen."

Es war, als ob sie sich's überlege. Mit einem Male aber sagte sie: „Selig sind die Friedfertigen; selig sind die reines Herzens sind; selig sind die Sanftmütigen. All die kommen in Abrahams Schoß. Aber wohin kommen wir?"

„Ich bitte dich, Ursel, sprich nicht so. Frage nicht so. Und wozu? Du bist noch nicht soweit, noch lange nicht. Es geht alles wieder vorüber. Du lebst und wirst wieder eine gesunde Frau werden."

Es klang aber alles nur an ihr hin, und Gedanken nachhängend, die schon über den Tod hinausgingen, sagte sie: „Verschlossen ... Und was aufschließt, das ist der Glaube. Den hab ich nicht ... Aber is noch ein andres, das aufschließt, das sind die guten Werke ... Hörst du. Du mußt ohne Namen nach Krakau schreiben, an den Bischof oder an seinen Vikar. Und mußt bitten daß sie Seelenmessen lesen lassen ... Nicht für mich. Aber du weißt schon ... Und laß den Brief in Frankfurt aufgeben. Hier geht es nicht und auch nicht in Küstrin. Ich habe mir's abgespart dies letzte halbe Jahr, und du findest es eingewickelt in meinem Wäscheschrank unter dem Damast-Tischtuch. Ja, Hradscheck, das war es, wenn du dachtest, ich sei geizig geworden. Willst du?"

„Freilich will ich. Aber es wird Nachfrage geben."

„Nein. Das verstehst du nicht. Das ist Geheimnis. Und sie gönnen einer armen Seele die Ruh'!"

„Ach, Ursel, du sprichst so viel von Ruh' und bangst dich und ängstigst dich, ob du sie finden wirst. Weißt du, was ich denke?"

„Nein."

„Ich denke, leben ist leben, und tot ist tot. Und wir sind Erde und Erde wird wieder Erde. Das andere haben die Pfaffen sich ausgedacht. Spiegelfechterei sag ich, weiter nichts. Glaube mir, die Toten haben Ruhe."

„Weißt du das so gewiß, Abel?"

Er nickte.

„Nun, ich sage dir, die Toten stehen wieder auf ... "

„Am jüngsten Tag."

„Aber es gibt ihrer auch, die warten nicht so lange."

Hradscheck erschrak heftig und drang in sie, mehr zu sagen. Aber sie war schon in die Kissen zurückgesunken, und ihre Hand, der seinigen sich entziehend, griff nur noch krampfhaft in das Deckbett. Dann wurde sie ruhiger, legte die Hand aufs Herz und murmelte Worte, die Hradscheck nicht verstand.

„Ursel", rief er, „Ursel!"

Aber sie hörte nicht mehr.

Fünfzehntes Kapitel

Das war in der Nacht vom Sonnabend auf Sonntag gewesen, dem letzten Tag im September. Als am anderen Morgen zur Kirche geläutet wurde, standen die Fenster in der Stube weit offen, die weißen Gardinen bewegten sich hin und her, und alle, die vorüber kamen, sahen nach der Giebelstube hinauf und wußten nun, daß die Hradscheck gestorben sei. Schulze Woytasch fuhr vor, aussprechend, was er sich bei gleichen Veranlassungen zu sagen gewöhnt hatte, „daß ihr nun wohl sei" und „daß sie vor ihnen allen einen guten Schritt voraushabe." Danach trank er, wie jeden Sonntag vor der Predigt, ein kleines Glas Madeira zur Stärkung und machte dann die kurze Strecke bis zur Kirche hin zu Fuß. Auch Kunicke kam und drückte Hradscheck verständnisvoll die Hand, das Auge gerade verschwommen genug, um die Vorstellung einer Träne zu wecken. Desgleichen sprachen auch der Ölmüller und gleich nach ihm Bauer Mietzel vor, welch letzterer sich bei Todesfällen immer der „Vorzüge seiner Kränklichkeit von Jugend auf" zu berühmen pflegte. Das tat er auch heute wieder. „Ja, Hradscheck, der Mensch denkt Gott lenkt. Ich piepe nun schon so lange; aber es geht immer noch."

Auch noch andere kamen und sagten ein Wort. Die meisten indessen gingen ohne Teilnahmsbezeigung vorüber und stellten Betrachtungen an, die sich mit der Toten in nur wenig freundlicher

Weise beschäftigten.

„Ick weet nich“, sagte der eine, „wat Hradscheck an ehr hebben deiht. Man blot, dat se’n beeten scheel wihr.“

„Joa“, lachte der andere. „Dat wir se. Un am Enn, so wat künn he hier ook hebb’n.“

„Un denn dat hannüversche Geld. Ihrst schmeet se’t weg, un mit eens fung se to knusern an.“

In dieser Weise ging das Gespräch einiger älterer Leute; das junge Weiberzeug aber beschränkte sich auf die eine Frage: „Welk en he nu woll frigen deiht?“

Auf Mittwoch vier Uhr war das Begräbnis angesetzt, und viele Neugierige standen schon vorher in einem weiten Halbkreis um das Trauerhaus herum. Es waren meist Mägde, die schwatzten und kicherten, und nur einige waren ernst, darunter die Zwillingsenkelinnen einer armen, alten Witwe, welche letztere, wenn Wäsche bei den Hradschecks war, allemal mitwusch. Diese Zwillinge waren in ihren schwarzen, von der Frau Hradscheck herrührenden Einsegnungskleidern erschienen und weinten furchtbar, was sich noch steigerte, als sie bemerkten, daß sie durch ihr Geheul und Geschluchze der Gegenstand allgemeiner Aufmerksamkeit wurden. Dabei gingen jetzt die Glocken in einem fort, und alles drängte dichter zusammen und wollte sehen. Als es nun aber zum dritten Male ausgeläutet hatte, kam Leben in die drin und draußen Versammelten, und der Zug setzte sich in Bewegung. Vorn die von Kantor Graumann geführte Schuljugend, die, wie herkömmlich, den Choral „Jesus meine Zuversicht“ sang; nach ihr erschien der von sechs Trägern getragene Sarg; dann Eccelius und Hradscheck; dahinter die Bauernschaft in schwarzen Oberröcken und hohen schwarzen Hüten, und endlich all die Neugierigen, die bis dahin das Haus umstanden hatten.

Es war ein wunderschöner Tag, frische Herbstluft bei klarblauem Himmel. Aber die würdevoll vor sich hinblickende Dorfhonoratiorenschaft achtete des blauen Himmels nicht, und nur Bauer Mietzel, der noch Heu draußen hatte, das er am anderen Tag einfahren wollte, schielte mit halbem Auge hinauf. Da sah er, wie von der anderen Oderseite her ein Weih über den Strom kam und auf den Tschechiner Kirchturm zuflog. Und er stieß den neben ihm gehenden Ölmüller an und sagte: „Süh, Quaas, doa es he wedder.“

„Wihr denn?"

„De Weih. Weetst noch?"

„Nei."

„Dunn, as dat mit Szulski wihr. Ick segg di, de Weih, de weet wat."

Als sie so sprachen, bog die Spitze des Zuges auf den Kirchhof ein, an dessen höchster Stelle, dicht neben dem Turm, das Grab gegraben war. Hier setzte man den Sarg auf darüber gelegte Balken, und als sich der Kreis gleich danach geschlossen hatte, trat Eccelius vor, um die Grabrede zu halten. Er rühmte von der Toten, daß sie, den ihr anerzogenen Aberglauben abschüttelnd, nach freier Wahl und eignem Entschluß den Weg des Lichtes gegangen sei, was nur der wissen und bezeugen könne, der ihr so nahe gestanden habe wie er. Und wie sie das Licht und die reine Lehre geliebt habe, so habe sie nicht minder das Recht geliebt, was sich zu keiner Zeit schöner und glänzender gezeigt, als in jenen schweren Tagen, die der selig Entschlafenen nach dem Ratschlusse Gottes auferlegt worden seien. Damals, als er ihr nicht ohne Mühe das Zugeständnis erwirkt habe, den, an dem ihr Herz und ihre Seele hing, wiedersehen zu dürfen, wenn auch freilich nur vor Zeugen und auf eine kurze halbe Stunde, da habe sie die wohl jedem hier in der Erinnerung gebliebenen Worte gesprochen: „Nein, nicht jetzt; es ist besser, daß ich warte. Wenn er unschuldig ist, so werd ich ihn wiedersehen, früher oder später; wenn er aber schuldig ist, so will ich ihn nicht wiedersehen." Er freue sich, daß er diese Worte hier am Grabe der Heimgegangenen, ihr zu Ruhm und Ehre, wiederholen könne. Ja, sie habe sich allezeit bewährt in ihrem Glauben und ihrem Rechtsgefühl. Aber vor allem auch in ihrer Liebe. Mit Bangen habe sie die Stunden gezählt, in schlaflosen Nächten ihre Kräfte verzehrend, und als endlich die Stunde der Befreiung gekommen sei, da sei sie zusammengebrochen. Sie sei das Opfer arger, damals herrschender Mißverständnisse, das sei zweifellos, und alle die, die diese Mißverständnisse geschürt und genährt hätten, anstatt sie zu beseitigen, die hätten eine schwere Verantwortung auf ihre Seele geladen. Ja, dieser frühe Tod, er müsse das wiederholen, sei das Werk derer, die das Gebot unbeachtet gelassen hätten: „Du sollst nicht falsch Zeugnis reden wider deinen Nächsten."

Und als er dieses sagte, sah er scharf nach einem entblätterten

Hagebuttenstrauch hinüber, unter dessen roten Früchten die Jeschke stand und dem Vorgange, wie schon damals in der Kirche, mehr neugierig als verlegen folgte.

Gleich danach aber schloß Eccelius seine Rede, gab einen Wink, den Sarg hinabzulassen, und sprach dann den Segen. Dann kamen die drei Hände voll Erde, mit anschließenden Schmerzblick und Händeschütteln, und ehe noch der am Horizont schwebende Sonnenball völlig unter war, war das Grab geschlossen und mit Asterkränzen überdeckt.

Eine halbe Stunde später, es dämmerte schon, war Eccelius wieder in seiner Studierstube, das Sammetkäpsel auf dem Kopf, das ihm Frau Hradscheck vor gerade Jahresfrist gestickt hatte. Die Bauern aber saßen in der Weinstube, Hradscheck zwischen ihnen, und faßten alles, was sie an Trost zu spenden hatten, in die Worte zusammen: „Immer Courage, Hradscheck! Der alte Gott lebt noch" – welchen Trost- und Weisheitssprüchen sich allerlei Wiederverheiratungsgeschichten beinah unmittelbar anschlossen. Eine davon, die beste, handelte von einem alten Hauptmann von Rohr, der vier Frauen gehabt und beim Hinscheiden jeder einzelnen mit einer gewissen trotzigen Entschlossenheit gesagt hatte: „Nimmt Gott, so nehm ich wieder." Hradscheck hörte dem allem ruhig und kopfnikkend zu, war aber doch froh, die Tafelrunde heute früher als sonst aufbrechen zu sehen. Er begleitete Kunicke bis an die Ladentür und stieg dann, er wußte selbst nicht warum, in die Stube hinauf, in der Ursel gestorben war. Hier nahm er Platz an ihrem Bett und starrte vor sich hin, während allerlei Schatten an Wand und Decke vorüberzogen.

Als er eine Viertelstunde so gesessen, verließ er das Zimmer wieder und sah im Vorübergehen, daß die nach rechts hin gelegene Giebelstube halb offen stand, dieselbe Stube, drin die Verstorbene nach vollendetem Umbau zu wohnen und zu schlafen so bestimmt verweigert hatte.

„Was machst du hier, Male?" fragte Hradscheck.

„Wat ick moak? Ick treck em sien Bett öwer ..."

„Wem?"

„Is joa wihr ankoamen. Wedder een mit'n Pelz."

„So, so", sagte Hradscheck und stieg die Treppe langsam hinunter.

„Wedder een ... wedder een ... Immer noch nicht vergessen."

Sechzehntes Kapitel

Frau Hradscheck war nun unter der Erde, Male hatte das Umschlagetuch gekriegt, auf das ihre Wünsche sich schon lange gerichtet hatten, und alles wäre gut gewesen, wenn nicht der letzte Wille der Verstorbenen gewesen wäre: die Geldsendung an den Krakauer Bischof um der zu lesenden Seelenmessen willen. Das machte Hradscheck Sorge, nicht weil Sparen und Knausern überhaupt nicht in seiner Natur lag, vor allem aber weil er das seiner Frau gegebene Versprechen gern zu halten wünschte, schon aus abergläubischer Furcht. Das Geld also war es nicht, und wenn er trotzdem in Schwanken und Säumnis verfiel, so war es, weil er nicht selber dazu beitragen wollte, die kaum begrabene Geschichte vielleicht wieder ans Licht zu ziehen. Ursel hatte freilich von Beichtgeheimnis und Ähnlichem gesprochen, er mißtraute jedoch solcher Sicherheit, am meisten dem ohne Namensunterschrift in Frankfurt aufzugebenden Briefe.

In dieser Verlegenheit beschloß er endlich, Eccelius zu Rate zu ziehen und diesem die halbe Wahrheit zu sagen, und wenn nicht die halbe, so doch wenigstens so viel, wie zu seiner Gewissensbeschwichtigung gerade nötig war. Ursel, so begann er, habe zu seinem allertiefsten Bedauern ernste katholische Rückfälle gehabt und ihm beispielsweise in ihrer letzten Stunde noch eine Summe Geldes behändigt, um Seelenmessen für sie lesen zu lassen (der, dem es eigentlich galt, wurde hier unterschlagen). Er, Hradscheck, habe ihr auch, um ihr das Sterben leichter zu machen alles versprochen, sein protestantisches Gewissen aber sträube sich jetzt dagegen, ihr das Versprochene wörtlich und in all und jedem Stücke zu halten, weshalb er anfrage, ob er das Geld wirklich an die Katholischen aushändigen oder nicht lieber nach Berlin reisen und ein marmornes oder vielleicht auch ein gußeisernes Grabkreuz, wie sie jetzt Mode seien, bestellen solle.

Eccelius zögerte keinen Augenblick mit der Antwort und sagte genau das, was Hradscheck zu hören wünschte. Versprechungen, die man einem Sterbenden gäbe, seien natürlich bindend, das erheische die Pietät, das sei die Regel. Aber jede Regel habe bekanntlich ihren Ausnahmefall, und wenn das einem Sterbenden gegebene Versprechen falsch und sündhaft sei, so hebe das Erkennen dieser Sündhaftigkeit das Versprechen wieder auf. Das sei nicht bloß Recht, das sei sogar Pflicht. Die ganze Sache, wie Hradscheck sie geschildert, gehöre zu seinen schmerzlichsten Erfahrungen. Er habe große Stücke von der Verstorbenen gehalten und allezeit einen Stolz darein gesetzt, sie für die gereinigte Lehre gewonnen zu haben. Daß er sich darin geirrt oder doch wenigstens halb geirrt habe, sei neben anderen auch persönlich kränkend für ihn, was er nicht leugnen wolle. Diese persönliche Kränkung indes sei nicht das, was sein eben gegebenes Urteil bestimmt habe. Hradscheck solle getrost bei seinem Plane bleiben und nach Berlin reisen, um das Kreuz zu bestellen. Ein Kranz und ein guter Spruch zu Häupten der Verstorbenen werde derselben genügen, dem Kirchhof aber ein Schmuck und eine Herzensfreude für jeden sein, der Sonntags daran vorüberginge.

*

Es war Ende Oktober gewesen, daß Eccelius und Hradscheck dies Gespräch geführt hatten, und als nun der Frühling kam und der ganze Tschechiner Kirchhof, so kahl auch seine Bäume noch waren, in Schneeglöckchen und Veilchen stand, erschien das gußeiserne Kreuz, das Hradscheck mit vieler Wichtigkeit und nach langer und minutiöser Beratung auf der Königlichen Eisengießerei bestellt hatte. Zugleich mit dem Kreuze traf ein Steinmetz mit zwei Gesellen ein, Leute, die das Aufrichten und Einlöten aus dem Grunde verstanden, und nachdem die Dorfjugend ein paar Stunden zugesehen hatte, wie das Blei geschmolzen und in das Sockelloch eingegossen wurde, stand das Kreuz da mit Spruch und Inschrift, und viele Neugierige kamen, um die goldblanken Verzierungen zu sehen: unten ein Engel, die Fackel senkend, und oben ein Schmetterling. All das wurde von alt und jung bewundert. Einige lasen auch die Inschrift: „Ursula Vincentia Hradscheck, geb. zu Hickede bei Hildesheim im Hannöverschen den 29. März 1790, gest. den 30. September 1832." Und darunter „Evang. Matthäi 6, V. 14." Auf der Rückseite des Kreuzes aber stand ein mutmaßlich von Eccelius selbst herrührender Spruch, darin er seinen Stolz, aber freilich auch seinem Schmerz Ausdruck gegeben hatte. Dieser

Spruch lautete: „Wir wandelten in Finsternis, bis wir das Licht sahen. Aber die Finsternis blieb, und es fiel ein Schatten auf unseren Weg."

*

Unter denen, die sich das Kreuz gleich am Tage der Errichtung angesehen hatten, waren auch Gendarm Geelhaar und Mutter Jeschke gewesen. Sie hatten denselben Heimweg und gingen nun gemeinschaftlich die Dorfstraße hinunter, Geelhaar etwas verlegen, weil er den zu seiner eigenen Würdigkeit schlecht passenden Ruf der Jeschke besser als irgendwer anders kannte. Seine Neugier überwand aber seine Verlegenheit, und so blieb er denn an der Seite der Alten und sagte:

„Hübsch is es. Un der Schmetterling so natürlich; beinah wie'n Zitronenvogel. Aber ich begreife Hradscheck nich, daß er sie so dicht an dem Turm begraben hat. Was soll sie da? Warum nicht bei den Kindern? Eine Mutter muß doch da liegen, wo die Kinder liegen."

„Woll, woll, Geelhaar. Awers Hradscheck is klook. Un he weet ümmer, wat he deiht."

„Gewiß weiß er das. Er ist klug. Aber gerade weil er klug ist ..."

„Joa, joa."

„Nu was denn?"

Und der sechs Fuß hohe Mann beugte sich zu der alten Hexe nieder, weil er wohl merkte, daß sie was sagen wollte.

„Was denn, Mutter Jeschke?" wiederholte er seine Frage.

„Joa, Geelhaar, wat sall ick seggen? Eccelius möt et weten. Un de hett nu ok wedder de Inschrift moakt. Awers een is, de weet ümmer noch en beten mihr."

„Und wer is das? Line?"

„Ne, Line nich. Awers Hradscheck sülwsten. Hradscheck de will de Kinnings und de Fru nich tosoamen hebb'n. Nich so upp enen Hümpel."

„Nun gut, gut. Aber warum nicht, Mutter Jeschke"

„Nu, he denkt, wenn't los geiht."

Und nun blieb sie stehen und setzte dem halb verwundert, halb entsetzt aufhorchenden Geelhaar auseinander, daß die Hradscheck an dem Tage, „wo's losgehe", doch natürlich nach ihren Kindern greifen würde, vorausgesetzt, daß sie sie zur Hand habe. „Un dat wull de oll Hradscheck nich."

„Aber, Mutter Jeschke, glaubt ihr denn an so was?"

„Joa, Geelhaar, worümm nich? Worümm sall ick an so wat nich glöwen?"

Siebzehntes Kapitel

Als das Kreuz aufgerichtet stand, es war Nachmittag geworden, kam auch Hradscheck, sonntäglich und wie zum Kirchgange gekleidet, und die Neugierigen, an denen den ganzen Tag über, auch als Geelhaar und die Jeschke längst fort waren, kein Mangel blieb, sahen, daß er den Spruch las und die Hände faltete. Das gefiel ihnen ausnehmend, am meisten aber gefiel ihnen, daß er das teure Kreuz überhaupt bestellt hatte. Denn Geld ausgeben (und noch dazu viel Geld) war das, was den Tschechinern als echten Bauern am meisten imponierte. Hradscheck verweilte eine Viertelstunde, pflückte Veilchen, die neben dem Grabhügel aufsprossen, und ging dann in seine Wohnung zurück.

Als es dunkel geworden war, kam Ede mit Licht, fand aber die Tür von innen verriegelt, und als er nun auf die Straße ging, um wie gewöhnlich die Fensterläden von außen zu schließen, sah er, daß Hradscheck, eine kleine Lampe mit grünem Klappschirm vor sich, auf dem Sofa saß und den Kopf stützte. So verging der Abend. Auch am anderen Tage blieb er auf seiner Stube, nahm kaum einen Imbiß, las und schrieb und ließ das Geschäft gehen, wie's gehen wollte.

„Hür, Jakob", sagte Male, „dat's joa grad, als ob se nu ihrst dod wihr. Süh doch, wie heh doa sitt. He kann doch nu nich wedder anfang'n."

„Ne", sagte Jakob, „dat kann he nich."

Und Ede, der hinzukam und heute gerade seinen hochdeutschen Tag hatte, stimmte bei, freilich mit der Einschränkung, daß er auch von der voraufgegangenen „ersten Trauer" nicht viel wissen wollte.

„Wieder anfangen! Ja, was heißt wieder anfangen? Damals war es auch man so so. Drei Tage und nicht länger. Und paß auf, Male, diesmal knappst er noch was ab."

Und wirklich, Ede, der aller Dummheit unerachtet, seinen Herrn gut kannte, behielt recht, und ehe noch der dritte Tag um war, ließ

Hradscheck die Träumerei fallen und nahm das gesellige Leben wieder auf, das er schon während der zurückliegenden Wintermonate geführt hatte. Dazu gehörte, daß er alle vierzehn Tage nach Frankfurt und alle vier Wochen auch mal nach Berlin fuhr, wo er sich, nach Erledigung seiner kaufmännischen Geschäfte, kein anderes Vergnügen als einen Theaterabend gönnte. Deshalb stieg er auch regelmäßig in dem an der Ecke von Hohen-Steinweg und Königsstraße gelegenen „Gasthofe zum Kronprinzen" ab, von dem aus er bis zu dem damals in Blüte stehenden Königstädtischen Theater nur ein paar hundert Schritte hatte. War er dann wieder in Tschechin zurück, so gab er den Freunden und Stammgästen in der Weinstube, zu denen jetzt auch Schulze Woytasch gehörte, nicht bloß Szenen aus dem Angelyschen „Fest der Handwerker" und Holteis „Altem Feldherren" und den „Wiener in Berlin" zum Besten, sondern sang ihnen auch allerlei Lieder und Arien vor: „War's vielleicht um eins, war's vielleicht um zwei, war's vielleicht drei oder vier." Und dann wieder: „In Berlin, sagt er, mußt du fein, sagt er, immer sein, sagt er usw." Denn er besaß eine gute Tenorstimme. Besonderes Glück aber, weit über die Singspiel-Arien hinaus, machte er mit dem Leierkastenlied von „Herrn Schmidt und seinen sieben heiratslustigen Töchtern", dessen erste Strophe lautete:

„Herr Schmidt, Herr Schmidt,
Was kriegt denn Julchen mit?"
„Ein Schleier und ein Federhut,
Das kleidet Julchen gar zu gut."

Dies Lied von Herrn Schmidt und seinen Töchtern war das Entzücken Kunickes, das verstand sich von selbst, aber auch Schulze Woytasch versicherte jedem, der es hören wollte: „Für Hradscheck ist mir nicht bange; der kann ja jeden Tag aufs Theater. Ich habe Beckmann gesehen; nu ja, Beckmann is gut, aber Hradscheck is besser; er hat noch so was, ja wie soll ich sagen, er hat noch so was, was Beckmann nicht hat."

Hradscheck gewöhnte sich an solchen Beifall, und wenn es sich auch gelegentlich traf, daß er bei seinem Berliner Aufenthalte, während dessen er allemal eine goldene Brille trug, keine Novität gesehen hatte, so kam er doch nie mit leeren Händen zurück, weil er sich nicht eher zufrieden gab, als bis er an den Schaufenstern der Buchläden irgendwas Komisches und unbändig Witziges ausgefunden hatte. Das hielt auch nie schwer, denn es war gerade die „Glaßbrenner- oder Brennglas-Zeit“, und wenn es solche Glasbrenner-Geschichten nicht sein konnten, nun so waren es Sammlungen alter und neuer Anekdoten, die damals in kleinen dürftigen Viergroschen-Büchelchen unter allerhand Namen und Titeln, so beispielsweise als „Brausepulver“, feilgeboten wurden. Ja, diese Büchelchen fanden bei den Tschechinern einen ganz besonderen Beifall, weil die darin erzählten Geschichten immer kurz waren und nie lange auf die Pointe warten ließen, und wenn das Gespräch mal stockte, so hatte Kunicke den Stammwitz: „Hradscheck, ein Brausepulver.“

*

Es war Anfang Oktober, als Hradscheck wieder mal in Berlin war, diesmal auf mehrere Tage, während er sonst immer den dritten Tag schon wieder nach Hause kam. Ede, der mittlerweile das Geschäft versah, paßte gut auf den Dienst, und nur in der Stunde von eins bis zwei, wo sich kaum ein Mensch im Laden sehen ließ, gefiel er sich darin, den Herrn zu spielen und, ganz so wie Hradscheck zu tun pflegte, mit auf den Rücken gelegten Händen im Garten auf und ab zu gehen. Das tat er auch heute wieder, zugleich aber rief er nach Jakob und trug ihm auf, und zwar in ziemlich befehlshaberischem Tone, daß er einen neuen Reifen um die Wassertonne legen solle. Dann sah er nach den Starkästen am Birnbaum und zog einen Zweig zu sich herab, um noch eine der nachgereiften „Franzosenbirnen“ zu pflücken. Es war ein Prachtexemplar, in das er sofort einbiß. Als er aber den Zweig wieder los ließ, sah er, daß die Jeschke drüben am Zaune stand.

„Dag, Ede.“

„Dag, Mutter Jeschke.“

„Na, schmeckt et?“

„I worümm nich? Is joa ne Malvasier.“

„Joa. Vördem wihr et ne Malvesier. Awers nu ... “

„Nu is et ne ‚Franzosenbeer‘. Ich weet woll. Awers dat's joa all een.“

„Joa, wer weet, Ede. Doa is nu so wat mang. Heste noch nix

maarkt?“

Der Junge ließ erschreckt die Birne fallen, das alte Weib aber bückte sich danach und sagte: „Ick meen joa nich de Beer. Ick meen sünnsten.“

„Wat denn? Wo denn?“

„Na, so rümm um’t Huus.“

„Nei, Mutter Jeschke.“

„Un ook nich unnen in’n Keller? Hest noch nix siehn o’r hürt?“

„Nei, Mutter Jeschke. Man blot … “

„Un grappscht ook nich?“

Der Junge war ganz blaß geworden.

„Joa, Mutter Jeschke, mal wihr mi so. Mal wihr mi so, as hüll mi wat an de Hacken. Joa, ich glöw, et grappscht.“

Die Jeschke sah ihren Zweck erreicht und lenkte deshalb geschickt wieder ein. „Ede, du bist ne Bangbüchs. Ich, hebb joa man spoaßt. Is joa man all dumm Tüg.“

Und damit ging sie wieder auf ihr Haus zu und ließ den Jungen stehen.

*

Drei Tage danach war Hradscheck wieder aus Berlin zurück, in vergnüglicherer Stimmung, als seit langem, denn er hatte nicht nur alles Geschäftliche glücklich erledigt, sondern auch die Bekanntschaft einer jungen Dame gemacht, die sich seiner Person wie seinen Heiratsplänen geneigt gezeigt hatte. Diese junge Dame war die Tochter aus einem Destillationsgeschäft, groß und stark, mit etwas hervortretenden, immer lachenden Augen, eine Vollblut-Berlinerin. „Forsch und fidel“ war ihre Losung, der auch ihre Lieblingsredensart: „Ach, das ist ja zum Totlachen“ entsprach. Aber dies war nur so für alle Tage. Wurd ihr dann wohliger ums Herz, so wurden es auch ihre Redewendungen, und sie sagte dann: „I da muß ja ’ne alte Wand wackeln“, oder „Das ist ja gleich, um einen Buckel zu kriegen.“ Ihr Schönstes waren Landpartien einschließlich gesellschaftlicher Spiele, wie Zeck, oder Plumpsack, dazu saure Milch mit Schwarzbrot und Heimfahrt mit Stocklaternen und Gesang: „Ein freies Leben führen wir“, „Frisch auf, Kameraden“, „Lützows wilde verwegene Jagd“ und „Steh ich in finstrer Mitternacht“. Infolge welcher ausgesprochenen Vorliebe sie sich in den

Kopf gesetzt hatte, nur aufs Land hinaus heiraten zu wollen. Und darüber war sie dreißig Jahr alt geworden, alles bloß aus Eigensinn und Widerspenstigkeit. Ihren Namen „Editha" aber hatte die Mutter in Dittchen abgekürzt.

So die Bekanntschaft, die Hradscheck während seines letzten Berliner Aufenthaltes gemacht hatte. Mit Editha selbst war er so gut wie einig, und nur die Eltern hatten noch kleine Bedenken.

Aber was bedeutete das? Der Vater war ohnehin daran gewöhnt, nicht gefragt zu werden, und die Mutter, die nur wegen der neun Meilen Entfernung noch einigermaßen schwankte, wäre keine richtige Mutter gewesen, wenn sie nicht schließlich auch hätte Schwiegermutter sein wollen.

Also Hradscheck war in bester Stimmung, und ein Ausdruck derselben war es, daß er diesmal mit einem besonders Vorrat von Berliner Witzliteratur nach Tschechin zurückkehrte, darunter eine komische Romanze, die letzten Sonntag vom Hofschauspieler Rüthling im Konzertsaale des Königlichen Schauspielhauses vorgetragen worden war und zwar in einer Matinee, der neben der ganzen haute volée von Berlin auch Hradscheck und Editha beigewohnt hatten. Diese Romanze behandelte die berühmte Geschichte vom Eckensteher, der einen armen Apothekerlehrling, „weil das Räucherkerzchen partout nicht stehen wolle", Schlag Mitternacht aus dem Schlaf klingelte, welche Geschichte damals nicht bloß die ganze vornehme Welt, sondern besonders auch unseren auf alle Berliner Witze ganz wie versessenen Hradscheck derart hingenommen hatte, daß er die Zeit, sie seinem Tschechiner Konvivium vorzulesen, kaum erwarten konnte. Nun aber war es so weit, und er feierte Triumphe, die fast noch größer waren, als er zu hoffen gewagt hatte. Kunicke brüllte vor Lachen und bot den dreifachen Preis, wenn ihm Hradscheck das Büchelchen ablassen wolle. „Das müss' er seiner Frau vorlesen, wenn er nach Hause komme, diese Nacht noch; so was sei noch gar nicht dagewesen." Und dann sagte Schulze Woytasch: „Ja, die Berliner! Ich weiß nicht! Und wenn mir einer tausend Taler gäbe, so was könnt ich nich machen. Es sind doch verflixte Kerls."

Die „Romanze vom Eckensteher" indes, so glänzend ihr Vortrag abgelaufen war, war doch nur Vorspiel und Plänkelei gewesen, darin Hradscheck sein bestes Pulver noch nicht verschossen hatte.

Sein Bestes oder doch das, was er persönlich dafür hielt, kam erst nach und war die Geschichte von einem der politischen Polizei zugeteilten Gendarmen, der einen unter Verdacht des Hochverrats stehenden und in der Kurstraße wohnenden badischen Studenten, namens Haitzinger, ausfindig machen sollte, was ihm auch gelang, und einige Zeit danach zu der amtlichen Meldung führte, daß er den pp. Haitzinger, der übrigens Blümchen heiße, gefunden habe, trotzdem derselbe nicht in der Kurstraße, sondern auf dem Spittelmarkt wohnhaft und nicht badischer Student, sondern ein sächsischer Leineweber sei. „Und nun, ihr Herren und Freunde“, schloß Hradscheck seine Geschichte, „dieser ausbündig gescheite Gendarm, wie hieß er? Natürlich Geelhaar, nicht wahr? Aber nein, ihr Herren, fehlgeschossen, er hieß bloß Müller II. Ich habe mich genau danach erkundigt, sonst hätt ich bis an mein Lebensende geschworen, daß er Geelhaar geheißen haben müsse.“

Kunicke schüttelte sich und wollte von keinem anderen Namen als Geelhaar wissen, und als man sich endlich ausgetobt und ausgejubelt hatte (nur Woytasch, als Dorfobrigkeit, sah etwas mißbilligend drein), sagte Quaas. „Kinder, so was haben wir nicht alle Tage, denn Hradscheck kommt nicht alle Tage von Berlin. Ich denke deshalb, wir machen noch eine Bowle: drei Mosel, eine Rheinwein, eine Burgunder. Und nicht zu süß. Sonst haben wir morgen Kopfweh. Es ist erst halb zwölf, fehlen noch fünf Minuten. Und wenn wir uns ’ran halten, machen wir um Mitternacht die Nagelprobe.“

„Bravo!“ stimmte man ein. „Aber nicht zu früh; Mitternacht ist zu früh.“

Und Hradscheck erhob sich, um Ede, der verschlafen im Laden auf einem vorgezogenen Zuckerkasten saß, in den Keller zu schicken und die fünf Flaschen heraufholen zu lassen. „Und paß auf Ede; der Burgunder liegt durcheinander, roter und weißer, der mit dem grünen Lack ist es.“

Ede rieb sich den Schlaf aus den Augen, nahm Licht und Korb und hob die Falltür auf, die zwischen den übereinander gepackten Ölfässern, und zwar an der einzig frei gebliebenen Stelle, vom Flur her in den Keller führte.

Nach ein paar Minuten war er wieder oben und klopfte vom Laden her an die Tür, zum Zeichen, daß alles da sei.

„Gleich“, rief der wie gewöhnlich mitten in einem Vortrage steckende Hradscheck, „gleich“, und trat erst, als er seinen Satz beendet hatte, von der Weinstube her in den Laden. Hier schob er sich eine schon vorher aus der Küche heranbeorderte Terrine bequem zurecht und griff nach dem Korkzieher, um die Flasche aufzuziehen. Als er aber den Burgunder in die Hand nahm, gab er dem Jungen, halb ärgerlich, halb gutmütig, einen Tipp auf die Schulter und sagte: „Bist ein Döskopp, Ede. Mit grünem Lack, hab ich dir gesagt. Und das ist gelber. Geh und hol 'ne richtige Flasche. Wer's nich im Kopp hat, muß es in den Beinen haben“.

Ede rührte sich nicht.

„Nun, Junge, wird es? Mach flink.“

„Ick geih nich.“

„Du gehst nich? warum nich?“

„Et spökt.“

„Wo?“

„Unnen … Unnen in'n Keller.“

„Junge, bist du verrückt? Ich glaube, dir steckt schon der Mitternachtsgrusel im Leibe. Rufe Jakob. Oder nein, der is schon zu Bett; rufe Male, die soll kommen und dich beschämen. Aber laß nur.“

Und dabei ging er selber bis an die Küchentüre und rief hinaus: „Male.“

Die Gerufene kam.

„Geh in den Keller, Male.“

„Nei, Herr Hradscheck, ick geih nich.“

„Auch du nich. Warum nich?“

„Et spökt.“

„Ins Dreideibels Namen, was soll der Unsinn?“

Und er versuchte zu lachen. Aber er hielt sich dabei nur mit Mühe auf den Beinen, denn ihn schwindelte. Zu gleicher Zeit empfand er deutlich, daß er kein Zeichen von Schwäche geben dürfe, vielmehr umgekehrt bemüht sein müsse, die Weigerung der beiden ins Komische zu ziehen, und so riß er denn die Tür zur Weinstube weit auf und rief hinein: „Eine Neuigkeit Kunicke …“

„Nu, was gibt's?“

„Unten spukt es. Ede will nicht mehr in den Keller und Male natürlich auch nicht. Es sieht schlecht aus mit unserer Bowle. Wer kommt mit? Wenn zwei kommen, spukt es nicht mehr."

„Wir alle", schrie Kunicke. „Wir alle. Das gibt einen Hauptspaß. Aber Ede muß auch mit."

Und bei diesen Worten eines der zur Hand stehenden Lichter nehmend, zogen sie – mit Ausnahme von Woytasch, dem das Ganze mißhagte – brabbelnd und plärrend und in einer Art Prozession, als ob einer begraben würde, von der Weinstube her durch Laden und Flur und stiegen langsam und immer einer nach dem anderen die Stufen der Kellertreppe hinunter.

„Alle Wetter, is das ein Loch!" sagte Quaas, als er sich unten umguckte. „Hier kann einem ja gruslig werden. Nimm nur gleich ein paar mehr mit, Hradscheck. Das hilft. Je mehr Fidelité, je weniger Spuk."

Und bei solchem Gespräch, in das Hradscheck einstimmte, packten sie den Korb voll und stiegen die Kellertreppe wieder hinauf. Oben aber warf Kunicke, der schon stark angeheitert war, die schwere Falltür zu, daß es durch das ganze Haus hin dröhnte.

„So, nu sitzt er drin."

„Wer?"

„Na wer? Der Spuk."

Alles lachte; das Trinken ging weiter, und Mitternacht war lange vorüber, als man sich trennte.

*

Achtzehntes Kapitel

Hradscheck, sonst mäßig, hatte mit den anderen um die Wette getrunken, bloß um eine ruhige Nacht zu haben. Das war ihm auch geglückt, und er schlief nicht nur fest, sondern auch weit über seine gewöhnliche Stunde hinaus. Erst um acht Uhr war er auf. Male brachte den Kaffee, die Sonne schien ins Zimmer, und die Sperlinge, die das aus den Häckselsäcken gefallene Futterkorn aufpickten, flogen, als sie damit fertig waren, aufs Fensterbrett und meldeten sich. Ihre Zwitschertöne hatten etwas Heiteres und Zutrauliches, das dem Hausherrn, der ihnen reichlich Semmelkrume zuwarf, unendlich wohl tat, ja fast war's ihm, als ob er ihren Morgengruß verstände: Schöner Tag heute, Herr Hradscheck; frische Luft; alles leicht nehmen!

Er beendete sein Frühstück und ging in den Garten. Zwischen den Buchsbaum-Rabatten stand viel Rittersporn, halb noch in der Blüte, halb schon in Samenkapseln, und er brach eine der Kapseln ab und streute die schwarzen Körnchen in seine Handfläche. Dabei fiel ihm wie von ungefähr ein, was ihm Mutter Jeschke vor Jahr und Tag einmal über Farnkrautsamen und Sich-unsichtbar-machen gesagt hatte. „Farnkrautsamen in die Schuh gestreut ...“ Aber er mochte es nicht ausdenken und sagte, während er sich auf eine neuerdings um den Birnbaum herum angebrachte Bank setzte: „Farnkrautsamen! Nun fehlt bloß noch das Licht vom neugebornen Lamm. Alles Altweiberschwatz. Und wahrhaftig, ich werde noch selber ein altes Weib ... Aber da kommt sie ...“

Wirklich, als er so vor sich hinredete, kam die Jeschke zwischen den Spargelbeeten auf ihn zu.

„Dag, Hradscheck. Wie geiht et? Se kümmen joa goar nich mihr.“

„Ja, Mutter Jeschke, wo soll die Zeit herkommen? Man hat eben zu tun. Und der Ede wird immer dümmer. Aber setzen Sie sich. Hierher. Hier ist Sonne.“

„Nei, loatens man, Hradscheck, loatens man. Ich sitt schon so veel. Awers Se möten sitten bliewen.“ Und dabei malte sie mit ihrem Stock allerlei Figuren in den Sand.

Hradscheck sah ihr zu, ohne seinerseits das Wort zu nehmen, und so fuhr sie nach eitler Pause fort: „Joa, veel to dohn is woll. Wihr joa gistern wedder Klock een. Kunicke kunn woll wedder nich los koamen? Den kenn ick. Na, sien Vader, de oll Kunicke, whir ook so. Man blot noch en beten mihr.“

„Ja“, lachte Hradscheck, „spät war es. Und denken Sie sich, Mutter Jeschke, Glock' zwölf oder so herum sind wir noch fünf Mann hoch in den Keller gestiegen. Und warum? Weil der Ede nicht mehr wollte ...“

„Nu, süh eens. Un worümm wull he nich?“

„Weil's unten spuke. Der Junge war wie verdreht mit seinem ewigen ‚et spökt‘ und ‚et grappscht‘. Und weil er dabei blieb und wir unsere Bowle doch haben wollten, so sind wir am Ende selber gegangen.“

„Nu, süh eens“, wiederholte die Alte. „Hätten em salln 'ne

Muulschell gewen."

„Wollt ich auch. Aber als er so dastand und zitterte, da konnt ich nicht. Und dann dacht ich auch …"

„Ach wat, Hradscheck, is joa all dumm Tüg … Un wenn et wat is, na, denn möt et de Franzos sinn."

„Der Franzose?"

„Joa, de Franzos. Guckens moal; de Ihrd geiht hier so'n beten dahl. He moak woll en beten rutscht sinn."

„Rutscht sinn", wiederholte Hradscheck und lachte mit der Alten um die Wette. „Ja, der Franzos ist gerutscht. Alles gut. Aber wenn ich nur den Jungen erst wieder in Ordnung hätte. Der macht mir das ganze Dorf rebellisch. Und wie die Leute sind, wenn sie von Spuk hören, da wird ihnen ungemütlich. Und dann kommt zuletzt auch die dumme Geschichte wieder zur Sprache. Sie wissen ja …"

„Woll, woll, ick weet."

„Und dann, Mutter Jeschke, Spuk ist Unsinn. Natürlich. Aber es gibt doch welche …"

„Joa, Joa."

„Es gibt doch welche, die sagen: Spuk ist nicht Unsinn. Wer hat nu recht? Nu mal 'raus mit der Sprache."

Der Alten entging nicht, in welcher Pein und Beklemmung Hradscheck war, weshalb sie, wie sie stets zu tun pflegte, mit einem „Ja" antwortete, das ebensogut ein „Nein", und mit einem „Nein", das ebensogut ein „Ja" sein konnte.

„Mien leew Hradscheck", begann sie, „Se wullen wat weten von mi. Joa, wat weet ick? Spök! Gewen moak et joa woll so wat. Un am Enn ook wedder nich. Un ich segg ümmer: wihr sich jrult, för den is et wat, un wihr sich nich jrult, für den is et nix."

Hradscheck, der mit gespanntester Aufmerksamkeit gefolgt war, nickte zustimmend, während die sich plötzlich neben ihn setzende Alte mit wachsender Vertraulichkeit fortfuhr: „Ick will Se wat seggen, Hradscheck. Man möt man blot Kurasch hebben. Un Se hebben joa. Wat is Spök? Spök, dat's grad so, as wenn de Müüs' knabbern. Wihr ümmer hinhürt, na, de slöppt nich; wihr awers so bi sich seggen deiht ‚na, worümm salln se nich knabbern', de slöppt."

Und bei diesen Worten erhob sie sich rasch wieder und ging, zwischen den Beeten hin, auf ihre Wohnung zu. Mit einem Male aber blieb sie stehen und wandte sich wieder, wie wenn sie was vergessen habe. „Hürens, Hradscheck, wat ick Se noch seggen wull, uns' Line kümmt ook wedder. Se hett gistern schrewen. Wat mienens? De wihr so wat för Se."

„Geht nicht, Mutter Jeschke. Was würden die Leute sagen? Un is auch eben erst ein Jahr."

„Woll. Awers se kümmt ook ihrst um Martini rümm ... Und denn Hradscheck, Se bruken se joa nich glieks to frijen."

Neunzehntes Kapitel

„De Franzos is rutscht", hatte die Jeschke gesagt und war dabei wieder so sonderbar vertraulich gewesen, alles mit Absicht und Berechnung. Denn wenn das Gespräch auch noch nachwirkte, darin ihr, vor länger als einem Jahr, ihr sonst so gefügiger Nachbar mit einer Verleumdungsklage gedroht hatte, so konnte sie trotz alledem von der Angewohnheit nicht lassen, in dunklen Andeutungen zu sprechen, als wisse sie was und halte nur zurück.

„Verdammt!" murmelte Hradscheck vor sich hin. „Und dazu der Ede mit seiner ewigen Angst."

Er sah deutlich die ganze Geschichte wieder lebendig werden, und ein Schwindel ergriff ihn, wenn er an all das dachte, was bei diesem Stande der Dinge jeder Tag bringen konnte.

„Das geht so nicht weiter. Er muß weg. Aber wohin?"

Und bei diesen Worten ging Hradscheck auf und ab und überlegte.

„Wohin? Es heißt, er liege in der Oder. Und dahin muß er ... je eher, je lieber ... Heute noch. Aber ich wollte, dies Stück Arbeit wäre getan. Damals ging es, das Messer saß mir an der Kehle. Aber jetzt! Wahrhaftig, das Einbetten war nicht so schlimm, als es das Umbetten ist."

Und von Angst und Unruhe getrieben, ging er auf den Kirchhof und trat an das Grab seiner Frau. Da war der Engel mit der Fackel, und er las die Inschrift. Aber seine Gedanken konnten von dem, was er vorhatte, nicht los, und als er wieder zurück war, stand es fest: „Ja, heute noch ... Was du tun willst, tue bald."

Und dabei sann er nach, w i e's geschehen müsse.

„Wenn ich nur etwas Farnkraut hätt. Aber wo gibt es Farnkraut hier? Hier wächst ja bloß Gras und Gerste, weiter nichts, und ich kann doch nicht zehn Meilen in der Welt herumkutschieren, bloß um mit einem großen Busch Farnkraut wieder nach Hause zu kommen. Und warum auch? Unsinn ist es doch."

Er sprach noch so weiter. Endlich aber entsann er sich, in dem benachbarten Gusower Park einen ganzen Wald von Farnkraut gesehen zu haben. Und so rief er denn in den Hof hinaus und ließ anspannen.

Um Mittag kam er zurück, und vor ihm, auf dem Rücksitze des Wagens, lag ein riesiger Farnkrautbusch. Er kratzte die Samenkörnchen ab und tat sie sorglich in eine Papierkapsel und die Kapsel in ein Schubfach. Dann ging er noch einmal alles durch, was er brauchte, trug das Grabscheit, das für gewöhnlich neben der Gartentür stand, in den Keller hinunter und war wie verwandelt, als er mit diesen Vorbereitungen fertig war.

Er pfiff und trällerte vor sich hin und ging in den Laden.

„Ede, du kannst heute nachmittag ausgehen. In Gusow ist Jahrmarkt, mit Karussell und sind auch Kunstreiter da, das heißt Seiltänzer. Ich hab heut vormittag das Seil spannen sehen. Und vor acht brauchst du nicht wieder hier zu sein. Da nimm, das ist für dich, und nun amüsiere dich gut. Und is auch 'ne Waffelbude da, mit Eierbier und Punsch. Aber hübsch mäßig, nich zu viel; hörst du, keine Dummheiten machen."

Ede strahlte vor Glück, machte sich auf den Weg und war Punkt acht wieder da. Zugleich mit ihm kamen die Stammgäste, die wie gewöhnlich ihren Platz in der Weinstube nahmen. Einige hatten schon erfahren, daß Hradscheck am Vormittag in Gusow gewesen und mit einem großen Busch Farnkraut zurückgekommen sei.

„Was du nur mit dem Farnkraut willst?" fragte Kunicke.

„Anpflanzen."

„Das wuchert ja. Wenn das drei Jahr in deinem Garten steht, weißt du vor Unkraut nicht mehr, wo du hin sollst."

„Das soll es auch. Ich will einen hohen Zaun davon ziehen. Und je rascher es wächst, desto besser."

„Na, sieh dich vor damit. Das ist wie die Wasserpest; wo sich das mal eingenistet hat, ist kein Auskommen mehr. Und vertreibt dich am Ende von Haus und Hof."

Alles lachte, bis man zuletzt auf die Kunstreiter zu sprechen kam und an Hradscheck die Frage richtete, was er denn eigentlich von ihnen gesehen habe?

„Bloß das Seil. Aber Ede, der heute nachmittag da war, der wird wohl Augen gemacht haben."

Und nun erzählte Hradscheck des breiteren, daß der, dem jetzt die Truppe gehöre, des alten Kolter Schwiegersohn sei, ja, die Frau desselben nenne sich noch immer nach dem Vater und habe den Namen ihres Mannes gar nicht angenommen.

Er sagte das alles so hin, wie wenn er die Kolters ganz genau kenne, was den Ölmüller zu verschiedenen Fragen über die berühmte Seiltänzerfamilie veranlaßte. Denn Springer und Kunstreiter waren Quaasens unentwegte Passion, seit er als zwanzigjähriger Junge mal auf dem Punkte gestanden hatte, mit einer Kunstreiterin auf und davon zu gehen. Seine Mutter jedoch hatte Wind davon gekriegt und ihn nicht bloß in den Milchkeller gesperrt, sondern auch den Direktor der Truppe gegen ein erhebliches Geldgeschenk veranlaßt, die „gefährliche Person" bis nach Reppen hin vorauszuschicken. All das, wie sich denken läßt, gab auch heute wieder Veranlassung zu vielfachen Neckereien und um so mehr, als Quaas ohnehin des Vorzugs genoß, Stichblatt der Tafelrunde zu sein.

„Aber was is das mit Kolter?" fragte Kunicke. „Du wolltest von ihm erzählen, Hradscheck. Is es ein Reiter oder ein Springer?"

„Bloß ein Springer. Aber was für einer!"

Und nun fing Hradscheck an, eine seiner Hauptgeschichten zum besten zu geben, die vom alten Kolter nämlich, der Anno vierzehn schon sehr berühmt und mit in Wien auf dem Kongreß gewesen sei.

„Was, was? Mit auf dem Kongreß?"

„Versteht sich. Und warum nicht?"

„Auf dem Kongreß also."

„Und da habe denn", so fuhr Hradscheck fort, „der König von Preußen zum Kaiser von Rußland gesagt ‚Höre, Bruderherz, was du von deinem Stiglischeck auch sagen magst, Kolter ist doch besser, Parole d'honneur, Kolter ist der erste Springer der Welt, und was ihm auch passieren mag, er wird sich immer zu helfen wissen.' Und als nun der Kaiser von Rußland das bestritten, da hätten sie gewettet, und wäre bloß die Bedingung gewesen, daß nichts vorher gesagt werden solle. Das hätten sie denn auch gehalten. Und als nun Kolter halb schon das zwischen zwei Türmen ausgespannte Seil hinter sich gehabt habe, da sei mit einem Male, von der anderen Seite her, ein anderer Seiltänzer auf ihn losgekommen, das sei Stiglischeck gewesen, und keine Minute mehr, da hätten sie sich gegenüber gestanden, und der Russe, was ihm auch keiner verdenken könne, habe bloß gesagt: ‚Alles perdu, Bruder: du verloren, ich verloren.' Aber Kolter habe nur gelacht und ihm was ins Ohr geflüstert, einige sagen, einen frommen Spruch, andere aber sagen das Gegenteil, und sei dann mit großer Anstrengung und Geschichkeit sechzehn Schritte rückwärts gegangen, während der andere sich niedergehuckt habe. Und nun habe Kolter einen Anlauf genommen und sei mit eins, zwei, drei über den anderen weggesprungen. Da sei denn ein furchtbares Beifallklatschen gewesen, und einige hätten laut geweint und immer wieder und wieder gesagt, ‚das sei mehr als Napoleon'. Und der Kaiser von Rußland habe seine Wette verloren und auch wirklich bezahlt."

„Wird er wohl, wird er wohl", sagte Kunicke. „Der Russe bezahlt immer. Hat's ja … Bravo, Hradscheck; bravo!"

So war Hradscheck mit Beifall belohnt worden und hatte von Viertelstunde zu Viertelstunde noch vieles andere zum besten gegeben, bis endlich um elf die Stammgäste das Haus verließen.

*

Ede war schon zu Bett geschickt, und in dem weiten Hause herrschte Todesstille. Hradscheck schritt auf und ab in seiner Stube, mußte sich aber setzen, denn der Aufregungen dieses Tages waren so viele gewesen, daß er sich, trotz fester Nerven, einer Ohnmacht nahe fühlte. Solang er drüben Geschichten erzählt hatte, munterer und heiterer, so wenigstens schien es, als je zuvor, war kein Tropfen Wein über seine Lippen gekommen, jetzt aber nahm er Kognak und Wasser und fühlte, wie Kraft und Entschlossenheit ihm rasch wiederkehrten. Er ging auf das Schubfach zu, drin er das Kapselchen versteckt hatte, zog gleich danach seine Schuh' aus und pulverte von dem Farnkrautsamen hinein.

„So!"

Und nun stand er wieder in seinen Schuhen und lachte.

„Will doch mal die Probe machen! Wenn ich jetzt unsichtbar bin, muß ich mich auch selber nicht sehen können."

Und das Licht zur Hand nehmend, trat er vor den schmalen

Trumeau mit dem weißlackierten Rahmen und sah hinein und nickte seinem Spiegelbilde zu. „Guten Tag, Abel Hradscheck. Wahrhaftig, wenn alles so viel hilft wie der Farnkrautsamen, so werd ich nicht weit kommen und bloß noch das angenehme Gefühl haben, ein Narr gewesen zu sein und ein Dummkopf, den ein altes Weib genasführt hat. Die verdammte Hexe! Warum lebt sie? Wäre sie weg, so hätt ich längst Ruh' und brauchte diesen Unsinn nicht. Und brauchte nicht ..." Ein Grusel überlief wieder seine Seele. Rasch aber bezwang er sich. „Eins kommt aus dem anderen. Wer A sagt, muß B sagen."

Und als er so gesprochen und sich wieder zurecht gerückt hatte, ging er auf einen kleinen Eckschrank zu und nahm ein Laternchen heraus, das er sich schon vorher durch Überkleben mit Papier in eine Art Blendlaterne umgewandelt hatte. Die Alte drüben sollte den Lichtschimmer nicht wieder sehen und ihn nicht zum wievielsten Male mit ihrem „ick weet nich, Hradscheck, wihr et in de Stuw or wihr et in'n Keller" in Wut und Verzweifelung bringen. Und nun zündete er das Licht an, knipste die Laternentür wieder zu und trat rasch entschlossen auf den Flur hinaus.

Was er brauchte, darunter auch ein Stück alter Teppich, aus langen Tuchstreifen geflochten, lag längst unten in Bereitschaft.

„Vorwärts, Hradscheck!"

Und zwischen den großen Olfässern hin ging er bis an den Kellereingang, hob die Falltür auf und stieg langsam und vorsichtig die Stufen hinunter. Als er aber unten war, sah er, daß die Laterne, trotz der angebrachten Verblendung, viel zu viel Licht gab und nach oben hin, wie aus einem Schlot, einen hellen Schein warf. Das durfte nicht sein, und so stieg er die Treppe wieder hinauf, blieb aber in halber Höhe stehen und griff bloß nach einem ihm in aller Bequemlichkeit zur Hand liegenden Brett, das hier an das nächstliegende Olfaß herangeschoben war, um die ganze Reihe der Fässer am Rollen zu verhindern. Es war nur schmal, aber doch gerade breit genug, um unten das Kellerfenster zu schließen.

„Nun mag sie sich drüben die Augen ausgucken. Meinetwegen. Durch ein Brett wird sie ja wohl nicht sehen können. Ein Brett ist besser als Farnkrautsamen ..."

Und damit schloß er die Falltür und stieg wieder die Stufen hinunter.

Zwanzigstes Kapitel

Ede war früh auf und bediente seine Kunden. Dann und wann sah er nach der kleinen, im Nebenzimmer hängenden Uhr, die schon auf ein Viertel nach acht zeigte.

„Wo der Alte nur bleibt?"

Ede durfte die Frage schon tun, denn für gewöhnlich erschien Hradscheck mit dem Glockenschlage sieben, wünschte guten Morgen und öffnete die nach der Küche führende kleine Tür, was für die Köchin allemal das Zeichen war, daß sie den Kaffee bringen solle. Heut aber ließ sich kein Hradscheck sehen, und als es nahe an neun heran war, steckte statt seiner nur Male den Kopf in den Laden hinein und sagte:

„Wo he man bliewt, Ede?"

„Weet nich."

„Ick will geihn un en beten an sine Dhör bullern."

„Joa, dat dhu man."

Und wirklich, Male ging, um ihn zu wecken. Aber sie kam in großer Aufregung wieder. „He is nich doa, nich in de Vör- un ook nich in de Hinnerstuw. Allens open un keene Dhör to."

„Un sien Bett?" fragte Ede.

„Allens glatt un ungeknüllt. He's goar nich in west."

Ede kam auch in Unruhe. Was war zu tun? Er wie Male hatten ein unbestimmtes Gefühl, daß etwas ganz Absonderliches geschehen sein müsse, worin sie sich durch den schließlich ebenfalls erscheinenden Jakob nur noch bestärkt sahen. Nach einigem Beraten kam man überein, daß Jakob zu Kunicke hinübergehen und wegen des Abends vorher anfragen solle; Kunicke müss' es wissen, der sei immer der letzte. Male dagegen solle rasch nach dem Krug laufen, wo Gendarm Geelhaar um diese Stunde zu frühstücken und der alten Krügerschen, die manchen Sturm erlebt hatte, schöne Dinge zu sagen pflegte. Das geschah denn auch alles, und keine Viertelstunde, so sah man Geelhaar die Dorfstraße herunterkommen, mit ihm Schulze Woytasch, der sich, einer abzuhaltenden Versammlung halber, zufällig ebenfalls im Kruge befunden hatte. Vor Hradschecks Tür trafen beide mit Kunicke zusammen. Man begrüßte sich stumm und überschritt mit einer gewissen Feierlichkeit die Schwelle.

Drin im Hause hatte sich mittlerweile die Szene verändert. Ede, der noch eine Zeitlang in allen Ecken und Winkeln umhergesucht hatte, stand jetzt, als die Gruppe sich näherte, mitten auf dem Flur und wies auf ein großes Ölfaß, das um ein Geringes vorgerollt war, nur zwei Fingerbreit, nur bis an den großen Eisenring, aber doch gerade weit genug, um die Falltür zu schließen.

„Doa sitt he in", schrie der Junge.

„Schrei' nicht so!", fuhr ihn Schulze Woytasch an. Und Kunicke setzte mit mehr Derbheit, aber auch mit größerer Gemütlichkeit hinzu: „Halt's Maul, Junge."

Dieser jedoch war nicht zur Ruh zu bringen, und sein bißchen Schläfenhaar immer mehr in die Höh' schiebend, fuhr er in demselben Weinertone fort: „Ick weet allens. Dat's de Spök. De Spök hett noah em grappscht. Un denn wull he rut un kunn nich."

Um diese Zeit war auch Eccelius aus der Pfarre herübergekommen, leichenblaß und so von Ahnungen geängstigt, daß er, als man das Faß jetzt zurückgeschoben und die Falltür geöffnet hatte, nicht mit hinuntersteigen mochte, sondern erst in den Laden und gleich danach auf die Dorfgasse hinaus trat.

Geelhaar und Schulze Woytasch, schon von Amts wegen auf bessere Nerven gestellt, hatten inzwischen ihren Abstieg bewerkstelligt, während Kunicke, mit einem Licht in der Hand, von oben her in den Keller hineinleuchtete. Da nicht viele Stufen waren, so konnt er das Nächste bequem sehen: unten lag Hradscheck, allem Anscheine nach tot, ein Grabscheit in der Hand, die zerbrochene Laterne daneben. Unser alter Anno-Dreizehner sah sich bei diesem Anblick seiner gewöhnlichen Gleichgültigkeit entrissen, erholte sich aber und kroch, unten angekommen, in Gemeinschaft mit Geelhaar und Woytasch auf die Stelle zu, wo hinter einem Lattenverschlage der Weinkeller war. Die Tür stand auf, etwas Erde war aufgegraben, und man sah Arm und Hand eines hier Verscharrten. Alles andere war noch verdeckt. Aber freilich, was sichtbar war, war gerade genug, um alles Geschehene klarzulegen.

Keiner sprach ein Wort, und mit einem scheuen Seitenblick auf den entseelt am Boden Liegenden stiegen alle drei die Treppe wieder hinauf.

Auch oben, wo sich Eccelius ihnen wieder gesellte, blieb es bei wenig Worten, was schließlich nicht wundernehmen konnte. Waren doch alle, mit alleiniger Ausnahme von Geelhaar, viel zu befreundet mit Hradscheck gewesen, als daß ein Gespräch über ihn anders als peinlich hätte verlaufen können. Peinlich und mit Vorwürfen gegen sich selbst gemischt. Warum hatte man bei der gerichtlichen Untersuchung nicht besser aufgepaßt, nicht schärfer gesehen? Warum hatte man sich hinters Licht führen lassen?

Nur das Nötigste wurde festgestellt. Dann verließ man das durch so viele Jahre hin mit Vorliebe besuchte Haus, das nun für jeden ein Haus des Schreckens geworden war, Kunicke schritt quer über den Damm auf seine Wohnung, Eccelius auf seine Pfarre zu. Woytasch war mit ihnen.

„Das Küstriner Gericht", hob Eccelius an, „wird nur noch zu sagen haben. Alles ist klar und doch ist nichts bewiesen. Er steht vor einem höheren Richter."

Woytasch nickte. „Höchstens noch, was aus der Erbschaft wird", bemerkte dieser und sah vor sich hin. „Er hat keine Verwandte hier herum, und die Frau, so mir recht is, auch nich. Vielleicht, daß es der Polsche wiederkriegt. Aber das werden die Tschechiner nich wollen."

Eccelius erwiderte: „Das alles macht mir keine Sorge. Was mir Sorge macht, ist bloß das: wie kriegen wir ihn unter die Erde und wo. Sollen wir ihn unter die guten Leute legen, das geht nicht, das leiden die Bauern nicht und machen uns eine Kirchhofsrevolte. Und was das Schlimmste ist, haben auch recht dabei. Und sein Feld wird auch keiner dazu hergeben wollen. Eine solche Stelle mag niemand auf seinem ehrlichen Acker haben."

„Ich denke", sagte der Schulze, „wir bringen ihn auf den Kirchhof. Bewiesen ist am Ende nichts. Im Garten liegt der Franzos, und im Keller liegt der Polsche. Wer will sagen, wer ihn dahingelegt hat? Keiner weiß es, nicht einmal die Jeschke. Schließlich ist alles bloß Verdacht. Auf den Kirchhof muß er also. Aber seitab, wo die Nesseln stehen und der Schutt liegt."

„Und das Grab der Frau?" fragte Eccelius. „Was wird aus dem? Und aus dem Kreuz?"

„Das werden sie wohl umreißen, da kenn ich meine Tschechiner. Und dann müssen wir tun, Herr Pastor, als sähen wir's nicht. Kirchhofsordnung ist gut, aber der Mensch verlangt auch seine Ordnung."

„Bravo, Schulze Woytasch!“ sagte Eccelius und gab ihm die Hand. „Immer 's Herz auf dem rechten Fleck!“

*

Geelhaar war im Hradscheckschen Hause zurückgeblieben. Er hatte den Polizei-Kehr-mich-nicht-dran und machte nicht viel von der Sache. Was war es denn auch groß? Ein Fall mehr. Darüber ging die Welt noch lange nicht aus den Fugen. Und so ging er denn in den Laden, legte die Hand auf Edes Kopf und sagte:

„Hör, Ede, das war heut ein bißchen scharf. So zwei Dodige gleich morgens um neun! Na, schenk mal was ein. Was nehmen wir denn?“

„Na, 'nen Rum, Herr Geelhaar.“

„Nei, Rum is mir heute zu schwach. Gib erst 'nen Kognak. Und dann ein' Rum.“

Ede schenkte mit zitternder Hand ein. Geelhaars Hand aber war um so sicherer. Als er ein paar Gläser geleert hatte, ging er in den Garten und spazierte drin auf und ab, als ob nun alles sein wäre. Das ganze Grundstück erschien ihm wie herrenloser Besitz, drin man sich ungeniert ergehen könne.

Die Jeschke, wie sich denken läßt, ließ auch nicht lang auf sich warten. Sie wußte schon alles und sah mal wieder über den Zaun.

„Dag, Geelhaar.“

„Dag, Mutter Jeschke … Nu, was macht Line?“

„De kümmt to Martini. Se brukt sich joa nu nich mihr to jrulen.“

„Vor Hradscheck?“ lachte Geelhaar.

„Joa. Vor Hradscheck. Awers nu sitt he joa fast.“

„Das tut er. Und gefangen in seiner eigenen Falle.“

„Joa, joa. De olle Voß! Nu kümmt he nich wedder rut. Fien wihr he. Awers to fien, loat man sien!“

*

Was noch geschehen mußte, geschah still und rasch, und schon um die neunte Stunde des folgenden Tages trug Eccelius nachstehende Notiz in das Tschechiner Kirchenbuch ein:

„Heute, den 3. Oktober, früh vor Tagesanbruch, wurde der Kaufmann und Gasthofsbesitzer Abel Hradscheck ohne Sang und Klang in den hiesigen Kirchhofsacker gelegt. Nur Schulze Woytasch,

Gendarm Geelhaar und Bauer Kunicke wohnten dem stillen Begräbnisakte bei. Der Tote, so nicht alle Zeichen trügen, wurde von der Hand Gottes getroffen, nachdem es ihm gelungen war, den schon früher gegen ihn wach gewordenen Verdacht durch eine besondere Klugheit wieder zu beschwichtigen. Er verfing sich aber schließlich in seiner List und grub sich, mit dem Grabscheit in der Hand, in demselben Augenblick sein Grab, in dem er hoffen durfte, sein Verbrechen für immer aus der Welt geschafft zu sehen. Und bezeugte dadurch aufs neue die Spruchweisheit: ‚Es ist nichts so fein gesponnen, 's kommt doch alles an die Sonnen'."

Frau Jenny Treibel

Erstes Kapitel

An einem der letzten Maitage, das Wetter war schon sommerlich, bog ein zurückgeschlagener Landauer vom Spittelmarkt her in die Kur- und dann in die Adlerstraße ein und hielt gleich danach vor einem, trotz seiner Front von nur fünf Fenstern, ziemlich ansehnlichen, im übrigen aber altmodischen Hause, dem ein neuer, gelbbrauner Ölfarbenanstrich wohl etwas mehr Sauberkeit, aber keine Spur von gesteigerter Schönheit gegeben hatte, beinahe das Gegenteil. Im Fond des Wagens saßen zwei Damen mit einem Bologneserhündchen, das sich der hell- und warmscheinenden Sonne zu freuen schien. Die links sitzende Dame von etwa Dreißig, augenscheinlich eine Erzieherin oder Gesellschafterin, öffnete, von ihrem Platz aus zunächst den Wagenschlag und war dann der anderen, mit Geschmack und Sorglichkeit gekleideten und trotz ihrer hohen Fünfzig noch sehr gut aussehenden Dame beim Aussteigen behilflich. Gleich danach aber nahm die Gesellschafterin ihren Platz wieder ein, wahrend die ältere Dame auf eine Vortreppe zuschritt und nach Passierung derselben in den Hausflur eintrat. Von diesem aus stieg sie, so schnell ihre Korpulenz es zuließ, eine Holzstiege mit abgelaufenen Stufen hinauf, unten von sehr wenig Licht, weiter oben aber von einer schweren Luft umgeben, die man füglich als eine Doppelluft bezeichnen konnte. Gerade der Stelle gegenüber, wo die Treppe mündete, befand sich eine Entreetür mit Guckloch, und neben diesem ein grünes, knittriges Blechschild, darauf „Professor Wilibald Schmidt“ ziemlich undeutlich zu lesen war. Die ein wenig asthmatische Dame fühlte zunächst das Bedürfnis, sich auszuruhen, und musterte bei der Gelegenheit den ihr übrigens von langer Zeit her bekannten Vorflur, der vier gelbgestrichene Wände mit etlichen Haken und Riegeln und dazwischen einen hölzernen Halbmond zum Bürsten und Ausklopfen der Röcke zeigte. Dazu wehte, der ganzen Atmosphäre auch hier den Charakter gebend, von einem nach hinten zu führenden Korridor her ein sonderbarer Küchengeruch heran, der, wenn nicht alles täuschte, nur auf Rührkartoffeln und Karbonade gedeutet werden konnte, beides mit Seifenwasser untermischt. „Also kleine Wäsche“, sagte die von dem allen wieder ganz eigentümlich berührte stattliche Dame still vor sich hin, während sie zugleich weit zurückliegender Tage gedachte, wo sie selbst hier, in eben dieser Adlerstraße, gewohnt und in dem gerade gegenüber gelegenen Materialwarenladen ihres Vaters mit im Geschäft geholfen und auf einem über zwei Kaffeesäcke gelegten Brett kleine und große Tüten geklebt hatte, was ihr jedesmal mit „zwei Pfennig fürs Hundert“ gut getan worden war. „Eigentlich viel zu viel, Jenny“, pflegte dann der Alte zu sagen, „aber du sollst mit Geld umgehen lernen“. Ach, waren das Zeiten gewesen! Mittags, Schlag Zwölf, wenn man zu Tisch ging, saß sie zwischen dem Kommis Herrn Mielke und dem Lehrling Louis, die beide, so verschieden sie sonst waren, dieselbe hochstehende Kammtolle und dieselben erfrorenen Hände hatten. Und Louis schielte bewundernd nach ihr hinüber, wurde aber jedesmal verlegen, wenn er sich auf seinen Blicken ertappt sah. Denn er war zu niedrigen Standes, aus einem Obstkeller in der Spreegasse. Ja, das alles stand jetzt wieder vor ihrer Seele, während sie sich auf dem Flur umsah und endlich die Klingel neben der Tür zog. Der überall verbogene Draht raschelte denn auch, aber kein Anschlag ließ sich hören, und so faßte sie schließlich den Angelgriff noch einmal und zog stärker. Jetzt klang auch ein Bimmelton von der Küche her bis auf den Flur herüber, und ein paar Augenblicke später ließ sich erkennen, daß eine hinter dem Guckloch befindliche kleine Holzklappe beiseite geschoben wurde. Sehr wahrscheinlich war es des Professors Wirtschafterin, die jetzt, von ihrem Beobachtungsposten aus, nach Freund oder Feind aussah, und als diese Beobachtung ergeben hatte, daß es „gut Freund“ sei, wurde der Türriegel ziemlich geräuschvoll zurückgeschoben, und eine ramassierte Frau von ausgangs Vierzig, mit einem ansehnlichen Haubenbau auf ihrem vom Herdfeuer gerötetem Gesicht, stand vor ihr.

„Ach, Frau Treibel ... Frau Kommerzienrätin ... Welche Ehre ... “

„Guten Tag, liebe Frau Schmolke. Was macht der Professor? Und was macht Fräulein Corinna? Ist das Fräulein zu Hause?“

„Ja, Frau Kommerzienrätin. Eben wieder nach Hause gekommen aus der Philharmonie. Wie wird sie sich freuen.“

Und dabei trat Frau Schmolke zur Seite, um den Weg nach dem

einfenstrigen, zwischen den zwei Vorderstuben gelegenen und mit einem schmalen Leinwandläufer belegten Entree frei zu geben. Aber ehe die Kommerzienrätin noch eintreten konnte, kam ihr Fräulein Corinna schon entgegen und führte die „mütterliche Freundin", wie sich die Rätin gern selber nannte, nach rechts hin in das eine Vorderzimmer.

Dies war ein hübscher, hoher Raum, die Jalousien herabgelassen, die Fenster nach innen auf, vor deren einem eine Blumenestrade mit Goldlack und Hyazinthen stand. Auf dem Sofatische präsentierte sich gleichzeitig eine Glasschale mit Apfelsinen, und die Porträts der Eltern des Professors, des Rechnungsrats Schmidt aus der Heroldskammer und seiner Frau, geb. Schwerin, sahen auf die Glasschale hernieder – der alte Rechnungsrat in Frack und rotem Adlerorden, die geborene Schwerin mit starken Backenknochen und Stubsnase, was, trotz einer ausgesprochenen Bürgerlichkeit, immer noch mehr auf die pommersch-uckermärkischen Träger des berühmten Namens, als auf die spätere, oder, wenn man will, auch viel frühere posensche Linie hindeutete.

„Liebe Corinna, wie nett du dies alles zu machen verstehst und wie hübsch es doch bei euch ist, so kühl und so frisch – und die schönen Hyazinthen. Mit den Apfelsinen verträgt es sich freilich nicht recht, aber das tut nichts, es sieht so gut aus ... Und nun legst du mir in deiner Sorglichkeit auch noch das Sofakissen zurecht! Aber verzeih, ich sitze nicht gern auf dem Sofa; das ist immer so weich, und man sinkt dabei so tief ein. Ich setze mich lieber hier in den Lehnstuhl und sehe zu den alten, lieben Gesichtern da hinauf. Ach, war das ein Mann; gerade wie dein Vater. Aber der alte Rechnungsrat war beinah noch verbindlicher, und einige sagten auch immer, er sei so gut wie von der Kolonie. Was auch stimmte. Denn seine Großmutter, wie du freilich besser weißt als ich, war ja eine Charpentier, Stralauerstraße."

Unter diesen Worten hatte die Kommerzienrätin in einem hohen Lehnstuhle Platz genommen und sah mit dem Lorgnon nach den „lieben Gesichtern" hinauf, deren sie sich eben so huldvoll erinnert hatte, wahrend Corinna fragte, ob sie nicht etwas Mosel und Selterwasser bringen dürfe, es sei so heiß.

„Nein Corinna, ich komme eben vom Lunch, und Selterwasser steigt mir immer so zu Kopf. Sonderbar, ich kann Sherry vertragen und auch Port, wenn er lange gelagert hat, aber Mosel und Selterwasser, das benimmt mich … Ja, sieh Kind, dies Zimmer hier, das kenne ich nun schon vierzig Jahre und darüber, noch aus Zeiten her, wo ich ein halbwachsen Ding war, mit kastanienbraunen Locken, die meine Mutter, so viel sie sonst zu tun hatte, doch immer mit rührender Sorgfalt wickelte. Denn damals, meine liebe Corinna, war das Rotblonde noch nicht so Mode wie jetzt, aber kastanienbraun galt schon, besonders wenn es Locken waren, und die Leute sahen mich auch immer darauf an. Und dein Vater auch. Er war damals noch ein Student und dichtete. Du wirst es kaum glauben, wie reizend und wie rührend das alles war, denn die Kinder wollen es immer nicht wahr haben, daß die Eltern auch einmal jung waren und gut aussahen und ihre Talente hatten. Und ein paar Gedichte waren an mich gerichtet, die hab ich mir aufgehoben bis diesen Tag, und wenn mir schwer ums Herz ist, dann nehme ich das kleine Buch, das ursprünglich einen blauen Deckel hatte – jetzt aber hab ich es in grünen Maroquin binden lassen –, und setze mich ans Fenster und sehe auf unsern Garten und weine mich still aus, ganz still, daß es niemand sieht, am wenigsten Treibel oder die Kinder. Ach Jugend! Meine liebe Corinna, du weißt gar nicht, welch ein Schatz die Jugend ist, und wie die reinen Gefühle, die noch kein rauher Hauch getrübt hat, doch unser Bestes sind und bleiben."

„Ja", lachte Corinna, „die Jugend ist gut. Aber ‚Kommerzienrätin' ist auch gut und eigentlich noch besser. Ich bin für einen Landauer und einen Garten um die Villa herum. Und wenn Ostern ist und Gäste kommen, natürlich recht viele, so werden Ostereier in dem Garten versteckt, und jedes Ei ist eine Attrappe voll Konfitüren von Hövell oder Kranzler, oder auch ein kleines Necessaire ist drin. Und wenn dann all die Gäste die Eier gefunden haben, dann nimmt jeder Herr seine Dame, und man geht zu Tisch. Ich bin durchaus für Jugend, aber für Jugend mit Wohlleben und hübschen Gesellschaften."

„Das höre ich gern, Corinna, wenigstens gerade jetzt; denn ich bin hier, um dich einzuladen, und zwar auf morgen schon; es hat sich so rasch gemacht. Ein junger Mr. Nelson ist nämlich bei Otto Treibels angekommen – das heißt aber, er wohnt nicht bei ihnen –, ein Sohn von Nelson & Co. aus Liverpool, mit denen mein Sohn Otto seine Hauptgeschäftsverbindung hat. Und Helene kennt ihn auch. Das ist so hamburgisch, die kennen alle Engländer, und wenn sie nicht kennen, so tun sie wenigstens so. Mir unbegreiflich. Also Mr. Nelson, der übermorgen schon wieder abreist, um den handelt es sich; ein lieber Geschäftsfreund, den Ottos durchaus einladen mußten. Das verbot sich aber leider, weil Helene mal wieder Plättag hat, was nach ihrer Meinung allem andern vorgeht, sogar im Geschäft. Da haben wir's denn übernommen, offen gestanden nicht allzu gern, aber doch auch nicht geradezu ungern. Otto war nämlich, während seiner englischen Reise, wochenlang in dem Nelsonschen Hause zu Gast. Du siehst daraus, wie's steht und wie sehr mir an deinem Kommen liegen muß; du sprichst englisch und hast alles gelesen und hast vorigen Winter auch Mr. Booth als Hamlet gesehen. Ich weiß noch recht gut, wie du davon schwärmtest. Und englische Politik und Geschichte wirst du natürlich auch wissen, dafür bist du ja deines Vaters Tochter."

„Nicht viel weiß ich davon, nur ein bißchen. Ein bißchen lernt man ja."

„Ja, jetzt, liebe Corinna. Du hast es gut gehabt, und alle haben es jetzt gut. Aber zu meiner Zeit, da war es anders, und wenn mir nicht der Himmel, dem ich dafür danke, das Herz für das Poetische gegeben hätte, was, wenn es mal in einem lebt, nicht wieder auszurotten ist, so hätte ich nichts gelernt und wüßte nichts. Aber, Gott sei Dank, ich habe mich an Gedichten herangebildet, und wenn man viele davon auswendig weiß, so weiß man doch manches. Und daß es so ist, sieh, das verdanke ich nächst Gott, der es in meine Seele pflanzte, deinem Vater. Der hat das Blümlein groß gezogen, das sonst drüben in dem Ladengeschäft unter all den prosaischen Menschen – und du glaubst gar nicht, wie prosaische Menschen es gibt – verkümmert wäre ... Wie geht es denn mit deinem Vater? Es muß ein Vierteljahr sein oder länger, daß ich ihn nicht gesehen habe, den vierzehnten Februar, an Ottos Geburtstag. Aber er ging so früh, weil so viel gesungen wurde."

„Ja, das liebt er nicht. Wenigstens dann nicht, wenn er damit überrascht wird. Es ist eine Schwäche von ihm, manche nennen es eine Unart."

„Oh, nicht doch, Corinna, das darfst du nicht sagen. Dein Vater ist bloß ein origineller Mann. Ich bin unglücklich, daß man seiner so selten habhaft werden kann. Ich hätt ihn auch zu morgen gerne mit eingeladen, aber ich bezweifle, daß Mr. Nelson ihn interessiert, und von den anderen ist nun schon gar nicht zu sprechen; unser Freund Krola wird morgen wohl wieder singen und Assessor Goldammer seine Polizeigeschichten erzählen und sein Kunststück mit dem Hut und den zwei Talern machen."

„Oh, da freu ich mich. Aber freilich, Papa tut sich nicht gerne Zwang an, und seine Bequemlichkeit und seine Pfeife sind ihm lieber, als ein junger Engländer, der vielleicht dreimal um die Welt gefahren ist. Papa ist gut, aber einseitig und eigensinnig."

„Das kann ich nicht zugeben, Corinna. Dein Papa ist ein Juwel, das weiß ich am besten."

„Er unterschätzt alles Äußerliche, Besitz und Geld, und überhaupt alles, was schmückt und schön macht."

„Nein, Corinna, sage das nicht. Er sieht das Leben von der richtigen Seite an; er weiß, daß Geld eine Last ist, und daß das Glück ganz wo anders liegt." Sie schwieg bei diesen Worten und seufzte nur leise. Dann aber fuhr sie fort: „Ach, meine liebe Corinna, glaube mir, kleine Verhältnisse, das ist das, was allein glücklich macht."

Corinna lächelte. „Das sagen alle die, die drüber stehen und die kleinen Verhältnisse nicht kennen."

„Ich kenne sie, Corinna."

„Ja, von früher her. Aber das liegt nun zurück und ist vergessen oder wohl gar verklärt. Eigentlich liegt es doch so: alles möchte reich sein, und ich verdenke es keinem. Papa freilich, der schwört noch auf die Geschichte von dem Kamel und dem Nadelöhr. Aber die junge Welt ..."

„... Ist leider anders. Nur zu wahr. Aber so gewiß das ist, so ist es doch nicht so schlimm damit, wie du dir's denkst. Es wäre auch zu traurig, wenn der Sinn für das Ideale verloren ginge, vor allem in der Jugend. Und in der Jugend lebt er auch noch. Da ist zum Beispiel dein Vetter Marcell, den du beiläufig morgen auch treffen wirst – er hat schon zugesagt – und an dem ich wirklich nichts weiter zu tadeln wüßte, als daß er Wedderkopp heißt. Wie kann ein so feiner Mann einen so störrischen Namen führen! Aber wie dem auch sein möge, wenn ich ihn bei Ottos treffe, so spreche ich immer so gern mit ihm. Und warum? Bloß weil er die Richtung hat, die man haben soll. Selbst unser guter Krola sagte mir erst neulich, Marcell sei eine von Grund aus ethische Natur, was er noch höher stellte als das Moralische; worin ich ihm, nach einigen Aufklärungen von seiner Seite, beistimmen mußte. Nein, Corinna, gib den Sinn, der sich nach oben richtet, nicht auf, jenen Sinn, der von dorther allein das Heil erwartet. Ich habe nur meine beiden Söhne, Geschäftsleute, die den Weg ihres Vaters gehen, und ich muß es geschehen lassen; aber wenn mich Gott durch eine Tochter gesegnet hätte, die wäre mein gewesen, auch im Geist, und wenn sich ihr Herz einem armen, aber edlen Manne, sagen wir einem Manne wie Marcell Wedderkopp, zugeneigt hätte ..."

„... So wäre das ein Paar geworden", lachte Corinna. „Der arme Marcell! Da hätt er nun sein Glück machen können, und muß gerade die Tochter fehlen."

Die Kommerzienrätin nickte.

„Überhaupt ist es schade, daß es so selten klappt und paßt", fuhr Corinna fort. „Aber Gott sei Dank, gnädige Frau haben wir ja noch den Leopold, jung und unverheiratet, und da Sie solche Macht über ihn haben – so wenigstens sagt er selbst, und sein Bruder Otto sagt es auch, und alle Welt sagt es – so könnt er Ihnen, da der ideale Schwiegersohn nun mal eine Unmöglichkeit ist, wenigstens eine ideale Schwiegertochter ins Haus führen, eine reizende, junge Person, vielleicht eine Schauspielerin ..."

„Ich bin nicht für Schauspielerinnen ..."

„Oder eine Malerin, oder eine Pastors- oder eine Professorentochter ..."

Die Kommerzienrätin stutzte bei diesem letzten Worte und streifte Corinna stark, wenn auch flüchtig. Indessen wahrnehmend, daß diese heiter und unbefangen blieb, schwand ihre Furchtanwandlung ebenso schnell, wie sie gekommen war. „Ja, Leopold", sagte sie, „den hab ich noch. Aber Leopold ist ein Kind ... Und seine Verheiratung steht jedenfalls noch in weiter Ferne. Wenn er aber käme ..." Und die Kommerzienrätin schien sich allen Ernstes – vielleicht weil es sich um etwas noch „in so weiter Ferne" Liegendes handelte – der Vision einer idealen Schwiegertochter hingeben zu wollen, kam aber nicht dazu, weil in eben diesem Augenblicke der aus seiner Obersekunda kommende Professor eintrat und seine Freundin, die Rätin, mit vieler Artigkeit begrüßte.

„Stör ich?"

„In Ihrem eigenen Hause? Nein, lieber Professor; Sie können überhaupt nie stören. Mit Ihnen kommt immer das Licht. Und wie Sie waren, so sind Sie geblieben. Aber mit Corinna bin ich nicht zufrieden. Sie spricht so modern und verleugnet ihren Vater, der immer nur in einer schönen Gedankenwelt lebte ..."

„Nun ja, ja", sagte der Professor. „Man kann es so nennen. Aber ich denke, sie wird sich noch wieder zurückfinden. Freilich, einen Stich ins Moderne wird sie wohl behalten. Schade. Das war anders, als wir jung waren, da lebte man noch in Phantasie und Dichtung ..."

Er sagte das so hin, mit einem gewissen Pathos, als ob er seinen Sekundanten eine besondere Schönheit aus dem Horaz oder aus dem Parcival (denn er war Klassiker und Romantiker zugleich) zu demonstrieren hätte. Sein Pathos war aber doch etwas theatralisch gehalten und mit einer feinen Ironie gemischt, die die Kommerzienrätin auch klug genug war, heraus zu hören. Sie hielt es indessen trotzdem für angezeigt, einen guten Glauben zu zeigen, nickte deshalb nur und sagte: „Ja, schöne Tage, die nie wiederkehren."

„Nein", sagte der in seiner Rolle mit dem Ernst eines Großinquisitors fortfahrende Wilibald. „Es ist vorbei damit; aber man muß eben weiter leben."

Eine halbverlegene Stille trat ein, während welcher man, von der Straße her, einen scharfen Peitschenknips hörte.

„Das ist mein Mahnzeichen", warf jetzt die Kommerzienrätin ein, eigentlich froh der Unterbrechung. „Johann unten wird ungeduldig. Und wer hätte den Mut, es mit einem solchen Machthaber zu verderben."

„Niemand", erwiderte Schmidt. „An der guten Laune unserer Umgebung hängt unser Lebensglück; ein Minister bedeutet mir wenig, aber die Schmolke ..."

„Sie treffen es wie immer, lieber Freund."

Und unter diesen Worten erhob sich die Kommerzienrätin und gab Corinna einen Kuß auf die Stirn, wahrend sie Wilibald die Hand reichte. „Mit uns, lieber Professor, bleibt es beim alten, unentwegt." Und damit verließ sie das Zimmer, von Corinna auf den Flur und die Straße begleitet.

„Unentwegt", wiederholte Wilibald, als er allein war. „Herrliches Modewort, und nun auch schon bis in die Villa Treibel gedrungen

... Eigentlich ist meine Freundin Jenny noch gerade so wie vor vierzig Jahren, wo sie die kastanienbraunen Locken schüttelte. Das Sentimentale liebte sie schon damals, aber doch immer unter Bevorzugung von Courmachen und Schlagsahne. Jetzt ist sie nun rundlich geworden und beinah gebildet, oder doch, was man so gebildet zu nennen pflegt, und Adolar Krola trägt ihr Arien aus Lohengrin und Tannhäuser vor. Denn ich denke mir, daß das ihre Lieblingsopern sind. Ach, ihre Mutter, die gute Frau Bürstenbinder, die das Püppchen drüben im Apfelsinenladen immer so hübsch herauszuputzen wußte, sie hat in ihrer Weiberklugheit damals ganz richtig gerechnet. Nun ist das Püppchen eine Kommerzienrätin und kann sich alles gönnen, auch das Ideale, und sogar ‚unentwegt'. Ein Musterstück von einer Bourgeoise."

Und dabei trat er ans Fenster, hob die Jalousien ein wenig und sah, wie Corinna, nachdem die Kommerzienrätin ihren Sitz wieder eingenommen hatte, den Wagenschlag ins Schloß warf. Noch ein gegenseitiger Gruß, an dem die Gesellschaftsdame mit sauersüßer Miene teilnahm, und die Pferde zogen an und trabten langsam auf die nach der Spree hin gelegene Ausfahrt zu, weil es schwer war, in der engen Adlerstraße zu wenden.

Als Corinna wieder oben war, sagte sie: „Du hast doch nichts dagegen, Papa? Ich bin morgen bei Treibels zu Tisch geladen. Marcell ist auch da, und ein junger Engländer, der sogar Nelson heißt."

„Ich was dagegen? Gott bewahre. Wie könnt ich was dagegen haben, wenn ein Mensch sich amüsieren will. Ich nehme an, du amüsierst dich."

„Gewiß amüsier ich mich. Es ist doch mal was anderes. Was Distelkamp sagt und Rindfleisch und der kleine Friedeberg, das weiß ich ja schon alles auswendig. Aber was Nelson sagen wird, denk dir, Nelson, das weiß ich nicht."

„Viel Gescheites wird es wohl nicht sein."

„Das tut nichts. Ich sehne mich manchmal nach Ungescheitheiten."

„Da hast du recht, Corinna."

*

Zweites Kapitel

Die Treibelsche Villa lag auf einem großen Grundstücke, das, in bedeutender Tiefe, von der Köpenickstraße bis an die Spree reichte. Früher hatten hier in unmittelbarer Nähe des Flusses nur Fabrikgebäude gestanden, in denen alljährlich ungezählte Zentner von Blutlaugensalz und später, als sich die Fabrik erweiterte, kaum geringere Quantitäten von Berliner Blau hergestellt worden waren. Als aber nach dem siebziger Kriege die Milliarden ins Land kamen und die Gründeranschauungen selbst die nüchternsten Köpfe zu beherrschen anfingen, fand auch Kommerzienrat Treibel sein bis dahin in der alten Jakobstraße gelegenes Wohnhaus, trotzdem es von Gontard, ja nach einigen sogar von Knobelsdorff herrühren sollte, nicht mehr zeit- und standesgemäß, und baute sich auf seinem Fabrikgrundstück eine modische Villa mit kleinem Vorder- und parkartigem Hintergarten. Diese Villa war ein Hochparterrebau mit aufgesetztem ersten Stock, welcher letztere jedoch, um seiner niedrigen Fenster willen, eher den Eindruck eines Mezzanin als einer Bel-Etage machte. Hier wohnte Treibel seit sechzehn Jahren und begriff nicht, daß er es, einem noch dazu bloß gemutmaßten friderizianischen Baumeister zu Liebe, so lange Zeit hindurch in der unvornehmen und aller frischen Luft entbehrenden Alten Jakobstraße ausgehalten habe; Gefühle, die von seiner Frau Jenny mindestens geteilt wurden. Die Nähe der Fabrik, wenn der Wind ungünstig stand, hatte freilich auch allerlei Mißliches im Geleite; Nordwind aber, der den Qualm herantrieb, war notorisch selten, und man brauchte ja die Gesellschaften nicht gerade bei Nordwind zu geben. Außerdem ließ Treibel die Fabrikschornsteine mit jedem Jahr höher hinaufführen und beseitigte damit den anfänglichen Übelstand immer mehr.

*

Das Diner war zu sechs Uhr festgesetzt; aber bereits eine Stunde vorher sah man Hustersche Wagen mit runden und viereckigen Körben vor dem Gittereingange halten. Die Kommerzienrätin, schon in voller Toilette, beobachtete von dem Fenster ihres Boudoirs aus all diese Vorbereitungen und nahm auch heute wieder, und zwar nicht ohne eine gewisse Berechtigung, Anstoß daran. „Daß Treibel es auch versäumen mußte, für einen Nebeneingang Sorge zu tragen! Wenn er damals nur ein vier Fuß breites Terrain von dem Nachbargrundstück zukaufte, so hätten wir einen Eingang für derart Leute gehabt. Jetzt marschiert jeder Küchenjunge durch den Vorgarten, gerade auf unser Haus zu, wie wenn er mit eingeladen wäre. Das sieht lächerlich aus und auch anspruchsvoll, als ob die ganze Köpenickstraße wissen solle: Treibels geben heut ein Diner. Außerdem ist es unklug, dem Neid der Menschen und dem sozialdemokratischen Gefühl so ganz nutzlos neue Nahrung zu geben."

Sie sagte sich das ganz ernsthaft, gehörte jedoch zu den glücklichen, die sich nur weniges andauernd zu Herzen nehmen, und so kehrte sie denn vom Fenster zu ihrem Toilettentisch zurück, um noch einiges zu ordnen und den Spiegel zu befragen, ob sie sich neben ihrer Hamburger Schwiegertochter auch werde behaupten können. Helene war freilich nur halb so alt, ja kaum das; aber die Kommerzienrätin wußte recht gut, daß Jahre nichts bedeuteten und daß Konversation und Augenausdruck und namentlich die „Welt der Formen", im einen und im andern Sinne, ja im „andern" Sinne noch mehr, den Ausschlag zu geben pflegen. Und hierin war die schon stark an der Grenze des Embonpoint angelangte Kommerzienrätin ihrer Schwiegertochter unbedingt überlegen.

In dem mit dem Boudoir korrespondierenden, an der andern Seite des Frontsaales gelegenen Zimmer saß Kommerzienrat Treibel und las das „Berliner Tageblatt". Es war gerade eine Nummer, der der „Ulk" beilag. Er weidete sich an dem Schlußbild und las dann einige von Nunnes philosophischen Betrachtungen ... „Ausgezeichnet ... Sehr gut ... Aber ich werde das Blatt doch beiseite schieben oder mindestens das ‚Deutsche Tageblatt' darüber legen müssen. Ich glaube, Vogelsang gibt mich sonst auf. Und ich kann ihn, wie die Dinge mal liegen, nicht mehr entbehren, so wenig, daß ich ihn zu heute habe einladen müssen. Überhaupt eine sonderbare Gesellschaft Erst dieser Mr. Nelson, den sich Helene, weil ihre Mädchen mal wieder am Plättbrett stehen, gefälligst abgewälzt hat, und zu diesem Nelson dieser Vogelsang, dieser Leutnant a. D. und agent provocateur in Wahlsachen. Er versteht sein Metier, so sagt man mir allgemein, und ich muß es glauben. Jedenfalls scheint mir das sicher: hat er mich erst in Teupitz-Zossen und an den Ufern der wendischen Spree durchgebracht, so bringt er mich auch hier durch. Und das ist die Hauptsache. Denn schließlich läuft doch alles darauf hinaus, daß ich in Berlin selbst, wenn die Zeit dazu gekommen ist, den Singer oder irgend einen andern von der Couleur beiseite schiebe. Nach der Beredsamkeitsprobe neulich bei Buggenhagen ist ein Sieg sehr wohl möglich, und so muß ich ihn mir warm halten. Er hat einen Sprechanismus, um den ich ihn beneiden könnte, trotzdem ich doch auch nicht in einem Trappistenkloster geboren und großgezogen bin. Aber neben Vogelsang? Null. Und kann auch nicht anders sein; denn bei Lichte besehen, hat der ganze Kerl nur drei Lieder auf seinem Kasten und dreht eins nach dem andern von der Walze herunter, und wenn er damit fertig ist, fängt er wieder an. So steht es mit ihm, und darin steckt seine Macht, gutta cavat lapidem; der alte Wilibald Schmidt würde sich freuen, wenn er mich so zitieren hörte, vorausgesetzt, daß es richtig ist. Oder vielleicht auch umgekehrt; wenn drei Fehler drin sind, amüsiert er sich noch mehr; Gelehrte sind nun mal so ... Vogelsang, das muß ich ihm lassen, hat freilich noch eines, was wichtiger ist als das ewige Wiederholen, er hat den Glauben an sich und ist überhaupt ein richtiger Fanatiker. Ob es wohl mit allem Fanatismus ebenso steht? Mir sehr wahrscheinlich. Ein leidlich gescheites Individuum kann eigentlich gar nicht fanatisch sein. Wer an einen Weg und eine Sache glaubt, ist allemal ein Poveretto und ist seine Glaubenssache zugleich er selbst, so ist er gemeingefährlich und eigentlich reif für Dalldorf. Und von solcher Beschaffenheit ist just der Mann, dem zu Ehren ich, wenn ich von Mr. Nelson absehe, heute mein Diner gebe und mir zwei adlige Fräuleins eingeladen habe, blaues Blut, das hier in der Köpenickstraße so gut wie gar nicht vorkommt und deshalb aus Berlin W. von mir verschrieben werden mußte, ja zur Hälfte sogar aus Charlottenburg. 0 Vogelsang! Eigentlich ist mir der Kerl ein Greuel. Aber was tut man nicht alles als Bürger und Patriot."

Und dabei sah Treibel auf das zwischen den Knopflöchern ausgespannte Kettchen mit drei Orden en miniature, unter denen ein rumänischer der vollgültigste war, und seufzte, während er zugleich auch lachte. „Rumänien, früher Moldau und Wallachei. Es ist mir wirklich zu wenig."

*

Das erste Coupé, das vorfuhr, war das seines ältesten Sohnes Otto der sich selbständig etabliert und ganz am Ausgange der Köpenickstraße, zwischen dem zur Pionierkaserne gehörigen Pontonhaus und dem Schlesischen Tor, einen Holzhof errichtet hatte, freilich von der höheren Observanz, denn es waren Farbehölzer, Fernambuk- und Campecheholz, mit denen er handelte. Seit etwa acht Jahren war er auch verheiratet. Im selben Augenblicke, wo der Wagen hielt, zeigte er sich seiner jungen Frau beim Aussteigen behilflich, bot ihr verbindlich den Arm und schritt, nach Passierung des Vorgartens, auf die Freitreppe zu, die zunächst zu einem verandaartigen Vorbau der väterlichen Villa hinaufführte. Der alte Kommerzienrat stand schon in der Glastür und empfing die Kinder mit der ihm eigenen Jovialität. Gleich darauf erschien auch die Kommerzienrätin aus dem seitwärts angrenzenden und nur durch eine Portiere von dem großen Empfangssaal geschiedenen Zimmer und reichte der Schwiegertochter die Backe, während ihr Sohn ihr die Hand küßte.

„Gut, daß du kommst, Helene", sagte sie mit einer glücklichen Mischung von Behaglichkeit und Ironie, worin sie, wenn sie wollte, Meisterin war. „Ich fürchtete schon, du würdest dich auch vielleicht behindert sehen."

„Ach, Mama, verzeih ... Es war nicht bloß des Plättags halber; unsere Köchin hat zum ersten Juni gekündigt, und wenn sie kein Interesse mehr haben, so sind sie so unzuverlässig; und auf Elisabeth ist nun schon gar kein Verlaß mehr. Sie ist ungeschickt bis zur Unschicklichkeit und hält die Schüsseln immer so dicht über den Schultern, besonders der Herren als ob sie sich ausruhen wollte ..."

Die Kommerzienrätin lächelte halb versöhnt, denn sie hörte gern dergleichen.

„... Und aufschieben", fuhr Helene fort, „verbot sich auch. Mr. Nelson, wie du weißt, reist schon morgen abend wieder. Übrigens ein charmanter junger Mann, der Euch gefallen wird. Etwas kurz und einsilbig, vielleicht weil er nicht recht weiß, ob er sich deutsch oder englisch ausdrücken soll; aber was er sagt, ist immer gut und hat ganz die Gesetztheit und Wohlerzogenheit, die die meisten Engländer haben. Und dabei immer wie aus dem Ei gepellt. Ich habe nie solche Manschetten gesehen, und es bedrückt mich geradezu, wenn ich dann sehe, womit sich mein armer Otto behelfen muß, bloß weil man die richtigen Kräfte beim besten Willen nicht haben kann. Und so sauber wie die Manschetten, so sauber ist alles an ihm, ich meine an Mr. Nelson, auch sein Kopf und sein Haar. Wahrscheinlich, daß er es mit Honey-water bürstet, oder vielleicht ist es auch bloß mit Hilfe von Shampooing."

Der so rühmlich Gekennzeichnete war der Nächste, der am Gartengitter erschien und schon im Herankommen die Kommerzienrätin einigermaßen in Erstaunen setzte. Diese hatte, nach der Schilderung ihrer Schwiegertochter, einen Ausbund von Eleganz erwartet; statt dessen kam ein Menschenkind daher, an dem, mit Ausnahme der von der jungen Frau Treibel gerühmten Manschettenspezialität, eigentlich alles die Kritik herausforderte. Den ungebürsteten Zylinder im Nacken und reisemäßig in einem gelb- und braunquadrierten Anzuge steckend, stieg er, von links nach rechts sich wiegend, die Freitreppe herauf, und grüßte mit der bekannten heimatlicher Mischung von Selbstbewußtsein und Verlegenheit. Otto ging ihm entgegen, um ihn seinen Eltern vorzustellen.

„Mr. Nelson from Liverpool, derselbe, lieber Papa, mit dem ich ..."

„Ah, Mr. Nelson. Sehr erfreut. Mein Sohn spricht noch oft von seinen glücklichen Tagen in Liverpool und von dem Ausfluge, den er damals mit Ihnen nach Dublin und, wenn ich nicht irre, auch nach Glasgow machte. Das geht jetzt ins neunte Jahr; Sie müssen damals noch sehr jung gewesen sein."

" 0 nicht sehr jung, Mr. Treibel, ... about sixteen ..."

„Nun, ich dächte doch sechzehn ..."

„Oh, sechzehn, nicht sehr jung ... nicht für uns."

Diese Versicherungen klangen um so komischer, als Mr. Nelson, auch jetzt noch, wie ein Junge wirkte. Zu weiteren Betrachtungen darüber war aber keine Zeit, weil eben jetzt eine Droschke zweiter Klasse vorfuhr, der ein langer, hagerer Mann in Uniform entstieg. Er schien Auseinandersetzungen mit dem Kutscher zu haben, während deren er übrigens eine beneidenswert sichere Haltung beobachtete, und nun rückte er sich zurecht und warf die Gittertür ins Schloß. Er war in Helm und Degen; aber ehe man noch der „Schilderhäuser" auf seiner Achselklappe gewahr werden konnte, stand es für jeden mit militärischem Blick nur einigermaßen Ausgerüsteten fest, daß er seit wenigstens dreißig Jahren außer Dienst sein müsse. Denn die Grandezza, mit der er daher kam, war mehr die Steifheit eines alten, irgend einer ganz seltenen Sekte zugehörigen Torf- oder Salzinspektors, als die gute Haltung eines Offiziers. Alles gab sich mehr oder weniger automatenhaft, und der in zwei gewirbelten Spitzen auslaufende, schwarze Schnurrbart wirkte nicht nur gefärbt, was er natürlich war, sondern zugleich auch wie angeklebt. Desgleichen der Henriquatre. Dabei lag sein Untergesicht im Schatten zweier vorspringender Backenknochen. Mit der Ruhe, die sein ganzes Wesen auszeichnete, stieg er jetzt die Freitreppe hinauf und schritt auf die Kommerzienrätin zu. „Sie haben befohlen, meine Gnädigste ...“ „Hoch erfreut, Herr Leutnant ...“ Inzwischen war auch der alte Treibel herangetreten und sagte: „Lieber Vogelsang, erlauben Sie mir, daß ich Sie mit den Herrschaften bekannt mache; meinen Sohn Otto kennen Sie, aber nicht seine Frau, meine liebe Schwiegertochter, – Hamburgerin, wie Sie leicht erkennen werden ... Und hier“, und dabei schritt er auf Mr. Nelson zu, der sich mit dem inzwischen ebenfalls erschienenen Leopold Treibel gemütlich und ohne jede Rücksicht auf den Rest der Gesellschaft unterhielt, „und hier ein junger Freund unseres Hauses, Mr. Nelson from Liverpool.“ Vogelsang zuckte bei dem Worte „Nelson“ zusammen und schien einen Augenblick zu glauben – denn er konnte die Furcht des Gefopptwerdens nie ganz los werden –, daß man sich einen Witz mit ihm erlaube. Die ruhigen Mienen aller aber belehrten ihn bald eines Besseren, weshalb er sich artig verbeugte und zu dem jungen Engländer sagte: „Nelson. Ein großer Name. Sehr erfreut, Mr. Nelson.“

Dieser lachte dem alt und aufgesteift vor ihm stehenden Leutnant ziemlich ungeniert ins Gesicht, denn solche komische Person war ihm noch gar nicht vorgekommen. Daß er in seiner Art ebenso komisch wirkte, dieser Grad der Erkenntnis lag ihm fern. Vogelsang biß sich auf die Lippen und befestigte sich, unter dem Eindruck dieser Begegnung, in der lang gehegten Vorstellung von der Impertinenz englischer Nation. Im übrigen war jetzt der Zeitpunkt da, wo das Eintreffen immer neuer Ankömmlinge von jeder anderen Betrachtung abzog und die Sonderbarkeiten eines Engländers rasch vergessen ließ. Einige der befreundeten Fabrikbesitzer aus der Köpenickstraße lösten in ihren Chaisen mit niedergeschlagenem

Verdeck, die, wie es schien, noch immer sich besinnende Vogelsangsche Droschke rasch und beinah gewaltsam ab; dann kam Corinna samt ihrem Vetter Marcell Wedderkopp (beide zu Fuß), und schließlich fuhr Johann, der Kommerzienrat Treibelsche Kutscher, vor, mit dem mit blauem Atlas ausgeschlagenen Landauer – derselbe, darin gestern die Kommerzienrätin ihren Besuch bei Corinna gemacht hatte – entstiegen zwei alte Damen, die, von Johann mit ganz besonderem und beinahe überraschlichem Respekt behandelt wurden. Es erklärte sich dies aber einfach daraus, daß Treibel, gleich bei Beginn dieser ihm wichtigen und jetzt etwa um dritthalb Jahre zurückliegenden Bekanntschaft, zu seinem Kutscher gesagt hatte: „Johann, ein für allemal, diesen Damen gegenüber immer Hut in Hand. Das andere, du verstehst mich, ist meine Sache.“ Dadurch waren die guten Manieren Johanns außer Frage gestellt. Beiden alten Damen ging Treibel jetzt bis in die Mitte des Vorgartens entgegen, und nach lebhaften Bekomplimentierungen, an denen auch die Kommerzienrätin teilnahm, stieg man wieder die Gartentreppe hinauf und trat, von der Veranda her, in den großen Empfangssalon ein, der bis dahin, weil das schöne Wetter zum Verweilen im Freien einlud, nur von wenigen betreten worden war. Fast alle kannten sich von früheren Treibelschen Diners her; nur Vogelsang und Nelson waren Fremde, was den partiellen Vorstellungsakt erneuerte.

„Darf ich Sie“, wandte sich Treibel an die zuletzt erschienenen alten Damen, „mit zwei Herren bekannt machen, die mir heute zum ersten Male die Ehre ihres Besuchs geben: Leutnant Vogelsang, Präsident unseres Wahlkomitees, und Mr. Nelson from Liverpool.“ Man verneigte sich gegenseitig. Dann nahm Treibel Vogelsangs Arm und flüsterte diesem, um ihn einigermaßen zu orientieren, zu: „Zwei Damen vom Hofe; die korpulente: Frau Majorin von Ziegenhals, die nicht korpulente – worin Sie mir zustimmen werden: Fräulein Edwine von Bomst.“

„Merkwürdig“, sagte Vogelsang. „Ich würde, die Wahrheit zu gestehen ...“

„Eine Vertauschung der Namen für angezeigt gehalten haben. Da treffen Sie’s, Vogelsang. Und es freut mich, daß Sie ein Auge für solche Dinge haben. Da bezeugt sich das alte Leutnantsblut. Ja, diese Ziegenhals; einen Meter Brustweite wird sie wohl haben, und es lassen sich allerhand Betrachtungen darüber anstellen, werden auch wohl seinerzeit angestellt worden sein. Im übrigen, es sind das die scherzhaften Widerspiele, die das Leben erheitern. Klopstock war Dichter, und ein anderer, den ich noch persönlich gekannt habe, hieß Griepenkerl ... Es trifft sich, daß uns beide Damen ersprießliche Dienste leisten können."

„Wie das? Wieso?"

„Die Ziegenhals ist eine rechte Cousine von dem Zossener Landesältesten, und ein Bruder der Bomst hat sich mit einer Pastorstochter aus der Storkower Gegend ehelich vermählt. Halbe Mesalliance, die wir ignorieren müssen, weil wir Vorteil daraus ziehen. Man muß, wie Bismarck, immer ein Dutzend Eisen im Feuer haben ... Ah, Gott sei Dank. Johann hat den Rock gewechselt und gibt das Zeichen. Allerhöchste Zeit ... Eine Viertelstunde warten, geht; aber zehn Minuten darüber ist zu viel ... Ohne mich ängstlich zu belauschen, ich höre, wie der Hirsch nach Wasser schreit. Bitte, Vogelsang, führen Sie meine Frau ... Liebe Corinna, bemächtigen Sie sich Nelsons ... Victory and Westminster-Abbey; das Entern ist diesmal an Ihnen. Und nun, meine Damen ... darf ich um Ihren Arm bitten, Frau Majorin? ... und um den Ihren, mein gnädigstes Fräulein?"

Und die Ziegenhals am rechten, die Bomst am linken Arm, ging er auf die Flügeltür zu, die sich, während dieser seiner letzten Worte, mit einer gewissen langsamen Feierlichkeit geöffnet hatte.

Drittes Kapitel

Das Eßzimmer entsprach genau dem vorgelegenen Empfangszimmer und hatte den Blick auf den großen parkartigen Hintergarten, mit plätscherndem Springbrunnen, ganz in der Nähe des Hauses; eine kleine Kugel stieg auf dem Wasserstrahl auf und ab, und auf dem Querholz einer zur Seite stehenden Stange saß ein Kakadu und sah, mit dem bekannten Auge voll Tiefsinn, abwechselnd auf den Strahl mit der balancierenden Kugel und dann wieder in den Eßsaal, dessen oberes Schiebefenster, der Ventilation halber, etwas herabgelassen war, Der Kronleuchter brannte schon, aber die niedrig geschraubten Flämmchen waren in der Nachmittagssonne kaum sichtbar und führten ihr schwaches Vorleben nur deshalb, weil der Kommerzienrat, um ihn selbst sprechen zu lassen, nicht liebte, „durch Manipulationen im Laternenansteckerstil in seiner Dinerstimmung gestört zu werden". Auch der bei Gelegenheit hörbar werdende kleine Puff, den er gern als „moderierten Salutschuß" bezeichnete, konnte seine Gesamtstellung zu der Frage nicht ändern. Der Speisesaal selbst war von schöner Einfachheit: gelber Stuck, in dem einige Reliefs eingelegt waren, reizende Arbeiten von Professor Franz. Seitens der Kommerzienrätin war, als es sich um diese Ausschmückung handelte, Reinhold Begas in Vorschlag gebracht, aber von Treibel, als seinen Etat überschreitend, abgelehnt worden. „Das ist für die Zeit, wo wir Generalkonsuls sein werden ..." „Eine Zeit, die nie kommt", hatte Jenny geantwortet. „Doch, doch Jenny; Teupitz-Zossen ist die erste Staffel dazu." Er wußte, wie zweifelhaft seine Frau seiner Wahlagitation und allen sich daran knüpfenden Hoffnungen gegenüberstand, weshalb er gern durchklingen ließ, daß er von dem Baum seiner Politik auch für die weibliche Eitelkeit noch goldene Früchte zu heimsen gedenke.

Draußen setzte der Wasserstrahl sein Spiel fort. Drinnen im Saal aber, in der Mitte der Tafel, die, statt der üblichen Riesenvase mit Flieder und Goldregen, ein kleines Blumenparkett zeigte, saß der alte Treibel, neben sich die beiden adligen Damen, ihm gegenüber seine Frau zwischen Leutnant Vogelsang und dem ehemaligen Opernsänger Adolar Krola. Krola war seit fünfzehn Jahren Hausfreund, worauf ihm dreierlei einen gleichmäßigen Anspruch gab: sein gutes Äußere, seine gute Stimme und sein gutes Vermögen. Er hatte sich nämlich kurz vor seinem Rücktritt von der Bühne mit einer Millionärstochter verheiratet. Allgemein zugestanden war er ein sehr liebenswürdiger Mann, was er vor manchen seiner ehemaligen Kollegen ebenso sehr voraus hatte, wie die mehr als gesicherte Finanzlage. Frau Jenny präsentierte sich in vollem Glanz, und ihre Herkunft aus dem kleinen Laden in der Adlerstraße war, in ihrer Erscheinung bis auf den letzten Rest getilgt. Alles wirkte reich und elegant; aber die Spitzen auf dem veilchenfarbenen Brokatkleide, so viel mußte gesagt werden, taten es nicht allein, auch nicht die kleinen Brillantohrringe, die bei jeder Bewegung hin und herblitzen; nein, was ihr mehr als alles andere eine gewisse Vornehmheit lieh, war die sichere Ruhe, womit sie zwischen ihren

Gästen thronte. Keine Spur von Aufregung gab sich zu erkennen, zu der allerdings auch keine Veranlassung vorlag. Sie wußte, was in einem reichen und auf Repräsentation gestellten Hause brauchbare Dienstleute bedeuten, und so wurde denn alles, was sich nach dieser Seite hin nur irgendwie bewährte, durch hohen Lohn und gute Behandlung festgehalten. Alles ging in Folge davon wie am Schnürchen, auch heute wieder, und ein Blick Jennys regierte das Ganze, wobei das untergeschobene Luftkissen, das ihr eine dominierende Stellung gab, ihr nicht wenig zu statten kam. In ihrem Sicherheitsgefühl war sie zugleich die Liebenswürdigkeit selbst. Ohne Furcht, wirtschaftlich irgend etwas ins Stocken kommen zu sehen, konnte sie sich selbstverständlich auch den Pflichten einer gefälligen Unterhaltung widmen, und weil sie's störend empfinden mochte – den ersten Begrüßungsmoment abgerechnet –, zu keinem einzigen intimeren Gesprächsworte mit den adligen Damen gekommen zu sein, so wandte sie sich jetzt über den Tisch hin an die Bomst und fragte voll anscheinender oder vielleicht auch voll wirklicher Teilnahme: „Haben Sie, mein gnädigstes Fräulein, neuerdings etwas von Prinzeß Anisettchen gehört? Ich habe mich immer für diese junge Prinzessin lebhaft interessiert, ja, für die ganze Linie des Hauses. Sie soll glücklich verheiratet sein. Ich höre so gern von glücklichen Ehen, namentlich in der Obersphäre der Gesellschaft, und ich möchte dabei bemerken dürfen, es scheint mir eine törichte Annahme, daß auf den Höhen der Menschheit das Eheglück ausgeschlossen sein solle."

„Gewiß", unterbrach hier Treibel übermütig, „ein solcher Verzicht auf das denkbar Höchste ..."

„Lieber Treibel", fuhr die Rätin fort, „ich richtete mich an das Fräulein von Bomst, das, bei jedem schuldigen Respekt vor deiner sonstigen Allgemeinkenntnis, mir in allem, was Hof angeht, doch um ein Erhebliches kompetenter ist als du."

„Zweifellos", sagte Treibel. Und die Bomst, die dies eheliche Intermezzo mit einem sichtlichen Behagen begleitet hatte, nahm nun ihrerseits das Wort und erzählte von der Prinzessin, die ganz die Großmutter sei, denselben Teint und vor allem dieselbe gute Laune habe. Das wisse, so viel dürfe sie wohl sagen, niemand besser als sie, denn sie habe noch des Vorzugs genossen, unter den Augen der Hochseligen, die eigentlich ein Engel gewesen, ihr Leben bei Hofe beginnen zu dürfen, bei welcher Gelegenheit sie so recht die Wahrheit begriffen habe, daß die Natürlichkeit nicht nur das Beste, sondern auch das Vornehmste sei.

„Ja“, sagte Treibel, „das Beste und das Vornehmste. Da hörst du's Jenny, von einer Seite her, die du, Pardon, mein gnädigstes Fräulein, eben selbst als ‚kompetenteste Seite‘ bezeichnet hast.“

Auch die Ziegenhals mischte sich jetzt mit ein, und das Gesprächsinteresse der Kommerzienrätin, die, wie jede geborene Berlinerin, für Hof und Prinzessinnen schwärmte, schien sich mehr und mehr ihren beiden vis-a-vis zuwenden zu wollen, als plötzlich ein leises Augenzwinkern Treibels ihr zu verstehen gab, daß auch noch andere Personen zu Tische säßen, und daß es des Landes der Brauch sei, sich, was Gespräch angehe, mehr mit seinem Nachbar zur Linken und Rechten, als mit seinem Gegenüber zu beschäftigen. Die Kommerzienrätin erschrak denn auch nicht wenig, als sie wahrnahm, wie sehr Treibel mit seinem stillen, wenn auch halb scherzhaften Vorwurf im Rechte sei. Sie hatte Versäumtes nachholen wollen und war dadurch in eine neue, schwerere Versäumnis hineingeraten. Ihr linker Nachbar, Krola – nun, das mochte gehen, der war Hausfreund und harmlos und nachsichtig von Natur. Aber Vogelsang! Es kam ihr mit einem Male zum Bewußtsein, daß sie während des Prinzessinnengesprächs von der rechten Seite her immer etwas wie einen sich einbohrenden Blick empfunden hatte. Ja, das war Vogelsang gewesen, Vogelsang, dieser furchtbare Mensch, dieser Mephisto mit Hahnenfeder und Hinkefuß, wenn auch beides nicht recht zu sehen war. Er war ihr widerwärtig, und doch mußte sie mit ihm sprechen; es war die höchste Zeit.

„Ich habe, Herr Leutnant, von Ihren beabsichtigten Reisen in unsere liebe Mark Brandenburg gehört; Sie wollen bis an die Gestade der wendischen Spree vordringen, ja, noch darüber hinaus. Eine höchst interessante Gegend, wie mir Treibel sagt, mit allerlei Wendengöttern, die sich, bis diesen Tag, in dem finsteren Geiste der Bevölkerung aussprechen sollen.“

„Nicht, daß ich wüßte, meine Gnädigste.“

„So z. B. in dem Städtchen Storkow, dessen Burgemeister, wenn ich recht unterrichtet bin, der Burgemeister Tschech war, jener politische Rechtsfanatiker, der auf König Friedrich Wilhelm IV. schoß, ohne Rücksicht auf die nebenstehende Königin. Es ist eine lange Zeit, aber ich entsinne mich der Einzelheiten, als ob es gestern gewesen wäre, und entsinne mich auch noch des eigentümlichen Liedes, das damals auf diesen Vorfall gedichtet wurde."

„Ja", sagte Vogelsang, „ein erbärmlicher Gassenhauer, darin ganz der frivole Geist spukte, der die Lyrik jener Tage beherrschte. Was sich anders in dieser Lyrik gibt, ganz besonders auch in dem in Rede stehenden Gedicht, ist nur Schein, Lug und Trug. ‚Er erschoß uns auf ein Haar unser teures Königspaar.' Da haben sie die ganze Perfidie. Das sollte loyal klingen und unter Umständen vielleicht auch den Rückzug decken, ist aber schnöder und schändlicher als alles, was jene verlogene Zeit sonst noch hervorgebracht hat, den großen Hauptsünder auf diesem Gebiete nicht ausgenommen. Ich meine natürlich Herwegh, George Herwegh."

„Ach, da treffen Sie mich, Herr Leutnant, wenn auch ungewollt, an einer sehr empfindlichen Stelle. Herwegh war nämlich in der Mitte der vierziger Jahre, wo ich eingesegnet wurde, mein Lieblingsdichter. Es entzückte mich, weil ich immer sehr protestantisch fühlte, wenn er seine ‚Flüche gegen Rom' herbeischleppte, worin Sie mir vielleicht beistimmen werden. Und ein anderes Gedicht, worin er uns aufforderte, die Kreuze aus der Erde zu reißen, las ich beinah mit gleichem Vergnügen. Ich muß freilich einräumen, daß es keine Lektüre für eine Konfirmandin war. Aber meine Mutter sagte: ‚Lies es nur, Jenny; der König hat es auch gelesen, und Herwegh war sogar bei ihm in Charlottenburg, und die besseren Klassen lesen es alle.' Meine Mutter, wofür ich ihr noch im Grabe danke, war immer für die besseren Klassen. Und das sollte jede Mutter, denn es ist bestimmend für unsern Lebensweg. Das Niedere kann dann nicht heran und bleibt hinter uns zurück."

Vogelsang zog die Augenbrauen zusammen, und jeder, den die Vorstellung von seiner Mephistophelesschaft bis dahin nur gestreift hatte, hätte bei diesem Mienenspiel unwillkürlich nach dem Hinkefuß suchen müssen. Die Kommerzienrätin aber fuhr fort: „Im übrigen wird mir das Zugeständnis nicht schwer, daß die patriotischen Grundsätze, die der große Dichter predigte, vielleicht sehr anfechtbar waren. Wiewohl auch das nicht immer das Richtige ist, was auf der großen Straße liegt ..."

Vogelsang, der stolz darauf war, durchaus eine Nebenstraße zu wandeln, nickte jetzt zustimmend.

„... Aber lassen wir die Politik, Herr Leutnant. Ich gebe Ihnen Herwegh als politischen Dichter preis, da das Politische nur ein Tropfen fremden Blutes in seinen Adern war. Indessen groß ist er, wo er nur Dichter ist. Erinnern Sie sich? ‚Ich möchte hingehn wie das Abendrot, Und wie der Tag mit seinen letzten Gluten‘ ...“

„... Mich in den Schoß des Ewigen verbluten ... Ja, das kenn ich, meine Gnädigste, das hab ich damals auch nachgebetet. Aber wer sich, als es galt, durchaus nicht verbluten wollte, das war der Herr Dichter selbst. Und so wird es immer sein. Das kommt von den hohlen, leeren Worten und der Reimsucherei. Glauben Sie mir, Frau Rätin, das sind überwundene Standpunkte. Der Prosa gehört die Welt.“

„Jeder nach seinem Geschmack, Herr Leutnant Vogelsang“, sagte die durch diese Worte tief verletzte Jenny. „Wenn Sie Prosa vorziehen, so kann ich Sie daran nicht hindern. Aber mir gilt die poetische Welt, und vor allem gelten mir auch die Formen, in denen das Poetische herkömmlich seinen Ausdruck findet. Ihm allein verlohnt es sich zu leben. Alles ist nichtig; am nichtigsten aber ist das, wonach alle Welt so begehrlich drängt: äußerlicher Besitz, Vermögen, Gold. ‚Gold ist nur Chimäre‘, da haben Sie den Ausspruch eines großen Mannes und Künstlers, der, seinen Glücksgütern nach, ich spreche von Meyerbeer, wohl in der Lage war, zwischen dem Ewigen und Vergänglichen unterscheiden zu können. Ich für meine Person verbleibe dem Ideal und werde nie darauf verzichten. Am reinsten aber hab ich das Ideal im Liede, vor allem in dem Liede, das gesungen wird. Denn die Musik hebt es noch in eine höhere Sphäre. Habe ich recht, lieber Krola?“

Krola lächelte gutmütig verlegen vor sich hin, denn als Tenor und Millionär saß er zwischen zwei Stühlen. Endlich aber nahm er seiner Freundin Hand und sagte: „Jenny, wann hätten Sie je nicht recht gehabt?“

Der Kommerzienrat hatte sich mittlerweile ganz der Majorin von Ziegenhals zugewandt, deren „Hoftage“ noch etwas weiter zurücklagen, als die der Bomst. Ihm, Treibel, war dies natürlich gleichgültig; denn so sehr ihm ein gewisser Glanz paßte, den das Erscheinen der Hofdamen, trotz ihrer Außerdienststellung, seiner Gesellschaft immer noch lieh, so stand er doch auch wieder völlig darüber, ein Standpunkt, den ihm die beiden Damen selbst eher zum guten als zum schlechten anrechneten. Namentlich die den Freuden der Tafel überaus zugeneigte Ziegenhals nahm ihrem kommerzienrätlichen Freunde nichts übel; am wenigsten aber verdroß es sie, wenn er, außer Adels- und Geburtsfragen, allerlei Sittlichkeitsprobleme streifte, zu deren Lösung er sich, als geborener Berliner, besonders berufen fühlte. Die Majorin gab ihm dann einen Tipp mit dem Finger und flüsterte ihm etwas zu, das vierzig Jahre früher bedenklich gewesen wäre, jetzt aber – beide renommierten beständig mit ihrem Alter – nur Heiterkeit weckte. Meist waren es harmlose Sentenzen aus Büchmann oder andere geflügelte Worte, denen erst der Ton, aber dieser oft sehr entschieden, den erotischen Charakter aufdrückte.

„Sagen Sie, cher Treibel", hob die Ziegenhals an, „wie kommen Sie zu dem Gespenst da drüben? Er scheint noch ein Vorachtundvierziger; das war damals die Epoche des sonderbaren Leutnants, aber dieser übertreibt es. Karikatur durch und durch. Entsinnen Sie sich noch eines Bildes aus jener Zeit, das den Don Quixote mit einer langen Lanze darstellte, dicke Bücher rings um sich her. Das ist er, wie er leibt und lebt."

Treibel fuhr mit dem linken Zeigefinger am Innenrand seiner Krawatte hin und her und sagte:„Ja, wie ich zu ihm komme, meine Gnädigste. Nun, jedenfalls mehr der Not gehorchend als dem eigenen Triebe. Seine gesellschaftlichen Meriten sind wohl eigentlich gering, und seine menschlichen werden dasselbe Niveau haben. Aber er ist ein Politiker."

„Das ist unmöglich. Er kann doch nur als Warnungsschatten vor den Prinzipien stehen, die das Unglück haben, von ihm vertreten zu werden. Überhaupt, Kommerzienrat, warum verirren Sie sich in die Politik? Was ist die Folge? Sie verderben sich Ihren guten Charakter, Ihre guten Sitten und Ihre gute Gesellschaft. Ich höre, daß Sie für Teupitz-Zossen kandidieren wollen. Nun meinetwegen. Aber wozu? Lassen Sie doch die Dinge gehen. Sie haben eine charmante Frau, gefühlvoll und hochpoetisch, und haben eine Villa wie diese, darin wir eben ein Ragout fin einnehmen, das seinesgleichen sucht, und haben draußen im Garten einen Springbrunnen und einen Kakadu, um den ich Sie beneiden könnte, denn meiner, ein grüner, verliert gerade die Federn und sieht aus, wie die schlechte Zeit. Was wollen Sie mit Politik? Was wollen Sie mit Teupitz-Zossen? Ja mehr, um

Ihnen einen Vollbeweis meiner Vorurteilslosigkeit zu geben, was wollen Sie mit Konservatismus? Sie sind ein Industrieller und wohnen in der Köpenickerstraße. Lassen Sie doch diese Gegend ruhig bei Singer oder Ludwig Löwe, oder wer sonst hier gerade das Prä hat. Jeder Lebensstellung entsprechen auch bestimmte politische Grundsätze. Rittergutsbesitzer sind agrarisch, Professoren sind nationale Mittelpartei, und Industrielle sind fortschrittlich. Seien Sie doch Fortschrittler! Was wollen Sie mit dem Kronenorden? Ich, wenn ich an Ihrer Stelle wäre, lancierte mich ins Städtische hinein und ränge nach der Bürgerkrone."

Treibel, sonst unruhig, wenn einer lange sprach – was er nur sich selbst ausgiebig gestattete – war diesmal doch aufmerksam gefolgt und winkte zunächst einen Diener heran, um der Majorin ein zweites Glas Chablis zu präsentieren. Sie nahm auch, er mit, und nun stieß er mit ihr an und sagte: „Auf gute Freundschaft und noch zehn Jahre so wie heut! Aber das mit dem Fortschrittlertum und der Bürgerkrone – was ist da zu sagen, meine Gnädigste? Sie wissen, unsereins rechnet und rechnet und kommt aus der Regula-de-tri gar nicht mehr heraus, aus dem alten Ansatze: Wenn das und das so viel bringt, wieviel bringt das und das. Und sehen Sie, Freundin und Gönnerin, nach demselben Ansatz hab ich mir auch den Fortschritt und den Konservatismus berechnet und bin dahinter gekommen, daß mir der Konservatismus, ich will nicht sagen mehr abwirft, das wäre vielleicht falsch, aber besser zu mir paßt, mich besser kleidet. Besonders seitdem ich Kommerzienrat bin, ein Titel von fragmentischem Charakter, der doch natürlich seiner Vervollständigung entgegensieht."

„Ah, ich verstehe."

„Nun sehen Sie, l'appetit vient en mangeant, und wer A sagt, will auch B sagen. Außerdem aber, ich erkenne die Lebensaufgabe des Weisen vor allen Dingen in Herstellung des sogenannten Harmonischen, und dies Harmonische, wie die Dinge nun mal liegen, oder vielleicht kann ich auch sagen, wie die Zeichen, nun mal sprechen, schließt in meinem Spezialfalle die fortschrittliche Bürgerkrone so gut wie aus."

„Sagen Sie das im Ernste?"

„Ja, meine Gnädigste. Fabriken im allgemeinen neigen der Bürgerkrone zu, Fabriken im besonderen aber – und dahin gehört ausgesprochenermaßen die meine – konstatieren den Ausnahmefall. Ihr Blick fordert Beweise. Nun denn, ich will es versuchen. Ich frage Sie, können Sie sich einen Handelsgärtner denken, der, sagen wir auf der Lichtenberger oder Rummelsburger Gemarkung, Kornblumen im großen zieht, Kornblumen, dies Symbol königlich preußischer Gesinnung, und der zugleich Petroleur und Dynamitarde ist? Sie schütteln den Kopf und bestätigen dadurch mein ‚Nein'. Und nun frage ich Sie weiter, was sind alle Kornblumen der Welt gegen eine Berliner Blaufabrik? Im Berliner Blau haben Sie das symbolisch Preußische sozusagen in höchster Potenz, und je sicherer und unanfechtbarer das ist, desto unerläßlicher auch mein Verbleiben auf dem Boden des Konservatismus. Der Ausbau des kommerzienrätlichen bedeutet in meinem Spezialfalle das natürlich Gegebene … jedenfalls mehr als die Bürgerkrone."

Die Ziegenhals schien überwunden und lachte, während Krola, der mit halbem Ohr zugehört hatte, beistimmend nickte.

*

So ging das Gespräch in der Mitte der Tafel; aber noch heiterer verlief es am untern Ende derselben, wo sich die junge Frau Treibel und Corinna gegenübersaßen, die junge Frau zwischen Marcell Wedderkopp und dem Referendar Enghaus, Corinna zwischen Mr. Nelson und Leopold Treibel, dem jüngeren Söhne des Hauses. An der Schmalseite des Tisches, mit dem Rücken gegen das breite Gartenfenster, war das Gesellschaftsfräulein, Fräulein Honig plaziert worden, deren herbe Züge sich wie ein Protest gegen ihren Namen ausnahmen. Je mehr sie zu lächeln versuchte, je sichtbarer wurde der sie verzehrende Neid, der sich nach rechts hin gegen die hübsche Hamburgerin, nach links hin in fast noch ausgesprochener Weise gegen Corinna richtete, diese halbe Kollegin, die sich trotzdem mit einer Sicherheit benahm, als ob sie die Majorin von Ziegenhals oder doch mindestens das Fräulein von Bomst gewesen wäre.

Die junge Frau Treibel sah sehr gut aus, blond, klar, ruhig. Beide Nachbarn machten ihr den Hof, Marcell freilich nur mit erkünsteltem Eifer weil er eigentlich Corinna beobachtete, die sich aus dem einen oder anderen Grunde die Eroberung des jungen Engländers vorgesetzt zu haben schien. Bei diesem Vorgehen voll Koketterie sprach sie übrigens so lebhaft, so laut, als ob ihr daran läge, daß jedes Wort auch von ihrer Umgebung und ganz besonders von ihrem Vetter Marcell gehört werde.

„Sie führen einen so schönen Namen", wandte sie sich an Mr. Nelson, „so schön und berühmt, daß ich wohl fragen möchte, ob Ihnen nie das Verlangen gekommen ist …?"

„0 yes, yes …"

„… ‚sich der Fernambuk- und Campecheholzbranche, darin Sie, soviel ich weiß, auch tätig sind, für immer zu entschlagen? Ich fühle deutlich, daß ich, wenn ich Nelson hieße, keine ruhige Stunde mehr haben würde, bis ich mein Battle at the Nile ebenfalls geschlagen hätte. Sie kennen natürlich die Einzelheiten der Schlacht …"

„O, to be sure."

„Nun, da wär ich denn endlich – denn hierlandes weiß niemand etwas Rechtes davon – an der richtigen Quelle. Sagen Sie, Mr. Nelson, wie war das eigentlich mit der Idee, der Anordnung zur Schlacht? Ich habe die Beschreibung vor einiger Zeit im Walter Scott gelesen und war seidem immer im Zweifel darüber, was eigentlich den Ausschlag gegeben habe, ob mehr eine geniale Disposition oder ein heroischer Mut …"

„I should rather think, a heroical courage … British oaks and british hearts …"

„Ich freue mich, diese Frage durch Sie beglichen zu sehen und in einer Weise, die meinen Sympathien entspricht. Denn ich bin für das Heroische, weil es so selten ist. Aber ich möchte doch auch annehmen, daß das geniale Kommando …"

„Certainly, Miss Corinna. No doubt … England expects that every man will do his duty …"

„Ja, das waren herrliche Worte, von denen ich übrigens bis heute geglaubt hatte, daß sie bei Trafalgar gesprochen seien. Aber warum nicht auch bei Abukir? Etwas Gutes kann immer zweimal gesagt werden. Und dann … eigentlich ist eine Schlacht wie die andere, besonders Seeschlachten – ein Knall, eine Feuersäule, und alles geht in die Luft. Es muß übrigens großartig, und entzückend für alle die, die zusehen können; ein wundervoller Anblick."

„0 splendid …"

„Ja, Leopold", fuhr Corinna fort, indem sie sich plötzlich an ihren andern Tischnachbar wandte, „da sitzen Sie nun und lächeln. Und warum lächeln Sie? Weil Sie hinter diesem Lächeln Ihre Verlegenheit verbergen wollen. Sie haben eben nicht jene ‚heroical courage', zu der sich dear Mr. Nelson so bedingungslos bekannt hat. Ganz im Gegenteil. Sie haben sich aus Ihres Vaters Fabrik, die noch in gewissem Sinne, wenn auch freilich nur geschäftlich, die Blut- und Eisentheorie vertritt – ja, es klang mir vorhin fast, als ob Ihr Papa der Frau Majorin von Ziegenhals etwas von diesen Dingen erzählt hätte – Sie haben sich, sag ich, aus dem Blutlaugenhof, in dem Sie verbleiben mußten, in den Holzhof Ihres Bruders Otto zurückgezogen. Das war nicht gut, auch wenn es Fernambukholz ist. Da sehen Sie meinen Vetter Marcell drüben, der schwört jeden Tag, wenn er mit seinen Hanteln umherficht, daß es auf das Reck und das Turnen ankomme, was ihm ein für allemal die Heldenschaft bedeutet, und daß Vater Jahn doch schließlich noch über Nelson geht."

Marcell drohte halb ernst, halb scherzhaft mit dem Finger zu Corinna hinüber und sagte: „Cousine, vergiß nicht, daß der Repräsentant einer andern Nation dir zur Seite sitzt, und daß du die Pflicht hast, einigermaßen für deutsche Weiblichkeit einzutreten."

„Oh, no, no", sagte Nelson: „Nichts Weiblichkeit; always quick and clever …, das is, was wir lieben an deutsche Frauen. Nichts Weiblichkeit. Fräulein Corinna is quite in the right way."

„Da hast du's, Marcell. Mr. Nelson, für den du so sorglich eintrittst, damit er nicht falsche Bilder mit in sein meerumgürtetes Albion hinübernimmt, Mr. Nelson läßt dich im Stich, und Frau Treibel, denk ich, läßt dich auch im Stich und Herr Enghaus auch und mein Freund Leopold auch. Und so bin ich gutes Muts, und bleibt nur noch Fräulein Honig …"

Diese verneigte sich und sagte: „Ich bin gewohnt, mit der Majorität zu gehen", und ihre Verbittertheit lag in diesem Tone der Zustimmung. „Ich will mir meines Vetters Mahnung aber doch gesagt sein lassen", fuhr Corinna fort. „Ich bin etwas übermütig Mr. Nelson, und außerdem aus einer plauderhaften Familie …"

„Just what I like, Miß Corinna. ‚Plauderhafte Leute, gute Leute', so sagen wir in England."

„Und das sag ich auch, Mr. Nelson. Können Sie sich einen immer plaudernden Verbrecher denken?"

„Oh, no; certainly not …"

„Und zum Zeichen, daß ich, trotz ewigen Schwatzens, doch eine weibliche Natur und eine richtige Deutsche bin, soll Mr. Nelson von mir hören, daß ich auch noch nebenher kochen, nähen und platten kann, und daß ich im Lette-Verein die Kunststopferei gelernt habe. Ja, Mr. Nelson, so steht es mit mir. Ich bin ganz deutsch und ganz weiblich, und bleibt eigentlich nur noch die Frage: kennen Sie den Lette-Verein und kennen Sie die Kunststopferei?"

„No, Fräulein Corinna, neither the one nor the other."

„Nun sehen Sie, dear Mr. Nelson, der Lette-Verein ist ein Verein oder ein Institut oder eine Schule für weibliche Handarbeit. Ich glaube sogar nach englischem Muster, was noch ein besonderer Vorzug wäre."

„Not at all; German schools are always to be preferred."

„Wer weiß, ich möchte das nicht so schroff hinstellen. Aber lassen wir das, um uns mit dem weit Wichtigeren zu beschäftigen, mit der Kunststopfereifrage. Das ist wirklich was. Bitte, wollen Sie zunächst das Wort nachsprechen ..."

Mr. Nelson lächelte gutmütig vor sich hin.

„Nun, ich sehe, daß es Ihnen Schwierigkeiten macht. Aber diese Schwierigkeiten sind nichts gegen die der Kunststopferei selbst. Sehen Sie hier ist mein Freund Leopold Treibel und trägt, wie Sie sehen, einen untadeltigen Rock mit einer doppelten Knopfreihe, und auch wirklich zugeknöpft, ganz wie es sich für einen Gentleman und einen Berliner Kommerzienratssohn geziemt. Und ich taxiere den Rock auf wenigstens hundert Mark."

„Überschätzung."

„Wer weiß. Du vergißt, Marcell, daß es verschiedene Skalen auch auf diesem Gebiete gibt, eine für Oberlehrer und eine für Kornrnerzienräte. Doch lassen wir die Preisfrage. jedenfalls ein feiner Rock, prima. Und nun, wenn wir aufstehen, Mr. Nelson, und die Zigarren herumgereicht werden – ich denke, Sie rauchen doch –, werde ich Sie um Ihre Zigarre bitten und meinem Freunde Leopold Treibel ein Loch in den Rock brennen, hier gerade, wo sein Herz sitzt, und dann werd ich den Rock in einer Droschke mit nach Hause nehmen, und morgen um dieselbe Zeit wollen wir uns hier im Garten wieder versammeln und um das Bassin herum Stühle stellen, wie bei einer Aufführung. Und der Kakadu kann auch dabei sein. Und dann werd ich auftreten wie eine Künstlerin, die ich in der Tat auch bin, und werde den Rock herumgehen lassen, und wenn

Sie, dear Mr. Nelson, dann noch imstande sind, die Stelle zu finden, wo das Loch war, so will ich Ihnen einen Kuß geben und Ihnen als Sklavin nach Liverpool hin folgen. Aber es wird nicht dazu kommen. Soll ich sagen leider? Ich habe zwei Medaillen als Kunststopferin gewonnen, und Sie werden die Stelle sicherlich nicht finden ..."

„Oh, ich werde finden, no doubt, I will find it", entgegnete Mr. Nelson leuchtenden Auges, und weil er seiner immer wachsenden Bewunderung, passend oder nicht, einen Ausdruck geben wollte, schloß er mit einem in kurzen Ausrufungen gehaltenen Hymnus auf die Berlinerinnen und der sich daran anschließenden und mehrfach wiederholten Versicherung, daß sie decidedly clever seien.

Leopold und der Referendar vereinigten sich mit ihm in diesem Lob, und selbst Fräulein Honig lächelte, weil sie sich als Landsmännin mitgeschmeichelt fühlen mochte. Nur im Auge der jungen Frau Treibel sprach sich eine leise Verstimmung darüber aus, eine Berlinerin und kleine Professorstochter in dieser Weise gefeiert zu sehen. Auch Vetter Marcell, so sehr er zustimmte, war nicht recht zufrieden, weil er davon ausging, daß seine Cousine ein solches Hasten und Sich-in-Szenesetzen nicht nötig habe; sie war ihm zu schade für die Rolle, die sie spielte. Corinna ihrerseits sah auch ganz deutlich, was in ihm vorging, und würde sich ein Vergnügen daraus gemacht haben, ihn zu necken, wenn nicht in ebendiesem Momente – das Eis wurde schon herum-gereicht – der Kommerzienrat an das Glas geklopft und sich, um einen Toast auszubringen, von seinem Platz erhoben hätte: „Meine Herren und Damen, Ladies and Gentlemen ..." „Ah, das gilt Ihnen", flüsterte Corinna Mr. Nelson zu.

„... ich bin", fuhr Treibel fort, „an dem Hammelrücken vorübergegangen und habe diese verhältnismäßig späte Stunde für einen meinerseits auszubringenden Toast herankommen lassen – eine Neuerung, die mich in diesem Augenblicke, freilich vor die Frage stellt, ob der Schmelzezustand eines rot und weißen Panaché nicht noch etwas Vermeidenswerteres ist, als der Hammelrücken im Zustande der Erstarrung ..."

„Oh, wonderfully good ..."

„... Wie dem aber auch sein möge, jedenfalls gibt es zur Zeit nur ein Mittel ein vielleicht schon angerichtetes Übel auf ein Mindestmaß herabzudrücken: Kürze. Genehmigen Sie denn, meine Herrschaften, in Ihrer Gesamtheit meinen Dank für Ihr Erscheinen, und gestatten Sie mir des ferneren und im besonderen Hinblick auf zwei liebe Gäste, die hier zu sehen ich heute zum ersten Male die Ehre habe, meinen Toast in die britischerseits nahezu geheiligte Formel kleiden zu dürfen; ‚on our army and navy' auf Heer und Flotte also, die wir das Glück haben, hier an dieser Tafel, einerseits – er verbeugte sich gegen Vogelsang – durch Beruf und Lebensstellung, andererseits – Verbeugung gegen Nelson – durch einen weltberühmten Heldennamen vertreten zu sehen. Noch einmal also: ‚our army and navy' Es lebe Leutnant Vogelsang, es lebe Mr. Nelson."

Der Toast fand allseitige Zustimmung, und der in eine nervöse Unruhe geratene Mr. Nelson wollte sofort das Wort nehmen, um zu danken. Aber Corinna hielt ihn ab, Vogelsang sei der ältere und würde vielleicht den Dank für ihn mit aussprechen.

„Oh, no, no, Fräulein Corinna, not he ... not such an ugly old fellow ... please, look at him", und der zapplige Heldennamensvetter machte wiederholte Versuche, sich von seinem Platze zu erheben und zu sprechen. Aber Vogelsang kam ihm wirklich zuvor, und nachdem er den Bart mit der Serviette geputzt und in nervöser Unruhe seinen Waffenrock erst auf und dann wieder zugeknöpft hatte, begann er mit einer an Komik streifenden Würde: „Meine Herren. Unser liebenswürdiger Wirt hat die Armee leben lassen und mit der Armee meinen Namen verknüpft. Ja, meine Herren, ich bin Soldat ..."

„Oh, for shame!" brummte der über das wiederholte „Meine Herren", und das gleichzeitige Unterschlagen aller anwesenden Damen aufrichtig empörte Mr. Nelson, „Oh, for shame", und ein Kichern ließ sich allerseits hören, das auch anhielt, bis des Redners immer finstere werdendes Augenrollen eine wahre Kirchenstille wiederhergestellt hatte. Dann erst fuhr dieser fort:

„Ja, meine Herren ich bin Soldat ... Aber noch mehr als das, ich bin auch Streiter im Dienst einer Idee. Zwei große Mächte sind es, denen ich diene: Volkstum und Königtum. Alles andere stört, schädigt, verwirrt. Englands Aristokratie, die mir, von meinem Prinzip ganz abgesehen, auch persönlich widerstreitet, veranschaulicht eine solche Schädigung, eine solche Verwirrung, ich verabscheue Zwischenstufen und überhaupt die feudale Pyramide. Das sind Mittelalterlichkeiten. Ich erkenne mein Ideal in einem Plateau, mit einem einzigen, aber alles überragenden Pic."

Die Ziegenhals wechselte hier Blicke mit Treibel.

„... Alles sei von Volkesgnaden, bis zu der Stelle hinauf, wo die Gottesgnadenschaft beginnt. Dabei streng geschiedene Machtbefugnisse. Das Gewöhnliche, das Massenhafte, werde bestimmt durch die Masse, das Ungewöhnliche, das Große, werde bestimmt durch das Große. Das ist Thron und Krone. Meiner politischen Erkenntnis nach ruht alles Heil, alle Besserungsmöglichkeit in der Aufrichtung einer Royaldemokratie, zu der sich, soviel ich weiß, auch unser Kommerzienrat bekennt. Und in diesem Gefühle, darin wir uns eins wissen, erhebe ich das Glas und bitte Sie, mit mir auf das Wohl unseres hochverehrten Wirtes zu trinken, zugleich unseres Gonfaloniere, der uns die Fahne trägt. Unser Kommerzienrat Treibel, er lebe hoch!"

Alles erhob sich, um mit Vogelsang anzustoßen und ihn als Erfinder der Royaldemokratie zu beglückwünschen. Einige konnten als aufrichtig entzückt gelten, besonders das Wort „Gonfaloniere" schien gewirkt zu haben, andere lachten still in sich hinein, und nur drei waren direkt unzufrieden: Treibel, weil er sich von den eben entwickelten Vogelsangschen Prinzipien praktisch nicht viel versprach, die Kommerzienrätin, weil ihr das Ganze nicht fein genug vorkam, und drittens Mr. Nelson, weil er sich aus dem gegen die englische Aristokratie gerichteten Satze Vogelsangs einen neuen Haß gegen ebendiesen gesogen hatte.

„Stuff and nonsense! What does he know of our aristocracy? To be sure, he does'nt belong to it; – that's all."

„Ich weiß doch nicht", lachte Corinna. „Hat er nicht was von einem Peer of the Realm?"

Nelson vergaß über dieser Vorstellung beinahe all seinen Groll und bot Corinna, während er eine Knackmandel von einem der Tafelaufsätze nahm, eben ein Vielliebchen an, als die Kommerzienrätin den Stuhl schob und dadurch das Zeichen zur Aufhebung der Tafel gab. Die Flügeltüren öffneten sich, und in derselben Reihenfolge, wie man zu Tisch gegangen war, schritt man wieder aúf den mittlerweile gelüfteten Frontsaal zu, wo die Herren, Treibel an der Spitze, den älteren und auch einigen jüngeren Damen respektvoll die Hand küßten.

Nur Mr. Nelson verzichtete darauf, weil er die Kommerzienrätin

„a little pompous“ und die beiden Hofdamen „a little ridiculous“ fand, und begnügte sich, an Corinna herantretend, mit einem kräftigen „shaking hands“.

Viertes Kapitel

Die große Glastür, die zur Freitreppe führte, stand auf; dennoch war es schwül, und so zog man es vor, den Kaffee draußen zu nehmen, die einen auf der Veranda, die andern im Vorgarten selbst, wobei sich die Tischnachbarn in kleinen Gruppen wieder zusammenfanden und weiterplauderten. Nur als sich die beiden adligen Damen von der Gesellschaft verabschiedeten, unterbrach man sich in diesem mit Medisance reichlich gewürzten Gespräch und sah eine kleine Weile dem Landauer nach, der, die Köpenickerstraße hinauf, erst auf die Frau von Ziegenhalssche Wohnung, in unmittelbarer Nähe der Marschallsbrücke, dann aber auf Charlottenburg zufuhr, wo die seit fünfundreißig Jahren in einem Seitenflügel des Schlosses einquartierte Bomst ihr Lebensglück und zugleich ihren besten Stolz aus der Betrachtung zog, in erster Zeit mit des hochseligen Königs Majestät, dann mit der Königin Witwe, und zuletzt mit den Meiningenschen Herrschaften dieselbe Luft geatmet zu haben. Es gab ihr all das etwas Verklärtes, was auch zu ihrer Figur paßte.

Treibel, der die Damen bis an den Wagenschlag begleitet hatte mittlerweile, vom Straßendamm her, die Veranda wieder erreicht, wo Vogelsang etwas verlassen, aber mit uneingebüßter Würde, seinen Platz behauptete. „Nun ein Wort unter uns, Leutnant, aber nicht hier; ich denke, wir absentiern uns einen Augenblick und rauchen ein Blatt, das nicht alle Tage wächst, und namentlich nicht überall.“ Dabei nahm er Vogelsang unter den Arm und führte den Gerngehorchenden in sein neben dem Saale gelegenes Arbeitszimmer, wo der geschulte, diesen Lieblingsmoment im Dinerleben seines Herrn von langher kennende Diener bereits alles zurechtgestellt hatte: das Zigarrenkistchen, den Likörkasten und die Karaffe mit Eiswasser. Die gute Schulung des Dieners beschränkte sich aber nicht auf diese Vorarrangements vielmehr stand er im selben Augenblick, wo beide Herren ihre Plätze genommen hatten, auch schon mit dem Tablett vor ihnen und präsentierte den Kaffee.

„Das ist recht, Friedrich, auch der Aufbau hier, alles zu meiner Zufriedenheit; aber gib doch lieber die andere Kiste her, die flache. Und dann sage meinem Sohn Otto, ich ließe ihn bitten ... Ihnen doch recht, Vogelsang? Oder wenn du Otto nicht triffst, so bitte den Polizeiassessor, ja, lieber den, er weiß doch besser Bescheid. Sonderbar, alles, was in der Molkenmarktluft groß geworden, ist dem Rest der Menschheit um ein Beträchtliches überlegen. Und dieser Goldammer hat nun gar noch den Vorteil, ein richtiger Pastorssohn zu sein, was all seinen Geschichten einen eigentümlich pikanten Beigeschmack gibt." Und dabei klappte Treibel den Kasten auf und sagte: „Cognak oder Allasch? Oder das eine tun und das andere nicht lassen?"

Vogelsang lächelte, schob den Zigarrenknipser ziemlich demonstrativ bei Seite und biß die Spitze mit seinen Raffzähnen ab. Dann griff er nach einem Streichhölzchen. Im übrigen schien er abwarten zu wollen, womit Treibel beginnen würde. Der ließ denn auch nicht lange warten: „Eh bien, Vogelsang, wie gefielen Ihnen die beiden alten Damen? Etwas Feines, nicht wahr? Besonders die Bomst. Meine Frau würde sagen: ätherisch. Nun, durchsichtig genug ist sie. Aber offen gestanden, die Ziegenhals ist mir lieber, drall und prall, kapitales Weib, und muß ihrer Zeit ein geradezu formidables Festungsviereck gewesen sein. Nasses Temperament, und wenn ich recht gehört habe, so pendelt ihre Vergangenheit zwischen verschiedenen kleinen Höfen hin und her. Lady Milford, aber weniger sentimental. Alles natürlich alte Geschichten, alles beglichen, man könnte beinahe sagen, schade. Den Sommer über ist sie jetzt regelmäßig bei den Kraczinkis, in der Zossener Gegend; weiß der Teufel, wo seit kurzem all die polnischen Namen herkommen. Aber schließlich ist es gleichgültig. Was meinen Sie, wenn ich die Ziegenhals, in Anbetracht dieser Kraczinskischen Bekanntschaft, unsern Zwecken dienstbar zu machen suchte?"

„Kann zu nichts führen."

„Warum nicht? Sie vertritt einen richtigen Standpunkt."

„Ich würde mindestens sagen müssen, einen nicht richtigen."

„Wieso?"

„Sie vertritt einen durchaus beschränkten Standpunkt, und wenn ich das Wort wähle, so bin ich noch ritterlich. Übrigens wird mit diesem ‚ritterlich' ein wachsender und geradezu horrender Mißbrauch getrieben; ich glaube nämlich nicht, daß unsere Ritter sehr ritterlich, das heißt ritterlich im Sinne von artig und verbindlich, gewesen sind. Alles bloß historische Fälschungen. Und was diese Ziegenhals angeht, die wir uns, wie Sie sagen, dienstbar machen sollen, so vertritt sie natürlich den Standpunkt des Feudalismus, den der Pyramide. Daß sie zum Hofe steht, ist gut, und ist das, was sie mit uns verbindet; aber das ist nicht genug. Personen wie diese Majorin und selbstverständlich auch ihr adliger Anhang, gleichviel ob er polnischen oder deutschen Ursprungs ist, – alle leben mehr oder weniger in einem Wust von Einbildungen, – will sagen von mittelalterlichen Standesvorurteilen, und das schließt ein Zusammengehen aus, trotzdem wir die Königsfahne mit ihnen gemeinsam haben. Aber diese Gemeinsamkeit frommt nicht, schadet uns nur. Wenn wir rufen: ‚Es lebe der König!' so geschieht es, vollkommen selbstsuchtslos, um einem großen Prinzip die Herrschaft zu sichern; für mich bürge ich, und ich hoffe, daß ich es auch für Sie kann …"

„Gewiß, Vogelsang, gewiß."

„Aber diese Ziegenhals – von der ich beiläufig fürchte, daß Sie nur zu sehr Recht haben mit der von Ihnen angedeuteten, wenn auch, Gott sei Dank, weit zurückliegenden Auflehnung gegen Moral und gute Sitte – diese Ziegenhals und ihresgleichen, wenn die rufen: ‚Es lebe der König!' so heißt das immer nur, es lebe der, der für uns sorgt, unser Nährvater; sie kennen nichts als ihren Vorteil. Es ist ihnen versagt, in einer Idee aufzugehen, und sich auf Personen stützen, die nur sich kennen, das heißt unsre Sache verloren geben. Unsre Sache besteht nicht bloß darin, den fortschrittlichen Drachen zu bekämpfen, sie besteht auch in der Bekämpfung des Vampyradels, der immer bloß saugt und saugt. Weg mit der ganzen Interessenpolitik. In dem Zeichen absoluter Selbstlosigkeit müssen wir siegen, und dazu brauchen wir das Volk, nicht das Quitzowtum, das seit dem gleichnamigen Stücke wieder obenauf ist und das Heft in die Hände nehmen möchte. Nein, Kommerzienrat, nichts von Pseudo-Konservatismus, kein Königtum auf falscher Grundlage; das Königtum, wenn wir es konservieren wollen, muß auf etwas Soliderem ruhen, als auf einer Ziegenhals oder einer Bomst."

„Nun, hören Sie, Vogelsang, die Ziegenhals wenigsten …"

Und Treibel schien ernstlich gewillt, diesen Faden, der ihm paßte, weiter zu spinnen. Aber ehe er dazu kommen konnte, trat der Polizeiassessor vom Salon her ein, die kleine Meißner Tasse noch in der Hand, und nahm zwischen Treibel und Vogelsang Platz. Gleich nach ihm erschien auch Otto, vielleicht von Friedrich benachrichtigt, vielleicht auch aus eigenem Antriebe, weil er von langer Zeit her die der Erotik zugewendeten Wege kannte, die Goldammer, bei Likör und Zigarren, regelmäßig und meist sehr rasch, so daß jede Versäumnis sich strafte, zu wandeln pflegte. Der alte Treibel wußte dies selbstverständlich noch viel besser, hielt aber ein auch seinerseits beschleunigtes Verfahren doch für angezeigt, und hob deshalb ohne weiteres an: „Und nun sagen Sie, Goldammer, was gibt es? Wie steht es mit dem Lützowplatz? Wird die Panke zugeschüttet, oder, was so ziemlich dasselbe sagen will, wird die Friedrichstraße sittlich gereinigt? Offen gestanden, ich fürchte, daß unsre pikanteste Verkehrsader nicht allzuviel dabei gewinnen wird; sie wird um ein Geringes moralischer und um ein Beträchtliches langweiliger werden. Da das Ohr meiner Frau bis hierher nicht trägt, so läßt sich dergleichen allenfalls aufs Tapet bringen; im übrigen soll Ihnen meine gesamte Fragerei keine Grenzen ziehen. Je freier, je besser. Ich habe lange genug gelebt, um zu wissen, daß alles, was aus einem Polizeimunde kommt, immer Stoff ist, immer frische Brise, freilich mitunter auch Scirocco, ja geradezu Samum. Sagen wir Samum. Also was schwimmt oben auf?"

„Eine neue Soubrette."

„Kapital. Sehen Sie, Goldammer, jede Kunstrichtung ist gut, weil jede das Ideal im Auge hat. Und das Ideal ist die Hauptsache, so viel weiß ich nachgerade von meiner Frau. Aber das Idealste bleibt doch immer eine Soubrette. Name?"

„Grabillon. Zierliche Figur, etwas großer Mund, Leberfleck."

„Um Gotteswillen, Goldammer, das klingt ja wie ein Steckbrief. Übrigens Leberfleck ist reizend; großer Mund Geschmackssache. Und Protege von wem?"

Goldammer schwieg.

„Ah, ich verstehe. Obersphäre. Je höher hinauf, je näher das Ideal. Übrigens da wir mal bei Obersphäre sind, wie steht es denn mit der Grußgeschichte? Hat er wirklich nicht gegrüßt? Und ist es wahr, daß er, natürlich der Nichtgrüßer, einen Urlaub hat antreten müssen? Es wäre eigentlich das Beste, weil es so nebenher einer Absage gegen den ganzen Katholizismus gleichkäme, sozusagen zwei Fliegen mit einer Klappe."

Goldammer, heimlicher Fortschrittler, aber offener Antikatholik, zuckte die Achseln und sagte: „So gut steht es leider nicht und kann auch nicht. Die Macht der Gegenströmung ist zu stark. Der, der den Gruß verweigerte, wenn Sie wollen der Wilhelm Tell der Situation, hat zu gute Rückendeckung. Wo? Nun, das bleibt in der Schwebe; gewisse Dinge darf man nicht bei Namen nennen, und ehe wir nicht der bekannten Hydra den Kopf zertreten oder, was dasselbe sagen will, dem altenfritzischen ‚Ecrasez l'Infame' zum Siege verholfen haben ..."

In diesem Augenblicke hörte man nebenan Singen, eine bekannte Komposition, und Treibel, der eben eine neue Zigarre nehmen wollte, warf sie wieder in das Kistchen zurück und sagte:

„Meine Ruh ist hin ... Und mit der ihrigen, meine Herren, steht es nicht viel besser. Ich glaube, wir müssen wieder bei den Damen erscheinen, um an der Aera Adolar Krola teilzunehmen. Denn die beginnt jetzt."

Damit erhoben sich alle vier und kehrten unter Vortritt Treibels in den Saal zurück, wo wirklich Krola am Flügel saß und seine drei Hauptstücke, mit denen er rasch hintereinander aufzuräumen pflegte, vollkommen virtuos, aber mit einer gewissen absichtlichen Klapprigkeit zum besten gab. Es waren: „Der Erlkönig", „Herr Heinrich saß am Vogelherd" und „Die Glocken von Speier". Diese letztere Nummer, mit dem geheimnisvoll einfallenden Glockenbimbam, machte jedesmal den größten Eindruck und bestimmte selbst Treibel zu momentan ruhigem Zuhören. Er sagte dann auch wohl mit einer gewissen höheren Miene: „Von Löwe, ex ungue leonem; das heißt von Karl Löwe, Ludwig komponiert nicht."

Viele von denen, die den Kaffee im Garten oder auf der Veranda genommen hatten, waren, gleich als Krola begann, ebenfalls in den Saal getreten, um zuzuhören, andere dagegen, die die drei Balladen schon von zwanzig Treibelschen Diners her kannten, hatten es doch vorgezogen, im Freien zu bleiben und ihre Gartenpromenade fortzusetzen, unter ihnen auch Mr. Nelson, der, als ein richtiger Vollblutengländer, musikalisch auf schwächsten Füßen stand und rund heraus erklärte, das liebste sei ihm ein Nigger, mit einer Pauke zwischen den Beinen: „I can't see, what it means; music is nonsense." So ging er denn mit Corinna auf und ab, Leopold an der anderen Seite, während Marcell mit der jungen Frau Treibel in einiger Entfernung folgte, beide sich über Nelson und Leopold halb ärgernd, halb erheiternd, die, wie schon bei Tische, von Corinna nicht los konnten.

Es war ein prächtiger Abend draußen, von der Schwüle, die drinnen herrschte, keine Spur, und schräg über den hohen Pappeln, die den Hintergarten von den Fabrikgebäuden abschnitten, stand die Mondsichel; der Kakadu saß ernst und verstimmt auf seiner Stange, weil es versäumt worden war, ihn zu rechter Zeit in seinen Käfig zurückzunehmen, und nur der Wasserstrahl stieg so lustig in die Höhe, wie zuvor.

„Setzen wir uns", sagte Corinna, „wir promenieren schon, ich weiß nicht wie lange", und dabei ließ sie sich ohne weiteres auf den Rand der Fontäne nieder. „Take a seat, Mr. Nelson. Sehen Sie nur den Kakadu, wie bös er aussieht. Er ist ärgerlich, daß sich keiner um ihn kümmert."

„To be sure, und sieht aus wie Leutnant Sangevogel. Does'nt he?"

„Wir nennen ihn für gewöhnlich Vogelsang. Aber ich habe nichts dagegen, ihn umzutaufen. Helfen wird es freilich nicht viel."

„No, no, there's no help for him; Vogelsang, ah, ein häßlicher Vogel, kein Singevogel, no finch, no trussel."

„Nein, er ist bloß ein Kakadu, ganz wie Sie sagen."

Aber kaum, daß dies Wort gesprochen war, so folgte nicht nur ein lautes Kreischen von der Stange her, wie wenn der Kakadu gegen den Vergleich protestieren wolle, sondern auch Corinna schrie laut auf, freilich nur, um im selben Augenblicke wieder in ein helles Lachen auszubrechen, in das gleich danach auch Leopold und Mr. Nelson einstimmten. Ein plötzlich sich aufmachender Windstoß hatte nämlich dem Wasserstrahl eine Richtung genau nach der Stelle hin gegeben, wo sie saßen, und bei der Gelegenheit allesamt, den Vogel auf seiner Stange mit eingeschlossen, mit einer Flut von Spritzwasser überschüttet. Das gab nun ein Klopfen und Abschütteln, an dem auch der Kakadu teilnahm, freilich ohne seinerseits seine Laune dabei zu verbessern.

Drinnen hatte Krola mittlerweile sein Programm beendet und stand auf, um andern Kräften den Platz einzuräumen. Es sei nichts mißlicher, als ein solches Kunstmonopol; außerdem dürfe man nicht vergessen, der Jugend gehöre die Welt. Dabei verbeugte er sich huldigend gegen einige junge Damen, in deren Familien er ebenso verkehrte, wie bei den Treibels. Die Kommerzienrätin ihrerseits aber übertrug diese ganz allgemein gehaltene Huldigung gegen die Jugend in ein bestimmteres Deutsch und forderte die beiden Fräulein Felgentreus auf, doch einige der reizenden Sachen zu singen, die sie neulich, als Ministerialdirektor Stoeckenius in ihrem Hause gewesen, so schön vorgetragen hätten; Freund Krola werde gewiß die Güte haben, die Damen am Klavier zu begleiten. Krola, sehr erfreut, einer gesanglichen Mehrforderung, die sonst die Regel war, entgangen zu sein, drückte sofort seine Zustimmung aus und setzte sich an seinen eben erst aufgegebenen Platz, ohne ein Ja oder Nein der beiden Felgentreus abzuwarten. Aus seinem ganzen Wesen sprach eine Mischung von Wohlwollen und Ironie. Die Tage seiner eigenen Berühmtheit lagen weit zurück; aber je weiter sie zurücklagen, desto höher waren seine Kunstansprüche geworden, so daß es ihm, bei dem totalen Unerfülltbleiben derselben, vollkommen gleichgültig erschien, was zum Vortrag kam und wer das Wagnis wagte. Von Genuß konnte keine Rede für ihn sein, nur von Amüsement, und, weil er einen angeborenen Sinn für das Heitere hatte, durfte man sagen, sein Vergnügen stand jedesmal dann auf der Höhe, wenn seine Freundin Jenny Treibel, wie sie das liebte, durch Vortrag einiger Lieder den Schluß der musikalischen Soiree machte. Das war aber noch weit im Felde; vorläufig waren noch die beiden Felgentreus da, von denen denn auch die ältere Schwester, oder, wie es zu Krolas jedesmaligem Gaudium hieß, „die weitaus talentvollere“, mit „Bächlein laß dein Rauschen sein“ ohne weiteres einsetzte. Daran reihte sich: „Ich schnitt' es gern in alle Rinden ein“, was, als allgemeines Lieblingsstück, zu der Kommerzienrätin großem, wenn auch nicht geäußerten Verdruß, von einigen indiskreten Stimmen im Garten begleitet wurde. Dann folgte die Schlußnummer, ein Duett aus „Figaros Hochzeit“. Alles war hingerissen, und Treibel sagte zu Vogelsang: „er könne sich nicht erinnern, seit den Tagen der Milanollos, etwas so Liebliches von Schwestern gesehen und gehört zu haben“, woran er die weitere, allerdings unüberlegte Frage knüpfte: ob Vogelsang seinerseits sich noch der Milanollos erinnern könne? „Nein“, sagte dieser barsch und peremptorisch. – „Nun, dann bitt ich um Entschuldigung.“

Eine Pause trat ein, und einige Wagen, darunter auch der

Felgentreusche, waren schon angefahren; trotzdem zögerte man noch mit dem Aufbruch, weil das Fest immer noch seines Abschlusses entbehrte. Die Kommerzienrätin nämlich hatte noch nicht gesungen, ja war unerhörterweise noch nicht einmal zum Vortrag eines ihrer Lieder aufgefordert worden, – ein Zustand der Dinge, der so rasch wie möglich geändert werden mußte. Dies erkannte niemand klarer, als Adolar Krola, der, den Polizeiassessor beiseite nehmend ihm eindringlichst vorstellte, daß durchaus etwas geschehen und das hinsichtlich Jennys Versäumte sofort nachgeholt werden müsse. „Wird Jenny nicht aufgefordert, so seh ich die Treibelschen Diners, oder wenigstens unsere Teilnahme daran, für alle Zukunft in Frage gestellt, was doch schließlich einen Verlust bedeuten würde ..."

„Dem wir unter allen Umständen vorzubeugen haben, verlassen Sie sich auf mich." Und die beiden Felgentreus an der Hand nehmend, schritt Goldammer, rasch entschlossen, auf die Kommerzienrätin zu, um, wie er sich ausdrückte, als erwählter Sprecher des Hauses, um ein Lied zu bitten. Die Kommerzienrätin, der das Abgekartete der ganzen Sache nicht entgehen konnte, kam in ein Schwanken zwischen Ärger und Wunsch; aber die Beredsamkeit des Antragstellers siegte doch schließlich; Krola nahm wieder seinen Platz ein, und einige Augenblicke später erklang Jennys dünne, durchaus im Gegensatz zu ihrer sonstigen Fülle stehende Stimme durch den Saal hin, und man vernahm die in diesem Kreise wohlbekannten Liedesworte:

Glück, von Deinen tausend Losen
Eines nur erwähl' ich mir.
Was soll Gold? Ich liebe Rosen
Und der Blumen schlichte Zier.

Und ich höre Waldesrauschen
Und ich seh' ein flatternd Band –
Aug' in Auge Blicke tauschen,
Und ein Kuß auf deine Hand.

Geben nehmen, nehmen geben,
Und dein Haar umspielt der Wind,

Ach, nur das, nur das ist Leben,
Wo sich Herz zum Herzen find't.

Es braucht nicht gesagt zu werden, daß ein rauschender Beifall folgte, woran sich, von des alten Felgentreu Seite, die Bemerkung schloß, „die damaligen Lieder – er vermied eine bestimmte Zeitangabe – wären doch schöner gewesen, namentlich inniger", eine Bemerkung, die von dem direkt zur Meinungsäußerung aufgeforderten Krola schmunzelnd bestätigt wurde.

Mr. Nelson seinerseits hatte von der Veranda dem Vortrage zugehört und sagte jetzt zur Corinna: „Wonderfully good. Oh, these Germans, they know everything … even such an old lady."

Corinna legte ihm den Finger auf den Mund. Kurze Zeit danach war alles fort, Haus und Park leer, und man hörte nur noch, wie drinnen im Speisesaal geschäftige Hände den Ausziehtisch zusammenschoben und wie draußen im Garten der Strahl des Springbrunnens plätschernd ins Bassin fiel.

Fünftes Kapitel

Unter den letzten, die, den Vorgarten passierend, das kommerzienrätliche Haus verließen, waren Marcell und Corinna. Diese plauderte nach wie vor in übermütiger Laune, was des Vetters mühsam zurückgehaltene Verstimmung nur noch steigerte. Zuletzt schwiegen beide.

So gingen sie schon fünf Minuten nebeneinander her, bis Corinna, die sehr gut wußte, was in Marcells Seele vorging, das Gespräch wieder aufnahm. „Nun, Freund, was gibt es?"

„Nichts."

„Nichts?"

„Oder wozu soll ich es leugnen, ich bin verstimmt."

„Worüber?"

„Über dich. Über dich, weil du kein Herz hast."

„Ich? Erst recht hab ich …"

„Weil du kein Herz hast, sag ich, keinen Sinn für Familie, nicht einmal für deinen Vater …"

„Und nicht einmal für meinen Vetter Marcell …"

„Nein, den laß aus dem Spiel, von dem ist nicht die Rede. Mir gegenüber kannst du tun, was du willst. Aber dein Vater. Da läßt du nun heute den alten Mann einsam und allein und kümmerst dich sozusagen um gar nichts. Ich glaube, du weißt nicht einmal, ob er zu Haus ist oder nicht."

„Freilich ist er zu Haus. Er hat ja heut seinen ‚Abend', und wenn auch nicht alle kommen, etliche vom hohen Olymp werden wohl da sein."

„Und du gehst aus und überlässt alles der alten, guten Schmolke?"

„Weil ich es ihr überlassen kann. Du weißt das ja so gut wie ich; es geht alles wie am Schnürchen, und in diesem Augenblick essen sie wahrscheinlich Oderkrebse und trinken Mosel. Nicht Treibelschen, aber doch Professor Schmidtschen, einen edlen Trarbacher, von dem Papa behauptet, er sei der einzige reine Wein in Berlin. Bist du nun zufrieden?"

„Nein."

„Dann fahre fort."

„Ach, Corinna, du nimmst alles so leicht und denkst, wenn du's leicht nimmst, so hast du's aus der Welt geschafft. Aber es glückt dir nicht. Die Dinge bleiben doch schließlich, was und wie sie sind. Ich habe dich nun bei Tisch beobachtet ..."

„Unmöglich, du hast ja der jungen Frau Treibel ganz intensiv den Hof gemacht, und ein paar Mal wurde sie sogar rot ... "

„Ich habe dich beobachtet, sag ich, und mit einem wahren Schrecken das Übermaß von Koketterie gesehen, mit dem du nicht müde wirst, dem armen Jungen, dem Leopold, den Kopf zu verdrehen ..."

Sie hatten, als Marcell dies sagte, gerade die platzartige Verbreiterung erreicht, mit der die Köpenickerstraße, nach der Inselbrücke hin, abschließt; eine verkehrslose und beinahe menschenleere Stelle. Corinna zog ihren Arm aus dem des Vetters und sagte, während sie nach der anderen Seite der Straße zeigte:

„Sieh, Marcell, wenn da drüben nicht der einsame Schutzmann stände, so stellt ich mich jetzt mit verschränkten Armen vor dich hin und lachte dich fünf Minuten lang aus. Was soll das heißen, ich sei nicht müde geworden, dem armen Jungen, dem Leopold, den Kopf zu verdrehen? Wenn du nicht ganz in Huldigung gegen Helenen aufgegangen warst, so hättest du sehen müssen, daß ich kaum zwei Worte mit ihm gesprochen. Ich habe mich nur mit Mr. Nelson unterhalten, und ein paar Mal hab ich mich ganz ausführlich an dich gewandt."

„Ach, das sagst du so, Corinna, und weißt doch, wie falsch es ist. Sieh, du bist sehr gescheit und weißt es auch; aber du hast doch den Fehler, den viele gescheite Leute haben, daß sie die anderen für ungescheiter halten als sie sind. Und so denkst du, du kannst mir ein X für ein U machen und alles so drehen und beweisen, wie du's drehen und beweisen willst. Aber man hat doch auch so seine Augen und Ohren und ist also, mit deinem Verlaub, hinreichend ausgerüstet, um zu hören und zu sehen."

„Und was ist es denn nun, was der Herr Doktor gehört und gesehen haben?"

„Der Herr Doktor haben gehört und gesehen, daß Fräulein Corinna mit ihrem Redekatarakt über den unglücklichen Mr. Nelson hergefallen ist …"

„Sehr schmeichelhaft …"

„Und daß sie – wenn ich das mit dem Redekatarakt aufgeben und ein anderes Bild dafür einstellen will – daß sie, sag ich, zwei Stunden lang die Pfauenfeder ihrer Eitelkeit auf dem Kinn oder auf der Lippe balanciert und überhaupt in den feineren akrobatischen Künsten ein Äußerstes geleistet hat. Und das alles vor wem? Etwa vor Mr. Nelson? Mit nichten. Der gute Nelson, der war nur das Trapez, daran meine Cousine herumturnte; der, um dessentwillen das alles geschah, der zusehen und bewundern sollte, der hieß Leopold Treibel, und ich habe wohl bemerkt, wie mein Cousinchen auch ganz richtig gerechnet hatte; denn ich kann mich nicht entsinnen, einen Menschen gesehen zu haben, der, verzeih den Ausdruck, durch einen ganzen Abend hin so total weg gewesen wäre wie dieser Leopold."

„Meinst du?"

„Ja, das mein ich."

„Nun, darüber ließe sich reden … Aber sieh nur …"

Und dabei blieb sie stehen und wies auf das entzückende Bild das sich – sie passierten eben die Fischerbrücke – drüben vor ihnen ausbreitete. Dünne Nebel lagen über den Strom hin, sogen aber den Lichterglanz nicht ganz auf, der von rechts und links her auf die breite Wasserfläche fiel, während die Mondsichel oben im Blauen stand, keine zwei Hand breit von dem etwas schwerfälligen

Parochialkirchturm entfernt, dessen Schattenriß am anderen Ufer in aller Klarheit aufragte. „Sieh nur“, wiederholte Corinna, „nie hab ich den Singuhrturm in solcher Schärfe gesehen. Aber ihn schön finden, wie seit kurzem Mode geworden, das kann ich doch nicht; er hat so etwas Halbes, Unfertiges, als ob ihm auf dem Wege nach oben die Kraft ausgegangen wäre. Da bin ich doch mehr für die zugespitzten, langweiligen Schindeltürme, die nichts wollen, als hoch sein und in den Himmel zeigen.“

Und in demselben Augenblicke, wo Corinna dies sagte, begannen die Glöckchen drüben ihr Spiel.

„Ach“, sagte Marcell, „sprich doch nicht so von dem Turm und ob er schön ist oder nicht. Mir ist es gleich, und dir auch; das mögen die Fachleute miteinander ausmachen. Und du sagst das alles nur, weil du von dem eigentlichen Gespräch los willst. Aber höre lieber zu, was die Glöckchen drüben spielen. Ich glaube, sie spielen: ‚Üb‘ immer Treu‘ und Redlichkeit‘.“

„Kann sein, und ist nur schade, daß sie nicht auch die berühmte Stelle von dem Kanadier spielen können, der noch Europens übertünchte Höflichkeit nicht kannte. So was Gutes bleibt leider immer unkomponiert, oder vielleicht geht es auch nicht. Aber nun sage mir, Freund, was soll das alles heißen? Treu’ und Redlichkeit. Meinst du wirklich, daß mir die fehlen? Gegen wen versündige ich mich denn durch Untreue? Gegen dich. Hab ich Gelöbnisse gemacht? Hab ich dir etwas versprochen, und das Versprechen nicht gehalten?“

Marcell schwieg.

„Du schweigst, weil du nichts zu sagen hast. Ich will dir aber noch allerlei mehr sagen, und dann magst du selber entscheiden, ob ich treu und redlich oder doch wenigstens aufrichtig bin, was so ziemlich dasselbe bedeutet.“

„Corinna …“

„Nein, jetzt will ich sprechen, in aller Freundschaft, aber auch in allem Ernst. Treu und redlich. Nun, ich weiß wohl, daß du treu und redlich bist, was beiläufig nicht viel sagen will; ich für meine Person kann dir nur wiederholen, ich bin es auch.“

„Und spielst doch beständig eine Komödie.“

„Nein, das tu ich nicht. Und wenn ich es tue, so doch so, daß jeder es merken kann. Ich habe mir, nach reiflicher Überlegung, ein bestimmtes Ziel gesteckt, und wenn ich nicht mit dürren Worten sage: ‚dies ist mein Ziel', so unterbleibt das nur, weil es einem Mädchen nicht kleidet, mit solchen Plänen aus sich herauszutreten. Ich erfreue mich, dank meiner Erziehung, eines guten Teils von Freiheit, einige werden vielleicht sagen, von Emanzipation, aber trotzdem bin ich durchaus kein emanzipiertes Frauenzimmer. Im Gegenteil, ich habe gar keine Lust, das alte Herkommen umzustoßen, alte gute Sätze, zu denen auch der gehört: Ein Mädchen wirbt nicht, um ein Mädchen wird worben."

„Gut, gut: alles selbstverständlich ..."

„... Aber freilich, das ist unser altes Evarecht, die größten Wasser spielen zu lassen und unsere Kräfte zu gebrauchen, bis das geschieht, um dessentwillen wir da sind, mit anderen Worten, bis man um uns wirbt. Alles gilt diesem Zweck. Du nennst das, je nachdem dir der Sinn steht, Raketensteigenlassen oder Komödie, mitunter auch Intrige, und immer Koketterie."

Marcell schüttelte den Kopf. „Ach, Corinna, du darfst mir darüber keine Vorlesung halten wollen und zu mir sprechen, als ob ich erst gestern auf die Welt gekommen wäre. Natürlich hab ich oft von Komödie gesprochen und noch öfter von Koketterie. Wovon spricht man nicht alles! Und wenn man dergleichen hinspricht, so widerspricht man sich auch wohl, und was man eben noch getadelt hat, das lobt man im nächsten Augenblick. Um's rund heraus zu sagen, spiele so viel Komödie, wie du willst, so kokett, wie du willst, ich werde doch nicht so dumm sein, die Weiberwelt und die Welt überhaupt ändern zu wollen, ich will sie wirklich nicht ändern, auch dann nicht, wenn ich's könnte; nur um eins muß ich dich angehen, du mußt, wie du dich vorhin ausdrücktest, die großen Wasser an der rechten Stelle, das heißt also vor den rechten Leuten springen lassen, vor solchen, wo's paßt, wo's hingehört, wo sich's lohnt. Du gehst aber mit deinen Künsten nicht an die richtige Adresse, denn du kannst doch nicht ernsthaft daran denken, diesen Leopold Treibel heiraten zu wollen?"

„Warum nicht? Ist er zu jung für mich? Nein. Er stammt aus dem Januar und ich aus dem September; er hat also noch einen Vorsprung von acht Monaten."

„Corinna, du weißt ja recht gut, wie's liegt und daß er einfach für dich nicht paßt, weil er zu unbedeutend für dich ist. Du bist eine aparte Person, vielleicht ein bißchen zu sehr, und er ist kaum Durchschnitt. Ein sehr guter Mensch, das muß ich zugeben, hat ein gutes, weiches Herz, nichts von dem Kiesel, den die Geldleute sonst hier links haben, hat auch leidlich weltmännische Manieren und kann vielleicht einen Dürerschen Stich von einem Ruppiner Bilderbogen unterscheiden, aber du würdest dich tot langweilen an seiner Seite. Du, deines Vaters Tochter, und noch klüger als der Alte, du wirst doch nicht dein eigentliches Lebensglück wegwerfen wollen, bloß um in einer Villa zu wohnen und einen Landauer zu haben, der dann und wann ein paar alte Hofdamen abholt, oder um Adolar Krolas ramponierten Tenor alle vierzehn Tage den ‚Erlkönig' singen zu hören. Es ist nicht möglich, Corinna; du wirst dich doch, wegen solchen Bettels von Mammon, nicht einem unbedeutenden Menschen an den Hals werfen wollen."

„Nein, Marcell, das letztere gewiß nicht; ich bin nicht für Zudringlichkeiten. Aber wenn Leopold morgen bei meinem Vater antritt – denn ich fürchte beinah, daß er noch zu denen gehört, die sich, statt der Hauptperson, erst der Nebenpersonen versichert – wenn er also morgen antritt und um diese rechte Hand deiner Cousine Corinna anhält, so nimmt ihn Corinna und fühlt sich als Corinna au Capitole."

„Das ist nicht möglich; du täuscht dich, du spielst mit der Sache. Es ist eine Phantasterei, der du nach deiner Art nachhängst."

„Nein, Marcell, du täuschest dich, nicht ich; es ist mein vollkommener Ernst, so sehr, daß ich ein ganz klein wenig davor erschrecke."

„Das ist dein Gewissen."

„Vielleicht. Vielleicht auch nicht. Aber so viel will ich dir ohne weiteres zugeben, das, wozu der liebe Gott mich so recht eigentlich erschuf, das hat nichts zu tun mit einem Treibelschen Fabrikgeschäft, oder mit einem Holzhof, und vielleicht am wenigsten mit einer Hamburger Schwägerin. Aber ein Hang nach Wohlleben, der jetzt alle Welt beherrscht, hat mich auch in der Gewalt, ganz so wie alle anderen, und so lächerlich und verächtlich es in deinem Oberlehrers-Ohre klingen mag, ich halt es mehr mit Bonwitt und Littauer als mit einer kleinen Schneiderin, die schon um acht Uhr früh kommt und eine merkwürdige Hof- und Hinterstubenatmosphäre mit ins Haus bringt, und zum zweiten Frühstück ein

Brötchen mit Schlackwurst und vielleicht auch einen Gilka kriegt. Das alles widersteht mir im höchsten Maße; je weniger ich davon sehe, desto besser. Ich find es ungemein reizend, wenn so die kleinen Brillanten im Ohre blitzen, etwa wie bei meiner Schwiegermama in spe ... ‚Sich einschränken', ach, ich kenne das Lied, das immer gesungen und immer gepredigt wird, aber wenn ich bei Papa die dicken Bücher abstaube, drin niemand hineinsieht, auch er selber nicht, und wenn die Schmolke sich abends auf mein Bett setzt und mir von ihrem verstorbenen Manne, dem Schutzmann, erzählt, und daß er, wenn er noch lebte, jetzt ein Revier hätte, denn Madai hätte große Stücke auf ihn gehalten, und wenn sie dann zuletzt sagt: ‚Aber Corinnchen, ich habe ja noch gar nicht mal gefragt, was wir morgen essen wollen? ... Die Teltower sind jetzt so schlecht und eigentlich alle schon madig, und ich möchte dir vorschlagen, Wellfleisch und Wruken, das aß Schmolke auch immer so gern' – ja, Marcell, in solchem Augenblicke wird mir immer ganz sonderbar zu Mut, und Leopold Treibel erscheint mir dann mit einem Mal als der Rettungsanker meines Lebens, oder wenn du willst, wie das aufzusetzende große Marssegel, das bestimmt ist, mich bei gutem Wind an ferne, glückliche Küsten zu führen."

„Oder, wenn es stürmt, dein Lebensglück zum Scheitern zu bringen."

„Warten wir's ab, Marcell."

Und bei diesen Worten bogen sie, von der Alten Leipzigerstraße her, in Raules Hof ein, von dem aus ein kleiner Durchgang in die Adlerstraße führte.

Sechstes Kapitel

Um dieselbe Stunde, wo man sich bei Treibels vom Diner erhob, begann Professor Schmidts „Abend". Dieser „Abend", auch wohl Kränzchen genannt, versammelte, wenn man vollzählig war, um einen runden Tisch und eine mit einem roten Schleier versehene Moderateurlampe sieben Gymnasiallehrer, von denen die meisten den Professortitel führten. Außer unserem Freunde Schmidt waren es noch folgende: Friedrich Distelkamp, emeritierter Gymnasialdirektor, Senior des Kreises; nach ihm die Professoren Rindfleisch und Hannibal Kuh, zu welchen beiden sich noch Oberlehrer Immanuel

Schultze gesellte, sämtlich vom Großen Kurfürsten-Gymnasium. Den Schluß machte Dr. Charles Etienne, Freund und Studiengenosse Marcells, zur Zeit französischer Lehrer an einem vornehmen Mädchenpensionat, und endlich Zeichenlehrer Friedeberg, dem, vor ein paar Jahren erst – niemand wußte recht warum und woher – der die Mehrheit des Kreises auszeichnende Professortitel angeflogen war, übrigens ohne sein Ansehen zu heben. Er wurde vielmehr, nach wie vor, für nicht ganz voll angesehen, und eine Zeitlang war aufs ernsthafteste die Rede davon gewesen, ihn, wie sein Hauptgegner Immanuel Schultze vorgeschlagen, aus ihrem Kreise „herauszugraulen", was unser Wilibald Schmidt indessen mit der Bemerkung bekämpft hatte, daß Friedeberg, trotz seiner wissenschaftlichen Nichtzugehörigkeit, eine nicht zu unterschätzende Bedeutung für ihren „Abend" habe. „Seht, lieben Freunde", so etwa waren seine Worte gewesen, „wenn wir unter uns sind, so folgen wir unseren Auseinandersetzungen eigentlich immer nur aus Rücksicht und Artigkeit und leben dabei mehr oder weniger der Überzeugung, alles, was seitens des anderen gesagt wurde, viel besser oder – wenn wir bescheiden sind – wenigstens ebensogut sagen zu können. Und das lähmt immer. Ich für meinen Teil wenigstens bekenne offen, daß ich, wenn ich mit meinem Vortrage gerade an der Reihe war, das Gefühl eines gewissen Unbehagens, ja zu Zeiten einer geradezu hochgradigen Beklemmung nie ganz los geworden bin. Und in einem so bedrängten Augenblicke seh ich dann unseren immer zu spät kommenden Friedeberg eintreten, verlegen lächelnd natürlich, und empfinde sofort, wie meiner Seele die Flügel wieder wachsen; ich spreche freier, intuitiver, klarer, denn ich habe wieder ein Publikum, wenn auch nur ein ganz kleines. Ein andächtiger Zuhörer, anscheinend so wenig, ist doch schon immer was und mitunter sogar sehr viel." Auf diese warme Verteidigung Wilibald Schmidts hin war Friedeberg dem Kreise verblieben. Schmidt durfte sich überhaupt als die Seele des Kränzchens betrachten, dessen Namensgebung: „Die sieben Waisen Griechenlands" ebenfalls auf ihn zurückzuführen war. Immanuel Schultze, meist in der Opposition und außerdem ein Gottfried Keller-Schwärmer, hatte seinerseits „Das Fähnlein der sieben Aufrechten" vorgeschlagen, war aber damit nicht durchgedrungen, weil, wie Schmidt betonte, diese Bezeichnung einer Entlehnung gleichgekommen wäre. „Die sieben

Waisen“ klängen freilich ebenfalls entlehnt, aber das sei bloß Ohr- und Sinnestäuschung; das „a“, worauf es recht eigentlich ankomme, verändere nicht nur mit einem Schlage die ganze Situation, sondern erziele sogar den denkbar höchsten Standpunkt, den der Selbstironie.

Wie sich von selbst versteht, zerfiel die Gesellschaft, wie jede Vereinigung derart, in fast ebenso viele Parteien, wie sie Mitglieder zählte, und nur dem Umstande, daß die drei vom Großen Kurfürsten-Gymnasium, außer der Zusammengehörigkeit, die diese gemeinschaftliche Stellung gab, auch noch verwandt und verschwägert waren (Kuh war Schwager, Immanuel Schultze Schwiegersohn von Rindfleisch), nur diesem Umstande war es zuzuschreiben, daß die vier anderen, und zwar aus einer Art Selbsterhaltungstrieb, ebenfalls eine Gruppe bildeten und bei Beschlußfassungen meist zusammengingen. Hinsichtlich Schmidts und Distelkamps konnte dies nicht weiter überraschen, da sie von alter Zeit her Freunde waren; zwischen Etienne und Friedeberg aber klaffte für gewöhnlich ein tiefer Abgrund, der sich ebenso sehr in ihrer voneinander abweichenden Erscheinung wie in ihren verschiedenen Lebensgewohnheiten aussprach. Etienne, sehr elegant, versäumte nie, während der großen Ferien, mit Nachurlaub nach Paris zu gehen, während sich Friedeberg, angeblich um seiner Malstudien willen, auf die Woltersdorfer Schleuse (die landschaftlich unerreicht dastände) zurückzog. Natürlich war dies alles nur Vorgabe. Der wirkliche Grund war der, daß Friedeberg, bei ziemlich beschränkter Finanzlage, nach dem erreichbar Nächstliegenden griff und überhaupt Berlin nur verließ, um von seiner Frau – mit der er seit Jahren immer dicht vor der Scheidung stand – auf einige Wochen loszukommen. In einem sowohl die Handlungen wie die Worte seiner Mitglieder kritischer prüfenden Kreise hätte diese Finte notwendig verdrießen müssen; indessen Offenheit und Ehrlichkeit im Verkehr mit- und untereinander war keineswegs ein hervorstechender Zug der „sieben Waisen“, eher das Gegenteil. So versicherte beispielsweise jeder, „ohne den ‚Abend‘ eigentlich nicht leben zu können“, was in Wahrheit nicht ausschloß, daß immer nur die kamen, die nichts Besseres vor hatten; Theater und Skat gingen weit vor und sorgten dafür, daß Unvollständigkeit der Versammlung die Regel war und nicht mehr auffiel.

Heute aber schien es sich schlimmer als gewöhnlich gestalten zu wollen. Die Schmidt'sche Wanduhr, noch ein Erbstück vom Großvater her, schlug bereits halb, halb neun, und noch war niemand da außer Etienne, der, wie Marcell, zu den Intimen des Hauses zählend, kaum als Gast und Besuch gerechnet wurde.

„Was sagst du, Etienne", wandte sich jetzt Schmidt an diesen, „was sagst du zu dieser Saumseligkeit? Wo bleibt Distelkamp? Wenn auch auf den kein Verlaß mehr ist – ‚die Douglas waren immer treu', – so geht der ‚Abend' aus den Fugen, und ich werde Pessimist und nehme für den Rest meiner Tage Schopenhauer und Eduard von Hartmann untern Arm."

Während er noch so sprach, ging draußen die Klingel, und einen Augenblick später trat Distelkamp ein.

„Entschuldige, Schmidt, ich habe mich verspätet. Die Details erspar ich dir und unserem Freunde Etienne. Auseinandersetzungen, weshalb man zu spät kommt, selbst wenn sie wahr, sind nicht viel besser als Krankengeschichten. Also lassen wir's. Inzwischen bin ich überrascht, trotz meiner Verspätung immer noch der eigentlich erste zu sein. Denn Etienne gehört ja so gut wie zur Familie. Die Großen Kurfürstlichen aber! Wo sind sie? Nach Kuh und unserem Freunde Immanuel frag ich nicht erst, die sind bloß ihres Schwagers und Schwiegervaters Klientel. Rindfleisch selbst aber – wo steckt er?"

„Rindfleisch hat abgeschrieben; er sei heut in der ‚Griechischen'."

„Ach, das ist Torheit. Was will er in der Griechischen? Die sieben Waisen gehen vor. Er findet hier wirklich mehr."

„Ja, das sagst du so, Distelkamp. Aber es liegt doch wohl anders. Rindfleisch hat nämlich ein schlechtes Gewissen, ich könnte vielleicht sagen: mal wieder ein schlechtes Gewissen."

„Dann gehört er erst recht hierher; hier kann er beichten. Aber um was handelt es sich denn eigentlich? Was ist es?"

„Er hat da mal wieder einen Schwupper gemacht, irgend was verwechselt, ich glaube Phrynichos den Tragiker mit Phrynichos dem Lustspieldichter. War es nicht so Etienne?" – Dieser nickte – „und die Sekundaner haben nun mit lirum larum einen Vers auf ihn gemacht ..."

„Und?"

„Und da gilt es denn, die Scharte, so gut es geht, wieder

auszuwetzen, wozu die ‚Griechische' mit dem Lustre, das sie gibt, das immerhin beste Mittel ist."

Distelkamp, der sich mittlerweile seinen Meerschaum angezündet und in die Sofaecke gesetzt hatte, lächelte bei der ganzen, Geschichte behaglich vor sich hin und sagte dann: „Alles Schnack. Glaubst du's? Ich nicht. Und wenn es zuträfe, so bedeutet es nicht viel, eigentlich gar nichts. Solche Schnitzer kommen immer vor, passieren jedem. Ich will dir mal was erzählen, Schmidt, was, als ich noch jung war und in Quarta brandenburgische Geschichte vortragen mußte – was damals, sag ich, einen großen Eindruck auf mich machte."

„Nun laß hören. Was war's?"

„Ja, was war's. Offen gestanden, meine Wissenschaft, zum wenigsten, was unser gutes Kurbrandenburg anging, war nicht weit her, ist es auch jetzt noch nicht, und als ich so zu Hause saß und mich notdürftig vorbereitete, da las ich – denn wir waren gerade beim ersten König – allerhand Biographisches und darunter auch was vom alten General Barfus, der, wie die meisten damaligen, das Pulver nicht erfunden hatte, sonst aber ein kreuzbraver Mann war. Und dieser Barfus präsidierte, während der Belagerung von Bonn, einem Kriegsgericht, drin über einen jungen Offizier abgeurteilt werden sollte."

„So, so. Nun, was war es denn?"

„Der Abzuurteilende hatte sich, das mindeste zu sagen, etwas unheldisch benommen, und alle waren für Schuldig und Totschießen. Nur der alte Barfus wollte nichts davon wissen und sagte: „Drücken wir ein Auge zu, meine Herren. Ich habe dreißig Renkontres mitgemacht, und ich muß Ihnen sagen, ein Tag ist nicht wie der andere, und der Mensch ist ungleich und das Herz auch und der Mut erst recht. Ich habe mich manches Mal auch feige gefühlt. Solange es geht, muß man Milde walten lassen, denn jeder kann sie brauchen."

„Höre, Distelkamp", sagte Schmidt, „das ist eine gute Geschichte, dafür dank ich dir, und so alt ich bin, die will ich mir doch hinter die Ohren schreiben. Denn weiß es Gott, ich habe mich auch schon blamiert, und wiewohl es die Jungens nicht bemerkt haben, wenigstens ist mir nichts aufgefallen, so hab ich es doch selber bemerkt und mich hinterher riesig geärgert und geschämt. Nicht wahr, Etienne, so was ist immer fatal; oder kommt es im Französischen nicht vor, wenigstens dann nicht, wenn man alle Juli nach Paris reist und einen neuen Band Maupassant mit heimbringt? Das ist ja wohl jetzt das Feinste? Verzeih die kleine Malice. Rindfleisch ist überdies ein kreuzbraver Kerl, nomen est omen, und eigentlich der beste, besser als Kuh und namentlich besser als unser Freund Immanuel Schultze. Der hat's hinter den Ohren und ist ein Schlieker. Er grient immer und gibt sich das Ansehen, als ob er dem Bilde zu Sais irgendwie und –wo unter den Schleier geguckt hätte, wovon er weit ab ist. Denn er löst nicht mal das Rätsel von seiner eigenen Frau, an der manches verschleierter oder auch nicht verschleierter sein soll, als ihm, dem Ehesponsen, lieb sein kann."

„Schmidt, du hast heute mal wieder deinen medisanten Tag. Eben hab ich den armen Rindfleisch aus deinen Fängen gerettet, ja, du hast sogar Besserung versprochen, und schon stürzest du dich wieder auf den unglücklichen Schwiegersohn. Im übrigen, wenn ich an Immanuel etwas tadeln sollte, so läge es nach einer ganz anderen Seite hin."

„Und das wäre?"

„Daß er keine Autorität hat. Wenn er sie zu Hause nicht hat, nun, traurig genug. Indessen das geht uns nichts an. Aber daß er sie, nach allem, was ich höre, auch in der Klasse nicht hat, das ist schlimm. Sieh, Schmidt, das ist die Kränkung und der Schmerz meiner Lebensjahre, daß ich den kategorischen Imperativ immer mehr hinschwinden sehe. Wenn ich da an den alten Weber denke! Von dem heißt es, wenn er in die Klasse trat, so hörte man den Sand durch das Stundenglas fallen, und kein Primaner wußte mehr, daß es überhaupt möglich sei, zu flüstern oder gar vorzusagen. Und außer seinem eigenen Sprechen, ich meine Webers, war nichts hörbar als das Knistern, wenn die Horaz-Seiten umgeblättert wurden. Ja, Schmidt, das waren Zeiten, da verlohnte sich's, ein Lehrer und ein Direktor zu sein. Jetzt treten die Jungens in der Konditorei an einen heran und sagen: „Wenn Sie gelesen haben, Herr Direktor, dann bitt ich ..."

Schmidt lachte. „Ja, Distelkamp, so sind sie jetzt, das ist die neue Zeit, das ist wahr. Aber ich kann mich nicht darüber ärgeren. Wie waren denn, bei Lichte besehen, die großen Würdenträger mit ihrem Doppelkinn und ihren Pontacnasen? Schlemmer waren es, die den Burgunder viel besser kannten als den Homer. Da wird immer von alten, einfachen Zeiten geredet; dummes Zeug! sie müssen ganz gehörig gepichelt haben, das sieht man noch an den Bildern in der Aula. Nu ja, Selbstbewußtsein und eine steifleinene Grandezza, das alles hatten sie, das soll ihnen zugestanden sein. Aber wie sah es sonst aus?"

„Besser als heute."

„Kann ich nicht finden, Distelkamp. Als ich noch unsere Schulbibliothek unter Aufsicht hatte, Gott sei Dank, daß ich nichts mehr damit zu tun habe, da hab' ich öfter in die Schulprogramme hineingeguckt, und in die Dissertationen und Aktusse, wie sie vordem in Schwung waren. Nun, ich weiß wohl, jede Zeit denkt, sie sei was besonderes, und die, die kommen, mögen meinetwegen auch über uns lachen; aber sieh, Distelkamp, vom gegenwärtigen Standpunkt unseres Wissens, oder sag ich auch bloß unseres Geschmacks aus, darf doch am Ende gesagt werden, es war etwas Furchtbares mit dieser Perückengelehrsamkeit und die stupende Wichtigkeit, mit der sie sich gab, kann uns nur noch erheitern. Ich weiß nicht, unter wem es war, ich glaube unter Rodegast, da kam es in Mode – vielleicht weil er persönlich einen Garten vorm Rosentaler hatte –, die Stoffe für die öffentlichen Reden und ähnliches aus der Gartenkunde zu nehmen, und sieh, da hab ich Dissertationen gelesen über das Hortikulturliche des Paradieses, über die Beschaffenheit des Gartens zu Gethsemaneh und über die mutmaßlichen Anlagen im Garten des Joseph von Arimathia. Garten und immer wieder Garten. Nun, was sagst du dazu?"

„Ja, Schmidt, mit dir ist schlecht fechten. Du hast immer das Auge für das Komische gehabt. Das greifst du nun heraus, spießest es auf deine Nadel und zeigst es der Welt. Aber was daneben lag und viel richtiger war, das lässest du liegen. Du hast schon sehr richtig hervorgehoben, daß man über unsere Lächerlichkeiten auch lachen wird. Und wer bürgt uns dafür, daß wir nicht jeden Tag in Untersuchungen eintreten, die noch viel toller sind als die hortikulturlichen Untersuchungen über das Paradies. Lieber Schmidt, das Entscheidende bleibt doch immer der Charakter, nicht der eitle, wohl aber der gute, ehrliche Glaube an uns selbst. Bona fide müssen wir vorgehen. Aber mit unserer ewigen Kritik, eventuell auch Selbstkritik, geraten wir in eine mala fides hinein und mißtrauen uns selbst und dem, was wir zu sagen haben. Und ohne Glauben an uns und unsere Sache, keine rechte Lust und Freudigkeit und auch kein Segen, am wenigsten Autorität. Und das ist es, was ich beklage. Denn wie kein Heerwesen ohne Disziplin, so kein Schulwesen ohne Autorität. Es ist damit wie mit dem Glauben. Es ist nicht nötig, daß das Richtige geglaubt wird, aber daß überhaupt geglaubt wird, darauf kommt es an. In jedem Glauben stecken geheimnisvolle Kräfte und ebenso in der Autorität."

Schmidt lächelte. „Distelkamp, ich kann da nicht mit. Ich kann's in der Theorie gelten lassen, aber in der Praxis ist es bedeutungslos geworden. Gewiß kommt es auf das Ansehen vor den Schülern an. Wir gehen nur darin auseinander, aus welcher Wurzel das Ansehen kommen soll. Du willst alles auf den Chrarakter zurückführen und denkst, wenn du es auch nicht aussprichst: ‚Und wenn Ihr Euch nur selbst vertraut, vertrauen Euch auch die anderen Seelen'. Aber, teurer Freund, das ist just das, was ich bestreite. Mit dem bloßen Glauben an sich oder gar, wenn du den Ausdruck gestattest, mit der geschwollenen Wichtigtuerei, mit der Pompösität ist es heutzutage nicht mehr getan. An die Stelle dieser veralteten Macht ist die reelle Macht des wirklichen Wissens und Könnens getreten, und du brauchst nur Umschau zu halten, so wirst du jeden Tag sehen, daß Professor Hammerstein, der bei Spichern mitgestürmt und eine gewisse Premierleutnantshaltung von daher beibehalten hat, daß Hammerstein, sag ich, seine Klasse nicht regiert, während unser Agathon Knurzel, der aussieht wie Mr. Punch und einen Doppelbuckel, aber freilich auch einen Doppelgrips hat, die Klasse mit seinem kleinen Raubvogelgesicht in der Furcht des Herrn hält. Und nun besonders unsere Berliner Jungens, die gleich weg haben, wie schwer einer wiegt. Wenn einer von den Alten aus dem Grabe käme, mit Stolz und Hoheit angetan, und eine hortikulturelle Beschreibung des Paradieses forderte, wie würde der fahren mit all seiner Würde? Drei Tage später wär er im Kladderradatsch, und die Jungens selber hätten das Gedicht gemacht."

„Und doch bleibt es dabei, Schmidt, mit den Traditionen der alten Schule steht und fällt die höhere Wissenschaft."

„Ich glaub es nicht. Aber wenn es wäre, wenn die höhere Weltanschauung, das heißt das, was wir so nennen, wenn das alles fallen müßte, nun, so laß es fallen. Schon Attinghausen, der doch selber alt war, sagte: ‚Das Alte stürzt, es ändert sich die Zeit.‘ Und wir stehen sehr stark vor solchem Umwandlungsprozeß, oder richtiger wir sind schon drin. Muß ich dich daran erinnern, es gab eine Zeit, wo das Kirchliche Sache der Kirchenleute war. Ist es noch so? Nein. Hat die Welt verloren? Nein. Es ist vorbei mit den alten Formen, und auch unsere Wissenschaftlichkeit wird davon keine Ausnahme machen. Sieh hier ...“ und schleppte von einem kleinen Nebentisch ein großes Prachtwerk herbei ... „sieh hier das. Heute mir zugeschickt, und ich werd es behalten, so teuer es ist. Heinrich Schliemann's Ausgrabungen zu Mykenä. Ja, Distelkamp, wie stehst du dazu?“

„Zweifelhaft genug.“

„Kann ich mir denken. Weil du von den alten Anschauungen nicht los willst. Du kannst dir nicht vorstellen, daß jemand, der Tüten geklebt und Rosinen verkauft hat, den alten Priamus ausbuddelt, und kommt er nun gar ins Agamemnonsche hinein und sucht nach dem Schädelriß, aegisthschen Angedenkens, so gerätst du in helle Empörung. Aber ich kann mir nicht helfen, du hast unrecht. Freilich, man muß was leisten, hic Rhodus, hic salta; aber wer springen kann, der springt, gleichviel ob er's aus der Georgia Augusta- oder aus der Klipp-Schule hat. Im übrigen will ich abbrechen; am wenigsten hab ich Lust, dich mit Schliemann zu ärgern, der von Anfang an deine Renonce war. Die Bücher liegen hier bloß wegen Friedeberg, den ich der beigegebenen Zeichnungen halber fragen will. Ich begreife nicht, daß er nicht kommt, oder richtiger nicht schon da ist. Denn daß er kommt, ist unzweifelhaft, er hätte sonst abgeschrieben, artiger Mann, der er ist.“

„Ja, das ist er“, sagte Etienne, „das hat er noch aus dem Semitismus mit 'rübergenommen. “

„Sehr wahr“, fuhr Schmidt fort, „aber wo er's her hat, ist am Ende gleichgültig. Ich bedauere mitunter, Urgermane, der ich bin, daß wir nicht auch irgendwelche Bezugsquelle für ein bißchen Schliff und Politesse haben; es braucht ja nicht gerade dieselbe zu sein. Die schreckliche Verwandtschaft zwischen Teutoburger Wald und Grobheit ist doch mitunter störend. Friedeberg ist ein Mann, der, wie Max Piccolomini – sonst nicht gerade sein Vorbild, auch nicht mal in der Liebe – der ‚Sitten Freundlichkeit‘ allerzeit kultiviert hat, und es bleibt eigentlich nur zu beklagen, daß seine Schüler nicht immer das richtige Verständnis dafür haben. Mit anderen Worten, sie spielen ihm auf der Nase …“

„Das uralte Schicksal der Schreib- und Zeichenlehrer …“

„Freilich. Und am Ende muß es auch so gehen und geht auch. Aber lassen wir die heikle Frage. Laß mich lieber auf Mykenä zurückkommen und sage mir deine Meinung über die Goldmasken. Ich bin sicher, wir haben da ganz was besonderes, so das recht eigentlichste. Jeder Beliebige kann doch nicht bei seiner Bestattung eine Goldmaske getragen haben, doch immer nur die Fürsten, also mit höchster Wahrscheinlichkeit Orests und lphigeniens unmittelbare Vorfahren. Und wenn ich mir dann vorstelle, daß diese Goldmasken genau nach dem Gesicht geformt wurden, gerade wie wir jetzt eine Gips- oder Wachsmaske formen, so hüpft mir das Herz bei der doch mindestens zulässigen Idee, daß dies hier“ – und er wies auf eine aufgeschlagene Bildseite – „daß dies hier das Gesicht des Atreus ist oder seines Vaters oder seines Onkels …“

„Sagen wir seines Onkels.“

„Ja, du spottest wieder, Distelkamp, trotzdem du mir doch selber den Spott verboten hast. Und das alles bloß, weil du der ganzen Sache mißtraust und nicht vergessen kannst, daß er, ich meine natürlich Schliemann, in seinen Schuljahren über Strelitz und Fürstenberg nicht ’rausgekommen ist. Aber lies nur, was Virchow von ihm sagt. Und Virchow wirst du doch gelten lassen.“ In diesem Augenblicke hörte man draußen die Klingel gehen.

„Ah, lupus in fabula. Das ist er. Ich wußte, daß er uns nicht im Stiche lassen würde …“

Und kaum, daß Schmidt diese Worte gesprochen, trat Friedeberg auch schon herein, und ein reizender, schwarzer Pudel, dessen rote Zunge, wahrscheinlich vom angestrengten Laufe, weit heraushing, sprang auf die beiden alten Herren zu und umschmeichelte abwechselnd Schmidt und Distelkamp. An Etienne, der ihm zu elegant war, wagte er sich nicht heran.

„Aber alle Wetter, Friedeberg, wo kommen Sie so spät her?“

„Freilich, freilich, und sehr zu meinem Bedauern. Aber der Fips hier treibt es zu arg oder geht in seiner Liebe zu mir zu weit, wenn ein Zuweitgehen in der Liebe überhaupt möglich ist. Ich bildete mir ein, ihn eingeschlossen zu haben, und mache mich zu rechter Zeit auf den Weg. Gut. Und nun denken Sie, was geschieht? Als ich hier ankomme, wer ist da, wer wartet auf mich? Natürlich Fips. Ich bring ihn wieder zurück bis in meine Wohnung und übergeb ihn dem Portier, meinem guten Freunde – man muß in Berlin eigentlich sagen, meinem Gönner. Aber, aber, was ist das Resultat all meiner Anstrengungen und guten Worte? Kaum bin ich wieder hier, so ist auch Fips wieder da. Was sollt ich am Ende machen? Ich hab ihn wohl oder übel mit hereingebracht und bitt um Entschuldigung für ihn und für mich. "

„Hat nichts auf sich", sagte Schmidt, während er sich zugleich freundlich mit dem Hunde beschäftigte. „Reizendes Tier und so zutunlich und fidel. Sagen Sie, Freideberg, wie schreibt er sich eigentlich? f oder ph? Phips mit ph ist englisch, also vornehmer. Im übrigen ist er, wie seine Rechtschreibung auch sein möge, für heute abend mit eingeladen und ein durchaus willkommener Gast, vorausgesetzt, daß er nichts dagegen hat, in der Küche sozusagen am Trompetertisch Platz zu nehmen. Für meine gute Schmolke bürge ich. Die hat eine Vorliebe für Pudel, und wenn sie nun gar von seiner Treue hört ..."

„So wird sie", warf Distelkamp ein, „ihm einen Extrazipfel schwerlich versagen."

„Gewiß nicht. Und darin stimme ich meiner guten Schmolke von Herzen bei. Denn die Treue, von der heutzutage jeder redet, wird in Wahrheit immer rarer, und Fips predigt in seiner Stadtgegend, soviel ich weiß, umsonst."

Diese von Schmidt anscheinend leicht und wie im Scherze hingesprochenen Worte richteten sich doch ziemlich ernsthaft an den sonst gerade von ihm protegierten Friedeberg, dessen stadtkundig unglückliche Ehe, neben anderem, auch mit einem entschiedenem Mangel an Treue, besonders während seiner Mal- und Landschaftsstudien auf der Woltersdorfer Schleuse, zusammenhing. Friedeberg fühlte den Stich auch sehr wohl heraus und wollte sich durch eine Verbindlichkeit gegen Schmidt aus der Affäre ziehen, kam aber nicht dazu, weil in eben diesem Augenblicke die Schmolke eintrat und unter einer Verbeugung gegen die anderen Herren ihrem Professor ins Ohr flüsterte, „daß angerichtet sei".

„Nun, lieben Freunde, dann bitt ich ..." Und Distelkamp an der Hand nehmend, schritt er, unter Passierung des Entrees, auf das Gesellschaftszimmer zu, drin die Abendtafel gedeckt war. Ein eigentliches Eßzimmer hatte die Wohnung nicht. Friedeberg und Etienne folgten.

Siebentes Kapitel

Das Zimmer war dasselbe, in welchem Corinna, am Tage zuvor, den Besuch der Kommerzienrätin empfangen hatte. Der mit Lichtern und Weinflaschen gut besetzte Tisch stand, zu vieren gedeckt, in der Mitte; darüber hing eine Hängelampe. Schmidt setzte sich mit dem Rücken gegen den Fensterpfeiler, seinem Freunde Friedeberg gegenüber, der seinerseits von seinem Platze aus zugleich den Blick in den Spiegel hatte. Zwischen den blanken Messingleuchtern standen ein Paar, auf einem Basar gewonnene Porzellanvasen, aus deren halb gezahnter, halb wellenförmiger Öffnung – dentatus et undulatus, sagte Schmidt – kleine Marktsträuße von Goldlack und Vergißmeinnicht hervorwuchsen. Quer vor den Weingläsern lagen lange Kümmelbrote, denen der Gastgeber, wie allem Kümmlichen, eine ganz besondere Fülle gesundheitlicher Gaben zuschrieb.

Das eigentliche Gericht fehlte noch, und Schmidt, nachdem er sich von dem statutarisch festgesetzten Trarbacher bereits zweimal eingeschenkt, auch beide Knusperspitzen von seinem Kümmelbrötchen abgebrochen hatte, war ersichtlich auf dem Punkte, starke Spuren von Mißstimmung und Ungeduld zu zeigen, als sich endlich die zum Entree führende Tür auftat, und die Schmolke, rot von Erregung und Herdfeuer, eintrat, eine mächtige Schüssel mit Oderkrebsen vor sich her tragend. „Gott sei Dank“, sagte Schmidt, „ich dachte schon, alles wäre den Krebsgang gegangen“, eine unvorsichtige Bemerkung, die die Kongestionen der Schmolke nur noch steigerte, das Maß ihrer guten Laune aber ebensosehr sinken ließ. Schmidt, seinen Fehler rasch erkennend, war kluger Feldherr genug, durch einige Verbindlichkeiten die Sache wieder auszugleichen. Freilich nur mit halbem Erfolg.

Als man wieder allein war, unterließ es Schmidt nicht, sofort den verbindlichen Wirt zu machen. Natürlich auf seine Weise.

„Sieh, Distelkamp, dieser hier ist für dich. Er hat eine große und eine kleine Schere, und das sind immer die besten: Es gibt Spiele der Natur, die mehr sind als bloßes Spiel und dem Weisen als

Wegweiser dienen; dahin gehören beispielsweise die Pontac-Apfelsinen, und die Borstorfer mit einer Pocke. Denn es steht fest, je pockenreicher, desto schöner ... Was wir hier vor uns haben, sind Oderbruchkrebse; wenn ich recht berichtet bin, aus der Küstriner Gegend. Es scheint, daß durch die Vermählung von Oder und Warthe besonders gute Resultate vermittelt werden. Übrigens, Friedeberg, sind Sie nicht eigentlich da zu Haus? Ein halber Neumärker oder Oderbrücher." Friedeberg bestätigte. „Wußt es; mein Gedächtnis täuscht mich selten. Und nun sagen Sie, Freund, ist dies, nach Ihren persönlichen Erfahrungen mutmaßlich als streng lokale Produktion anzusehen, oder ist es mit den Oderbruchkrebsen wie mit den Werderschen Kirschen, deren Gewinnungsgebiet sich nächstens über die ganze Provinz Brandenburg erstrecken wird?"

„Ich glaube doch", sagte Friedeberg, während er durch eine geschickte, durchaus den Virtuosen verratende Gabelwendung, einen weiß und rosa schimmernden Krebsschwanz aus seiner Stachelschale hob, „ich glaube doch, daß hier ein Segeln unter zuständiger Flagge stattfindet, und daß wir auf dieser Schüssel wirkliche Oderkrebse vor uns haben, echteste Ware, nicht bloß dem Namen nach, sondern auch de facto. "

„De facto," wiederholte der in Friedebergs Latinität eingeweihte Schmidt, unter behaglichem Schmunzeln.

Friedeberg aber fuhr fort: „Es werden nämlich, um Küstrin herum, immer noch Massen gewonnen, trotzdem es nicht mehr das ist, was es war. Ich habe selbst noch Wunderdinge davon gesehen, aber freilich nichts im Vergleich zu dem, was die Leute von alten Zeiten her erzählten. Damals, vor hundert Jahren, oder vielleicht auch noch länger, gab es so viele Krebse, daß sie durchs ganze Bruch hin, wenn sich im Mai das Überschwemmungswasser wieder verlief, von den Bäumen geschüttelt wurden, zu vielen Hunderttausenden."

„Dabei kann einem ja ordentlich das Herz lachen", sagte Etienne, der ein Feinschmecker war.

„Ja, hier an diesem Tisch; aber dort in der Gegend lachte man nicht darüber. Die Krebse waren wie eine Plage, natürlich ganz entwertet, und bei der dienenden Bevölkerung, die damit geatzt werden sollte, so verhaßt und dem Magen der Leute so widerwärtig, daß es verboten war, dem Gesinde mehr als dreimal wöchentlich Krebse vorzusetzen. Ein Schock Krebse kostete einen Pfennig."

„Ein Glück, daß das die Schmolke nicht hört", warf Schmidt ein, „sonst würd ihr ihre Laune zum zweiten Male verdorben. Als richtige Berlinerin ist sie nämlich für ewiges Sparen, und ich glaube nicht, daß sie die Tatsache ruhig verwinden würde, die Epoche von ‚ein Pfennig pro Schock' so total versäumt zu haben."

„Darüber darfst du nicht spotten, Schmidt", sagte Distelkamp. „Das ist eine Tugend, die der modernen Welt, neben vielem anderen, immer mehr verloren geht."

„Ja, da sollst du recht haben. Aber meine gute Schmolke hat doch auch in diesem Punkte les défauts de ses vertus. So heißt es ja wohl, Etienne?"

„Gewiß", sagte dieser. „Von der George Sand. Und fast ließe sich sagen ‚les défauts de ses vertus' und ‚comprendre c'est pardonner' – das sind so recht eigentlich die Sätze, wegen deren sie gelebt hat."

„Und dann vielleicht auch von wegen dem Alfred de Musset", ergänzte Schmidt, der nicht gern eine Gelegenheit vorübergehen ließ, sich, aller Klassizität unbeschadet, auch ein modern literarisches Ansehen zu geben.

„Ja, wenn man will, auch von wegen dem Alfred de Musset. Aber das sind Dinge, daran die Literaturgeschichte glücklicherweise vorübergeht."

„Sage das nicht, Etienne, nicht glücklicherweise, sage leider. Die Geschichte geht fast immer an dem vorüber, was sie vor allem festhalten sollte. Daß der alte Fritz am Ende seiner Tage dem damaligen Kammergerichtspräsidenten, Namen hab ich vergessen, den Krückstock an den Kopf warf, und, was mir noch wichtiger ist, daß er durchaus bei seinen Hunden begraben sein wollte, weil er die Menschen, diese ‚mechante Rasse', so gründlich verachtete – sieh, Freund, das ist mir mindestens ebenso viel wert wie Hohenfriedberg oder Leuthen. Und die berühmte Torgauer Ansprache, ‚Rackers, wollt ihr denn ewig leben', geht mir eigentlich noch über Torgau selbst."

Distelkamp lächelte. „Das sind so Schmidtiana. Du warst immer fürs Anekdotische, fürs Genrehafte. Mir gilt in der Geschichte nur das Große, nicht das Kleine, das Nebensächliche."

„Ja und nein, Distelkamp. Das Nebensächliche, so viel ist richtig, gilt nichts, wenn es bloß nebensächlich ist, wenn nichts drin steckt. Steckt aber was drin, dann ist es die Hauptsache, denn es gibt einem dann immer das eigentlich Menschliche.“

„Poetisch magst du recht haben.“

„Das Poetische – vorausgesetzt, daß man etwas anderes darunter versteht als meine Freundin Jenny Treibel – das Poetische hat immer recht; es wächst weit über das Historische hinaus …“ Es war dies ein Schmidtsches Lieblingsthema, drin der alte Romantiker, der er eigentlich mehr als alles andere war, jedesmal so recht zur Geltung kam; aber heute sein Steckenpferd zu reiten, verbot sich ihm doch, denn ehe er noch zu einer wuchtigen Auseinandersetzung ausholen konnte, hörte man Stimmen vom Entree her, und im nächsten Augenblicke traten Marcell und Corinna ein, Marcell befangen und fast verstimmt, Corinna nach wie vor in bester Laune. Sie ging zur Begrüßung auf Distelkamp zu, der ihr Pate war und ihr immer kleine Verbindlichkeiten sagte. Dann gab sie, Friedeberg und Etienne die Hand und machte den Schluß bei ihrem Vater, dem sie, nachdem er sich auf ihre Ordre mit der breit vorgebundenen Serviette den Mund abgeputzt hatte, einen herzhaften Kuß gab.

„Nun, Kinder, was bringt ihr? Rückt hier ein. Platz die Hülle und die Fülle. Rindfleisch hat abgeschrieben … griechische Gesellschaft … und die beiden anderen fehlen als Anhängsel natürlich von selbst. Aber kein anzügliches Wort mehr, ich habe ja Besserung geschworen und will's halten. Also, Corinna, du drüben neben Distelkamp, Marcell hier zwischen Etienne und mir. Ein Besteck wird die Schmolke wohl gleich bringen … So; so ist's recht … Und wie sich das gleich anders ausnimmt! Wenn so Lücken klaffen, denk ich immer, Banquo steigt auf. Nun, Gott sei Dank, Marcell, von Banquo hast du nicht viel, oder wenn doch vielleicht so verstehst du's, deine Wunden zu verbergen. Und nun erzählt, Kinder. Was macht Treibel? Was macht meine Freundin Jenny? Hat sie gesungen? Ich wette, das ewige Lied, mein Lied, die berühmte Stelle: ‚Wo sich Herzen finden‘, und Adolar Krola hat begleitet. Wenn ich dabei nur mal in Krolas Seele lesen könnte. Vielleicht aber steht er doch milder und menschlicher dazu. Wer jeden Tag zu zwei Diners geladen ist und mindestens anderthalb mitmacht … Aber bitte, Corinna, klingle.“

„Nein, ich gehe lieber selbst, Papa. Die Schmolke läßt sich nicht gerne klingeln; sie hat so ihre Vorstellungen von dem, was sie sich und ihrem Verstorbenen schuldig ist. Und ob ich wiederkomme, die

Herren wollen verzeihen, weiß ich auch nicht; ich glaube kaum. Wenn man solchen Treibelschen Tag hinter sich hat, ist es das Schönste darüber nachzudenken, wie das alles so kam und was einem alles gesagt wurde. Marcell kann ja statt meiner berichten. Und nur noch so viel, ein höchst interessanter Engländer war mein Tischnachbar, und wer es von Ihnen vielleicht nicht glauben will, daß er so sehr interessant gewesen, dembrauche ich bloß den Namen zu nennen, er hieß nämlich Nelson. Und nun Gott befohlen."

Und damit verabschiedete sich Corinna.

Das Besteck für Marcell kam, und als dieser, nur um des Onkels gute Laune nicht zu stören, um einen Kost- und Probekrebs gebeten hatte, sagte Schmidt: „Fange nur erst an. Artischocken und Krebse kann man immer essen, auch wenn man von einem Treibelschen Diner kommt. Ob sich vom Hummer dasselbe sagen läßt, mag dahingestellt bleiben. Mir persönlich ist allerdings auch der Hummer immer gut bekommen. Ein eigen Ding, daß man aus Fragen derart nie herauswächst, sie wechseln bloß ab im Leben. Ist man jung, so heißt es ‚hübsch oder häßlich', ‚brünett oder blond', und liegt dergleichen hinter einem, so steht man vor der vielleicht wichtigeren Frage ‚Hummer oder Krebse'. Wir könnten übrigens darüber abstimmen. Andererseits, so viel muß ich zugeben, hat Abstimmung immer was Totes, Schablonenhaftes und paßt mir außerdem nicht recht; ich möchte nämlich Marcell gern ins Gespräch ziehen, der eigentlich dasitzt, als sei ihm die Gerste verhagelt. Also lieber Erörterung der Frage, Debatte. Sage, Marcell, was ziehst du vor?"

„Versteht sich, Hummer."

„Schnell fertig ist die Jugend mit dem Wort. Auf den ersten Anlauf, mit ganz wenig Ausnahmen, ist jeder für Hummer, schon weil er sich auf Kaiser Wilhelm berufen kann. Aber so schnell erledigt sich das nicht. Natürlich, wenn solch ein Hummer aufgeschnitten vor einem liegt, und der wundervolle rote Rogen, ein Bild des Segens und der Fruchtbarkeit, einem zu allem anderen auch noch die Gewißheit gibt, ‚es wird immer Hummer geben', auch nach Äonen noch, gerade so wie heute ..." Distelkamp sah seinen Freund Schmidt von der Seite her an.

„ ... Also einem die Gewißheit gibt, auch nach Äonen noch werden Menschenkinder sich dieser Himmelsgabe freuen – ja,

Freunde, wenn man sich mit diesem Gefühl des Unendlichen durchdringt, so kommt das darin liegende Humanitäre dem Hummer und unserer Stellung zu ihm unzweifelhaft zu gute. Denn jede philanthropische Regung, weshalb man die Philanthropie schon aus Selbstsucht kultivieren sollte, bedeutet die Mehrung eines gesunden und zugleich verfeinerten Appetits. Alles Gute hat seinen Lohn in sich, so viel ist unbestreitbar."

„Aber ..."

„Aber es ist trotzdem dafür gesorgt, auch hier, daß die Bäume nicht in den Himmel wachsen, und neben dem Großen hat das Kleine nicht bloß seine Berechtigung, sondern auch seine Vorzüge. Gewiß, dem Krebse fehlt dies und das, er hat sozusagen nicht das ‚Maß', was, in einem Militärstaate wie Preußen, immerhin etwas bedeutet, aber dem ohnerachtet, auch er darf sagen: ich habe nicht umsonst gelebt. Und wenn er dann, er, der Krebs, in Petersilienbutter geschwenkt, im allerappetitlichsten Reize vor uns hintritt, so hat er Momente wirklicher Überlegenheit, vor allem auch darin, daß sein Bestes nicht eigentlich gegessen, sondern geschlürft, gesogen wird. Und daß gerade das, in der Welt des Genusses, seine besonderen Meriten hat, wer wollte das bestreiten? Es ist, sozusagen, das natürlich Gegebene. Wir haben da, in erster Reihe den Säugling, für den saugen zugleich leben heißt. Aber auch in den höheren Semestern ..."

„Laß es gut sein, Schmidt", unterbrach Distelkamp. „Mir ist nur immer merkwürdig, daß du neben Homer und sogar neben Schliemann mit solcher Vorliebe Kochbuchliches behandelst, reine Menufragen, als ob du zu den Bankiers und Geldfürsten gehörtest, von denen ich bis auf weiteres annehme, daß sie gut essen ..."

„Mir ganz unzweifelhaft."

„Nun, sieh, Schmidt, diese Herren von der hohen Finanz, darauf möcht ich mich verwetten, sprechen nicht mit halb so viel Lust und Eifer von einer Schildkrötensuppe wie du."

„Das ist richtig, Distelkamp, und sehr natürlich. Sieh, ich habe die Frische, die macht's; auf die Frische kommt es an, in allem. Die Frische gibt einem die Lust, den Eifer, das Interesse, und wo die Frische nicht ist, da ist gar nichts. Das ärmste Leben, das ein Menschenkind führen kann, ist das des petit crevé. Lauter Zappeleien; nichts dahinter. Hab ich recht, Etienne?"

Dieser, der in allem Parisischen regelmäßig als Autorität angerufen wurde, nickte zustimmend, und Distelkamp ließ die Streitfrage fallen oder war geschickt genug, ihr eine neue Richtung zu geben, indem er aus dem allgemein Kulinarischen auf einzelne berühmte kulinarische Persönlichkeiten überlenkte, Zunächst auf den Freiherrn von Rumohr, und im raschen Anschluß an diesen auf den ihn persönlich befreundet gewesenen Fürsten Pückler-Muskau. Besonders dieser letztere war Distelkamps Schwärmerei. Wenn man dermaleinst das Wesen des modernen Aristokratismus an einer historischen Figur werde nachweisen wollen, so werde man immer den Fürsten Pückler als Musterbeispiel nehmen müssen. Dabei sei er durchaus liebenswürdig gewesen, allerdings etwas launenhaft, eitel und übermütig, aber immer grundgut. Es sei schade, daß solche Figuren ausstürben. Und nach diesen einleitenden Sätzen begann er speziell von Muskau und Branitz zu erzählen, wo er vordem oft tagelang zu Besuch gewesen war und sich mit der märchenhaften, von „Semilassos Weltfahrten" mit heimgebrachten Abessinierin über Nahes und Fernes unterhalten hatte.

Schmidt hörte nichts Lieberes als Erlebnisse derart, und nun gar von Distelkamp, vor dessen Wissen und Charakter er überhaupt einen ungeheuchelten Respekt hatte.

Marcell teilte ganz und gar diese Vorliebe für den alten Direktor und verstand außerdem – obwohl geborner Berliner – gut und mit Interesse zuzuhören; trotzdem tat er heute Fragen über Fragen, die seine volle Zerstreutheit bewiesen. Er war eben mit anderem beschäftigt.

So kam elf heran, und mit dem Glockenschlage – ein Satz von Schmidt wurde mitten durchgeschnitten – erhob man sich und trat aus dem Eßzimmer in das Entree, darin seitens, der Schmolke, die Sommerüberzieher samt Hut und Stock schon in Bereitschaft gelegt waren. Jeder griff nach dem seinen, und nur Marcell nahm den Oheim einen Augenblick beiseite und sagte: „Onkel, ich spräche gern noch ein Wort mit dir", ein Ansinnen, zu dem dieser, jovial und herzlich wie immer, seine volle Zustimmung ausdrückte. Dann, unter Vorantritt der Schmolke, die mit der Linken den messingenen Leuchter über den Kopf hielt, stiegen Distelkamp, Friedeberg und Etienne zunächst treppab und traten gleich danach in die muffig schwüle Adlerstraße hinaus. Oben aber nahm Schmidt seines Neffen

Arm und schritt mit ihm auf seine Studierstube zu.

*

„Nun, Marcell, was gibt es? Rauchen wirst du nicht, du siehst mir viel zu bewölkt aus; aber verzeih, ich muß mir erst eine Pfeife stopfen.“ Und dabei ließ er sich, den Tabakskasten vor sich herschiebend, in eine Sofaecke nieder. „So! Marcell. ... Und nun nimm einen Stuhl und setz dich und schieße los. Was gibt es?“

„Das alte Lied.“

„Corinna?“

„Ja.“

„Ja, Marcell, nimm mir's nicht übel, aber das ist ein schlechter Liebhaber, der immer väterlichen Vorspann braucht, um von der Stelle zu kommen. Du weißt, ich bin dafür. Ihr seid wie geschaffen für einander. Sie übersieht dich und uns alle; das Schmidtsche strebt in ihr nicht bloß der Vollendung zu, sondern, ich muß das sagen, trotzdem ich ihr Vater bin, kommt auch ganz nah ans Ziel. Nicht jede Familie kann das ertragen. Aber das Schmidtsche setzt sich aus solchen Ingredienzien zusammen, daß die Vollendung, von der ich spreche, nie bedrücklich wird. Und warum nicht? Weil die Selbstironie, in der wir, glaube ich, groß sind, immer wieder ein Fragezeichen hinter der Vollendung macht. Das ist recht eigentlich das, was ich das Schmidtsche nenne. Folgst du?“

„Gewiß, Onkel. Sprich nur weiter.“

„Nun, sieh, Marcell, ihr paßt ganz vorzüglich zusammen. Sie hat die genialere Natur, hat so den letzten Knips von der Sache weg, aber das gibt keineswegs das Übergewicht im Leben. Fast im Gegenteil. Die Genialen bleiben immer halbe Kinder, in Eitelkeit befangen, und verlassen sich immer auf Intuition und bon sens und Sentiment und wie alle die französischen Worte heißen mögen. Oder wir können auch auf gut Deutsch sagen, sie verlassen sich auf ihre guten Einfälle. Damit ist es nun aber so so; manchmal wetterleuchtet es freilich eine halbe Stunde lang oder auch noch länger, gewiß, das kommt vor; aber mit einem Male ist das Elektrische wie verblitzt, und nun bleibt nicht bloß der Esprit wie Röhrwasser, sondern auch der gesunde Menschenverstand. Ja, der erst recht. Und so ist es auch mit Corinna. Sie bedarf einer verständigen Leitung, das heißt, sie bedarf eines Mannes von

Bildung und Charakter. Das bist du, das hast du. Du hast also meinen Segen; alles andere mußt du dir selber besorgen."

„Ja, Onkel, das sagst du immer. Aber wie soll ich das anfangen? Eine lichterlohe Leidenschaft kann ich in ihr nicht entzünden. Vielleicht ist sie solcher Leidenschaft nicht einmal fähig; aber wenn auch, wie soll ein Vetter seine Cousine zur Leidenschaft anstacheln? Das kommt gar nicht vor. Die Leidenschaft ist etwas Plötzliches, und wenn man von seinem fünften Jahr an immer zusammen gespielt und sich, sagen wir, hinter den Sauerkrauttonnen eines Budikers oder in einem Torf- oder Holzkeller unzählige Male stundenlang versteckt hat, immer gemeinschaftlich und immer glückselig, daß Richard oder Arthur, trotzdem sie dicht um einen herum waren, einen doch nicht finden konnten, ja, Onkel, da ist von Plötzlichkeit, dieser Vorbedingung der Leidenschaft, keine Rede mehr."

Schmidt lachte. „Das hast du gut gesagt, Marcell, eigentlich über deine Mittel. Aber es steigert nur meine Liebe zu dir. Das Schmidtsche steckt doch auch in dir und ist nur unter dem steifen Wedderkoppschen etwas vergraben. Und das kann ich dir sagen, wenn du diesen Ton Corinna gegenüber festhältst, dann bist du durch, dann hast du sie sicher."

„Ach, Onkel, glaube doch das nicht. Du verkennst Corinna. Nach der einen Seite hin kennst du sie ganz genau, aber nach der anderen Seite hin kennst du sie gar nicht. Alles, was klug und tüchtig und, vor allem, was espritvoll an ihr ist, das siehst du mit beiden Augen, aber was äußerlich und modern an ihr ist, das siehst du nicht. Ich kann nicht sagen, daß sie jene niedrigstehende Gefallsucht hat, die jeden erobern will, er sei wer er sei; von dieser Koketterie hat sie nichts. Aber sie nimmt sich erbarmungslos einen aufs Korn, einen, an dessen Spezialeroberung ihr gelegen ist, und du glaubst gar nicht, mit welcher grausamen Konsequenz, mit welcher infernalen Virtuosität sie dies von ihr erwählte Opfer in ihre Fäden einzuspinnen weiß."

„Meinst du?"

„Ja, Onkel. Heute bei Treibels hatten wir wieder ein Musterbeispiel davon. Sie saß zwischen Leopold Treibel und einem Engländer, dessen Name sie dir ja schon genannt hat, einem Mr. Nelson, der, wie die meisten Engländer aus guten Häusern, einen gewissen Naivitäts-Charme hatte, sonst aber herzlich wenig bedeutete. Nun hättest du Corinna sehen sollen. Sie beschäftigte sich anscheinend mit niemand anderem, als diesem Sohn Albions, und es gelang ihr auch, ihn in Staunen zu setzen. Aber glaube nur ja nicht, daß ihr an dem flachsblonden Mr. Nelson im geringsten gelegen gewesen wäre; gelegen war ihr bloß an Leopold Treibel, an den sie kein einziges Wort, oder wenigstens nicht viele, direkt richtete, und dem zu Ehren sie doch eine Art von französischem Proverbe aufführte, kleine Komödie, dramatische Scene. Und wie ich dir versichern kann, Onkel, mit vollständigstem Erfolg. Dieser unglückliche Leopold hängt schon lange an ihren Lippen und saugt das süße Gift ein, aber so wie heute habe ich ihn doch noch nicht gesehen. Er war von Kopf bis Fuß die helle Bewunderung, und jede Miene schien ausdrücken zu wollen: ‚Ach, wie langweilig ist Helene' – das ist, wie du dich vielleicht erinnerst, die Frau seines Bruders – und wie wundervoll ist diese Corinna."

„Nun gut, Marcell, aber das alles kann ich so schlimm nicht finden. Warum soll sie nicht ihren Nachbar zur Rechten unterhalten, um auf ihren Nachbar zur Linken einen Eindruck zu machen? Das kommt alle Tage vor, das sind so kleine Kaprizen, an denen die Frauennatur reich ist."

„Du nennst es Kaprizen, Onkel. Ja, wenn die Dinge so lägen! Es liegt aber anders. Alles ist Berechnung: sie will den Leopold heiraten."

„Unsinn, Leopold ist ein Junge."

„Nein, er ist fünfundzwanzig, gerade so alt wie Corinna selbst. Aber wenn er auch noch ein bloßer Junge wäre, Corinna hat sich's in den Kopf gesetzt und wird es durchführen."

„Nicht möglich."

„Doch, doch. Und nicht bloß möglich, sondern ganz gewiß. Sie hat es mir, als ich sie zur Rede stellte, selber gesagt. Sie will Leopold Teibels Frau werden, und wenn der Alte das Zeitliche segnet, was doch, wie sie mir versicherte, höchstens noch zehn Jahre dauern könne, und wenn er in seinem Zossener Wahlkreise gewählt würde, keine fünfe mehr, so will sie die Villa beziehen, und wenn ich sie recht taxiere, so wird sie zu dem grauen Kakadu noch einen Pfauhahn anschaffen."

„Ach, Marcell, das sind Visionen."

„Vielleicht von ihr, wer will's sagen? Aber sicherlich nicht von mir. Denn all das waren ihre eigensten Worte. Du hättest sie hören sollen, Onkel, mit welcher Suffisance sie von kleinen Verhältnissen sprach, und wie sie das dürftige Kleinleben ausmalte, für das sie nun mal nicht geschaffen sei; sie sei nicht für Speck und Wruken und all dergleichen. ... und du hättest nur hören sollen, wie sie das sagte, nicht bloß so drüber hin, nein, es klang geradezu was von Bitterkeit mit durch, und ich sah zu meinem Schmerz, wie veräußerlicht sie ist, und wie die verdammte neue Zeit sie ganz in Banden hält."

„Hm", sagte Schmidt, „das gefällt mir nicht, namentlich das mit den Wruken. Das ist bloß ein dummes Vornehmtun und ist auch kulinarisch eine Torheit; denn alle Gerichte, die Friedrich Wilhelm I. liebte, so zum Beispiel Weißkohl mit Hammelfleisch oder Schlei mit Dill – ja, lieber Marcell, was will dagegen aufkommen? Und dagegen Front zu machen, ist einfach Unverstand. Aber glaube mir, Corinna macht nicht Front dagegen, dazu ist sie viel zu sehr ihres Vaters Tochter, und wenn sie sich darin gefallen hat, dir von Modernität zu sprechen und dir vielleicht eine Pariser Hutnadel oder eine Sommerjacke, dran alles chic und wieder chic ist, zu beschreiben und so zu tun, als ob es in der ganzen Welt nichts gäbe, was an Wert und Schönheit damit verglichen werden könnte, so ist das alles bloß Feuerwerk, Phantasietätigkeit, jeu d'Esprit, und wenn es ihr morgen paßt, dir einen Pfarramtskandidaten in der Jasminlaube zu beschreiben, der selig in Lottchens Armen ruht, so leistet sie das mit demselben Aplomb und mit derselben Virtuosität. Das ist, was ich das Schmidtsche nenne. Nein, Marcell, darüber darfst du Dir keine. grauen Haare wachsen lassen; das ist alles nicht ernstlich gemeint ..."

„Es ist ernstlich gemeint ..."

„Und wenn es ernstlich gemeint ist – was ich vorläufig noch nicht glaube, denn Corinna ist eine sonderbare Person –, so nutzt ihr dieser Ernst nichts, gar nichts, und es wird doch nichts draus. Darauf verlaß dich, Marcell. Denn zum heiraten gehören zwei."

„Gewiß, Onkel. Aber Leopold will womöglich noch mehr als Corinna ..."

„Was gar keine Bedeutung hat. Denn laß dir sagen, und damit sprech ich ein großes Wort gelassen aus: die Kommerzienrätin will nicht."

„Bist du dessen so sicher?“

„Ganz sicher.“

„Und hast auch Zeichen dafür?“

„Zeichen und Beweise, Marcell. Und zwar Zeichen und Beweise, die du in deinem alten Onkel Wilibald Schmidt hier leibhaftig vor dir siehst ...“

„Das wäre.“

„Ja, Freund, leibhaftig vor dir siehst. Denn ich habe das Glück gehabt, an mir selbst, und zwar als Objekt und Opfer, das Wesen meiner Freundin Jenny studieren zu können. Jenny Bürstenbinder, das ist ihr Vatersname, wie du vielleicht schon weißt, ist der Typus einer Bourgeoise. Sie war talentiert dafür, von Kindesbeinen an, und in jenen Zeiten, wo sie noch drüben in ihres Vaters Laden, wenn der Alte gerade nicht hinsah, von den Traubenrosinen naschte, da war sie schon gerade so wie heut und deklamierte den ‚Taucher‘ und den ‚Gang nach dem Eisenhammer‘ und auch allerlei kleine Lieder, und wenn es recht was Rührendes war, so war ihr Auge schon damals immer in Tränen, und als ich eines Tages mein berühmtes Gedicht gedichtet hatte, du weißt schon, das Unglücksding, das sie seitdem immer singt und vielleicht auch heute wieder gesungen hat, da warf sie sich mir an die Brust und sagte: ‚Wilibald, einziger, das kommt von Gott.‘ Ich sagte halb verlegen etwas von meinem Gefühl und meiner Liebe, sie blieb aber dabei, es sei von Gott, und dabei schluchzte sie dermaßen, daß ich, so glücklich ich einerseits in meiner Eitelkeit war, doch auch wieder einen Schreck kriegte vor der Macht dieser Gefühle. Ja, Marcell, das war so unsere stille Verlobung, ganz still, aber doch immerhin eine Verlobung; wenigstens nahm ich's dafür und strengte mich riesig an, um so rasch wie möglich mit meinem Studium am Ende zu sein und mein Examen zu machen. Und ging auch alles vortrefflich. Als ich nun aber kam, um die Verlobung perfekt zu machen, da hielt sie mich hin, war abwechselnd vertraulich und dann wieder fremd, und während sie nach wie vor das Lied sang, mein Lied, liebäugelte sie mit jedem, der ins Haus kam, bis endlich Treibel erschien und dem Zauber ihrer kastanienbraunen Locken und mehr noch ihrer Sentimentalitäten erlag. Denn der Treibel von damals war noch nicht der Treibel von heut, und am andern Tag kriegte ich die Verlobungskarten. Alles in allem eine sonderbare Geschichte, daran, das glaub ich sagen zu dürfen, andere Freundschaften gescheitert wären; aber ich bin kein Übelnehmer und Spielverderber, und in dem Liede, drin sich, wie du weißt, ‚die Herzen finden' – beiläufig eine himmlische Trivialität und ganz wie geschaffen für Jenny Treibel – in dem Liede lebt unsre Freundschaft fort bis diesen Tag, ganz so, als sei nichts vorgefallen. Und am Ende, warum auch nicht? Ich persönlich bin drüber weg, und Jenny Treibel hat ein Talent, alles zu vergessen, was sie vergessen will. Es ist eine gefährliche Person und um so gefährlicher, als sie's selbst nicht recht weiß, und sich aufrichtig einbildet, ein gefühlvolles Herz und vor allem ein Herz ‚für das Höhere' zu haben. Aber sie hat nur ein Herz für das Ponderable, für alles, was ins Gewicht fällt und Zins trägt, und für viel weniger als eine halbe Million gibt sie den Leopold nicht fort, die halbe Million mag herkommen, woher sie will. Und dieser arme Leopold selbst. So viel weißt du doch, der ist nicht der Mensch des Aufbäumens oder der Eskapade nach Gretna Green. Ich sage dir, Marcell, unter Brückner tun es Treibels nicht, und Koegel ist ihnen noch lieber. Denn je mehr es nach Hof schmeckt, desto besser. Sie liberalisieren und sentimentalisieren beständig, aber das alles ist Farce; wenn es gilt Farbe zu bekennen, dann heißt es: ‚Gold ist Trumpf' und weiter nichts."

„Ich glaube, daß du Leopold unterschätzest."

„Ich fürchte, daß ich ihn noch überschätze. Ich kenn ihn noch aus der Untersekunda her. Weiter kam er nicht; wozu auch? Guter Mensch, Mittelgut, und als Charakter noch unter Mittel."

„Wenn du mit Corinna sprechen könntest."

„Nicht nötig, Marcell. Durch Dreinreden stört man nur den natürlichen Gang der Dinge. Mag übrigens alles schwanken und unsicher sein, eines steht fest: der Charakter meiner Freundin Jenny. Da ruhen die Wurzeln deiner Kraft. Und wenn Corinna sich in Tollheiten überschlägt, laß sie; den Ausgang der Sache kenn ich. Du sollst sie haben, und du wirst sie haben, und vielleicht eher, als du denkst."

Achtes Kapitel

Treibel war ein Frühauf, wenigstens für einen Kommerzienrat, und trat nie später als acht Uhr in sein Arbeitszimmer, immer gestiefelt und gespornt, immer in sauberster Toilette. Er sah dann die Privatbriefe durch, tat einen Blick in die Zeitungen und wartete, bis seine Frau kam, um mit dieser gemeinschaftlich das erste Frühstück zu nehmen. In der Regel erschien die Rätin sehr bald nach ihm, heute aber verspätete sie sich, und weil der eingegangenen Briefe nur ein paar waren, die Zeitungen aber, in denen schon der Sommer vorspukte, wenig Inhalt hatten, so geriet Treibel in einen leisen Zustand von Ungeduld und durchmaß, nachdem er sich rasch von seinem kleinen Ledersofa erhoben hatte, die beiden großen nebenangelegenen Räume, darin sich die Gesellschaft vom Tage vorher abgespielt hatte. Das obere Schiebefenster des Garten- und Eßsaales war ganz herunter gelassen, so daß er, mit dem Arm sich auflehnend, in bequemer Stellung in den unter ihm gelegenen Garten hinabsehen konnte. Die Szenerie war wie gestern, nur statt des Kakadu, der noch fehlte, sah man draußen die Honig, die, den Bologneser der Kommerzienrätin an einer Strippe führend, um das Bassin herumschritt. Dies geschah jeden Morgen und dauerte Mal für Mal, bis der Kakadu seinen Stangenplatz einnahm oder in seinem blanken Käfig ins Freie gestellt wurde, worauf sich dann die Honig mit dem Bologneser zurückzog, um einen Ausbruch von Feindseligkeiten zwischen den beiden gleichmäßig verwöhnten Lieblingen des Hauses zu vermeiden. Das alles indessen stand heute noch aus. Treibel, immer artig, erkundigte sich, von seiner Fensterstellung aus, erst nach dem Befinden des Fräuleins – was die Kommerzienrätin, wenn sie's hörte, jedesmal sehr überflüssig fand – und fragte dann, als er beruhigende Versicherungen darüber entgegengenommen hatte, wie sie Mr. Nelsons englische Aussprache gefunden habe, dabei von der mehr oder weniger überzeugten Ansicht ausgehend, daß es jeder von einem Berliner Schulrat examinierten Erzieherin ein kleines sein müsse, dergleichen festzustellen. Die Honig, die diesen Glauben nicht gern zerstören wollte, beschränkte sich darauf, die Korrektheit von Mr. Nelsons a anzuzweifeln und diesem seinem a eine nicht ganz statthafte Mittelstellung zwischen der englischen und schottischen Aussprache dieses Vokals zuzuerkennen, eine Bemerkung, die Teibel ganz ernsthaft hinnahm und weiter ausgesponnen haben würde, wenn er nicht im selben Moment ein leises Insschloßfallen einer der Vordertüren, also mutmaßlich das Eintreten der Kommerzienrätin, erlauscht hätte. Treibel hielt es auf diese Wahrnehmung hin für angezeigt, sich von der Honig zu verabschieden und schritt wieder auf sein Arbeitszimmer zu, in das in der Tat die Rätin eben eingetreten war. Das auf einem Tablett wohl arrangierte Frühstück stand schon da.

„Guten Morgen, Jenny ... Wie geruht?"

„Doch nur passabel. Dieser furchtbare Vogelsang hat wie ein Alp auf mir gelegen."

„Ich würde gerade diese bildersprachliche Wendung doch zu vermeiden suchen. Aber wie du darüber denkst ... Im übrigen, wollen wir das Frühstück nicht lieber draußen nehmen?"

Und der Diener, nachdem Jenny zugestimmt und ihrerseits auf den Knopf der Klingel gedrückt hatte, erschien wieder, um das Tablett auf einen der kleinen, in der Veranda stehenden Tische hinauszutragen. „Es ist gut, Friedrich", sagte Treibel und schob jetzt höchst eigenhändig eine Fußbank heran, um es dadurch zunächst seiner Frau, zugleich aber auch sich selber nach Möglichkeit bequem zu machen. Denn Jenny bedurfte solcher Huldigungen, um bei guter Laune zu bleiben.

Diese Wirkung blieb denn auch heute nicht aus. Sie lächelte, rückte die Zuckerschale näher zu sich heran und sagte, während sie die gepflegte weiße Hand über den großen Blockstückchen hielt:

„Eins oder zwei?"

„Zwei, Jenny, wenn ich bitten darf. Ich sehe nicht ein, warum ich, der ich zur Runkelrübe, Gott sei dank, keine Beziehungen unterhalte, die billigen Zuckerzeiten nicht fröhlich mitmachen soll."

Jenny war einverstanden, tat den Zucker ein und gab gleich danach die kleine, genau bis an den Goldstreifen gefüllte Tasse dem Gemahl mit dem Bemerken zu: „Du hast die Zeitungen schon durchgesehen? Wie steht es mit Gladstone?"

Treibel lachte mit ganz ungewöhnlicher Herzlichkeit. „Wenn es dir recht ist, Jenny, bleiben wir vorläufig noch diesseits des Kanals, sagen wir in Hamburg oder doch in der Welt des Hamburgischen, und transponieren uns die Frage nach Gladstones Befinden in eine Frage nach unserer Schwiegertochter Helene. Sie war offenbar verstimmt, und ich schwanke nur noch, was in ihren Augen die Schuld trug. War es, daß sie selber nicht gut genug plaziert war, oder war es, daß wir Mr. Nelson, ihren uns gütigst überlassenen oder, um es berlinisch zu sagen, ihren uns aufgepuckelten Ehrengast, so ganz einfach zwischen die Honig und Corinna gesetzt hatten?"

„Du hast eben gelacht, Treibel, weil ich nach Gladstone fragte, was du nicht hättest tun sollen, denn wir Frauen dürfen so was fragen, wenn wir auch was ganz anderes meinen; aber ihr Männer dürft uns das nicht nachmachen wollen. Schon deshalb nicht, weil es euch nicht glückt oder doch jedenfalls noch weniger als uns. Denn so viel – ist doch gewiß und kann dir nicht entgangen sein, ich habe niemals einen entzückteren Menschen gesehen, als den guten Nelson; also wird Helene wohl nichts dagegen haben, daß wir ihren Protege gerade so plazierten, wie geschehen. Und wenn das auch eine ewige Eifersucht ist zwischen ihr und Corinna, die sich, ihrer Meinung nach, zu viel herausnimmt und ..."

„... Und unweiblich ist und unhamburgisch, was nach ihrer Meinung so ziemlich zusammenfällt ..."

„... So wird sie's ihr gestern", fuhr Jenny, der Unterbrechung nicht achtend, fort, „wohl zum ersten Male verziehen haben, weil es ihr selber zugute kam oder ihrer Gastlichkeit, von der sie persönlich freilich so mangelhafte Proben gegeben hat. Nein, Treibel, nichts von Verstimmung über Mr. Nelsons Platz. Helene schmollt mit uns beiden, weil wir alle Anspielungen nicht verstehen wollen und ihre Schwester Hildegard noch immer nicht eingeladen haben. Übrigens ist Hildegard ein lächerlicher Name für eine Hamburgerin. Hildegard heißt man in einem Schlosse mit Ahnenbildern oder wo eine weiße Frau spukt. Helene schmollt mit uns, weil wir hinsichtlich Hildegards so schwerhörig sind."

„Worin sie recht hat."

„Und ich finde, daß sie darin unrecht hat. Es ist eine Anmaßung, die an Insolenz grenzt. Was soll das heißen? Sind wir in einem fort dazu da, dem Holzhof und seinen Angehörigen Honneurs zu machen? Sind wir dazu da, Helenens und ihrer Eltern Pläne zu begünstigen? Wenn unsre Frau Schwiegertochter durchaus die gastliche Schwester spielen will, so kann sie Hildegard ja jeden Tag von Hamburg her verschreiben und das verwöhnte Püppchen entscheiden lassen, ob die Alster bei der Uhlenhorst oder die Spree bei Treptow schöner ist. Aber was geht uns das alles an? Otto hat seinen Holzhof so gut, wie du deinen Fabrikhof, und seine Villa finden viele Leute hübscher als als die unsre, was auch zutrifft. Unsre ist beinah altmodisch und jedenfalls viel zu klein, so daß ich oft nicht aus noch ein weiß. Es bleibt dabei, mir fehlen wenigstens zwei Zimmer. Ich mag davon nicht viel Worte machen, aber wie kommen wir dazu, Hildegard einzuladen, als ob uns daran läge, die Beziehungen der beiden Häuser aufs eifrigste zu pflegen, und wie wenn wir nichts sehnlicher wünschten, als noch mehr Hamburger Blut in die Familie zu bringen ..."

„Aber Jenny ..."

„Nichts von ‚aber', Treibel. Von solchen Sachen versteht ihr nichts, weil ihr kein Auge dafür habt. Ich sage dir, auf solche Pläne läuft es hinaus, und deshalb sollen wir die Einladenden sein. Wenn Helene Hildegarden einlädt, so bedeutet das so wenig, daß es nicht einmal die Trinkgelder wert ist, und die neuen Toiletten nun schon gewiß nicht. Was hat es für eine Bedeutung, wenn sich zwei Schwestern wiedersehen? Gar keine, sie passen nicht mal zusammen und schrauben sich beständig; aber wenn wir Hildegard einladen, so heißt das, die Treibels sind unendlich entzückt über ihre erste Hamburger Schwiegertochter und würden es für ein Glück und eine Ehre ansehen, wenn sie, das Glück erneuern und verdoppeln und Fräulein Hildegard Munk Frau Leopold Treibel werden wollte. Ja, Freund, darauf läuft es hinaus. Es ist eine abgekartete Sache. Leopold soll Hildegard oder eigentlich Hildegard soll Leopold heiraten; denn Leopold ist bloß passiv und hat zu gehorchen. Das ist das, was die Munks wollen, was Helene will, und was unser armer Otto, der, Gott weiß es, nicht viel sagen darf, schließlich auch wird wollen müssen. Und weil wir zögern und mit der Einladung nicht recht heraus wollen, deshalb schmollt und grollt Helene mit uns und spielt die Zurückhaltende und Gekränkte und gibt die Rolle nicht einmal auf an einem Tage, wo ich ihr einen großen Gefallen getan und ihr den Mr. Nelson hierher eingeladen habe, bloß damit ihr die Plättbolzen nicht kalt werden."

Treibel lehnte sich weiter zurück in den Stuhl und blies kunstvoll einen kleinen Ring in die Luft. „Ich glaube nicht, daß du recht hast. Aber wenn du recht hättest, was täte es? Otto lebt seit acht Jahren in einer glücklichen Ehe mit Helenen, was auch nur natürlich ist; ich kann mich nicht entsinnen, daß irgendwer aus meiner Bekanntschaft mit einer Hamburgerin in einer unglücklichen Ehe gelebt hätte. Sie sind alle so zweifelsohne, haben innerlich und äußerlich so was ungewöhnlich Gewaschenes und bezeugen in allem, was sie tun und nicht tun, die Richtigkeit der Lehre vom Einfluß der guten Kinderstube. Man hat sich ihrer nie zu schämen, und ihrem zwar bestrittenen, aber im stillen immer gehegten Herzenswunsche, für eine Engländerin gehalten zu werden, diesem Ideale kommen sie meistens sehr nah. Indessen das mag auf sich beruhen. So viel steht jedenfalls fest, und ich muß es wiederholen, Helene Munk hat unsern Otto glücklich gemacht, und es ist mir höchst wahrscheinlich, daß Hildegard Munk unsern Leopold auch glücklich machen würde, ja noch glücklicher. Und wär auch keine Hexerei, denn einen besseren Menschen als unsern Leopold gibt es eigentlich überhaupt nicht; er ist schon beinah eine Suse ..."

„Beinah?" sagte Jenny. „Du kannst ihn dreist für voll nehmen. Ich weiß nicht, wo beide Jungen diese Milchsuppenschaft herhaben. Zwei geborene Berliner, und sind eigentlich, wie wenn sie von Herrnhut oder Gnadenfrei kämen. Sie haben doch beide was Schläfriges, und ich weiß wirklich nicht, Treibel, auf wen ich es schieben soll ..."

„Auf mich, Jenny, natürlich auf mich ..."

„Und wenn ich auch sehr wohl weiß", fuhr Jenny fort, „wie nutzlos es ist, sich über diese Dinge den Kopf zu zerbrechen, und leider auch weiß, daß sich solche Charaktere nicht ändern lassen, so weiß ich doch auch, daß man die Pflicht hat, da zu helfen, wo noch geholfen werden kann. Bei Otto haben wir's versäumt und haben zu seiner eignen Temperamentlosigkeit diese temperamentlose Helene hinzugetan, und was dabei herauskommt, das siehst du nun an Lizzi, die doch die größte Puppe ist, die man nur sehen kann. Ich glaube, Helene wird sie noch, auf Vorderzähne-Zeigen hin, englisch abrichten. Nun, meinetwegen. Aber ich bekenne dir, Treibel, daß ich an einer solchen Schwiegertochter und einer solchen Enkelin gerade genug habe, und daß ich den armen Jungen, den Leopold, etwas passender als in der Familie Munk unterbringen möchte."

„Du möchtest einen forschen Menschen aus ihm machen, einen Kavalier, einen Sportsmann ..."

„Nein, einen forschen Menschen nicht, aber einen Menschen überhaupt. Zum Menschen gehört Leidenschaft, und wenn er eine Leidenschaft fassen könnte, sieh, das wäre was, das würd ihn 'rausreißen, und so sehr ich allen Skandal hasse, ich könnte mich beinah freuen, wenn's irgend so was gäbe, natürlich nichts Schlimmeres, aber doch wenigstens was Apartes."

„Male den Teufel nicht an die Wand, Jenny. Daß er sich aufs Entführen einläßt, ist mir, ich weiß nicht, soll ich sagen leider oder glücklicherweise, nicht sehr wahrscheinlich; aber man hat Exempel von Beispielen, daß Personen, die zum Entführen durchaus nicht das Zeug hatten, gleichsam, wie zur Strafe dafür enführt wurden. Es gibt ganz verflixte Weiber, und Leopold ist gerade schwach genug, um vielleicht einmal in den Sattel einer armen und etwas emanzipierten Edeldame, die natürlich auch Schmidt heißen kann, hineingehoben und über die Grenze geführt zu werden ..."

„Ich glaube es nicht", sagte die Kommerzienrätin, „er ist leider, auch dafür zu stumpf." Und sie war von der Ungefährlichkeit der Gesamtlage so fest überzeugt, daß sie nicht einmal der vielleicht bloß zufällig, aber vielleicht auch absichtlich gesprochene Name „Schmidt" stutzig gemacht hatte. „Schmidt", das war nur so herkömmlich hingeworfen, weiter nichts, und in einem halb übermütigen Jugendanfluge gefiel sich die Rätin sogar in stiller Ausmalung einer Eskapade: Leopold, mit aufgesetztem Schnurrbart, auf dem Wege nach Italien und mit ihm eine Freiin aus einer pommerschen oder schlesischen Verwogenheitsfamilie, die Reiherfeder am Hut und den schottisch karierten Mantel über den etwas fröstelnden Liebhaber ausgebreitet. All das stand vor ihr, und beinah traurig sagte sie zu sich selbst: „Der arme Junge. Ja, wenn er dazu das Zeug hätte!"

Es war um die neunte Stunde, daß die alten Treibels dies Gespräch führten, ohne jede Vorstellung davon, daß um ebendiese Zeit auch die auf ihrer Veranda das Frühstück nehmenden jungen Treibels der Gesellschaft vom Tage vorher gedachten. Helene sah sehr hübsch aus, wozu nicht nur die kleidsame Morgentoilette, sondern auch eine gewisse Belebtheit in ihren sonst matten und beinah vergißmeinnichtblauen Augen ein erhebliches beitrug. Es war ganz ersichtlich, daß sie bis diese Minute mit ganz besonderem Eifer auf den halb verlegen vor sich hinsehenden Otto eingepredigt haben mußte; ja, wenn nicht alles täuschte, wollte sie mit diesem Ansturm eben fortfahren, als das Erscheinen Lizzis und ihrer Erzieherin, Fräulein Wulsten, dies Vorhaben unterbrach.

Lizzi, trotz früher Stunde, war schon in vollem Staate. Das etwas gewellte blonde Haar des Kindes hing bis auf die Hüften herab; im übrigen aber war alles weiß, das Kleid, die hohen Strümpfe, der Überfallkragen, und nur um die Taille herum, wenn sich von einer solchen sprechen ließ, zog sich eine breite rote Schärpe, die von Helenen nie „rote Schärpe", sondern immer nur „pink-coloured scarf" genannt wurde. Die Kleine, wie sie sich da präsentierte, hätte sofort als symbolische Figur auf den Wäscheschrank ihrer Mutter gestellt werden können, so sehr war sie der Ausdruck von Weißzeug mit einem roten Bändchen drunter. Lizzi galt im ganzen Kreise der Bekannten als Musterkind, was das Herz Helenens einerseits mit Dank gegen Gott, andrerseits aber auch mit Dank gegen Hamburg erfüllte, denn zu den Gaben der Natur, die der Himmel hier so sichtlich verliehen, war auch noch eine Mustererziehung hinzugekommen, wie sie eben nur die Hamburger Tradition geben konnte. Diese Mustererziehung hatte gleich mit dem ersten Lebenstage des Kindes begonnen. Helene, „weil es unschön sei" – was übrigens von seiten des damals noch um sieben Jahre jüngeren Krola bestritten wurde – war nicht zum Selbstnähren zu bewegen gewesen, und da bei den nun folgenden Verhandlungen eine seitens des alten Kommerzienrats in Vorschlag gebrachte Spreewälderamme mit dem Bemerken, „es gehe bekanntlich so viel davon auf das unschuldige Kind über", abgelehnt worden war, war man zu dem einzig verbleibenden Auskunftsmittel übergegangen. Eine verheiratete, von dem Geistlichen der Thomasgemeinde warm empfohlene Frau hatte das Aufpäppeln mit großer Gewissenhaftigkeit und mit der Uhr in der Hand übernommen, wobei Lizzi so gut gediehen war, daß sich eine Zeitlang sogar kleine Grübchen auf der Schulter gezeigt hatten. Alles normal und beinah über das Normale hinaus. Unser alter Kommerzienrat hatte denn auch der Sache nie so recht getraut, und erst um ein erhebliches später, als sich Lizzi mit einem Trennmesser in den Finger geschnitten hatte (das Kindermädchen war dafür entlassen worden), hatte Treibel beruhigt ausgerufen: „Gott sei Dank, soviel ich sehen kann, es ist wirklich Blut."

Ordnungsmäßig hatte Lizzis Leben begonnen, und ordnungsmäßig war es fortgesetzt worden. Die Wäsche, die sie trug, führte durch den Monat hin die genau korrespondierende Tageszahl, so daß man ihr, wie der Großvater sagte, das jeweilige Datum vom

Strumpf lesen konnte. „Heut ist der siebzehnte." Der Puppenkleiderschrank war an drei Riegeln numeriert, und als es geschah (und dieser schreckliche Tag lag noch nicht lange zurück), daß Lizzi, die sonst die Sorglichkeit selbst war, in ihre, mit allerlei Kästen ausstaffierten Puppenküche Gries in den Kasten getan hatte, der doch ganz deutlich die Aufschrift „Linsen" trug, hatte Helene Veranlassung genommen, ihrem Liebling die Tragweite solchen Fehlgriffs auseinanderzusetzen. „Das ist nichts Gleichgültiges, liebe Lizzi. Wer Großes hüten will, muß auch das Kleine zu hüten verstehen. Bedenke, wenn du ein Brüderchen hättest, und das Brüderchen wäre vielleicht schwach, und du willst es mit Eau de Cologne bespritzen, und du bespritzt es mit Eau de Javelle, ja, meine Lizzi, so kann dein Brüderchen blind werden, oder wenn es ins Blut geht, kann es sterben. Und doch wäre es noch eher zu entschuldigen, denn beides ist weiß und sieht aus wie Wasser; aber Gries und Linsen, meine liebe Lizzi, das ist doch ein starkes Stück von Unaufmerksamkeit oder, was noch schlimmer wäre, von Gleichgültigkeit."

So war Lizzi, die übrigens zu weiterer Genugtuung der Mutter einen Herzmund hatte. Freilich, die zwei blanken Vorderzähne waren immer noch nicht sichtbar genug, um Helenen eine rechte volle Herzensfreude gewähren zu können, und so wandten sich ihre mütterlichen Sorgen auch in diesem Augenblicke wieder der ihr so wichtigen Zahnfrage zu, weil sie davon ausging, daß es hier dem von der Natur so glücklich gegebenen Material bis dahin nur an der rechten erziehlichen Aufmerksamkeit gefehlt habe. „Du kneifst wieder die Lippen so zusammen, Lizzi; das darf nicht sein. Es sieht besser aus, wenn der Mund sich halb öffnet, fast so wie zum Sprechen. Fräulein Wulsten, ich möchte Sie doch bitten, auf diese Kleinigkeit, die keine Kleinigkeit ist, mehr achten zu wollen ... Wie steht es denn mit dem Geburtstagsgedicht?"

„Lizzi gibt sich die größte Mühe."

„Nun, dann will ich dir deinen Wunsch auch erfüllen, Lizzi. Lade dir die kleine Felgentreu zu heute Nachmittag ein. Aber natürlich erst die Schularbeiten ... Und jetzt kannst du, wenn Fräulein Wulsten es erlaubt" – diese verbeugte sich – „im Garten spazieren gehen, überall wo du willst, nur nicht nach dem Hof zu, wo die Bretter über der Kalkgrube liegen. Otto, du solltest es ändern; die

Bretter sind ohnehin so morsch."

Lizzi war glücklich, eine Stunde frei zu haben, und nachdem sie der Mama die Hand geküßt und noch die Warnung, sich vor der Wassertonne zu hüten, mit auf den Weg gekriegt hatte, brachen das Fräulein und Lizzi auf, und das Elternpaar blickte dem Kinde nach, das sich noch ein paarmal umsah und dankbar der Mutter zunickte.

„Eigentlich", sagte diese, „hätte ich Lizzi gern hier behalten und eine Seite Englisch mit ihr gelesen; die Wulsten versteht es nicht und hat eine erbärmliche Aussprache, so low, so vulgär. Aber ich bin gezwungen, es bis morgen zu lassen, denn wir müssen das Gespräch zu Ende bringen. Ich sage nicht gern etwas gegen deine Eltern, denn ich weiß, daß es sich nicht schickt, und weiß auch, daß es dich bei deinem eigentümlich starren Charakter" – Otto lächelte – „nur noch in dieser deiner Starrheit bestärken wird; aber man darf die Schicklichkeitsfragen, ebenso wie die Klugheitsfragen, nicht über alles stellen. Und das täte ich, wenn ich länger schwiege. Die Haltung, deiner Eltern ist in dieser Frage geradezu kränkend für mich und fast mehr noch für meine Familie. Denn sei mir nicht böse, Otto, aber wer sind am Ende die Treibels? Es ist mißlich, solche Dinge zu berühren, und ich würde mich hüten, es zu tun, wenn du mich nicht geradezu zwängest, zwischen unsren Familien abzuwägen."

Otto schwieg und ließ den Teelöffel auf seinem Zeigefinger balanzieren, Helene aber fuhr fort: „Die Munks sind ursprünglich dänisch, und ein Zweig, wie du recht gut weißt, ist unter König Christian gegraft worden. Als Hamburgerin und Tochter einer Freien Stadt will ich nicht viel davon machen, aber es ist doch immerhin was. Und nun gar von meiner Mutter Seite! Die Thompsons sind eine Syndikatsfamilie. Du tust, als ob das nichts sei. Gut, es mag auf sich beruhen, und nur so viel möcht ich dir noch sagen dürfen, unsre Schiffe gingen schon nach Messina, als deine Mutter noch in dem Apfelsinenladen spielte, draus dein Vater sie hervorgeholt hat. Material- und Kolonialwaren. Ihr nennt das hier auch Kaufmann ... ich sage nicht du ... aber Kaufmann und Kaufmann ist ein Unterschied."

Otto ließ alles über sich ergehen und sah den Garten hinunter, wo Lizzi Fangball spielte.

„Hast du noch überhaupt vor, Otto, auf das, was ich sagte, mir zu antworten?"

„Am liebsten nein, liebe Helene. Wozu auch? Du kannst doch nicht von mir verlangen, daß ich in dieser Sache deiner Meinung bin, und wenn ich es nicht bin und das ausspreche, so reize ich dich nur noch mehr. Ich finde, daß du doch mehr forderst, als du fordern solltest. Meine Mutter ist von großer Aufmerksamkeit gegen dich und hat dir noch gestern einen Beweis davon gegeben; denn ich bezweifle sehr, daß ihr das unsrem Gast zu Ehren gegebene Diner besonders zu paß kam. Du weißt außerdem, daß sie sparsam ist, wenn es nicht ihre Person gilt."

„Sparsam", lachte Helene.

„Nenn es Geiz; mir gleich. Sie läßt es aber trotzdem nie an Aufmerksamkeit fehlen, und wenn die Geburtstage da sind, so sind auch ihre Geschenke da. Das stimmt dich aber alles nicht um, im Gegenteil, du wächst in deiner beständigen Auflehnung gegen die Mama, und das alles nur, weil sie die dir durch ihre Haltung zu verstehen gibt, daß das, was Papa die „Hamburgerei" nennt, nicht das höchste in der Welt ist, und daß der liebe Gott seine Welt nicht um der Munks willen geschaffen hat ..."

„Sprichst du das deiner Mutter nach, oder tust du von deinem Eignen noch was hinzu? Fast klingt es so; deine Stimme zittert ja beinah."

„Helene, wenn du willst, daß wir die Sache ruhig durchsprechen und alles in Billigkeit und mit Rücksicht für hüben und drüben abwägen, so darfst du nicht beständig Öl ins Feuer gießen. Du bist so gereizt gegen die Mama, weil sie deine Anspielungen nicht verstehen will und keine Miene macht, Hildegard einzuladen. Darin hast du aber unrecht. Soll das Ganze bloß etwas Geschwisterliches sein, so muß die Schwester die Schwester einladen; das ist dann eine Sache, mit der meine Mama herzlich, wenig zu tun hat."

„Sehr schmeichelhaft für Hildegard und auch für mich ..."

„... Soll aber ein andrer Plan damit verfolgt werden, und du hast mir zugestanden, daß dies der Fall ist, so muß das, so wünschenswert solche zweite Familienverbindung ganz unzweifelhaft auch für die Treibels sein würde, so muß das unter Verhältnissen geschehen, die den Charakter des Natürlichen und Ungezwungenen haben. Lädst du Hildegard ein und führt das sagen wir einen Monat später oder zwei, zur Verlobung mit Leopold, so haben wir genau das, was ich den natürlichen und ungezwungenen Weg nenne; schreibt aber meine Mama den Einladungsbrief an Hildegard und spricht sie darin aus, wie glücklich sie sein würde, die Schwester ihrer lieben Helene recht, recht lange bei sich zu sehen und sich des Glücks der Geschwister mitfreuen zu können, so drückt sich darin ziemlich unverblümt eine Huldigung und ein aufrichtiges Sichbemühen um deine Schwester Hildegard aus, und das will die Firma Treibel vermeiden."

„Und das billigst du?"

„Ja."

„Nun, das ist wenigstens deutlich. Aber weil es deutlich ist, darum ist es noch nicht richtig. Alles, wenn ich dich recht verstehe, dreht sich also um die Frage, wer den ersten Schritt zu tun habe."

Otto nickte.

„Nun, wenn dem so ist, warum wollen die Treibels sich sträuben, diesen ersten Schritt zu tun? Warum, frage ich. Solange die Welt steht, ist der Bräutigam oder der Liebhaber, der, der wirbt ..."

„Gewiß, liebe Helene. Aber bis zum Werben sind wir noch nicht. Vorläufig handelt es sich noch um Einleitungen, um ein Brückenbauen, und dies Brückenbauen ist an denen, die das größere Interesse daran haben."

„Ah", lachte Helene. „Wir, die Munks ... und das größere Interesse! Otto, das hättest du nicht sagen sollen, nicht weil es mich und meine Familie herabsetzt, sondern weil es die ganze Treibelei und dich an der Spitze mit einem Ridikül ausstattet, das dem Respekt, den die Männer doch beständig beanspruchen, nicht allzu vorteilhaft ist. Ja, Freund, du forderst mich heraus, und so will ich dir denn offen sagen, auf eurer Seite liegt Interesse, Gewinn, Ehre. Und daß ihr das empfindet, das müßt ihr eben bezeugen, dem müßt ihr einen nicht mißzuverstehenden Ausdruck geben. Das ist der erste Schritt, von dem ich gesprochen. Und da ich mal bei Bekenntnissen bin, so laß mich dir sagen, Otto, daß diese Dinge, neben ihrer ernsten und geschäftlichen Seite, doch auch noch eine persönliche Seite haben, und daß es dir, so nehm ich vorläufig an, nicht in den Sinn kommen kann, unsre Geschwister in ihrer äußeren Erscheinung miteinander vergleichen zu wollen. Hildegard ist eine Schönheit und gleicht ganz ihrer Großmutter Elisabeth Thompson – nach der wir ja auch unsere Lizzi getauft haben – und hat den chic einer Lady; du hast mir das selber früher zugestanden. Und nun sieh deinen Bruder Leopold! Er ist ein guter Mensch, der sich ein Reitpferd angeschafft hat, weil er's durchaus zwingen will, und schnallt sich nun jeden Morgen die Steigbügel so hoch wie ein Engländer. Aber es nutzt ihm nichts. Er ist und bleibt doch unter Durchschnitt, jedenfalls weitab vom Kavalier, und wenn Hildegard ihn nähme – ich fürchte, sie nimmt ihn nicht –, so wäre das wohl der einzige Weg, noch etwas wie einen perfekten Gentleman aus ihm zu machen. Und das kannst du deiner Mama sagen."

„Ich würde vorziehen, du tätest es."

„Wenn man aus einem guten Hause stammt, vermeidet man Aussprachen und Szenen ..."

„Und macht sie dafür dem Manne."

„Das ist etwas anderes."

„Ja", lachte Otto. Aber in seinem Lachen war etwas Melancholisches.

*

Leopold Treibel, der im Geschäft seines älteren Bruders tätig war, während er im elterlichen Hause wohnte, hatte sein Jahr bei den Gardedragonern abdienen wollen, war aber, wegen zu flacher Brust, nicht angenommen worden, was die ganze Familie schwer gekränkt hatte. Treibel selbst kam schließlich drüber weg, weniger die Kommerzienrätin, am wenigsten Leopold selbst, der – wie Helene bei jeder Gelgenheit und auch an diesem Morgen wieder zu betonen liebte – zur Auswetzung der Scharte wenigstens Reitstunde genommen hatte. Jeden Tag war er zwei Stunden im Sattel und machte dabei, weil er sich wirklich Mühe gab, eine ganz leidliche Figur.

Auch heute wieder, an demselben Morgen, an dem die alten und jungen Treibels ihren Streit über dasselbe gefährliche Thema führten, hatte Leopold, ohne die geringste Ahnung davon, sowohl Veranlassung wie Mittelpunkt derartiger heikler Gespräche zu sein, seinen wie gewöhnlich auf Treptow zu gerichteten Morgenausflug angetreten und ritt, von der elterlichen Wohnung aus, die zu so früher Stunde noch wenig belebte Köpenickerstraße hinunter, erst an seines Bruders Villa, dann an der Pionierkaserne vorüber. Die Kasernenuhr schlug eben sieben, als er das Schlesische Tor passierte. Wenn ihn dies Imsattelsein ohnehin schon an jedem Morgen erfreute, so besonders heut, wo die Vorgänge des voraufgegangenen Abends, am meisten aber die zwischen Mr. Nelson und Corinna geführten Gespräche noch stark in ihm nachwirkten, so stark, daß er mit dem ihm sonst wenig verwandten Ritter Karl von Eichenhorst wohl den gemeinschaftlichen Wunsch des „Sich-Ruhe-Reitens" in seinem Busen hegen durfte. Was ihm equestrisch dabei zur Verfügung stand, war freilich nichts weniger als ein Dänenroß voll Kraft und Feuer, sondern nur ein schon lange Zeit in der Manege gehender Graditzer, dem etwas Extravagantes nicht mehr zugemutet werden konnte. Leopold ritt denn auch Schritt, so sehr er sich wünschte, davonstürmen zu können. Erst ganz allmählich fiel er in einen leichten Trab und blieb darin, bis er den Schafgraben und gleich danach den in geringer Entfernung gelegenen „Schlesischen Busch" erreicht hatte, drin am Abend vorher, wie ihm Johann noch im Momente des Abreitens erzählt hatte, wieder zwei Frauenzimmer und ein Uhrmacher beraubt worden waren. „Daß dieser Unfug auch gar kein Ende nehmen will! Schwäche, Polizeiversäumnis." Indessen bei hellem Tageslichte bedeutete das alles nicht allzu viel, weshalb Leopold in der angenehmen Lage war, sich der rings umher schlagenden Amseln und Finken unbehindert freuen zu können. Und kaum minder genoß er, als er aus dem „Schlesischen Busche" wieder heraus war, der freien Straße, zu deren Rechten sich Saat und Kornfelder dehnten, während zur Linken die Spree mit ihren nebenher laufenden Parkanlagen den Weg begrenzte. Das alles war so schön, so morgenfrisch, daß er das Pferd wieder in Schritt fallen ließ. Aber freilich, so langsam er ritt, bald war er trotzdem an der Stelle, wo, vom andern Ufer her, das kleine Fährboot herüberkam, und als er anhielt, um dem Schauspiele besser zusehen zu können, trabten von der Stadt her auch schon einige Reiter auf der Chaussee heran, und ein Pferdebahnwagen glitt vorüber, drin, soviel er sehen konnte, keine Morgengäste für Treptow saßen. Das war so recht, was ihm paßte, denn sein Frühstück im Freien, was ihn dort regelmäßig erquickte, war nur noch die halbe Freude, wenn ein halb Dutzend echte Berliner um ihn herumsaßen und ihren mitgebrachten Affenpinscher über die Stühle springen oder vom Steg aus apportieren ließen. Das alles, wenn dieser leere Wagen nicht schon einen vollbesetzten Vorläufer gehabt hatte, war für heute nicht zu befürchten.

Gegen halb acht war er draußen, und einen halbwachsenen Jungen mit nur einem Arm und dem entsprechenden losen Ärmel (den er beständig in der Luft schwenkte) heranwinkend, stieg er jetzt ab und sagte, während er dem Einarmigen die Zügel gab. „Führ' es unter die Linde, Fritz. Die Morgensonne sticht hier so." Der Junge tat auch, wie ihm geheißen, und Leopold seinerseits ging nun an einem von Liguster überwachsenen Staketenzaun auf den Eingang des Treptower Etablissements zu. Gott sei dank, hier war alles wie gewünscht, sämtliche Tische leer, die Stühle umgekippt und auch von Kellnern niemand da, als sein Freund Mützell, ein auf sich haltender Mann von Mitte der Vierzig, der schon in den Vormittagsstunden einen beinahe fleckenlosen Frack trug und die Trinkgelderfrage mit einer erstaunlichen, übrigens von Leopold (der immer sehr splendid war) nie herausgeforderten Gentilezza behandelte. „Sehen Sie, Herr Treibel", so waren, als das Gespräch einmal in dieser Richtung lief, seine Worte gewesen, „die meisten wollen nicht recht und streiten einem auch noch was ab, besonders die Damens, aber viele sind auch wieder gut und manche sogar sehr gut und wissen, daß man von einer Zigarre nicht leben kann und die Frau zu Hause mit ihren drei Kindern erst recht nicht. Und sehen Sie, Herr Treibel, die geben, und besonders die kleinen Leute. Da war erst gestern einer hier, der schob mir aus Versehen ein Fünfzigpfennigstück zu, weil er's für einen Zehner hielt, und als ich's ihm sagte, nahm er's nicht wieder und sagte bloß:, Das hat so sein sollen, Freund und Kupferstecher; mitunter fällt Ostern und Pfingsten auf einen Dag.'"

Das war vor Wochen gewesen, daß Mützell so zu Leopold Treibel gesprochen hatte. Beide standen überhaupt auf einem Plauderfuß; was aber für Leopold noch angenehmer als diese Plauderei war, war, daß er über Dinge, die sich von selbst verstanden, gar nicht erst zu sprechen brauchte. Mützell, wenn er den jungen Treibel in das Lokal eintreten und über den frischgeharkten Kies hin auf seinen Platz in unmittelbarer Nähe des Wassers zuschreiten sah, salutierte bloß von fern und zog sich dann ohne weiteres in die Küche zurück, von der aus er nach drei Minuten mit einem Tablett, auf dem eine Tasse Kaffee mit ein paar englischen Biskuits und ein großes Glas Milch stand, wieder unter den Frontbäumen erschien.

Das große Glas Milch war Hauptsache, denn Sanitätsrat Lohmeyer hatte noch nach der letzten Auskultation zur Kommerzienrätin gesagt: „Meine gnädigste Frau, noch hat es nichts zu bedeuten, aber man muß vorbeugen, dazu sind wir da; im übrigen ist unser Wissen Stückwerk. Also wenn ich bitten darf, so wenig Kaffee wie möglich und jeden Morgen ein Liter Milch."

Auch heute hatte bei Leopolds Erscheinen die sich täglich wiederholende Begegnungsszene gespielt: Mützell war auf die Küche zu verschwunden und tauchte jetzt in Front des Hauses wieder auf, das Tablett auf den fünf Fingerspitzen seiner linken Hand mit beinahe zirkushafter Virtuosität balancierend.

„Guten Morgen, Herr Treibel. Schöner Morgen heute Morgen."

„Ja, lieber Mützell. Sehr schön. Aber ein bißchen frisch. Besonders hier am Wasser. Mich schuddert ordentlich, und ich bin schon auf- und abgegangen. Lassen Sie sehen, Mützell, ob der Kaffee warm ist."

Und ehe der so freundlich Angesprochene das Tablett auf einenTisch setzen konnte, hatte Leopold die kleine Tasse schon herabgenommen und sie mit einem Zuge geleert.

„Ah, brillant. Das tut einem alten Menschen wohl. Und nun will ich die Milch trinken, Mützell; aber mit Andacht. Und wenn ich damit fertig bin, – die Milch ist immer ein bißchen labbrig, was aber kein Tadel sein soll, gute Milch muß eigentlich immer ein bißchen labbrig sein – wenn ich damit fertig bin, bitt ich noch um eine ..."

„Kaffee?"

„Freilich, Mützell."

„Ja, Herr Treibel ..."

„Nun, was ist? Sie machen ja ein ganz verlegenes Gesicht, Mützell, als ob ich was ganz Besonderes gesagt hätte."

„Ja, Herr Treibel ..."

„Nun, zum Donnerwetter, was ist denn los?"

„Ja, Herr Treibel, als die Frau Mama vorgestern hier waren und der Herr Kommerzienrat auch, und auch das Gesellschaftsfräulein, und Sie, Herr Leopold, eben nach dem Sperl und dem Karussel gegangen waren, da hat mir die Frau Mama gesagt: ‚Hören Sie, Mützell, und ich mache Sie verantwortlich ... eine Tasse; nie mehr ... Sanitätsrat Lohmeyer, der ja auch mal Ihre Frau behandelt hat, hat es mir im Vertrauen, aber doch mit allem Ernste gesagt: zwei sind Gift ...'"

„So … und hat meine Mama vielleicht noch mehr gesagt?"

„Die Frau Kommerzienrätin sagten auch noch: ‚Ihr Schade soll es nicht sein, Mützell … Ich kann nicht sagen, daß mein Sohn ein passionierter Mensch ist, er ist ein guter Mensch, ein lieber Mensch … (Sie verzeihen, Herr Treibel, daß ich Ihnen das alles, was Ihre Frau Mama gesagt hat, hier so ganz simplement wiederhole) …, aber er hat die Kaffeepassion. Und das ist immer das Schlimme, daß die Menschen grade die Passion haben, die sie nicht haben sollen. Also, Mützell, eine Tasse mag gehen, aber nicht zwei.'"

Leopold hate mit sehr geteilten Empfindungen zugehört und nicht gewußt, ob er lachen oder verdrießlich werden solle. „Nun, Mützell, dann also lassen wir's; keine zweite." Und damit nahm er seinen Platz wieder ein, während sich Mützell in seine Wartestellung an der Hausecke zurückzog.

„Da hab ich nun mein Leben auf einen Schlag", sagte Leopold, als er wieder allein war. „Ich habe mal von einem gehört, der bei Josty, weil er so gewettet hatte, zwölf Tassen Kaffee hintereinander trank und dann tot umfiel. Aber was beweist das? Wenn ich zwölf Käsestullen esse, fall ich auch tot um; alles Verzwölffachte tötet einen Menschen. Aber welcher vernünftige Mensch verzwölffacht auch sein Speis und Trank. Von jedem vernünftigen Menschen muß man annehmen, daß er Unsinnigkeiten unterlassen und seine Gesundheit befragen und seinen Körper nicht zerstören wird. Wenigstens für mich kann ich einstehen. Und die gute Mama sollte wissen, daß ich dieser Kontrolle nicht bedarf, und sollte mir diesen meinen Freund Mützell nicht so naiv zum Hüter bestellen. Aber sie muß immer die Fäden in der Hand haben, sie muß alles bestimmen, alles anordnen, und wenn ich eine baumwollene Jacke will, so muß es eine wollene sein."

Er machte sich nun an die Milch und mußte lächeln, als er die lange Stange mit dem schon niedergesunkenen Milchschaum in die Hand nahm. „Mein eigentliches Getränk. ‚Milch der frommen Denkungsart' würde Papa sagen. Ach, es ist zum Ärgern, alles zum Ärgern. Bevormundung, wohin ich sehe, schlimmer, als ob ich gestern meinen Einsegnungsstag nicht gehabt hätte. Helene weiß alles besser, Otto weiß alles besser, und nun gar erst die Mama. Sie möchte mir am liebsten vorschreiben, ob ich einen blauen oder grünen Schlips und einen graden oder schrägen Scheitel tragen soll.

Aber ich will mich nicht ärgern. Die Holländer haben ein Sprichwort: ‚Ärgere dich nicht, wundere dich bloß.‘ Und auch das werd ich mir schließlich noch abgewöhnen.“

Er sprach noch so weiter in sich hinein, abwechselnd die Menschen und die Verhältnisse verklagend, bis er mit einem Mal all seinen Unmut gegen sich selber richtete: „Torheit. Die Menschen die Verhältnisse, das alles ist es nicht; nein, nein. Andre haben auch eine auf ihr Hausregiment eifersüchtige Mama und tun doch, was sie wollen; es liegt an mir. „Pluck, dear Leopold, that's it“ das hat mir der gute Nelson noch gestern abend zum Abschied gesagt, und er hat ganz recht. Da liegt es; nirgend anders. Mir fehlt es an Energie und Mut, und das Aufbäumen hab ich nun schon gewiß nicht gelernt.“

Er blickte, während er so sprach, vor sich hin, knipste mit seiner Reitgerte kleine Kiesstücke fort und malte Buchstaben in den frischgestreuten Sand. Und als er nach einer Weile wieder aufblickte, sah er zahlreiche Boote, die vom Stralauer Ufer herüber kamen, und dazwischen einen mit großem Segel flußabwärts fahrenden Spreekahn. Wie sehnsüchtig richtete sich sein Blick darauf.

„Ach, ich muß aus diesem elenden Zustande heraus, und wenn es wahr ist, daß einem die Liebe Mut und Entschlossenheit gibt, so muß noch alles gut werden. Und nicht bloß gut, es muß mir auch leicht werden und mich geradezu zwingen und drängen, den Kampf aufzunehmen und ihnen allen zu zeigen, und der Mama voran, daß sie mich dennoch verkannt und unterschätzt haben. Und wenn ich in Unentschlossenheit zurückfalle, was Gott verhüte, so wird sie mir die nötige Kraft geben. Denn sie hat all das, was mir fehlt, und weiß alles und kann alles. Aber bin ich ihrer sicher? Da steh ich wieder vor der Hauptfrage. Mitunter ist es mir freilich, als kümmere sie sich um mich, und als spräche sie eigentlich nur zu mir, wenn sie zu anderen spricht. So war es noch gestern abend wieder, und ich sah auch, wie Marcell sich verfärbte, weil er eifersüchtig war. Etwas anderes konnte es nicht sein. Und das alles …“

Er unterbrach sich, weil eben jetzt die sich um ihn her sammelnden Sperlinge mit jedem Augenblicke zudringlicher wurden. Einige kamen bis auf den Tisch und mahnten ihn durch Picken und dreistes Ansehen, daß er ihnen noch immer ihr Früstück schulde. Lächelnd zerbrach er ein Biskuit und warf ihnen die Stücke hin, mit denen zunächst die Sieger und, alsbald auch ihnen folgend, die anderen in die Lindenbäume zurückflogen. Aber kaum, daß die Störenfriede fort waren, so waren für ihn auch die alten Betrachtungen wieder da. „Ja, das mit Marcell, das darf ich mir zum Guten deuten und manches andere noch. Aber es kann auch alles bloß Spiel und Laune gewesen sein. Corinna nimmt nichts ernsthaft und will eigentlich immer nur glänzen und die Bewunderung oder das Verwundertsein ihrer Zuhörer auf sich ziehen. Und wenn ich mir diesen ihren Charakter überlege, so muß ich an die Möglichkeit denken, daß ich schließlich auch noch heimgeschickt und ausgelacht werde. Das ist hart. Und doch muß ich es wagen … Wenn ich nur wen hätte, dem ich mich anvertrauen könnte, der mir riete. Leider hab ich niemanden, keinen Freund; dafür hat Mama auch gesorgt, und so muß ich mir, ohne Rat und Beistand, allerpersönlichst ein doppeltes ‚Ja' holen. Erst bei Corinna. Und wenn ich dies erste ‚Ja' habe, so hab ich noch lange nicht das zweite. Das seh ich nur zu klar. Aber das zweite kann ich mir wenigstens erkämpfen und will es auch … Es gibt ihrer genug, für die das alles eine Kleinigkeit wäre, für mich aber ist es schwer; ich weiß, ich bin kein Held, und das Heldische läßt sich nicht lernen. ‚Jeder nach seinen Kräften', sagte Direktor Hilgenhahn immer. Ach, ich finde doch beinahe, daß mir mehr aufgelegt wird, als meine Schultern tragen können."

Ein mit Personen besetzter Dampfer kam in diesem Augenblicke den Fluß herauf und fuhr, ohne an dem Wassersteg anzulegen, auf den „Neuen Krug" und „Sadowa" zu; Musik war an Bord, und dazwischen wurden allerlei Lieder gesungen. Als das Schiff erst den Steg und bald auch die „Liebesinsel" passiert hatte, fuhr auch Leopold aus seinen Träumereien auf und sah, nach der Uhr blickend, daß es höchste Zeit sei, wenn er noch pünktlich auf dem Kontor eintreffen und sich eine Reprimande, oder, was schlimmer, eine spöttische Bemerkung von seiten seines Bruders Otto ersparen wollte. So schritt er denn unter freundlichem Gruß an dem immer noch an seiner Ecke stehenden Mützell vorüber und auf die Stelle zu, wo der Einarmige sein Pferd hielt. „Da Fritz!" Und nun hob er sich in den Sattel, machte den Rückweg in einem guten Trab und bog, als er das Tor und gleich danach die Pionierkaserne wieder passiert hatte, nach rechts hin in einen neben dem Otto Treibelschen Holzhofe sich hinziehenden, schmalen Gange ein, über dessen Heckenzaun fort man auf den Vorgarten und die zwischen den Bäumen gelegene Villa sah. Bruder und Schwägerin saßen noch beim Frühstück. Leopold grüßte hinüber: „Guten Morgen, Otto; guten Morgen Helene!" Beide erwiderten den Gruß, lächelten aber, weil sie diese tägliche Reiterei ziemlich lächerlich fanden. Und gerade Leopold! Was er sich eigentlich dabei denken mochte!

Leopold selbst war inzwischen abgestiegen und gab das Pferd einem an der Hintertreppe der Villa schon wartenden Diener, der es, die Köpenicker Straße hinauf, nach dem elterlichen Fabrikhof und dem dazu gehörigen Stallgebäude führte – stableyard, sagte Helene.

Neuntes Kapitel

Eine Woche war vergangen, und über dem Schmidtschen Hause lag eine starke Verstimmung; Corinna grollte mit Marcell, weil er mit ihr grollte (so wenigstens mußte sie sein Ausbleiben deuten), und die gute Schmolke wiederum grollte mit Corinna wegen ihres Grollens auf Marcell. „Das tut nicht gut, Corinna, so sein Glück von sich zu stoßen. Glaube mir, das Glück wird ärgerlich, wenn man es wegjagt, und kommt dann nicht wieder. Marcell ist, was man einen Schatz nennt oder auch ein Juwel, Marcell ist ganz so wie Schmolke war." So hieß es jeden Abend. Nur Schmidt selbst merkte nichts von der über seinem Hause lagernden Wolke, studierte sich vielmehr immer tiefer in die Goldmasken hinein und entschied sich, in einem mit Distelkamp immer heftiger geführten Streite, auf das bestimmteste hinsichtlich der einen für Aegisth. Aegisth sei doch immerhin sieben Jahre lang Klytämnestras Gemahl gewesen, außerdem naher Anverwandter des Hauses, und wenn er, Schmidt, auch seinerseits zugeben müsse, daß der Mord Agamemnons einigermaßen gegen seine Aegisth-Hypothese spreche, so sei doch andererseits nicht zu vergessen, daß die ganze Mordaffäre mehr oder weniger etwas Internes, sozusagen eine reine Familienangelegenheit gewesen sei, wodurch die nach außen hin auf Volk und Staat berechnete Beisetzungs- und Zeremonialfrage nicht eigentlich berührt werden könne. Distelkamp schwieg und zog sich unter Lächeln aus der

Debatte zurück.

Auch bei den alten und jungen Treibels herrschte eine gewisse schlechte Laune vor: Helene war unzufrieden mit Otto, Otto mit Helenen, und die Mama wiederum mit beiden. Am unzufriedensten, wenn auch nur mit sich selber, war Leopold, und nur der alte Treibel merkte von der ihn umgebenden Verstimmung herzlich wenig oder wollte nichts davon merken, erfreute sich vielmehr einer ungewöhnlich guten Laune. Daß dem so war, hatte, wie bei Wilibald Schmidt, darin seinen Grund, daß er all die Zeit über sein Steckenpferd tummeln und sich einiger schon erzielter Triumphe rühmen durfte. Vogelsang war nämlich, unmittelbar nach dem zu seinen und Mr. Nelsons Ehren stattgehabten Diner, in den für Treibel zu erobernden Wahlkreis abgegangen, und zwar um hier in einer Art Vorkampagne die Herzen und Nieren der Teupitz-Zossener und ihre mutmaßliche Haltung in der entscheidenden Stunde zu prüfen. Es muß gesagt werden, daß er, bei Durchführung dieser seiner Aufgabe, nicht bloß eine bemerkenswerte Tätigkeit entfaltet, sondern auch beinahe täglich etliche Telegramme geschickt hatte darin er über die Resultate seines Wahlfeldzuges, je nach der Bedeutung der Aktion, länger oder kürzer berichtete. Daß diese Telegramme mit denen des ehemaligen Bernauer Kriegskorrespondenten eine verzweifelte Ähnlichkeit hatten, war Treibel nicht entgangen, aber von diesem, weil er schließlich nur auf das achtete, was ihm persönlich gefiel, ohne sonderliche Beanstandung hingenommen worden. In einem dieser Telegramme hieß es: „Alles geht gut. Bitte, Geldanweisung nach Teupitz hin. Ihr V." Und dann: „Die Dörfer am Scharmützelsee sind unser. Gott sei Dank. Überall dieselbe Gesinnung wie am Teupitzsee. Anweisung noch nicht eingetroffen. Bitte dringend. Ihr V." ... „Morgen nach Storkow! Dort muß es sich entscheiden. Anweisung inzwischen empfangen. Aber deckt nur gerade das schon Verausgabte. Montecuculis Wort über Kriegführung gilt auch für Wahlfeldzüge. Bitte weiteres nach Groß-Rietz hin. Ihr V." Treibel, in geschmeichelter Eitelkeit, betrachtete hiernach den Wahlkreis als für ihn gesichert, und in den Becher seiner Freude fiel, eigentlich nur ein Wermutstropfen: er wußte, wie kritisch ablehnend Jenny zu dieser Sache stand, und sah sich dadurch gezwungen, sein Glück allein zu genießen. Friedrich, überhaupt sein Vertrauter, war ihm auch jetzt wieder „unter Larven die einzig fühlende Brust“, ein Zitat, das er nicht müde wurde, sich zu wiederholen. Aber eine gewisse Leere blieb doch. Auffallend war ihm außerdem, daß die Berliner Zeitungen gar nichts brachten und zwar war ihm dies um so auffallender, als von scharfer Gegnerschaft, allen Vogelsangschen Berichten nach, eigentlich keine Rede sein konnte. Die Konservativen und Nationalliberalen, und vielleicht auch ein paar Parlamentarier von Fach, mochten gegen ihn sein, aber was bedeutete das? Nach einer ungefähren Schätzung, die Vogelsang angestellt und in einem eingeschriebenen Briefe nach Villa Treibel hin adressiert hatte, besaß der ganze Kreis nur sieben Nationalliberale: drei Oberlehrer, einen Kreisrichter, einen rationalistischen Superintendenten und zwei studierte Bauerngutsbesitzer, während die Zahl der Orthodox-Konservativen noch hinter diesem bescheidenen Häuflein zurückblieb. „Ernst zu nehmende Gegnerschaft, vacat.“ So schloß Vogelsangs Brief, und „vacat“ war unterstrichen. Das klang hoffnungsreich genug, ließ aber inmitten aufrichtiger Freude doch einen Rest von Unruhe fortbestehen, und als eine runde Woche seit Vogelsangs Abreise vergangen war, brach denn auch wirklich der große Tag an, der die Berechtigung der instinktiv immer wieder sich einstellenden Ängstlichkeit und Sorge dartun sollte. Nicht unmittelbar, nicht gleich im ersten Moment, aber die Frist war nur eine nach Minuten ganz kurz bemessene.

Treibel saß in seinem Zimmer und frühstückte. Jenny hatte sich mit Kopfweh und einem schweren Traum entschuldigen lassen. „Sollte sie wieder von Vogelsang geträumt haben?“ Er ahnte nicht, daß dieser Spott sich in derselben Stunde noch an ihm rächen würde. Friedrich brachte die Postsachen, unter denen diesmal wenig Karten und Briefe, dafür aber desto mehr Zeitungen unter Kreuzband waren, einige, soviel sich äußerlich erkennen ließ, mit merkwürdigen Emblemen und Stadtwappen ausgerüstet.

All dies (zunächst nur Vermutung) sollte sich, bei schärferem Zusehen, rasch bestätigen, und als Treibel die Kreuzbänder entfernt und das weiche Löschpapier über den Tisch hin ausgebreitet hatte, las er mit einer gewissen heiteren Andacht: „Der Wächter an der wendischen Spree“, „Wehrlos, ehrlos“, „Alltied Vorupp“ und „Der Storkower Bote“, – zwei davon waren cis-, zwei transspreeanischen Ursprunges. Treibel, sonst ein Feind alles überstürzten Lesens, weil er von jedem blinden Eifer nur Unheil erwartete, machte sich diesmal mit bemerkenswerter Raschheit über die Blätter und überflog die blau angestrichenen Stellen. Leutnant Vogelsang (so hieß es in jedem in wörtlicher Wiederholung), ein Mann, der schon Anno 48 gegen die Revolution gestanden und der Hydra das Haupt zertreten, hätte sich an drei hintereinander folgenden Tagen dem Kreise vorgestellt, nicht um seiner selbst, sondern um seines politischen Freundes, des Kommerzienrats Treibel willen, der später den Kreis besuchen und bei der Gelegenheit die von Leutnant Vogelsang ausgesprochenen Grundsätze wiederholen werde, was, so viel lasse sich schon heute sagen, als die wärmste Empfehlung des eigentlichen Kandidaten anzusehen sei. Denn das Vogelsangsche Programm laufe darauf hinaus, daß zu viel und namentlich unter zu starker Wahrnehmung persönlicher Interessen regiert werde, daß also demgemäß alle kostspieligen „Zwischenstufen" fallen müßten (was wiederum gleichbedeutend sei mit Herabsetzung der Steuern), und daß von den gegenwärtigen, zum Teil unverständlichen Kompliziertheiten nichts übrig bleiben dürfe, als ein freier Fürst und ein freies Volk. Damit seien freilich zwei Dreh- oder Mittelpunkte gegeben, aber nicht zum Schaden der Sache. Denn wer die Tiefe des Lebens ergründet oder ihr auch nur nachgespürt habe, der wisse, daß die Sache mit dem einfachen Mittelpunkt – er vermeide mit Vorbedacht das Wort Zentrum –, falsch sei, und daß sich das Leben nicht im Kreise, wohl aber in der Ellipse bewege. Weshalb zwei Drehpunkte das natürlich Gegebene seien.

„Nicht übel", sagte Treibel, als er gelesen, „nicht übel. Es hat so etwas Logisches; ein bißchen verrückt, aber doch logisch. Das einzige, was mich stutzig macht, ist, daß es alles klingt, als ob es Vogelsang selber geschrieben hätte. Die zertretene Hydra, die herabgesetzten Steuern, das gräßliche Wortspiel mit dem Zentrum und zuletzt der Unsinn mit dem Kreis und der Ellipse, das alles ist Vogelsang. Und der Einsender an die vier Spreeblätter ist natürlich wiederum Vogelsang. Ich kenne meinen Pappenheimer." Und dabei schob Treibel den „Wächter an der wendischen Spree" samt dem ganzen Rest vom Tisch auf das Sofa hinunter und nahm eine halbe „Nationalzeitung" zur Hand, die gleichfalls mit den anderen Blättern unter Kreuzband eingegangen war, aber der Handschrift und ganzen Adresse nach von jemand anderem als Vogelsang aufgegeben sein mußte. Früher war der Kommerzienrat Abonnent und eifriger Leser der „Nationalzeitung" gewesen, und es kamen ihm noch tagtäglich Viertelstunden, in denen er den Wechsel in seiner Lektüre bedauerte.

„Nun, laß sehen", sagte er schließlich und ging, das Blatt aufschlagend, mit lesegewandtem Auge die drei Spalten hinunter, und richtig, da war es: „Parlamentarische Nachrichten. Aus dem Kreise Teupitz-Zossen." Als er den Kopftitel gelesen, unterbrach er sich. „Ich weiß nicht, es klingt so sonderbar. Und doch auch wieder, wie soll es am Ende anders klingen? Es ist der natürlichste Anfang von der Welt; also nur vorwärts."

Und so las er denn weiter: „Seit drei Tagen haben in unserem stillen und durch politische Kämpfe sonst wenig gestörten Kreise die Wahlvorbereitungen begonnen, und zwar seitens einer Partei, die sich augenscheinlich vorgesetzt hat, das, was ihr an historischer Kenntnis und politischer Erfahrung, ja, man darf füglich sagen an gesundem Menschenverstande fehlt, durch ‚Fixigkeit' zu ersetzen. Ebendiese Partei, die sonst nichts weiß und kennt, kennt augenscheinlich das Märchen vom ‚Swinegel und siner Fru' und scheint gewillt, an dem Tage, wo der Wettbewerb mit den wirklichen Parteien zu beginnen hat, eine jede derselben mit dem aus jenem Märchen wohlbekannten Swinegelrufe: ‚Ik bin all hier' empfangen zu wollen. Nur so vermögen wir uns dieses überfrühe Zurstellesein zu erklären. Alle Plätze scheinen, wie bei Theaterpremieren, von Leutnant Vogelsang und den Seinen im voraus belegt werden zu sollen. Aber man wird sich täuschen. Es fehlt dieser Partei nicht an Stirn, wohl aber an dem, was noch mit dazu gehört; der Kasten ist da, nicht der Inhalt ..."

„Alle Wetter", sagte Treibel, „der setzt scharf ein ... Was davon auf mein Teil kommt, ist mir nicht eben angenehm, aber dem Vogelsang gönn ich es. Etwas ist in seinem Programm, das blendet, und damit hat er mich eingefangen. Indessen, je mehr ich mir's ansehe, desto fraglicher erscheint es mir. Unter diesen Knickstiebeln, die sich einbilden, schon vor vierzig Jahren die Hydra zertreten zu haben, sind immer etliche Zirkelquadratur- und Perpetuum mobile-Sucher, immer solche, die das Unmögliche, das sich in sich Widersprechende zustande bringen wollen. Vogelsang gehört dazu. Vielleicht ist es auch bloß Geschäft; wenn ich mir zusammenrechne, was ich in diesen acht Tagen. ... Aber ich bin erst bis an den ersten Absatz der Korrespondenz gekommen; die zweite Hälfte wird ihm wohl noch schärfer zu Leibe gehen oder vielleicht auch mir." Und Treibel las weiter:

„Es ist kaum möglich, den Herrn, der uns gestern und vorgestern – seiner in unserem Kreise voraufgegangenen Taten zu geschweigen – zunächst in Markgraf-Pieske, dann aber in Storkow und Groß-Rietz beglückt hat, ernsthaft zu nehmen, und zwar um so weniger, je ernsthafter das Gesicht ist, das er macht. Er gehört in die Klasse der Malvolios, der feierlichen Narren, deren Zahl leider größer ist, als man gewöhnlich annimmt. Wenn sein Galimathias noch keinen Namen hat, so könnte man ihn das Lied von dreigestrichenen C nennen, denn Cabinet, Churbrandenburg und Cantonale-Freiheit, das sind die drei großen C, womit dieser Kurpfuscher die Welt oder doch wenigstens den preußischen Staat retten will. Eine gewisse Methode läßt sich darin nicht verkennen, indessen, Methode hat auch der Wahnsinn. Leutnant Vogelsangs Sang hat uns aufs äußerste mißfallen. Alles in seinem Programm ist gemeingefährlich. Aber was wir am meisten beklagen, ist das, daß er nicht für sich und in seinem Namen sprach, sondern im Namen eines unserer geachtetsten Berliner Industriellen, des Kommerzienrats Treibel (Berliner Blaufabrik, Köpenickerstraße), von dem wir uns eines Besseren versehen hätten. Ein neuer Beweis dafür, daß man ein guter Mensch und doch ein schlechter Musikant sein kann, und desgleichen ein Beweis, wohin der politische Dilettantismus führt."

Treibel klappte das Blatt wieder zusammen, schlug mit der Hand darauf und sagte: „Nun, so viel ist gewiß, in Teupitz-Zossen ist das nicht geschrieben. Das ist Tells Geschoß. Das kommt aus nächster Nähe. Das ist von dem nationalliberalen Oberlehrer, der uns neulich bei Buggenhagen nicht bloß Opposition machte, sondern uns zu verhöhnen suchte. Drang aber nicht durch. Alles in allem, ich mag ihm nicht Unrecht geben, und jedenfalls gefällt er mir besser als Vogelsang. Außerdem sind sie jetzt bei der „Nationalzeitung" halbe Hofpartei, gehen mit den Freikonservativen zusammen. Es war eine Dummheit von mir, mindestens eine Übereilung, daß ich abschwenkte. Wenn ich gewartet hätte, könnt ich jetzt, in viel besserer Gesellschaft, auf seiten der Regierung stehen. Statt dessen bin ich auf den dummen Kerl und Prinzipienreiter eingeschworen. Ich werde mich aber aus der ganzen Geschichte herausziehen, und zwar für immer der Gebrannte scheut das Feuer ... Eigentlich könnt ich mich noch beglückwünschen, so mit tausend Mark, oder doch nicht viel mehr, davongekommen zu sein, wenn nur nicht mein Name genannt wäre. Mein Name. Das ist fatal ..." Und dabei schlug er das Blatt wieder auf. „Ich will die Stelle noch einmal lesen:, einer unserer geachtetsten Berliner Industriellen, der Kommerzienrat Treibel' – ja, das laß ich mir gefallen, das klingt gut. Und nun lächerliche Figur von Vogelsangs Gnaden."

Und unter diesen Worten stand er auf, um sich draußen im Garten zu ergehen und in der frischen Luft seinen Ärger nach Möglichkeit los zu werden.

Es schien aber nicht recht glücken zu sollen, denn im selben Augenblick, wo er, um den Giebel des Hauses herum, in den Hintergarten einbog, sah er die Honig, die, wie jeden Morgen, so auch heute wieder das Bologneser Hündchen um das Bassin führte. Treibel prallte zurück, denn nach einer Unterhaltung mit dem aufgesteiften Fräulein stand ihm durchaus nicht der Sinn. Er war aber schon gesehen und begrüßt worden, und da große Höflichkeit und mehr noch große Herzensgüte zu seinen Tugenden zählten, so gab er sich einen Ruck und ging guten Muts auf die Honig zu, zu deren Kenntnissen und Urteilen er übrigens ein aufrichtiges Vertrauen hegte.

„Sehr erfreut, mein liebes Fräulein, Sie mal allein und zu so guter Stunde zu treffen. ... Ich habe seit langem so dies und das auf dem Herzen, mit dem ich gern herunter möchte ..." Die Honig errötete, weil sie trotz des guten Rufes, dessen sich, Treibel erfreute, doch von einem ängstlich süßen Gefühl überrieselt wurde, dessen äußerste Nichtberechtigung ihr freilich im nächsten Moment schon in beinahe grausamer Weise klar werden sollte.

„... Mich beschäftigt nämlich meiner lieben kleinen Enkelin Erziehung, an der ich denn doch das Hamburgische sich in einem Grade vollstrecken sehe – ich wähle diesen Schafottausdruck absichtlich –, der mich von meinem einfacheren Berliner Standpunkt aus mit einiger Sorge erfüllt."

Das Bologneser Hündchen, das Czicka hieß, zog in diesem Augenblick an der Schnur und schien einem Perlhuhn nachlaufen zu wollen, das sich, vom Hof her, in den Garten verirrt hatte; die

Honig verstand aber keinen Spaß und gab dem Hündchen einen Klaps. Czicka seinerseits tat einen Blaff und warf den Kopf hin und her, so daß die seinem Röckchen (eigentlich bloß eine Leibbinde) dicht aufgenähten Glöckchen in ein Klingen kamen. Dann aber beruhigte sich das Tierchen wieder, und die Promenade um das Bassin herum begann aufs neue.

„Sehen Sie, Fräulein Honig, so wird auch das Lizzichen erzogen. Immer an einer Strippe, die die Mutter in Händen hält, und wenn mal ein Perlhuhn kommt und das Lizzichen fort will, dann gibt es auch einen Klaps, aber einen ganz, ganz kleinen, und der Unterschied ist bloß, daß Lizzi keinen Blaff tut und nicht den Kopf wirft und natürlich auch kein Schellengeläut hat, das ins Klingen kommen kann."

„Lizzichen ist ein Engel", sagte die Honig, die während einer sechzehnjährigen Erzieherinnenlaufbahn Vorsicht im Ausdruck gelernt hatte.

„Glauben Sie das wirklich?"

„Ich glaub es wirklich, Herr Kommerzienrat, vorausgesetzt, daß wir uns über ‚Engel' einigen." „Sehr gut, Fräulein Honig, das kommt mir zu paß. Ich wollte nur über Lizzi mit Ihnen sprechen und höre nun auch noch was über Engel. Im ganzen genommen ist die Gelegenheit, sich über Engel ein festes Urteil zu bilden, nicht groß. Nun sagen Sie, was verstehen Sie unter Engel? Aber kommen Sie mir nicht mit Flügel."

Die Honig lächelte. „Nein Herr Kommerzienrat, nichts von Flügel, aber ich möchte doch sagen dürfen ‚Unberührtheit vom Irdischen', – das ist ein Engel."

„Das läßt sich hören. Unberührtheit vom Irdischen, – nicht übel. ja, noch mehr, ich will es ohne weiteres gelten lassen und will es schön finden, und wenn Otto und meine Schwiegertochter Helene sich klar und zielbewußt vorsetzen würden, eine richtige kleine Genoveva auszubilden oder eine kleine keusche Susanna, Pardon, ich kann im Augenblicke kein besseres Beispiel finden, oder wenn alles ganz ernsthaft darauf hinausliefe, sagen wir für irgendeinen Thüringer Landgrafen oder meinetwegen auch für ein geringeres Geschöpf Gottes einen Abklatsch der heiligen Elisabeth herzustellen, so hätte ich nichts dagegen. Ich halte die Lösung solcher Aufgabe für sehr schwierig, aber nicht für unmöglich, und wie so schön gesagt worden ist und immer noch gesagt wird, solche Dinge auch bloß gewollt zu haben, ist schon etwas Großes."

Die Honig nickte, weil sie der eigenen, nach dieser Seite hin liegenden Anstrengungen gedenken mochte.

„Sie stimmen mir zu", fuhr Treibel fort. „Nun, das freut mich. Und ich denke, wir sollen auch in dem zweiten einig bleiben. Sehen Sie, liebes Fräulein, ich begreife vollkommen, trotzdem es meinem persönlichen Geschmack widerspricht, daß eine Mutter ihr Kind auf einen richtigen Engel hin erzieht; man kann nie ganz genau wissen, wie diese Dinge liegen, und wenn es zum letzten kommt, so ganz zweifelsohne vor seinem Richter zu stehen, wer sollte sich das nicht wünschen? Ich möchte beinah sagen, ich wünsch es mir selber. Aber, mein liebes Fräulein, Engel und Engel ist ein Unterschied, und wenn der Engel weiter nichts ist als ein Waschengel und die Fleckenlosigkeit der Seele nach dem Seifenkonsum berechnet und die ganze Reinheit des werdenden Menschen auf die Weißheit seiner Strümpfe gestellt wird, so erfüllt mich dies mit einem leisen Grauen. Und wenn es nun gar das eigene Enkelkind ist, dessen flachsene Haare, Sie werden es auch bemerkt haben, vor lauter Pflege schon halb ins Kakerlakige fallen, so wird einem alten Großvater himmelangst dabei. Könnten Sie sich nicht hinter die Wulsten stecken? Die Wulsten ist eine verständige Person und bäumt, glaub ich, innerlich gegen diese Hamburgereien auf. Ich würde mich freuen, wenn Sie Gelegenheit nähmen ..."

In diesem Augenblicke wurde Czicka wieder unruhig und blaffte lauter als zuvor. Treibel, der sich in Auseinandersetzungen derart nicht gern unterbrochen sah, wollte verdrießlich werden, aber ehe er noch recht dazu kommen konnte, wurden drei junge Damen von der Villa her sichtbar, zwei von ihnen ganz gleichartig in bastfarbene Sommerstoffe gekleidet. Es waren die beiden Felgentreus, denen Helene folgte.

„Gott sei Dank, Helene", sagte Treibel, der sich – vielleicht weil er ein schlechtes Gewissen hatte – zunächst an die Schwiegertochter wandte, „Gott sei Dank, daß ich dich einmal wiedersehe. Du warst eben der Gegenstand unseres Gesprächs, oder mehr noch dein liebes Lizzichen, und Fräulein Honig stellte fest, daß Lizzichen ein Engel sei. Du kannst dir denken, daß ich nicht widersprochen habe. Wer ist nicht gern der Großvater eines Engels? Aber, meine Damen, was verschafft mir so früh diese Ehre? Oder gilt es meiner Frau? Sie hat ihre Migräne. Soll ich sie rufen lassen ...?“

„0 nein, Papa“, sagte Helene mit einer Freundlichkeit, die nicht immer ihre Sache war. „Wir kommen zu dir. Felgentreus haben nämlich vor, heute Nachmittag eine Partie nach Halensee zu machen, aber nur wenn alle Treibels, von Otto und mir ganz abgesehen, daran teilnehmen.“ Die Felgentreuschen Schwestern bestätigten dies alles durch Schwenken ihrer Sonnenschirme, während Helene fortfuhr: „Und nicht später als drei. Wir müssen also versuchen, unserem lunch einen kleinen diner-Charakter zu geben, oder unser diner bis auf acht Uhr abends hinausschieben. Elfriede und Blanca wollen in die Adlerstraße, um auch Schmidts aufzufordern, zum mindesten Corinna; der Professor kommt dann vielleicht nach. Krola hat schon zugesagt und will ein Quartett mitbringen, darunter zwei Referendare von der Potsdamer Regierung ...“

„Und Reserveoffiziere“, ergänzte Blanca, die jüngere Felgentreu ...

„Reserveoffiziere“, wiederholte Treibel ernsthaft. „Ja, meine Damen, das gibt den Ausschlag. Ich glaube nicht, daß ein hierlandes lebender Familienvater, auch wenn ihm ein grausames Schicksal eigene Töchter versagte, den Mut haben wird, eine Landpartie mit zwei Reserveleutnants auszuschlagen. Also bestens akzeptiert. Und drei Uhr. Meine Frau wird zwar verstimmt sein, daß, über ihr Haupt hinweg, endgültige Beschlüsse gefaßt worden sind, und ich fürchte beinah ein momentanes Wachsen des tic douloureux. Trotzdem bin ich ihrer sicher. Landpartie mit Quartett und von solcher gesellschaftlichen Zusammensetzung, – die Freude darüber bleibt prädominierendes Gefühl. Dem ist keine Migräne gewachsen. Darf ich Ihnen übrigens meine Melonenbeete zeigen? Oder nehmen wir lieber einen leichten Imbiß, ganz leicht, ohne jede ernste Gefährdung des lunch?“

Alle drei dankten, die Felgentreus, weil sie sich direkt zu Corinna begeben wollten, Helene, weil sie Lizzis halber wieder nach Hause müsse. Die Wulsten sei nicht achtsam genug und lasse Dinge durchgehen, von denen sie nur sagen könne, daß sie „shocking“ seien. Zum Glück sei Lizzichen ein so gutes Kind, sonst würde sie sich ernstlicher Sorge darüber hingeben müssen.

„Lizzichen ist ein Engel, die ganze Mutter", sagte Treibel und wechselte, während er das sagte, Blicke mit der Honig, welche die ganze Zeit über in einer gewissen reservierten Haltung seitab gestanden hatte.

Zehntes Kapitel

Auch Schmidts hatten zugesagt, Corinna mit besonderer Freudigkeit, weil sie sich seit dem Dinertage bei Treibels in ihrer häuslichen Einsamkeit herzlich gelangweilt hatte; die großen Sätze des Alten kannte sie längst auswendig, und von den Erzählungen der guten Schmolke galt dasselbe. So klang denn „ein Nachmittag in Halensee" fast so poetisch wie „vier Wochen auf Capri", und Corinna beschloß daraufhin, ihr Bestes zu tun, um sich bei dieser Gelegenheit auch äußerlich neben den Felgentreus behaupten zu können. Denn in ihrer Seele dämmerte eine unklare Vorstellung davon, daß diese Landpartie nicht gewöhnlich verlaufen, sondern etwas Großes bringen werde. Marcell war zur Teilnahme nicht aufgefordert worden, womit seine Cousine, nach der eine ganze Woche lang von ihm beobachteten Haltung, durchaus einverstanden war. Alles versprach einen frohen Tag, besonders auch mit Rücksicht auf die Zusammensetzung der Gesellschaft. Unter dem, was man im voraus vereinbart hatte, war, nach Verwerfung eines von Treibel in Vorschlag gebrachten Kremsers, „der immer das Eigentliche sei", das die Hauptsache gewesen, daß man auf gemeinschaftliche Fahrt verzichten, dafür aber männiglich sich verpflichten wolle, Punkt vier Uhr und jedenfalls nicht mit Überschreitung des akademischen Viertels in Halensee zu sein.

Und wirklich um vier Uhr war alles versammelt oder doch fast alles. Alte und junge Treibels, desgleichen die Felgentreus, hatten sich in eigenen Equipagen eingefunden, während Krola, von seinem Quartett begleitet, aus nicht aufgeklärten Gründen die neue Dampfbahn, Corinna aber mutterwindallein – der Alte wollte nachkommen – die Stadtbahn benutzt hatte. Von den Treibels fehlte nur Leopold, der sich, weil er durchaus an Mr. Nelson zu schreiben habe, wegen einer halben Stunde Verspätung im voraus entschuldigen ließ. Corinna war momentan verstimmt darüber, bis ihr der Gedanke kam, es sei wohl eigentlich besser so, kurze Begegnungen seien inhaltreicher als lange.

„Nun, lieben Freunde“, nahm Treibel das Wort, „alles nach der Ordnung. Erste Frage, wo bringen wir uns unter? Wir haben verschiedenes zur Wahl. Bleiben wir hier Parterre, zwischen diesen formidablen Tischreihen, oder rücken wir auf die benachbarte Veranda hinauf, die Sie, wenn Sie Gewicht darauf legen, auch als Altan oder als Söller bezeichnen können? Oder bevorzugen Sie vielleicht die Verschwiegenheit der inneren Gemächer, irgendeiner Kemenate von Halensee? Oder endlich, viertens und letztens, sind Sie für Turmbesteigung und treibt es Sie, diese Wunderwelt, in der keines Menschen Auge bisher einen frischen Grashalm entdecken konnte, treibt es Sie, sag ich, dieses von Spargelbeeten und Eisenbahndämmen durchsetzte Wüstenpanorama zu Ihren Füßen ausgebreitet zu sehen?“

„Ich denke“, sagte Frau Felgentreu, die, trotzdem sie kaum ausgangs Vierzig war, schon das Embonpoint und das Asthma einer Sechzigerin hatte, „ich denke, lieber Treibel, wir bleiben, wo wir sind. Ich bin nicht für Steigen, und dann mein ich auch immer, man muß mit dem zufrieden sein, was man gerade hat.“

„Eine merkwürdig bescheidene Frau“, sagte Corinna zu Krola, der seinerseits mit einfacher Zahlennennung antwortete, leise hinzusetzend, „aber Taler.“

„Gut denn“, fuhr Treibel fort, „Wir bleiben also in der Tiefe. Wozu dem Höheren zustreben? Man muß zufrieden sein mit dem durch Schicksalsbeschluß Gegebenen, wie meine Freundin Felgentreu soeben versichert hat. Mit anderen Worten: ‚Genieße fröhlich, was du hast.‘ Aber, liebe Festgenossen, was tun wir, um unsere Fröhlichkeit zu beleben, oder, richtiger und artiger, um ihr Dauer zu geben? Denn von Belebung unserer Fröhlichkeit sprechen, hießen das augenblickliche Vorhandensein derselben in Zweifel ziehen, – eine Blasphemie, deren ich mich nicht schuldig machen werde. Landpartien sind immer fröhlich. Nicht wahr, Krola?“

Krola bestätigte mit einem verschmitzten Lächeln, das für den Eingeweihten eine stille Sehnsucht nach Siechen oder dem schweren Wagner ausdrücken sollte.

Treibel verstand es auch so. „Landpartien also sind immer fröhlich, und dann haben wir das Quartett in Bereitschaft und haben Professor Schmidt in Sicht, und Leopold auch. Ich finde, daß dies allein schon ein Programm ausdrückt." Und nach diesen Einleitungsworten einen in der Nähe stehenden mittelalterlichen Kellner heranwinkend, fuhr er in einer anscheinend an diesen, in Wahrheit aber an seine Freunde gerichteten Rede fort: „Ich denke, Kellner, wir rücken zunächst einige Tische zusammen, hier zwischen Brunnen und Fliederboskett; da haben wir frische Luft und etwas Schatten. Und dann, Freund, sobald die Lokalfrage geregelt und das Aktionsfeld abgesteckt ist, dann etwelche Portionen Kaffee, sagen wir vorläufig fünf, Zucker doppelt, und etwas Kuchiges, gleichviel was, mit Ausnahme von altdeutschem Napfkuchen, der mir immer eine Mahnung ist, es mit dem neuen Deutschland ernst und ehrlich zu versuchen. Die Bierfrage können wir später regeln, wenn unser Zuzug eingetroffen ist."

Dieser Zuzug war nun in der Tat näher, als die ganze Gesellschaft zu hoffen gewagt hatte. Schmidt, in einer ihn begleitenden Wolke herankommend, war müllergrau von Chausseestaub und mußte es sich gefallen lassen, von den jungen, dabei nicht wenig kokettierenden Damen abgeklopft zu werden, und kaum daß er instand gesetzt und in den Kreis der übrigen eingereiht war, so ward auch schon Leopold in einer langsam herantrottenden Droschke sichtbar, und beide Felgentreus (Corinna hielt sich zurück) liefen auch ihm bis auf die Chaussee hinaus entgegen und schwenkten dieselben kleinen Battistücher zu seiner Begrüßung, mit denen sie eben den alten Schmidt restituiert und wieder leidlich gesellschaftsfähig gemacht hatten.

Auch Treibel hatte sich erhoben und sah der Anfahrt seines Jüngsten zu. „Sonderbar", sagte er zu Schmidt und Felgentreu, zwischen denden er saß, „sonderbar; es heißt immer, der Apfel fällt nicht weit vom Stamm. Aber mitunter tut er's doch. Alle Naturgesetze schwanken heutzutage. Die Wissenschaft setzt ihnen zu arg zu. Sehen Sie, Schmidt, wenn ich Leopold Treibel wäre – mit meinem Vater war das etwas anderes, der war noch aus der alten Zeit –, so hätte mich doch kein Deubel davon abgehalten, hier heute hoch zu Roß vorzureiten, und hätte mich graziös – denn, Schmidt, wir haben doch auch unsere Zeit gehabt – hätte mich graziös, sag ich, aus dem Sattel geschwungen und mir mit der Badine die Stiefel und die Unaussprechlichen abgeklopft und wäre hier, schlecht gerechnet, wie ein junger Gott erschienen, mit einer roten Nelke im Knopfloch, ganz wie Ehrenlegion oder ein ähnlicher Unsinn. Und nun sehen Sie sich den Jungen an. Kommt er nicht an, als ob er hingerichtet werden sollte? Denn das ist ja gar keine Droschke, das ist ein Karren, eine Schleife. Weiß der Himmel, wo's nicht drin steckt, da kommt es auch nicht."

Unter diesen Worten war Leopold herangekommen, untergefaßt von den beiden Felgentreus, die sich vorgesetzt zu haben schienen, à tout prix für das „Landpartieliche" zu sorgen. Corinna, wie sich denken läßt, gefiel sich in Mißbilligung dieser Vertraulichkeit und sagte vor sich hin: „Dumme Dinger!" Dann aber erhob auch sie sich, um Leopold gemeinschaftlich mit den andern zu begrüßen.

Die Droschke draußen hielt noch immer, was dem alten Treibel schließlich auffiel. „Sage, Leopold, warum hält er noch? Rechnet er auf Rückfahrt?"

„Ich glaube, Papa, daß er futtern will."

„Wohl und weise. Freilich mit seinem Häckselsack wird er nicht weit kommen. Hier müssen energischere Belebungsmittel angewandt werden, sonst passiert was. Bitte, Kellner, geben Sie dem Schimmel ein Seidel. Aber Löwenbräu. Dessen ist er am bedürftigsten."

„Ich wette", sagte Krola, „der Kranke wird von Ihrer Arznei nichts wissen wollen."

„Ich verbürge mich für das Gegenteil. In dem Schimmel steckt was; bloß heruntergekommen."

Und während das Gespräch noch andauerte, folgte man dem Vorgange draußen und sah, wie das arme verschmachtete Tier mit Gier das Seidel austrank und in ein schwaches Freudengewieher ausbrach. „Da haben wir's", triumphierte Treibel. „Ich bin ein Menschenkenner, der hat bessere Tage gesehen und mit diesem Seidel zogen alte Zeiten in ihm herauf. Und Erinnerungen sind immer das Beste. Nicht wahr, Jenny?"

Die Kommerzienrätin antwortete mit einem langgedehnten „Ja, Treibel", und deutete durch den Ton an, daß er besser täte, sie mit solchen Betrachtungen zu verschonen.

*

Eine Stunde verging unter allerhand Plaudereien, und wer gerade schwieg, der versäumte nicht, das Bild auf sich wirken zu lassen, das sich um ihn her ausbreitete. Da stieg zunächst eine Terrasse nach dem See hinunter, von dessen anderm Ufer her man den schwachen Knall einiger Teschings hörte, mit denen in einer dort etablierten Schießbude nach der Scheibe geschossen wurde, während man aus verhältnismäßiger Nähe das Kugelrollen einer am diesseitigen Ufer sich hinziehenden Doppelkegelbahn und dazwischen die Rufe des Kegeljungen vernahm. Den See selbst aber sah man nicht recht, was die Felgentreuschen Mädchen zuletzt ungeduldig machte. „Wir müssen doch den See sehen. Wir können doch nicht in Halensee gewesen sein, ohne den Halensee gesehen zu haben!" Und dabei schoben sie zwei Stühle mit den Lehnen zusammen und kletterten hinauf, um so den Wasserspiegel vielleicht entdecken zu können. „Ach, da ist er. Etwas klein."

„Das ‚Auge der Landschaft' muß klein sein", sagte Treibel. „Ein Ozean ist kein Auge mehr."

„Und wo nur die Schwäne sind?" fragte die ältere Felgentreu neugierig. „Ich sehe doch zwei Schwanenhäuser."

„Ja, liebe Elfriede", sagte Treibel. „Sie verlangen zu viel. Das ist immer so; wo Schwäne sind, sind keine Schwanenhäuser, und wo Schwanenhäuser sind, sind keine Schwäne. Der eine hat den Beutel, der andre hat das Geld. Diese Wahrnehmung, meine junge Freundin, werden Sie noch, verschiedentlich im Leben machen. Lassen Sie mich annehmen, nicht zu sehr zu Ihrem Schaden."

Elfriede sah ihn groß an. „Worauf bezog sich das und auf wen? Auf Leopold? Oder auf den früheren Hauslehrer, mit dem sie sich noch schrieb, aber doch nur so, daß es nicht völlig einschlief. Oder auf den Pionierleutnant? Es konnte sich auf alle drei beziehen. Leopold hatte das Geld … Hm."

„Im übrigen", fuhr Treibel an die Gesamtheit gewendet fort, „ich habe mal wo gelesen, daß es immer das Geratenste sei, das Schönste nicht auszukosten, sondern mitten im Genusse dem Genuß Valet zu sagen. Und dieser Gedanke kommt mir auch jetzt wieder. Es ist kein Zweifel, daß dieser Fleck Erde mit zu dem Schönsten zählt, was die norddeutsche Tiefebene besitzt, durchaus angetan, durch Sang und Bild verherrlicht zu werden, wenn es nicht schon geschehen ist, – denn wir haben jetzt eine märkische Schule, vor der nichts sicher ist, Beleuchtungskünstler ersten Ranges, wobei Wort oder Farbe keinen Unterschied macht. Aber eben weil es so schön ist, gedenken wir jenes vorzitierten Satzes, der von einem letzten Auskosten nichts wissen will, mit andern Worten beschäftigen wir uns mit dem Gedanken an Aufbruch. Ich sage wohlüberlegt „Aufbruch" nicht Rückfahrt, nicht vorzeitige Rückkehr in die alten Geleise, das sei ferne von mir; dieser Tag hat sein letztes Wort noch nicht gesprochen. Nur ein Scheiden speziell aus diesem Idyll, eh' es uns ganz umstrickt! Ich proponiere Waldpromenade bis Paulsborn oder, wenn dies zu kühn erscheinen sollte, bis Hundekehle. Die Prosa des Namens wird ausgeglichen durch die Poesie der größeren Nähe. Vielleicht, daß ich mir den besonderen Dank meiner Freundin Felgentreu durch diese Modifikation verdiene."

Frau Felgentreu, der nichts ärgerlicher war, als Anspielungen auf ihre Wohlbeleibtheit und Kurzatmigkeit, begnügte sich, ihrem Freunde Treibel den Rücken zu kehren.

„Dank vom Hause Österreich. Aber es ist immer so, der Gerechte muß viel leiden. Ich werde mich auf einem verschwiegenen Waldwege bemühen, Ihrem schönen Unmut die Spitze abzubrechen. Darf ich um Ihren Arm bitten, liebe Freundin?" Und alles erhob sich, um, in Gruppen zu zweien und dreien die Terrasse hinabzusteigen und zu beiden Seiten des Sees auf den schon im halben Dämmer liegenden Grunewald zuzuschreiten.

*

Die Hauptkolonne hielt sich links. Sie bestand, unter Vorantritt des Felgentreuschen Ehepaares (Treibel hatte sich von seiner Freundin wieder frei gemacht), aus dem Krolaschen Quartett, in das sich Elfriede und Blanca Felgentreu derart eingereiht hatten, daß sie zwischen den beiden Referendaren, und zwei jungen Kaufleuten gingen. Einer der jungen Kaufleute war ein berühmter Jodler und trug auch den entsprechenden Hut. Dann kamen Otto und Helene, während Treibel und Krola abschlossen.

„Es geht doch nichts über eine richtige Ehe", sagte Krola zu Treibel und wies auf das junge Paar vor ihnen. „Sie müssen sich doch aufrichtig freuen, Kommerzienrat, wenn Sie Ihren Ältesten so glücklich und so zärtlich neben dieser hübschen und immer blink und blanken Frau einherschreiten sehen. Schon oben saßen sie dicht beisammen, und nun gehen sie Arm in Arm. Ich glaube beinah, sie drücken sich leise."

„Mir ein sichrer Beweis, daß sie sich vormittags gezankt haben. Otto, der arme Kerl, muß nun Reugeld zahlen."

„Ach, Treibel, Sie sind ewig ein Spötter. Ihnen kann es keiner recht machen und am wenigsten die Kinder. Glücklicherweise sagen Sie das so hin, ohne recht dran zu glauben. Mit einer Dame, die so gut erzogen wurde, kann man sich überhaupt nicht zanken."

In diesem Augenblicke hörte man den Jodler einige Juchzer ausstoßen, so tirolerhaft echt, daß sich das Echo der Pichelsberge nicht veranlaßt sah, darauf zu antworten.

Krola lachte. „Das ist der junge Metzner. Er hat eine merkwürdig gute Stimme, wenigstens für einen Dilettanten, und hält eigentlich das Quartett zusammen. Aber sowie er eine Prise frische Luft wittert, ist es mit ihm vorbei. Dann faßt ihn das Schicksal mit rasender Gewalt, und er muß jodeln ... Aber wir wollen von den Kindern nicht abkommen. Sie werden mir doch nicht weiß machen wollen" – Krola war neugierig und hörte gern Intimitäten – „Sie werden mir doch nicht weiß machen wollen, daß die beiden da vor uns in einer unglücklichen Ehe leben. Und was das Zanken angeht, so kann ich nur wiederholen, Hamburgerinnen stehen auf einer Bildungsstufe, die den Zank ausschließt."

Treibel wiegte den Kopf. „Ja, sehen Sie, Krola, Sie sind nun ein so gescheiter Kerl und kennen die Weiber, ja, wie soll ich sagen, Sie kennen sie, wie sie nur ein Tenor kennen kann. Denn ein Tenor geht noch weit übern Leutnant. Und doch offenbaren Sie hier in dem speziell Ehelichen, das noch wieder ein Gebiet für sich ist, ein furchtbares Manquement. Und warum? Weil Sie's in Ihrer eigenen Ehe, gleichviel nun, ob durch Ihr oder Ihrer Frau Verdienst, ausnahmsweise gut getroffen haben. Natürlich, wie ihr Fall beweist, kommt auch das vor. Aber die Folge davon ist einfach die, daß Sie – auch das Beste hat seine Kehrseite – daß Sie, sag ich, kein richtiger Ehemann sind, daß Sie keine volle Kenntnis von der Sache haben; Sie kennen den Ausnahmefall, aber nicht die Regel. Über Ehe kann nur sprechen, wer sie durchgefochten hat, nur der Veteran, der auf Wundenmale zeigt ... Wie heißt es doch? ‚Nach Frankreich zogen zwei Grenadier, die ließen die Köpfe hängen' ... Da haben Sie's"

„Ach, das sind Redensarten, Treibel ..."

„... Und die schlimmsten Ehen sind die, lieber Krola, wo furchtbar gebildet gestritten wird, wo, wenn Sie mir den Ausdruck gestatten wollen, eine Kriegsführung mit Samthandschuhen stattfindet, oder richtiger noch, wo man sich, wie beim römischen Karneval, Konfetti ins Gesicht wirft. Es sieht hübsch aus, aber verwundet doch. Und in dieser Kunst anscheinend gefälligen Konfettiwerfens ist meine Schwiegertochter eine Meisterin. Ich wette, daß mein armer Otto schon oft bei sich gedacht hat, wenn sie dich doch kratzte, wenn sie doch mal außer sich wäre, wenn sie doch mal sagte: Scheusal oder Lügner oder elender Verführer ..."

„Aber, Treibel, das kann sie doch nicht sagen. Das wäre ja Unsinn. Otto ist ja doch kein Verführer, also auch kein Scheusal ..."

„Ach, Krola, darauf kommt es ja gar nicht an. Worauf es ankommt, ist, sie muß sich dergleichen wenigstens denken können, sie muß eine eifersüchtige Regung haben, und in solchen Momenten muß es afrikanisch aus ihr losbrechen. Aber alles, was Helene hat, hat höchstens die Temperatur der Uhlenhorst. Sie hat nichts als einen unerschütterlichen Glauben an Tugend und Windsorsoap."

„Nun meinetwegen. Aber wenn es so ist, wo kommt denn der Zank her?"

„Der kommt doch. Er tritt nur anders auf, anders, aber nicht besser. Kein Donnerwetter, nur kleine Worte mit dem Giftgehalt eines halben Mückenstichs, oder aber Schweigen, Stummheit, Muffeln, das innere Düppel der Ehe, während nach außen hin das Gesicht keine Falte schlägt. Das sind so die Formen. Und ich fürchte, die ganze Zärtlichkeit, die wir da vor uns wandeln sehen, und die sich augenscheinlich sehr einseitig gibt, ist nichts als ein Bußetun – Otto Treibel im Schloßhof zu Canossa und mit Schnee unter den Füßen. Sehen Sie nun den armen Kerl; er biegt den Kopf in einem fort nach rechts, und Helene rührt sich nicht und kommt aus der graden Hamburger Linie nicht heraus ... Aber jetzt müssen wir schweigen. Ihr Quartett hebt eben an. Was ist es denn?"

„Es ist das bekannte: ‚Ich weiß nicht, was soll es bedeuten?'"

„Ah, das ist recht. Eine jederzeit wohl aufzuwerfende Frage, besonders auf Landpartien."

*

Rechts um den See hin gingen nur zwei Paare, vorauf der alte Schmidt und seine Jugendfreundin Jenny und in einiger Entfernung hinter ihnen Leopold und Corinna.

Schmidt hatte seiner Dame den Arm gereicht und zugleich gebeten, ihr die Mantille tragen zu dürfen, denn es war etwas schwül unter den Bäumen. Jenny hatte das Anerbieten auch dankbar angenommen; als sie aber wahrnahm, daß der gute Professor den Spitzenbesatz immer nachschleppen und sich abwechselnd in Wachholder und Heidekraut verfangen ließ, bat sie sich die Mantille wieder aus. „Sie sind noch gerade so wie vor vierzig Jahren, lieber Schmidt. Galant, aber mit keinem rechten Erfolge."

„Ja, gnädigste Frau, diese Schuld kann ich nicht von mir abwälzen, und sie war zugleich mein Schicksal. Wenn ich mit meinen Huldigungen erfolgreicher gewesen wäre, denken Sie, wie ganz anders sich mein Leben und auch das Ihrige gestaltet hätte ..."

Jenny seufzte leise.

„Ja, gnädigste Frau, dann hätten Sie das Märchen Ihres Lebens nie begonnen. Denn alles große Glück ist ein Märchen."

„Alles große Glück ist ein Märchen", wiederholte Jenny langsam und gefühlvoll. „Wie wahr, wie schön! Und sehen Sie, Wilibald, daß das beneidete Leben, das ich jetzt führe, meinem Ohr und meinem Herzen solche Worte versagt, daß lange Zeiten vergehen, ehe Aussprüche von solcher poetischen Tiefe zu mir sprechen, das ist für eine Natur, wie sie mir nun mal geworden, ein ewig zehrender Schmerz. Und Sie sprechen dabei von Glück, Wilibald, sogar von großem Glück! Glauben Sie mir, mir, die ich dies alles durchlebt habe, diese so viel begehrten Dinge sind wertlos für den, der sie hat. Oft, wenn ich nicht schlafen kann und mein Leben überdenke, wird es mir klar, daß das Glück, das anscheinend so viel für mich tat, mich nicht die Wege geführt hat, die für mich paßten, und daß ich in einfacheren Verhältnissen und als Gattin eines in der Welt der Ideen und vor allem auch des Idealen stehenden Mannes wahrscheinlich glücklicher geworden wäre. Sie wissen, wie gut Treibel ist, und daß ich ein dankbares Gefühl für seine Güte habe. Trotzdem muß ich es leider aussprechen, es fehlt mir, meinem Manne gegenüber, jene hohe Freude der Unterordnung, die doch unser schönstes Glück ausmacht und so recht gleichbedeutend ist mit echter Liebe. Niemandem darf ich dergleichen sagen; aber vor Ihnen, Wilibald, mein Herz auszuschütten, ist, glaub ich, mein schön menschliches Recht und vielleicht sogar meine Pflicht ..."

Schmidt nickte zustimmend und sprach dann ein einfaches: „Ach, Jenny …“ mit einem Tone, drin er den ganzen Schmerz eines verfehlten Lebens zum Ausdruck zu bringen trachtete. Was ihm auch gelang. Er lauschte selber dem Klang und beglückwünschte sich im stillen, daß er sein Spiel so gut gespielt habe. Jenny, trotz aller Klugheit, war doch eitel genug, an das „Ach“ ihres ehemaligen Anbeters zu glauben.

So gingen sie, schweigend und anscheinend ihren Gefühlen hingegeben, nebeneinander her, bis Schmidt die Notwendigkeit fühlte, mit irgend einer Frage das Schweigen zu brechen. Er entschied sich dabei für das alte Rettungsmittel und lenkte das Gespräch auf die Kinder. „Ja, Jenny“, hob er mit immer noch verschleierter Stimme an, „was versäumt ist, ist versäumt. Und wer fühlte das tiefer, als ich selbst. Aber eine Frau wie Sie, die das Leben begreift, findet auch im Leben selbst ihren Trost, vor allem in der Freude täglicher Pflichterfüllung. Da sind in erster Reihe die Kinder, ja, schon ein Enkelkind ist da, wie Milch und Blut, das liebe Lizzichen, und das sind dann, mein ich, die Hilfen, daran Frauenherzen sich aufrichten müssen. Und wenn ich auch Ihnen gegenüber, teure Freundin, von einem eigentlichen Eheglücke nicht sprechen will, denn wir sind wohl einig in dem, was Treibel ist und nicht ist, so darf ich doch sagen, Sie sind eine glückliche Mutter. Zwei Söhne sind Ihnen herangewachsen, gesund oder doch was man so gesund zu nennen pflegt, von guter Bildung und guten Sitten. Und bedenken Sie, was allein dies letzte heutzutage bedeuten will. Otto hat sich nach Neigung verheiratet und sein Herz einer schönen und reichen Dame geschenkt, die, soviel ich weiß, der Gegenstand allgemeiner Verehrung ist, und wenn ich recht berichtet bin, so bereitet sich im Hause Treibel ein zweites Verlöbnis vor, und Helenens Schwester steht auf dem Punkte, Leopolds Braut zu werden …“

„Wer sagt das?“ fuhr jetzt Jenny heraus, plötzlich aus dem sentimental Schwärmerischen in den Ton ausgesprochenster Wirklichkeit verfallend. „Wer sagt das?“

Schmidt geriet, diesem erregten Tone gegenüber, in eine kleine Verlegenheit. Er hatte sich das so gedacht oder vielleicht auch mal etwas Ähnliches gehört und stand nun ziemlich ratlos vor der Frage „wer sagt das?“ Zum Glück war es damit nicht sonderlich ernsthaft gemeint, so wenig, daß Jenny, ohne eine Antwort abgewartet zu haben, mit großer Lebhaftigkeit fortfuhr: „Sie können gar nicht ahnen, Freund, wie mich das alles reizt. Das ist so die seitens des Holzhofs beliebte Art, mir die Dinge über den Kopf wegzunehmen. Sie, lieber Schmidt, sprechen nach, was Sie hören, aber die, die solche Dinge wie von ungefähr unter die Leute bringen, mit denen hab ich ernstlich ein Hühnchen zu pflücken. Es ist eine Insolenz. Und Helene mag sich vorsehen."

„Aber Jenny, liebe Freundin, Sie dürfen sich nicht so erregen. Ich habe das so hingesagt, weil ich es als selbstverständlich annahm."

„Als selbstverständlich", wiederholte Jenny spöttisch, die, während sie das sagte, die Mantille wieder abriß und dem Professor über den Arm warf. „Als selbstverständlich. So weit also hat es der Holzhof schon gebracht, daß die nächsten Freunde solche Verlobung als eine Selbstverständlichkeit ansehen. Es ist aber keine Selbstverständlichkeit, ganz im Gegenteil, und wenn ich mir vergegenwärtige, daß Ottos alles besser wissende Frau neben ihrer Schwester Hildegard ein bloßer Schatten sein soll – und ich glaub es gern, denn sie war schon als Backfisch von einer geradezu ridikülen Überheblichkeit –, so muß ich sagen, ich habe an einer Hamburger Schwiegertochter aus dem Hause Munk gerade genug."

„Aber, teuerste Freundin, ich begreife Sie nicht. Sie setzen mich in das aufrichtigste Erstaunen. Es ist doch kein Zweifel, daß Helene eine schöne Frau ist und von einer, wenn ich mich so ausdrücken darf, ganz aparten Appetitlichkeit ..." Jenny lachte. „... Zum Anbeißen, wenn Sie mir das Wort gestatten", fuhr Schmidt fort, „und von jenem eigentümlichen Charme, den schon, von alters her, alles besitzt, was mit dem flüssigen Element in eine konstante Berührung kommt. Vor allem aber ist mir kein Zweifel darüber, daß Otto seine Frau liebt, um nicht zu sagen in sie verliebt ist. Und Sie, Freundin, Ottos leibliche Mutter, fechten gegen dies Glück an und sind empört, dies Glück in Ihrem Hause verdoppelt zu sehen. Alle Männer sind abhängig von weiblicher Schönheit; ich war es auch, und ich möchte beinah sagen dürfen, ich bin es noch, und wenn nun diese Hildegard, wie mir durchaus wahrscheinlich – denn die Nestkücken sehen immer am besten aus – wenn diese Hildegard noch über Helenen hinauswächst, so weiß ich nicht, was Sie gegen sie haben können. Leopold ist ein guter Junge, von vielleicht nicht allzu feurigem Temperament; aber ich denke mir, daß er doch nichts dagegen haben kann, eine sehr hübsche Frau zu heiraten. Sehr hübsch und reich dazu."

„Leopold ist ein Kind und darf sich überhaupt nicht nach eigenem Willen verheiraten, am wenigsten aber nach dem Willen seiner Schwägerin Helene. Das fehlte noch, das hieße denn doch abdanken und mich ins Altenteil setzen. Und wenn es sich noch um eine junge Dame handelte, der gegenüber ein allenfalls die Lust anwandeln könnte, sich unterzuordnen, also eine Freiin oder eine wirkliche, ich meine eine richtige Geheimratstochter oder die Tochter eines Oberhofpredigers ... Aber ein unbedeutendes Ding, das nichts kennt, als mit Ponies nach Blankenese fahren, und sich einbildet, mit einem Goldfaden in der Plattstichnadel eine Wirtschaft führen oder wohl gar Kinder erziehen zu können, und ganz ernsthaft glaubt, daß wir hierzulande nicht einmal eine Seezunge von einem Steinbutt unterscheiden können, und immer von Lobster spricht, wo wir Hummer sagen, und Curry-Powder und Soja wie höhere Geheimnisse behandelt, – ein solcher eingebildeter Quack, lieber Wilibald, das ist nichts für meinen Leopold. Leopold, trotz allem, was ihm fehlt, soll höher hinaus. Er ist nur einfach, aber er ist gut, was doch auch einen Anspruch gibt. Und deshalb soll er eine kluge Frau haben, eine wirklich kluge; Wissen und Klugheit und überhaupt das Höhere, – darauf kommt es an. Alles andere wiegt keinen Pfifferling. Es ist ein Elend mit den Äußerlichkeiten. Glück, Glück! Ach Wilibald, daß ich es in solcher Stunde gerade vor Ihnen bekennen muß, das Glück, es ruht hier allein." Und dabei legte sie die Hand aufs Herz.

*

Leopold und Corinna waren in einer Entfernung von etwa fünfzig Schritt gefolgt und hatten ihr Gespräch in herkömmlicher Art geführt, das heißt Corinna hatte gesprochen. Leopold war aber fest entschlossen, auch zu Worte zu kommen, wohl oder übel. Der quälende Druck der letzten Tage machte, daß er vor dem, was er vorhatte, nicht mehr so geängstigt stand, wie früher; – er mußte sich eben Ruhe schaffen. Ein paarmal schon war er nahe daran gewesen, eine wenigstens auf sein Ziel überleitende Frage zu tun; wenn er dann aber der Gestalt seiner stattlich vor ihm dahinschreitenden

Mutter ansichtig wurde, gab er's wieder auf, so daß er schließlich den Vorschlag machte, eine gerade vor ihnen liegende Waldlichtung in schräger Linie zu passieren, damit sie, statt immer zu folgen, auch mal an die Tete kämen. Er wußte zwar, daß er infolge dieses Manövers den Blick der Mama vom Rücken oder von der Seite her haben würde, aber etwas auf den Vogel Strauß hin angelegt, fand er doch eine Beruhigung in dem Gefühl, die seinen Mut beständig lähmende Mama nicht immer gerade vor Augen haben zu müssen. Er konnte sich über diesen eigentümlichen Nervenzustand keine rechte Rechenschaft geben und entschied sich einfach für das, was ihm von zwei Übeln als das kleinere erschien.

Die Benutzung der Schräglinie war geglückt, sie waren jetzt um ebensoviel voraus, als sie vorher zurück gewesen waren, und ein Gleichgültigkeitsgespräch fallen lassend, das sich, ziemlich gezwungen, um die Spargelbeete von Halensee samt ihrer Kultur und ihrer sanitären Bedeutung gedreht hatte, nahm Leopold einen plötzlichen Anlauf und sagte: „Wissen Sie, Corinna, daß ich Grüße für Sie habe?"

„Von wem?"

„Raten Sie."

„Nun, sagen wir Mr. Nelson."

„Aber das geht doch nicht mit rechten Dingen zu, das ist ja wie Hellseherei; nun können Sie auch noch Briefe lesen, von denen Sie nicht einmal wissen, daß sie geschrieben wurden."

„Ja, Leopold, dabei könnt ich Sie nun belassen und mich vor Ihnen als Seherin etablieren. Aber ich werde mich hüten. Denn vor allem, was so mystisch und hypnotisch und geisterseherig ist, haben gesunde Menschen bloß ein Grauen. Und ein Grauen einzuflößen, ist nicht das, was ich liebe. Mir ist es lieber, daß mir die Herzen guter Menschen zufallen."

„Ach, Corinna, das brauchen Sie sich doch nicht erst zu wünschen. Ich kann mir keinen Menschen denken, dessen Herz Ihnen nicht zufiele. Sie sollten nur lesen, was Mr. Nelson über Sie geschrieben hat; mit amusing fängt er an, und dann kommt charming und high-spirited, und mit fascinating schließt er ab. Und dann erst kommen die Grüße, die sich, nach allem, was voraufgegangen, beinahe nüchtern und alltäglich ausnehmen. Aber wie wußten Sie, daß die Grüße von Mr. Nelson kämen?"

„Ein leichters Rätsel ist mir nicht bald vorgekommen. Ihr Papa teilte mit, Sie kämen erst später, weil Sie nach Liverpool zu schreiben hätten. Nun, Liverpool heißt Mr. Nelson. Und hat man erst Mr. Nelson, so gibt sich das andere von selbst. Ich glaube, daß es mit aller Hellseherei ganz ähnlich liegt. Und sehen Sie, Leopold, mit derselben Leichtigkeit, mit der ich in Mr. Nelsons Brief gelesen habe, mit derselben Sicherheit lese ich zum Beispiel Ihre Zukunft."

Ein tiefes Aufatmen Leopolds war die Antwort, und sein Herz hätte jubeln mögen, in einem Gefühl von Glück und Erlösung. Denn wenn Corinna richtig las, und sie mußte richtig lesen, so war er allem Anfragen und allen damit verknüpften Ängsten überhoben, und sie sprach dann aus, was er zu sagen noch immer nicht den Mut finden konnte. Wie beseligt nahm er ihre Hand und sagte: „Das können Sie nicht."

„Ist es so schwer?"

„Nein, es ist eigentlich leicht. Aber leicht oder schwer, Corinna, lassen Sie mich's hören. Und ich will auch ehrlich sagen, ob Sie's getroffen haben oder nicht. Nur keine ferne Zukunft, bloß die nächste, allernächste."

„Nun denn", hob Corinna schelmisch und hier und da mit besonderer Betonung an, „was ich sehe, das ist das: zunächst ein schöner Septembertag, und vor einem schönen Hause halten viele schöne Kutschen, und die vorderste, mit einem Perückenkutscher auf dem Bock und zwei Bedienten hinten, das ist eine Brautkutsche. Der Straßendamm aber steht voller Menschen, die die Braut sehen wollen, und nun kommt die Braut, und neben ihr schreitet ihr Bräutigam, und dieser Bräutigam ist mein Freund Leopold Treibel. Und nun fährt die Brautkutsche, während die anderen Wagen folgen, an einem breiten, breiten Wasser hin ..."

„Aber Corinna, Sie werden doch unsere Spree zwischen Schleuse und Jungfernbrücke nicht ein breites Wasser nennen wollen ..."

„... An einem breiten Wasser hin und hält endlich vor einer gotischen Kirche."

„Zwölf Apostel ..."

„Und der Bräutigam steigt aus und bietet der Braut seinen Arm, und so schreitet das junge Paar der Kirche zu, drin schon die Orgel spielt und die Lichter brennen."

„Und nun ..."

„Und nun stehen sie vor dem Altar, und nach dem Ringewechsel wird der Segen gesprochen und ein Lied gesungen oder doch der letzte Vers. Und nun geht es wieder zurück, an demselben breiten Wasser entlang, aber nicht dem Stadthause zu, von dem sie ausgefahren waren sondern immer weiter ins Freie, bis sie vor einer Cottagevilla halten …"

„Ja, Corinna, so soll es sein …"

„Bis sie vor einer Cottagevilla halten und vor einem Triumphbogen, an dessen oberster Wölbung ein Riesenkranz hängt, und in dem Kranze leuchten die beiden Anfangsbuchstaben: L und H."

„L und H?"

„Ja, Leopold, L und H. Und wie könnte es auch anders sein? Denn die Brautkutsche kam ja von der Uhlenhorst her und fuhr die Alster entlang und nachher die Elbe hinunter, und nun halten sie vor der Munkschen Villa draußen in Blankenese und L heißt Leopold und H heißt Hildegard."

Einen Augenblick überkam es Leopold wie wirkliche Verstimmung. Aber, sich rasch besinnend, gab er der vergeblichen Seherin einen kleinen Liebesklaps und sagte: „Sie sind immer dieselbe, Corinna. Und wenn der gute Nelson, der der beste Mensch und mein einziger Vertrauter ist, wenn er dies alles gehört hätte, so würd er begeistert sein und von capital fun (sprechen, weil Sie mir so gnädig die Schwester meiner Schwägerin zuwenden wollen."

„Ich bin eben eine Prophetin", sagte Corinna.

„Prophetin", wiederholte Leopold. „Aber diesmal eine falsche. Hildegard ist ein schönes Mädchen, und Hunderte würden sich glücklich schätzen. Aber Sie wissen, wie meine Mama zu dieser Frage steht; sie leidet unter dem beständigen Sichbesserdünken der dortigen Anverwandten und hat es wohl hundertmal geschworen, daß ihr eine Hamburger Schwiegertochter, eine Repräsentantin aus dem großen Hause Thompson-Munk gerade genug sei. Sie hat ganz ehrlich einen halben Haß gegen die Munks, und wenn ich mit Hildegard so vor sie hinträte, so weiß ich nicht, was geschähe; sie würde ‚nein' sagen, und wir hätten eine furchtbare Szene."

„Wer weiß", sagte Corinna, die jetzt das entscheidende Wort ganz nahe wußte.

„… Sie würde ‚nein' sagen und immer wieder ‚nein', das ist so sicher wie Amen in der Kirche", fuhr Leopold mit gehobener Stimme fort. „Aber dieser Fall kann sich gar nicht ereignen. Ich werde nicht mit Hildegard vor sie hintreten und werde statt dessen näher und besser wählen … Ich weiß, und Sie wissen es auch, das Bild, das Sie da gemalt haben, es war nur Scherz und Übermut, und vor allem wissen Sie wenn mir Armen überhaupt noch eine Triumphpforte gebaut werden soll, daß der Kranz, der dann zu Häupten hängt, einen anderen Buchstaben als das Hildegard-H in hundert und tausend Blumen tragen müßte. Brauch ich zu sagen, welchen? Ach, Corinna, ich kann ohne Sie nicht leben, und diese Stunde muß über mich entscheiden. Und nun sagen Sie ja oder nein." Und unter diesen Worten nahm er ihre Hand und bedeckte sie mit Küssen. Denn sie gingen im Schutz einer Haselhecke.

Corinna – nach Confessions, wie diese, die Verlobung mit gutem Recht als fait accompli betrachtend – nahm kluger Weise von jeder weiteren Auseinandersetzung Abstand und sagte nur kurzer Hand: „Aber eines, Leopold, dürfen wir uns nicht verhehlen, uns stehen noch schwere Kämpfe bevor. Deine Mama hat an einer Munk genug, das leuchtet mir ein; aber ob ihr eine Schmidt recht ist, ist noch sehr die Frage. Sie hat zwar mitunter Andeutungen gemacht, als ob ich ein Ideal in ihren Augen wäre, vielleicht weil ich das habe, was dir fehlt, und vielleicht auch was Hildegard fehlt. Ich sage ‚vielleicht', und kann dies einschränkende Wort nicht genug betonen. Denn die Liebe, das seh ich klar, ist demütig, und ich fühle, wie meine Fehler von mir abfallen. Es soll dies ja ein Kennzeichen sein. Ja, Leopold, ein Leben voll Glück und Liebe liegt vor uns, aber es hat deinen Mut und deine Festigkeit zur Voraussetzung, und hier unter diesem Waldesdom, drin es geheimnisvoll rauscht und dämmert, hier, Leopold, mußt du mir schwören, ausharren zu wollen in deiner Liebe."

Leopold beteuerte, daß er nicht bloß wolle, daß er es auch werde. Denn wenn die Liebe demütig und bescheiden mache, was gewiß richtig sei, so mache sie sicherlich auch stark. Wenn Corinna sich geändert habe, er fühle sich auch ein anderer. „Und", so schloß er, „das eine darf ich sagen, ich habe nie große Worte gemacht, und Prahlereien werden mir auch meine Feinde nicht nachsagen; aber glaube mir, mir schlägt das Herz so hoch, so glücklich, daß ich mir Schwierigkeiten und Kämpfe beinah herbeiwünsche. Mich drängt es, dir zu zeigen, daß ich deiner wert bin …"

In diesem Augenblicke wurde die Mondsichel zwischen den

Baumkronen sichtbar, und von Schloß Grunewald her, vor dem das Quartett eben angekommen war, klang es über den See herüber:

Wenn nach dir ich oft vergebens
In die Nacht gesehn,
Scheint der dunkle Strom des Lebens
Trauernd still zu stehn …

Und nun schwieg es, oder der Abendwind, der sich aufmachte, trug die Töne nach der anderen Seite hin.

*

Eine Viertelstunde später hielt alles vor Paulsborn, und nachdem man sich daselbst wieder begrüßt und bei herumgereichtem Crême de Cacao (Treibel selbst machte die Honneurs) eine kurze Rast genommen hatte, brach man – die Wagen waren von Halensee her gefolgt – nach einigen Minuten endgültig auf, um die Rückfahrt anzutreten. Die Felgentreus nahmen bewegten Abschied von dem Quartett, jetzt lebhaft beklagend, den von Treibel vorgeschlagenen Kremser abgelehnt zu haben.

Auch Leopold und Corinna trennten sich, aber doch nicht eher, als bis sie sich, im Schatten des hochstehenden Schilfes, noch einmal fest und verschwiegen die Hände gedrückt hatten.

Elftes Kapitel

Leopold, als man zur Abfahrt sich anschickte, mußte sich mit einem Platz vorn auf dem Bock des elterlichen Landauers begnügen, was ihm, alles in allem, immer noch lieber war als innerhalb des Wagens selbst, en vue seiner Mutter zu sitzen, die doch vielleicht, sei's im Wald, sei's bei der kurzen Rast in Paulsborn, etwas bemerkt haben mochte; Schmidt benutzte wieder den Vorortszug, während Corinna bei den Felgentreus mit einstieg. Man placierte sie so gut es ging, zwischen das den Fond des Wagens redlich ausfüllende Ehepaar, und weil sie nach all dem Voraufgegangenen eine geringere Neigung zum Plaudern als sonst wohl hatte, so kam es ihr außerordentlich zu paß, sowohl Elfriede wie Blanca doppelt redelustig und noch ganz voll und beglückt von dem Quartett zu finden. Der Jodler, eine sehr gute Partie, schien über die freilich nur in Zivil erschienenen Sommerleutnants einen entschiedenen Sieg davongetragen zu haben. Im übrigen ließen es sich die Felgentreus nicht nehmen, in der Adlerstraße vorzufahren und ihren Gast daselbst abzusetzen. Corinna bedankte sich herzlich und stieg, noch einmal grüßend, erst die drei Steinstufen und gleich danach vom Flur aus die alte Holztreppe hinauf.

Sie hatte den Drücker zum Entree nicht mitgenommen, und so blieb ihr nichts anderes übrig, als zu klingeln, was sie nicht gerne tat. Alsbald erschien denn auch die Schmolke, die die Abwesenheit der „Herrschaft“, wie sie mitunter mit Betonung sagte, dazu benutzt hatte, sich ein bißchen sonntäglich herauszuputzen. Das Auffallendste war wieder die Haube, deren Rüschen eben aus dem Tolleisen zu kommen schienen.

„Aber liebe Schmolke“, sagte Corinna, während sie die Tür wieder ins Schloß zog, „was ist denn los? Ist Geburtstag? Aber nein, den kenn ich ja. Oder seiner?“

„Nein“, sagte die Schmolke, „seiner is auch nich. Und da werd ich auch nicht solchen Schlips umbinden und solch Band.“

„Aber wenn kein Geburtstag ist, was ist dann?“

„Nichts, Corinna. Muß denn immer was sein, wenn man sich mal ordentlich macht? Sieh, du hast gut reden; du sitzet jeden Tag, den Gott werden läßt, eine halbe Stunde vorm Spiegel, und mitunter auch noch länger, und brennst dir dein Wuschelhaar ...“

„Aber, liebe Schmolke ...“

„Ja, Corinna, du denkst, ich seh es nicht. Aber ich sehe alles und seh noch viel mehr ... Und ich kann dir auch sagen, Schmolke sagte mal, er fänd es eigentlich hübsch, solch Wuschelhaar ...“

„Aber war denn Schmolke so?“

„Nein, Corinna, Schmolke war nich so. Schmolke war ein sehr anständiger Mann, und wenn man so was Sonderbares und eigentlich Unrechtes sagen darf, er war bald zu anständig. Aber nun gib erst deinen Hut und deine Mantille. Gott, Kind, wie sieht denn das alles aus? Is denn solch furchtbarer Staub? Un noch ein Glück, daß es nich gedrippelt hat, denn is der Samt hin. Un so viel hat ein Professor auch nich, un wenn er auch nich geradezu klagt, Seide spinnen kann er nich.“

„Nein, nein“, lachte Corinna.

„Nu höre, Corinna, da lachst du nu wieder. Das ist aber gar nicht zum Lachen. Der Alte quält sich genug, und wenn er so die Bündel ins Haus kriegt und die Strippe mitunter nich ausreicht, so viele sind es, denn tut es mir mitunter ordentlich weh hier. Denn Papa is ein sehr guter Mann, und seine Sechzig drücken ihn nu doch auch schon ein bißchen. Er will es freilich nich wahr haben und tut immer noch so, wie wenn er zwanzig wäre. Ja, hat sich was. Un neulich ist er von der Pferdebahn runtergesprungen, un ich muß auch gerade dazu kommen; na, ich dachte doch gleich, der Schlag soll mich rühren ... Aber nu sage, Corinna, was soll ich dir bringen? Oder hast du schon gegessen und bist froh, wenn du nichts siehst ..."

„Nein, ich habe nichts gegessen. Oder doch so gut wie nichts; die Zwiebacke, die man kriegt, sind immer so alt. Und dann in Paulsborn einen kleinen süßen Likör. Das kann man doch nicht rechnen. Aber ich habe auch keinen rechten Appetit, und der Kopf ist mir so benommen; ich werde am Ende krank ..."

„Ach, dummes Zeug, Corinna. Das ist auch eine von deinen Nücken; wenn du mal Ohrensausen hast oder ein bißchen heiße Stirn, dann redest du immer gleich von Nervenfieber. Und das is eigentlich gottlos, denn man muß den Teufel nich an die Wand malen. Es wird wohl ein bißchen feucht gewesen sein, ein bißchen neblig und Abenddunst."

„Ja, neblig war es gerade, wie wir neben dem Schilf standen, und der See war eigentlich gar nicht mehr zu sehen. Davon wird es wohl sein. Aber der Kopf ist mir wirklich benommen, und ich möchte zu Bett gehen und mich einmummeln. Und dann mag ich auch nicht mehr sprechen, wenn Papa nach Hause kommt. Und wer weiß wann, und ob es nicht zu spät wird."

„Warum ist er denn nich gleich mitgekommen?"

„Er wollte nicht und hat ja auch seinen Abend heut. Ich glaube bei Kuhs. Und da sitzen sie meist lange, weil sich die Kälber mit einmischen. Aber mit Ihnen, liebe, gute Schmolke, möchte ich wohl noch eine halbe Stunde plaudern. Sie haben ja immer so was Herzliches ..."

„Ach, rede doch nich, Corinna. Wovon soll ich denn was Herzliches haben? Oder eigentlich, wovon soll ich denn was Herzliches nich haben. Du warst ja noch so, als ich ins Haus kam."

„Nun, also was Herzliches oder nicht was Herzliches", sagte Corinna, „gefallen wird es mir schon. Und wenn ich liege, liebe Schmolke, dann bringen Sie mir meinen Tee ans Bett, die kleine Meißner Kanne und die andere kleine Kanne, die nehmen Sie sich; und bloß ein paar Teebrötchen, recht dünn geschnitten und nicht zu viel Butter. Denn ich muß mich mit meinem Magen in acht nehmen, sonst wird es gastrisch und man liegt sechs Wochen."

„Is schon gut", lachte die Schmolke und ging in die Küche, um den Kessel noch wieder in die Glut zu setzen. Denn heißes Wasser war immer da, und es bullerte nur noch nicht.

*

Eine Viertelstunde später trat die Schmolke wieder ein und fand ihren Liebling schon im Bette. Corinna saß mehr auf als sie lag und empfing die Schmolke mit der trostreichen Versicherung, „es sei ihr schon viel besser"; was man so immer zum Lobe, der Bettwärme sage, das sei doch wahr, und sie glaube jetzt beinahe, daß sie noch mal durchkommen und alles glücklich überstehen werde.

„Glaub ich auch", sagte die Schmolke, während sie das Tablett auf den kleinen, am Kopfende stehenden Tisch setzte. „Nun, Corinna, von welchem soll ich dir einschenken? Der hier, mit der abgebrochenen Tülle, hat länger gezogen, und ich weiß, du hast ihn gern stark und bitterlich, so daß er schon ein bißchen nach Tinte schmeckt ..."

„Versteht sich, ich will von dem starken. Und dann ordentlich Zucker; aber ganz wenig Milch, Milch macht immer gastrisch."

„Gott, Corinna, laß doch das Gastrische. Du liegst da wie ein Borsdorfer Apfel und redst immer, als ob dir der Tod schon um die Nase säße. Nein, Corinnchen, so schnell geht es nich. Und nu nimm dir ein Teebrötchen. Ich habe sie so dünn geschnitten, wie's nur gehen wollte ..."

„Das ist recht. Aber da haben Sie ja eine Schinkenstulle mit 'reingebracht."

„Für mich. Corinnchen. Ich will doch auch was essen."

„Ach, liebe Schmolke, da möcht ich mich aber doch zu Gaste laden. Die Teebrötchen sehen ja nach gar nichts aus, und die Schinkenstulle lacht einen ordentlich an. Und alles schon so appetitlich durchgeschnitten. Nun merk ich erst, daß ich eigentlich hungrig bin. Geben Sie mir ein Schnittchen ab, wenn es Ihnen nicht sauer wird."

„Wie du nur redest, Corinna. Wie kann es mir denn sauer werden. Ich führe ja bloß die Wirtschaft und bin bloß eine Dienerin."

„Ein Glück, daß Papa das nicht hört. Sie wissen, das kann er nicht leiden, daß Sie so von Dienerin reden, und er nennt es eine falsche Bescheidenheit ..."

„Ja, ja, so sagt er. Aber Schmolke, der auch ein ganz kluger Mann war, wenn er auch nicht studiert hatte, der sagte immer, ‚höre, Rosalie, Bescheidenheit ist gut, und eine falsche Bescheidenheit – denn die Bescheidenheit ist immer falsch – ist immer noch besser als gar keine.'"

„Hm", sagte Corinna, die sich etwas getroffen fühlte, „das läßt sich hören. Überhaupt, liebe Schmolke, Ihr Schmolke muß eigentlich ein ausgezeichneter Mann gewesen sein. Und Sie sagten ja auch vorhin schon, er habe so etwas Anständiges gehabt und beinah zu anständig. Sehen Sie, so was höre ich gern, und ich möchte mir wohl etwas dabei denken können. Worin war er denn nun eigentlich so sehr anständig ... Und dann, er war ja doch bei der Polizei. Nun, offen gestanden, ich bin zwar froh, daß wir eine Polizei haben, und freue mich immer über jeden Schutzmann, an den ich herantreten und den ich nach dem Weg fragen und um Auskunft bitten kann, und das muß wahr sein, alle sind artig und manierlich, wenigstens hab ich es immer so gefunden. Aber das von der Anständigkeit und von zu anständig ..."

„Ja, liebe Corinna, das ist schon richtig. Aber da sind ja Unterschiedlichkeiten, und was sie Abteilungen nennen. Und Schmolke war bei solcher Abteilung."

„Natürlich. Er kann doch nicht überall gewesen sein."

„Nein, nicht überall. Und er war gerade bei der allerschwersten, die für den Anstand und die gute Sitte zu sorgen hat."

„Und so was gibt es?"

„Ja, Corinna, so was gibt es und muß es auch geben. Und wenn nu – was ja doch vorkommt, und auch bei Frauen und Mädchen vorkommt, wie du ja wohl gesehen und gehört haben wirst, denn Berliner Kinder sehen und hören alles – wenn nu solch' armes und unglückliches Geschöpf – denn manche sind wirklich bloß arm und unglücklich – etwas gegen den Anstand und die gute Sitte tut, dann wird sie vernommen und bestraft. Und da, wo die Vernehmung is, da gerade saß Schmolke …“

„Merkwürdig. Aber davon haben Sie mir noch nie was erzählt. Und Schmolke, sagen Sie, war mit dabei? Wirklich, sehr sonderbar. Und Sie meinen, daß er gerade deshalb so sehr anständig und so solide war?“

„Ja, Corinna, das mein ich.“

„Nun, wenn Sie's sagen, liebe Schmolke, so will ich es glauben. Aber ist es nicht eigentlich zum Verwundern? Denn Ihr Schmolke war ja damals noch jung oder so ein Mann in seinen besten Jahren. Und viele von unserem Geschlecht, und gerade solche, sind ja doch oft bildhübsch. Und da sitzt nun einer, wie Schmolke da gesessen, und muß immer streng und ehrbar aussehen, bloß weil er da zufällig sitzt. Ich kann mir nicht helfen, ich finde das schwer. Denn das ist ja gerade so wie der Versucher in der Wüste: ‚Dies alles schenke ich dir.‘“

Die Schmolke seufzte. „Ja, Corinna, daß ich es dir offen gestehe, ich habe auch manchmal geweint, und mein furchtbares Reißen, hier grad' im Nacken, das is noch von der Zeit her. Und zwischen das zweite und dritte Jahr, daß wir verheiratet waren, da hab ich beinahe fünf Pfund abgenommen, und wenn wir damals schon die vielen Wiegewagen gehabt hätten, da wär es wohl eigentlich noch mehr gewesen, denn als ich zu's Wiegen kam, da setzte ich schon wieder an.“

„Arme Frau“, sagte Corinna. „Ja, das müssen schwere Tage gewesen sein. Aber wie kamen Sie denn darüber hin? Und wenn Sie wieder ansetzten, so muß doch so was von Trost und Beruhigung gewesen sein.“

„War auch, Corinnchen. Und weil du ja nu alles weißt, will ich dir auch erzählen, wie's kam un wie ich meine Ruhe wieder kriegte. Denn ich kann dir sagen, es war schlimm, und ich habe mitunter viele Wochen lang kein Auge zugetan. Na, zuletzt schläft man doch ein bißchen; die Natur will es und is auch zuletzt noch stärker als die Eifersucht. Aber Eifersucht ist sehr stark, viel stärker als Liebe. Mit Liebe is es nicht so schlimm. Aber was ich sagen wollte, wie ich nu so ganz 'runter war und man bloß noch so hing und bloß noch so viel Kraft hatte, daß ich ihm doch sein Hammelfleisch un seine

Bohnen vorsetzen konnte, das heißt, geschnitzelte mocht er nich un sagte immer, sie schmeckten nach Messer, da sah er doch wohl, daß er mal mit mir reden müsse. Denn ich red'te nich, dazu war ich viel zu stolz. Also er wollte reden mit mir, und als es nu so weit war und er die Gelegenheit auch ganz gut abgepaßt hatte, nahm er einen kleinen vierbeinigen Schemel, der sonst immer in der Küche stand, un is mir, als ob es gestern gewesen wäre, un rückte den Schemel zu mir 'ran und sagte: ‚Rosalie, nu sage mal, was hast du denn eigentlich.'"

Um Corinnas Mund verlor sich jeder Ausdruck von Spott; sie schob sich das Tablett etwas beiseite, stützte sich, während sie sich aufrichtete, mit dem rechten Arm auf den Tisch und sagte: „Nun weiter, liebe Schmolke."

„‚Also, was hast du eigentlich?' sagte er zu mir. Na, da stürzten mir denn die Tränen man so pimperlings 'raus, und ich sagte: ‚Schmolke, Schmolke', und dabei sah ich ihn an, als ob ich ihn ergründen wollte. Un ich kann wohl sagen, es war ein scharfer Blick, aber doch immer noch freundlich. Denn ich liebte ihn. Und da sah ich, daß er ganz ruhig blieb und sich gar nicht verfärbte. Un dann nahm er meine Hand, streichelte sie ganz zärtlich und sagte: ‚Rosalie, das is alles Unsinn, davon verstehst du nichts, weil du nicht in der ‚Sitte' bist. Denn ich sage dir, wer da so tagaus tagein in der Sitte sitzen muß, dem vergeht es, dem stehen die Haare zu Berge über all das Elend und all den Jammer, und wenn dann welche kommen, die nebenher auch noch ganz verhungert sind, was auch vorkommt, und wo wir ganz genau wissen, da sitzen nu die Eltern zu Hause un grämen sich Tag und Nacht über die Schande, weil sie das arme Wurm, das mitunter sehr merkwürdig dazu gekommen ist, immer noch liebhaben und helfen und retten möchten, wenn zu helfen und zu retten noch menschenmöglich wäre – ich sage dir, Rosalie, wenn man das jeden Tag sehen muß, un man hat ein Herz im Leibe un hat bei's erste Garderegiment gedient un is für Proppertät und Strammheit und Gesundheit, na, ich sage dir, denn is es mit Verführung un all so was vorbei, un man möchte 'raus gehn und weinen, un ein paar Mal hab ich's auch, alter Kerl, der ich bin, und von Karessieren und ‚Fräuleinchen' steht nichts mehr drin, un man geht nach Hause und is froh, wenn man sein Hammelfleisch kriegt un eine ordentliche Frau hat, die Rosalie heißt. Bist du nu zufrieden, Rosalie?' Und dabei gab er mir einen Kuß ..."

Die Schmolke, der bei der Erzählung wieder ganz weh ums Herz geworden war, ging an Corinnas Schrank, um sich ein Taschentuch zu holen. Und als sie sich nun wieder zurecht gemacht hatte, so daß ihr die Worte nicht mehr in der Kehle blieben, nahm sie Corinnas Hand und sagte: „Sieh, so war Schmolke. Was sagst du dazu?"

„Ein sehr anständiger Mann."

„Na ob."

*

In diesem Augenblicke hörte man die Klingel. „Der Papa", sagte Corinna, und die Schmolke stand auf, um dem Herrn Professor zu öffnen. Sie war auch bald wieder zurück und erzählte, daß sich der Papa nur gewundert habe, Corinnchen nicht mehr zu finden; was denn passiert sei? Wegen ein bißchen Kopfweh gehe man doch nicht gleich zu Bett. Und dann habe er sich seine Pfeife angesteckt und die Zeitung in die Hand genommen und habe dabei gesagt: „Gott sei Dank, liebe Schmolke, daß ich wieder da bin; alle Gesellschaften sind Unsinn; diesen Satz vermache ich Ihnen auf Lebenszeit." Er habe aber ganz fidel dabei ausgesehen, und sie sei überzeugt, daß er sich eigentlich sehr gut amüsiert habe. Denn er habe den Fehler, den so viele hätten und die Schmidts voran: sie red'ten über alles und wüßten alles besser. „Ja, Corinnchen, in diesem Belange bist du auch ganz Schmidtsch."

Corinna gab der guten Alten die Hand und sagte: „Sie werden wohl recht haben, liebe Schmolke, und es ist ganz gut, daß Sie mir's sagen. Wenn Sie nicht gewesen wären, wer hätte mir denn überhaupt was gesagt? Keiner. Ich bin ja wie wild aufgewachsen und ist eigentlich zu verwundern, daß ich nicht noch schlimmer geworden bin als ich bin. Papa ist ein guter Professor, aber kein guter Erzieher, und dann war er immer zu sehr von mir eingenommen und sagte: ‚das Schmidtsche hilft sich selbst' oder ‚es wird schon zum Durchbruch kommen'."

„Ja, so was sagt er immer. Aber mitunter ist eine Maulschelle besser."

„Um Gotteswillen, liebe Schmolke, sagen Sie doch so was nicht. Das ängstigt mich."

„Ach, du bist närrisch, Corinna. Was soll dich denn ängstigen? Du bist ja nun eine große, forsche Person und hast die Kinderschuhe längst ausgetreten und könntest schon sechs Jahre verheiratet sein."

„Ja", sagte Corinna, „das könnt ich, wenn mich wer gewollt hätte. Aber dummerweise hat mich noch keiner gewollt. Und da habe ich denn für mich selber sorgen müssen ..."

Die Schmolke glaubte nicht recht gehört zu haben und sagte: „Du hast für dich selber sorgen müssen? Was meinst du damit, was soll das heißen?"

„Es soll heißen, liebe Schmolke, daß ich mich heut abend verlobt habe."

„Himmlischer Vater, is es möglich. Aber sei nich böse, daß ich mich so verliere ... Denn es is ja doch eigentlich was Gutes. Na, mit wem denn?"

„Rate."

„Mit Marcell."

„Nein, mit Marcell nicht."

„Mit Marcell nicht? Ja, Corinna, dann weiß ich es nich und will es auch nich wissen. Bloß wissen muß ich es am Ende doch. Wer is es denn?"

„Leopold Treibel."

„Herr, du meine Güte ..."

„Findest du's so schlimm? Hast du was dagegen?"

„I bewahre, wie werd ich denn. Und würde sich auch gar nich vor mir passen. Un denn die Treibels, die sind alle gut un sehr proppre Leute, der alte Kommerzienrat voran, der immer so spaßig is und immer sagt: ‚Je später der Abend, je schöner die Leute' und ‚noch fufzig Jahre so wie heut' und so was. Und der älteste Sohn is auch sehr gut und Leopold auch. Ein bißchen spitzer, das is wahr, aber heiraten is ja nich bei Renz in'n Zirkus. Und Schmolke sagte oft: ‚Höre, Rosalie, das laß gut sein, so was täuscht, da kann man sich irren; die Dünnen un die so schwach aussehn, die sind oft gar nich so schwach.' Ja, Corinna, die Treibels sind gut, un bloß die Mama, die Kommerzienrätin, ja höre, da kann ich mir nich helfen, die Rätin, die hat so was, was mir nich recht paßt, un ziert sich immer un tut so, un wenn was Weinerliches erzählt wird von einem Pudel, der ein Kind aus dem Kanal gezogen, oder wenn der Professor was vorpredigt un mit seiner Baßstimme so vor sich hinbrummelt: ‚wie der Unsterbliche sagt' ... un dann kommt immer ein Name, den kein Christenmensch kennt und die Kommerzienrätin woll auch nich – dann hat sie gleich immer ihre Träne un sind immer wie Stehtränen, die gar nich 'runter woll'n."

„Daß sie so weinen kann, ist aber doch eigentlich was Gutes, liebe Schmolke."

„Ja, bei manchem is es was Gutes und zeigt ein weiches Herz. Un ich will auch weiter nichts sagen un lieber an meine eigne Brust schlagen, un muß auch, denn mir sitzen sie auch man lose ... Gott, wenn ich daran denke, wie Schmolke noch lebte, na, da war vieles anders, un Billetter für den dritten Rang hatte Schmolke jeden Tag un mitunter auch für den zweiten. Un da machte ich mich denn fein, Corinna, denn ich war damals noch keine dreißig un noch ganz gut imstande. Gott, Kind, wenn ich daran denke! Da war damals eine, die hieß die Erharten, die nachher einen Grafen geheiratet. Ach, Corinnchen, da hab ich auch manche schöne Träne vergessen. Ich sage schöne Träne, denn es erleichtert einen. Und in ‚Maria Stuart' war es am meisten. Da war denn doch eine Schnauberei, daß man gar nichts mehr verstehn konnte, das heißt aber bloß ganz zuletzt, wie sie von all ihre Dienerinnen und von ihrer alten Amme Abschied nimmt, alle ganz schwarz, un sie selber immer mit's Kreuz, ganz, wie 'ne Katholsche. Aber die Erharten war keine. Und wenn ich mir das alles wieder so denke un wie ich da aus der Träne gar nich raus gekommen bin, da kann ich auch gegen die Kommerzienrätin eigentlich nichts sagen."

Corinna seufzte, halb im Scherz und halb im Ernst.

„Warum seufzst du, Corinna?"

„Ja, warum seufze ich, liebe Schmolke? Ich seufze, weil ich glaube, daß Sie recht haben, und daß sich gegen die Rätin eigentlich nichts sagen läßt, bloß weil sie so leicht weint, oder immer einen Flimmer im Auge hat. Gott, den hat mancher. Aber die Rätin ist freilich eine ganz eigene Frau und ich trau ihr nicht, und der arme Leopold hat eigentlich eine große Furcht vor ihr und weiß auch noch nicht, wie er da heraus will. Es wird eben noch allerlei harte Kämpfe geben. Aber ich laß es darauf ankommen und halt ihn fest, und wenn meine Schwiegermutter gegen mich ist, so schad't es am Ende nicht allzu viel. Die Schwiegermütter sind eigentlich immer dagegen, und jede denkt, ihr Püppchen ist zu schade. Na, wir werden ja sehn; ich habe sein Wort, und das andere muß sich finden.“

„Das ist recht, Corinna, halt ihn fest. Eigentlich hab ich ja einen Schreck gekriegt, und glaube mir, Marcell wäre besser gewesen, denn ihr paßt zusammen. Aber das sag ich so bloß zu dir. Un da du nu mal den Treibelschen hast, na, so hast du'n, un da hilft kein Prätzelbacken, un er muß still halten und die Alte auch. Ja, die Alte erst recht. Der gönn' ich's.“

Corinna nickte.

„Un nu schlafe, Kind. Ausschlafen is immer gut, denn man kann nie wissen, wie's kommt, un wie man den andern Tag seine Kräfte braucht ...“

Zwölftes Kapitel

Ziemlich um dieselbe Zeit, wo der Felgentreusche Wagen in der Adlerstraße hielt, um daselbst abzusetzen, hielt auch der Treibelsche Wagen vor der kommerzienrätlichen Wohnung, und die Rätin samt ihrem Sohne Leopold stiegen aus, während der alte Treibel auf seinem Platze blieb und das junge Paar – das wieder die Pferde geschont hatte – die Köpenickerstraße hinunter bis an den „Holzhof“ begleitete. Von dort aus, nach einem herzhaften Schmatz (denn er spielte gern den zärtlichen Schwiegervater), ließ er sich zu Buggenhagens fahren, wo Parteiversammlung war. Er wollte doch mal wieder sehen, wie's stünde, und, wenn nötig, auch zeigen, daß ihn die Korrespondenz in der „Nationalzeitung“ nicht niedergeschmettert habe.

Die Kommerzienrätin, die für gewöhnlich die politischen Gänge Treibels belächelte, wenn nicht beargwohnte – was auch vorkam –, heute segnete sie Buggenhagen und war froh, ein paar Stunden allein sein zu können. Der Gang mit Wilibald hatte so vieles wieder in ihr angeregt. Die Gewißheit, sich verstanden zu sehen – es war doch eigentlich das Höhere. „Viele beneiden mich, aber was hab ich am Ende? Stuck und Goldleisten und die Honig mit ihrem sauersüßen Gesicht. Treibel ist gut, besonders auch gegen mich; aber die Prosa lastet bleischwer auf ihm, und wenn er es nicht empfindet, ich empfinde es ... Und dabei Kommerzienrätin und immer wieder Kommerzienrätin. Es geht nun schon in das zehnte Jahr, und er rückt nicht höher hinauf, trotz aller Anstrengungen.

Und wenn es so bleibt, und es wird so bleiben, so weiß ich wirklich nicht, ob nicht das andere, das auf Kunst und Wissenschaft deutet, doch einen feineren Klang hat. Ja, den hat es ... Und mit den ewigen guten Verhältnissen. Ich kann doch auch nur eine Tasse Kaffee trinken, und wenn ich mich zu Bett lege, so kommt es darauf an, daß ich schlafe. Birkenmaser oder Nußbaum macht keinen Unterschied, aber Schlaf oder Nichtschlaf, das macht einen, und mitunter flieht mich der Schlaf, der des Lebens Bestes ist, weil er uns das Leben vergessen läßt ... Und auch die Kinder wären anders. Wenn ich die Corinna ansehe, das sprüht alles von Lust und Leben, und wenn sie bloß so macht, so steckt sie meine beiden Jungen in die Tasche. Mit Otto ist nicht viel, und mit Leopold ist gar nichts." Jenny, während sie sich in süße Selbsttäuschungen wie diese versenkte, trat ans Fenster und sah abwechselnd auf den Vorgarten und die Straße. Drüben, im Hause gegenüber, hoch oben in der offenen Mansarde, stand, wie ein Schattenriß in hellem Licht, eine Plätterin, die mit sicherer Hand über das Plättbrett hinfuhr – ja, es war ihr, als höre sie Mädchen singen. Der Kommerzienrätin Auge mochte von dem anmutigen Bilde nicht lassen, und etwas wie wirklicher Neid überkam sie.

Sie sah erst fort, als sie bemerkte, daß hinter ihr die Tür ging. Es war Friedrich, der den Tee brachte. „Setzen Sie hin, Friedrich, und sagen Sie Fräulein Honig, es wäre nicht nötig."

„Sehr wohl, Frau Kommerzienrätin. Aber hier ist ein Brief."

„Ein Brief?" fuhr die Rätin heraus. „Von wem?"

„Vom jungen Herrn."

„Von Leopold?"

„Ja, Frau Kommerzeinrätin ... Und es wäre Antwort ..."

„Brief ... Antwort ... Er ist nicht recht gescheit", und die Kommerzienrätin riß das Kuvert auf und überflog den Inhalt. „Liebe Mama! Wenn es Dir irgend paßt, ich möchte heute noch eine kurze Unterredung mit Dir haben. Laß mich durch Friedrich wissen, ja oder nein. Dein Leopold."

Jenny war derart betroffen, daß ihre sentimentalen Anwandlungen auf der Stelle hinschwanden. So viel stand fest, daß das alles nur etwas sehr Fatales bedeuten konnte. Sie raffte sich aber zusammen und sagte: „Sagen Sie Leopold, daß ich ihn erwarte."

Das Zimmer Leopolds lag über dem ihrigen; sie hörte deutlich, daß er rasch hin und her ging und ein paar Schubkästen, mit einer ihm sonst nicht eigenen Lautheit, zuschob. Und gleich danach, wenn nicht alles täuschte, vernahm sie seinen Schritte auf der Treppe.

Sie hatte recht gehört, und nun trat er ein und wollte (sie stand noch in der Nähe des Fensters) durch die ganze Länge des Zimmers auf sie zuschreiten, um ihr die Hand zu küssen; der Blick aber, mit dem sie ihm begegnete, hatte etwas so Abwehrendes, daß er stehen blieb und sich verbeugte.

„Was bedeutet das, Leopold? Es ist jetzt zehn, also nachtschlafende Zeit, und da schreibst du mir ein Billett und willst mich sprechen. Es ist mir neu, daß du was auf der Seele hast, was keinen Aufschub bis morgen früh duldet. Was hast du vor? Was willst du?“

„Mich verheiraten, Mutter. Ich habe mich verlobt.“

Die Kommerzienrätin fuhr zurück, und ein Glück war es, daß das Fenster, an dem sie stand, ihr eine Lehne gab. Auf viel Gutes hatte sie nicht gerechnet, aber eine Verlobung über ihren Kopf weg, das war doch mehr, als sie gefürchtet. War es eine der Felgentreus? Sie hielt beide für dumme Dinger und die ganze Felgentreuerei für erheblich unterm Stand; er, der Alte, war Lageraufseher in einem großen Ledergeschäft gewesen und hatte schließlich die hübsche Wirtschaftsmamsell des Prinzipals, eines mit seiner weiblichen Umgebung oft wechselnden Witwers, geheiratet. So hatte die Sache begonnen und ließ in ihren Augen viel zu wünschen übrig. Aber verglichen mit den Munks, war es noch lange das Schlimmste nicht, und so sagte sie denn: „Elfriede oder Blanca?“

„Keine von beiden.“

„Also ...“

„Corinna.“

Das war zu viel. Jenny kam in ein halb ohnmächtiges Schwanken, und sie wäre, angesichts ihres Sohnes, zu Boden gefallen, wenn sie der schnell Herzuspringende nicht aufgefangen hätte. Sie war nicht leicht zu halten und noch weniger leicht zu tragen; aber der arme Leopold, den die ganze Situation über sich selbst hinaushob, bewährte sich auch physisch und trug die Mama bis ans Sofa. Danach wollte er auf den Knopf der elektrischen Klingel drücken; Jenny war aber, wie die meisten ohnmächtigen Frauen, doch nicht ohnmächtig genug, um nicht genau zu wissen, was um sie her vorging, und so faßte sie denn seine Hand, zum Zeichen, daß das Klingeln zu unterbleiben habe.

Sie erholte sich auch rasch wieder, griff nach dem vor ihr stehenden Flakon mit Kölnischem Wasser und sagte, nachdem sie sich die Stirn damit betupft hatte: „Also mit Corinna."

„Ja, Mutter."

„Und alles nicht bloß zum Spaß. Sondern um euch wirklich zu heiraten."

„Ja, Mutter."

„Und hier in Berlin und in der Luisenstädtschen Kirche, darin dein guter, braver Vater und ich getraut wurden?"

„Ja, Mutter."

„Ja, Mutter, und immer wieder ja, Mutter. Es klingt, als ob du nach Kommando sprächst, und als ob dir Corinna gesagt hätte, sage nur immer: ‚Ja, Mutter'. Nun, Leopold, wenn es so ist, so können wir beide unsere Rollen rasch auswendig lernen. Du sagst in einem fort: ‚Ja, Mutter', und ich sage in einem fort: ‚Nein, Leopold'. Und dann wollen wir sehen, was länger vorhält, dein ‚Ja' oder mein ‚Nein'."

„Ich finde, daß du es dir etwas leicht machst, Mama."

„Nicht, daß ich wüßte. Wenn es aber so sein sollte, so bin ich bloß deine gelehrige Schülerin. Jedenfalls ist es ein Operieren ohne Umschweife, wenn ein Sohn vor seine Mutter hintritt und ihr kurzweg erklärt: ‚Ich habe mich verlobt'. So geht das nicht in unsern Häusern. Das mag beim Theater so sein oder vielleicht auch bei Kunst und Wissenschaft, worin die kluge Corinna ja groß gezogen ist, und einige sagen sogar, daß sie dem Alten die Hefte korrigiert. Aber wie dem auch sein möge, bei Kunst und Wissenschaft mag das gehen, meinetwegen, und wenn sie den alten Professor, ihren Vater – übrigens ein Ehrenmann –, auch ihrerseits mit einem: ‚Ich habe mich verlobt' überrascht haben sollte, nun so mag der sich freuen; er hat auch Grund dazu, denn die Treibels wachsen nicht auf den Bäumen und können nicht von jedem, der vorbeigeht, heruntergeschüttelt werden. Aber ich, ich freue mich nicht und verbiete dir diese Verlobung. Du hast wieder gezeigt, wie ganz unreif du bist, daß ich es ausspreche. Leopold, wie knabenhaft."

„Liebe Mama, wenn du mich etwas mehr schonen könntest ..."

„Schonen? Hast du mich geschont, als du dich auf diesen Unsinn einließest? Du hast dich verlobt, sagst du. Wem willst du das weiß machen? Sie hat sich verlobt, und du bist bloß verlobt worden. Sie spielt mit dir, und anstatt dir das zu verbitten, küssest du ihr die Hand und lässest dich einfangen wie die Gimpel. Nun, ich hab es nicht hindern können, aber das Weitere, das kann ich hindern und werde es hindern. Verlobt euch, so viel ihr wollt, aber wenn ich bitten darf, im Verschwiegenen und Verborgenen; an ein Heraustreten damit ist nicht zu denken. Anzeigen erfolgen nicht, und wenn du deinerseits Anzeigen machen willst, so magst du die Gratulationen in einem Hotel garni in Empfang nehmen. In meinem Hause existiert keine Verlobung und keine Corinna. Damit ist es vorbei. Das alte Lied von Undank erfahr ich nun an mir selbst und muß erkennen, daß man unklug daran tut, Personen zu verwöhnen und gesellschaftlich zu sich heraufzuziehen. Und mit dir steht es nicht besser. Auch du hättest mir diesen Gram ersparen können und diesen Skandal. Daß du verführt bist, entschuldigt dich nur halb. Und nun kennst du meinen Willen, und ich darf wohl sagen, auch deines Vaters Willen, denn so viel Torheiten er begeht, in den Fragen, wo die Ehre seines Hauses auf dem Spiele steht, ist Verlaß auf ihn. Und nun geh, Leopold, und schlafe, wenn du schlafen kannst. Ein gut Gewissen ist ein gutes Ruhekissen …“

Leopold biß sich auf die Lippen und lächelte verbittert vor sich hin.

„… Und bei dem, was du vielleicht vorhast – denn du lächelst und stehst so trotzig da, wie ich dich noch gar nicht geschen habe, was auch bloß der fremde Geist und Einfluß ist – bei dem, was du vielleicht vorhast, Leopold, vergiß nicht, daß der Segen der Eltern den Kindern Häuser baut. Wenn ich dir raten kann, sei klug und bringe dich nicht um einer gefährlichen Person und einer flüchtigen Laune willen um die Fundamente, die das Leben tragen, und ohne die es kein rechtes Glück gibt.“

Leopold, der sich, zu seinem eigenen Erstaunen, all die Zeit über durchaus nicht niedergeschmettert gefühlt hatte, schien einen Augenblick antworten zu wollen; ein Blick auf die Mutter aber, deren Erregung, während sie sprach, nur immer noch gewachsen war, ließ ihn erkennen, daß jedes Wort die Schwierigkeit der Lage bloß steigern würde; so verbeugte er sich denn ruhig und verließ das Zimmer.

Er war kaum hinaus, als sich die Kommerzienrätin von ihrem

Sofaplatz erhob und über den Teppich hin auf- und abzugehen begann. Jedesmal, wenn sie wieder in die Nähe des Fensters kam, blieb sie stehen und sah nach der Mansarde und der immer noch im vollen Lichte dastehenden Plätterin hinüber, bis ihr Blick sich wieder senkte und dem bunten Treiben der vor ihr liegenden Straße zuwandte. Hier, in ihrem Vorgarten, den linken Arm von innen her auf die Gitterstäbe gestützt, stand ihr Hausmädchen, eine hübsche Blondine, die mit Rücksicht auf Leopolds „mores“ beinahe nicht engagiert worden wäre, und sprach lebhaft und unter Lachen mit einem draußen auf dem Trottoir stehenden „Cousin“, zog sich aber zurück, als der eben von Buggenhagen kommende Kommerzienrat in einer Droschke vorfuhr und auf seine Villa zuschritt. Treibel, einen Blick auf die Fensterreihe werfend, sah sofort, daß nur noch in seiner Frau Zimmer Licht war, was ihn mitbestimmte, gleich bei ihr einzutreten, um noch über den Abend und seine mannigfachen Erlebnisse berichten zu können. Die flaue Stimmung, der er anfänglich infolge der Nationalzeitungskorrespondenz bei Buggenhagens begegnet war, war unter dem Einfluß seiner Liebenswürdigkeit rasch gewichen, und das um so mehr, als er den auch hier wenig gelittenen Vogelsang schmunzelnd preisgegeben hatte.

Von diesem Siege zu erzählen, trieb es ihn, trotzdem er wußte, wie Jenny zu diesen Dingen stand; als er aber eintrat und die Aufregung gewahr wurde, darin sich seine Frau ganz ersichtlich befand, erstarb ihm das joviale „Guten Abend, Jenny“ auf der Zunge, und ihr die Hand reichend, sagte er nur: „Was ist vorgefallen, Jenny? Du siehst ja aus wie das Leiden … nein, keine Blasphemie … Du siehst ja aus, als wäre dir die Gerste verhagelt.“

„Ich glaube, Treibel“, sagte sie, während sie ihr Auf und Ab im Zimmer fortsetzte, „du könntest dich mit deinen Vergleichen etwas höher hinaufschrauben: verhagelte Gerste hat einen überaus ländlichen, um nicht zu sagen bäuerlichen Beigeschmack. Ich sehe, das Teupitz-Zossensche trägt bereits seine Früchte …“

„Liebe Jenny, die Schuld liegt, glaube ich, weniger an mir als an dem Sprach- und Bilderschatze deutscher Nation. Alle Wendungen, die wir als Ausdruck für Verstimmungen und Betrübnisse haben, haben einen ausgesprochenen Unterschichtscharakter, und ich finde da zunächst nur noch den Lohgerber, dem die Felle weggeschwommen.“

Er stockte, denn es traf ihn ein so böser Blick, daß er es doch für angezeigt hielt, auf das Suchen nach weiteren Vergleichen zu verzichten. Auch nahm Jenny selbst das Wort und sagte: „Deine Rücksichten gegen mich halten sich immer auf derselben Höhe. Du siehst, daß ich eine Alteration gehabt habe, und die Form, in die du deine Teilnahme kleidest ist die geschmackloser Vergleiche. Was meiner Erregung zugrunde liegt, scheint deine Neugier nicht sonderlich zu wecken."

„Doch, doch, Jenny ... Du darfst das nicht übel nehmen; du kennst mich und weißt, wie das alles gemeint ist. Alteration! Das ist ein Wort, das ich nicht gern höre. Gewiß wieder was mit Anna, Kündigung oder Liebesgeschichte. Wenn ich nicht irre, stand sie ..."

„Nein, Treibel, das ist es nicht. Anna mag tun, was sie will, und meinetwegen ihr Leben als Spreewälderin beschließen. Ihr Vater, der alte Schulmeister, kann dann an seinem Enkel erziehen, was er an seiner Tochter versäumt hat. Wenn mich Liebesgeschichten alterieren sollen, müssen sie von anderer Seite kommen ..."

„Also doch Liebesgeschichten. Nun sage wer?"

„Leopold."

„Alle Wetter ..." Und man konnte nicht heraushören, ob Treibel bei dieser Namensnennung mehr in Schreck oder Freude geraten war. „Leopold? Ist es möglich"

„Es ist mehr als möglich, es ist gewiß; denn vor einer Viertelstunde war er selber hier, um mich diese Liebesgeschichte wissen zu lassen ..."

„Merkwürdiger Junge ..."

„Er hat sich mit Corinna verlobt."

Es war ganz unverkennbar, daß die Kommerzienrätin eine große Wirkung von dieser Mitteilung erwartete, welche Wirkung aber durchaus ausblieb. Treibels erstes Gefühl war das einer heiter angeflogenen Enttäuschung. Er hatte was von kleiner Soubrette, vielleicht auch von „Jungfrau aus dem Volk" erwartet und stand nun vor einer Ankündigung, die, nach seinen unbefangeneren Anschauungen, alles andere als Schreck und Entsetzen hervorrufen konnte. „Corinna", sagte er. „Und schlankweg verlobt und ohne Mama zu fragen. Teufelsjunge. Man unterschätzt doch immer die Menschen und am meisten seine eigenen Kinder."

„Treibel, was soll das? Dies ist keine Stunde, wo sich's für dich schickt, in einer noch nach Buggenhagen schmeckenden Stimmung ernste Fragen zu behandeln. Du kommst nach Haus und findest mich in einer großen Erregung, und im Augenblicke, wo ich dir den Grund dieser Erregung mitteile, findest du's angemessen, allerlei sonderbare Scherze zu machen. Du mußt doch fühlen, daß das einer Lächerlichmachung meiner Person und meiner Gefühle ziemlich gleich kommt, und wenn ich deine ganze Haltung recht verstehe, so bist du weit ab davon, in dieser sogenannten Verlobung einen Skandal zu sehen. Und darüber möchte ich Gewißheit haben, eh' wir weiter sprechen. Ist es ein Skandal oder nicht?"

„Nein."

„Und du wirst Leopold nicht darüber zur Rede stellen?"

„Nein."

„Und bist nicht empört über diese Person?"

„Nicht im geringsten."

„Über diese Person, die deiner und meiner Freundlichkeit sich absolut unwert macht, und nun ihre Bettlade – denn um viel was anderes wird es sich nicht handeln – in das Treibelsche Haus tragen will."

Treibel lachte. „Sieh, Jenny, diese Redewendung ist dir gelungen, und wenn ich mir mit meiner Phantasie, die mein Unglück ist, die hübsche Corinna vorstelle, wie sie, sozusagen zwischen die Längsbretter eingeschirrt, ihre Bettlade hierher ins Treibelsche Haus trägt, so könnte ich eine Viertelstunde lang lachen. Aber ich will doch lieber nicht lachen und dir, da du so sehr fürs Ernste bist, nun auch ein ernsthaftes Wort sagen. Alles, was du da so hinschmetterst, ist erstens unsinnig und zweitens empörend. Und was es außerdem noch alles ist, blind, vergeßlich, überheblich, davon will ich gar nicht reden ..."

Jenny war ganz blaß geworden und zitterte, weil sie wohl wußte, worauf das „blind und vergeßlich" abzielte. Treibel aber, der ein guter und auch ganz kluger Kerl war und sich aufrichtig gegen all den Hochmut aufrichtete, fuhr jetzt fort:

„Du sprichst da von Undank und Skandal und Blamage, und fehlt eigentlich bloß noch das Wort ‚Unehre' dann hast du den Gipfel der Herrlichkeit erklommen. Undank? Willst du der klugen, immer heitren, immer unterhaltlichen Person, die wenigsten sieben Felgentreus in die Tasche steckt – nächstehender Anverwandten ganz zu geschweigen –, willst du der die Datteln und Apfelsinen nachrechnen, die sie von unserer Majolikaschüssel, mit einer Venus und einem Cupido darauf, beiläufig eine lächerliche Pinselei, mit ihrer zierlichen Hand heruntergenommen hat? Und waren wir nicht bei dem guten alten Professor unsererseits auch zu Gast, bei Wilibald, der doch sonst dein Herzblatt ist, und haben wir uns seinen Brauneberger, der ebenso gut war wie meiner, oder doch nicht viel schlechter, nicht schmecken lassen? Und warst du nicht ganz ausgelassen und hast du nicht an dem Klimperkasten, der da in der Putzstube steht, deine alten Lieder 'runtergesungen? Nein, Jenny, komme mir nicht mit solchen Geschichten. Da kann ich auch mal ärgerlich werden ..."

Jenny nahm seine Hand und wollte ihn hindern weiter zu sprechen.

„Nein, Jenny, noch nicht, noch bin ich nicht fertig. Ich bin nun mal am Zuge. Skandal sagst du und Blamage. Nun, ich sage dir, nimm dich in acht, daß aus der bloß eingebildeten Blamage nicht eine wirkliche wird und daß – ich sage das, weil du solche Bilder liebst – der Pfeil nicht auf den Schützen zurückfliegt. Du bist auf dem besten Wege, mich und dich in eine unsterbliche Lächerlichkeit hineinzubugsieren. Wer sind wir denn? Wir sind weder die Montmorencys noch die Lusignans – von denen, nebenher bemerkt, die schöne Melusine herstammen soll, was dich vielleicht interessiert – wir sind auch nicht die Bismarcks oder die Arnims oder sonst was Märkisches von Adel, wir sind die Treibels, Blutlaugensalz und Eisenvitriol, und du bist eine geborene Bürstenbinder aus der Adlerstraße. Bürstenbinder ist ganz gut, aber der erste Bürstenbinder kann unmöglich höher gestanden haben als der erste Schmidt. Und so bitt ich dich denn, Jenny, keine Übertreibungen. Und wenn es sein kann, laß den ganzen Kriegsplan fallen und nimm Corinna mit so viel Fassung hin, wie du Helene hingenommen hast. Es ist ja nicht nötig, daß sich Schwiegermutter und Schwiegertochter furchtbar lieben, sie heiraten sich ja nicht; es kommt auf die an, die den Mut haben, sich dieser ernsten und schwierigen Aufgabe allerpersönlichst unterziehen zu wollen ..."

Jenny war während dieser zweiten Hälfte von Treibels Philippika merkwürdig ruhig geworden, was in einer guten Kenntnis des Charakters ihres Mannes seinen Grund hatte. Sie wußte, daß er in einem überhohen Grade das Bedürfnis und die Gewohnheit des Sich-aussprechens hatte, und daß sich mit ihm erst wieder reden ließ, wenn gewisse Gefühle von seiner Seele heruntergeredet waren. Es war ihr schließlich ganz recht, daß dieser Akt innerlicher Selbstbefreiung so rasch und so gründlich begonnen hatte; was jetzt gesagt worden war, brauchte morgen nicht mehr gesagt zu werden, war abgetan und gestattete den Ausblick auf friedlichere Verhandlungen. Treibel war sehr der Mann der Betrachtung aller Dinge von zwei Seiten her, und so war Jenny denn völlig überzeugt davon, daß er über Nacht dahin gelangen würde, die ganze Leopoldsche Verlobung auch mal von der Kehrseite her anzusehen. Sie nahm deshalb seine Hand und sagte: „Treibel, laß uns das Gespräch morgen früh fortsetzen. Ich glaube, daß du, bei ruhigerem Blute, die Berechtigung meiner Anschauungen nicht verkennen wirst. Jedenfalls rechne nicht darauf, mich anderen Sinnes zu machen. Ich wollte dir, als dem Manne, der zu handeln hat, selbstverständlich auch in dieser Angelegenheit nicht vorgreifen; lehnst du jedoch jedes Handeln ab, so handle ich. Selbst auf die Gefahr deiner Nichtzustimmung."

„Tu, was du willst."

Und damit warf Treibel die Tür ins Schloß und ging in sein Zimmer hinüber. Als er sich in den Fauteuil warf, brummte er vor sich hin: „Wenn sie am Ende doch recht hätte!"

Und konnte es anders sein? Der gute Treibel, er war doch auch seinerseits das Produkt dreier, im Fabrikbetrieb immer reicher gewordenen Generationen, und aller guten Geistes- und Herzensanlagen unerachtet und trotz seines politischen Gastspiels auf der Bühne Teupitz-Zossen – der Bourgeois steckte ihm wie seiner sentimentalen Frau tief im Geblüt.

Dreizehntes Kapitel

Am andern Morgen war die Kommerzienrätin früher auf als gewöhnlich und ließ von ihrem Zimmer aus zu Treibel hinüber sagen, daß sie das Frühstück allein nehmen wolle. Treibel schob es auf die Verstimmung vom Abend vorher, ging aber darin fehl, da Jenny ganz aufrichtig vor hatte, die durch Verbleib auf ihrem Zimmer frei gewordene halbe Stunde zu einem Briefe an Hildegard zu benutzen. Es galt eben Wichtigeres heute, als den Kaffe mußevoll und friedlich oder vielleicht auch unter fortgesetzter Kriegführung einzunehmen, und wirklich, kaum daß sie die kleine Tasse geleert und auf das Tablett zurückgeschoben hatte, so vertauschte sie auch schon den Sofaplatz mit ihrem Platz am Schreibtisch und ließ die Feder mit rasender Schnelligkeit über verschiedene kleine Bogen hingleiten, von denen jeder nur die Größe einer Handfläche, Gott sei Dank aber die herkömmlichen vier Seiten hatte. Briefe, wenn ihr die Stimmung nicht fehlte, gingen ihr immer leicht von der Hand, aber nie so wie heute, und ehe noch die kleine Konsoluhr die neunte Stunde schlug, schob sie schon die Bogen zusammen, klopfte sie auf der Tischplatte wie ein Spiel Karten zurecht und überlas noch einmal mit halblauter Stimme das Geschriebene.

„Liebe Hildegard! Seit Wochen tragen wir uns damit, unsren seit lange gehegten Wunsch erfüllt und Dich mal wieder unter unsrem Dache zu sehen. Bis in den Mai hinein hatten wir schlechtes Wetter, und von einem Lenz, der mir die schönste Jahreszeit bedeutet, konnte kaum die Rede sein. Aber seit beinah vierzehn Tagen ist es anders, in unsrem Garten schlagen die Nachtigallen, was Du, wie ich mich sehr wohl erinnere, so sehr liebst, und so bitten wir Dich herzlich, Dein schönes Hamburg auf ein paar Wochen verlassen und uns Deine Gegenwart schenken zu wollen. Treibel vereinigt seine Wünsche mit den meinigen, und Leopold schließt sich an. Von Deiner Schwester Helene bei dieser Gelegenheit und in diesem Sinne zu sprechen, ist überflüssig, denn ihre herzlichen Gefühle für Dich kennst Du so gut, wie wir sie kennen, Gefühle, die, wenn ich recht beobachtet habe, gerade neuerdings wieder in einem beständigen Wachsen begriffen sind. Es liegt so, daß ich, soweit das in einem Briefe möglich, ausführlicher darüber zu Dir sprechen möchte. Mitunter, wenn ich sie so blaß sehe, so gut sie gerade diese Blässe kleidet, tut mir doch das innerste Herz weh, und ich habe nicht den Mut, nach der Ursache zu fragen. Otto ist es nicht, dessen bin ich sicher, denn er ist nicht nur gut sondern auch rücksichtsvoll, und ich empfinde dann allen Möglichkeiten gegenüber ganz deutlich, daß es nichts anderes sein kann als Heimweh. Ach, mir nur zu begreiflich, und ich möchte dann immer sagen, ‚reise, Helene, reise heute, reise morgen, und sei versichert, daß ich mich, wie des Wirtschaftlichen überhaupt, so auch namentlich der Weißzeugplätterei nach besten Kräften annehmen werde, gerade so, ja mehr noch, als wenn es für Treibel wäre, der in diesen Stücken auch so diffizil ist, diffiziler als viele andere Berliner.‘ Aber ich sage das alles nicht, weil ich ja weiß, daß Helene lieber auf jedes andere Glück verzichtet, als auf das Glück, das in dem Bewußtsein erfüllter Pflicht liegt. Vor allem dem Kinde gegenüber. Lizzi mit auf die Reise zu nehmen, wo dann doch die Schulstunden unterbrochen werden müßten, ist fast ebenso undenkbar, wie Lizzi zurückzulassen. Das süße Kind! Wie wirst Du Dich freuen, sie wieder zu sehen, immer vorausgesetzt, daß ich mit meiner Bitte keine Fehlbitte tue. Denn Photographien geben doch nur ein sehr ungenügendes Bild, namentlich bei Kindern, deren ganzer Zauber in einer durchsichtigen Hautfarbe liegt; der Teint nuanciert nicht nur den Ausdruck, er ist der Ausdruck selbst. Denn wie Krola, dessen Du Dich vielleicht noch erinnerst, erst neulich wieder behauptete, der Zusammenhang zwischen Teint und Seele sei geradezu merkwürdig. Was wir darbieten können, meine süße Hildegard? Wenig, eigentlich nichts. Die Beschränktheit unsrer Räume kennst Du; Treibel hat außerdem eine neue Passion ausgebildet und will sich wählen lassen, und zwar in einem Landkreise, dessen sonderbaren, etwas wendisch klingenden Namen ich Deiner Geographiekenntnis nicht zumute, trotzdem ich wohl weiß, daß auch Eure Schulen – wie mir Felgentreu (freilich keine Autorität auf diesem Gebiete) erst ganz vor kurzem wieder versicherte – den unsrigen überlegen sind. Wir haben zur Zeit eigentlich nichts als die Jubiläumsausstellung, in der die Firma Dreher aus Wien die Bewirtung übernommen hat und hart angegriffen wird. Aber was griffe der Berliner nicht an – daß die Seidel zu klein sind, kann einer Dame wenig bedeuten –, und ich wüßte wirklich kaum etwas, was vor der Eingebildetheit unserer Bevölkerung sicher wäre. Nicht einmal Euer Hamburg, an das ich nicht denken kann, ohne daß mir das Herz lacht. Ach, Eure herrliche Buten-Alster! Und wenn dann abends die Lichter und die Sterne darin flimmern ein Anblick, der den, der sich seiner freuen darf, jedesmal dem Irdischen wie entrückt. Aber vergiß es, liebe Hildegard, sonst haben wir wenig Aussicht, Dich hier zu sehen, was doch ein aufrichtiges Bedauern bei allen Treibels hervorrufen würde, am meisten bei Deiner Dich innig liebenden Freundin und Tante

Jenny Treibel.“

„Nachschrift: Leopold reitet jetzt viel, jeden Morgen nach Treptow und auch nach dem Eierhäuschen. Er klagt, daß er keine Begleitung dabei habe. Hast Du noch Deine alte Passion? Ich sehe Dich noch so hinfliegen, Du Wildfang. Wenn ich ein Mann wäre, Dich einzufangen, würde mir das Leben bedeuten. Übrigens bin ich sicher, daß andere ebenso denken, und wir würden längst den Beweis davon in Händen haben, wenn Du weniger wählerisch wärst. Sei es nicht fürder und vergiß die Ansprüche, die Du machen darfst.“

Deine J.T.“

Jenny faltete jetzt die kleinen Bogen und tat sie in ein Kuvert, das, vielleicht um auch schon äußerlich ihren Friedenswunsch anzudeuten, eine weiße Taube mit einem Ölzweig zeigte. Dies war um so angebrachter, als Hildegard mit Helenen in lebhafter Korrespondenz stand und recht gut wußte, wie, bisher wenigstens, die wahren Gefühle der Treibels und besonders die der Frau Jenny gewesen waren.

Die Rätin hatte sich eben erhoben, um nach der am Abend vorher etwas angezweifelten Anna zu klingeln, als sie, wie von ungefähr, ihren Blick auf den Vorgarten richtend, ihrer Schwiegertochter ansichtig wurde, die rasch vom Gitter her auf das Haus zuschritt. Draußen hielt eine Droschke zweiter Klasse, geschlossen und das Fenster in die Höhe gezogen, trotzdem es sehr warm war.

Einen Augenblick danach trat Helene bei der Schwiegermutter ein und umarmte sie stürmisch. Dann warf sie den Sommermantel und Gartenhut beiseite und sagte, während sie ihre Umarmung wiederholte: „Ist es denn wahr? Ist es denn möglich?“

Jenny nickte stumm und sah nun erst, daß Helene noch im Morgenkleide und ihr Scheitel noch eingeflochten war. Sie hatte sich also, wie sie da ging und stand, im selben Moment, wo die große Nachricht auf dem Holzhofe bekannt geworden war, sofort auf den Weg gemacht, und zwar in der ersten besten Droschke. Das war etwas, und angesichts dieser Tatsache fühlte Jenny das Eis hinschmelzen, das acht Jahre lang ihr Schwiegermutterherz umgürtet hatte. Zugleich traten ihr Tränen in die Augen. „Helene“, sagte sie, „was zwischen uns gestanden hat, ist fort. Du bist ein gutes Kind, du fühlst mit uns. Ich war mitunter gegen dies und das, untersuchen wir nicht, ob mit Recht oder mit Unrecht; aber in solchen Stücken ist Verlaß auf euch, und ihr wißt Sinn von Unsinn zu unterscheiden. Von deinem Schwiegervater kann ich dies leider nicht sagen. Indessen ich denke, das ist nur Obergang, und es wird sich geben. Unter allen Umständen laß uns zusammenhalten. Mit Leopold persönlich, das hat nichts zu bedeuten. Aber diese gefährliche Person, die vor nichts erschrickt und dabei ein Selbstbewußtsein hat, daß man drei Prinzessinnen damit ausstaffieren könnte, gegen die müssen wir uns rüsten. Glaube nicht, daß sie's uns leicht machen wird. Sie hat ganz den Professorentochterdünkel und ist im Stande sich einzubilden, daß sie dem Hause Treibel noch eine Ehre antut."

„Eine schreckliche Person", sagte Helene. „Wenn ich an den Tag denke mit dear Mr. Nelson. Wir hatten eine Todesangst, daß Nelson seine Reise verschieben und um sie anhalten würde. Was daraus geworden wäre, weiß ich nicht; bei den Beziehungen Ottos zu der Liverpooler Firma vielleicht verhängnisvoll für uns."

„Nun, Gott sei Dank, daß es vorüber gegangen. Vielleicht immer noch besser so, so können wir's en famille austragen. Und den alten Professor fürcht ich nicht, den habe ich von alter Zeit her am Bändel. Er muß mit in unser Lager hinüber. Und nun muß ich fort, Kind, um Toilette zu machen ... Aber noch ein Hauptpunkt. Eben habe ich an deine Schwester Hildegard geschrieben und sie herzlich gebeten, uns mit Nächstem ihren Besuch zu schenken. Bitte, Helene, füge ein paar Worte an deine Mama hinzu und tue beides in das Kuvert und adressiere."

Damit ging die Rätin, und Helene setzte sich an den Schreibtisch. Sie war so bei der Sache, daß nicht einmal ein triumphierendes Gefühl darüber, mit ihren Wünschen für Hildegard nun endlich am Ziele zu sein, in ihr aufdämmerte; nein, sie hatte angesichts der gemeinsamen Gefahr nur Teilnahme für ihre Schwiegermutter, als der „Trägerin des Hauses", und nur Haß für Corinna. Was sie zu schreiben hatte, war rasch geschrieben. Und nun adressierte sie mit schöner englischer Handschrift in normalen Schwung- und Rundlinien: „Frau Konsul Thora Munk, geb. Thompson. Hamburg. Uhlenhorst."

Als die Aufschrift getrocknet und der ziemlich ansehnliche Brief mit zwei Marken frankiert war, brach Helene auf, klopfte nur noch leise an Frau Jennys Toilettenzimmer und rief hinein:

„Ich gehe jetzt, liebe Mama. Den Brief nehme ich mit." Und gleich danach passierte sie wieder den Vorgarten, weckte den Droschkenkutscher und stieg ein.

*

Zwischen neun und zehn waren zwei Rohrpostbriefe bei Schmidts eingetroffen, ein Fall, der, in dieser seiner Gedoppeltheit, noch nicht dagewesen war. Der eine dieser Briefe richtete sich an den Professor und hatte folgenden kurzen Inhalt: „Lieber Freund! Darf ich darauf rechnen, Sie heute zwischen zwölf und eins in Ihrer Wohnung zu treffen? Keine Antwort, gute Antwort. Ihre ganz ergebene Jenny Teibel." Der andere, nicht viel längere Brief war an Corinna adressiert und lautete: „Liebe Corinna! Gestern abend noch hatte ich ein Gespräch mit der Mama. Daß ich auf Widerstand stieß, brauch ich Dir nicht erst zu sagen, und es ist mir gewisser denn je, daß wir schweren Kämpfen entgegengehen. Aber nichts soll uns trennen. In meiner Seele lebt eine hohe Freudigkeit und gibt mir Mut zu allem. Das ist das Geheimnis und zugleich die Macht der Liebe. Diese Macht soll mich auch weiter führen und festigen. Trotz aller Sorge Dein überglücklicher Leopold." Corinna legte den Brief aus der Hand. „Armer Junge! Was er da schreibt, ist ehrlich gemeint, selbst das mit dem Mut. Aber ein Hasenohr guckt doch durch. Nun, wir müssen sehen. Halte, was du hast. Ich gebe nicht nach."

*

Corinna verbrachte den Vormittag unter fortgesetzten Selbstgesprächen. Mitunter kam die Schmolke, sagte aber nichts und beschränkte sich auf kleine wirtschaftliche Fragen. Der Professor seinerseits hatte zwei Stunden zu geben, eine griechische: Piridar, und eine deutsche: romantische Schule (Novalis), und war bald nach zwölf wieder zurück. Er schritt in seinem Zimmer auf und ab, abwechselnd mit einem ihm in seiner Schlußwendung absolut unverständlich gebliebenen Novalis-Gedicht und dann wieder mit dem so feierlich angekündigten Besuche seiner Freundin Jenny beschäftigt. Es war kurz vor eins, als ein Wagengerumpel auf dem schlechten Steinpflaster unten ihn annehmen ließ, sie werde es sein. Und sie war es, diesmal allein, ohne Fräulein Honig und ohne den Bologneser. Sie öffnete selbst den Schlag und stieg dann langsam und bedächtig, als ob sie sich ihre Rolle noch einmal überhöre, die Steinstufen der Außentreppe hinauf. Eine Minute später hörte Schmidt die Klingel gehen, und gleich danach meldete die Schmolke: „Frau Kommerzienrätin Treibel." Schmidt ging ihr entgegen, etwas weniger unbefangen als sonst, küßte ihr die Hand und bat sie, auf seinem Sofa, dessen tiefste Kesselstelle durch ein großes Lederkissen einigermaßen applaniert war, Platz zu nehmen. Er selber nahm einen Stuhl, setzte sich ihr gegenüber und sagte: „Was verschafft mir die Ehre, liebe Freundin? Ich nehme an, daß etwas Besonderes vorgefallen ist."

„Das ist es, lieber Freund. Und Ihre Worte lassen mir keinen Zweifel darüber, daß Fräulein Corinna noch nicht für gut befunden hat, Sie mit dem Vorgefallenen bekannt zu machen. Fräulein Corinna hat sich nämlich gestern abend mit meinem Sohne Leopold verlobt."

„Ah", sagte Schmidt in einem Tone, der ebenso gut Freude wie Schreck ausdrücken konnte.

„Fräulein Corinna hat sich gestern auf unsrer Grunewaldpartie, die vielleicht besser unterblieben wäre, mit meinem Sohne Leopold verlobt, nicht umgekehrt. Leopold tut keinen Schritt ohne mein Wissen und Willen, am wenigsten einen so wichtigen Schritt wie eine Verlobung, und so muß ich denn zu meinem lebhaften Bedauern von etwas Abgekartetem oder einer gestellten Falle, ja, Verzeihung, lieber Freund, von einem wohlüberlegten Überfall sprechen."

Dies starke Wort gab dem alten Schmidt nicht nur seine Seelenruhe, sondern auch seine gewöhnliche Heiterkeit wieder. Er sah, daß er sich in seiner alten Freundin nicht getäuscht hatte, daß sie, völlig unverändert, die, trotz Lyrik und Hochgefühle, ganz ausschließlich auf Äußerlichkeiten gestellte Jenny Bürstenbinder von ehedem war, und daß seinerseits, unter selbstverständlicher Wahrung artigster Formen und anscheinend vollen Entgegenkommens, ein Ton superioren Übermuts angeschlagen und in die sich nun höchst wahrscheinlich entspannende Debatte hineingetragen werden müsse. Das war er sich, das war er Corinna schuldig.

„Ein Überfall, meine gnädigste Frau. Sie haben vielleicht nicht ganz unrecht, es so zu nennen. Und daß es gerade auf diesem Terrain sein mußte. Sonderbar genug, daß Dinge derart ganz bestimmten Lokalitäten unveräußerlich anzuhaften scheinen. Alle Bemühungen, durch Schwanenhäuser und Kegelbahnen im stillen zu reformieren, der Sache friedlich beizukommen, erweisen sich als nutzlos, und der frühere Charakter dieser Gegenden, insonderheit unseres alten übelbeleumundeten Grunewalds, bricht immer wieder durch. Immer wieder aus dem Stegreif. Erlauben Sie mir, gnädigste Frau, daß ich den derzeitigen Junker generis feminini herbeirufe, damit er seiner Schuld geständig werde."

Jenny biß sich auf die Lippen und bedauerte das unvorsichtige Wort, das sie nun dem Spotte preisgab. Es war aber zu spät zur Umkehr, und so sagte sie nur: „Ja, lieber Professor, es wird das beste sein, Corinna selbst zu hören. Und ich denke, sie wird sich mit einem gewissen Stolz dazu bekennen, dem armen Jungen das Spiel über den Kopf weggenommen zu haben."

„Wohl möglich", sage Schmidt und stand auf und rief in das Entree hinein: „Corinna."

Kaum, daß er seinen Platz wieder eingenommen hatte, so stand die von ihm Gerufene auch schon in der Tür, verbeugte sich artig gegen die Kommerzienrätin und sagte: „Du hast gerufen, Papa?"

„Ja, Corinna, das hab ich. Eh' wir aber weitergehen, nimm einen Stuhl und setze dich in einiger Entfernung von uns. Denn ich möchte es auch äußerlich markieren, daß du vorläufig eine Angeklagte bist. Rücke in die Fensternische, da sehen wir dich am besten. Und nun sage mir, hat es seine Richtigkeit damit, daß du gestern abend im Grunewald, in dem ganzen Junkerübermut einer geborenen Schmidt, einen friedlich und unbewaffnet seines Weges ziehenden Bürgersohn, Namens Leopold Treibel, seiner besten Barschaft beraubt hast?"

Corinna lächelte. Dann trat sie vom Fenster her an der Tisch heran und sagte: „Nein, Papa, das ist grundfalsch. Es hat alles den landesüblichen Verlauf genommen, und wir sind so regelrecht verlobt, wie man nur verlobt sein kann."

„Ich bezweifle das nicht, Fräulein Corinna", sagte Jenny.

„Leopold selbst betrachtet sich als Ihren Verlobten. Ich sage nur das eine, daß Sie das Überlegenheitsgefühl, das Ihnen Ihre Jahre …"

„Nicht meine Jahre. Ich bin jünger …"

„… das Ihnen Ihre Klugheit und Ihr Charakter gegeben, daß Sie diese Überlegenheit dazu benutzt haben, den armen Jungen willenlos zu machen und ihn für sich zu gewinnen."

„Nein, meine gnädigste Frau, das ist ebenfalls nicht ganz richtig, wenigstens zunächst nicht. Daß es schließlich doch vielleicht richtig sein wird, darauf müssen Sie mir erlauben, weiterhin zurückzukommen."

„Gut, Corinna, gut", sagte der Alte. „Fahre nur fort. Also zunächst …"

„Also zunächst unrichtig, meine gnädigste Frau. Denn wie kam es? Ich sprach mit Leopold von seiner nächsten Zukunft und beschrieb ihm einen Hochzeitszug, absichtlich in unbestimmten Umrissen und ohne Namen zu nennen. Und als ich zuletzt Namen nennen mußte, da war es Blankenese, wo die Gäste zum Hochzeitsmahle sich sammelten, und war es die schöne Hildegard Munk, die, wie eine Königin gekleidet, als Braut neben ihrem Bräutigam saß. Und dieser Bräutigam war Ihr Leopold, meine gnädigste Frau. Selbiger Leopold aber wollte von dem allen nichts wissen und ergriff meine Hand und machte mir einen Antrag in aller Form. Und nachdem ich ihn an seine Mutter erinnert und mit dieser Erinnerung kein Glück gehabt hatte, da haben wir uns verlobt …"

„Ich glaube das, Fräulein Corinna", sagte die Rätin. „Ich glaube das ganz aufrichtig. Aber schließlich ist alles doch nur eine Komödie. Sie wußten ganz gut, daß er Ihnen vor Hildegard den Vorzug gab, und Sie wußten nur zu gut, daß Sie, je mehr Sie das arme Kind, die Hildegard, die den Vordergrund stellten, desto gewisser – um nicht zu sagen desto leidenschaftlicher, denn er ist nicht eigentlich der Mann der Leidenschaften – desto gewisser, sag ich, würd er sich auf Ihre Seite stellen und sich zu Ihnen bekennen."

„Ja, gnädige Frau, das wußt ich oder wußt es doch beinah. Es war noch kein Wort in diesem Sinne zwischen uns gesprochen worden, aber ich glaubte trotzdem, und seit längerer Zeit schon, daß er glücklich sein würde, mich seine Braut zu nennen."

„Und durch die klug und berechnend ausgesuchte Geschichte mit dem Hamburger Hochzeitszuge haben Sie eine Erklärung herbeizuführen gewußt …"

„Ja, meine gnädigste Frau, das hab ich, und ich meine, das alles war mein gutes Recht. Und wenn Sie nun dagegen und, wie mir's scheint ganz ernsthaft, Ihren Protest erheben wollen, erschrecken Sie da nicht vor Ihrer eigenen Forderung, vor der Zumutung, ich hätte mich jedes Einflusses auf Ihren Sohn enthalten sollen? Ich bin keine Schönheit, habe nur eben das Durchschnittsmaß. Aber nehmen Sie, so schwer es Ihnen werden mag, für einen Augenblick einmal an, ich wäre wirklich so was wie eine Schönheit, eine Beauté, der Ihr Herr Sohn nicht hätte widerstehen können, würden Sie von mir verlangt haben, mir das Gesicht mit Ätzlauge zu zerstören, bloß damit Ihr Sohn, mein Verlobter, nicht in eine durch mich gestellte Schönheitsfalle fiele?"

„Corinna", lächelte der Alte, „nicht zu scharf. Die Rätin ist unter unserm Dache."

„Sie würden das nicht von mir verlangt haben, so wenigstens nehme ich vorläufig an, vielleicht in Überschätzung Ihrer freundlichen Gefühle für mich, und doch verlangen Sie von mir, daß ich mich dessen begebe, was die Natur mir gegeben hat. Ich habe meinen guten Verstand und bin offen und frei und übe damit eine gewissen Wirkung auf die Männer aus, mitunter auch gerade auf solche, denen das fehlt, was ich habe, – soll ich mich dessen entkleiden? Soll ich mein Pfund vergraben? Soll ich das bißchen Licht, das mir geworden, unter den Scheffel stellen? Verlangen Sie, daß ich bei Begegnungen mit Ihrem Sohne wie eine Nonne dasitze, bloß damit das Haus Treibel vor einer Verlobung mit mir bewahrt bliebe? Erlauben Sie mir, gnädigste Frau, und Sie müssen meine Worte meinem erregten Gefühle, das Sie herausgefordert, zugute halten, erlauben Sie mir, Ihnen zu sagen, daß ich das nicht bloß hochmütig und höchst verwerflich, daß ich es vor allem auch ridikül finde. Denn wer sind die Treibels? Berlinerblaufabrikanten mit einem Ratstitel, und ich, ich bin eine Schmidt."

„Eine Schmidt", wiederholte der alte Wilibald freudig, gleich danach hinzufügend: „und nun sagen Sie, liebe Freundin, wollen wir nicht lieber abbrechen und alles den Kindern und einer gewissen ruhigen historischen Entwicklung überlassen?"

„Nein, mein lieber Freund, das wollen wir nicht. Wir wollen nichts der historischen Entwicklung und noch weniger der Entscheidung der Kinder überlassen, was gleichbedeutend wäre mit Entscheidung durch Fräulein Corinna. Dies zu hindern, deshalb eben bin ich hier. Ich hoffte bei den Erinnerungen, die zwischen uns leben, Ihrer Zustimmung und Unterstützung sicher zu sein, sehe mich aber getäuscht und werde meinen Einfluß, der hier gescheitert, auf meinen Sohn Leopold beschränken müssen."

„Ich fürchte", sagte Corinna, „daß er auch da versagt ..."

„Was lediglich davon abhängen wird, ob er Sie sieht oder nicht."

„Er wird mich sehen!"

„Vielleicht. Vielleicht auch nicht."

Und darauf erhob sich die Kommerzienrätin und ging, ohne dem Professor die Hand gereicht zu haben, auf die Tür zu. Hier wandte sie sich noch einmal und sagte zu Corinna: „Corinna, lassen Sie uns vernünftig reden. Ich will alles vergessen. Lassen Sie den Jungen los. Er paßt nicht einmal für Sie. Und was das Haus Treibel angeht, so haben Sie's eben in einer Weise charakterisiert, daß es Ihnen kein Opfer kosten kann, darauf zu verzichten ..."

„Aber meine Gefühle, gnädigste Frau ..."

„Bah", lachte Jenny, „daß Sie so sprechen können, zeigt mir deutlich, daß Sie keine haben und daß alles bloßer Übermut oder vielleicht auch Eigensinn ist. Daß Sie sich dieses Eigensinns begeben mögen, wünsche ich Ihnen und uns. Denn es kann zu nichts führen. Eine Mutter hat auch Einfluß auf einen schwachen Menschen, und ob Leopold Lust hat, seine Flitterwochen in einem Ahlbecker Fischerhause zu verbringen, ist mir doch zweifelhaft. Und daß das Haus Treibel Ihnen keine Villa in Capri bewilligen wird, dessen dürfen Sie gewiß sein."

Und dabei verneigte sie sich und trat in das Entree hinaus. Corinna blieb zurück, Schmidt aber gab seiner Freundin das Geleit bis an die Treppe.

„Adieu", sagte hier die Rätin. „Ich bedaure, lieber Freund, daß dies zwischen uns treten und die herzlichen Beziehungen so vieler, vieler Jahre stören mußte. Meine Schuld ist es nicht. Sie haben Corinna verwöhnt, und das Töchterchen schlägt nun einen spöttischen und überheblichen Ton an und ignoriert, wenn nichts andres, so doch die Jahre, die mich von ihr trennen. Impietät ist der Charakter unserer Zeit."

Schmidt, ein Schelm, gefiel sich darin, bei dem Wort „Impietät" ein betrübtes Gesicht aufzusetzen. „Ach, liebe Freundin", sagte er, „Sie mögen wohl recht haben, aber nun ist es zu spät. Ich bedaure, daß es unserm Hause vorbehalten war, Ihnen einen Kummer, wie diesen, um nicht zu sagen eine Kränkung, anzutun. Freilich, wie Sie schon sehr richtig bemerkt haben, die Zeit … alles will über sich hinaus und strebt höheren Staffeln zu, die die Vorsehung sichtbarlich nicht wollte."

Jenny nickte. „Gott bessre es."

„Lassen Sie uns das hoffen."

Und damit trennten sie sich.

In das Zimmer zurückgekehrt, umarmte Schmidt seine Tochter, gab ihr einen Kuß auf die Stirn und sagte: „Corinna, wenn ich nicht Professor wäre, so würd ich am Ende Sozialdemokrat." Im selben Augenblick kam auch die Schmolke. Sie hatte nur das letzte Wort gehört, und erratend, um was es sich handle, sagte sie: „Ja, das hat Schmolke auch immer gesagt."

Vierzehntes Kapitel

Der nächste Tag war ein Sonntag, und die Stimmung, in der sich das Treibelsche Haus befand, konnte nur noch dazu beitragen, dem Tage zu seiner herkömmlichen Ödheit ein Beträchtliches zuzulegen. Jeder mied den andern. Die Kommerzienrätin beschäftigte sich damit, Briefe, Karten und Photographien zu ordnen, Leopold saß auf seinem Zimmer und las Goethe (was, ist nicht nötig zu verraten), und Treibel selbst ging im Garten um das Bassin herum und unterhielt sich, wie meist in solchen Fällen, mit der Honig. Er ging dabei so weit, sie ganz ernsthaft nach Krieg und Frieden zu fragen, allerdings mit der Vorsicht, sich eine Art Präliminarantwort gleich selbst zu geben. In erster Reihe stehe fest, daß es niemand wisse, „selbst der leitende Staatsmann nicht" (er hatte sich diese Phrase bei seinen öffentlichen Reden angewöhnt), aber eben weil es niemand wisse, sei man auf Sentiments angeweisen, und darin sei niemand größer und zuverlässiger als die Frauen. Es sei nicht zu leugnen, das weibliche Geschlecht habe was Pythisches, ganz abgesehen von jenem Orakelhaften niederer Observanz, das noch so nebenherlaufe. Die Honig, als sie schließlich zu Worte kam, faßte ihre politische Diagnose dahin zusammen: sie sähe nach Westen hin einen klaren Himmel, während es im Osten finster braue, ganz entschieden, und zwar oben sowohl wie unten. „Oben wie unten", wiederholte Treibel. „Oh, wie wahr. Und das Oben bestimmt das Unten und das Unten das Oben. Ja, Fräulein Honig, damit haben wir's getroffen." Und Czicka, das Hündchen, das natürlich auch nicht fehlte, blaffte dazu. So ging das Gespräch zu gegenseitiger Zufriedenheit. Treibel aber schien doch abgeneigt, aus diesem Weisheitsquell andauernd zu schöpfen, und zog sich nach einiger Zeit auf sein Zimmer und seine Zigarre zurück, ganz Halensee verwünschend, das mit seiner Kaffeeklappe diese häusliche Mißstimmung und diese Sonntags-Extralangeweile heraufbeschworen habe. Gegen Mittag traf ein an ihn adressiertes Telegramm ein: „Dank für Brief. Ich komme morgen mit dem Nachmittagszug. Eure Hildegard." Er schenkte das Telegramm, aus dem er überhaupt erst von der erfolgten Einladung erfuhr, an seine Frau hinüber und war, trotzdem er das selbständige Vorgehen derselben etwas sonderbar fand, doch auch wieder aufrichtig froh, nunmehr einen Gegenstand zu haben, mit dem er sich in seiner Phantasie beschäftigen konnte. Hildegard war sehr hübsch, und die Vorstellung, innerhalb der nächsten Wochen ein anderes Gesicht als das der Honig auf seinen Gartenspaziergängen um sich zu haben, tat ihm wohl. Er hatte nun auch einen Gesprächsstoff, und während ohne diese Depesche die Mittagsunterhaltung wahrscheinlich sehr kümmerlich verlaufen oder vielleicht ganz ausgefallen wäre, war es jetzt wenigstens möglich, ein paar Fragen zu stellen. Er stellte diese Fragen auch wirklich, und alles machte sich ganz leidlich; nur Leopold sprach kein Wort und war froh, als er sich vom Tisch erheben und zu seiner Lektüre zurückkehren konnte.

Leopolds ganze Haltung gab überhaupt zu verstehen, daß er über sich bestimmen zu lassen fürder nicht mehr willens sei; trotzdem war ihm klar, daß er sich den Repräsentationspflichten des Hauses nicht entziehen und also nicht unterlassen dürfe, Hildegard am andern Nachmittag auf dem Bahnhofe zu empfangen. Er war pünktlich da, begrüßte die schöne Schwägerin und absolvierte die landesübliche Fragenreihe nach dem Befinden und den Sommerplänen der Familie, während einer der von ihm engagierten Gepäckträger erst die Droschke, dann das Gepäck besorgte. Dasselbe bestand nur aus einem einzigem Koffer mit Messingbeschlag; dieser aber war von solcher Größe, daß er, als er hinaufgewuchtet war, der dahinrollenden Droschke den Charakter eines Baus von zwei Etagen gab.

Unterwegs wurde das Gespräch von seiten Leopolds wieder aufgenommen, erreichte seinen Zweck aber nur unvollkommen, weil seine stark hervortretende Befangenheit seiner Schwägerin nur Grund zur Heiterkeit gab. Und nun hielten sie vor der Villa. Die ganze Treibelei stand am Gitter, und als die herzlichsten Begrüßungen ausgetauscht und die nötigsten Toiletten-Arrangements in fliegender Eile, das heißt ziemlich mußevoll, gemacht worden waren, erschien Hildegard auf der Veranda, wo man inzwischen den Kaffee serviert hatte. Sie fand alles „himmlisch", was auf Empfang strenger Instruktionen von seiten der Frau Konsul Thora Munk hindeutete, die sehr wahrscheinlich Unterdrückung alles Hamburgischen und Achtung vor Berliner Empfindlichkeiten als erste Regel empfohlen hatte. Keine Parallelen wurden gezogen und beispielsweise gleich das Kaffeeservice rundweg bewundert. „Eure Berliner Muster schlagen jetzt alles aus dem Felde, selbst Sèvres. Wie reizend diese Grecborte." Leopold stand in einiger Entfernung und hörte zu, bis Hildegard plötzlich abbrach und allem, was sie gesagt, nur noch hinzusetzte: „Scheltet mich übrigens nicht, daß ich in einem fort von Dingen spreche, für die sich ja morgen auch noch die Zeit finden würde: Grecborte und Sèvres und Meißen und Zwiebelmuster. Aber Leopold ist schuld; er hat unsere Konversation in der Droschke so streng wissenschaftlich geführt, daß ich beinahe in Verlegenheit kam; ich wollte gern von Lizzi hören, und denkt euch, er sprach nur von Anschluß und Radialsystem, und ich genierte mich zu fragen, was es sei."

Der alte Treibel lachte; die Kommerzienrätin aber verzog keine Miene, während über Leopolds blasses Gesicht eine leichte Röte flog.

So verging der erste Tag,und Hildegards Unbefangenheit, die man sich zu stören wohl hütete, schien auch noch weiter leidliche Tage bringen zu sollen, alles um so mehr, als es die Kommerzienrätin an Aufmerksamkeiten jeder Art nicht fehlen ließ. Ja, sie verstieg sich zu höchst wertvollen Geschenken, was sonst ihre Sache nicht war. Ungeachtet all dieser Anstrengungen aber und trotzdem dieselben, wenn man nicht tiefer nachforschte, von wenigstens halben Erfolgen begleitet waren, wollte sich ein recht eigentliches Behagen nicht einstellen, selbst bei Treibel nicht, auf dessen rasch wiederkehrende gute Laune bei seinem glücklichen Naturell mit einer Art Sicherheit gerechnet war. Ja, diese gute Laune, sie blieb aus mancherlei Gründen aus, unter denen gerade jetzt auch der war, daß die Zossen-Teupitzer Wahlkampagne mit einer totalen Niederlage Vogelsangs geendigt hatte. Dabei mehrten sich die persönlichen Angriffe gegen Treibel. Anfangs hatte man diesen, wegen seiner großen Beliebtheit, rücksichtsvoll außer Spiel gelassen, bis die Taktlosigkeiten seines Agenten ein weiteres Schonen unmöglich machten. „Es ist zweifellos ein Unglück", so hieß es in den Organen der Gegenpartei, „so beschränkt zu sein wie Leutnant Vogelsang; aber eine solche Beschränktheit in seinen Dienst zu nehmen, ist eine Mißachtung gegen den gesunden Menschenverstand unseres Kreises. Die Kandidatur Treibel scheitert einfach an diesem Affront."

*

Es sah nicht allzu heiter aus bei den alten Treibels, was Hildegard allmählich so sehr zu fühlen begann, daß sie halbe Tage bei den Geschwistern zubrachte. Der Holzhof war überhaupt hübscher als die Fabrik und Lizzi geradezu reizend mit ihren langen weißen Strümpfen. Einmal waren sie auch rot. Wenn sie so herankam und die Tante Hildegard mit einem Knix begrüßte, flüsterte diese der Schwester zu: „quite english, Helen", und man lächelte sich dann glücklich an. Ja, es waren Lichtblicke. Wenn Lizzi dann aber wieder fort war, war auch zwischen den Schwestern von unbefangener Unterhaltung keine Rede mehr, weil das Gespräch die zwei wichtigsten Punkte nicht berühren durfte: die Verlobung Leopolds und den Wunsch, aus dieser Verlobung mit guter Manier herauszukommen.

Ja, es sah nicht heiter aus bei den Treibels, aber bei den Schmidts auch nicht. Der alte Professor war eigentlich weder in Sorge noch in Verstimmung, lebte vielmehr umgekehrt der Überzeugung, daß sich nun alles bald zum Besseren wenden werde; diesen Prozeß aber sich still vollziehen zu lassen, schien ihm ganz unerläßlich, und so verurteilte er sich, was ihm nicht leicht wurde, zu bedingtem Schweigen. Die Schmolke war natürlich ganz entgegengesetzter Ansicht und hielt, wie die meisten alten Berlinerinnen, außerordentlich viel von „sich aussprechen", je mehr und je öfter, desto besser. Ihre nach dieser Seite hin abzielenden Versuche verliefen aber resultatlos, und Corinna war nicht zum Sprechen zu bewegen, wenn die Schmolke begann: „Ja, Corinna, was soll denn nun eigentlich werden? Was denkst du dir denn eigentlich?"

Auf all das gab es keine rechte Antwort, vielmehr stand Corinna wie am Roulette und wartete mit verschränkten Armen, wohin die Kugel fallen würde. Sie war nicht unglücklich, aber äußerst unruhig und unmutig, vor allem, wenn sie der heftigen Streitszene gedachte, bei der sie doch vielleicht zu viel gesagt hatte. Sie fühlte ganz deutlich, daß alles anders gekommen wäre, wenn die Rätin etwas weniger Herbheit, sie selber aber etwas mehr Entgegenkommen gezeigt hätte. Ja, da hätte sich dann ohne sonderliche Mühe Frieden schließen und das Bekenntnis einer gewissen Schuld, weil alles bloß Berechnung gewesen, allenfalls ablegen lassen. Aber freilich im selben Augenblicke, wo sie, neben dem Bedauern über die hochmütige Haltung der Rätin, vor allem und in erster Reihe sich selber der Schuld zieh, in ebendiesem Augenblicke mußte sie sich doch auch wieder sagen, daß ein Wegfall alles dessen, was ihr vor ihrem eigenen Gewissen in dieser Angelegenheit als fragwürdig erschien, in den Augen der Rätin nichts gebessert haben würde. Diese schreckliche Frau, trotzdem sie beständig so tat und sprach, war ja weitab davon, ihr wegen ihres Spiels mit Gefühlen einen ernsthaften Vorwurf zu machen. Das war ja Nebensache, da lag es nicht. Und wenn sie diesen lieben und guten Menschen, wie's ja doch möglich war, aufrichtig und von Herzen geliebt hätte, so wäre das Verbrechen genau dasselbe gewesen. „Diese Rätin, mit ihrem überheblichen ‚Nein', hat mich nicht da getroffen, wo sie mich treffen konnte, sie weist diese Verlobung nicht zurück, weil mir's an Herz und Liebe gebricht, nein, sie weist sie nur zurück, weil ich arm oder wenigstens nicht dazu angetan bin, das Treibelsche Vermögen zu verdoppeln, um nichts, nichts weiter; und wenn sie vor anderen versichert oder vielleicht auch sich selber einredet, ich sei ihr zu selbstbewußt und zu professorlich, so sagt sie das nur, weil's ihr gerade paßt. Unter andern Verhältnissen würde meine Professorlichkeit mir nicht nur nicht schaden, sondern ihr umgekehrt die Höhe der Bewundereung bedeuten."

So gingen Corinnas Reden und Gedanken, und um sich ihnen nach Möglichkeit zu entziehen, tat sie, was sie seit langem nicht mehr getan, und machte Besuche bei den alten und jungen Professorfrauen. Am besten gefiel ihr wieder die gute, ganz von

Wirtschaftlichkeit in Anspruch genommene Frau Rindfleisch, die jeden Tag, ihrer vielen Pensionäre halber, in die große Markthalle ging und immer die besten Quellen und billigsten Preise wußte, Preise, die dann später der Schmolke mitgeteilt, in erster Reihe den Ärger derselben, zuletzt aber ihre Bewunderung vor einer höheren wirtschaftlichen Potenz weckten. Auch bei Frau Immanuel Schultze sprach Corinna vor und fand dieselbe, vielleicht weil Friedebergs nahe bevorstehende Ehescheidung ein sehr dankbares Thema bildete, auffallend nett und gesprächig, Immanuel selbst aber war wieder so großsprecherisch und zynisch, daß sie doch fühlte, den Besuch nicht wiederholen zu können. Und weil die Woche so viele Tage hatte, so mußte sie sich zuletzt zu Museum und Nationalgalerie bequemen. Aber sie hatte keine rechte Stimmung dafür. Im Corneliussaal interessierte sie, vor dem einen großen Wandbilde, nur die ganz kleine Predelle, wo Mann und Frau den Kopf aus der Bettdecke strecken, und im ägyptischen Museum fand sie eine merkwürdige Ähnlichkeit zwischen Ramses und Vogelsang.

Wenn sie dann nach Hause kam, fragte sie jedesmal, ob wer dagewesen sei, was heißen sollte: „War Leopold da?", worauf die Schmolke regelmäßig antwortete: „Nein, Corinna, keine Menschenseele." Wirklich, Leopold hatte nicht den Mut zu kommen und beschränkte sich darauf, jeden Abend einen kleinen Brief zu schreiben, der dann am andern Morgen auf ihrem Frühstückstisch lag. Schmidt sah lächelnd drüber hin, und Corinna stand dann wie von ungefähr auf, um das Briefchen in ihrem Zimmer zu lesen. „Liebe Corinna. Der heutige Tag verlief wie alle. Die Mama scheint in ihrer Gegnerschaft verharren zu wollen. Nun, wir wollen sehen, wer siegt. Hildegard ist viel bei Helene, weil niemand hier ist, der sich recht um sie kümmert. Sie kann mir leid tun, ein so junges und hübsches Mädchen. Alles das Resultat solcher Anzettelungen. Meine Seele verlangt, Dich zu sehen, und in der nächsten Woche werden Entschlüsse von mir gefaßt werden, die volle Klarheit schaffen. Mama wird sich wundern. Nur so viel, ich erschrecke vor nichts, auch vor dem Äußersten nicht. Das mit dem vierten Gebot ist recht gut, aber es hat seine Grenzen. Wir haben auch Pflichten gegen uns selbst und gegen die, die wir über alles lieben, die Leben und Tod in unseren Augen bedeuten. Ich schwanke noch, wohin, denke aber England; da haben wir Liverpool und Mr. Nelson, und in zwei

Stunden sind wir an der schottischen Grenze. Schließlich ist es gleich, wer uns äußerlich vereinigt, sind wir es doch längst in uns. Wie mir das Herz dabei schlägt. Ewig der Deine. Leopold."

Corinna zerriß den Brief in kleine Streifen und warf sie draußen ins Kochloch. „Es ist am besten so; dann vergaß ich wieder, was er heute geschrieben, und kann morgen nicht mehr vergleichen. Denn mir ist, als schriebe er jeden Tag dasselbe. Sonderbare Verlobung. Aber soll ich ihm einen Vorwurf machen, daß er kein Held ist? Und mit meiner Einbildung, ihn zum Helden umschaffen zu können, ist es auch vorbei. Die Niederlagen und Demütigungen werden nun wohl ihren Anfang nehmen. Verdient? Ich fürchte."

*

Anderthalb Wochen waren um, und noch hatte sich im Schmidtschen Hause nichts verändert; der Alte schwieg nach wie vor, Marcell kam nicht und Leopold noch weniger, und nur seine Morgenbriefe stellten sich mit großer Pünktlichkeit ein; Corinna las sie schon längst nicht mehr, überflog sie nur und schob sie dann lächelnd in ihre Morgenrocktasche, wo sie zersessen und zerknittert wurden. Sie hatte zum Troste nichts als die Schmolke, deren gesunde Gegenwart ihr wirklich wohltat, wenn sie's auch immer noch vermied, mit ihr zu sprechen.

Aber auch das hatte seine Zeit.

Der Professor war eben nach Hause gekommen, schon um elf, denn es war Mittwoch, wo die Klasse, für ihn wenigstens, um eine Stunde früher schloß. Corinna sowohl wie die Schmolke hatten ihn kommen und die Drückertür geräuschvoll ins Schloß fallen hören, nahmen aber beide keine Veranlassung, sich weiter um ihn zu kümmern, sondern blieben in der Küche, drin der helle Julisonnenschein lag und alle Fensterflügel geöffnet waren. An einem der Fenster stand auch der Küchentisch. Draußen, an zwei Haken, hing ein kastenartiges Blumenbrett, eine jener merkwürdigen Schöpfungen der Holzschneidekunst, wie sie Berlin eigentümlich sind: kleine Löcher zu Sternblumen zusammen gestellt; Anstrich dunkelgrün. In diesem Kasten standen mehrere Geranium- und Goldlacktöpfe, zwischen denen hindurch die Sperlinge huschten und sich in großstädtischer Dreistigkeit auf den am Fenster stehenden Küchentisch setzten. Hier pickten sie vergnügt an allem herum, und niemand dachte daran, sie zu stören. Corinna, den Mörser zwischen den Knien, war mit Zimtstoßen beschäftigt, während die Schmolke grüne Kochbirnen der Länge nach durchschnitt und beide gleiche Hälften in eine große braune Schüssel, eine sogenannte Reibesatte, fallen ließ. Freilich zwei ganz gleiche Hälften waren es nicht, konnten es nicht sein, weil natürlich nur eine Hälfte den Stengel hatte, welcher Stengel denn auch Veranlassung zu Beginn einer Unterhaltung wurde, wonach sich die Schmolke schon seit lange sehnte.

„Sieh, Corinna", sagte Schmolke, „dieser hier, dieser lange, das ist so recht ein Stengel nach dem Herzen deines Vaters ..."

Corinna nickte.

„... Den kann er anfassen wie 'ne Maccaroni und hochhalten und alles von unten her aufessen ... Es ist doch ein merkwürdiger Mann ..."

„Ja, das ist er."

„Ein merkwürdiger Mann und voller Schrullen, und man muß ihn erst ausstudieren. Aber das Merkwürdigste, das ist doch das mit den langen Stengeln, un daß wir sie, wenn es Semmelpudding un Birnen gibt, nicht schälen dürfen, un daß der ganze Kriepsch mit Kerne und alles drin bleiben muß. Er is doch ein Professor un ein sehr kluger Mann, aber das muß ich dir sagen, Corinna, wenn ich meinem guten Schmolke, der doch nur ein einfacher Mann war, mit so lange Stengel un ungeschält un den ganzen Kriepsch drin gekommen wär, ja, da hätt es was gegeben. Denn so gut er war, wenn er dachte, ‚sie denkt woll, das is gut genug, dann wurd er falsch un machte sein Dienstgesicht un sah aus, als ob er mich arretieren wollte ..."

„Ja, liebe Schmolke", sagte Corinna, „das ist eben einfach die alte Geschichte vom Geschmack und daß sich über Geschmäcker nicht streiten läßt. Und dann ist es auch wohl die Gewohnheit und vielleicht auch von Gesundheits wegen."

„Von Gesundheits wegen", lachte die Schmolke. „Na, höre, Kind, wenn einem so die Hacheln in die Kehle kommen und man sich verschluckert un man mitunter zu 'nem ganz fremden Menschen sagen muß: ‚Bitte, kloppen Sie mir mal en bißchen, aber hier ordentlich ins Kreuz' – nein, Corinna, da bin ich doch mehr, für eine ausgekernte Malvasier, die 'runter geht wie Butter. Gesundheit! ...

Stengel un Schale, was da von Gesundheit is, das weiß ich nich ..."

„Doch, liebe Schmolke. Manche können Obst nicht vertragen und fühlen sich geniert, namentlich wenn sie, wie Papa, hinterher auch noch die Sauce löffeln. Und da gibt es nur ein Mittel dagegen: alles muß dran bleiben, der Stengel und die grüne Schale. Die beiden, die haben das Adstringens ..."

„Was?"

„Das Adstringens, das heißt das, was zusammenzieht, erst bloß die Lippen und den Mund, aber dieser Prozeß des Zusammenziehens setzt sich dann durch den ganzen inneren Menschen hin fort, und das ist dann das, was alles wieder in Ordnung bringt und vor Schaden bewahrt."

Ein Sperling hatte zugehört, und wie durchdrungen von der Richtigkeit von Corinnas Auseinandersetzungen, nahm er einen Stengel, der zufällig abgebrochen war, in den Schnabel und flog damit auf das andere Dach hinüber. Die beiden Frauen aber verfielen in Schweigen und nahmen erst nach einer Viertelstunde das Gespräch wieder auf.

Das Gesamtbild war nicht mehr ganz dasselbe, denn Corinna hatte mittlerweile den Tisch abgeräumt und einen blauen Zuckerbogen darüber ausgebreitet, auf welchem zahlreiche alte Semmeln lagen und daneben ein großes Reibeisen. Dies letztere nahm sie jetzt in die Hand, stemmte sich mit der linken Schulter dagegen und begann nun ihre Reibtätigkeit mit solcher Vehemenz, daß die geriebene Semmel über den ganzen blauen Bogen hinstäubte. Dann und wann unterbrach sie sich und schüttete die Bröckchen nach der Mitte hin zu einem Berg zusammen, aber gleich danach begann sie von neuem und es hörte sich wirklich an, als ob sie bei dieser Arbeit allerlei mörderische Gedanken habe.

Die Schmolke sah ihr von der Seite her zu. Dann sagte sie:

„Corinna, wen zerreibst du denn eigentlich?"

„Die ganze Welt."

„Das is viel ... un dich mit?"

„Mich zuerst."

„Das is recht. Denn wenn du nur erst recht zerrieben un recht mürbe bist, dann wirst du wohl wieder zu Verstande kommen."

„Nie."

„Man muß nie ‚nie' sagen, Corinna. Das war ein Hauptsatz von

Schmolke. Un das muß wahr sein, ich habe noch jedesmal gefunden, wenn einer ‚nie' sagte, dann is es immer dicht vorm Umkippen. Und ich wollte, daß es mit dir auch so wäre."

Corinna seufzte.

„Sieh Corinna, du weißt, daß ich immer dagegen war. Denn es is ja doch ganz klar, daß du deinen Vetter Marcell heiraten mußt."

„Liebe Schmolke, nur kein Wort von dem."

„Ja, das kennt man, das is das Unrechtsgefühl. Aber ich will nichts weiter sagen un will nur sagen, was ich schon gesagt habe, daß ich immer gegen war, ich meine gegen Leopold, un daß ich einen Schreck kriegte, als du mir's sagtest. Aber als du mir dann sagtest, daß die Kommerzienrätin sich ärgern würde, da gönnt ich's ihr un dachte: ‚Warum nich? Warum soll es nich gehen? Un wenn der Leopold auch bloß ein Wickelkind is, Corinnchen wird ihn schon aufpäppeln und ihn zu Kräften bringen.' Ja, Corinna, so dacht ich un hab es dir auch gesagt. Aber es war ein schlechter Gedanke, denn man soll seinen Mitmenschen nich ärgern, auch wenn man ihn nich leiden kann, un was mir zuerst kam, der Schreck über deine Verlobung, das war doch das richtige. Du mußt einen klugen Mann haben, einen, der eigentlich klüger ist, als du – du bist übrigens gar nich mal so klug – un der was Männliches hat, so wie Schmolke, un vor dem du Respekt hast. Un vor Leopold kannst du keinen Respekt haben. Liebst du'n denn noch immer?"

„Ach, ich denke ja gar nicht dran, liebe Schmolke."

„Na, Corinna, denn is es Zeit, un denn mußt du nu Schicht damit machen. Du kannst doch nich die ganze Welt auf den Kopp stellen un dein un andrer Leute Glück, worunter auch dein Vater un deine alte Schmolke is, verschütten un verderben wollen, bloß um der alten Kommerzienrätin mit ihrem Puffscheitel und ihren Brillantbommel einen Tort anzutun. Es is eine geldstolze Frau, die den Apfelsinenladen vergessen hat un immer bloß ötepotöte tut, und den alten Professor anschmachtet un ihn auch ‚Wilibald' nennt, als ob sie noch auf'n Hausboden Versteck miteinander spielten un hinterm Torf stünden, denn damals hatte man noch Torf auf'm Boden, un wenn man 'runter kam, sah man immer aus wie'n Schornsteinfeger, – ja, sieh, Corinna, das hat alles seine Richtigkeit, un ich hätt ihr so was gegönnt, un Ärger genug wird sie woll auch gehabt haben. Aber wie der alte Pastor Thomas zu Schmolke un mir in unserer Traurede gesagt hat: ‚Liebet euch untereinander, denn der Mensch soll sein Leben nich auf den Haß, sondern auf die Liebe stellen' – dessen Schmolke un ich auch immer eingedenk gewesen sind – so, meine liebe Corinna, sag ich es auch zu dir, man soll sein Leben nich auf den Haß stellen. Hast du denn wirklich einen solchen Haß auf die Rätin, das heißt einen richtigen?"

„Ach, ich denke ja gar nicht daran, liebe Schmolke."

„Ja, Corinna, da kann ich dir bloß noch mal sagen, dann is es wirklich die höchste Zeit, daß was geschieht. Denn wenn du ihn nicht liebst und ihr nicht haßt, denn weiß ich nicht, was die ganze Geschichte überhaupt noch soll."

„Ich auch nicht."

Und damit umarmte Corinna die gute Schmolke, und diese sah denn auch gleich an einem Flimmer in Corinnas Augen, daß nun alles vorüber und daß der Sturm gebrochen sei.

„Na, Corinna, denn wollen wir's schon kriegen, un es kann noch alles gut werden. Aber nu gib die Form her, daß wir ihn eintun, denn eine Stunde muß er doch wenigstens kochen. Un vor Tisch sag ich deinem Vater kein Wort, weil er sonst vor Freude nich essen kann ..."

„Ach, der äße doch."

„Aber nach Tisch sag ich's ihm, wenn er auch um seinen Schlaf kommt. Und geträumt hab ich's auch schon un habe dir nur nichts davon sagen wollen. Aber nun kann ich es ja. Sieben Kutschen und die beiden Kälber von Professor Kuh waren Brautjungfern. Natürlich, Brautjungfern möchten sie immer alle sein, denn auf die kuckt alles, beinah mehr noch als auf die Braut, weil die schon weg ist; un meistens kommen sie auch bald 'ran. Un bloß den Pastor konnt ich nich recht erkennen. Thomas war es nich. Aber vielleicht war es Souchon, bloß daß er ein bißchen zu dicklich war."

Fünfzehntes Kapitel

Der Pudding erschien Punkt zwei, und Schmidt hatte sich denselben munden lassen. In seiner behaglichen Stimmung entging es ihm durchaus, daß Corinna für alles, was er sagte, nur ein stummes Lächeln hatte; denn er war ein liebenswürdiger Egoist, wie die meisten seines Zeichens, und kümmerte sich nicht sonderlich um die Stimmung seiner Umgebung, solange nichts passierte, was dazu angetan war, ihm die Laune direkt zu stören.

„Und nun laß abdecken, Corinna; ich will, eh' ich mich ein bißchen ausstrecke, noch einen Brief an Marcell schreiben oder doch wenigstens ein paar Zeilen. Er hat nämlich die Stelle. Distelkamp, der immer noch alte Beziehungen unterhält, hat mich's heute vormittag wissen lassen." Und während der Alte das sagte, sah er zu Corinna hinüber, weil er wahrnehmen wollte, wie diese wichtige Nachricht auf seiner Tochter Gemüt wirke. Er sah aber nichts, vielleicht weil nichts zu sehen war, vielleicht auch weil er kein scharfer Beobachter war, selbst dann nicht, wenn er's ausnahmsweise mal sein wollte.

Corinna, während der Alte sich erhob, stand ebenfalls auf und ging hinaus, um draußen die nötigen Ordres zum Abräumen an die Schmolke zu geben. Als diese bald danach eintrat, setzte sie mit jenem absichtlichen und ganz unnötigen Lärmen, durch den alte Dienerinnen ihre dominierende Hausstellung auszudrücken lieben, die herumstehenden Teller und Bestecke zusammen, derart, daß die Messer- und Gabelspitzen nach allen Seiten hin herausstarrten, und drückte diesen Stachelturm im selben Augenblicke, wo sie sich zum Hinausgehen anschickte, fest an sich.

„Pieken Sie sich nicht, liebe Schmolke", sagte Schmidt, der sich gern einmal eine kleine Vertraulichkeit erlaubte.

„Nein, Herr Professor, von pieken is keine Rede nich mehr, schon lange nich. Un mit der Verlobung is es auch vorbei."

„Vorbei. Wirklich? Hat sie was gesagt?"

„Ja, wie sie die Semmeln zu den Pudding rieb, ist es mit eins rausgekommen. Es stieß ihr schon lange das Herz ab, und sie wollte bloß nichts sagen. Aber nu is es ihr zu langweilig geworden, das mit Leopolden. Immer bloß kleine Billetter mit'n Vergißmeinnicht draußen un'n Veilchen drin; da sieht sie nu doch wohl, daß er keine rechte Courage hat, un daß seine Furcht vor der Mama noch größer is, als seine Liebe zu ihr."

„Nun, das freut mich. Und ich hab es auch nicht anders erwartet. Und Sie wohl auch nicht, liebe Schmolke. Der Marcell ist doch ein andres Kraut. Und was heißt gute Partie? Marcell ist Archäologe."

„Versteht sich", sagte die Schmolke, die sich dem Professor gegenüber grundsätzlich nie zur Unvertrautheit mit Fremdwörtern bekannte.

„Marcell, sag ich, ist Archäologe. Vorläufig rückt er an Hedrichs Stelle. Gut angeschrieben ist er schon lange, seit Jahr und Tag. Und dann geht er mit Urlaub und Stipendium nach Mykenä …“

Die Schmolke drückte auch jetzt wieder ihr volles Verständnis und zugleich ihre Zustimmung aus.

„Und vielleicht“, fuhr Schmidt fort, „auch nach Tiryns oder wo Schliemann gerade steckt. Und wenn er von da zurück ist, und mir einen Zeus für diese meine Stube mitgebracht hat …“ und er wies dabei unwillkürlich nach dem Ofen oben, als dem einzigen für Zeus noch leeren Fleck … „wenn er von da zurück ist, sag ich, so ist ihm eine Professur gewiß. Die Alten können nicht ewig leben. Und sehen Sie, liebe Schmolke, das ist das, was ich eine gute Partie nenne.“

„Versteht sich, Herr Professor. Wovor sind denn auch die Examens un all das? Und Schmolke, wenn er auch kein Studierter war, sagte auch immer …“

„Und nun will ich an Marcell schreiben und mich dann ein Viertelstündchen hinlegen. Und um halb vier den Kaffee. Aber nicht später.“

Um halb vier kam der Kaffee. Der Brief an Marcell, ein Rohrpostbrief, zu dem sich Schmidt nach einigem Zögern entschlossen hatte, war seit wenigstens einer halben Stunde fort, und wenn alles gut ging und Marcell zu Hause war, so las er vielleicht in diesem Augenblicke schon die drei lapidaren Zeilen, aus denen er seinen Sieg entnehmen konnte. Gymnasial-Ober-Lehrer! Bis heute war er nur deutscher Literaturlehrer an einer höheren Mädchenschule gewesen und hatte manchmal grimmig in sich hineingelacht, wenn er über den Codex argenteus, bei welchem Worte die jungen Dinger immer kicherten, oder über den Heiland und Beowulf hatte sprechen müssen. Auch hinsichtlich Corinnas waren ein paar dunkle Wendungen in den Brief eingeflochten worden, und alles in allem ließ sich annehmen daß Marcell binnen kürzester, Frist erscheinen würde, seinen Dank auszusprechen.

Und wirklich, fünf Uhr war noch nicht heran, als die Klingel ging und Marcell eintrat. Er dankte dem Onkel herzlich für seine Protektion, und als dieser alles mit der Bemerkung ablehnte, daß, wenn von solchen Dingen überhaupt die Rede sein könne, jeder

Dankesanspruch auf Distelkamp falle, sagte Marcell: „Nun, dann also Distelkamp. Aber daß du mir's gleich geschrieben, dafür werd ich mich doch auch bei dir bedanken dürfen. Und noch dazu mit Rohrpost!"

„Ja, Marcell, das mit Rohrpost, das hat vielleicht Anspruch; denn eh' wir Alten uns zu was Neuem bequemen, das dreißig Pfennig kostet, da kann mitunter viel Wasser die Spree 'runterfließen. Aber was sagst du zu Corinna?"

„Lieber Onkel, du hast da so eine dunkle Wendung gebraucht, ... ich habe sie nicht recht verstanden. Du schriebst. ‚Kenneth von Leoparden sei auf dem Rückzug'. Ist Leopold gemeint? Und muß es Corinna jetzt als Strafe hinnehmen, daß sich Leopold, den sie so sicher zu haben glaubte, von ihr abwendet."

„Es wäre so schlimm nicht, wenn es so läge. Denn in diesem Falle wäre die Demütigung, von der man doch wohl sprechen muß, noch um einen Grad größer. Und so sehr ich Corinna liebe, so muß ich doch zugeben, daß ihr ein Denkzettel wohl not täte."

Marcell wollte zum guten reden ...

„Nein, verteidige sie nicht, sie hätte so was verdient. Aber die Götter haben es doch milder mit ihr vor und diktieren ihr statt der ganzen Niederlage, die sich in Leopolds selbstgewolltem Rückzuge aussprechen würde, nur die halbe Niederlage zu, nur die, daß die Mutter nicht will und daß meine gute Jenny, trotz Lyrik und obligater Träne, sich ihrem Jungen gegenüber doch mächtiger erweist als Corinna."

„Vielleicht nur, weil Corinna sich noch rechtzeitig besann und nicht alle Minen springen lassen wollte."

„Vielleicht ist es so. Aber wie es auch liegen mag, Marcell, wir müssen uns nun darüber schlüssig machen, wie du zu dieser ganzen Tragikomödie dich stellen willst, so oder so. Ist dir Corinna, die du vorhin so großmütig verteidigen wolltest, verleidet oder nicht? Findest du, daß sie wirklich eine gefährliche Person ist, voll Oberflächlichkeit und Eitelkeit, oder meinst du, daß alles nicht so schlimm und ernsthaft war, eigentlich nur bloße Marotte, die verziehen werden kann? Darauf kommt es an."

„Ja, lieber Onkel, ich weiß wohl, wie ich dazu stehe. Aber ich bekenne dir offen, ich hörte gern erst deine Meinung. Du hast es immer gut mit mir gemeint und wirst Corinna nicht mehr loben, als sie verdient. Auch schon aus Selbstsucht nicht, weil du sie gern im Hause behieltest. Und ein bißchen Egoist bist du ja wohl. Verzeih, ich meine nur so dann und wann und in einzelnen Stücken ..."

„Sage dreist, in allen. Ich weiß das auch und getröste mich damit, daß es in der Welt öfters vorkommt. Aber das sind Abschweifungen. Von Corinna soll ich sprechen und will auch. Ja, Marcell, was ist da zu sagen? Ich glaube, sie war ganz ernsthaft dabei, hat dir's ja auch damals ganz frank und frei erklärt, und du hast es auch geglaubt, mehr noch als ich. Das war die Sachlage, so stand es vor ein paar Wochen. Aber jetzt, darauf möcht ich mich verwetten, jetzt ist sie gänzlich umgewandelt, und wenn die Treibels ihren Leopold zwischen lauter Juwelen und Goldbarren setzen wollten, ich glaube, sie nähm ihn nicht mehr. Sie hat eigentlich ein gesundes und ehrliches und aufrichtiges Herz, auch einen feinen Ehrenpunkt, und nach einer kurzen Abirrung ist ihr mit einem Male klar geworden, was es eigentlich heißt, wenn man mit zwei Familienporträts und einer väterlichen Bibliothek in eine reiche Familie hineinheiraten will. Sie hat den Fehler gemacht, sich einzubilden, das ginge so, weil man ihrer Eitelkeit beständig Zuckerbrot gab und so tat, als bewerbe man sich um sie. Aber bewerben und bewerben ist ein Unterschied. Gesellschaftlich, das geht eine Weile; nur nicht fürs Leben. In eine Herzogsfamilie kann man allenfalls hineinkommen, in eine Bourgeoisfamilie nicht. Und wenn er, der Bourgeois, es auch wirklich übers Herz brächte – seine Bourgeoise gewiß nicht, am wenigstens wenn sie Jenny Treibel, nee Bürstenbinder, heißt. Rund heraus, Corinnas Stolz ist endlich wachgerufen, laß mich hinzusetzen: Gott sei Dank, und gleichviel nun, ob sie's noch hätte durchsetzen können oder nicht, sie mag es und will es nicht mehr, sie hat es satt. Was vordem halb Berechnung, halb Übermut war, das sieht sie jetzt in einem andern Licht und ist ihr Gesinnungssache geworden. Da hast du meine Weisheit. Und nun laß mich noch einmal fragen, wie gedenkst du dich zu stellen? Hast du Lust und Kraft, ihr die Torheit zu verzeihen?"

„Ja, lieber Onkel, das hab ich. Natürlich, so viel ist richtig, es wäre mir ein gut Teil lieber, die Geschichte hätte nicht gespielt; aber da sie nun einmal gespielt hat, nehm ich mir das Gute daraus. Corinna hat nun wohl für immer mit der Modernität und dem krankhaften Gewichtlegen aufs Äußerliche gebrochen, und hat statt dessen die von ihr verspotteten Lebensformen wieder anerkennen gelernt, in denen sie groß geworden ist."

Der Alte nickte.

„Mancher", fuhr Marcell fort, „würde sich anders dazu stellen, das ist mir völlig klar; die Menschen sind eben verschieden, das sieht man alle Tage. Da hab ich beispielsweise, ganz vor kurzem erst, eine kleine reizende Geschichte von Heyse gelesen, in der ein junger Gelehrter, ja, wenn mir recht ist, sogar ein archäologischer Angekränkelter, also eine Art Spezialkollege von mir, eine junge Baronesse liebt und auch herzlich und aufrichtig wieder geliebt wird; er weiß es nur noch nicht recht, ist ihrer noch nicht ganz sicher. Und in diesem Unsicherheitszustande hört er in der zufälligen Verborgenheit einer Taxushecke, wie die mit einer Freundin im Park lustwandelnde Baronesse ebendieser ihrer Freundin allerhand Confessions macht, von ihrem Glück und ihrer Liebe plaudert und sich's nur leider nicht versagt, ein paar scherzhaft übermütige Bemerkungen über ihre Liebe mit einzuflechten. Und dies hören und sein Ränzel schnüren und sofort das Weite suchen, ist für den Liebhaber und Archäologen eins. Mir ganz unverständlich. Ich, lieber Onkel, hätt es anders gemacht, ich hätte nur die Liebe herausgehört und nicht den Scherz und nicht den Spott, und wäre, statt abzureisen, meiner geliebten Baronesse wahnsinnig glücklich zu Füßen gestürzt, von nichts sprechend als von meinem unendlichen Glück. Da hast du meine Situation, lieber Onkel. Natürlich kann man's auch anders machen: ich bin für mein Teil indessen herzlich froh, daß ich nicht zu den Feierlichen gehöre. Respekt vor dem Ehrenpunkt, gewiß; aber zu viel davon ist vielleicht überall vom Übel, und in der Liebe nun schon ganz gewiß."

„Bravo, Marcell. Hab es übrigens nicht anders erwartet und seh auch darin wieder, daß du meiner leiblichen Schwester Sohn bist. Sieh, das ist das Schmidtsche in dir, daß du so sprechen kannst; keine Kleinigkeit, keine Eitelkeit, immer aufs Rechte, und immer aufs Ganze. Komm her, Junge, gib mir einen Kuß. Einer ist eigentlich zu wenig, denn wenn ich bedenke, daß du mein Neffe und Kollege, und nun bald auch mein Schwiegersohn bist, denn Corinna wird doch wohl nicht nein sagen, dann sind auch zwei Backenküsse kaum noch genug. Und die Genugtuung sollst du haben, Marcell, Corinna muß an dich schreiben und sozusagen beichten und Vergebung der Sünden bei dir anrufen."

„Um Gottes willen, Onkel, mache nur nicht so was. Zunächst wird sie's nicht tun, und wenn sie's tun wollte, so würd ich doch das nicht mit ansehen können. Die Juden, so hat mir Friedeberg erst ganz vor kurzem erzählt, haben ein Gesetz oder einen Spruch, wonach es als ganz besonders strafwürdig gilt, ‚einen Mitmenschen zu beschämen', und ich finde, das ist ein kolossal feines Gesetz und beinah schon christlich. Und wenn man niemanden beschämen soll, nicht einmal seine Feinde, ja, lieber Onkel, wie käm ich dann dazu, meine liebe Cousine Corinna beschämen zu wollen, die vielleicht schon nicht weiß, wo sie vor Verlegenheit hinsehen soll. Denn wenn die Nichtverlegenen mal verlegen werden, dann werden sie's auch ordentlich, und ist einer in solch' peinlicher Lage wie Corinna, da hat man die Pflicht, ihm goldne Brücken zu bau'n. Ich werde schreiben, lieber Onkel."

„Bist ein guter Kerl, Marcell; komm her, noch einen. Aber sei nicht zu gut, das können die Weiber nicht vertragen, nicht einmal die Schmolke."

Sechzehntes Kapitel

Und Marcell schrieb wirklich, und am andern Morgen lagen zwei an Corinna adressierte Briefe auf dem Frühstückstisch, einer in kleinem Format mit einem Landschaftsbildchen in der linken Ecke, Teich und Trauerweide, worin Leopold, zum ach, wie vielsten Male, von seinem „unerschütterlichen Entschlusse" sprach, der andere, ohne malerische Zutat, von Marcell. Dieser lautete:

„Liebe Corinna! Der Papa hat gestern mit mir gesprochen und mich zu meiner innigsten Freude wissen lassen, daß, verzeih, es sind seine eignen Worte, ‚Vernunft wieder an zu sprechen fange'. ‚Und', so setzte er hinzu, ‚die rechte Vernunft käme aus dem Herzen'. Darf ich es glauben? Ist ein Wandel eingetreten, die Bekehrung, auf die ich gehofft? Der Papa wenigstens hat mich dessen versichert. Er war auch der Meinung, daß Du bereit sein würdest, dies gegen mich auszuspredigen, aber ich habe feierlichst dagegen protestiert, denn mir liegt gar nicht daran, Unrechts- oder Schuldgeständnisse zu hören; – das, was ich jetzt weiß, wenn auch noch nicht aus Deinem Munde, genügt mir völlig, macht mich unendlich glücklich und löscht alle Bitterkeit aus meiner Seele. Manch' einer würde mir in diesem Gefühl nicht folgen können, aber ich habe da, wo mein Herz spricht, nicht das Bedürfnis, zu einem Engel zu sprechen, im Gegenteil, mich bedrücken Vollkommenheiten, vielleicht weil ich nicht an sie glaube; Mängel, die ich menschlich begreife, sind mir sympathisch, auch dann noch, wenn ich unter ihnen leide. Was Du mir damals sagtest, als ich Dich an dem Mr. Nelson-Abend von Treibels nach Hause begleitete, das weiß ich freilich noch alles, aber es lebt nur in meinem Ohr, nicht in meinem Herzen. In meinem Herzen steht nur das eine, das immer darin stand, von Anfang an, von Jugend auf.

Ich hoffe Dich heute noch zu sehen. Wie immer

Dein Marcell"

Corinna reichte den Brief ihrem Vater. Der las nun auch und blies dabei doppelte Dampfwolken; als er aber fertig war, stand er auf und gab seinem Liebling einen Kuß auf die Stirn: „Du bist ein Glückskind. Sieh, das ist das, was man das Höhere nennt, das wirklich Ideale, nicht das von meiner Freundin Jenny. Glaube mir, das Klassische, was sie jetzt verspotten, das ist das, was die Seele frei macht, das Kleinliche nicht kennt und das Christliche vorahnt und vergeben und vergessen lehrt, weil wir alle des Ruhmes mangeln. Ja, Corinna, das Klassische, das hat Sprüche wie Bibelsprüche. Mitunter beinah noch etwas drüber. Da haben wir zum Beispiel den Spruch: ‚Werde, der du bist', ein Wort, das nur ein Grieche sprechen konnte. Freilich, dieser Werdeprozeß, der hier gefordert wird, muß sich verlohnen, aber wenn mich meine väterliche Befangenheit nicht täuscht, bei dir verlohnt es sich. Diese Treibelei war ein Irrtum, ein ‚Schritt vom Wege', wie jetzt, wie du wissen wirst, auch ein Lustspiel heißt, noch dazu von einem Kammergerichtsrat. Das Kammergericht, Gott sei Dank, war immer literarisch. Das Literarische macht frei … Jetzt hast du das Richtige wiedergefunden und dich selbst dazu … Werde, der du bist, sagte der große Pindar, und deshalb muß auch Marcell, um der zu werden, der er ist, in die Welt hinaus, an die großen Stätten, und besonders an die ganz alten. Die ganz alten, das ist immer wie das heilige Grab; dahin gehen die Kreuzzüge der Wissenschaft, und seid ihr erst von Mykenä wieder zurück – ich sage ‚ihr' denn du wirst ihn begleiten, die Schliemann ist auch immer dabei –, so müßte keine Gerechtigkeit sein, wenn ihr nicht übers Jahr Privatdozent wärt oder Extraordinarius."

Corinna dankte ihm, daß er sie gleich mit ernenne, vorläufig indes sei sie mehr für Haus- und Kinderstube. Dann verabschiedete sie sich und ging in die Küche, setzte sich auf einen Schemel und ließ die Schmolke den Brief lesen. „Nun, was sagen Sie, liebe Schmolke?"

„Ja, Corinna, was soll ich sagen? Ich sage bloß, was Schmolke immer sagte: Manchen gibt es der liebe Gott im Schlaf. Du hast ganz unverantwortlich un beinahe schauderöse gehandelt un kriegst ihn nu doch. Du bist ein Glückskind."

„Das hat mir Papa auch gesagt."

„Na, denn muß es wahr sein, Corinna. Denn was ein Professor sagt, is immer wahr. Aber nu keine Flausen mehr und keine Witzchen, davon haben wir nu genug gehabt mit dem armen Leopold, der mir doch eigentlich leid tun kann, denn er hat sich ja nich selber gemacht, un der Mensch is am Ende wie er is. Nein, Corinna, nun wollen wir ernsthaft werden. Und wenn meinst du denn, daß es los geht oder in die Zeitung kommt? Morgen?"

„Nein liebe Schmolke, so schnell geht es nicht. Ich muß ihn doch erst sehn, und ihm einen Kuß geben ..."

„Versteht sich, versteht sich. Eher geht es nich ..."

„Und dann muß ich doch auch dem armen Leopold erst abschreiben. Er hat mir ja erst heute wieder versichert, daß er für mich leben und sterben will ..."

„Ach Jott, der arme Mensch."

„Am Ende ist er auch ganz froh ..."

„Möglich is es."

Noch am selben Abend, wie sein Brief es angezeigt, kam Marcell und begrüßte zunächst den in seine Zeitungslektüre vertieften Onkel, der ihm denn auch – vielleicht weil er die Verlobungsfrage für erledigt hielt – etwas zerstreut und das Zeitungsblatt in der Hand mit den Worten entgegentrat: „Und nun sage, Marcell, was sagst du dazu? Summus Episcopus ... Der Kaiser, unser alter Wilhelm, entkleidet sich davon, und will es nicht mehr, und Kegel wird es. Oder vielleicht Stecker ..."

„Ach, lieber Onkel, erstlich glaub ich es nicht. Und dann, ich werde ja doch schwerlich im Dom getraut werden …"

„Hast recht. Ich habe den Fehler aller Nicht-Politiker, über einer Sensationsnachricht, die natürlich hinterher immer falsch ist, alles Wichtigere zu vergessen. Corinna sitzt drüben in ihrem Zimmer und wartet auf dich, und ich denke mir, es wird wohl das beste sein, ihr macht es untereinander ab; ich bin auch mit der Zeitung noch nicht ganz fertig, und ein dritter geniert bloß, auch wenn es der Vater ist."

Corinna als Marcell eintrat, kam ihm herzlich und freundlich entgegen, etwas verlegen, aber doch zugleich sichtlich gewillt, die Sache nach ihrer Art zu behandeln, also so wenig tragisch wie möglich. Von drüben her fiel der Abendschein ins Fenster, und als sie sich gesetzt hatten, nahm sie seine Hand und sagte: „Du bist so gut, und ich hoffe, daß ich dessen immer eingedenk sein werde. Was ich wollte, war nur Torheit."

„Wolltest du's denn wirklich?"

Sie nickte.

„Und liebtest ihn ganz ernsthaft?"

„Nein. Aber ich wollte ihn ganz ernsthaft heiraten. Und mehr noch, Marcell, ich glaube auch nicht, daß ich sehr unglücklich geworden wäre, das liegt nicht in mir, freilich auch wohl nicht sehr glücklich. Aber wer ist glücklich? Kennst du wen? Ich nicht. Ich hätte Malstunden genommen und vielleicht auch Reitunterricht, und hätte mich an der Riviera mit ein paar englischen Familien angefreundet, natürlich solchen mit einer Pleasure-Jacht, und wäre mit ihnen nach Korsika oder nach Sizilien gefahren, immer der Blutrache nach. Denn ein Bedürfnis nach Aufregung würde ich doch wohl zeitlebens gehabt haben; Leopold ist etwas schläfrig. Ja, so hätt ich gelebt."

„Du bleibst immer dieselbe und malst dich schlimmer, als du bist."

„Kaum; aber freilich auch nicht besser. Und deshalb glaubst du mir wohl auch, wenn ich dir jetzt versichre, daß ich froh bin, aus dem allen heraus zu sein. Ich habe von früh an den Sinn für Äußerlichkeiten gehabt und hab ihn vielleicht noch, aber seine Befriedigung kann doch zu teuer erkauft werden, das hab ich jetzt einsehen gelernt."

Marcell wollte noch einmal unterbrechen, aber sie litt es nicht.

„Nein, Marcell, ich muß noch ein paar Worte sagen. Sieh, das mit dem Leopold, das wäre vielleicht gegangen, warum am Ende nicht? Einen schwachen, guten, unbedeutenden Menschen zur Seite zu haben, kann sogar angenehm sein, kann einen Vorzug bedeuten. Aber diese Mama, diese furchtbare Frau! Gewiß, Besitz und Geld haben einen Zauber; wär es nicht so, so wäre mir meine Verirrung erspart geblieben; aber wenn Geld alles ist und Herz und Sinn verengt und zum Überfluß Hand in Hand geht mit Sentimentalität und Tränen – dann empört sich's hier, und das hinzunehmen, wäre mir hart angekommen, wenn ich's auch vielleicht ertragen hätte. Denn ich gehe davon aus, der Mensch in einem guten Bett und in guter Pflege kann eigentlich viel ertragen."

*

Den zweiten Tag danach stand es in den Zeitungen, und zugleich mit den öffentlichen Anzeigen trafen Karten ein. Auch bei Kommerzienrats. Treibel, der, nach vorgängigem Einblick in das Kuvert, ein starkes Gefühl von der Wichtigkeit dieser Nachricht und ihrem Einfluß auf die Wiederherstellung häuslichen Friedens und passabler Laune hatte, säumte nicht, in das Damenzimmer hinüberzugehen, wo Jenny mit Hildegard frühstückte. Schon beim Eintreten hielt er den Brief in die Höhe und sagte:

„Was kriege ich, wenn ich euch den Inhalt dieses Briefes mitteile?"

„Fordere", sagte Jenny, in der vielleicht eine Hoffnung dämmerte.

„Einen Kuß."

„Keine Albernheiten, Treibel."

„Nun, wenn es von dir nicht sein kann, dann wenigstens von Hildegard."

„Zugestanden", sagte diese. „Aber nun lies."

Und Treibel las: „Die am heutigen Tage stattgehabte Verlobung meiner Tochter ..." ja, meine Dame welcher Tochter? Es gibt viele Töchter. Noch einmal also, ratet. Ich verdoppele den von mir gestellten Preis ... also „meiner Tochter Corinna mit dem Dr. Marcell Wedderkopp, Oberlehrer und Leutnant der Reserve im brandenburgischen Füsilierregiment Nr. 35, habe ich die Ehre, hiermit ganz ergebenst anzuzeigen. Dr. Wilibald Schmidt, Professor und Oberlehrer am Gymnasium zum Heiligen Geist."

Jenny, durch Hildegards Gegenwart behindert, begnügte sich,

ihrem Gatten einen triumphierenden Blick zuzuwerfen. Hildegard selbst aber, die sofort wieder auf Suche nach einem Formfehler war, sagte nur: „Ist das alles? Soviel ich weiß, pflegt es Sache der Verlobten zu sein, auch ihrerseits noch ein Wort zu sagen. Aber die Schmidt-Wedderkopps haben am Ende darauf verzichtet."

„Doch nicht, teure Hildegard. Auf dem zweiten Blatt, das ich unterschlagen habe, haben auch die Brautleute gesprochen. Ich überlasse dir das Schriftstück als Andenken an deinen Berliner Auferithalt und als Beweis für den allmählichen Fortschritt hiesiger Kulturformen. Natürlich stehen wir noch eine gute Strecke zurück, aber es macht sich allmählich. Und nun bitt ich um meinen Kuß."

Hildegard gab ihm zwei, und so stürmisch, daß ihre Bedeutung klar war. Dieser Tag bedeutete zwei Verlobungen.

*

Der letzte Sonnabend im Juli war als Mercells und Corinnas Hochzeitstag angesetzt worden; „nur keine langen Verlobungen", betonte Wilibald Schmidt, und die Brautleute hatten begreiflicherweise gegen ein beschleunigtes Verfahren nichts einzuwenden. Einzig und allein die Schmolke, die's mit der Verlobung so eilig gehabt hatte, wollte von solcher Beschleunigung nicht viel wissen und meinte, bis dahin sei ja bloß noch drei Wochen, also nur gerade noch Zeit genug, „um dreimal von der Kanzel zu fallen" und das ginge nicht, das sei zu kurz, darüber redeten die Leute; schließlich aber gab sie sich zufrieden oder tröstete sich wenigstens mit dem Satze: geredet wird doch.

Am siebenundzwanzigsten war kleiner Polterabend in der Schmidtschen Wohnung, den Tag darauf Hochzeit im „Englischen Hause". Prediger Thomas traute. Drei Uhr fuhren die Wagen vor der Nikolaikirche vor, sechs Brautjungfern, unter denen die beiden Kuhschen Kälber und die zwei Felgentreus waren. Letztere, wie schon hier verraten werden mag, verlobten sich in einer Tanzpause mit den zwei Referendaren vom Quartett, denselben jungen Herren, die die Halenseepartie mitgemacht hatten. Der natürlich auch geladene Jodler wurde von den Kuhs heftig in Angriff genommen, widerstand aber, weil er, als Eckhaussohn, an solche Sturmangriffe gewöhnt war. Die Kuhschen Töchter selbst fanden sich ziemlich leicht in diesen Echec – „er war der erste nicht, er wird der letzte nicht sein", sagte Schmidt – und nur die Mutter zeigte bis zuletzt eine starke Verstimmung.

Sonst war es eine durchaus heitere Hochzeit, was zum Teil damit zusammenhing, daß man von Anfang an alles auf die leichte Schulter genommen hatte. Man wollte vergeben und vergessen, hüben und drüben, und so kam es denn auch, daß, um die Hauptsache vorweg zu nehmen, alle Treibels nicht nur geladen, sondern mit alleiniger Ausnahme von Leopold, der an demselben Nachmittage nach dem Eierhäuschen ritt, auch vollständig erschienen waren. Allerdings hatte die Kommerzienrätin anfänglich stark geschwankt, ja, sogar von Taktlosigkeit und Affront gesprochen, aber ihr zweiter Gedanke war doch der gewesen, den ganzen Vorfall als eine Kinderei zu nehmen und dadurch das schon hier und da laut gewordene Gerede der Menschen auf die leichteste Weise tot zu machen. Bei diesem zweiten Gedanken blieb es denn auch; die Rätin, freundlich-lächelnd wie immer, trat in pontificalibus auf und bildete ganz unbestritten das Glanz- und Repräsentationsstück der Hochzeitstafel. Selbst die Honig und die Wulsten waren auf Corinnas dringenden Wunsch eingeladen worden; erstere kam auch, die Wulsten dagegen entschuldigte sich brieflich, „weil sie Lizzi, das süße Kind, doch nicht allein lassen könne." Dicht unter der Stelle „das süße Kind" war ein Fleck, und Marcell sagte zu Corinna: „Eine Träne, und ich glaube, eine echte." Von den Professoren waren, außer den schon genannten Kuhs, nur Distelkamp und Rindfleisch zugegen, da sich die mit jüngerem Nachwuchs Gesegneten sämtlich in Kösen, Ahlbeck und Stolpemünde befanden. Trotz dieser Personaleinbuße war an Toasten kein Mangel; der Distelkampsche war der beste, der Felgentreusche der logisch ungeheuerlichste, weshalb ihm ein hervorragender, vom Ausbringer allerdings unbeabsichtigter Lacherfolg zuteil wurde.

Mit dem Herumreichen des Konfekts war begonnen, und Schmidt ging eben von Platz zu Platz, um den älteren und auch einigen jüngeren Damen allerlei Liebenswürdiges zu sagen, als der schon vielfach erschienene Telegraphenbote noch einmal in den Saal und gleich danach an den alten Schmidt herantrat. Dieser, von dem Verlangen erfüllt, den Überbringer so vieler Herzenswünsche schließlich wie den Goetheschen Sänger königlich zu belohnen, füllte ein neben ihm stehendes Becherglas mit Champagner und kredenzte es dem Boten, der es, unter vorgängiger Verbeugung gegen das Brautpaar, mit einem gewissen avec leerte. Großer Beifall. Dann öffnete Schmidt das Telegramm, überflog es und sagte: „Vom stammverwandten Volk der Briten."

„Lesen, lesen."

„... To Dr. Marcell Wedderkopp."

„Lauter."

„England expects that every man will do his duty ... Unterzeichnet John Nelson."

Im Kreise der sächlich und sprachlich Eingeweihten brach ein Jubel aus, und Treibel sagte zu Schmidt: „Ich denke mir, Marcell ist Bürge dafür."

Corinna selbst war ungemein erfreut und erheitert über das Telegramm, aber es gebrach ihr bereits an Zeit, ihrer glücklichen Stimmung Ausdruck zu geben, denn es war acht Uhr, und um neuneinhalb Uhr ging der Zug, der sie zunächst bis München und von da nach Verona oder, wie Schmidt mit Vorliebe sich ausdrückte, „bis an das Grab der Julia" führen sollte. Schmidt nannte das übrigens alles nur Kleinkram und „Vorschmack", sprach überhaupt ziemlich hochmütig und orakelte, zum Ärger Kuhs, von Messenien und dem Taygetos, darin sich gewiß noch ein paar Grabkammern finden würden, wenn nicht von Aristomenes selbst, so doch von seinem Vater. Und als er endlich schwieg und Distelkamp ein vergnügtes Lächeln über seinen mal wieder sein Steckenpferd tummelnden, Freund Schmidt zeigte, nahm man wahr, daß Marcell und Corinna den Saal inzwischen verlassen hatten.

Die Gäste blieben noch. Aber gegen zehn Uhr hatten sich die Reihen doch stark gelichtet; Jenny, die Honig, Helene waren aufgebrochen, und mit Helene natürlich auch Otto, trotzdem er gern noch eine Stunde zugegeben hätte. Nur der alte Kommerzienrat hatte sich emanzipiert und saß neben seinem Bruder Schmidt, eine Anekdote nach der andern aus dem „Schatzkästlein deutscher Nation" hervorholend, lauter blutrote Karfunkelsteine, von deren „reinem Glanze" zu sprechen Vermessenheit gewesen wäre. Treibel, trotzdem Goldammer fehlte, sah sich dabei von verschiedenen Seiten her unterstützt, am ausgiebigsten von Adolar Krola, dem denn auch Fachmänner wahrscheinlich den Preis zuerkannt haben würden.

Längst brannten die Lichter, Zigarrenwölkchen kräuselten sich in großen und kleinen Ringen, und junge Paare zogen sich mehr und mehr in ein paar Saalecken zurück, in denen ziemlich unmotiviert vier, fünf Lorbeerbäume zusammenstanden und eine gegen Profanblicke schützende Hecke bildeten. Hier wurden auch die Kuhschen gesehen, die noch einmal, vielleicht auf Rat der Mutter, einen energischen Vorstoß auf den Jodler unternahmen, aber auch diesmal umsonst. Zu gleicher Zeit klimperte man bereits auf dem Flügel, und es war sichtlich der Zeitpunkt nahe, wo die Jugend ihr gutes Recht beim Tanze behaupten würde.

Diesen gefahrdrohenden Moment ergriff der schon vielfach mit „du" und „Bruder" operierende Schmidt mit einer gewissen Feldherrngeschicklichkeit und sagte, während er Krola eine neue Zigarrenkiste zuschob: „Hören Sie, Sänger und Bruder, carpe diem. Wir Lateiner legen den Akzent auf die letzte Silbe. Nutze den Tag. Über ein kleines, und irgend ein Klavierpauker wird die Gesamtsituation beherrschen und uns unsere Überflüssigkeit fühlen lassen. Also noch einmal, was du tun willst, tue bald. Der Augenblick ist da; Krola, du mußt mir einen Gefallen tun und Jennys Lied singen. Du hast es hundertmal begleitet und wirst es wohl auch singen können. Ich glaube, Wagnerische Schwierigkeiten sind nicht drin. Und unser Treibel wird es nicht übel nehmen, daß wir das Herzenslied seiner Eheliebsten in gewissem Sinne profanieren. Denn jedes Schaustellen eines Heiligsten ist das, was ich Profanierung nenne. Hab ich recht, Treibel, oder täusch ich mich in dir? Ich kann mich in dir nicht täuschen. In einem Manne wie du kann man sich nicht täuschen, du hast ein klares und offnes Gesicht. Und nun komm, Krola. „Mehr Licht" – das war damals ein großes Wort unseres Olympiers; aber wir bedürfen seiner nicht mehr, wenigstens hier nicht, hier sind Lichter die Hülle und Fülle. Komm. Ich möchte diesen Tag als ein Ehrenmann beschließen und in Freundschaft mit aller Welt und nicht zum wenigsten mit dir, mit Adolar Krola."

Dieser, der an hundert Tafeln wetterfest geworden und im Vergleich zu Schmidt noch ganz leidlich imstande war, schritt, ohne langes Sträuben, auf den Flügel zu, während ihm Schmidt und Treibel Arm in Arm folgten, und ehe der Rest der Gesellschaft noch eine Ahnung haben konnte, daß der Vortrag eines Liedes geplant war, legte Krola die Zigarre beiseite und hob an:

Glück, von allen deinen Losen
Eines nur erwähl' ich mir.
Was soll Gold? Ich liebe Rosen
Und der Blumen schlichte Zier.

Und ich höre Waldesrauschen,
Und ich seh' ein flatternd Band –
Aug' in Auge Blicke tauschen,
Und ein Kuß auf deine Hand.

Geben, nehmen, nehmen, geben,
Und dein Haar umspielt der Wind.
Ach, nur das, nur das ist Leben,
Wo sich Herz zum Herzen find't.

Alles war heller Jubel, denn Krolas Stimme war immer noch voll Kraft und Klang, wenigstens verglichen mit dem, was man sonst in diesem Kreise hörte. Schmidt weinte vor sich hin. Aber mit einem Male war er wieder da. „Bruder", sagte er, „das hat mir wohlgetan. Bravissimo. Treibel, unsere Jenny hat doch recht. Es ist was damit, es ist was drin; ich weiß nicht genau was, aber das ist es eben – es ist ein wirkliches Lied. Alle echte Lyrik hat was Geheimnisvolles. Ich hätte doch am Ende dabei bleiben sollen …"

Treibel und Krola sahen sich an und nickten dann zustimmend.

„… Und die arme Corinna! Jetzt ist sie bei Trebbin, erste Etappe zu Julias Grab … Julia Capulet, wie das klingt. Es soll übrigens eine ägyptische Sargkiste sein, was eigentlich noch interessanter ist … Und dann alles in allem, ich weiß nicht, ob es recht ist, die Nacht so durchzufahren; früher war das nicht Brauch, früher war man natürlicher, ich möchte sagen sittlicher. Schade, daß meine Freundin Jenny fort ist, die sollte darüber entscheiden. Für mich persönlich steht es fest, Natur ist Sittlichkeit und überhaupt die Hauptsache. Geld ist Unsinn, Wissenschaft ist Unsinn, alles ist Unsinn. Professor auch. Wer es bestreitet, ist ein pecus. Nicht wahr, Kuh … Kommen Sie, meine Herren, komm, Krola … Wir wollen nach Hause gehen."

Effi Briest

Erstes Kapitel

In Front des schon seit Kurfürst Georg Wilhelm von der Familie von Briest bewohnten Herrenhauses zu Hohen-Cremmen fiel heller Sonnenschein auf die mittagsstille Dorfstraße, während nach der Park- und Gartenseite hin ein rechtwinklig angebauter Seitenflügel einen breiten Schatten erst auf einen weiß und grün quadrierten Fliesengang und dann über diesen hinaus auf ein großes in seiner Mitte mit einer Sonnenuhr und an seinem Rande mit Canna indica und Rhabarberstauden besetztes Rondell warf. Einige zwanzig Schritte weiter, in Richtung und Lage genau dem Seitenflügel entsprechend, lief eine, ganz in kleinblättrigem Efeu stehende, nur an einer Stelle von einer kleinen, weiß gestrichenen Eisentür unterbrochene Kirchhofsmauer, hinter der der Hohen-Cremmener Schindelturm mit seinem blitzenden, weil neuerdings erst wieder vergoldeten, Wetterhahn aufragte. Fronthaus, Seitenflügel und Kirchhofsmauer bildeten ein einen kleinen Ziergarten umschließendes Hufeisen, an dessen offener Seite man eines Teiches mit Wassersteg und angeketteltem Boot und dicht daneben einer Schaukel gewahr wurde, deren horizontal gelegtes Brett zu Häupten und Füßen an je zwei Stricken hing – die Pfosten der Balkenlage schon etwas schief stehend. Zwischen Teich und Rondell aber und die Schaukel halb versteckend standen ein paar mächtige alte Platanen.

Auch die Front des Herrenhauses – eine mit Aloekübeln und ein paar Gartenstühlen besetzte Rampe – gewährte bei bewölktem Himmel einen angenehmen und zugleich allerlei Zerstreuung bietenden Aufenthalt; an Tagen aber, wo die Sonne niederbrannte, wurde die Gartenseite ganz entschieden bevorzugt, besonders von Frau und Tochter des Hauses, die denn auch heute wieder auf dem im vollen Schatten liegenden Fliesengange saßen, in ihrem Rücken ein paar offene, von wildem Wein umrankte Fenster, neben sich eine vorspringende kleine Treppe, deren vier Steinstufen vom Garten aus in das Hochparterre des Seitenflügels hinaufführten.

Beide, Mutter und Tochter, waren fleißig bei der Arbeit, die der Herstellung eines aus Einzelquadraten zusammenzusetzenden Altarteppichs galt; ungezählte Wollsträhnen und Seidendocken lagen auf einem großen, runden Tisch bunt durcheinander, dazwischen, noch vom Lunch her, ein paar Dessertteller und eine mit großen, schönen Stachelbeeren gefüllte Majolikaschale. Rasch und sicher ging die Wollnadel der Damen hin und her, aber während die Mutter kein Auge von der Arbeit ließ, legte die Tochter, die den Rufnamen Effi führte, von Zeit zu Zeit die Nadel nieder und erhob sich, um unter allerlei kunstgerechten Beugungen und Streckungen den ganzen Kursus der Heil- und Zimmergymnastik durchzumachen. Es war ersichtlich, daß sie sich diesen absichtlich ein wenig ins Komische gezogenen Übungen mit ganz besonderer Liebe hingab, und wenn sie dann so dastand und, langsam die Arme hebend, die Handflächen hoch über dem Kopf zusammenlegte, so sah auch wohl die Mama von ihrer Handarbeit auf, aber immer nur flüchtig und verstohlen, weil sie nicht zeigen wollte, wie entzückend sie ihr eigenes Kind finde, zu welcher Regung mütterlichen Stolzes sie vollberechtigt war. Effi trug ein blau und weiß gestreiftes, halb kittelartiges Leinwandkleid, dem erst ein fest zusammengezogener, bronzefarbener Ledergürtel die Taille gab; der Hals war frei, und über Schulter und Nacken fiel ein breiter Matrosenkragen. In allem, was sie tat, paarte sich Übermut und Grazie, während ihre lachenden braunen Augen eine große, natürliche Klugheit und viel Lebenslust und Herzensgüte verrieten. Man nannte sie die „Kleine", was sie sich nur gefallen lassen mußte, weil die schöne, schlanke Mama noch um eine Handbreit höher war.

Eben hatte sich Effi wieder erhoben, um abwechselnd nach links und rechts ihre turnerischen Drehungen zu machen, als die von ihrer Stickerei gerade wieder aufblickende Mama ihr zurief:

„Effi, eigentlich hättest du doch wohl Kunstreiterin werden müssen. Immer am Trapez, immer Tochter der Luft. Ich glaube beinah, daß du so was möchtest."

„Vielleicht, Mama. Aber wenn es so wäre, wer wäre schuld? Von wem hab ich es? Doch nur von dir. Oder meinst du, von Papa? Da mußt du nun selber lachen. Und dann, warum steckst du mich in diesen Hänger, in diesen Jungenskittel? Mitunter denk ich, ich komme noch wieder in kurze Kleider. Und wenn ich die erst wieder habe, dann knix ich auch wieder wie ein Backfisch, und wenn dann die Rathenower herüberkommen, setze ich mich auf Oberst Goetzes Schoß und reite hopp, hopp. Warum auch nicht? Drei Viertel ist er Onkel und nur ein Viertel Courmacher. Du bist schuld. Warum kriege ich keine Staatskleider? Warum machst du keine Dame aus mir?"

„Möchtest du's?"

„Nein." Und dabei lief sie auf die Mama zu und umarmte sie stürmisch und küßte sie.

„Nicht so wild, Effi, nicht so leidenschaftlich. Ich beunruhige mich immer, wenn ich dich so sehe ..." Und die Mama schien ernstlich willens, in Äußerung ihrer Sorgen und Ängste fortzufahren. Aber sie kam nicht weit damit, weil in eben diesem Augenblicke drei junge Mädchen aus der kleinen, in der Kirchhofsmauer angebrachten Eisentür in den Garten eintraten und einen Kiesweg entlang auf das Rondell und die Sonnenuhr zuschritten. Alle drei grüßten mit ihren Sonnenschirmen zu Effi herüber und eilten dann auf Frau von Briest zu, um dieser die Hand zu küssen. Diese tat rasch ein paar Fragen und lud dann die Mädchen ein, ihnen oder doch wenigstens Effi auf eine halbe Stunde Gesellschaft zu leisten. „Ich habe ohnehin noch zu tun, und junges Volk ist am liebsten unter sich. Gehabt euch wohl." Und dabei stieg sie die vom Garten in den Seitenflügel führende Steintreppe hinauf.

Und da war nun die Jugend wirklich allein.

Zwei der jungen Mädchen – kleine, rundliche Persönchen, zu deren krausem, rotblondem Haar ihre Sommersprossen und ihre gute Laune ganz vorzüglich paßten – waren Töchter des auf Hansa, Skandinavien und Fritz Reuter eingeschworenen Kantors Jahnke, der denn auch, unter Anlehnung an seinen mecklenburgischen Landsmann und Lieblingsdichter und nach dem Vorbilde von Mining und Lining, seinen eigenen Zwillingen die Namen Bertha und Hertha gegeben hatte. Die dritte junge Dame war Hulda Niemeyer, Pastor Niemeyers einziges Kind; sie war damenhafter als die beiden anderen, dafür aber langweilig und eingebildet, eine lymphatische Blondine, mit etwas vorspringenden, blöden Augen, die trotzdem beständig nach was zu suchen schienen, weshalb denn auch Klitzing von den Husaren gesagt hatte: „Sieht sie nicht aus, als erwarte sie jeden Augenblick den Engel Gabriel?" Effi fand, daß der etwas kritische Klitzing nur zu sehr recht habe, vermied es aber trotzdem, einen Unterschied zwischen den drei Freundinnen zu machen. Am wenigsten war ihr in diesem Augenblicke danach zu Sinn, und während sie die Arme auf den Tisch stemmte, sagte sie: „Diese langweilige Stickerei. Gott sei Dank, daß ihr da seid."

„Aber deine Mama haben wir vertrieben", sagte Hulda.

„Nicht doch. Wie sie euch schon sagte, sie wäre doch gegangen; sie erwartet nämlich Besuch, einen alten Freund aus ihren Mädchentagen her, von dem ich euch nachher erzählen muß, eine Liebesgeschichte mit Held und Heldin, und zuletzt mit Entsagung. Ihr werdet Augen machen und euch wundern. Übrigens habe ich Mamas alten Freund schon drüben in Schwantikow gesehen; er ist Landrat, gute Figur und sehr männlich."

„Das ist die Hauptsache", sagte Hertha.

„Freilich ist das die Hauptsache, ‚Weiber weiblich, Männer männlich' – das ist, wie ihr wißt, einer von Papas Lieblingssätzen. Und nun helft mir erst Ordnung schaffen auf dem Tisch hier, sonst gibt es wieder eine Strafpredigt."

Im Nu waren die Docken in den Korb gepackt, und als alle wieder saßen, sagte Hulda: „Nun aber Effi, nun ist es Zeit, nun die Liebesgeschichte mit Entsagung. Oder ist es nicht so schlimm?"

„Eine Geschichte mit Entsagung ist nie schlimm. Aber ehe Hertha nicht von den Stachelbeeren genommen, eh' kann ich nicht anfangen – sie läßt ja kein Auge davon. Übrigens nimm so viel du willst, wir können ja hinterher neue pflücken; nur wirf die Schalen weit weg oder noch besser, lege sie hier auf die Zeitungsbeilage, wir machen dann eine Tüte daraus und schaffen alles beiseite. Mama kann es nicht leiden, wenn die Schlusen so überall umherliegen, und sagt immer, man könne dabei ausgleiten und ein Bein brechen."

„Glaub ich nicht", sagte Hertha, während sie den Stachelbeeren fleißig zusprach.

„Ich auch nicht", bestätigte Effi. „Denkt doch mal nach, ich falle jeden Tag wenigstens zwei-, dreimal, und noch ist mir nichts gebrochen. Was ein richtiges Bein ist, das bricht nicht so leicht, meines gewiß nicht und deines auch nicht, Hertha. Was meinst du, Hulda?"

„Man soll sein Schicksal nicht versuchen; Hochmut kommt vor

dem Fall.“

„Immer Gouvernante; du bist doch die geborne alte Jungfer.“

„Und hoffe mich doch noch zu verheiraten. Und vielleicht eher als du.“

„Meinetwegen. Denkst du, daß ich darauf warte? Das fehlte noch. Übrigens, ich kriege schon einen, und vielleicht bald. Da ist mir nicht bange. Neulich erst hat mir der kleine Ventivegni von drüben gesagt: ‚Fräulein Effi, was gilt die Wette, wir sind hier noch in diesem Jahre zu Polterabend und Hochzeit.‘“

„Und was sagtest du da?“

„Wohl möglich, sagt ich, wohl möglich; Hulda ist die älteste und kann sich jeden Tag verheiraten. Aber er wollte davon nichts wissen und sagte: ‚Nein, bei einer anderen jungen Dame, die gerade so brünett ist, wie Fräulein Hulda blond ist.‘ Und dabei sah er mich ganz ernsthaft an ... Aber ich komme vom Hundertsten aufs Tausendste und vergesse die Geschichte.“

„Ja, du brichst immer wieder ab; am Ende willst du nicht.“

„Oh, ich will schon, aber freilich, ich breche immer wieder ab, weil es alles ein bißchen sonderbar ist, ja, beinah romantisch.“

„Aber du sagtest doch, er sei Landrat.“

„Allerdings, Landrat. Und er heißt Geert von Innstetten, Baron von Innstetten.“

Alle drei lachten.

„Warum lacht ihr?“ sagte Effi pikiert. „Was soll das heißen?“

„Ach, Effi, wir wollen dich ja nicht beleidigen, und auch den Baron nicht. Innstetten sagtest du? Und Geert? So heißt doch hier kein Mensch. Freilich, die adeligen Namen haben oft so was Komisches.“

„Ja, meine Liebe, das haben sie. Dafür sind es eben Adelige. Die dürfen sich das gönnen, und je weiter zurück, ich meine der Zeit nach, desto mehr dürfen sie sich's gönnen. Aber davon versteht ihr nichts, was ihr mir nicht übel nehmen dürft. Wir bleiben doch gute Freunde. Geert von Innstetten also und Baron. Er ist gerade so alt wie Mama, auf den Tag.“

„Und wie alt ist denn eigentlich deine Mama?“

„Achtunddreißig.“

„Ein schönes Alter.“

„Ist es auch, namentlich wenn man noch so aussieht wie die

Mama. Sie ist doch eigentlich eine schöne Frau, findet ihr nicht auch? Und wie sie alles so weg hat, immer so sicher und dabei so fein und nie unpassend wie Papa. Wenn ich ein junger Leutnant wäre, so würd ich mich in die Mama verlieben."

„Aber Effi, wie kannst du nur so was sagen", sagte Hulda. „Das ist ja gegen das vierte Gebot."

„Unsinn. Wie kann das gegen das vierte Gebot sein? Ich glaube, Mama würde sich freuen, wenn sie wüßte, daß ich so was gesagt habe."

„Kann schon sein", unterbrach hierauf Hertha. „Aber nun endlich die Geschichte."

„Nun, gib dich zufrieden, ich fange schon an ... Also Baron Innstetten! Als er noch keine Zwanzig war, stand er drüben bei den Rathenowern und verkehrte viel auf den Gütern hier herum, und am liebsten war er in Schwantikow drüben bei meinem Großvater Belling. Natürlich war es nicht des Großvaters wegen, daß er so oft drüben war, und wenn die Mama davon erzählt, so kann jeder leicht sehen, um wen es eigentlich war. Und ich glaube, es war auch gegenseitig."

„Und wie kam es nachher?"

„Nun, es kam, wie's kommen mußte, wie's immer kommt. Er war ja noch viel zu jung, und als mein Papa sich einfand, der schon Ritterschaftsrat war und Hohen-Cremmen hatte, da war kein langes Besinnen mehr, und sie nahm ihn und wurde Frau von Briest ... Und das andere, was sonst noch kam, nun, das wißt ihr ... das andere bin ich."

„Ja, das andere bist du, Effi", sagte Bertha. „Gott sei Dank; wir hätten dich nicht, wenn es anders gekommen wäre. Und nun sage, was tat Innstetten, was wurde aus ihm? Das Leben hat er sich nicht genommen, sonst könntet ihr ihn heute nicht erwarten."

„Nein, das Leben hat er sich nicht genommen. Aber ein bißchen war es doch so was."

„Hat er einen Versuch gemacht?"

„Auch das nicht. Aber er mochte doch nicht länger hier in der Nähe bleiben, und das ganze Soldatenleben überhaupt muß ihm damals wie verleidet gewesen sein. Es war ja auch Friedenszeit. Kurz und gut, er nahm den Abschied und fing an, Juristerei zu studieren, wie Papa sagt, mit einem ‚wahren Biereifer'; nur als der siebziger Krieg kam, trat er wieder ein, aber bei den Perlebergern statt bei seinem alten Regiment, und hat auch das Kreuz. Natürlich, denn er ist sehr schneidig. Und gleich nach dem Kriege saß er wieder bei seinen Akten, und es heißt, Bismarck halte große Stücke von ihm und auch der Kaiser, und so kam es denn, daß er Landrat wurde, Landrat im Kessiner Kreise."

„Was ist Kessin? Ich kenne hier kein Kessin."

„Nein, hier in unserer Gegend liegt es nicht; es liegt eine hübsche Strecke von hier fort in Pommern, in Hinterpommern sogar, was aber nichts sagen will, weil es ein Badeort ist – alles da herum ist Badeort –, und die Ferienreise, die Baron Innstetten jetzt macht, ist eigentlich eine Vetternreise, oder doch etwas Ähnliches. Er will hier alte Freundschaft und Verwandtschaft wiedersehn."

„Hat er denn hier Verwandte?"

„Ja und nein, wie man's nehmen will. Innstettens gibt es hier nicht, gibt es, glaub ich, überhaupt nicht mehr. Aber er hat hier entfernte Vettern von der Mutter Seite her, und vor allem hat er wohl Schwantikow und das Bellingsche Haus wiedersehen wollen, an das ihn so viel Erinnerungen knüpfen. Da war er denn vorgestern drüben, und heute will er hier in Hohen-Cremmen sein."

„Und was sagt dein Vater dazu?"

„Gar nichts. Der ist nicht so. Und dann kennt er ja doch die Mama. Er neckt sie bloß."

In diesem Augenblick schlug es Mittag, und ehe es noch ausgeschlagen, erschien Wilke, das alte Briestsche Haus- und Familienfaktotum, um an Fräulein Effi zu bestellen: „Die gnädige Frau ließe bitten, daß das gnädige Fräulein zu rechter Zeit auch Toilette mache; gleich nach eins würde der Herr Baron wohl vorfahren." Und während Wilke dies noch vermeldete, begann er auch schon auf dem Arbeitstisch der Damen abzuräumen und griff dabei zunächst nach dem Zeitungsblatt, auf dem die Stachelbeerschalen lagen.

„Nein, Wilke, nicht so; das mit den Schlusen, das ist unsere Sache … Hertha, du mußt nun die Tüte machen und einen Stein hinein tun, daß alles besser versinken kann. Und dann wollen wir in einem langen Trauerzug aufbrechen und die Tüte auf offener See begraben."

Wilke schmunzelte. „Is doch ein Daus, unser Fräulein", so etwa gingen seine Gedanken. Effi aber, während sie die Tüte mitten auf die rasch zusammengeraffte Tischdecke legte, sagte:

„Nun fassen wir alle vier an, jeder an einem Zipfel und singen was Trauriges."

„Ja, das sagst du wohl, Effi. Aber was sollen wir denn singen?"

„Irgend was; es ist ganz gleich, es muß nur einen Reim auf ‚u' haben; ‚u' ist immer Trauervokal. Also singen wir:

Flut, Flut
Mach alles wieder gut ..."

Und während Effi diese Litanei feierlich anstimmte, setzten sich alle vier auf den Steg hin in Bewegung, stiegen in das dort angekettelte Boot und ließen von diesem aus die mit einem Kiesel beschwerte Tüte langsam in den Teich niedergleiten.

„Hertha, nun ist deine Schuld versenkt", sagte Effi, „wobei mir übrigens einfällt, so vom Boot aus sollen früher auch arme unglückliche Frauen versenkt worden sein, natürlich wegen Untreue."

„Aber doch nicht hier."

„Nein, nicht hier", lachte Effi, „hier kommt so was nicht vor. Aber in Konstantinopel, und du mußt ja, wie mir eben einfällt, auch davon wissen, so gut wie ich, du bist ja mit dabei gewesen, als uns Kandidat Holzapfel in der Geograpiestunde davon erzählte."

„Ja", sagte Hulda, „der erzählte immer so was. Aber so was vergißt man doch wieder."

„Ich nicht. Ich behalte so was."

Zweites Kapitel

Sie sprachen noch eine Weile so weiter, wobei sie sich ihrer gemeinschaftlichen Schulstunden und einer ganzen Reihe Holzapfelscher Unpassendheiten mit Empörung und Behagen erinnerten. Ja, man konnte sich nicht genug tun damit, bis Hulda mit einem Male sagte: „Nun aber ist es höchste Zeit, Effi; du siehst ja aus, ja, wie sag ich nur, du siehst ja aus, wie wenn du vom Kirschenpflükken kämst, alles zerknittert und zerknautscht; das Leinenzeug macht immer so viele Falten, und der große, weiße Klappkragen, ... ja, wahrhaftig, jetzt hab ich es, du siehst aus wie ein Schiffsjunge."

„Midshipman, wenn ich bitten darf. Etwas muß ich doch von

meinem Adel haben. Übrigens Midshipman oder Schiffsjunge, Papa hat mir erst neulich wieder einen Mastbaum versprochen, hier dicht neben der Schaukel, mit Raaen und einer Strickleiter. Wahrhaftig, das sollte mir gefallen, und den Wimpel oben selbst anzumachen, das ließ ich mir nicht nehmen. Und du, Hulda, du kämst dann von der anderen Seite her herauf, und oben in der Luft wollten wir Hurra rufen und uns einen Kuß geben. Alle Wetter, das sollte schmecken."

„‚Alle Wetter ...' wie das nun wieder klingt ... Du sprichst wirklich wie ein Midshipman. Ich werde mich aber hüten, dir nachzuklettern, ich bin nicht so waghalsig. Jahnke hat ganz recht, wenn er immer sagt, du hättest zu viel von dem Bellingschen in dir, von deiner Mama her. Ich bin bloß ein Pastorskind."

„Ach, geh mir. Stille Wasser sind tief. Weißt du noch, wie du damals, als Vetter Briest als Kadett hier war, aber doch schon groß genug, wie du damals auf dem Scheunendach entlangrutschtest. Und warum? Nun, ich will es nicht verraten. Aber kommt, wir wollen uns schaukeln, auf jeder Seite zwei; reißen wird es ja wohl nicht, oder wenn ihr nicht Lust habt, denn ihr macht wieder lange Gesichter, dann wollen wir Anschlag spielen. Eine Viertelstunde hab ich noch. Ich mag noch nicht hineingehen, und alles bloß, um einem Landrat guten Tag zu sagen, noch dazu einem Landrat aus Hinterpommern. Ältlich ist er auch, er könnte ja beinah mein Vater sein, und wenn er wirklich in einer Seestadt wohnt, Kessin soll ja so was sein, nun, da muß ich ihm in diesem Matrosenkostüm eigentlich am besten gefallen und muß ihm beinah wie eine große Aufmerksamkeit vorkommen. Fürsten, wenn sie wen empfangen, so viel weiß ich von meinem Papa her, legen auch immer die Uniform aus der Gegend des anderen an. Also nur nicht ängstlich, ... rasch, rasch, ich fliege aus, und neben der Bank hier ist frei."

Hulda wollte noch ein paar Einschränkungen machen, aber Effi war schon den nächsten Kiesweg hinauf, links hin, rechts hin, bis sie mit einem Male verschwunden war. „Effi, das gilt nicht; wo bist du? Wir spielen nicht Versteck, wir spielen Anschlag", unter diesen und ähnlichen Vorwürfen eilten die Freundinnen ihr nach, weit über das Rondell und die beiden seitwärts stehenden Platanen hinaus, bis die Verschwundene mit einem Male aus ihrem Verstecke hervorbrach und mühelos, weil sie schon im Rücken ihrer Verfolger war, mit „eins, zwei, drei“ den Freiplatz neben der Bank erreichte.

„Wo warst du?“

„Hinter den Rhabarberstauden; die haben so große Blätter, noch größer als ein Feigenblatt …“

„Pfui …“

„Nein, pfui für euch weil ihr verspielt habt. Hulda, mit ihren großen Augen, sah wieder nichts, immer ungeschickt.“ Und dabei flog Effi von neuem über das Rondell hin, auf den Teich zu, vielleicht weil sie vorhatte, sich erst hinter einer dort aufwachsenden dichten Haselnußhecke zu verstecken, um dann, von dieser aus, mit einem weiten Umweg um Kirchhof und Fronthaus, wieder bis an den Seitenflügel und seinen Freiplatz zu kommen. Alles war gut berechnet; aber freilich, ehe sie noch halb um den Teich herum war, hörte sie schon vom Hause her ihren Namen rufen und sah, während sie sich umwandte, die Mama, die, von der Steintreppe her, mit ihrem Taschentuche winkte. Noch einen Augenblick, und Effi stand vor ihr.

„Nun bist du doch noch in deinem Kittel, und der Besuch ist da. Nie hältst du Zeit.“

„Ich halte schon Zeit, aber der Besuch hat nicht Zeit gehalten. Es ist noch nicht eins; noch lange nicht“, und sich nach den Zwillingen hin umwendend (Hulda war noch weiter zurück), rief sie diesen zu: „Spielt nur weiter; ich bin gleich wieder da.“

*

Schon im nächsten Augenblick trat Effi mit der Mama in den großen Gartensaal, der fast den ganzen Raum des Seitenflügels füllte.

„Mama, du darfst mich nicht schelten. Es ist wirklich erst halb. Warum kommt er so früh? Kavaliere kommen nicht zu spät, aber noch weniger zu früh.“

Frau von Briest war in sichtlicher Verlegenheit; Effi aber schmiegte sich liebkosend an sie und sagte: „Verzeih, ich will mich nun eilen; du weißt, ich kann auch rasch sein, und in fünf Minuten ist Aschenputtel in eine Prinzessin verwandelt. So lange kann er warten oder mit dem Papa plaudern.“

Und der Mama zunickend, wollte sie leichten Fußes eine kleine eiserne Stiege hinauf, die aus dem Saal in den Oberstock hinaufführte. Frau von Briest aber, die unter Umständen auch unkonventionell sein konnte, hielt plötzlich die schon forteilende Effi zurück, warf einen Blick auf das jugendlich reizende Geschöpf, das, noch erhitzt von der Aufregung des Spiels, wie ein Bild frischesten Lebens vor ihr stand, und sagte beinahe vertraulich: „Es ist am Ende das beste, du bleibst wie du bist. Ja, bleibe so. Du siehst gerade sehr gut aus. Und wenn es auch nicht wäre, du siehst so unvorbereitet aus, so gar nicht zurecht gemacht, und darauf kommt es in diesem Augenblicke an. Ich muß dir nämlich sagen, meine süße Effi", – und sie nahm ihres Kindes beide Hände –, „ich muß dir nämlich sagen ..."

„Aber Mama, was hast du nur? Mir wird ja ganz angst und bange."

„... Ich muß dir nämlich sagen, Effi, daß Baron Innstetten eben um deine Hand angehalten hat."

„Um meine Hand angehalten? Und im Ernst?"

„Es ist keine Sache, um einen Scherz daraus zu machen. Du hast ihn vorgestern gesehen, und ich glaube, er hat dir auch gut gefallen. Er ist freilich älter als du, was alles in allem ein Glück ist, dazu ein Mann von Charakter, von Stellung und guten Sitten, und wenn du nicht ‚nein' sagst, was ich mir von meiner klugen Effi kaum denken kann, so stehst du mit zwanzig Jahren da, wo andere mit vierzig stehen. Du wirst deine Mama weit überholen."

Effi schwieg und suchte nach einer Antwort. Aber ehe sie diese finden konnte, hörte sie schon des Vaters Stimme von dem angrenzenden, noch im Fronthause gelegenen Hinterzimmer her, und gleich danach überschritt Ritterschaftsrat von Briest, ein wohl konservierter Fünfziger von ausgesprochener Bonhomie, die Gartensalonschwelle, – mit ihm Baron Innstetten, schlank, brünett und von militärischer Haltung. Effi, als sie seiner ansichtig wurde, kam in ein nervöses Zittern; aber nicht auf lange, denn im selben Augenblicke fast, wo sich Innstetten unter freundlicher Verneigung ihr näherte, wurden an dem mittleren der weit offen stehenden und von wildem Wein halb überwachsenen Fenster die rotblonden Köpfe der Zwillinge sichtbar, und Hertha, die Ausgelassenste, rief in den Saal hinein: „Effi, komm."

Dann duckte sie sich, und beide Schwestern sprangen vor der Banklehne, darauf sie gestanden, wieder in den Garten und man hörte nur noch ihr leises Kichern und Lachen.

Drittes Kapitel

Noch an demselben Tage hatte sich Baron Innstetten mit Effi Briest verlobt. Der joviale Brautvater, der sich nicht leicht in seiner Feierlichkeitsrolle zurechtfand, hatte bei dem Verlobungsmahl, das folgte, das junge Paar leben lassen, was auch Frau von Briest, die dabei der nun um kaum achtzehn Jahre zurückliegenden Zeit gedenken mochte, nicht ohne herzbeweglichen Eindruck geblieben war. Aber nicht auf lange; sie hatte es nicht sein können, nun war es statt ihrer die Tochter – alles in allem ebensogut oder vielleicht noch besser. Denn mit Briest ließ sich leben, trotzdem er ein wenig prosaisch war und dann und wann einen kleinen frivolen Zug hatte. Gegen Ende der Tafel, das Eis wurde schon herumgereicht, nahm der alte Ritterschaftsrat noch einmal das Wort, um in einer zweiten Ansprache das allgemeine Familien-Du zu proponieren. Er umarmte dabei Innstetten und gab ihm einen Kuß auf die linke Backe. Hiermit war aber die Sache für ihn noch nicht abgeschlossen, vielmehr fuhr er fort, außer dem „Du" zugleich intimere Namen und Titel für den Hausverkehr zu empfehlen, eine Art Gemütlichkeitsrangliste aufzustellen, natürlich unter Wahrung berechtigter, weil wohlerworbener Eigentümlichkeiten. Für seine Frau, so hieß es, der Fortbestand von „Mama" (denn es gäbe auch junge Mamas) wohl das beste sein, während er für seine Person, unter Verzicht auf den Ehrentitel „Papa", das einfache Briest entschieden bevorzugen müsse, schon weil es so hübsch kurz sei. Und was nun die Kinder angehe – bei welchem Wort er sich, Aug' in Auge mit dem nur etwa um ein Dutzend Jahre jüngeren Innstetten, einen Ruck geben mußte –, nun, so sei Effi eben Effi und Geert Geert. Geert, wenn er nicht irre, habe die Bedeutung von einem schlank aufgeschossenen Stamm, und Effi sei dann also der Efeu, der sich darum zu ranken habe. Das Brautpaar sah sich bei diesen Worten etwas verlegen an, Effi zugleich mit einem Ausdruck kindlicher Heiterkeit, Frau von Briest aber sagte: „Briest, sprich was du willst und formuliere deine Toaste nach Gefallen, nur poetische Bilder, wenn ich dich bitten darf, laß beiseite, das liegt jenseits deiner Sphäre." Zurechtweisende Worte, die bei Briest mehr Zustimmung als Ablehnung gefunden hatten. „Es ist möglich, daß du recht hast, Luise."

Gleich nach Aufhebung der Tafel beurlaubte sich Effi, um einen

Besuch drüben bei Pastors zu machen. Unterwegs sagte sie sich: „Ich glaube, Hulda wird sich ärgern. Nun bin ich ihr doch zuvorgekommen – sie war immer zu eitel und eingebildet." Aber Effi traf es mit ihrer Erwartung nicht ganz; Hulda, durchaus Haltung bewahrend, benahm sich sehr gut und überließ die Bezeugung von Unmut und Ärger ihrer Mutter, der Frau Pastorin, die denn auch sehr sonderbare Bemerkungen machte. „Ja, ja, so geht es. Natürlich. Wenn's die Mutter nicht sein konnte, muß es die Tochter sein. Das kennt man. Alte Familien halten immer zusammen, und wo was is, kommt was dazu." Der alte Niemeyer kam in arge Verlegenheit über diese fortgesetzten spitzen Redensarten ohne Bildung und Anstand und beklagte mal wieder, eine Wirtschafterin geheiratet zu haben.

Von Pastors ging Effi natürlich auch zu Kantor Jahnkes; die Zwillinge hatten schon nach ihr ausgeschaut und empfingen sie im Vorgarten.

„Nun Effi", sagte Hertha, während alle drei zwischen den rechts und links blühenden Studentenblumen auf- und abschritten, „nun, Effi, wie ist dir eigentlich?"

„Wie mir ist? Oh, ganz gut. Wir nennen uns auch schon du und bei Vornamen. Er heißt nämlich Geert, was ich euch, wie mir einfällt, auch schon gesagt habe."

„Ja, das hast du. Mir ist aber doch so bange dabei. Ist es denn auch der Richtige?"

„Gewiß ist es der Richtige. Das verstehst du nicht, Hertha. Jeder ist der Richtige. Natürlich muß er von Adel sein und eine Stellung haben und gut aussehen."

„Gott, Effi, wie du nur sprichst. Sonst sprachst du doch ganz anders."

„Ja, sonst."

„Und bist du auch schon ganz glücklich?"

„Wenn man zwei Stunden verlobt ist, ist man immer ganz glücklich. Wenigstens denk ich es mir so."

„Und ist es dir denn gar nicht, ja, wie sag ich nur, ein bißchen genant?"

„Ja, ein bißchen genant ist es mir, aber doch nicht sehr. Und ich denke, ich werde darüber wegkommen."

Nach diesem, im Pfarr- und Kantorhause gemachten Besuche, der keine halbe Stunde gedauert hatte, war Effi wieder nach drüben zurückgekehrt, wo man auf der Gartenveranda eben den Kaffee nehmen wollte. Schwiegervater und Schwiegersohn gingen auf dem Kieswege zwischen den zwei Platanen auf und ab. Briest sprach von dem Schwierigen einer landrätlichen Stellung; sie sei ihm verschiedentlich angetragen worden, aber er habe jedesmal gedankt. „So nach meinem eigenen Willen schalten und walten zu können, ist mir immer das Liebste gewesen, jedenfalls lieber – pardon, Innstetten – als so die Blicke beständig nach oben richten zu müssen. Man hat dann bloß immer Sinn und Merk für hohe und höchste Vorgesetzte. Das ist nichts für mich. Hier leb ich so frei weg und freue mich über jedes grüne Blatt und über den wilden Wein, der da drüben in die Fenster wächst."

Er sprach noch mehr dergleichen, allerhand Antibeamtliches, und entschuldigte sich von Zeit zu Zeit mit einem kurzen, verschiedentlich wiederkehrenden „pardon, Innstetten". Dieser nickte mechanisch zustimmend, war aber eigentlich wenig bei der Sache, sah vielmehr, wie gebannt, immer aufs neue nach dem drüben am Fenster rankenden wilden Wein hinüber, von dem Briest eben gesprochen, und während er dem nachhing, war es ihm, als säh er wieder die rotblonden Mädchenköpfe zwischen den Weinranken und höre dabei den übermütigen Zuruf: „Effi, komm."

Er glaubte nicht an Zeichen und Ähnliches, im Gegenteil, wies alles Abergläubische weit zurück. Aber er konnte trotzdem von den zwei Worten nicht los, und während Briest immer weiter perorierte, war es ihm beständig, als wäre der kleine Hergang doch mehr als ein bloßer Zufall gewesen.

*

Innstetten, der nur einen kurzen Urlaub genommen, war schon am folgenden Tage wieder abgereist, nachdem er versprochen hatte, jeden Tag schreiben zu wollen. „Ja, das mußt du", hatte Effi gesagt, ein Wort, das ihr von Herzen kam, da sie seit Jahren nichts Schöneres kannte, als beispielsweise den Empfang vieler Geburtstagsbriefe. Jeder mußte ihr zu diesem Tage schreiben. In den Brief eingestreute Wendungen, etwa wie „Gertrud und Klara senden dir mit mir ihre herzlichsten Glückwünsche", waren verpönt; Gertrud und Klara, wenn sie Freundinnen sein wollten, hatten dafür zu sorgen, daß ein Brief mit selbständiger Marke daläge, womöglich –

denn ihr Geburtstag fiel noch in die Reisezeit – mit einer fremden, aus der Schweiz oder Karlsbad.

Innstetten, wie versprochen, schrieb wirklich jeden Tag; was aber den Empfang seiner Briefe ganz besonders angenehm machte, war der Umstand, daß er allwöchentlich nur einmal einen ganz kleinen Antwortbrief erwartete. Den erhielt er denn auch, voll reizend nichtigen und ihn jedesmal entzückenden Inhalts. Was es von ernsteren Dingen zu besprechen gab, das verhandelte Frau von Briest mit ihrem Schwiegersohne: Festsetzungen wegen der Hochzeit, Ausstattungs- und Wirtschaftseinrichtungs-Fragen. Innstetten, schon an die drei Jahre im Amt, war in seinem Kessiner Hause nicht glänzend, aber doch sehr standesgemäß eingerichtet, und es empfahl sich, in der Korrespondenz mit ihm ein Bild von allem, was da war, zu gewinnen, um nichts Unnützes anzuschaffen. Schließlich, als Frau von Briest über all diese Dinge genugsam unterrichtet war, wurde seitens Mutter und Tochter eine Reise nach Berlin beschlossen, um, wie Briest sich ausdrückte, den „Trousseau" für Prinzessin Effi zusammenzukaufen. Effi freute sich sehr auf den Aufenthalt in Berlin, um so mehr, als der Vater darein gewilligt hatte, im Hotel du Nord Wohnung zu nehmen. „Was es koste, könne ja von der Ausstattung abgezogen werden; Innstetten habe ohnehin alles." Effi – ganz im Gegensatze zu der solche „Mesquinerien" ein für allemal sich verbittenden Mama – hatte dem Vater, ohne jede Sorge darum, ob er's scherz- oder ernsthaft gemeint hatte, freudig zugestimmt und beschäftigte sich in ihren Gedanken viel, viel mehr mit dem Eindruck, den sie beide, Mutter und Tochter, bei ihrem Erscheinen an der Table d'hote machen würden, als mit Spinn und Mencke, Goschenhofer und ähnlichen Firmen, die vorläufig notiert worden waren. Und diesen ihren heiteren Phantasien entsprach denn auch ihre Haltung, als die große Berliner Woche nun wirklich da war. Vetter Briest vom Alexanderregiment, ein ungemein ausgelassener, junger Leutnant, der die „Fliegenden Blätter" hielt und über die besten Witze Buch führte, stellte sich den Damen für jede dienstfreie Stunde zur Verfügung, und so saßen sie denn mit ihm bei Kranzler am Eckfenster oder zu statthafter Zeit auch wohl im Café Bauer und fuhren nachmittags in den Zoologischen Garten, um da die Giraffen zu sehen, von denen Vetter Briest, der übrigens Dagobert hieß, mit Vorliebe behauptete: „Sie sähen aus wie adlige alte Jungfern." Jeder Tag verlief programmäßig, und am dritten oder vierten Tage gingen sie, wie vorgeschrieben, in die Nationalgalerie, weil Vetter Dagobert seiner Cousine die „Insel der Seligen" zeigen wollte. „Fräulein Cousine stehe zwar auf dem Punkte, sich zu verheiraten, es sei aber doch vielleicht gut, die ‚Insel der Seligen' schon vorher kennen gelernt zu haben." Die Tante gab ihm einen Schlag mit dem Fächer, begleitete diesen Schlag aber mit einem so gnädigen Blick, daß er keine Veranlassung hatte, den Ton zu ändern. Es waren himmlische Tage für alle drei, nicht zum wenigsten für den Vetter, der so wundervoll zu chaperonnieren und kleine Differenzen immer rasch auszugleichen verstand. An solchen Meinungsverschiedenheiten zwischen Mutter und Tochter war nun, wie das so geht, all die Zeit über kein Mangel, aber sie traten glücklicherweise nie bei den zu machenden Einkäufen hervor. Ob man von einer Sache sechs oder drei Dutzend erstand, Effi war mit allem gleichmäßig einverstanden, und wenn dann auf dem Heimwege von dem Preise der eben eingekauften Gegenstände gesprochen wurde, so verwechselte sie regelmäßig die Zahlen. Frau von Briest, sonst so kritisch, auch ihrem eigenen geliebten Kinde gegenüber, nahm dies anscheinend mangelnde Interesse nicht nur von der leichten Seite, sondern erkannte sogar einen Vorzug darin. „Alle diese Dinge", so sagte sie sich, „bedeuten Effi nicht viel. Effi ist anspruchslos; sie lebt in ihren Vorstellungen und Träumen, und wenn die Prinzessin Friedrich Karl vorüberfährt und sie von ihrem Wagen aus freundlich grüßt, so gilt ihr das mehr als eine ganze Truhe voll Weißzeug."

Das alles war auch richtig, aber doch nur halb. An dem Besitze mehr oder weniger alltäglicher Dinge lag Effi nicht viel, aber wenn sie mit der Mama die Linden hinauf- und hinunterging und nach Musterung der schönsten Schaufenster in den Demuthschen Laden eintrat, um für die gleich nach der Hochzeit geplante italienische Reise allerlei Einkäufe zu machen, so zeigte sich ihr wahrer Charakter. Nur das Eleganteste gefiel ihr, und wenn sie das Beste nicht haben konnte, so verzichtete sie auf das Zweitbeste, weil ihr dies Zweite nun nichts mehr bedeutete. Ja, sie konnte verzichten, darin hatte die Mama recht, und in diesem Verzichtenkönnen lag etwas von Anspruchslosigkeit; wenn es aber ausnahmsweise mal wirklich etwas zu besitzen galt, so mußte dies immer was ganz Apartes sein. Und darin war sie anspruchsvoll.

Viertes Kapitel

Vetter Dagobert war am Bahnhof, als die Damen ihre Rückreise nach Hohen-Cremmen antraten. Es waren glückliche Tage gewesen, vor allem auch darin, daß man nicht unter unbequemer und beinahe unstandesgemäßer Verwandtschaft gelitten hatte. „Für Tante Therese", so hatte Effi gleich nach der Ankunft gesagt, „müssen wir diesmal inkognito bleiben. Es geht nicht, daß sie hier ins Hotel kommt. Entweder Hotel du Nord oder Tante Therese; beides zusammen paßt nicht." Die Mama hatte sich schließlich einverstanden damit erklärt, ja, dem Lieblinge zur Besiegelung des Einverständnisses einen Kuß auf die Stirn gegeben.

Mit Vetter Dagobert war das natürlich etwas ganz anderes gewesen, der hatte nicht bloß den Gardepli, der hatte vor allem auch mit Hilfe jener eigentümlich guten Laune, wie sie bei den Alexanderoffizieren beinahe traditionell geworden, sowohl Mutter wie Tochter von Anfang an anzuregen und aufzuheitern gewußt, und diese gute Stimmung dauerte bis zuletzt. „Dagobert", so hieß es noch beim Abschied, „du kommst also zu meinem Polterabend, und natürlich mit Cortege. Denn nach den Aufführungen (aber kommt mir nicht mit Dienstmann oder Mausefallenhändler) ist Ball. Und du mußt bedenken, mein erster großer Ball ist vielleicht auch mein letzter. Unter sechs Kameraden – natürlich beste Tänzer – wird gar nicht angenommen. Und mit dem Frühzug könnt ihr wieder zurück." Der Vetter versprach alles, und so trennte man sich.

Gegen Mittag trafen beide Damen an ihrer havelländischen Bahnstation ein, mitten im Luch, und fuhren in einer halben Stunde nach Hohen-Cremmen hinüber. Briest war sehr froh, Frau und Tochter wieder zu Hause zu haben, und stellte Fragen über Fragen, deren Beantwortung er meist nicht abwartete. Statt dessen erging er sich in Mitteilung dessen, was er inzwischen erlebt. „Ihr habt mir da vorhin von der Nationalgalerie gesprochen und von der ‚Insel der Seligen' – nun, wir haben hier, während ihr fort wart, auch so was gehabt: unser Inspektor Pink und die Gärtnersfrau. Natürlich habe ich Pink entlassen müssen, übrigens ungern. Es ist sehr fatal, daß solche Geschichten fast immer in die Erntezeit fallen. Und Pink war sonst ein ungewöhnlich tüchtiger Mann, hier leider am unrechten Fleck. Aber lassen wir das; Wilke wird schon unruhig."

Bei Tische hörte Briest besser zu; das gute Einvernehmen mit dem Vetter, von dem ihm viel erzählt wurde, hatte seinen Beifall, weniger das Verhalten gegen Tante Therese. Man sah aber deutlich, daß er inmitten seiner Mißbilligung sich eigentlich darüber freute; denn ein kleiner Schabernack entsprach ganz seinem Geschmack, und Tante Therese war wirklich eine lächerliche Figur. Er hob sein Glas und stieß mit Frau und Tochter an. Auch als nach Tisch einzelne der hübschesten Einkäufe vor ihm ausgepackt und seiner Beurteilung unterbreitet wurden, verriet er viel Interesse, das selbst noch anhielt, oder wenigstens nicht ganz hinstarb, als er die Rechnung überflog. „Etwas teuer, oder sagen wir lieber sehr teuer; indessen es tut nichts. Es hat alles so viel Chik, ich möchte sagen so viel Animierendes, daß ich deutlich fühle, wenn du mir solchen Koffer und solche Reisedecke zu Weihnachten schenkst, so sind wir zu Ostern auch in Rom und machen nach achtzehn Jahren unsere Hochzeitsreise. Was meinst du, Luise? Wollen wir nachexerzieren? Spät kommt ihr, doch ihr kommt."

Frau von Briest machte eine Handbewegung, wie wenn sie sagen wollte: „Unverbesserlich", und überließ ihn im übrigen seiner eigenen Beschämung, die aber nicht groß war.

*

Ende August war da, der Hochzeitstag (3. Oktober) rückte näher, und sowohl im Herrenhause wie in der Pfarre und Schule war man unausgesetzt bei den Vorbereitungen zum Polterabend. Jahnke, getreu seiner Fritz Reuter-Passion, hatte sich's als etwas besonders „Sinniges" ausgedacht, Bertha und Hertha als Lining und Mining auftreten zu lassen, natürlich plattdeutsch, während Hulda das Käthchen von Heilbronn in der Holunderbaumszene darstellen sollte, Leutnant Engelbrecht von den Husaren als Wetter vom Strahl. Niemeyer, der sich den Vater der Idee nennen durfte, hatte keinen Augenblick gesäumt, auch die verschämte Nutzanwendung auf Innstetten und Effi hinzuzudichten. Er selbst war mit seiner Arbeit zufrieden und hörte gleich nach der Leseprobe, von allen Beteiligten viel Freundliches darüber, freilich mit Ausnahme seines Patronatsherrn und alten Freundes Briest, der, als er die Mischung von Kleist und Niemeyer mit angehört hatte, lebhaft protestierte, wenn auch keineswegs aus literarischen Gründen. „Hoher Herr und immer wieder Hoher Herr – was soll das? Das leitet in die Irre, das verschiebt alles. Innstetten, unbestritten, ist ein famoses Menschenexemplar, Mann von Charakter und Schneid, aber die Briests – verzeih den Berolinismus, Luise –, die Briests sind schließlich auch nicht von schlechten Eltern. Wir sind doch nun mal eine historische Familie, laß mich hinzufügen Gott sei Dank, und die Innstettens sind es nicht; die Innstettens sind bloß alt, meinetwegen Uradel, aber was heißt Uradel? Ich will nicht, daß eine Briest oder doch mindestens eine Polterabendfigur, in der jeder das Widerspiel unserer Effi erkennen muß – ich will nicht, daß eine Briest mittelbar oder unmittelbar in einem fort von ‚Hoher Herr' spricht. Da müßte denn doch Innstetten wenigstens ein verkappter Hohenzoller sein, es gibt ja dergleichen. Das ist er aber nicht, und so kann ich nur wiederholen, es verschiebt die Situation."

Und wirklich, Briest hielt mit besonderer Zähigkeit eine ganze Zeitlang an dieser Anschauung fest. Erst nach der zweiten Probe, wo das „Käthchen", schon halb im Kostüm, ein sehr eng anliegendes Sammetmieder trug, ließ er sich – der es auch sonst nicht an Huldigungen gegen Hulda fehlen ließ – zu der Bemerkung hinreißen, „das Käthchen liege sehr gut da", welche Wendung einer Waffenstreckung ziemlich gleich kam oder doch zu solcher hinüberleitete. Daß alle diese Dinge vor Effi geheim gehalten wurden, braucht nicht erst gesagt zu werden. Bei mehr Neugier auf seiten dieser letzteren wäre das nun freilich ganz unmöglich gewesen, aber Effi hatte so wenig Verlangen, in die Vorbereitungen und geplanten Überraschungen einzudringen, daß sie der Mama mit allem Nachdruck erklärte, „sie könne es abwarten", und wenn diese dann zweifelte, so schloß Effi mit der wiederholten Versicherung: es wäre wirklich so; die Mama könne es glauben. Und warum auch nicht? Es sei ja doch alles nur Theateraufführung und hübscher und poetischer als " Aschenbrödel", das sie noch am letzten Abend in Berlin gesehen hätte, hübscher und poetischer könne es ja doch nicht sein. Da hätte sie wirklich selber mitspielen mögen, wenn auch nur, um dem lächerlichen Pensionslehrer einen Kreidestrich auf den Rücken zu machen. „Und wie reizend im letzten Akt ‚Aschenbrödels Erwachen als Prinzessin' oder doch wenigstens als Gräfin; wirklich, es war ganz wie ein Märchen." In dieser Weise sprach sie oft, war meist ausgelassener als vordem und ärgerte sich bloß über das beständige Tuscheln und Geheimtun der Freundinnen. „Ich wollte, sie hätten sich weniger wichtig und wären mehr für mich da. Nachher bleiben sie doch bloß stecken, und ich muß mich um sie ängstigen und schämen, daß es meine Freundinnen sind." So gingen Effis Spottreden, und es war ganz unverkennbar, daß sie sich um Polterabend und Hochzeit nicht allzusehr kümmerte. Frau von Briest hatte so ihre Gedanken darüber, aber zu Sorgen kam es nicht, weil sich Effi, was doch ein gutes Zeichen war, ziemlich viel mit ihrer Zukunft beschäftigte und sich, phantasiereich wie sie war, viertelstundenlang in Schilderungen ihres Kessiner Lebens erging, Schilderungen, in denen sich nebenher und sehr zur Erheiterung der Mama eine merkwürdige Vorstellung von Hinterpommern aussprach oder vielleicht auch, mit kluger Berechnung, aussprechen sollte. Sie gefiel sich nämlich darin, Kessin als einen halbsibirischen Ort aufzufassen, wo Eis und Schnee nie recht aufhörten.

„Heute hat Goschenhofer das letzte geschickt", sagte Frau von Briest, als sie wie gewöhnlich in Front des Seitenflügels mit Effi am Arbeitstische saß, auf dem die Leinen- und Wäschevorräte beständig wuchsen, während der Zeitungen, die bloß Platz wegnahmen, immer weniger wurden. „Ich hoffe, du hast nun alles, Effi. Wenn du aber noch kleine Wünsche hegst, so mußt du sie jetzt aussprechen, womöglich in dieser Stunde noch. Papa hat den Raps vorteilhaft verkauft und ist ungewöhnlich guter Laune."

„Ungewöhnlich? Er ist immer in guter Laune."

„In ungewöhnlich guter Laune", wiederholte die Mama. „Und die muß benutzt werden. Sprich also. Mehrmals, als wir noch in Berlin waren, war es mir, als ob du doch nach dem einen oder anderen noch ein ganz besonderes Verlangen gehabt hättest."

„Ja, liebe Mama, was soll ich da sagen. Eigentlich habe ich ja alles, was man braucht, ich meine, was man hier braucht. Aber da mir's nun mal bestimmt ist, so hoch nördlich zu kommen ... ich bemerke, daß ich nichts dagegen habe, im Gegenteil, ich freue mich darauf, auf die Nordlichter und auf den helleren Glanz der Sterne ..., da mir's nun mal so bestimmt ist, so hätte ich wohl gern einen Pelz gehabt."

„Aber Effi, Kind, das ist doch alles bloß leere Torheit. Du kommst ja nicht nach Petersburg oder nach Archangel."

„Nein; aber ich bin doch auf dem Wege dahin ..."

„Gewiß, Kind. Auf dem Wege dahin bist du; aber was heißt das? Wenn du von hier nach Nauen fährst, bist du auch auf dem Wege nach Rußland. Im übrigen, wenn du's wünschst, so sollst du einen Pelz haben. Nur das laß mich im voraus sagen, ich rate dir davon ab. Ein Pelz ist für ältere Personen, selbst deine alte Mama ist noch zu jung dafür, und wenn du mit deinen siebzehn Jahren in Nerz oder Marder auftrittst, so glauben die Kessiner, es sei eine Maskerade."

*

Das war am 2. September, daß sie so sprachen, ein Gespräch, das sich wohl fortgesetzt hätte, wenn nicht gerade Sedantag gewesen wäre. So aber wurden sie durch Trommel- und Pfeifenklang unterbrochen, und Effi, die schon vorher von dem beabsichtigten Aufzuge gehört, aber es wieder vergessen hatte, stürzte mit einem Male von dem gemeinschaftlichen Arbeitstische fort und an Rondell und Teich vorüber auf einen kleinen, an die Kirchhofsmauer angebauten Balkon zu, zu dem sechs Stufen, nicht viel breiter als Leitersprossen, hinaufführten. Im Nu war sie oben, und richtig, da kam auch schon die ganze Schuljugend heran, Jahnke gravitätisch am rechten Flügel, während ein kleiner Tambourmajor, weit voran, an der Spitze des Zuges marschierte, mit einem Gesichtsausdruck, als ob ihm obläge, die Schlacht bei Sedan noch einmal zu schlagen. Effi winkte mit dem Taschentuch, und der Begrüßte versäumte nicht, mit seinem blanken Kugelstock zu salutieren.

*

Eine Woche später saßen Mutter und Tochter wieder am alten Fleck, auch wieder mit ihrer Arbeit beschäftigt. Es war ein wunderschöner Tag; der in einem zierlichen Beet um die Sonnenuhr herumstehende Heliotrop blühte noch, und die leise Brise, die ging, trug den Duft davon zu ihnen herüber.

„Ach, wie wohl ich mich fühle", sagte Effi, „so wohl und so glücklich; ich kann mir den Himmel nicht schöner denken. Und am Ende, wer weiß, ob sie im Himmel so wundervollen Heliotrop haben."

„Aber Effi, so darfst du nicht sprechen; das hast du von deinem

Vater, dem nichts heilig ist, und der neulich sogar sagte: Niemeyer sähe aus wie Lot. Unerhört. Und was soll es nur heißen? Erstlich weiß er nicht, wie Lot ausgesehen hat, und zweitens ist es eine grenzenlose Rücksichtslosigkeit gegen Hulda. Ein Glück, daß Niemeyer nur die einzige Tochter hat, dadurch fällt es eigentlich in sich zusammen. In einem freilich hat er nur zu sehr recht gehabt, in all und jedem, was er über ‚Lots Frau', unsere gute Frau Pastorin, sagte, die uns denn auch wirklich wieder mit ihrer Torheit und Anmaßung den ganzen Sedantag ruinierte. Wobei mir übrigens einfällt, daß wir, als Jahnke mit der Schule vorbeikam, in unserem Gespräche unterbrochen wurden – wenigstens kann ich mir nicht denken, daß der Pelz, von dem du damals sprachst, dein einziger Wunsch gewesen sein soll. Laß mich also wissen, Schatz, was du noch weiter auf dem Herzen hast?"

„Nichts, Mama."

„Wirklich nichts?"

„Nein, wirklich nichts; ganz im Ernste ... Wenn es aber doch am Ende was sein sollte ..."

„Nun ..."

„... So müßt es ein japanischer Bettschirm sein, schwarz und goldene Vögel darauf, alle mit einem langen Kranichschnabel ... Und dann vielleicht auch noch eine Ampel für unser Schlafzimmer, mit rotem Schein."

Frau von Briest schwieg.

„Nun siehst du, Mama, du schweigst und siehst aus, als ob ich etwas besonders Unpassendes gesagt hätte."

„Nein, Effi, nichts Unpassendes. Und vor deiner Mutter nun schon gewiß nicht. Denn ich kenne dich ja. Du bist eine phantastische kleine Person, malst dir mit Vorliebe Zukunftsbilder aus, und je farbenreicher sie sind, desto schöner und begehrlicher erscheinen sie dir. Ich sah das so recht, als wir die Reisesachen kauften. Und nun denkst du dir's ganz wundervoll, einen Bettschirm mit allerhand fabelhaftem Getier zu haben alles im Halblicht einer roten Ampel. Es kommt dir vor wie ein Märchen, und du möchtest eine Prinzessin sein."

Effi nahm die Hand der Mama und küßte sie. „Ja, Mama, so bin ich."

„Ja, so bist du. Ich weiß es wohl. Aber meine liebe Effi, wir müssen vorsichtig im Leben sein, und zumal wir Frauen. Und wenn du nun nach Kessin kommst, einem kleinen Ort, wo nachts kaum eine Laterne brennt, so lacht man über dergleichen. Und wenn man bloß lachte. Die, die dir ungewogen sind, und solche gibt es immer, sprechen von schlechter Erziehung, und manche sagen auch wohl noch Schlimmeres."

„Also nichts Japanisches und auch keine Ampel. Aber ich bekenne dir, ich hatte es mir so schön und poetisch gedacht, alles in einem roten Schimmer zu sehen."

Frau von Briest war bewegt. Sie stand auf und küßte Effi.

„Du bist ein Kind. Schön und poetisch. Das sind so Vorstellungen. Die Wirklichkeit ist anders, und oft ist es gut, daß es statt Licht und Schimmer ein Dunkel gibt."

Effi schien antworten zu wollen, aber in diesem Augenblicke kam Wilke und brachte Briefe. Der eine war aus Kessin von Innstetten. „Ach, von Geert", sagte Effi, und während sie den Brief beiseite steckte, fuhr sie in ruhigem Tone fort: „Aber das wirst du doch gestatten, daß ich den Flügel schräg in die Stube stelle. Daran liegt mir mehr als an einem Kamin, den mir Geert versprochen hat. Und das Bild von dir, das stell ich dann auf eine Staffelei; ganz ohne dich kann ich nicht sein. Ach, wie werd ich mich nach euch sehnen, vielleicht auf der Reise schon und dann in Kessin ganz gewiß. Es soll ja keine Garnison haben, nicht einmal einen Stabsarzt, und ein Glück, daß es wenigstens ein Badeort ist. Vetter Briest, und daran will ich mich aufrichten, dessen Mutter und Schwester immer nach Warnemünde gehen – nun, ich sehe doch wirklich nicht ein, warum der die lieben Verwandten nicht auch einmal nach Kessin hin dirigieren sollte. Dirigieren, das klingt ohnehin so nach Generalstab, worauf er, glaub ich, ambiert. Und dann kommt er natürlich mit und wohnt bei uns. Übrigens haben die Kessiner, wie mir neulich erst wer erzählt hat, ein ziemlich großes Dampfschiff, das zweimal die Woche nach Schweden hinüberfährt. Und auf dem Schiffe ist dann Ball – sie haben da natürlich auch Musik – und er tanzt sehr gut ..."

„Wer?"

„Nun, Dagobert."

„Ich dachte, du meintest Innstetten. Aber jedenfalls ist es an der Zeit, endlich zu wissen, was er schreibt ... Du hast ja den Brief noch in der Tasche."

„Richtig. Den hätt ich fast vergessen.“ Und sie öffnete den Brief und überflog ihn.

„Nun, Effi, kein Wort? Du strahlst nicht und lachst nicht einmal. Und er schreibt doch immer so heiter und unterhaltlich und gar nicht väterlich weise.“

„Das würd ich mir auch verbitten. Er hat sein Alter, und ich habe meine Jugend. Und ich würde ihm mit den Fingern drohen und ihm sagen: ‚Geert, überlege, was besser ist‘.“

„Und dann würde er dir antworten: ‚Was du hast, das ist das Bessere‘. Denn er ist nicht nur ein Mann der feinsten Formen, er ist auch gerecht und verständig und weiß recht gut, was Jugend bedeutet. Er sagt sich das immer und stimmt sich auf das Jugendliche hin, und wenn er in der Ehe so bleibt, so werdet ihr eine Musterehe führen.“

„Ja, das glaube ich auch, Mama. Aber kannst du dir vorstellen, und ich schäme mich fast, es zu sagen, ich bin nicht so sehr für das, was man eine Musterehe nennt.“

„Das sieht dir ähnlich. Und nun sage mir, wofür bist du denn eigentlich?“

„Ich bin … nun, ich bin für gleich und gleich und natürlich auch für Zärtlichkeit und Liebe. Und wenn es Zärtlichkeit und Liebe nicht sein können, weil Liebe, wie Papa sagt, doch nur ein Papperlapapp ist – was ich aber nicht glaube –, nun, dann bin ich für Reichtum und ein vornehmes Haus, ein ganz vornehmes, wo Prinz Friedrich Karl zur Jagd kommt, auf Elchwild oder Auerhahn, oder wo der alte Kaiser vorfährt und für jede Dame, auch für die jungen, ein gnädiges Wort hat. Und wenn wir dann in Berlin sind, dann bin ich für Hofball und Galaoper, immer dicht neben der großen Mittelloge.“

„Sagst du das so bloß aus Übermut und Laune?“

„Nein, Mama, das ist mein völliger Ernst. Liebe kommt zuerst, aber gleich hinterher kommt Glanz und Ehre, und dann kommt Zerstreuung – ja, Zerstreuung, immer was Neues, immer was, daß ich lachen oder weinen muß. Was ich nicht aushalten kann, ist Langeweile.“

„Wie bist du da nur mit uns fertig geworden?“

„Ach, Mama, wie du nur so was sagen kannst. Freilich, wenn im Winter die liebe Verwandtschaft vorgefahren kommt und sechs

Stunden bleibt oder wohl auch noch länger, und Tante Gundel und Tante Olga mich mustern und mich naseweis finden – und Tante Gundel hat es mir auch mal gesagt – ja, da macht sich's mitunter nicht sehr hübsch, das muß ich zugeben. Aber sonst bin ich hier immer glücklich gewesen, so glücklich …"

Und während sie das sagte, warf sie sich heftig weinend vor der Mama auf die Knie und küßte ihre beiden Hände!

„Steh auf, Effi. Das sind so Stimmungen, die über einen kommen, wenn man so jung ist wie du und vor der Hochzeit steht und vor dem Ungewissen. Aber nun lies mir den Brief vor, wenn er nicht was ganz Besonderes enthält oder vielleicht Geheimnisse."

„Geheimnisse", lachte Effi und sprang in plötzlich veränderter Stimmung wieder auf. „Geheimnisse! Ja, er nimmt immer einen Anlauf, aber das meiste könnt ich auf dem Schulzenamt anschlagen lassen, da, wo immer die landrätlichen Verordnungen stehen. Nun, Geert ist ja auch Landrat."

„Lies, lies."

„Liebe Effi! … So fängt es nämlich immer an, und manchmal nennt er mich auch seine ‚kleine Eva'."

„Lies, lies … Du sollst ja lesen."

„Also: Liebe Effi! Je näher wir unserem Hochzeitstage kommen, je sparsamer werden Deine Briefe. Wenn die Post kommt, suche ich immer zuerst nach Deiner Handschrift, aber wie Du weißt (und ich hab es ja auch nicht anders gewollt) in der Regel vergeblich. Im Hause sind jetzt die Handwerker, die die Zimmer, freilich nur wenige, für Dein Kommen herrichten sollen. Das beste wird wohl erst geschehen, wenn wir auf der Reise sind. Tapezierer Madelung, der alles liefert, ist ein Original, von dem ich Dir mit nächstem erzähle, vor allem aber, wie glücklich ich bin über Dich, über meine süße, kleine Effi. Mir brennt hier der Boden unter den Füßen, und dabei wird es in unserer guten Stadt immer stiller und einsamer. Der letzte Badegast ist gestern abgereist; er badete zuletzt bei 9 Grad, und die Badewärter waren immer froh, wenn er wieder heil heraus war. Denn sie fürchteten einen Schlaganfall, was dann das Bad in Mißkredit bringt, als ob die Wellen hier schlimmer wären als wo anders. Ich juble, wenn ich denke, daß ich in vier Wochen schon mit Dir von der Piazzetta aus nach dem Lido fahre oder nach Murano hin, wo sie Glasperlen machen und schönen Schmuck. Und der schönste sei für Dich. Viele Grüße den Eltern und den zärtlichsten Kuß Dir von Deinem Geert."

Effi faltete den Brief wieder zusammen, um ihn in das Kuvert zu stecken.

„Das ist ein sehr hübscher Brief", sagte Frau von Briest, „und daß er in allem das richtige Maß hält, das ist ein Vorzug mehr."

„Ja, das rechte Maß, das hält er."

„Meine liebe Effi, laß mich eine Frage tun; wünschtest du, daß der Brief nicht das richtige Maß hielte, wünschtest du, daß er zärtlicher wäre, vielleicht überschwenglich zärtlich?"

„Nein, nein, Mama. Wahr und wahrhaftig nicht, das wünsche ich nicht. Da ist es doch besser so."

„Da ist es doch besser so. Wie das nun wieder klingt. Du bist so sonderbar. Und daß du vorhin weintest. Hast du was auf deinem Herzen? Noch ist es Zeit. Liebst du Geert nicht?"

„Warum soll ich ihn nicht lieben? Ich liebe Hulda, und ich liebe Bertha, und ich liebe Hertha. Und ich liebe auch den alten Niemeyer. Und daß ich euch liebe, davon spreche ich gar nicht erst. Ich liebe alle, die's gut mit mir meinen und gütig gegen mich sind und mich verwöhnen. Und Geert wird mich auch wohl verwöhnen. Natürlich auf seine Art. Er will mir ja schon Schmuck schenken in Venedig. Er hat keine Ahnung davon, daß ich mir nichts aus Schmuck mache. Ich klettre lieber und schaukle mich lieber, und am liebsten immer in der Furcht, daß es irgendwo reißen oder brechen und ich niederstürzen könnte. Den Kopf wird es ja nicht gleich, kosten."

„Und liebst du vielleicht auch deinen Vetter Briest?"

„Ja, sehr. Der erheitert mich immer."

„Und hättest du Vetter Briest heiraten mögen?"

„Heiraten? Um Gottes willen nicht. Er ist ja noch ein halber Junge. Geert ist ein Mann, ein schöner Mann, ein Mann, mit dem ich Staat machen kann, und aus dem was wird in der Welt. Wo denkst du hin, Mama."

„Nun, das ist recht, Effi, das freut mich. Aber du hast noch was auf der Seele."

„Vielleicht."

„Nun, sprich."

„Sieh, Mama, daß er älter ist als ich, das schadet nichts, das ist vielleicht recht gut: er ist ja doch nicht alt und ist gesund und frisch und so soldatisch und so schneidig. Und ich könnte beinah sagen, ich wäre ganz und gar für ihn; wenn er nur ... ja, wenn er nur ein bißchen anders wäre."

„Wie denn, Effi?"

„Ja, wie. Nun, du darfst mich nicht auslachen. Es ist etwas, was ich erst ganz vor kurzem aufgehorcht habe, drüben im Pastorhause. Wir sprachen da von Innstetten, und mit einem Male zog der alte Niemeyer seine Stirn in Falten, aber in Respekts- und Bewunderungsfalten, und sagte: ‚Ja, der Baron! Das ist ein Mann von Charakter, ein Mann von Prinzipien'."

„Das ist er auch, Effi."

„Gewiß. Und ich, glaube, Niemeyer sagte nachher sogar, er sei auch ein Mann von Grundsätzen. Und das ist, glaub ich, noch etwas mehr. Ach, und ich, ich habe keine. Sieh, Mama, da liegt etwas, was mich quält und ängstigt. Er ist so lieb und gut gegen mich und so nachsichtig, aber ... ich fürchte mich vor ihm."

Fünftes Kapitel

Die Hohen-Cremmer Festtage lagen zurück; alles war abgereist, auch das junge Paar, noch am Abend des Hochzeitstages.

Der Polterabend hatte jeden zufriedengestellt, besonders die Mitspielenden, und Hulda war dabei das Entzücken aller jungen Offiziere gewesen, sowohl der Rathenower Husaren wie der etwas kritischer gestimmten Kameraden vom Alexanderregiment. Ja, alles war gut und glatt verlaufen, fast über Erwarten. Nur Bertha und Hertha hatten so heftig geschluchzt, daß Jahnkes plattdeutsche Verse so gut wie verloren gegangen waren. Aber auch das hatte wenig geschadet. Einige feine Kenner waren sogar der Meinung gewesen, „das sei das Wahre; Steckenbleiben und Schluchzen und Unverständlichkeit – in diesem Zeichen (und nun gar, wenn es so hübsche rotblonde Krausköpfe wären) werde immer am entschiedensten gesiegt." Eines ganz besonderen Triumphes hatte sich Vetter Briest in seiner selbstgedichteten Rolle rühmen dürfen. Er war als Demuthscher Kommis erschienen, der in Erfahrung gebracht, die junge Braut habe vor, gleich nach der Hochzeit nach Italien zu reisen, weshalb er einen Reisekoffer abliefern wolle. Dieser Koffer entpuppte sich natürlich als eine Riesenbonbonniere von Hövell. Bis um drei Uhr war getanzt worden, bei welcher Gelegenheit der sich mehr und mehr in eine höchste Champagnerstimmung hineinredende alte Briest allerlei Bemerkungen über den an manchen Höfen immer noch üblichen Fackeltanz und die merkwürdige Sitte des Strumpfband-Austanzens gemacht hatte, Bemerkungen, die nicht abschließen wollten und, sich immer mehr steigernd, am Ende so weit gingen, daß ihnen durchaus ein Riegel vorgeschoben werden mußte. „Nimm dich zusammen, Briest", war ihm in ziemlich ernstem Tone von seiner Frau zugeflüstert worden; „du stehst hier nicht, um Zweideutigkeiten zu sagen, sondern um die Honneurs des Hauses zu machen. Wir haben eben eine Hochzeit und nicht eine Jagdpartie." Worauf Briest geantwortet, „er sähe darin keinen so großen Unterschied; übrigens sei er glücklich."

Auch der Hochzeitstag selbst war gut verlaufen. Niemeyer hatte vorzüglich gesprochen, und einer der alten Berliner Herren, der halb und halb zur Hofgesellschaft gehörte, hatte sich auf dem Rückwege von der Kirche zum Hochzeitshause dahin geäußert, es sei doch merkwürdig, wie reich gesät in einem Staate, wie der unsrige, die Talente seien. „Ich sehe darin einen Triumph unserer Schulen und vielleicht mehr noch unserer Philosophie. Wenn ich bedenke, dieser Niemeyer, ein alter Dorfpastor, der anfangs aussah wie ein Hospitalist ... ja, Freund sagen Sie selbst, hat er nicht gesprochen wie ein Hofprediger. Dieser Takt und diese Kunst der Antithese, ganz wie Kögel, und an Gefühl ihm noch über. Kögel ist zu kalt. Freilich ein Mann in seiner Stellung muß kalt sein. Woran scheitert man denn im Leben überhaupt? Immer nur an der Wärme." Der noch unverheiratete, aber wohl eben deshalb zum vierten Male in einem „Verhältnis" stehende Würdenträger, an den sich diese Worte gerichtet hatten, stimmte selbstverständlich zu. „Nur zu wahr, lieber Freund", sagte er. „Zu viel Wärme! ... ganz vorzüglich. ... übrigens muß ich Ihnen nachher eine Geschichte erzählen."

*

Der Tag nach der Hochzeit war ein heller Oktobertag. Die Morgensonne blinkte; trotzdem war es schon herbstlich frisch, und Briest, der eben gemeinschaftlich mit seiner Frau das Frühstück genommen, erhob sich von seinem Platz und stellte sich, beide

Hände auf dem Rücken, gegen das mehr und mehr verglimmende Kaminfeuer. Frau von Briest, eine Handarbeit in Händen, rückte gleichfalls näher an den Kamin und sagte zu Wilke, der gerade eintrat, um den Frühstückstisch abzuräumen: „Und nun, Wilke, wenn Sie drin im Saal, aber das geht vor, alles in Ordnung haben, dann sorgen Sie, daß die Torten nach drüben kommen, die Nußtorte zu Pastors und die Schüssel mit kleinen Kuchen zu Jahnkes. Und nehmen Sie sich mit den Gläsern in acht. Ich meine die dünn geschliffenen."

Briest war schon bei der dritten Zigarette, sah sehr wohl aus und erklärte, „nichts bekomme einem so gut wie eine Hochzeit, natürlich die eigene ausgenommen."

„Ich weiß nicht, Briest, wie du zu solcher Bemerkung kommst. Mir war ganz neu, daß du darunter gelitten haben willst. Ich wüßte auch nicht warum."

„Luise, du bist eine Spielverderberin. Aber ich nehme nichts übel, auch nicht einmal so was. Im übrigen, was wollen wir von uns sprechen, die wir nicht einmal eine Hochzeitsreise gemacht haben. Dein Vater war dagegen. Aber Effi macht nun eine Hochzeitsreise. Beneidenswert. Mit dem Zehnuhrzug ab. Sie müssen jetzt schon bei Regensburg sein, und ich nehme an, daß er ihr – selbstverständlich ohne auszusteigen – die Hauptkunstschätze der Walhalla herzählt. Innstetten ist ein vorzüglicher Kerl, aber er hat so was von einem Kunstfex, und Effi, Gott, unsere arme Effi, ist ein Naturkind. Ich fürchte, daß er sie mit seinem Kunstenthusiasmus etwas quälen wird."

„Jeder quält seine Frau. Und Kunstenthusiasmus ist noch lange nicht das Schlimmste."

„Nein, gewiß nicht; jedenfalls wollen wir darüber nicht streiten; es ist ein weites Feld. Und dann sind auch die Menschen so verschieden. Du, nun ja, du hättest dazu getaugt. Überhaupt hättest du besser zu Innstetten gepaßt als Effi. Schade, nun ist es zu spät."

„Überaus galant, abgesehen davon, daß es nicht paßt. Unter allen Umständen aber, was gewesen ist, ist gewesen. Jetzt ist er mein Schwiegersohn, und es kann zu nichts führen, immer auf Jugendlichkeiten zurückzuweisen."

„Ich habe dich nur in eine animierte Stimmung bringen wollen."

„Sehr gütig. Übrigens nicht nötig. Ich bin in animierter Stimmung."

„Und auch in guter?“

„Ich kann es fast sagen. Aber du darfst sie nicht verderben. Nun, was hast du noch? Ich sehe, daß du was auf dem Herzen hast.“

„Gefiel dir Effi? Gefiel dir die ganze Geschichte? Sie war so sonderbar, halb wie ein Kind, und dann wieder sehr selbstbewußt und durchaus nicht so bescheiden, wie sie’s solchem Manne gegenüber sein müßte. Das kann doch nur so zusammenhängen, daß sie noch nicht recht weiß, was sie an ihm hat. Oder ist es einfach, daß sie ihn nicht recht liebt? Das wäre schlimm. Denn bei all seinen Vorzügen, er ist nicht der Mann, sich diese Liebe mit leichter Manier zu gewinnen.“

Frau von Briest schwieg und zählte die Stiche auf dem Kanevas. Endlich sagte sie: „Was du da sagst, Briest, ist das gescheiteste, was ich seit drei Tagen von dir gehört habe, deine Rede bei Tisch mit eingerechnet. Ich habe auch so meine Bedenken gehabt. Aber ich glaube, wir können uns beruhigen.“

„Hat sie dir ihr Herz ausgeschüttet?“

„So möcht ich es nicht nennen. Sie hat wohl das Bedürfnis zu sprechen, aber sie hat nicht das Bedürfnis, sich so recht von Herzen auszusprechen, und macht vieles in sich selber ab; sie ist mitteilsam und verschlossen zugleich, beinah versteckt; überhaupt ein ganz eigenes Gemisch.“

„Ich bin ganz deiner Meinung. Aber wenn sie dir nichts gesagt hat, woher weißt du’s?“

„Ich sagte nur, sie habe mir nicht ihr Herz ausgeschüttet. Solche Generalbeichte, so alles von der Seele herunter, das liegt nicht in ihr. Es fuhr alles so bloß ruckweis und plötzlich aus ihr heraus, und dann war es wieder vorüber. Aber gerade weil es so ungewollt und wie von ungefähr aus ihrer Seele kam, deshalb war es mir so wichtig.“

„Und wann war es denn und bei welcher Gelegenheit?“

„Es werden jetzt gerade drei Wochen sein, und wir saßen im Garten, mit allerhand Ausstattungsdingen, großen und kleinen, beschäftigt, als Wilke einen Brief von Innstetten brachte. Sie steckte ihn zu sich, und ich mußte sie eine Viertelstunde später erst erinnern, daß sie ja einen Brief habe. Dann las sie ihn, aber verzog kaum eine Miene. Ich bekenne dir, daß mir bang ums Herz dabei wurde, so bang, daß ich gern eine Gewißheit haben wollte, so viel, wie man in diesen Dingen haben kann."

„Sehr wahr, sehr wahr."

„Was meinst du damit?"

„Nun, ich meine nur ... Aber das ist ja ganz gleich. Sprich nur weiter; ich bin ganz Ohr."

„Ich fragte also rund heraus, wie's stünde, und weil ich bei ihrem eigenen Charakter einen feierlichen Ton vermeiden und alles so leicht wie möglich, ja beinah scherzhaft nehmen wollte, so warf ich die Frage hin, ob sie vielleicht den Vetter Briest, der ihr in Berlin sehr stark den Hof gemacht hatte, ob sie den vielleicht lieber heiraten würde."

„Und?"

„Da hättest du sie sehen sollen. Ihre nächste Antwort war ein schnippisches Lachen. Der Vetter sei doch eigentlich nur ein großer Kadett in Leutnantsuniform. Und einen Kadetten könne sie nicht einmal lieben, geschweige heiraten. Und dann sprach sie von Innstetten, der ihr mit einem Male der Täger aller mänlichen Tugenden war."

„Und wie erklärst du dir das?"

„Ganz einfach. So geweckt und temperamentvoll und beinahe leidenschaftlich sie ist, oder vielleicht auch weil sie es ist, sie gehört nicht zu denen, die so recht eigentlich auf Liebe gestellt sind, wenigstens nicht auf das, was den Namen ehrlich verdient. Sie redet zwar davon, sogar mit Nachdruck und einem gewissen Überzeugungston, aber doch nur, wêil sie irgendwo gelesen hat, Liebe sei nun mal das Höchste, das Schönste, das Herrlichste. Vielleicht hat sie's auch bloß von der sentimentalen Person, der Hulda, gehört und spricht es ihr nach. Aber sie empfindet nicht viel dabei. Wohl möglich, daß es alles mal kommt, Gott verhüte es, aber noch ist es nicht da."

„Und was ist da? Was hat sie?"

„Sie hat nach meinem und auch nach ihrem eigenen Zeugnis zweierlei: Vergnügungssucht und Ehrgeiz."

„Nun, das kann passieren. Da bin ich beruhigt."

„Ich nicht. Innstetten ist ein Karrieremacher – vom Streber will ich nicht sprechen, das ist er auch nicht, dazu ist er zu wirklich vornehm – also Karrieremacher, und das wird Effis Ehrgeiz befriedigen."

„Nun also. Das ist doch gut."

„Ja, das ist gut! Aber es ist erst die Hälfte. Ihr Ehrgeiz wird befriedigt werden, aber ob auch ihr Hang nach Spiel und Abenteuer? Ich bezweifle. Für die stündliche kleine Zerstreuung und Anregung, für alles, was die Langeweile bekämpft, diese Todfeindin einer geistreichen kleinen Person, dafür wird Innstetten sehr schlecht sorgen. Er wird sie nicht in einer geistigen Öde lassen, dazu ist er zu klug und zu weltmännisch, aber er wird sie auch nicht sonderlich amüsieren. Und was das Schlimmste ist, er wird sich nicht einmal recht mit der Frage beschäftigen, wie das wohl anzufangen sei. Das wird eine Weile so gehen, ohne viel Schaden anzurichten, aber zuletzt wird sie's merken, und dann wird es sie beleidigen. Und dann weiß ich nicht, was geschieht. Denn so weich und nachgiebig sie ist, sie hat auch was Rabiates und läßt es auf alles ankommen."

In diesem Augenblicke trat Wilke vom Saal her ein und meldete, daß er alles nachgezählt und alles vollzählig gefunden habe; nur von den feinen Weingläsern sei eins zerbrochen, aber schon gestern, als das Hoch ausgebracht wurde – Fräulein Hulda habe mit Leutnant Nienkerken zu scharf angestoßen.

„Versteht sich, von alter Zeit her immer im Schlaf und unterm Holunderbaum ist es natürlich nicht besser geworden. Eine alberne Person, und ich begreife Nienkerken nicht."

„Ich begreife ihn vollkommen."

„Er kann sie doch nicht heiraten."

„Nein."

„Also zu was?"

„Ein weites Feld, Luise."

*

Dies war am Tage nach der Hochzeit. Drei Tage später kam eine kleine gekritzelte Karte aus München, die Namen alle nur mit zwei Buchstaben angedeutet. „Liebe Mama! Heute vormittag die Pinakothek besucht. Geert wollte auch noch nach dem andern hinüber, das ich hier nicht nenne, weil ich wegen der Rechtschreibung im Zweifel bin, und fragen mag ich ihn nicht. Er ist übrigens engelsgut gegen mich und erklärt mir alles. Überhaupt alles sehr schön, aber anstrengend. In Italien wird es wohl nachlassen und besser werden.

Wir wohnen in den ‚Vier Jahreszeiten‘ was Geert veranlaßte, mir zu sagen, ‚draußen sei Herbst, aber er habe in mir den Frühling‘. Ich finde es sehr sinnig. Er ist überhaupt sehr aufmerksam. Freilich ich muß es auch sein, namentlich wenn er was sagt oder erklärt. Er weiß übrigens alles so gut, daß er nicht einmal nachzuschlagen braucht. Mit Entzücken spricht er von Euch, namentlich von Mama. Hulda findet er etwas zierig; aber der alte Niemeyer hat es ihm ganz angetan. Tausend Grüße von Eurer ganz berauschten, aber auch etwas müden Effi."

Solche Karten trafen nun täglich ein, aus Innsbruck, aus Verona, aus Vicenza, aus Padua, eine jede fing an: „Wir haben heute vormittag die hiesige berühmte Galerie besucht", oder, wenn es nicht die Galerie war, so war es eine Arena oder irgendeine Kirche „Santa Maria" mit einem Zunamen. Aus Padua kam, zugleich mit der Karte, noch ein wirklicher Brief. „Gestern waren wir in Vicenza. Vicenza muß man sehn wegen des Palladio; Geert sagte mir, daß in ihm alles Moderne wurzele. Natürlich nur in bezug auf Baukunst. Hier in Padua (wo wir heute früh ankamen) sprach er im Hotelwagen etliche Male vor sich hin: ‚Er liegt in Padua begraben‘ und war überrascht, als er von mir vernahm, daß ich diese Worte noch nie gehört hätte. Schließlich aber sagte er, es sei eigentlich ganz gut und ein Vorzug, daß ich nichts davon wüßte. Er ist überhaupt sehr gerecht. Und vor allem ist er engelsgut gegen mich und gar nicht überheblich und auch gar nicht alt. Ich habe noch immer das Ziehen in den Füßen, und das Nachschlagen und das lange Stehen vor den Bildern strengt mich an. Aber es muß ja sein. Ich freue mich sehr auf Venedig. Da bleiben wir fünf Tage, ja, vielleicht eine ganze Woche. Geert hat mir schon von den Tauben auf dem Markusplatze vorgeschwärmt, und daß man sich da Tüten mit Erbsen kauft und dann die schönen Tiere damit füttert. Es soll Bilder geben, die das darstellen, schöne blonde Mädchen, ‚ein Typus wie Hulda‘, sagte er. Wobei mir denn auch die Jahnkeschen Mädchen einfallen. Ach, ich gäbe was drum, wenn ich mit ihnen auf unserm Hof auf einer Wagendeichsel sitzen und unsere Tauben füttern könnte. Die Pfauentaube mit dem starken Kropf dürft ihr aber nicht schlachten, die will ich noch wiedersehen. Ach, es ist so schön hier. Es soll auch das Schönste sein. Eure glückliche, aber etwas müde Effi."

Frau von Briest, als sie den Brief vorgelesen hatte, sagte: „Das arme Kind. Sie hat Sehnsucht."

„Ja", sagte Briest, „sie hat Sehnsucht. Diese verwünschte Reiserei ..."

„Warum sagst du das jetzt? Du hättest es ja hindern können. Aber das ist so deine Art, hinterher den Weisen zu spielen. Wenn das Kind in den Brunnen gefallen ist, decken die Ratsherren den Brunnen zu."

„Ach, Luise, komme mir doch nicht mit solchen Geschichten. Effi ist unser Kind, aber seit dem dritten Oktober ist sie Baronin Innstetten. Und wenn ihr Mann, unser Herr Schwiegersohn, eine Hochzeitsreise machen und bei der Gelegenheit jede Galerie neu katalogisieren will, so kann ich ihn daran nicht hindern. Das ist eben das, was man sich verheiraten nennt."

„Also jetzt gibst du das zu. Mir gegenüber hast du's immer bestritten, immer bestritten, daß die Frau in einer Zwangslage sei."

„Ja, Luise, das hab ich. Aber wozu das jetzt. Das ist wirklich ein zu weites Feld."

Sechstes Kapitel

Mitte November – sie waren bis Capri und Sorrent gekommen – lief Innstettens Urlaub ab, und es entsprach seinem Charakter und seinen Gewohnheiten, genau Zeit und Stunde zu halten. Am 14. früh traf er denn auch mit dem Kurierzuge in Berlin ein, wo Vetter Briest ihn und die Cousine begrüßte und vorschlug, die zwei bis zum Abgange des Stettiner Zuges noch zur Verfügung bleibenden Stunden zum Besuche des St. Privat-Panoramas zu benutzen und diesem Panoramabesuch ein kleines Gabelfrühstück folgen zu lassen. Beides wurde dankbar akzeptiert. Um Mittag war man wieder auf dem Bahnhof und nahm hier, nachdem, wie herkömmlich, die glücklicherweise nie ernst gemeinte Aufforderung „doch auch mal herüberzukommen", ebenso von Effi wie von Innstetten ausgesprochen worden war, unter herzlichem Händeschütteln Abschied voneinander. Noch als der Zug sich schon in Bewegung setzte, grüßte Effi vom Coupé aus. Dann machte sie sich's bequem und schloß die Augen; nur von Zeit zu Zeit richtete sie sich wieder auf und reichte Innstetten die Hand.

Es war eine angenehme Fahrt, und pünktlich erreichte der Zug den Bahnhof Klein-Tantow, von dem aus eine Chaussee nach dem noch zwei Meilen entfernten Kessin hinüberführte.

Bei Sommerzeit, namentlich während der Bademonate, benutzte man statt der Chaussee lieber den Wasserweg und fuhr, auf einem alten Raddampfer, das Flüßchen Kessine, dem Kessin selbst seinen Namen verdankte, hinunter; am 1. Oktober aber stellte der „Phönix", von dem seit lange vergeblich gewünscht wurde, daß er in einer passagierfreien Stunde sich seines Namens entsinnen und verbrennen möge, regelmäßig seine Fahrten ein, weshalb denn auch Innstetten bereits von Stettin aus an seinen Kutscher Kruse telegraphiert hatte: „Fünf Uhr, Bahnhof Klein-Tantow. Bei gutem Wetter offener Wagen." Und nun war gutes Wetter, und Kruse hielt im offenen Gefährt am Bahnhof und begrüßte die Ankommenden mit dem vorschriftsmäßigen Anstand eines herrschaftlichen Kutschers.

„Nun, Kruse, alles in Ordnung?"

„Zu Befehl, Herr Landrat."

„Dann, Effi, bitte, steig ein." Und während Effi dem nachkam und einer von den Bahnhofsleuten einen kleinen Handkoffer vorn beim Kutscher unterbrachte, gab Innstetten Weisung, den Rest des Gepäcks mit dem Omnibus nachzuschicken. Gleich danach nahm auch er seinen Platz, bat, sich populär machend, einen der Umstehenden um Feuer und rief Kruse zu: „Nun vorwärts, Kruse." Und über die Schienen weg, die vielgleisig an der Übergangsstelle lagen, ging es in Schräglinie den Bahndamm hinunter und gleich danach an einem schon an der Chaussee gelegenen Gasthause vorüber, das den Namen „Zum Fürsten Bismarck" führte. Denn an eben dieser Stelle gabelte der Weg und zweigte, wie rechts nach Kessin, so links nach Varzin hin ab. Vor dem Gasthofe stand ein mittelgroßer breitschultriger Mann in Pelz und Pelzmütze, welch letztere er, als der Herr Landrat vorüberfuhr, mit vieler Würde vom Haupte nahm. „Wer war denn das?" sagte Effi, die durch alles, was sie sah, aufs höchste interessiert und schon deshalb bei bester Laune war. „Er sah ja aus wie ein Starost, wobei ich freilich bekennen muß, nie einen Starosten gesehen zu haben."

„Was auch nicht schadet, Effi. Du hast es trotzdem sehr gut getroffen. Er sieht wirklich aus wie ein Starost und ist auch so was.

Er ist nämlich ein halber Pole, heißt Golchowski, und wenn wir hier Wahl haben oder eine Jagd, dann ist er oben auf. Eigentlich ein ganz unsicherer Passagier, dem ich nicht über den Weg traue, und der wohl viel auf dem Gewissen hat. Er spielt sich aber auf den Loyalen hin aus, und wenn die Varziner Herrschaften hier vorüber kommen, möcht er sich am liebsten vor den Wagen werfen. Ich weiß, daß er dem Fürsten auch zuwider ist. Aber was hilft's? Wir dürfen es nicht mit ihm verderben, weil wir ihn brauchen. Er hat hier die ganze Gegend in der Tasche und versteht die Wahlmache wie kein anderer, gilt auch für wohlhabend. Dabei leiht er auf Wucher, was sonst die Polen nicht tun; in der Regel das Gegenteil."

„Er sah aber gut aus."

„Ja, gut aussehen tut er. Gut aussehen tun die meisten hier. Ein hübscher Schlag Menschen. Aber das ist auch das Beste, was man von ihnen sagen kann. Eure märkischen Leute sehen unscheinbarer aus und verdrießlicher, und in ihrer Haltung sind sie weniger respektvoll, eigentlich gar nicht, aber ihr Ja ist Ja und Nein ist Nein, und man kann sich auf sie verlassen. Hier ist alles unsicher."

„Warum sagst du mir das? Ich muß nun doch hier mit ihnen leben."

„Du nicht, du wirst nicht viel von ihnen hören und sehen. Denn Stadt und Land sind hier sehr verschieden, und du wirst nur unsere Städter kennen lernen, unsere guten Kessiner."

„Unsere guten Kessiner. Ist es Spott, oder sind sie wirklich so gut?"

„Daß sie wirklich gut sind, will ich nicht gerade behaupten, aber sie sind doch anders als die andern; ja, sie haben gar keine Ähnlichkeit mit der Landbevölkerung hier."

„Und wie kommt das?"

„Weil es eben ganz andere Menschen sind, ihrer Abstammung nach und ihren Beziehungen nach. Was du hier landeinwärts findest, das sind sogenannte Kaschuben, von denen du vielleicht gehört hast, slavische Leute, die hier schon tausend Jahre sitzen und wahrscheinlich noch viel länger. Alles aber, was hier an der Küste hin in den kleinen See- und Handelsstädten wohnt, das sind von weither Eingewanderte, die sich um das kaschubische Hinterland wenig kümmern, weil sie wenig davon haben und auf etwas ganz anderes angewiesen sind. Worauf sie angewiesen sind, das sind die

Gegenden, mit denen sie Handel treiben, und da sie das mit aller Welt tun und mit aller Welt in Verbindung stehen, so findest du zwischen ihnen auch Menschen aus aller Welt Ecken und Enden. Auch in unserem guten Kessin, trotzdem es eigentlich nur ein Nest ist."

„Aber das ist ja entzückend, Geert. Du sprichst immer von Nest, und nun finde ich, wenn du nicht übertrieben hast, eine ganz neue Welt hier. Allerlei Exotisches. Nicht war, so was Ähnliches meintest du doch?"

Er nickte.

„Eine ganz neue Welt, sag ich, vielleicht einen Neger oder einen Türken, oder vielleicht sogar einen Chinesen."

„Auch einen Chinesen. Wie gut du raten kannst. Es ist möglich, daß wir wirklich noch einen haben, aber jedenfalls haben wir einen gehabt; jetzt ist er tot und auf einem kleinen eingegitterten Stück Erde begraben, dicht neben dem Kirchhof. Wenn du nicht furchtsam bist, will ich dir bei Gelegenheit mal sein Grab zeigen; es liegt zwischen den Dünen, bloß Strandhafer drum 'rum und dann und wann ein paar Immortellen, und immer hört man das Meer. Es ist sehr schön und sehr schauerlich."

„Ja, schauerlich, und ich möchte wohl mehr davon wissen. Aber doch lieber nicht, ich habe dann immer gleich Visionen und Träume und möchte doch nicht, wenn ich diese Nacht hoffentlich gut schlafe, gleich einen Chinesen an mein Bett treten sehen."

„Das wird er auch nicht."

„Das wird er auch nicht. Höre, das klingt ja sonderbar, als ob es doch möglich wäre. Du willst mir Kessin interessant machen, aber du gehst darin ein bißchen weit. Und solche fremden Leute habt ihr viele in Kessin?"

„Sehr viele. Die ganze Stadt besteht aus solchen Fremden, aus Menschen, deren Eltern oder Großeltern noch ganz wo anders saßen."

„Höchst merkwürdig. Bitte, sage mir mehr davon. Aber nicht wieder was Gruseliges. Ein Chinese, find ich, hat immer was Gruseliges."

„Ja, das hat er", lachte Geert. „Aber der Rest ist, Gott sei Dank, von ganz anderer Art, lauter manierliche Leute, vielleicht ein bißchen zu sehr Kaufmann, ein bißchen zu sehr auf ihren Vorteil bedacht, und mit Wechseln von zweifelhaftem Wert immer bei der Hand. Ja, man muß sich vorsehen mit ihnen. Aber sonst ganz gemütlich. Und damit du siehst, daß ich dir nichts vorgemacht habe, will ich dir nur so eine kleine Probe geben, so eine Art Register oder Personenverzeichnis."

„Ja, Geert, das tu."

„Da haben wir beispielsweise keine fünfzig Schritt von uns, und unsere Gärten stoßen sogar zusammen, den Maschinen- und Baggermeister Macpherson, einen richtigen Schotten und Hochländer."

„Und trägt sich auch noch so?"

„Nein, Gott sei Dank nicht, denn es ist ein verhutzeltes Männchen, auf das weder sein Clan noch Walter Scott besonders stolz sein würden. Und dann haben wir in demselben Hause, wo dieser Macpherson wohnt, auch noch einen alten Wundarzt, Beza mit Namen, eigentlich bloß Barbier; der stammt aus Lissabon, gerade daher, wo auch der berühmte General de Meza herstammt, – Meza, Beza, du hörst die Landesverwandtschaft heraus. Und dann haben wir flußaufwärts am Bollwerk, – das ist nämlich der Quai, wo die Schiffe liegen – einen Goldschmied namens Stedingk, der aus einer alten schwedischen Familie stammt; ja, ich glaube, es gibt sogar Reichsgrafen, die so heißen, und des weiteren, und damit will ich dann vorläufig abschließen, haben wir den guten alten Doktor Hannemann, der natürlich ein Däne ist und lange in Island war und sogar ein kleines Buch geschrieben hat über den letzten Ausbruch des Hekla oder Krabla."

„Das ist ja aber großartig, Geert. Das ist ja wie sechs Romane, damit kann man ja gar nicht fertig werden. Es klingt erst spießbürgerlich und ist doch hinterher ganz apart. Und dann müßt ihr ja doch auch Menschen haben, schon weil es eine Seestadt ist, die nicht bloß Chirurgen oder Barbiere sind oder sonst dergleichen. Ihr müßt doch auch Kapitäne haben, irgend einen fliegenden Holländer oder …"

„Da hast du ganz recht. Wir haben sogar einen Kapitän, der war Seeräuber unter den Schwarzflaggen."

„Kenn ich nicht. Was sind Schwarzflaggen?"

„Das sind Leute weit dahinten in Tonkin und an der Südsee … Seit er aber wieder unter Menschen ist, hat er auch wieder die besten Formen und ist ganz unterhaltlich."

„Ich würde mich aber doch vor ihm fürchten."

„Was du nicht nötig hast, zu keiner Zeit und auch dann nicht, wenn ich über Land bin oder zum Tee beim Fürsten, denn zu allem andern, was wir haben, haben wir ja Gott sei Dank auch Rollo ..."

„Rollo?"

„Ja, Rollo. Du denkst dabei, vorausgesetzt, daß du bei Niemeyer oder Jahnke von dergleichen gehört hast, an den Normannenherzog, und unserer hat auch so was. Es ist aber bloß ein Neufundländer, ein wunderschönes Tier, das mich liebt und dich auch lieben wird. Denn Rollo ist ein Kenner. Und solange du den um dich hast, so lange bist du sicher und kann nichts an dich heran, kein Lebendiger und kein Toter. Aber sieh mal den Mond da drüben. Ist es nicht schön?"

Effi, die, still in sich versunken, jedes Wort halb ängstlich, halb begierig eingesogen hatte, richtete sich jetzt auf und sah nach rechts hinüber, wo der Mond, unter weißem, aber rasch hinschwindendem Gewölk, eben aufgegangen war. Kupferfarben stand die große Scheibe hinter einem Erlengehölz und warf ihr Licht auf eine breite Wasserfläche, die die Kessine hier bildete. Oder vielleicht war es auch schon ein Haff, an dem das Meer draußen seinen Anteil hatte.

Effi war wie benommen. „Ja, du hast recht, Geert, wie schön; aber es hat zugleich so was Unheimliches. In Italien habe ich nie solchen Eindruck gehabt, auch nicht als wir von Mestre nach Venedig hinüberfuhren. Da war auch Wasser und Sumpf und Mondschein, und ich dachte, die Brücke würde brechen; aber es war nicht so gespenstig. Woran liegt es nur? Ist es doch das Nördliche?"

Innstetten lachte. „Wir sind hier fünfzehn Meilen nördlicher als in Hohen-Cremmen und eh' der erste Eisbär kommt, mußt du noch eine Weile warten. Ich glaube, du bist nervös von der langen Reise und dazu das St. Privatpanorama und die Geschichte von dem Chinesen."

„Du hast mir ja gar keine erzählt."

„Nein, ich hab ihn nur eben genannt. Aber ein Chinese ist schon an und für sich eine Geschichte ..."

„Ja", lachte sie.

„Und jedenfalls hast du's bald überstanden. Siehst du da vor dir das kleine Haus mit dem Licht? Es ist eine Schmiede. Da biegt der Weg. Und wenn wir die Biegung gemacht haben, dann siehst du schon den Turm von Kessin oder richtiger beide …“

„Hat es denn zwei?“

„Ja, Kessin nimmt sich auf. Es hat jetzt auch eine katholische Kirche.“

*

Eine halbe Stunde später hielt der Wagen an der ganz am entgegengesetzten Ende der Stadt gelegenen landrätlichen Wohnung, einem einfachen, etwas altmodischen Fachwerkhause, das mit seiner Front auf die nach den Seebädern hinausführende Hauptstraße, mit seinem Giebel aber auf ein zwischen der Stadt und den Dünen liegendes Wäldchen, das die „Plantage“ hieß, herniederblickte. Dies altmodische Fachwerkhaus war übrigens nur Innstettens Privatwohnung, nicht das eigentliche Landratsamt, welches letztere, schräg gegenüber, an der anderen Seite der Straße lag.

Kruse hatte nicht nötig, durch einen dreimaligen Peitschenknips die Ankunft zu vermelden; längst hatte man von Tür und Fenstern aus nach den Herrschaften ausgeschaut, und ehe noch der Wagen heran war, waren bereits alle Hausinsassen auf dem die ganze Breite des Bürgersteiges einnehmenden Schwellstein versammelt, vorauf Rollo, der im selben Augenblicke, wo der Wagen hielt, diesen zu umkreisen begann. Innstetten war zunächst seiner jungen Frau beim Aussteigen behilflich und ging dann, dieser den Arm reichend, unter freundlichem Gruß an der Dienerschaft vorüber, die nun dem jungen Paare in den mit prächtigen alten Wandschränken umstandenen Hausflur folgte. Das Hausmädchen, eine hübsche, nicht mehr ganz jugendliche Person, der ihre stattliche Fülle fast ebenso gut kleidete, wie das zierliche Mützchen auf dem blonden Haar, war der gnädigen Frau beim Ablegen von Muff und Mantel behilflich und bückte sich eben, um ihr auch die mit Pelz gefütterten Gummistiefel auszuziehen. Aber ehe sie noch dazu kommen konnte, sagte Innstetten: „Es wird das beste sein, ich stelle dir gleich hier unsere gesamte Hausgenossenschaft vor, mit Ausnahme der Frau Kruse, die sich – ich vermute sie wieder bei ihrem unvermeidlichen schwarzen Huhn – nicht gerne sehen läßt.“ Alles lächelte. „Aber lassen wir Frau Kruse … Dies hier ist mein alter Friedrich, der schon mit mir auf der Universität war ... Nicht wahr, Friedrich, gute Zeiten damals ... und dies hier ist Johanna, märkische Landsmännin von dir, wenn du, was aus Pasewalker Gegend stammt, noch für voll gelten lassen willst, und dies ist Christel, der wir mittags und abends unser leibliches Wohl anvertrauen, und die zu kochen versteht, das kann ich dir versichern. Und dies hier ist Rollo. Nun, Rollo, wie geht's?"

Rollo schien nur auf diese spezielle Ansprache gewartet zu haben, denn im selben Augenblicke, wo er seinen Namen hörte, gab er einen Freudenblaff, richtete sich auf und legte die Pfoten auf seines Herrn Schulter.

„Schon gut, Rollo, schon gut. Aber sieh da, das ist die Frau; ich hab ihr von dir erzählt und ihr gesagt, daß du ein schönes Tier seiest und sie schützen würdest." Und nun ließ Rollo ab und setzte sich vor Innstetten nieder, zugleich neugierig zu der jungen Frau aufblickend. Und als diese ihm die Hand hinhielt, umschmeichelte er sie.

Effi hatte während dieser Vorstellungsszene Zeit gefunden, sich umzuschauen. Sie war wie gebannt von allem, was sie sah, und dabei geblendet von der Fülle von Licht. In der vorderen Flurhälfte brannten vier, fünf Wandleuchter, die Leuchter selbst sehr primitiv, von bloßem Weißblech, was aber den Glanz und die Helle nur noch steigerte. Zwei mit roten Schleiern bedeckte Astrallampen, Hochzeitsgeschenk von Niemeyer, standen auf einem zwischen zwei Eichenschränken angebrachten Klapptisch, in Front davon das Teezeug, dessen Lämpchen unter dem Kessel schon angezündet war. Aber noch viel, viel anderes und zum Teil sehr Sonderbares kam zu dem allen hinzu. Quer über den Flur fort liefen drei, die Flurdecke in ebenso viele Felder teilende Balken; an dem vordersten hing ein Schiff mit vollen Segeln, hohem Hinterdeck und Kanonenluken, während weiterhin ein riesiger Fisch in der Luft zu schwimmen schien. Effi, nahm ihren Schirm, den sie noch in Händen hielt, und stieß leis an das Ungetüm an, so daß es sich in eine langsam schaukelnde Bewegung setzte.

„Was ist das, Geert?" fragte sie.

„Das ist ein Haifisch."

„Und ganz dahinten das, was aussieht wie eine große Zigarre vor einem Tabaksladen?"

„Das ist ein junges Krokodil. Aber das kannst du dir alles morgen viel besser und genauer ansehen; jetzt komm und laß uns eine Tasse Tee nehmen. Denn trotz aller Plaids und Decken wirst du gefroren haben. Es war zuletzt empfindlich kalt."

Er bot nun Effi den Arm, und während sich die beiden Mädchen zurückzogen und nur Friedrich und Rollo folgten, trat man, nach links hin, in des Hausherren Wohn- und Arbeitszimmer ein. Effi war hier ähnlich überrascht wie draußen im Flur; aber ehe sie sich darüber äußern konnte, schlug Innstetten eine Portiere zurück, hinter der ein zweites größeres Zimmer, mit Blick auf Hof und Garten gelegen war. „Das, Effi, ist nun also dein. Friedrich und Johanna haben es, so gut es ging, nach meinen Anordnungen herrichten müssen. Ich finde es ganz erträglich und würde mich freuen, wenn es dir auch gefiele."

Sie nahm ihren Am aus dem seinigen und hob sich auf die Fußspitzen, um ihm einen herzlichen Kuß zu geben.

„Ich armes kleines Ding, wie du mich verwöhnst. Dieser Flügel und dieser Teppich, ich glaube gar, es ist ein türkischer, und das Bassin mit den Fischchen und dazu der Blumentisch. Verwöhnung, wohin ich sehe."

„Ja, meine liebe Effi, das mußt du dir nun schon gefallen lassen, dafür ist man jung und hübsch und liebenswürdig, was die Kessiner wohl auch schon erfahren haben werden, Gott weiß woher. Denn an dem Blumentisch wenigstens bin ich unschuldig. Friedrich, wo kommt der Blumentisch her?"

„Apotheker Gieshübler ... Es liegt auch eine Karte bei."

„Ah, Gieshübler, Alonzo Gieshübler", sagte Innstetten und reichte lachend und in beinahe ausgelassener Laune die Karte mit dem etwas fremdartig klingenden Vornamen zu Effi hinüber. „Gieshübler, von dem hab ich dir zu erzählen vergessen – beiläufig, er führt auch den Doktortitel, hat's aber nicht gern, wenn man ihn dabei nennt, das ärgere, so meint er, die richtigen Doktors bloß, und darin wird er wohl recht haben. Nun, ich denke, du wirst ihn kennenlernen und zwar bald; er ist unsere beste Nummer hier, Schöngeist und Original und vor allem Seele von Mensch, was doch immer die Hauptsache bleibt. Aber lassen wir das alles und setzen uns und nehmen unsern Tee. Wo soll es sein? Hier bei dir oder drin bei mir? Denn eine weitere Wahl gibt es nicht. Eng und klein ist meine Hütte."

Sie setzte sich ohne Besinnen auf ein kleines Ecksofa. „Heute bleiben wir hier, heute bist du bei mir zu Gast. Oder lieber so: den Tee regelmäßig bei mir, das Frühstück bei dir; dann kommt jeder zu seinem Recht, und ich bin neugierig, wo mir's am besten gefallen wird."

„Das ist eine Morgen- und Abendfrage."

„Gewiß. Aber wie sie sich stellt, oder richtiger, wie wir uns dazu stellen, das ist es eben."

Und sie lachte und schmiegte sich an ihn und wollte ihm die Hand küssen.

„Nein, Effi, um Himmels willen nicht, nicht so. Mir liegt nicht daran, die Respektsperson zu sein, das bin ich für die Kessiner. Für dich bin ich ..."

„Nun was?"

„Ach laß. Ich werde mich hüten, es zu sagen."

Siebentes Kapitel

Es war schon heller Tag, als Effi am andern Morgen erwachte. Sie hatte Mühe, sich zurechtzufinden. Wo war sie? Richtig, in Kessin, im Hause des Landrats von Innstetten, und sie war seine Frau, Baronin Innstetten. Und sich aufrichtend, sah sie sich neugierig um; am Abend vorher war sie zu müde gewesen, um alles, was sie da halb fremdartig, halb altmodisch umgab, genauer in Augenschein zu nehmen. Zwei Säulen stützten den Deckenbalken, und grüne Vorhänge schlossen den alkovenartigen Schlafraum, in welchem die Betten standen, von dem Rest des Zimmers ab; nur in der Mitte fehlte der Vorhang oder war zurückgeschlagen, was ihr von ihrem Bette aus eine bequeme Orientierung gestattete. Da, zwischen den zwei Fenstern, stand der schmale bis hoch hinaufreichende Trumeau, während rechts daneben, und schon an der Flurwand hin, der große schwarze Kachelofen aufragte, der noch (so viel hatte sie schon am Abend vorher bemerkt) nach alter Sitte von außen her geheizt wurde. Sie fühlte jetzt, wie seine Wärme herüberströmte. Wie schön es doch war, im eigenen Hause zu sein; so viel Behagen hatte sie während der ganzen Reise nicht empfunden, nicht einmal in Sorrent.

Aber wo war Innstetten? Alles still um sie her, niemand da. Sie hörte nur den Ticktackschlag einer kleinen Penduhr und dann und wann einen dumpfen Ton im Ofen, woraus sie schloß, daß vom Flur her ein paar neue Scheite nachgeschoben würden. Allmählich entsann sie sich auch, daß Geert, am Abend vorher, von einer elektrischen Klingel gesprochen hatte, nach der sie denn auch nicht lange mehr zu suchen brauchte; dicht neben ihren Kissen war der kleine weiße Elfenbeinknopf, auf den sie nun leise drückte.

Gleich danach erschien Johanna. „Gnädige Frau haben befohlen."

„Ach, Johanna, ich glaube, ich habe mich verschlafen. Es muß schon spät sein."

„Eben neun."

„Und der Herr ..." es wollt ihr nicht glücken, so ohne weiteres von ihrem „Manne" zu sprechen ... „der Herr, er muß sehr leise gemacht haben; ich habe nichts gehört."

„Das hat er gewiß. Und gnäd'ge Frau werden fest geschlafen haben. Nach der langen Reise ..."

„Ja, das hab ich. Und der Herr, ist er immer so früh auf?"

„Immer, gnäd'ge Frau. Darin ist er streng; er kann das lange Schlafen nicht leiden, und wenn er drüben in sein Zimmer tritt, da muß der Ofen warm sein, und der Kaffee darf auch nicht auf sich warten lassen."

„Da hat er also schon gefrühstückt?"

„Oh, nicht doch, gnäd'ge Frau ... der gnäd'ge Herr ..."

Effi fühlte, daß sie die Frage nicht hätte tun und die Vermutung, Innstetten könne nicht auf sie gewartet haben, lieber nicht hätte aussprechen sollen. Es lag ihr denn auch daran, diesen ihren Fehler so gut es ging wieder auszugleichen, und als sie sich erhoben und vor dem Trumeau Platz genommen hatte, nahm sie das Gespräch wieder auf und sagte: „Der Herr hat übrigens ganz recht. Immer früh auf, das war auch Regel in meiner Eltern Hause. Wo die Leute den Morgen verschlafen, da gibt es den ganzen Tag keine Ordnung mehr. Aber der Herr wird es so streng mit mir nicht nehmen; eine ganze Weile hab ich diese Nacht nicht schlafen können und habe mich sogar ein wenig geängstigt."

„Was ich hören muß, gnäd'ge Frau! Was war es denn?"

„Es war über mir ein ganz sonderbarer Ton, nicht laut, aber doch sehr eindringlich. Erst klang es, wie wenn lange Schleppenkleider über die Diele hinschleiften, und in meiner Erregung war es mir ein paarmal, als ob ich kleine weiße Atlasschuhe sähe. Es war, als tanze man oben, aber ganz leise.“

Johanna, während das Gespräch so ging, sah über die Schulter der jungen Frau fort in den hohen schmalen Spiegel hinein, um die Mienen Effis besser beobachten zu können. Dann sagte sie:

„Ja, das ist oben im Saal. Früher hörten wir es in der Küche auch. Aber jetzt hören wir es nicht mehr; wir haben uns daran gewöhnt.“

„Ist es denn etwas Besonderes damit?“

„O Gott bewahre, nicht im geringsten. Eine Weile wußte man nicht recht, woher es käme, und der Herr Prediger machte ein verlegenes Gesicht, trotzdem Doktor Gieshübler immer nur darüber lachte. Nun aber wissen wir, daß es die Gardinen sind. Der Saal ist etwas multrig und stockig und deshalb stehen immer die Fenster auf, wenn nicht gerade Sturm ist. Und da ist denn fast immer ein starker Zug oben und fegt die alten, weißen Gardinen, die außerdem viel zu lang sind, über die Dielen hin und her. Das klingt dann so wie seid'ne Kleider, oder auch wie Atlasschuhe, wie die gnäd'ge Frau eben bemerkten.“

„Natürlich ist es das. Aber ich begreife nur nicht, warum dann die Gardinen nicht abgenommen werden. Oder man könnte sie ja kürzer machen. Es ist ein so sonderbares Geräusch, das einem auf die Nerven fällt. Und nun, Johanna, bitte, geben Sie mir noch das kleine Tuch und tupfen Sie mir die Stirn. Oder nehmen Sie lieber den Refraichisseur aus meiner Reisetasche … Ach, das ist schön und erfrischt mich. Nun werde ich hinübergehen. Er ist doch noch da, oder war er schon aus?“

„Der gnäd'ge Herr war schon aus, ich glaube drüben auf dem Amt. Aber seit einer Viertelstunde ist er zurück. Ich werde Friedrich sagen, daß er das Frühstück bringt.“

Und damit verließ Johanna das Zimmer, während Effi noch einen Blick in den Spiegel tat und dann über den Flur fort, der bei der Tagesbeleuchtung viel von seinem Zauber vom Abend vorher eingebüßt hatte, bei Geert eintrat.

Dieser saß an seinem Schreibtisch, einem etwas schwerfälligen Zylinderbureau, das er aber, als Erbstück aus dem elterlichen Hause, nicht missen mochte. Effi stand hinter ihm und umarmte und küßte ihn, noch eh' er sich von seinem Platz erheben konnte.

„Schon?“

„Schon, sagst du. Natürlich um mich zu verspotten."

Innstetten schüttelte den Kopf. „Wie werd ich das?" Effi fand aber ein Gefallen daran, sich anzuklagen, und wollte von den Versicherungen ihres Mannes, daß sein „schon" ganz aufrichtig gemeint gewesen sei, nichts hören. „Du mußt noch von der Reise her wissen, daß ich morgens nie habe warten lassen. Im Laufe des Tages, nun ja, da ist es etwas anderes. Es ist wahr, ich bin nicht sehr pünktlich, aber ich bin keine Langschläferin. Darin, denk ich, haben mich die Eltern gut erzogen."

„Darin? In allem, meine süße Effi."

„Das sagst du so, weil wir noch in den Flitterwochen sind, ... aber nein, wir sind ja schon heraus. Ums Himmels willen, Geert, daran habe ich noch gar nicht gedacht, wir sind ja schon über sechs Wochen verheiratet, sechs Wochen und einen Tag. Ja, das ist etwas anderes; da nehme ich es nicht mehr als Schmeichelei, da nehme ich es als Wahrheit."

In diesem Augenblicke trat Friedrich ein und brachte den Kaffee. Der Frühstückstisch stand in Schräglinie vor einem kleinen rechtwinkligen Sofa, das gerade die eine Ecke des Wohnzimmers ausfüllte. Hier setzten sich beide.

„Der Kaffee ist ja vorzüglich", sagte Effi, während sie zugleich das Zimmer und seine Einrichtung musterte. „Das ist noch Hotelkaffee oder wie der bei Bottegone, ... erinnerst du dich noch, in Florenz, mit dem Blick auf den Dom. Davon muß ich der Mama schreiben, solchen Kaffee haben wir in Hohen-Cremmen nicht. Überhaupt, Geert, ich sehe nun erst, wie vornehm ich mich verheiratet habe. Bei uns konnte alles nur so gerade passieren."

„Torheit, Effi. Ich habe nie eine bessere Hausführung gesehen als bei euch."

„Und dann, wie du wohnst. Als Papa sich den neuen Gewehrschrank angeschafft und über seinem Schreibtisch einen Büffelkopf und dicht darunter den alten Wrangel angebracht hatte – er war nämlich mal Adjutant bei dem Alten –, da dacht er Wunder, was er getan; aber wenn ich mich hier umsehe, daneben ist unsere ganze Hohen-Cremmener Herrlichkeit ja bloß dürftig und alltäglich. Ich weiß gar nicht, womit ich das alles vergleichen soll; schon gestern abend, als ich nur flüchtig darüber hinsah, kamen mir allerhand Gedanken."

„Und welche, wenn ich dich fragen darf?“

„Ja, welche. Du darfst aber nicht drüber lachen. Ich habe mal ein Bilderbuch gehabt, wo ein persischer oder indischer Fürst – denn er trug einen Turban – mit untergeschlagenen Beinen auf einem roten Seidenkissen saß, und in seinem Rücken war außerdem noch eine große rote Seidenrolle, die links und rechts ganz bauschig zum Vorschein kam, und die Wand hinter dem indischen Fürsten starrte von Schwertern und Dolchen und Parderfellen und Schilden und langen türkischen Flinten. Und sieh, ganz so sieht es hier bei dir aus, und wenn du noch die Beine unterschlägst, ist die Ähnlichkeit vollkommen.“

„Effi, du bist ein entzückendes, liebes Geschöpf. Du weißt gar nicht, wie sehr ich's finde und wie gern ich dir in jedem Augenblicke zeigen möchte, daß ich's finde.“

„Nun, dazu ist ja noch vollauf Zeit; ich bin ja erst siebzehn und habe noch nicht vor, zu sterben.“

„Wenigstens nicht vor mir. Freilich, wenn ich dann stürbe, nähme ich dich am liebsten mit. Ich will dich keinem andern lassen; was meinst du dazu?“

„Das muß ich mir doch noch überlegen. Oder lieber, lassen wir's überhaupt. Ich spreche nicht gern von Tod, ich bin für Leben. Und nun sage mir, wie leben wir hier? Du hast mir unterwegs allerlei Sonderbares von Stadt und Land erzählt, aber wie wir selber hier leben werden, davon kein Wort. Daß hier alles anders ist, als in Hohen-Cremmen und Schwantikow, das seh ich wohl, aber wir müssen doch in dem ‚guten Kessin', wie du's immer nennst, auch etwas wie Umgang und Gesellschaft haben können. Habt ihr denn Leute von Familie in der Stadt?“

„Nein, meine liebe Effi; nach dieser Seite hin gehst du großen Enttäuschungen entgegen. In der Nähe haben wir ein paar Adlige, die du kennenlernen wirst, aber hier in der Stadt ist gar nichts.“

„Gar nichts? Das kann ich nicht glauben. Ihr seid doch bis zu dreitausend Menschen, und unter dreitausend Menschen muß es doch außer so kleinen Leuten wie Barbier Beza – so hieß er ja wohl – doch auch noch eine Elite geben, Honoratioren oder dergleichen.“

Innstetten lachte. „Ja, Honoratioren, die gibt es. Aber bei Lichte besehen, ist es nicht viel damit. Natürlich haben wir einen Prediger und einen Amtsrichter und einen Rektor und einen Lotsenkommandeur, und von solchen beamteten Leuten findet sich schließlich wohl ein ganzes Dutzend zusammen, aber die meisten davon: gute Menschen und schlechte Musikanten. Und was dann noch bleibt, das sind bloß Konsuln."

„Bloß Konsuln. Ich bitte dich Geert, wie kannst du nur sagen ‚bloß Konsuln'. Das ist doch etwas sehr Hohes und Großes, und ich möchte beinah sagen Furchtbares. Konsuln, das sind doch die mit dem Rutenbündel, draus, glaub ich, ein Beil heraussah."

„Nicht ganz, Effi. Die heißen Liktoren."

„Richtig, die heißen Liktoren. Aber Konsuln ist doch auch etwas sehr Vornehmes und Hochgesetzliches. Brutus war ein Konsul."

„Ja, Brutus war ein Konsul. Aber unsere sind ihm nicht sehr ähnlich und begnügen sich damit, mit Zucker und Kaffee zu handeln oder eine Kiste mit Apfelsinen aufzubrechen und verkaufen dir dann das Stück pro zehn Pfennige."

„Nicht möglich."

„Sogar gewiß. Es sind kleine, pfiffige Kaufleute, die, wenn fremdländische Schiffe hier einlaufen und in irgend einer Geschäftsfrage nicht recht aus noch ein wissen, die dann mit ihrem Rate zur Hand sind, und wenn sie diesen Rat gegeben und irgendeinem holländischen oder portugiesischen Schiff einen Dienst geleistet haben, so werden sie zuletzt zu beglaubigten Vertretern solcher fremder Staaten, und gerade so viele Botschafter und Gesandte, wie wir in Berlin haben, so viele Konsuln haben wir auch in Kessin, und wenn irgend ein Festtag ist, und es gibt hier viel Festtage, dann werden alle Wimpel gehißt, und haben wir gerad' eine grelle Morgensonne, so siehst du an solchem Tage ganz Europa von unsern Dächern flaggen und das Sternenbanner und den chinesischen Drachen dazu."

„Du bist in einer spöttischen Laune, Geert, und magst auch wohl recht haben. Aber ich, für meine kleine Person, muß dir gestehen, daß ich dies alles entzückend finde, und daß unsere havelländischen Städte daneben verschwinden. Wenn sie da Kaisers Geburtstag feiern, so flaggt es immer bloß schwarz und weiß und allenfalls ein bißchen rot dazwischen, aber das kann sich doch nicht vergleichen mit der Welt von Flaggen, von der du sprichst. Überhaupt, wie ich dir schon sagte, ich finde immer wieder und wieder, es hat alles so was Fremdländisches hier, und ich habe noch nichts gehört und gesehen, was mich nicht in eine gewisse Verwunderung gesetzt hätte, gleich gestern abend das merkwürdige Schiff draußen im Flur und dahinter der Haifisch und das Krokodil und hier dein eigenes Zimmer. Alles so orientalisch, und ich muß es wiederholen, alles wie bei einem indischen Fürsten ..."

„Meinetwegen. Ich gratuliere, Fürstin ..."

„Und dann oben der Saal mit seinen langen Gardinen, die über die Diele hinfegen."

„Aber was weißt du denn von dem Saal, Effi?"

„Nichts, als was ich dir eben gesagt habe. Wohl eine Stunde lang, als ich in der Nacht aufwachte, war es mir, als ob ich Schuhe auf der Erde schleifen hörte, und als würde getanzt und fast auch wie Musik. Aber alles ganz leise. Und das hab ich dann heute früh an Johanna erzählt, bloß um mich zu entschuldigen, daß ich hinterher so lange geschlafen. Und da sagte sie mir, das sei von den langen Gardinen oben im Saal. Ich denke, wir machen kurzen Prozeß damit und schneiden die Gardinen etwas ab oder schließen wenigstens die Fenster; es wird ohnehin bald stürmisch genug werden. Mitte November ist ja die Zeit."

Innstetten sah in einer kleinen Verlegenheit vor sich hin und schien schwankend, ob er auf all das antworten solle. Schließlich entschied er sich für Schweigen. „Du hast ganz recht, Effi, wir wollen die langen Gardinen oben kürzer machen. Aber es eilt nicht damit, um so weniger, als es nicht sicher ist, ob es hilft. Es kann auch was anderes sein, im Rauchfang, oder der Wurm im Holz oder ein Iltis. Wir haben nämlich hier Iltisse. Jedenfalls aber eh' wir Änderungen vornehmen, mußt du dich in unserem Hauswesen erst umsehen, natürlich unter meiner Führung; in einer Viertelstunde zwingen wir's. Und dann machst du Toilette, nur ein ganz klein wenig, denn eigentlich bist du so am reizendsten, – Toilette für unseren Freund Gieshübler; es ist jetzt zehn vorüber, und ich müßte mich sehr in ihm irren, wenn er nicht um elf oder doch spätestens um die Mittagstunde hier antreten und dir seinen Respekt devotest zu Füßen legen sollte. Das ist nämlich die Sprache, drin er sich ergeht. Übrigens, wie ich dir schon sagte, ein kapitaler Mann, der dein Freund werden wird, wenn ich ihn und dich recht kenne."

*

Achtes Kapitel

Elf war es längst vorüber; aber Gieshübler hatte sich noch immer nicht sehen lassen. „Ich kann nicht länger warten", hatte Geert gesagt, den der Dienst abrief. „Wenn Gieshübler noch erscheint, so sei möglichst entgegenkommend, dann wird es vorzüglich gehen; er darf nicht verlegen werden; ist er befangen, so kann er kein Wort finden oder sagt die sonderbarsten Dinge; weißt du ihn aber in Zutrauen und gute Laune zu bringen, dann redet er wie ein Buch. Nun, du wirst es schon machen. Erwarte mich nicht vor drei; es gibt drüben allerlei zu tun. Und das mit dem Saal oben wollen wir noch überlegen; es wird aber wohl am besten sein, wir lassen es beim alten."

Damit ging Innstetten und ließ seine junge Frau allein. Diese saß, etwas zurückgelehnt, in einem lauschigen Winkel am Fenster und stützte sich, während sie hinaussah, mit ihrem linken Arm auf ein kleines Seitenbrett, das aus dem Zylinderbureau herausgezogen war. Die Straße war die Hauptverkehrsstraße nach dem Strande hin, weshalb denn auch in Sommerzeit ein reges Leben hier herrschte, jetzt aber, um Mitte November, war alles leer und still, und nur ein paar arme Kinder, deren Eltern in etlichen ganz am äußersten Rande der „Plantage" gelegenen Strohdachhäusern wohnten, klappten in ihren Holzpantinen an dem Innstettenschen Hause vorüber. Effi empfand aber von dieser Einsamkeit, denn ihre Phantasie war noch immer bei den wunderlichen Dingen, die sie, kurz vorher, während ihrer Umschau haltenden Musterung im Hause gesehen hatte. Diese Musterung hatte mit der Küche begonnen, deren Herd eine moderne Konstruktion aufwies, während an der Decke hin, und zwar bis in die Mädchenstube hinein, ein elektrischer Draht lief, – beides vor kurzem erst hergerichtet. Effi war erfreut gewesen, als ihr Innstetten davon erzählt hatte, dann aber waren sie von der Küche wieder in den Flur zurück- und von diesem in den Hof hinausgetreten, der in seiner ersten Hälfte nicht viel mehr als ein, zwischen zwei Seitenflügeln hinlaufender ziemlich schmaler Gang war. In diesen Flügeln war alles untergebracht, was sonst noch zu Haushalt und Wirtschaftsführung gehörte, rechts Mädchenstube, Bedientenstube, Rollkammer, links eine zwischen Pferdestall und Wagenremise gelegene, von der Familie Kruse bewohnte Kutscherwohnung.

Über dieser, in einem Verschlage, waren die Hühner einlogiert, und eine Dachklappe über dem Pferdestall bildete den Aus- und Einschlupf für die Tauben. All dies hatte sich Effi mit vielem Interesse angesehen, aber dies Interesse sah sich doch weit überholt, als sie, nach ihrer Rückkehr vom Hof ins Vorderhaus, unter Innstettens Führung die nach oben führende Treppe hinaufgestiegen war. Diese war schief, baufällig, dunkel; der Flur dagegen, auf den sie mündete, wirkte beinah heiter, weil er viel Licht und einen guten landschaftlichen Ausblick hatte: nach der einen Seite hin, über die Dächer des Stadtrandes und die „Plantage" fort, auf einer hoch auf einer Düne stehende holländische Windmühle, nach der anderen Seite hin auf die Kessine, die hier, unmittelbar vor ihrer Einmündung, ziemlich breit war und einen stattlichen Eindruck machte. Diesem Eindruck konnte man sich unmöglich entziehen, und Effi hatte denn auch nicht gesäumt, ihrer Freude lebhaften Ausdruck zu geben. „Ja, sehr schön, sehr malerisch", hatte Innstetten, ohne weiter darauf einzugehen, geantwortet, und dann eine mit ihren Flügeln etwas schief hängende Doppeltür geöffnet, die nach rechts hin in den sogenannten Saal führte. Dieser lief durch die ganze Etage; Vorder- und Hinterfenster standen auf, und die mehr erwähnten langen Gardinen bewegten sich in dem starken Luftzuge hin und her. In der Mitte der einen Längswand sprang ein Kamin vor mit einer großen Steinplatte, während an der Wand gegenüber ein paar blecherne Leuchter hingen, jeder mit zwei Lichtöffnungen, ganz so wie unten im Flur, aber alles stumpf und ungepflegt. Effi war einigermaßen enttäuscht, sprach es auch aus und erklärte, statt des öden und ärmlichen Saals, doch lieber die Zimmer an der gegenübergelegenen Flurseite sehen zu wollen. „Da ist nun eigentlich vollends nichts", hatte Innstetten geantwortet, aber doch die Türen geöffnet. Es befanden sich hier vier einfenstrige Zimmer, alle gelb getüncht, gerade wie der Saal, und ebenfalls ganz leer. Nur in einem standen drei Binsenstühle, die durchgesessen waren, und an die Lehne des einen war ein kleines, nur einen halben Finger langes Bildchen geklebt, das einen Chinesen darstellte, blauer Rock mit gelben Pluderhosen und einen flachen Hut auf dem Kopf. Effi sah es und sagte: „Was soll der Chinese?" Innstetten selber schien von dem Bildchen überrascht und versicherte, daß er es nicht wisse. „Das hat Christel angeklebt oder Johanna. Spielerei. Du kannst sehen, es ist aus einer Fibel herausgeschnitten.“ Effi fand es auch und war nur verwundert, daß Innstetten alles so ernsthaft nahm, als ob es doch etwas sei. Dann hatte sie noch einmal einen Blick in den Saal getan und dabei dahin geäußert, wie es doch eigentlich schade sei, daß das alles leer stehe. „Wir haben unten ja nur drei Zimmer, und wenn uns wer besucht, so wissen wir nicht aus, noch ein. Meinst du nicht, daß man aus dem Saal zwei hübsche Fremdenzimmer machen könnte. Das wäre so was für die Mama; nach hinten heraus könnte sie schlafen und hätte den Blick auf den Fluß und die beiden Molen, und vorn hätte sie die Stadt und die holländische Windmühle. In Hohen-Cremmen haben wir noch immer bloß eine Bockmühle. Nun sage, was meinst du dazu? Nächsten Mai wird doch die Mama wohl kommen.“

Innstetten war mit allem einverstanden gewesen und hatte nur zum Schlusse gesagt: „Alles ganz gut. Aber es ist am Ende besser, wir logieren die Mama drüben ein, auf dem Landratsamt; die ganze erste Etage steht da leer, gerade so wie hier, und sie ist da noch mehr für sich.“

*

Das war so das Resultat des ersten Umgangs im Hause gewesen; dann hatte Effi drüben ihre Toilette gemacht, nicht ganz so schnell wie Innstetten angenommen, und nun saß sie in ihres Gatten Zimmer und beschäftigte sich in ihren Gedanken abwechselnd mit dem kleinen Chinesen oben und mit Gieshübler, der noch immer nicht kam. Vor einer Viertelstunde war freilich ein kleiner, schiefschultriger und fast schon so gut wie verwachsener Herr in einem kurzen eleganten Pelzrock und einem hohen sehr glatt gebürsteten Zylinder an der anderen Seite der Straße vorbeigegangen und hatte nach ihrem Fenster hinübergesehen. Aber das konnte Gieshübler wohl nicht gewesen sein! Nein, dieser schiefschultrige Herr, der zugleich etwas so Distinguiertes hatte, das mußte der Herr Gerichtspräsident gewesen sein, und sie entsann sich auch wirklich, in einer Gesellschaft bei Tante Therese, mal einen solchen gesehen zu haben, bis ihr mit einem Male einfiel, daß Kessin bloß einen Amtsrichter habe.

Während sie diesen Betrachtungen noch nachging, wurde der Gegenstand derselben, der augenscheinlich erst eine Morgen- oder vielleicht auch eine Ermutigungspromenade um die Plantage herum gemacht hatte, wieder sichtbar, und eine Minute später erschien Friedrich, um Apotheker Gieshübler anzumelden.

„Ich lasse sehr bitten."

Der armen jungen Frau schlug das Herz, weil es das erste Mal war, daß sie sich als Hausfrau und noch dazu als erste Frau der Stadt zu zeigen hatte.

Friedrich half Gieshübler den Pelzrock ablegen und öffnete dann wieder die Tür.

Effi reichte dem verlegen Eintretenden die Hand, die dieser mit einem gewissen Ungestüm küßte. Die junge Frau schien sofort einen großen Eindruck auf ihn gemacht zu haben.

„Mein Mann hat mir bereits gesagt ... Aber ich empfange Sie hier in meines Mannes Zimmer ... er ist drüben auf dem Amt und kann jeden Augenblick zurück sein ... Darf ich Sie bitten, bei mir eintreten zu wollen?"

Gieshübler folgte der voranschreitenden Effi ins Nebenzimmer, wo diese auf einen der Fauteuils wies, während sie sich selbst ins Sofa setzte. „Daß ich Ihnen sagen könnte, welche Freude Sie mir gestern durch die schönen Blumen und Ihre Karte gemacht haben. Ich hörte sofort auf, mich hier als eine Fremde zu fühlen, und als ich dies Innstetten aussprach, sagte er mir, wir würden überhaupt gute Freunde sein."

„Sagte er so? Der gute Herr Landrat. Ja der Herr Landrat und Sie, meine gnäd'gste Frau, da sind, das bitte ich sagen zu dürfen, zwei liebe Menschen zueinander gekommen. Denn wie Ihr Herr Gemahl ist, das weiß ich, und wie Sie sind, meine gnäd'gste Frau, das sehe ich."

„Wenn Sie nur nicht mit zu freundlichen Augen sehen. Ich bin so sehr jung. Und Jugend ..."

„Ach, meine gnäd'gste Frau, sagen Sie nichts gegen die Jugend. Die Jugend, auch in ihren Fehlern ist sie noch schön und liebenswürdig, und das Alter, auch in seinen Tugenden taugt es nicht viel. Persönlich kann ich in dieser Frage freilich nicht mitsprechen, vom Alter wohl, aber von der Jugend nicht, denn ich bin eigentlich nie jung gewesen. Personen meines Schlages sind nie jung. Ich darf wohl sagen, das ist das traurigste von der Sache. Man hat keinen rechten Mut, man hat kein Vertrauen zu sich selbst, man wagt kaum, eine Dame zum Tanz aufzufordern, weil man ihr eine Verlegenheit ersparen will, und so gehen die Jahre hin, und man wird alt, und das Leben war arm und leer."

Effi gab ihm die Hand. „Ach, Sie dürfen so was nicht sagen. Wir Frauen sind gar nicht so schlecht."

„Oh, nein, gewiß nicht ..."

„Und wenn ich mir zurückrufe", fuhr Effi fort, „was ich alles erlebt habe ... viel ist es nicht, denn ich bin wenig herausgekommen und habe fast immer auf dem Lande gelebt ... aber wenn ich es mir zurückrufe, so finde ich doch, daß wir immer das lieben, was liebenswert ist. Und dann sehe ich doch auch gleich, daß Sie anders sind als andere, dafür haben wir Frauen ein scharfes Auge. Vielleicht ist es auch der Name, der in Ihrem Falle mitwirkt. Das war immer eine Lieblingsbehauptung unseres alten Pastors Niemeyer; der Name, so liebte er zu sagen, besonders der Taufname, habe was geheimnisvoll Bestimmendes, und Alonzo Gieshübler, so mein ich, schließt eine ganz neue Welt vor einem auf, ja, fast möcht ich sagen dürfen, Alonzo ist ein romantischer Name, ein Preziosaname."

Gieshübler lächelte mit einem ganz ungemeinen Behagen und fand den Mut, seinen für seine Verhältnisse viel zu hohen Zylinder, den er bis dahin in der Hand gedreht hatte, beiseite zu stellen. „Ja, meine gnäd'gste Frau, da treffen Sie's."

„Oh, ich verstehe. Ich habe von den Konsuln gehört, deren Kessin so viele haben soll, und in dem Hause des spanischen Konsuls hat Ihr Herr Vater mutmaßlich die Tochter eines seemännischen Capitanos kennen gelernt, wie ich annehme irgendeine schöne Andalusierin. Andalusierinnen sind immer schön."

„Ganz wie Sie vermuten, meine Gnädigste. Und meine Mutter war wirklich eine schöne Frau, so schlecht es mir persönlich zusteht, die Beweisführung zu übernehmen. Aber als Ihr Herr Gemahl vor drei Jahren hierher kam, lebte sie noch und hatte noch ganz die Feueraugen. Er wird es mir bestätigen. Ich persönlich bin mehr ins Gieshüblersche geschlagen, Leute von wenig Exterieur, aber sonst leidlich im Stande. Wir sitzen hier schon in der vierten Generation, volle hundert Jahre, und wenn es einen Apothekeradel gäbe ..."

„So würden Sie ihn beanspruchen dürfen. Und ich meinerseits nehme ihn für bewiesen an und sogar für bewiesen ohne jede

Einschränkung. Uns, aus den alten Familien, wird das am leichtesten, weil wir, so wenigstens bin ich von meinem Vater auch von meiner Mutter her erzogen worden, jede gute Gesinnung, sie komme woher sie wolle, mit Freudigkeit gelten lassen. Ich bin eine geborene Briest und stamme von dem Briest ab, der, am Tage vor der Fehrbelliner Schlacht, den Überfall von Rathenow ausführte, wovon Sie vielleicht einmal gehört haben ..."

„Oh, gewiß, meine Gnädigste, das ist ja meine Spezialität."

„Eine Briest also. Und mein Vater, da reichen keine hundert Male, daß er zu mir gesagt hat: Effi – so heiße ich nämlich –, Effi, hier sitzt es, bloß hier, und als Froben das Pferd tauschte, da war er von Adel, und als Luther sagte ‚hier stehe ich', da war er erst recht von Adel. Und ich denke, Herr Gieshübler, Innstetten hatte ganz recht, als er mir versicherte, wir würden gute Freundschaft halten."

Gieshübler hätte nun am liebsten gleich eine Liebeserklärung gemacht und gebeten, daß er als Cid oder irgend sonst ein Campeador für sie kämpfen und sterben könne. Da dies alles aber nicht ging und sein Herz es nicht mehr aushalten konnte, so stand er auf, suchte nach seinem Hut, den er auch glücklicherweise gleich fand, und zog sich, nach wiederholtem Handkuß, rasch zurück, ohne weiter ein Wort gesagt zu haben.

Neuntes Kapitel

So war Effis erster Tag in Kessin gewesen. Innstetten gab ihr noch eine halbe Woche Zeit, sich einzurichten und die verschiedensten Briefe nach Hohen-Cremmen zu schreiben, an die Mama, an Hulda und die Zwillinge; dann aber hatten die Stadtbesuche begonnen, die zum Teil (es regnete gerade so, daß man sich diese Ungewöhnlichkeit schon gestatten konnte), in einer geschlossenen Kutsche gemacht wurden. Als man damit fertig war, kam der Landadel an die Reihe. Das dauerte länger, da sich bei den meist großen Entfernungen, an jedem Tage nur eine Visite machen ließ. Zuerst war man bei den Borckes in Rothenmoor, dann ging es nach Morgnitz, Dabergotz und Kroschentin, wo man bei den Ahlemanns, den Jatzkows und den Grasenabbs den pflichtschuldigen Besuch abstattete. Noch ein paar andere folgten, unter denen auch der alte Baron von Güldenklee auf Papenhagen war. Der Eindruck, den Effi empfing, war überall derselbe: mittelmäßige Menschen, von meist zweifelhafter Liebenswürdigkeit, die, während sie vorgaben, über Bismarck und die Kronprinzessin zu sprechen, eigentlich nur Effis Toilette musterten, die von einigen als zu prätentiös für eine so jugendliche Dame, von andern als zu wenig dezent für eine Dame von gesellschaftlicher Stellung befunden wurde. Man merke doch an allem die Berliner Schule: Sinn für Äußerliches und eine merkwürdige Verlegenheit und Unsicherheit bei Berührung großer Fragen. In Rothenmoor bei den Borckes und dann auch bei den Familien in Morgnitz und Dabergotz war sie für „nationalistisch angekränkelt", bei den Grasenabbs in Kroschentin aber rundweg für eine „Atheistin" erklärt worden. Allerdings hatte die alte Frau von Grasenabb, eine Süddeutsche (geborene Stiefel von Stiefelstein), einen schwachen Versuch gemacht, Effi wenigstens für den Deismus zu retten; Sidonie von Grasenabb aber eine dreiundvierzigjährige alte Jungfer, war barsch dazwischengefahren: „Ich sage dir, Mutter, einfach Atheistin, kein Zoll breit weniger, und dabei bleibt es", worauf die Alte, die sich vor ihrer eigenen Tochter fürchtete, klüglich geschwiegen hatte.

Die ganze Tournee hatte so ziemlich zwei Wochen gedauert, und es war am 2. Dezember, als man, zu schon später Stunde, von dem letzten dieser Besuche nach Kessin zurückkehrte. Dieser letzte Besuch hatte den Güldenklees auf Papenhagen gegolten, bei welcher Gelegenheit Innstetten dem Schicksal nicht entgangen war mit dem alten Güldenklee politisieren zu müssen. „Ja, teuerster Landrat, wenn ich so den Wechsel der Zeiten bedenke! Heute vor einem Menschenalter oder ungefähr so lange, ja, da war auch ein zweiter Dezember und der gute Louis und Napoleons-Neffe – wenn er so was war und nicht eigentlich ganz woanders herstammte, – der kartätschte damals auf die Pariser Kanaille. Na, das mag ihm verziehen sein, für so was war er der rechte Mann, und ich halte zu dem Satze: ‚jeder hat es geradeso gut und so schlecht, wie er's verdient.' Aber daß er nachher alle Schätzung verlor und Anno 70 so mir nichts dir nichts auch mit uns anbinden wollte, sehen Sie, Baron, das war, ja wie sag ich, das war eine lnsolenz. Es ist ihm aber auch heimgezahlt worden. Unser Alter da oben läßt sich nicht spotten, der steht zu uns."

„Ja", sagte Innstetten, der klug genug war, auf solche Philistereien anscheinend ernsthaft einzugehen: „Der Held und Eroberer von Saarbrücken wußte nicht, was er tat. Aber Sie dürfen nicht zu streng mit ihm persönlich abrechnen. Wer ist am Ende Herr in seinem Hause? Niemand. Ich richte mich auch schon darauf ein, die Zügel der Regierung in andere Hände zu legen, und Louis Napoleon, nun, der war vollends ein Stück Wachs in den Händen seiner katholischen Frau, oder sagen wir lieber, seiner jesuitischen Frau."

„Wachs in den Händen seiner Frau, die ihm dann eine Nase drehte. Natürlich, Innstetten, das war er. Aber damit wollen Sie diese Puppe doch nicht etwa retten? Er ist und bleibt gerichtet. An und für sich ist es übrigens noch gar nicht mal erwiesen", und sein Blick suchte bei diesen Worten etwas ängstlich nach dem Auge seiner Ehehälfte, „ob nicht Frauenherrschaft eigentlich als ein Vorzug gelten kann; nur freilich, die Frau muß danach sein. Aber wer war diese Frau? Sie war überhaupt keine Frau, im günstigsten Falle war sie eine Dame, das sagt alles; ‚Dame' hat beinah immer einen Beigeschmack. Diese Eugenie – über deren Verhältnis zu dem jüdischen Bankier ich hier gern hingehe, denn ich hasse Tugendhochmut – hatte was vom Café chantant, und wenn die Stadt, in der sie lebte, das Babel war, so war sie das Weib von Babel. Ich mag mich nicht deutlicher ausdrücken, denn ich weiß", und er verneigte sich gegen Effi, „was ich deutschen Frauen schuldig bin. Und Vergebung, meine Gnädigste, daß ich diese Dinge vor Ihren Ohren überhaupt berührt habe."

So war die Unterhaltung gegangen, nachdem man vorher von Wahl, Nobiling und Raps gesprochen hatte, und nun saßen Innstetten und Effi wieder daheim und plauderten noch eine halbe Stunde. Die beiden Mädchen im Hause waren schon zu Bett, denn es war nah an Mitternacht.

Innstetten, in kurzem Hausrock und Saffianschuhen, ging auf und ab; Effie war noch in ihrer Gesellschaftstoilette; Fächer und Handschuhe lagen neben ihr.

„Ja", sagte Innstetten, während er sein Auf- und Abschreiten im Zimmer unterbrach, „diesen Tag müßten wir nun wohl eigentlich feiern, und ich weiß nur noch nicht womit. – Soll ich dir einen Siegesmarsch vorspielen oder den Haifisch draußen in Bewegung setzen oder dich im Triumph über den Flur tragen? Etwas muß doch geschehen, denn du mußt wissen, das war nun heute die letzte Visite."

„Gott sei Dank, war sie's", sagte Effi. „Aber das Gefühl, daß wir nun Ruhe haben, ist, denk ich, gerade Feier genug. Nur einen Kuß könntest du mir geben. Aber daran denkst du nicht. Auf dem ganzen weiten Wege nicht gerührt, frostig wie ein Schneemann. Und immer nur die Zigarre."

„Laß, ich werde mich schon bessern und will vorläufig nur wissen, wie stehst du zu dieser ganzen Umgangs- und Verkehrsfrage? Fühlst du dich zu dem einen oder andern hingezogen? Haben die Borckes die Grasenabbs geschlagen, oder umgekehrt, oder hältst du's mit dem alten Güldenklee? Was er da über die Eugenie sagte, machte doch einen sehr edlen und reinen Eindruck."

„Ei, sieh, Herr von Innstetten, auch medisant! Ich lerne Sie von einer ganz neuen Seite kennen."

„Und wenn's unser Adel nicht tut", fuhr Innstetten fort, ohne sich stören zu lassen, „wie stehst du zu den Kessiner Stadthonoratioren? Wie stehst du zur Ressource? Daran hängt doch am Ende Leben und Sterben. Ich habe dich da neulich mit unserem reserveleutnantlichen Amtsrichter sprechen sehen, einem zierlichen Männchen, mit dem sich vielleicht durchkommen ließe, wenn er nur endlich von der Vorstellung los könnte, die Wiedereroberung von Le Bourget durch sein Erscheinen in der Flanke zustande gebracht zu haben. Und seine Frau! Sie gilt als die beste Bostonspielerin und hat auch die hübschesten Anlegemarken. Also nochmals, Effi, wie wird es werden in Kessin? Wirst du dich einleben? Wirst du populär werden und mir die Majorität sichern, wenn ich in den Reichstag will? Oder bist du für Einsiedlertum, für Abschluß von der Kessiner Menschheit, so Stadt wie Land?"

„Ich werde mich wohl für Einsiedlertum entschließen, wenn mich die Mohrenapotheke nicht herausreißt. Bei Sidonie werd ich dadurch freilich noch etwas tiefer sinken, aber darauf muß ich es ankommen lassen; dieser Kampf muß eben gekämpft werden. Ich steh und falle mit Gieshübler. Es klingt etwas komisch, aber er ist wirklich der einzige, mit dem sich ein Wort reden läßt, der einzige richtige Mensch hier."

„Das ist er", sagte Innstetten. „Wie gut du zu wählen verstehst."

„Hätte ich sonst dich?"" sagte Effi und hing sich an seinen Arm.

*

Das war am 2. Dezember. Eine Woche später war Bismarck in Varzin, und nun wußte Innstetten, daß, bis Weihnachten und vielleicht noch drüber hinaus, an ruhige Tage für ihn gar nicht mehr zu denken sei. Der Fürst hatte noch von Versailles her eine Vorliebe für ihn und lud ihn, wenn Besuch da war, häufig zu Tisch, aber auch allein, denn der jugendliche, durch Haltung und Klugheit gleich ausgezeichnete Landrat stand ebenso in Gunst bei der Fürstin.

Zum 14. erfolgte die erste Einladung. Es lag Schnee, weshalb Innstetten die fast zweistündige Fahrt bis an den Bahnhof, von wo noch eine Stunde Eisenbahn war, im Schlitten zu machen vorhatte. „Warte nicht auf mich, Effi. Vor Mitternacht kann ich nicht zurück sein; wahrscheinlich wird es zwei oder noch später. Ich störe dich aber nicht. Gehab dich wohl und auf Wiedersehen morgen früh." Und damit stieg er ein, und die beiden isabellfarbenen Graditzer jagten im Fluge durch die Stadt hin und dann landeinwärts auf den Bahnhof zu.

Das war die erste lange Trennung, fast auf zwölf Stunden. Arme Effi. Wie sollte sie den Abend verbringen? Früh zu Bett, das war gefährlich, dann wachte sie auf und konnte nicht wieder einschlafen und horchte auf alles. Nein, erst recht müde werden und dann ein fester Schlaf, das war das beste. Sie schrieb einen Brief an die Mama und ging dann zu der Frau Kruse, deren gemütskranker Zustand – sie hatte das schwarze Huhn oft bis in die Nacht hinein auf ihrem Schoß – ihr Teilnahme einflößte. Die Freundlichkeit indessen, die sich darin aussprach, wurde von der in ihrer überheizten Stube sitzenden und nur still und stumm vor sich hinbrütenden Frau keinen Augenblick erwidert, weshalb Effi, als sie wahrnahm, daß ihr Besuch mehr als Störung wie als Freude empfunden wurde, wieder ging und nur noch fragte, ob die Kranke etwas haben wolle. Diese lehnte aber alles ab.

Inzwischen war es Abend geworden, und die Lampe brannte schon. Effi stellte sich ans Fenster ihres Zimmers und sah auf das Wäldchen hinaus, auf dessen Zweigen der glitzernde Schnee lag. Sie war von dem Bilde ganz in Anspruch genommen und kümmerte sich nicht um das, was hinter ihr in dem Zimmer vorging. Als sie sich wieder umsah, bemerkte sie, daß Friedrich still und geräuschlos ein Kuvert gelegt und ein Kabarett auf den Sofatisch gestellt hatte. „Ja so, Abendbrot ... Da werd ich mich nun wohl setzen müssen."

Aber es wollte nicht schmecken, und so stand sie wieder auf und las den an die Mama geschriebenen Brief noch einmal durch. Hatte sie schon vorher ein Gefühl der Einsamkeit gehabt, so jetzt doppelt. Was hätte sie darum gegeben, wenn die beiden Jahnkeschen Rotköpfe jetzt eingetreten wären oder selbst Hulda. Die war freilich immer so sentimental und beschäftigte sich meist nur mit ihren Triumphen; aber so zweifelhaft und anfechtbar diese Triumphe waren, sie hätte sich in diesem Augenblicke doch gern davon erzählen lassen. Schließlich klappte sie den Flügel auf, um zu spielen; aber es ging nicht. „Nein, dabei werd ich vollends melancholisch; lieber lesen." Und so suchte sie nach einem Buche. Das erste, was ihr zu Händen kam, war ein dickes, rotes Reisehandbuch, alter Jahrgang, vielleicht schon aus Innstettens Leutnantstagen her. „Ja, darin will ich lesen; es gibt nichts Beruhigenderes als solche Bücher. Das Gefährliche sind bloß immer die Karten; aber vor diesem Augenpulver, das ich hasse, werd ich mich schon hüten." Und so schlug sie denn auf gut Glück auf: Seite 153. Nebenan hörte sie das Ticktack der Uhr und draußen Rollo, der, seit es dunkel war, seinen Platz in der Remise aufgegeben und sich, wie jeden Abend, so auch heute wieder, auf die große geflochtene Matte, die vor dem Schlafzimmer lag, ausgestreckt hatte. Das Bewußtsein seiner Nähe minderte das Gefühl ihrer Verlassenheit, ja, sie kam fast in Stimmung, und so begann sie denn auch unverzüglich zu lesen. Auf der gerade vor ihr aufgeschlagenen Seite war von der „Eremitage", dem bekannten markgräflichen Lustschloß in der Nähe von Bayreuth, die Rede; das lockte sie, Bayreuth, Richard Wagner, und so las sie denn: „Unter den Bildern in der Eremitage nennen wir noch eins, das nicht durch seine Schönheit, wohl aber durch sein Alter und durch die Person, die es darstellt, ein Interesse beansprucht. Es ist dies ein stark nachgedunkeltes Frauenporträt, kleiner Kopf, mit herben, etwas unheimlichen Gesichtszügen und einer Halskrause, die den Kopf zu tragen scheint. Einige meinen, es sei eine alte Markgräfin aus dem Ende des fünfzehnten Jahrhunderts, andere sind der Ansicht, es sei die Gräfin von Orlamünde; darin aber sind beide einig, daß es das Bildnis der Dame sei, die seither in der Geschichte der Hohenzollern unter dem Namen der ‚weißen Frau' eine gewisse Berühmtheit erlangt hat."

„Das hab ich gut getroffen", sagte Effi, während sie das Buch beiseite schob; „ich will mir die Nerven beruhigen, und das erste, was ich lese, ist die Geschichte von der ‚weißen Frau', vor der ich mich gefürchtet habe, solang ich denken kann. Aber da nun das Gruseln mal da ist, will ich doch auch zu Ende lesen."

Und sie schlug wieder auf und las weiter: „... Eben dies alte Porträt (dessen Original in der Hohenzollernschen Familiengeschichte solche Rolle spielt) spielt als Bild auch eine Rolle in der Spezialgeschichte des Schlosses Eremitage, was wohl damit zusammenhängt, daß es an einer dem Fremden unsichtbaren Tapetentür hängt, hinter der sich eine vom Souterrain her hinaufführende Treppe befindet. Es heißt, daß, als Napoleon hier übernachtete, die ‚weiße Frau' aus dem Rahmen herausgetreten und auf sein Bett zugeschritten sei. Der Kaiser, entsetzt auffahrend, habe nach seinem Adjutanten gerufen und bis an sein Lebensende mit Entrüstung von diesem ‚maudit château' gesprochen."

„Ich muß es aufgeben, mich durch Lektüre beruhigen zu wollen", sagte Effi. „Lese ich weiter, so komm ich gewiß noch nach einem Kellergewölbe, wo der Teufel auf einem Weinfaß davongeritten ist. Es gibt, glaub ich, in Deutschland viel dergleichen, und in einem Reisehandbuch muß es sich natürlich alles zusammenfinden. Ich will also lieber wieder die Augen schließen und mir, so gut es geht, meinen Polterabend vorstellen: die Zwillinge, wie sie vor Tränen nicht weiterkonnten, und dazu den Vetter Briest, der, als sich alles verlegen anblickte, mit erstaunlicher Würde behauptete, solche Tränen öffneten einem das Paradies. Er war wirklich charmant und immer so übermütig ... und nun ich! Und gerade hier. Ach, ich tauge doch gar nicht für eine große Dame. Die Mama, ja, die hätte hierher gepaßt, die hätte, wie's einer Landrätin zukommt, den Ton angegeben, und Sidonie Grasenabb wäre ganz Huldigung gegen sie gewesen und hätte sich über ihren Glauben oder Unglauben nicht groß beunruhigt. Aber ich ... ich bin ein Kind und werd es auch wohl bleiben. Einmal hab ich gehört, das sei ein Glück. Aber ich weiß doch nicht, ob das wahr ist. Man muß doch immer dahin passen wohin man nun mal gestellt ist."

In diesem Augenblick kam Friedrich, um den Tisch abzuräumen.

„Wie spät ist es, Friedrich?"

„Es geht auf neun, gnäd'ge Frau."

„Nun, das läßt sich hören. Schicken Sie mir Johanna.“

*

„Gnädige Frau haben befohlen.“

„Ja, Johanna. Ich will zu Bett gehen. Es ist eigentlich noch früh. Aber ich bin so allein. Bitte, tun Sie den Brief erst ein, und wenn Sie wieder da sind, nun, dann wird es wohl Zeit sein. Und wenn auch nicht.“

Effi nahm die Lampe und ging in ihr Schlafzimmer hinüber. Richtig, auf der Binsenmatte lag Rollo. Als er Effi kommen sah, erhob er sich, um den Platz freizugeben, und strich mit seinem Behang an ihrer Hand hin. Dann legte er sich wieder nieder.

Johanna war inzwischen nach dem Landratsamt hinübergegangen, um da den Brief einzustecken. Sie hatte sich drüben nicht sonderlich beeilt, vielmehr vorgezogen, mit der Frau Paaschen, des Amtsdieners Frau, ein Gespräch zu führen. Natürlich über die junge Frau.

„Wie ist sie denn?“ fragte die Paaschen.

„Sehr jung ist sie.“

„Nun, das ist kein Unglück, eher umgekehrt. Die Jungen, und das ist eben das Gute, stehen immer bloß vorm Spiegel und zupfen und stecken sich was vor und sehen nicht viel und hören nicht viel und sind noch nicht so, daß sie draußen immer die Lichtstümpfe zählen und einem nicht gönnen, daß man einen Kuß kriegt, bloß weil sie selber keinen mehr kriegen.“

„Ja“, sagte Johanna, „so war meine vorige Madam, und ganz ohne Not. Aber davon hat unsere Gnädige nichts.“

„Ist er denn sehr zärtlich?“

„0 sehr. Das können Sie doch wohl denken.“

„Aber daß er sie so allein läßt …“

„Ja, liebe Paaschen, Sie dürfen nicht vergessen … der Fürst. Und dann, er ist ja doch am Ende Landrat. Und vielleicht will er auch noch höher.“

„Gewiß, will er. Und er wird auch noch. Er hat so was. Paaschen sagt es auch immer, und der kennt seine Leute.“

Während dieses Ganges drüben nach dem Amt hinüber war wohl eine Viertelstunde vergangen, und als Johanna wieder zurück war, saß Effi schon vor dem Trumeau und wartete.

„Sie sind lange geblieben, Johanna."

„Ja, gnäd'ge Frau ... Gnäd'ge Frau wollen entschuldigen ... Ich traf drüben die Frau Paaschen, und da hab ich mich ein wenig verweilt. Es ist so still hier. Man ist immer froh, wenn man einen Menschen trifft, mit dem man ein Wort sprechen kann. Christel ist eine sehr gute Person, aber sie spricht nicht, und Friedrich ist so dusig und auch so vorsichtig und will mit der Sprache nie recht heraus. Gewiß, man muß auch schweigen können, und die Paaschen, die so neugierig und so ganz gewöhnlich ist, ist eigentlich gar nicht nach meinem Geschmack; aber hat es doch gern, wenn man mal was hört und sieht."

Effi seufzte. „Ja, Johanna, das ist auch das beste ..."

„Gnädige Frau haben so schönes Haar, so lang und so seidenweich."

„Ja, es ist sehr weich. Aber das ist nicht gut, Johanna. Wie das Haar ist, ist der Charakter."

„Gewiß gnäd'ge Frau. Und ein weicher Charakter ist doch besser als ein harter. Ich habe auch weiches Haar."

„Ja, Johanna. Und Sie haben auch blondes. Das haben die Männer am liebsten."

„Ach, das ist doch sehr verschieden, gnäd'ge Frau. Manche sind doch auch für das schwarze."

„Freilich", lachte Effi, „das habe ich auch schon gefunden. Es wird wohl an was ganz anderem liegen. Aber die, die blond sind, die haben auch immer einen weißen Teint, Sie auch, Johanna, und ich möchte mich wohl verwetten, daß Sie viel Nachstellung haben. Ich bin noch sehr jung, aber das weiß ich doch auch. Und dann habe ich eine Freundin, die war auch so blond, ganz flachsblond, noch blonder als Sie, und war eine Predigerstochter ..."

„Ja, denn ..."

„Aber ich bitte Sie, Johanna, was meinen Sie mit ‚ja denn'. Das klingt ja ganz anzüglich und sonderbar, und Sie werden doch nichts gegen Predigerstöchter haben ... Es war ein sehr hübsches Mädchen, was selbst unsere Offiziere – wir hatten nämlich Offiziere, noch dazu rote Husaren – auch immer fanden, und verstand sich dabei sehr gut auf Toilette, schwarzes Sammetmieder und eine Blume, Rose oder auch Heliotrop, und wenn sie nicht so vorstehende große Augen gehabt hätte ... ach, die hätten Sie sehen sollen,

Johanna, wenigstens so groß", und Effi zog unter Lachen an ihrem rechten Augenlid, „so wäre sie geradezu eine Schönheit gewesen. Sie hieß Hulda, Hulda Niemeyer, und wir waren nicht einmal so ganz intim; aber wenn ich sie jetzt hier hätte, und sie da säße, da in der kleinen Sofaecke, so wollte ich bis Mitternacht mit ihr plaudern oder noch länger. Ich habe solche Sehnsucht und ..." und dabei zog sie Johannas Kopf dicht an sich heran ... „ich habe solche Angst."

„Ach, das gibt sich, gnäd'ge Frau, die hatten wir alle."

„Die hattet ihr alle? Was soll das heißen, Johanna?"

„... Und wenn die gnäd'ge Frau wirklich solche Angst haben, so kann ich mir ja ein Lager hier machen. Ich nehme die Strohmatte und kehre einen Stuhl um, daß ich eine Kopflehne habe, und dann schlafe ich hier bis morgen früh oder bis der gnäd'ge Herr wieder da ist."

„Er will mich nicht stören. Das hat er mir eigens versprochen."

„Oder ich setze mich bloß in die Sofaecke."

„Ja, das ginge vielleicht. Aber nein, es geht auch nicht. Der Herr darf nicht wissen, daß ich mich ängstige, das liebt er nicht. Er will immer, daß ich tapfer und entschlossen bin, so wie er. Und das kann ich nicht; ich war immer etwas anfällig ... Aber freilich, ich sehe wohl ein, ich muß mich bezwingen und ihm in solchen Stücken und überhaupt zu Willen sein ... Und dann habe ich ja auch Rollo. Der liegt ja vor der Türschwelle."

Johanna nickte zu jedem Wort und zündete dann das Licht an, das auf Effis Nachttisch stand. Dann nahm sie die Lampe.

„Befehlen gnäd'ge Frau noch etwas?"

„Nein, Johanna. Die Läden sind doch geschlossen?"

„Bloß angelegt, gnäd'ge Frau. Es ist sonst so dunkel und stickig."

„Gut, gut."

Und nun entfernte sich Johanna; Effi aber ging auf ihr Bett zu und wickelte sich in ihre Decken.

Sie ließ das Licht brennen, weil sie gewillt war, nicht gleich einzuschlafen, vielmehr vorhatte, wie vorhin ihren Polterabend, so jetzt ihre Hochzeitsreise zu rekapitulieren und alles an sich vorüberziehen zu lassen. Aber es kam anders wie sie gedacht, und als sie bis Verona war und nach dem Hause der Julia Capulet suchte, fielen ihr schon die Augen zu. Das Stümpfchen Licht in dem kleinen Silberleuchter brannte allmählich nieder, und nun flackerte es noch einmal auf und erlosch.

Effi schlief eine Weile ganz fest. Aber mit einem Male fuhr sie mit einem lauten Schrei aus ihrem Schlafe auf, ja, sie hörte selber noch den Aufschrei und auch wie Rollo draußen anschlug; – „wau, wau" klang es den Flur entlang, dumpf und selber beinah ängstlich. Ihr war, als ob ihr das Herz stillstände; sie konnte nicht rufen, und in diesem Augenblicke huschte was an ihr vorbei, und die nach dem Flur hinausführende Tür sprang auf. Aber eben dieser Moment höchster Angst war auch der ihrer Befreiung, denn statt etwas Schrecklichem, kam jetzt Rollo auf sie zu, suchte mit seinem Kopf nach ihrer Hand und legte sich, als er diese gefunden, auf den vor ihrem Bett ausgebreiteten Teppich nieder. Effi selber aber hatte mit der andern Hand dreimal auf den Knopf der Klingel gedrückt, und keine halbe Minute, so war Johanna da, barfüßig, den Rock über den Arm und ein großes, kariertes Tuch über Kopf und Schulter geschlagen.

„Gott sei Dank, Johanna, daß Sie da sind."

„Was war denn, gnäd'ge Frau? Gnädige Frau haben geträumt."

„Ja, geträumt. Es muß so was gewesen sein ... aber es war doch auch noch was anderes."

„Was denn, gnäd'ge Frau?"

„Ich schlief ganz fest, und mit einem Male fuhr ich auf und schrie ... vielleicht, daß es ein Alpdruck war ... Alpdruck ist in unserer Familie, mein Papa hat es auch und ängstigt uns damit, und nur die Mama sagt immer, er solle sich nicht so gehen lassen; aber das ist leicht gesagt ... ich fuhr also auf aus dem Schlaf und schrie, und als ich mich umsah, so gut es eben ging in dem Dunkel, da strich was an meinem Bett vorbei, gerade da, wo Sie jetzt stehen, Johanna, und dann war es weg. Und wenn ich mich recht frage, was es war ..."

„Nun was denn, gnädige Frau?"

„Und wenn ich mich recht frage ... ich mag es nicht sagen, Johanna ... aber ich glaube der Chinese."

„Der von oben?" und Johanna versuchte zu lachen, „unser kleiner Chinese, den wir an die Stuhllehne geklebt haben, Christel und ich. Ach, gnädige Frau haben geträumt, und wenn Sie schon wach waren, so war es doch alles noch aus dem Traum."

„Ich würd es glauben. Aber es war genau derselbe Augenblick, wo Rollo draußen anschlug, der muß es also auch gesehen haben, und dann flog die Tür auf, und das gute, treue Tier sprang auf mich los, als ob es mich zu retten käme. Ach, meine liebe Johanna, es war entsetzlich. Und ich so allein, und so jung. Ach, wenn ich doch wen hier hätte, bei dem ich weinen könnte. Aber so weit von Hause … Ach, von Hause …"

„Der Herr kann jede Stunde kommen."

„Nein, er soll nicht kommen; er soll mich so nicht sehen. Er würde mich vielleicht auslachen, und das könnt ich ihm nie verzeihen. Denn es war so furchtbar, Johanna … Sie müssen nun hier bleiben … Aber lassen Sie Christel schlafen und Friedrich auch. Es soll es keiner wissen."

„Oder vielleicht kann ich auch die Frau Kruse holen; die schläft doch nicht, die sitzt die ganze Nacht da."

„Nein, nein, die ist selber so was. Das mit dem schwarzen Huhn, das ist auch so was; die darf nicht kommen. Nein, Johanna, Sie bleiben allein hier. Und wie gut, daß Sie die Läden nur angelegt. Stoßen Sie sie auf, recht laut, daß ich einen menschlichen Ton höre, einen menschlichen Ton …. ich muß es so nennen, wenn es auch sonderbar klingt … und dann machen Sie das Fenster ein wenig auf, daß ich Luft und Licht habe."

Johanna tat wie ihr geheißen, und Effi fiel in ihre Kissen zurück und bald danach in einen lethargischen Schlaf.

Zehntes Kapitel

Innstetten war erst sechs Uhr früh von Varzin zurückgekommen und hatte sich, Rollos Liebkosungen abwehrend, so leise wie möglich in sein Zimmer zurückgezogen. Er machte sich's hier bequem und duldete nur, daß ihn Friedrich mit einer Reisedecke zudeckte. „Wecke mich um neun!" Und um diese Stunde war er denn auch geweckt worden. Er stand rasch auf und sagte:

„Bringe das Frühstück!"

„Die gnädige Frau schläft noch."

„Aber es ist ja schon spät. Ist etwas passiert?"

„Ich weiß es nicht; ich weiß nur, Johanna hat die Nacht über im Zimmer der gnädigen Frau schlafen müssen."

„Nun, dann schicke Johanna."

Diese kam denn auch. Sie hatte denselben rosigen Teint wie immer, schien sich also die Vorgänge der Nacht nicht sonderlich zu

Gemüte genommen zu haben.

„Was ist das mit der gnädigen Frau? Friedrich sagt mir, es sei was passiert, und Sie hätten drüben geschlafen."

„Ja, Herr Baron. Gnädige Frau klingelte dreimal ganz rasch hintereinander, daß ich gleich dachte, es bedeutet was. Und so war es auch. Sie hat wohl geträumt oder vielleicht war es auch das andere."

„Welches andere?"

„Ach, der gnäd'ge Herr wissen ja."

„Ich weiß nichts. Jedenfalls muß ein Ende damit werden. Und wie fanden Sie die Frau?"

„Sie war wie außer sich und hielt das Halsband von Rollo, der neben dem Bett der gnädigen Frau stand, fest umklammert. Und das Tier ängstigte sich auch."

„Und was hatte sie geträumt oder, meinetwegen auch, was hatte sie gehört oder gesehen? Was sagte sie?"

„Es sei so hingeschlichen, dicht an ihr vorbei."

„Was? Wer?"

„Der von oben. Der aus dem Saal oder aus der kleinen Kammer."

„Unsinn, sag ich. Immer wieder das alberne Zeug; ich mag davon nicht mehr hören. Und dann blieben Sie bei der Frau?"

„Ja, gnädiger Herr. Ich machte mir ein Lager an der Erde dicht neben ihr. Und ich mußte ihre Hand halten, und dann schlief sie ein."

„Und schläft noch?"

„Ganz fest."

„Das ist mir ängstlich, Johanna. Man kann sich gesund schlafen, aber auch krank. Wir müssen sie wecken, natürlich vorsichtig, daß sie nicht wieder erschrickt. Und Friedrich soll das Frühstück nicht bringen; ich will warten, bis die gnäd'ge Frau da ist. Und machen Sie's geschickt."

*

Eine halbe Stunde später kam Effi. Sie sah reizend aus, ganz blaß, und stützte sich auf Johanna. Als sie aber Innstettens ansichtig wurde, stürzte sie auf ihn zu und umarmte und küßte ihn. Und dabei liefen ihr die Tränen übers Gesicht. „Ach, Geert, Gott sei Dank, daß du da bist. Nun ist alles wieder gut. Du darfst nicht wieder fort, du darfst mich nicht wieder allein lassen."

„Meine liebe Effi … stellen Sie hin, Friedrich, ich werde schon alles zurecht machen … meine liebe Effi, ich lasse dich ja nicht allein aus Rücksichtslosigkeit oder Laune, sondern weil es so sein muß; ich habe keine Wahl, ich bin ein Mann im Dienst, ich kann zum Fürsten oder auch zur Fürstin nicht sagen: Durchlaucht, ich kann nicht kommen, meine Frau ist so allein, oder meine Frau fürchtet sich. Wenn ich das sagte, würden wir in einem ziemlich komischen Lichte dastehen, ich gewiß, und du auch. Aber nimm erst eine Tasse Kaffee."

Effi trank, was sie sichtlich belebte. Dann ergriff sie wieder ihres Mannes Hand und sagte: „Du sollst recht haben; ich sehe ein, das geht nicht. Und dann wollen wir ja auch höher hinauf. Ich sage wir, denn ich bin eigentlich begieriger danach als du …"

„So sind alle Frauen", lachte Innstetten.

„Also abgemacht; du nimmst die Einladungen an nach wie vor, und ich bleibe hier und warte auf meinen ‚hohen Herrn', wobei mir Hulda unterm Holunderbaum einfällt. Wie's ihr wohl gehen mag?"

„Damen, wie Hulda, geht es immer gut. Aber was wolltest du noch sagen?"

„Ich wollte sagen, ich bleibe hier und auch allein, wenn es sein muß. Aber nicht in diesem Hause. Laß uns die Wohnung wechseln. Es gibt so hübsche Häuser am Bollwerk, eins zwischen Konsul Martens und Konsul Grützmacher und eins am Markt, gerade gegenüber von Gieshübler; warum können wir da nicht wohnen? Warum gerade hier? Ich habe, wenn wir Freunde und Verwandte zum Besuch hatten, oft gehört, daß in Berlin Familien ausziehen wegen Klavierspiel oder wegen Schwaben oder wegen einer unfreundlichen Portiersfrau; wenn das um solcher Kleinigkeit willen geschieht …"

„Kleinigkeiten? Portiersfrau? das sage nicht …"

„Wenn das um solcher Dinge willen möglich ist, so muß es doch auch hier möglich sein, wo du Landrat bist und die Leute dir zu Willen sind und viele selbst zu Dank verpflichtet. Gieshübler würde uns gewiß dabei behilflich sein, wenn auch nur um meinetwegen, denn er wird Mitleid mit mir haben. Und nun sage, Geert, wollen wir dies verwunschene Haus aufgeben, dies Haus mit dem …"

„… Chinesen willst du sagen. Du siehst, Effi, man kann das furchtbare Wort aussprechen, ohne daß er erscheint. Was du da gesehen hast oder was da, wie du meinst, an deinem Bette vorüberschlich, das war der kleine Chinese, den die Mädchen oben an die Stuhllehne geklebt haben; ich wette, daß er einen blauen Rock an hatte und einen ganz flachen Deckelhut mit einem blanken Knopf oben."

Sie nickte.

„Nun siehst du, Traum, Sinnestäuschung. Und dann wird dir Johanna wohl gestern abend was erzählt haben, von der Hochzeit hier oben …"

„Nein."

„Desto besser."

„Kein Wort hat sie mir erzählt. Aber ich sehe doch aus dem allen, daß es hier etwas Sonderbares gibt. Und dann das Krokodil; es ist alles so unheimlich hier."

„Den ersten Abend, als du das Krokodil sahst, fandest du's märchenhaft …"

„Ja, damals …"

„… Und dann, Effi, kann ich hier nicht gut fort, auch wenn es möglich wäre, das Haus zu verkaufen oder einen Tausch zu machen. Es ist damit ganz wie mit einer Absage nach Varzin hin. Ich kann hier in der Stadt die Leute nicht sagen lassen, Landrat Innstetten verkauft sein Haus, weil seine Frau den aufgeklebten kleinen Chinesen als Spuk an ihrem Bette gesehen hat. Dann bin ich verloren, Effi. Von solcher Lächerlichkeit kann man sich nie wieder erholen."

„Ja, Geert, bist du denn so sicher, daß es so was nicht gibt?"

„Will ich nicht behaupten. Es ist eine Sache, die man glauben und noch besser nicht glauben kann. Aber angenommen, es gäbe dergleichen, was schadet es? Daß in der Luft Bazillen herumfliegen, von denen du gehört haben wirst, ist viel schlimmer und gefährlicher als diese ganze Geistertummellage. Vorausgesetzt, daß sie sich tummeln, daß so was wirklich existiert. Und dann bin ich überrascht, solcher Furcht und Abneigung gerade bei dir zu begegnen, bei einer Briest. Das ist ja, wie wenn du aus einem kleinen Bürgerhause stammtest. Spuk ist ein Vorzug, wie Stammbaum und dergleichen, und ich kenne Familien, die sich ebenso gern ihr Wappen nehmen ließen als ihre ‚weiße Frau', die natürlich auch eine schwarze sein kann."

Effi schwieg.

„Nun, Effi. Keine Antwort?"

„Was soll ich antworten? Ich habe dir nachgegeben und mich willig gezeigt, aber ich finde doch, daß du deinerseits teilnahmsvoller sein könntest. Wenn du wüßtest, wie mir gerade danach verlangt. Ich habe sehr gelitten, wirklich sehr, und als ich dich sah, da dacht ich, nun würd ich frei werden von meiner Angst. Aber du sagst mir bloß, daß du nicht Lust hättest, dich lächerlich zu machen, nicht vor dem Fürsten und auch nicht vor der Stadt. Das ist ein geringer Trost. Ich finde es wenig und um so weniger, als du dir schließlich auch noch widersprichst, und nicht bloß persönlich an diese Dinge zu glauben scheinst, sondern auch noch einen adligen Spukstolz von mir forderst. Nun, den hab ich nicht. Und wenn du von Familien sprichst, denen ihr Spuk so viel wert sei wie ihr Wappen, so ist das Geschmackssache; mir gilt mein Wappen mehr. Gott sei Dank haben wir Briests keinen Spuk. Die Briests waren immer sehr gute Leute, und damit hängt es wohl zusammen."

*

Der Streit hätte wohl angedauert und vielleicht zu einer ersten ernstlichen Verstimmung geführt, wenn Friedrich nicht eingetreten wäre, um der gnädigen Frau einen Brief zu überreichen.

„Von Herrn Gieshübler. Der Bote wartet auf Antwort."

Aller Unmut auf Effis Antlitz war sofort verschwunden; schon bloß Gieshüblers Namen zu hören, tat Effi wohl, und ihr Wohlgefühl steigerte sich, als sie jetzt den Brief musterte. Zunächst war es gar kein Brief, sondern ein Billett, die Adresse „Frau Baronin von Innstetten, geb. von Briest" in wundervoller Kanzleihandschrift, und statt des Siegels ein aufgeklebtes rundes Bildchen, eine Lyra, darin ein Stab steckte. Dieser Stab konnte aber auch ein Pfeil sein. Sie reichte das Billett ihrem Manne, der es ebenfalls bewunderte.

„Nun lies aber."

Und nun löste Effi die Oblate und las: „Hochverehrteste Frau, gnädigste Frau Baronin! Gestatten Sie mir, meinem respektvollsten Vormittagsgruß eine ganz gehorsamste Bitte hinzufügen zu dürfen. Mit dem Mittagszuge wird eine vieljährige liebe Freundin von mir, eine Tochter unserer guten Stadt Kessin, Fräulein Marietta Trippelli, hier eintreffen und bis morgen früh unter uns weilen. Am 17. will sie in Petersburg sein, um daselbst bis Mitte Januar zu konzertieren. Fürst Kotschukoff öffnet ihr auch diesmal wieder sein gastliches Haus. In ihrer immer gleichen Güte gegen mich hat die Trippelli mir zugesagt, den Abend bei mir zubringen und einige Lieder ganz nach meiner Wahl (denn sie kennt keine Schwierigkeiten) vortragen zu wollen. Könnten sich Frau Baronin dazu verstehen, diesem Musikabende beizuwohnen? Sieben Uhr. Ihr Herr Gemahl, dessen Erscheinen ich mit Sicherheit rechne, wird meine gehorsamste Bitte unterstützen. Anwesend nur Pastor Lindequist (der begleitet) und natürlich die verwitwete Frau Pastorin Trippel. In vorzüglicher Ergebenheit A. Gieshübler."

„Nun –", sagte Innstetten, „ja oder nein?"

„Natürlich ja. Das wird mich herausreißen. Und dann kann ich doch meinem lieben Gieshübler nicht gleich bei seiner ersten Einladung einen Korb geben."

„Einverstanden. Also Friedrich, sagen Sie Mirambo, der doch wohl das Billett gebracht haben wird, wir würden die Ehre haben."

Friedrich ging. Als er fort war, fragte Effi: „Wer ist Mirambo?"

„Der echte Mirambo ist Räuberhauptmann in Afrika … Tanganika-See, wenn deine Geographie so weit reicht … unserer aber ist bloß Gieshüblers Kohlenprovisor und Faktotum und wird heute abend in Frack und baumwollenen Handschuhen sehr wahrscheinlich aufwarten."

Es war ganz ersichtlich, daß der kleine Zwischenfall auf Effi günstig eingewirkt und ihr ein gut Teil ihrer Leichtlebigkeit zurückgegeben hatte, Innstetten aber wollte das Seine tun, diese Rekonvaleszenz zu steigern. „Ich freue mich, daß du ja gesagt hast und so rasch und ohne Besinnen, und nun möcht ich dir noch einen Vorschlag machen, um dich ganz wieder in Ordnung zu bringen. Ich sehe wohl, es schleicht dir noch von der Nacht her etwas nach, das zu meiner Effi nicht paßt, das durchaus wieder fort muß, und dazu gibt es nichts Besseres als frische Luft. Das Wetter ist prachtvoll, frisch und milde zugleich, kaum daß ein Lüftchen geht; was meinst du, wenn wir eine Spazierfahrt machten, aber eine lange, nicht bloß so durch die Plantage hin, und natürlich im Schlitten, und das Geläut auf und die weißen Schneedecken, und wenn wir dann um vier zurück sind, dann ruhst du dich aus, und um sieben sind wir bei Gieshübler und hören die Trippelli."

Effi nahm seine Hand. „Wie gut du bist, Geert, und wie nachsichtig. Denn ich muß dir ja kindisch oder doch wenigstens sehr kindlich vorgekommen sein; erst das mit meiner Angst und dann hinterher, daß ich dir einen Hausverkauf, und was noch schlimmer ist, das mit dem Fürsten ansinne. Du sollst ihm den Stuhl vor die Tür setzen – es ist zum Lachen. Denn schließlich ist er doch der Mann, der über uns entscheidet. Auch über mich. Du glaubst gar nicht, wie ehrgeizig ich bin. Ich habe dich eigentlich bloß aus Ehrgeiz geheiratet. Aber du mußt nicht solch ernstes Gesicht dabei machen. Ich liebe dich ja ... wie heißt es doch, wenn man einen Zweig abbricht und die Blätter abreißt? Von Herzen, mit Schmerzen, über alle Maßen."

Und sie lachte hell auf. „Und nun sage mir", fuhr sie fort, als Innstetten noch immer schwieg, „wo soll es hingehen?"

„Ich habe mir gedacht, nach der Bahnstation, aber auf einem Umwege, und dann auf der Chaussee zurück. Und auf der Station essen wir oder noch besser bei Golchowski, in dem Gasthofe „Zum Fürsten Bismarck", dran wir, wenn du dich vielleicht erinnerst, am Tage unserer Ankunft vorüber kamen. Solch Versprechen wirkt immer gut, und ich habe dann mit dem Starosten von Effis Gnaden ein Wahlgespräch, und wenn er auch persönlich nicht viel taugt, seine Wirtschaft hält er in Ordnung und seine Küche noch besser. Auf Essen und Trinken verstehen sich die Leute hier."

Es war gegen elf, daß sie dies Gespräch führten. Um zwölf hielt Kruse mit dem Schlitten vor der Tür, und Effi stieg ein. Johanna wollte Fußsack und Pelze bringen, aber Effi hatte nach allem, was noch auf ihr lag, so sehr das Bedürfnis nach frischer Luft, daß sie alles zurückwies und nur eine doppelte Decke nahm. Innstetten aber sagte zu Kruse: „Kruse, wir wollen nun also nach dem Bahnhof, wo wir zwei beide heute früh schon mal waren. Die Leute werden sich wundern, aber es schadet nichts. Ich denke, wir fahren hier an der Plantage lang und dann links auf den Kroschentiner Kirchturm zu. Lassen Sie die Pferde laufen. Um eins müssen wir am Bahnhof sein."

Und so ging die Fahrt. Über den weißen Dächern der Stadt stand der Rauch, denn die Luftbewegung war gering. Auch Utpatels Mühle drehte sich nur langsam, und im Fluge fuhren sie daran vorüber, dicht am Kirchhofe hin, dessen Berberitzensträucher über das Gitter hinauswuchsen und mit ihren Spitzen Effi streiften, so daß der Schnee auf ihre Reisedecke fiel. An der andern Seite des Wegs war ein eingefriedeter Platz, nicht viel größer als ein Gartenbeet, und innerhalb nichts sichtbar als eine junge Kiefer, die mitten daraus hervorragte.

„Liegt da auch wer begraben?“ fragte Effi.

„Ja. Der Chinese.“

Effi fuhr zusammen; es war ihr wie ein Stich. Aber sie hatte doch Kraft genug sich zu beherrschen und fragte mit anscheinender Ruhe: „Unserer?“

„Ja, unserer. Auf dem Gemeindekirchhof war er natürlich nicht unterzubringen, und da hat denn Kapitän Thomsen, der so was wie sein Freund war, diese Stelle gekauft und ihn hier begraben lassen. Es ist auch ein Stein da mit Inschrift. Alles natürlich vor meiner Zeit. Aber es wird noch immer davon gesprochen.“

„Also es ist doch was damit. Eine Geschichte. Du sagtest schon heute früh so was. Und es wird am Ende das beste sein, ich höre, was es ist. Solang ich es nicht weiß, bin ich, trotz aller guten Vorsätze, doch immer ein Opfer meiner Vorstellungen. Erzähle mir das Wirkliche. Die Wirklichkeit kann mich nicht so quälen wie meine Phantasie.“

„Bravo, Effi. Ich wollte nicht davon sprechen. Aber nun macht es sich von selbst, und das ist gut. Übrigens ist es eigentlich gar nichts.“

„Mir gleich; gar nichts oder viel oder wenig. Fange nur an.“

„Ja, das ist leicht gesagt. Der Anfang ist immer das schwerste, auch bei Geschichten. Nun, ich denke, ich beginne mit Kapitän Thomsen.“

„Gut, gut.“

„Also Thomsen, den ich dir schon genannt habe, war viele Jahre lang ein sogenannter Chinafahrer, immer mit Reisfracht zwischen Shanghai und Singapore, und mochte wohl schon sechzig sein, als er hier ankam. Ich weiß nicht, ob er hier geboren war oder ob er andere Beziehungen hier hatte. Kurz und gut, er war nun da und verkaufte sein Schiff, einen alten Kasten, draus er nicht viel herausschlug und kaufte sich ein Haus, dasselbe, drin wir jetzt wohnen. Denn er war draußen in der Welt ein vermögender Mann geworden. Und von daher schreibt sich auch das Krokodil und der Haifisch und natürlich auch das Schiff … Also Thomsen war nun da, ein sehr adretter Mann – so wenigstens hat man mir gesagt – und wohlgelitten. Auch beim Bürgermeister Kirstein, und vor allem bei dem damaligen Pastor in Kessin, einem Berliner, der kurz vor Thomsen auch hierher gekommen war und viel Anfeindung hatte."

„Glaub ich. Ich merke das auch; sie sind hier so streng und selbstgerecht. Ich glaube, das ist pommersch."

„Ja und nein, je nachdem. Es gibt auch Gegenden, wo sie gar nicht streng sind und wo's drunter und drüber geht ... Aber sieh nur, Effi, da haben wir gerade den Kroschentiner Kirchturm dicht vor uns. Wollen wir nicht den Bahnhof aufgeben und lieber bei der alten Frau von Grasenabb vorfahren? Sidonie, wenn ich recht berichtet bin, ist nicht zu Hause. Wir könnten es also wagen ..."

„Ich bitte dich, Geert, wo denkst du hin? Es ist ja himmlisch, so hinzufliegen, und ich fühle ordentlich, wie mir so frei wird und wie alle Angst von mir abfällt. Und nun soll ich das alles aufgeben, bloß um den alten Leuten eine Stippvisite zu machen und ihnen sehr wahrscheinlich eine Verlegenheit zu schaffen. Um Gottes willen nicht. Und dann will ich vor allem die Geschichte hören. Also wir waren bei Kapitän Thomsen, den ich mir als einen Dänen oder Engländer denke, sehr sauber, mit weißen Vatermördern und ganz weißer Wäsche ..."

„Ganz richtig. So soll er gewesen sein. Und mit ihm war eine junge Person von etwa zwanzig, von der einige sagen, sie sei seine Nichte gewesen, aber die meisten sagen seine Enkelin, was übrigens den Jahren nach kaum möglich. Und außer der Enkelin oder der Nichte war da auch noch ein Chinese, derselbe, der da zwischen den Dünen liegt und an dessen Grab wir eben vorübergekommen sind."

„Gut, gut."

„Also dieser Chinese war Diener bei Thomsen, und Thomsen hielt so große Stücke auf ihn, daß er eigentlich mehr Freund als Diener war. Und das ging so Jahr und Tag. Da mit einem Male hieß es, Thomsens Enkelin, die, glaub ich, Nina hieß, solle sich, nach des Alten Wunsche, verheiraten, auch mit einem Kapitän. Und richtig, so war es auch. Es gab eine große Hochzeit im Hause, der Berliner Pastor tat sie zusammen, und Müller Utpatel, der ein Konventikler war, und Gieshübler, dem man in der Stadt in kirchlichen Dingen auch nicht recht traute, waren geladen, und vor allem viele Kapitäne mit ihren Frauen und Töchtern. Und wie man sich denken kann, es ging hoch her. Am Abend aber war Tanz, und die Braut tanzte mit jedem und zuletzt auch mit dem Chinesen. Da mit einem Male hieß es, sie sei fort, die Braut nämlich. Und sie war auch wirklich fort, irgendwohin, und niemand weiß, was da vorgefallen. Und nach vierzehn Tagen starb der Chinese; Thomsen kaufte die Stelle, die ich dir gezeigt habe, und da wurd er begraben. Der Berliner Pastor aber soll gesagt haben: Man hätte ihn auch ruhig auf dem christlichen Kirchhof begraben können, denn der Chinese sei ein sehr guter Mensch gewesen und gerade so gut wie die andern. Wen er mit den ‚andern' eigentlich gemeint hat, sagte mir Gieshübler, das wisse man nicht recht."

„Aber ich bin in dieser Sache doch ganz und gar gegen den Pastor; so was darf man nicht aussprechen, weil es gewagt und unpassend ist. Das würde selbst Niemeyer nicht gesagt haben."

„Und ist auch dem armen Pastor, der übrigens Trippel hieß, sehr verdacht worden, so daß es eigentlich ein Glück war, daß er darüber hinstarb, sonst hätte er seine Stelle verloren. Denn die Stadt, trotzdem sie ihn gewählt, war doch auch gegen ihn, gerade so wie du, und das Konsistorium natürlich erst recht."

„Trippel sagts du? Dann hängt er am Ende mit der Frau Pastor Trippel zusammen, die wir heute abend sehen sollen?"

„Natürlich hängt er mit der zusammen. Er war ihr Mann und ist der Vater von der Trippelli."

Effi lachte. „Von der Trippelli! Nun sehe ich erst klar in allem. Daß sie in Kessin geboren, schrieb ja schon Gieshübler; aber ich dachte, sie sei die Tochter von einem italienischen Konsul. Wir haben ja so viele fremdländisdie Namen hier. Und nun ist sie gut deutsch und stammt von Trippel. Ist sie denn so vorzüglich, daß sie wagen konnte, sich so zu italienisieren?"

„Dem Mutigen gehört die Welt. Übrigens ist sie ganz tüchtig. Sie war ein paar Jahr lang in Paris bei der berühmten Viardot, wo sie auch den russischen Fürsten kennen lernte, denn die russischen Fürsten sind sehr aufgeklärt, über kleine Standesvorurteile weg, und Kotschukoff und Gieshübler – den sie übrigens ‚Onkel' nennt, und man kann fast von ihm sagen, er sei der geborene Onkel –, diese beiden sind es recht eigentlich, die die kleine Marie Trippel zu dem gemacht haben, was sie jetzt ist. Gieshübler war es, durch den sie nach Paris kam, und Kotschukoff hat sie dann in die Trippelli transponiert."

„Ach, Geert, wie reizend ist das alles und welch Alltagsleben habe ich doch in Hohen-Cremmen geführt! Nie was Apartes."

Innstetten nahm ihre Hand und sagte: „So darfst du nicht sprechen, Effi. Spuk, dazu kann man sich stellen wie man will. Aber hüte dich vor dem Aparten oder was man so das Aparte nennt. Was dir so verlockend erscheint –, und ich rechne auch ein Leben dahin, wie's die Trippelli führt – das bezahlt man in der Regel mit seinem Glück. Ich weiß wohl, wie sehr du dein Hohen-Cremmen liebst und daran hängst, aber du spottest doch auch oft darüber und hast keine Ahnung davon, was stille Tage, wie die Hohen-Cremmner, bedeuten."

„Doch, doch", sagte sie. „Ich weiß es wohl. Ich höre nur gern einmal von etwas anderem, und dann wandelt mich die Lust an, mit dabei zu sein. Aber du hast ganz recht. Und eigentlich hab ich doch eine Sehnsucht nach Ruh und Frieden."

Innstetten drohte ihr mit dem Finger. „Meine einzig liebe Effi, das denkst du dir nun auch wieder so aus. Immer Phantasien, mal so, mal so."

Elftes Kapitel

Die Fahrt verlief ganz wie geplant. Um ein Uhr hielt der Schlitten unten am Bahndamm vor dem Gasthause „Zum Fürsten Bismarck", und Golchowski, glücklich, den Landrat bei sich zu sehen, war beflissen, ein vorzügliches Dejeuner herzurichten. Als zuletzt das Dessert und der Ungarwein aufgetragen wurden, rief Innstetten den von Zeit zu Zeit erscheinenden und nach der Ordnung sehenden Wirt heran und bat ihn, sich mit an den Tisch zu setzen und ihnen was zu erzählen. Dazu war Golchowski denn auch der rechte Mann; auf zwei Meilen in der Runde wurde kein Ei gelegt, von dem er nicht wußte. Das zeigte sich auch heute wieder. Sidonie Grasenabb, Innstetten hatte recht vermutet, war, wie vorige Weihnachten, so auch diesmal wieder auf vier Wochen zu „Hofpredigers" gereist; Frau von Palleske, so hieß es weiter, habe ihre Jungfer wegen einer fatalen Geschichte Knall und Fall entlassen müssen, und mit dem alten Fraude steh es schlecht – es werde zwar in Kurs gesetzt, er sei bloß ausgeglitten, aber es sei ein Schlaganfall gewesen, und der Sohn, der in Lissa bei den Husaren stehe, werde jede Stunde erwartet. Nach diesem Geplänkel war man dann, zu Ernsthafterem übergehend, auf Varzin gekommen. „Ja“, sagte Golchowski, „wenn man sich den Fürsten so als Papiermüller denkt! Es ist doch alles sehr merkwürdig; eigentlich kann er die Schreiberei nicht leiden, und das bedruckte Papier erst recht nicht, und nun legt er doch selber eine Papiermühle an.“

„Schon recht, lieber Golchowski“, sagte Innstetten, „aber aus solchen Widersprüchen kommt man im Leben nicht heraus. Und da hilft auch kein Fürst und keine Größe.“

„Nein, nein, da hilft keine Größe.“

Wahrscheinlich, daß sich dies Gespräch über den Fürsten noch fortgesetzt hätte, wenn nicht in ebendiesem Augenblicke die von der Bahn her herüberklingende Signalglocke einen bald eintreffenden Zug angemeldet hätte. Innstetten sah nach der Uhr.

„Welcher Zug ist das, Golchowski?“

„Das ist der Danziger Schnellzug; er hält hier nicht, aber ich gehe doch immer hinauf und zähle die Wagen, und mitunter steht auch einer am Fenster, den ich kenne. Hier gleich hinter meinem Hofe führt eine Treppe den Damm hinauf, Wärterhaus 417 …“

„Oh, das wollen wir uns zunutze machen“, sagte Effi. „Ich sehe so gern Züge …“

„Dann ist es die höchste Zeit, gnäd'ge Frau.“

Und so machten sich denn alle drei auf den Weg und stellten sich, als sie oben waren, in einem neben dem Wärterhause gelegenen Gartenstreifen auf, der jetzt freilich unter Schnee lag, aber doch eine frei geschaufelte Stelle hatte. Der Bahnwärter stand schon da, die Fahne in der Hand. Und jetzt jagte der Zug über das Bahnhofsgeleise hin und im nächsten Augenblick an dem Häuschen und an dem Gartenstreifen vorüber. Effi war so erregt, daß sie nichts sah und nur dem letzten Wagen, auf dessen Höhe ein Bremser saß, ganz wie benommen nachblickte.

„Sechs Uhr fünfzig ist er in Berlin“, sagte Innstetten, „und, noch eine Stunde später, so können ihn die Hohen-Cremmner, wenn der Wind so steht, in der Ferne vorbeiklappern hören. Möchtest du mit, Effi?“

Sie sagte nichts. Als er aber zu ihr hinüberblickte, sah er, daß eine

Träne in ihrem Auge stand.

*

Effi war, als der Zug vorbeijagte, von einer herzlichen Sehnsucht erfaßt worden. So gut es ihr ging, sie fühlte sich trotzdem wie in einer fremden Welt. Wenn sie sich eben noch an dem einen oder andern entzückt hatte, so kam ihr doch gleich nachher zu Bewußtsein, was ihr fehlte. Da drüben lag Varzin, und da nach der andern Seite hin blitzte der Kroschentiner Kirchturm auf, und weithin der Morgenitzer, und da saßen die Grasenabbs und die Borckes, nicht die Bellings und nicht die Briest. „Ja, die!“ Innstetten hatte ganz recht gehabt mit dem raschen Wechsel ihrer Stimmung, und sie sah jetzt wieder alles, was zurücklag, wie in einer Verklärung. Aber so gewiß sie voll Sehnsucht dem Zuge nachgesehen, sie war doch andererseits viel zu beweglichen Gemüts, um lange dabei zu verweilen, und schon auf der Heimfahrt, als der rote Ball der niedergehenden Sonne seinen Schimmer über den Schnee ausgoß, fühlte sie sich wieder freier; alles erschien ihr schön und frisch, und als sie, nach Kessin zurückgekehrt, fast mit dem Glockenschlage sieben in den Gieshüblerschen Flur eintrat, war ihr nicht bloß behaglich, sondern beinah übermütig zu Sinn, wozu die das Haus durchziehende Baldrian-und Veilchenwurzelluft das ihrige beitragen mochte. Pünktlich waren Innstetten und Frau erschienen, aber trotz dieser Pünktlichkeit immer noch hinter den anderen Geladenen zurückgeblieben; Pastor Lindequist, die alte Frau Trippel und die Trippelli selbst waren schon da. Gieshübler – im blauen Frack mit mattgoldenen Knöpfen, dazu Pincenez an einem breiten, schwarzen Bande, das wie ein Ordensband auf der blendendweißen Piquéweste lag – Gieshübler konnte seiner Erregung nur mit Mühe Herr werden. „Darf ich die Herrschaften miteinander bekannt machen: Baron und Baronin Innstetten, Frau Pastor Trippel, Fräulein Marietta Trippelli.“ Pastor Lindequist, den alle kannten, stand lächelnd beiseite.

Die Trippelli, Anfang der Dreißig, stark männlich und von ausgesprochen humoristischem Typus, hatte bis zu dem Momente der Vorstellung den Sofa-Ehrenplatz inne gehabt. Nach der Vorstellung aber sagte sie, während sie auf einen in der Nähe stehenden Stuhl mit hoher Lehne zuschritt: „Ich bitte Sie nunmehro, gnäd’ge

Frau, die Bürden und Fährlichkeiten Ihres Amtes auf sich nehmen zu wollen. Denn von ‚Fährlichkeiten' – und sie wies auf das Sofa – wird sich in diesem Falle wohl sprechen lassen. Ich habe Gieshübler schon vor Jahr und Tag darauf aufmerksam gemacht, aber leider vergeblich; so gut er ist, so eigensinnig ist er auch."

„Aber Marietta ..."

„Dies Sofa nämlich, dessen Geburt um wenigstens fünfzig Jahre zurückliegt, ist noch nach einem altmodischen Versenkungsprinzip gebaut, und wer sich ihm anvertraut, ohne vorher einen Kissenturm untergeschoben zu haben, sinkt ins Bodenlose, jedenfalls aber gerade tief genug, um die Knie wie ein Monument aufragen zu lassen ... All dies wurde seitens der Trippelli mit eben so viel Bonhomie wie Sicherheit hingesprochen, in einem Tone, der ausdrücken sollte: „Du bist die Baronin Innstetten, ich bin die Tripelli".

Gieshübler liebte seine Künstlerfreundin enthusiastisch und dachte hoch von ihren Talenten; aber all seine Begeisterung konnte ihn doch nicht blind gegen die Tatsache machen, daß ihr von gesellschaftlicher Feinheit nur ein bescheidenes Maß zu teil geworden war. Und diese Feinheit war gerade das, was er persönlich kultivierte. „Liebe Marietta", nahm er das Wort, „Sie haben eine so reizend heitere Behandlung solcher Fragen; aber was mein Sofa betrifft, so haben Sie wirklich unrecht, und jeder Sachverständige mag zwischen uns entscheiden. Selbst ein Mann wie Fürst Kotschukoff ..."

„Ach, ich bitte Sie, Gieshübler, lassen Sie doch den. Immer Kotschukoff. Sie werden mich bei der gnäd'gen Frau hier noch in den Verdacht bringen, als ob ich bei diesem Fürsten – der übrigens nur zu den Kleineren zählt und nicht mehr als tausend Seelen hat, das heißt hatte, – früher wo die Rechnung noch nach Seelen ging –, als ob ich stolz wäre, seine tausend und einste Seele zu sein. Nein, es liegt wirklich anders; ‚immer frei weg', Sie kennen meine Devise, Gieshübler. Kotschukoff ist ein guter Kamerad und mein Freund, aber von Kunst und ähnlichen Sachen versteht er gar nichts, von Musik gewiß nicht, wiewohl er Messen und Oratorien komponiert – die meisten russischen Fürsten, wenn sie Kunst treiben, fallen ein bißchen nach der geistlichen oder orthodoxen Seite hin –, und zu den vielen Dingen, von denen er nichts versteht, gehören auch unbedingt Einrichtungs- und Tapezierfragen. Er ist gerade vornehm genug, um sich alles als schön aufreden zu lassen, was bunt aussieht und viel Geld kostet."

Innstetten amüsierte sich, und Pastor Lindequist war in einem allersichtlichsten Behagen. Die gute alte Trippel aber geriet über den ungenierten Ton ihrer Tochter aus einer Verlegenheit in die andere, während Gieshübler es für angezeigt hielt, eine so schwierig werdende Unterhaltung zu coupieren. Dazu waren etliche Gesangspiecen das beste. Daß Marietta Lieder von anfechtbarem Inhalt wählen würde, war nicht anzunehmen, und selbst wenn dies sein sollte, so war ihre Vortragskunst so groß, daß der Inhalt dadurch geadelt wurde. „Liebe Marietta", nahm er also das Wort, „ich habe unser kleines Mahl zu acht Uhr bestellt. Wir hätten also noch drei viertel Stunden, wenn Sie nicht vielleicht vorziehen, während Tisch ein heitres Lied zu singen oder vielleicht erst, wenn wir von Tisch aufgestanden sind ..."

„Ich bitte Sie, Gieshübler! Sie, der Mann der Ästhetik. Es gibt nichts Unästhetischeres als einen Gesangsvortrag mit vollem Magen. Außerdem – und ich weiß, Sie sind ein Mann der ausgesuchten Küche, ja, Gourmand – außerdem schmeckt es besser, wenn man die Sache hinter sich hat. Erst Kunst und dann Nußeis, das ist die richtige Reihenfolge."

„Also ich darf Ihnen die Noten bringen, Marietta?"

„Noten bringen. Ja, was heißt das, Gieshübler? Wie ich Sie kenne, werden Sie ganze Schränke voll Noten haben, und ich kann Ihnen doch nicht den ganzen Bock und Bote vorspielen. Noten! Was für Noten, Gieshübler, darauf kommt es an. Und dann, daß es richtig liegt, Altstimme ..."

„Nun, ich werde schon bringen."

Und er machte sich an einem Schranke zu schaffen, ein Fach nach dem andern herausziehend, während die Trippeli ihren Stuhl weiter links um den Tisch herum schob, so daß sie nun dicht neben Effi saß.

„Ich bin neugierig, was er bringen wird", sagte sie. Effi geriet dabei in eine kleine Verlegenheit.

„Ich möchte annehmen", antwortete sie befangen, „etwas von Gluck, etwas ausgesprochen Dramatisches ... Überhaupt, mein gnädigstes Fräulein, wenn ich mir die Bemerkung erlauben darf, ich bin überrascht, zu hören, daß Sie lediglich Konzertsängerin sind. Ich dächte, daß Sie, wie wenige, für die Bühne berufen sein müßten. Ihre Erscheinung, Ihre Kraft, Ihr Organ ... ich habe noch so wenig derart kennen gelernt, immer nur auf kurzen Besuchen in Berlin ... und dann war ich noch ein halbes Kind. Aber ich dächte ‚Orpheus' oder ‚Chrimhild' oder die ‚Vestalin'."

Die Trippelli wiegte den Kopf und sah in Abgründe, kam aber zu keiner Entgegnung, weil eben jetzt Gieshübler wieder erschien und ein halbes Dutzend Notenhefte vorlegte, die seine Freundin in rascher Reihenfolge durch die Hand gleiten ließ. " ‚Erlkönig' ... ah, bah; ‚Bächlein laß' dein Rauschen sein ...' Aber Gieshübler, ich bitte Sie, Sie sind ein Murmeltier, Sie haben sieben Jahre lang geschlafen ... Und hier Löwesche Balladen; auch nicht gerade das Neueste. ‚Glocken von Speier' ... Ach, dies ewige Bim-Bam, das beinah einer Kulissenreißerei gleich kommt, ist geschmacklos und abgestanden. Aber hier ‚Ritter Olaf' ... nun das geht."

Und sie stand auf, und während der Pastor begleitete, sang sie den „Olaf" mit großer Sicherheit und Bravour und erntete allgemeinen Beifall.

Es wurde dann noch ähnlich Romantisches gefunden, einiges aus dem „Fliegenden Holländer" und aus „Zampa", dann der „Heideknabe", lauter Sachen, die sie mit eben so viel Virtuosität wie Seelenruhe vortrug, während Effi von Text und Komposition wie benommen war. Als dieTripelli mit dem „Heideknaben" fertig war, sagte sie: „Nun ist es genug", eine Erklärung, die so bestimmt von ihr abgegeben wurde, daß weder Gieshübler noch ein anderer den Mut hatte, mit weiteren Bitten in sie zu dringen. Am wenigsten Effi. Diese sagte nur, als Gieshüblers Freundin wieder neben ihr saß: „Daß ich Ihnen doch sagen könnte, mein gnädigstes Fräulein, wie dankbar ich Ihnen bin! Alles so schön, so sicher, so gewandt. Aber eines, wenn Sie mir verzeihen, bewundere ich fast noch mehr, das ist die Ruhe, womit Sie diese Sachen vorzutragen wissen. Ich bin so leicht Eindrücken hingegeben, und wenn ich die kleinste Gespenstergeschichte höre, so zittere ich und kann mich kaum wieder zurecht finden. Und Sie tragen das so mächtig und erschütternd vor und sind selbst ganz heiter und guter Dinge."

„Ja, meine gnädigste Frau, das ist in der Kunst nicht anders. Und nun gar erst auf dem Theater, vor dem ich übrigens glücklicherweise bewahrt geblieben bin. Denn so gewiß ich mich persönlich gegen seine Versuchungen gefeit fühle – es verdirbt den Ruf, also das beste, was man hat. Im übrigen stumpft man ab, wie mir Kolleginnen hundertfach versichert haben. Da wird vergiftet und erstochen, und der toten Julia flüstert Romeo einen Kalauer ins Ohr oder wohl auch eine Malice, oder er drückt ihr einen kleinen Liebesbrief in die Hand."

„Es ist mir unbegreiflich. Und um bei dem stehen zu bleiben, was ich Ihnen diesen Abend verdanke, beispielsweise bei dem Gespenstischen im ‚Olaf', ich versichere Ihnen, wenn ich einen ängstlichen Traum habe, oder wenn ich glaube, über mir hörte ich ein leichtes Tanzen oder Musizieren, während doch niemand da ist, oder es schleicht wer an meinen Bette vorbei, so bin ich außer mir und kann es tagelang nicht vergessen."

„Ja, meine gnädigste Frau, was Sie da schildern und beschreiben, das ist auch etwas anderes, das ist ja wirklich oder kann wenigstens etwas Wirkliches sein. Ein Gespenst, das durch die Ballade geht, da graule ich mich gar nicht, aber ein Gespenst, das durch meine Stube geht, ist mir gerade so wie andern, sehr unangenehm. Darin empfinden wir also ganz gleich."

„Haben Sie denn dergleichen auch einmal erlebt?"

„Gewiß. Und noch dazu bei Kotschukoff. Und ich habe mir auch ausbedungen, daß ich diesmal anders schlafe, vielleicht mit der englischen Gouvernante zusammen. Das ist nämlich eine Quäkerin, und da ist man sicher."

„Und Sie halten dergleichen für möglich?"

„Meine gnädigste Frau, wenn man so alt ist wie ich und viel 'rumgestoßen wurde und in Rußland war und sogar auch ein halbes Jahr in Rumänien, da hält man alles für möglich. Es gibt so viel schechte Menschen, und das andere findet sich dann auch, das gehört dann sozusagen mit dazu."

Effi horchte auf.

„Ich bin", fuhr die Trippelli fort, „aus einer sehr aufgeklärten Familie – bloß mit Mutter war es immer nicht so recht – und doch sagte mir mein Vater, als das mit dem Psychographen aufkam: ‚Höre Marie, das ist was'. Und er hat recht gehabt, es ist auch was damit. Überhaupt, man ist links und rechts umlauert, hinten und vorn. Sie werden das noch kennen lernen."

In diesem Augenblick trat Gieshübler heran und bot Effi den Arm, Innstetten führte Marietta, dann folgte Pastor Lindequist und die verwitwete Trippel. So ging man zu Tisch.

Zwölftes Kapitel

Es war spät, als man aufbrach. Schon bald nach zehn hatte Effi zu Gieshübler gesagt: „Es sei nun wohl Zeit; Fräulein Trippelli, die den Zug nicht versäumen dürfe, müsse ja schon um sechs von Kessin aufbrechen"; die daneben stehende Trippelli aber, die diese Worte gehört, hatte mit der ihr eigenen ungenierten Beredsamkeit gegen solche zarte Rücksichtnahme protestiert. „Ach, meine gnädigste Frau, Sie glauben, daß unsereins einen regelmäßigen Schlaf braucht, das trifft aber nicht zu; was wir regelmäßig brauchen, heißt Beifall und hohe Preise. Ja, lachen Sie nur. Außerdem – so was lernt man – kann ich auch im Coupé schlafen, in jeder Situation und sogar auf der linken Seite und brauche nicht einmal das Kleid aufzumachen. Freilich bin ich auch nie eingepreßt; Brust und Lunge müssen immer frei sein, und vor allem das Herz. Ja, meine gnädigste Frau, das ist die Hauptsache. Und dann das Kapitel Schlaf überhaupt, – die Menge tut es nicht, was entscheidet, ist die Qualität; ein guter Nicker von fünf Minuten ist besser als fünf Stunden unruhige Rumdreherei, mal links, mal rechts. Übrigens schläft man in Rußland wundervoll, trotz des starken Tees. Es muß die Luft machen oder das späte Diner oder weil man so verwöhnt wird. Sorgen gibt es in Rußland nicht; darin – im Geldpunkt sind beide gleich – ist Rußland noch besser als Amerika."

Nach dieser Erklärung der Trippelli hatte Effi von allen Mahnungen zum Aufbruch Abstand genommen, und so war Mitternacht herangekommen. Man trennte sich heiter und herzlich und mit einer gewissen Vertraulichkeit. Der Weg von der Mohrenapotheke bis zur landrätlichen Wohnung war ziemlich weit; er kürzte sich aber dadurch, daß Pastor Lindequist bat, Innstetten und Frau eine Strecke begleiten zu dürfen; ein Spaziergang unterm Sternenhimmei sei das beste, um über Gieshüblers Rheinwein hinwegzukommen. Unterwegs wurde man natürlich nicht müde, die verschiedensten Trippelliana heranzuziehen; Effi begann mit dem, was ihr in Erinnerung geblieben, und gleich nach ihr kam der Pastor an die

Reihe. Dieser, ein Ironikus, hatte die Trippelli, wie nach vielem sehr Weltlichen, so schließlich auch nach ihrer kirchlichen Richtung gefragt und dabei von ihr in Erfahrung gebracht, daß sie nur eine Richtung kenne, die orthodoxe. Ihr Vater sei freilich ein Rationalist gewesen, fast schon ein Freigeist, weshalb er auch den Chinesen am liebsten auf dem Gemeindekirchhof gehabt hätte; sie ihrerseits sei aber ganz entgegengesetzter Ansicht, trotzdem sie persönlich des großen Vorzugs genieße, gar nichts zu glauben. Aber sie sei sich in ihrem entschiedenen Nichtglauben doch auch jeden Augenblick bewußt, daß das ein Spezialluxus sei, den man sich nur als Privatperson gestatten könne. Staatlich höre der Spaß auf, und wenn ihr das Kultusministerium oder gar ein Konsistorialregiment unterstünde, so würde sie mit unnachsichtiger Strenge vorgehen. „Ich fühle so was von einem Torquemada in mir."

Innstetten war sehr erheitert und erzählte seinerseits, daß er etwas so Heikles, wie das Dogmatische, geflissentlich vermieden, aber dafür das Moralische desto mehr in den Vordergrund gestellt habe. Hauptthema sei das Verführerische gewesen, das beständige Gefährdetsein, das in allem öffentlichen Auftreten liege, worauf die Trippelli leichthin und nur mit Betonung der zweiten Satzhälfte geantwortet habe: „Ja, beständig gefährdet; am meisten die Stimme."

Unter solchem Geplauder war, ehe man sich trennte, der Trippelli-Abend noch einmal an ihnen vorübergezogen, und erst drei Tage später hatte sich Gieshüblers Freundin durch ein von Petersburg aus an Effi gerichtetes Telegramm noch einmal in Erinnerung gebracht. Es lautete: Madame la Baronne d'Innstetten, née de Briest. Bien arrivée. Prince K. à la gare. Plus épris de moi que jamais. Mille fois merci de votre bon accueil. Compliments empressés à Monsieur le Baron. Marietta Trippelli.

Innstetten war entzückt und gab diesem Entzücken lebhafteren Ausdruck als Effi begreifen konnte.

„Ich verstehe dich nicht, Geert."

„Weil du die Trippelli nicht verstehst. Mich entzückt die Echtheit; alles da, bis auf das Pünktchen überm i."

„Du nimmst also alles als eine Komödie."

„Aber als was sonst? Alles berechnet für dort und für hier, für Kotschukoff und für Gieshübler. Gieshübler wird wohl eine Stiftung machen, vielleicht auch bloß ein Legat für die Trippelli."

Die musikalische Soiree bei Gieshübler hatte Mitte Dezember stattgefunden, gleich danach begannen die Vorbereitungen für Weihnachten, und Effi, die sonst schwer über diese Tage hingekommen wäre, segnete es, daß sie selber einen Hausstand hatte, dessen Ansprüche befriedigt werden mußten. Es galt nachsinnen, fragen, anschaffen, und das alles ließ trübe Gedanken nicht aufkommen. Am Tage vor Heiligabend trafen Geschenke von den Eltern aus Hohen-Cremmen ein, und mit in die Kiste waren allerhand Kleinigkeiten aus dem Kantorhause gepackt: wunderschöne Reinetten von einem Baum, den Effi und Jahnke vor mehreren Jahren gemeinschaftlich okuliert hatten, und dazu braune Puls- und Kniewärmer von Bertha und Hertha. Hulda schrieb nur wenige Zeilen, weil sie, wie sie sich entschuldigte, für X. noch eine Reisedecke zu stricken habe. „Was einfach nicht wahr ist", sagte Effi. „Ich wette, X. existiert gar nicht. Daß sie nicht davon lassen kann, sich mit Anbetern zu umgeben, die nicht da sind!"

Und so kam Heiligabend heran.

Innstetten selbst baute auf für seine junge Frau, der Baum brannte, und ein kleiner Engel schwebte oben in Lüften. Auch eine Krippe war da mit hübschen Transparenten und Inschriften, deren eine sich, in leiser Andeutung, auf ein dem Innstettenschen Hause für nächstes Jahr bevorstehendes Ereignis bezog. Effi las es und errötete. Dann ging sie auf Innstetten zu, um ihm zu danken, aber eh' sie dies konnte, flog, nach altpommerschen Weihnachtsbrauch, ein Julklapp in den Hausflur: eine große Kiste, darin eine Welt von Dingen steckte. Zuletzt fand man die Hauptsache, ein zierliches, mit allerlei japanischen Bildchen überklebtes Morsellenkästchen, dessen eigentlichem Inhalt auch noch ein Zettelchen beigegeben war. Es hieß da:

> Drei Könige kamen zum Heiligenchrist,
> Mohrenkönig einer gewesen ist; –
> Ein Mohrenapothekerlein
> Erscheinet heut mit Spezerein,
> Doch statt Weihrauch und Myrrhen, die nicht zur Stelle,
> Bringt er Pistazien- und Mandel-Morselle.

Effi las es zwei-, dreimal und freute sich darüber. „Die Huldigungen eines guten Menschen haben doch etwas besonders Wohltuendes. Meinst du nicht auch, Geert?"

„Gewiß meine ich das. Es ist eigentlich das einzige, was einem Freude macht oder wenigstens Freude machen sollte. Denn jeder steckt noch so nebenher in allerhand dummem Zeuge drin. Ich auch. Aber freilich, man ist wie man ist."

Der erste Feiertag war Kirchtag, am zweiten war man bei Borckes draußen, alles zugegen, mit Ausnahme von Grasenabbs, die nicht kommen wollten, „weil Sidonie nicht da sei", was man als Entschuldigung allseitig ziemlich sonderbar fand. Einige tuschelten sogar: „Umgekehrt; gerade deshalb hätten sie kommen sollen." Am Silvester war Ressourcenball, auf dem Effi nicht fehlen durfte und auch nicht wollte, denn der Ball gab ihr Gelegenheit, endlich einmal die ganze Stadtflora beisammen zu sehen. Johanna hatte mit den Vorbereitungen zum Ballstaate für ihre Gnädige vollauf zu tun, Gieshübler, der, wie alles, so auch ein Treibhaus hatte, schickte Kamelien, und Innstetten, so knapp bemessen die Zeit für ihn war, fuhr am Nachmittage noch über Land nach Papenhagen, wo drei Scheunen abgebrannt waren. Es war ganz still im Hause. Christel, beschäftigungslos, hatte sich schläfrig eine Fußbank an den Herd gerückt, und Effi zog sich in ihr Schlafzimmer zurück, wo sie sich, zwischen Spiegel und Sofa, an einen kleinen, eigens zu diesem Zweck zurecht gemachten Schreibtisch setzte, um von hier aus an die Mama zu schreiben, der sie für Weihnachtsbrief und Weihnachtsgeschenke bis dahin bloß in einer Karte gedankt, sonst aber seit Wochen keine Nachricht gegeben hatte.

„Kessin, 31. Dezember. Meine liebe Mama! Das wird nun wohl ein langer Schreibebrief werden, denn ich habe – die Karte rechnet nicht – lange nichts von mir hören lassen. Als ich das letztemal schrieb, steckte ich noch in den Weihnachtsvorbereitungen, jetzt liegen die Weihnachtstage schon zurück. Innstetten und mein guter Freund Gieshübler hatten alles aufgeboten, mir den heiligen Abend so angenehm wie möglich zu machen, aber ich fühlte mich doch ein wenig einsam und bangte mich nach Euch. Überhaupt, so viel Ursache ich habe, zu danken und froh und glücklich zu sein, ich kann ein Gefühl des Alleinseins nicht ganz los werden, und wenn ich mich früher, vielleicht mehr als nötig, über Huldas ewige Gefühlstränе mokiert habe, so werde ich jetzt dafür bestraft und habe selber mit dieser Träne zu kämpfen. Denn Innstetten darf es nicht sehen. Ich bin aber sicher, daß das alles besser werden wird, wenn unser Hausstand sich mehr belebt, und das wird der Fall sein, meine liebe Mama. Was ich neulich andeutete, das ist nun Gewißheit, und Innstetten bezeugt mir täglich seine Freude darüber. Wie glücklich ich selber im Hinblick darauf bin, brauche ich nicht erst zu versichern, schon weil ich dann Leben und Zerstreuung um mich her haben werde oder, wie Geert sich ausdrückt, ‚ein liebes Spielzeug'. Mit diesem Worte wird er wohl recht haben, aber er sollte es lieber nicht gebrauchen, weil es mir immer einen kleinen Stich gibt und mich daran erinnert, wie jung ich bin, und daß ich noch halb in die Kinderstube gehöre. Diese Vorstellung verläßt mich nicht (Geert meint, es sei krankhaft) und bringt es zuwege, daß das, was mein höchstes Glück sein sollte, doch fast noch mehr eine beständige Verlegenheit für mich ist. Ja, meine liebe Mama, als die guten Flemmingschen Damen sich neulich nach allem Möglichem erkundigten, war mir zumut, als stünd ich schlecht vorbereitet in einem Examen, und ich glaube auch, daß ich recht dumm geantwortet habe. Verdrießlich war ich auch. Denn manches, was wie Teilnahme aussieht, ist doch bloß Neugier und wirkt um so zudringlicher, als ich ja noch lange, bis in den Sommer hinein, auf das frohe Ereignis zu warten habe. Ich denke, die ersten Julitage. Dann mußt Du kommen, oder noch besser, sobald ich einigermaßen wieder bei Wege bin, komme ich, nehme hier Urlaub und mache mich auf nach Hohen-Cremmen. Ach, wie ich mich darauf freue und auf die havelländische Luft – hier ist es fast immer rauh und kalt – und dann jeden Tag eine Fahrt ins Luch, alles rot und gelb, und ich sehe schon, wie das Kind die Hände danach streckt, denn es wird doch wohl fühlen, daß es eigentlich da zu Hause ist. Aber das schreibe ich nur Dir. Innstetten darf nicht davon wissen, und auch Dir gegenüber muß ich mich entschuldigen, daß ich mit dem Kinde nach Hohen-Cremmen will und mich heute schon anmelde, statt Dich, meine liebe Mama, dringend und herzlich nach Kessin hin einzuladen, das ja doch jeden Sommer fünfzehnhundert Badegäste hat und Schiffe mit allen möglichen Flaggen und sogar ein Dünenhotel. Aber daß ich so wenig Gastlichkeit zeige, das macht nicht, daß ich ungastlich wäre, so sehr bin ich nicht aus der Art geschlagen, das macht einfach unser landrätliches Haus, das, so viel Hübsches und Apartes es hat, doch eigentlich gar kein richtiges Haus ist, sondern nur eine Wohnung für zwei Menschen, und auch das kaum, denn wir haben nicht einmal ein Eßzimmer, was doch genant ist, wenn ein paar Personen zu Besuch sich einstellen. Wir haben freilich noch Räumlichkeiten im ersten Stock, einen großen Saal und vier kleine Zimmer, aber sie haben alle etwas wenig Einladendes, und ich würde sie Rumpelkammer nennen, wenn sich etwas Gerümpel darin vorfände; sie sind aber ganz leer, ein paar Binsenstühle abgerechnet, und machen, das Mindeste zu sagen, einen sehr sonderbaren Eindruck. Nun wirst Du wohl meinen, das alles sei ja leicht zu ändern. Aber es ist nicht zu ändern; denn das Haus, das wir bewohnen, ist ... ist ein Spukhaus; da ist es heraus. Ich beschwöre Dich übrigens, mir auf diese meine Mitteilung nicht zu antworten, denn ich zeige Innstetten immer Eure Briefe, und er wäre außer sich, wenn er erführe, daß ich Dir das geschrieben. Ich hätte es auch nicht getan und zwar um so weniger, als ich seit vielen Wochen in Ruhe geblieben bin und aufgehört habe, mich zu ängstigen; aber Johanna sagt mir, es käme immer mal wieder, namentlich wenn wer Neues im Hause erschiene. Und ich kann Dich doch einer solchen Gefahr oder, wenn das zu viel gesagt ist, einer solchen eigentümlichen und unbequemen Störung nicht aussetzen! Mit der Sache selber will ich Dich heute nicht behelligen, jedenfalls nicht ausführlich. Es ist eine Geschichte von einem alten Kapitän, einem sogenannten Chinafahrer, und seiner Enkelin, die mit einem hiesigen jungen Kapitän eine kurze Zeit verlobt war und an ihrem Hochzeitstage plötzlich verschwand. Das möchte hingeh'n. Aber was wichtiger ist, ein junger Chinese, den ihr Vater aus China mit zurückgebracht hatte und der erst der Diener und dann der Freund des Alten war, der starb kurze Zeit danach und ist an einer einsamen Stelle neben dem Kirchhof begraben worden. Ich bin neulich da vorübergefahren, wandte mich aber rasch ab und sah nach der andern Seite, weil ich glaube, ich hätte ihn sonst auf dem Grabe sitzen sehen. Denn ach, meine liebe Mama, ich habe ihn einmal wirklich gesehen, oder es ist mir wenigstens so vorgekommen, als ich fest schlief und Innstetten auf Besuch beim Fürsten war. Es war schrecklich; ich möchte so was nicht wieder erleben. Und in ein solches Haus, so hübsch es sonst ist (es ist sonderbarerweise gemütlich und unheimlich zugleich), kann ich Dich doch nicht gut einladen. Und Innstetten, trotzdem ich ihm schließlich, in vielen Stücken zustimmte, hat sich dabei, so viel möcht ich sagen dürfen, auch nicht ganz richtig benommen. Er verlangte von mir, ich solle das alles als alten Weiberunsinn ansehen und darüber lachen, aber mit einem Male schien er doch auch wieder selber daran zu glauben und stellte mir zugleich die sonderbare Zumutung, einen solchen Hausspuk als etwas Vornehmes und Altadeliges anzusehen. Dies kann ich aber nicht und will es auch nicht. Er ist in diesem Punkte, so gütig er sonst ist, nicht gütig und nachsichtig genug gegen mich. Denn daß es etwas damit ist, das weiß ich von Johanna und weiß es auch von unserer Frau Kruse. Das ist nämlich unsere Kutscherfrau, die mit einem schwarzen Huhn beständig in einer überheizten Stube sitzt. Dies allein schon ist ängstlich genug. Und nun weißt Du, warum ich kommen will, wenn es erst so weit ist. Ach, wäre es nur erst so weit. Es sind so viele Gründe, warum ich es wünsche. Heute abend haben wir Silvesterball, und Gieshübler – der einzig nette Mensch hier, trotzdem er eine hohe Schulter hat, oder eigentlich schon etwas mehr – Gieshübler hat mir Kamelien geschickt. Ich werde doch vielleicht tanzen. Unser Arzt sagt, es würde mir nichts schaden, im Gegenteil. Und Innstetten, was mich fast überraschte, hat auch eingewilligt. Und nun grüße und küsse Papa und all die andern Lieben. Glückauf zum neuen Jahr. Deine Effi."

Dreizehntes Kapitel

Der Silvesterball hatte bis an den frühen Morgen gedauert, und Effi war ausgiebig bewundert worden, freilich nicht ganz so anstandslos wie das Kamelienbukett, von dem man wußte, daß es aus dem Gieshüblerschen Treibhause kam. Im übrigen blieb auch nach dem Silvesterball alles beim alten, kaum daß Versuche gesellschaftlicher Annäherung gemacht worden wären, und so kam es denn, daß der Winter als recht lange dauernd empfunden wurde. Besuche seitens der benachbarten Adelsfamilien fanden nur selten statt, und dem pflichtschuldigen Gegenbesuche ging in einem halben Trauertone jedesmal die Bemerkung voraus: „Ja, Geert, wenn es durchaus sein muß, aber ich vergehe vor Langerweile." Worte, denen Innstetten nur immer zustimmte. Was an solchen Besuchsnachmittagen über Familie, Kinder, auch Landwirtschaft gesagt wurde, mochte gehen; wenn dann aber die kirchlichen Fragen an die Reihe kamen und die mitanwesenden Pastoren wie kleine Päpste behandelt wurden, oder sich auch wohl selbst als solche ansahen, dann riß Effi der Faden der Geduld, und sie dachte mit Wehmut an Niemeyer, der immer zurückhaltend und anspruchslos war, trotzdem es bei jeder größeren Feierlichkeit hieß, er habe das Zeug, an den „Dom" berufen zu werden. Mit den Borckes, den Flemmings, den Grasenabbs, so freundlich die Familien, von Sidonie Grasenabb abgesehen, gesinnt waren – es wollte mit allen nicht so recht gehen, und es hätte mit Freude, Zerstreuung und auch nur leidlichem Sich-behaglich-fühlen manchmal recht schlimm gestanden, wenn Gieshübler nicht gewesen wäre. Der sorgte für Effi wie eine kleine Vorsehung, und sie wußte es ihm auch Dank. Natürlich war er neben allem andern auch ein eifriger und aufmerksamer Zeitungsleser, ganz zu geschweigen, daß er an der Spitze des Journalzirkels stand, und so verging denn fast kein Tag, wo nicht Mirambo ein großes, weißes Kuvert gebracht hätte, mit allerhand Blättern und Zeitungen, in denen die betreffenden Stellen angestrichen waren, meist eine kleine, feine Bleistiftlinie, mitunter aber auch dick mit Blaustift und ein Ausrufungs- oder Fragezeichen daneben. Und dabei ließ er es nicht bewenden; er schickte auch Feigen und Datteln, Schokoladentafeln in Satineepapier und ein rotes Bändchen drum, und wenn etwas besonders Schönes in seinem Treibhaus blühte, so brachte er es selbst und hatte dann eine glückliche Plauderstunde mit der ihm so sympathischen jungen Frau, für die er alle schönen Liebesgefühle durch- und nebeneinander hatte, die des Vaters und Onkels, des Lehrers und Verehrers. Effi war gerührt von dem allen und schrieb öfters darüber nach Hohen-Cremmen, so daß die Mama sie mit ihrer „Liebe zum Alchimisten" zu necken begann; aber diese wohlgemeinten Neckereien verfehlten ihren Zweck, ja berührten sie beinahe schmerzlich, weil ihr, wenn auch unklar, dabei zum Bewußtsein kam, was ihr in ihrer Ehe eigentlich fehlte: Huldigungen, Anregungen, kleine Aufmerksamkeiten. Innstetten war lieb und gut, aber ein Liebhaber war er nicht. Er hatte das Gefühl, Effi zu lieben, und das gute Gewissen, daß es so sei, ließ ihn von besonderen Anstrengungen absehen. Es war fast zur Regel geworden, daß er sich, wenn Friedrich die Lampe brachte, aus seiner Frau Zimmer in sein eigenes zurückzog. „Ich habe da noch eine verzwickte Geschichte zu erledigen." Und damit ging er. Die Portiere blieb freilich zurückgeschlagen, so daß Effi das Blättern in dem Aktenstück oder das Kritzeln seiner Feder hören konnte, aber das war auch alles. Rollo kam dann wohl und legte sich vor sie hin auf den Kaminteppich, als ob er sagen wolle: „Muß nur mal wieder nach dir sehen; ein anderer tut's doch nicht." Und dann beugte sie sich nieder und sagte leise: „Ja, Rollo, wir sind allein." Um neun erschien dann Innstetten wieder zum Tee, meist die Zeitung in der Hand, sprach vom Fürsten, der wieder viel Ärger habe, zumal über diesen Eugen Richter, dessen Haltung und Sprache ganz unqualifizierbar schien, und ging dann die Ernennungen und Ordensverleihungen durch, von denen er die meisten beanstandete. Zuletzt sprach er von den Wahlen, und daß es ein Glück sei, einem Kreise vorzustehen, in dem es noch Respekt gäbe. War er damit durch, so bat er Effi, daß sie was spiele, aus Lohengrin oder aus der Walküre, denn er war ein Wagner-Schwärmer. Was ihn zu diesem hinübergeführt hatte, war ungewiß; einige sagten, seine Nerven, denn so nüchtern er schien, eigentlich war er nervös; andere schoben es auf Wagners Stellung zur Judenfrage. Wahrscheinlich hatten beide recht. Um zehn war Innstetten dann abgespannt und erging sich in ein paar wohlgemeinten, aber etwas müden Zärtlichkeiten, die sich Effi gefallen ließ, ohne sie recht zu erwidern.

*

So verging der Winter, der April kam, und in dem Garten hinter dem Hofe begann es zu grünen, worüber sich Effi freute; sie konnte gar nicht abwarten, daß der Sommer komme mit seinen Spaziergängen am Strand und seinen Badegästen. Wenn sie so zurückblickte, der Trippelli-Abend bei Gieshübler und dann der Silvesterball, ja, das ging, das war etwas Hübsches gewesen; aber die Monate, die dann gefolgt waren, die hatten doch viel zu wünschen übrig gelassen, und vor allem waren sie so monoton gewesen, daß sie sogar mal an die Mama geschrieben hatte: „Kannst Du Dir denken, Mama, daß ich mich mit unsrem Spuk beinah ausgesöhnt habe? Natürlich die schreckliche Nacht, wo Geert drüben beim Fürsten war, die möcht ich nicht noch einmal durchmachen, nein, gewiß nicht; aber immer das Alleinsein und so gar nichts erleben, das hat doch auch sein Schweres, und wenn ich dann in der Nacht aufwache, dann horche ich mitunter hinauf, ob ich nicht die Schuhe schleifen höre, und wenn alles still bleibt, so bin ich fast wie enttäuscht und sage mir: wenn es doch nur wiederkäme, nur nicht zu arg und nicht zu nah."

Das war im Februar, daß Effi so schrieb, und nun war beinahe Mai. Drüben in der Plantage belebte sich's schon wieder, und man hörte die Finken schlagen. Und in derselben Woche war es auch, daß die Störche kamen, und einer schwebte langsam über ihr Haus hin und ließ sich dann auf einer Scheune nieder, die neben Utpatels Mühle stand. Das war seine alte Raststätte. Auch über dies Ereignis berichtete Effi, die jetzt überhaupt häufiger nach Hohen-Cremmen schrieb, und es war in demselben Briefe, daß es am Schlusse hieß: „Etwas, meine liebe Mama, hätte ich beinah vergessen: den neuen Landwehrbezirkskommandeur, den wir nun schon beinah vier Wochen hier haben. Ja, haben wir ihn wirklich? Das ist die Frage, und eine Frage von Wichtigkeit dazu, so sehr Du darüber lachen wirst und auch lachen mußt, weil Du den gesellschaftlichen Notstand nicht kennst, in dem wir uns nach wie vor befinden. Oder wenigstens ich, die ich mich mit dem Adel hier nicht ganz zurechtfinden kann. Vielleicht meine Schuld. Aber das ist gleich. Tatsache bleibt: Notstand, und deshalb sah ich, durch all diese Winterwochen hin, dem neuen Bezirkskommandeur wie einem Trost- und Rettungsbringer entgegen. Sein Vorgänger war ein Greuel, von schlechten Manieren und noch schlechteren Sitten, und zum Überfluß auch noch immer schlecht bei Kasse. Wir haben all die Zeit über unter ihm gelitten, Innstetten noch mehr als ich, und als wir Anfang April hörten, Major von Crampas sei da, das ist nämlich der Name des neuen, da fielen wir uns in die Arme, als könne uns nun nichts Schlimmes mehr in diesem lieben Kessin passieren. Aber, wie schon kurz erwähnt, es scheint, trotzdem er da ist, wieder nichts werden zu wollen. Crampas ist verheiratet, zwei Kinder von zehn und acht Jahren, die Frau ein Jahr älter als er, also sagen wir fünfundvierzig. Das würde nun an und für sich nicht viel schaden, warum soll ich mich nicht mit einer mütterlichen Freundin wundervoll unterhalten können? Die Trippelli war auch nahe an Dreißig, und es ging ganz gut. Aber mit der Frau von Crampas, übrigens keine Geborene, kann es nichts werden. Sie ist immer verstimmt, beinahe melancholisch (ähnlich wie unsere Frau Kruse, an die sie mich überhaupt erinnert), und das alles aus Eifersucht. Er, Crampas, soll nämlich ein Mann vieler Verhältnisse sein, ein Damenmann, etwas was mir immer lächerlich ist und mir auch in diesem Falle lächerlich sein würde, wenn er nicht, um eben solcher Dinge willen, ein Duell mit einem Kameraden gehabt hätte. Der linke Arm wurde ihm dicht unter der Schulter zerschmettert, und man sieht es sofort, trotzdem die Operation, wie mir Innstetten erzählt (ich glaube, sie nennen es Resektion, damals noch von Wilms ausgeführt), als ein Meisterstück der Kunst gerühmt wurde. Beide, Herr und Frau von Crampas, waren vor vierzehn Tagen bei uns, um uns ihren Besuch zu machen; es war eine sehr peinliche Situation, denn Frau von Crampas beobachtete ihren Mann so, daß er in eine halbe und ich in eine ganze Verlegenheit kam. Daß er selbst sehr anders sein kann, ausgelassen und übermütig, davon überzeugte ich mich, als er vor drei Tagen mit Innstetten allein war, und ich, von meinem Zimmer her, dem Gang ihrer Unterhaltung folgen konnte. Nachher sprach auch ich ihn. Vollkommener Kavalier, ungewöhnlich gewandt. Innstetten war während des Krieges in derselben Brigade mit ihm, und sie haben sich im Norden von Paris bei Graf Gröben öfter gesehen. Ja, meine liebe Mama, das wäre nun also etwas gewesen, um in Kessin neues Leben beginnen zu können; er, der Major, hat auch nicht die pommerschen Vorurteile, trotzdem er in Schwedisch-Pommern zu Hause sein soll. Aber die Frau! Ohne sie geht es natürlich nicht, und mit ihr erst recht nicht.“

*

Effi hatte ganz recht gehabt, und es kam wirklich zu keiner weiteren Annäherung mit dem Crampasschen Paare. Man sah sich mal bei der Borckeschen Familie draußen, ein andermal ganz flüchtig auf dem Bahnhof und wenige Tage später auf einer Boot- und Vergnügungsfahrt, die nach einem am Breitling gelegenen großen Buchen- und Eichenwalde, der „der Schnatermann“ hieß, gemacht wurde; es kam aber über kurze Begrüßungen nicht hinaus, und Effi war froh, als Anfang Juni die Saison sich ankündigte. Freilich fehlte es noch an Badegästen, die vor Johanni überhaupt nur in Einzelexemplaren einzutreffen pflegten, aber schon die

Vorbereitungen waren eine Zerstreuung. In der Plantage wurden Karussell und Scheibenstände hergerichtet, die Schiffersleute kalfaterten und strichen ihre Boote, jede kleine Wohnung erhielt neue Gardinen, und die Zimmer, die feucht lagen, also den Schwamm unter der Decke hatten, wurden ausgeschwefelt und dann gelüftet.

Auch in Effis eigener Wohnung, freilich um eines anderen Ankömmlings als der Badegäste willen, war alles in einer gewissen Erregung; selbst Frau Kruse wollte mittun, so gut es ging. Aber davor erschrak Effi lebhaft und sagte: „Geert, daß nur die Frau Kruse nichts anfaßt; da kann nichts werden, und ich ängstige mich schon gerade genug." Innstetten versprach auch alles, Christel und Johanna hätten ja Zeit genug, und um seiner jungen Frau Gedanken überhaupt in eine andere Richtung zu bringen, ließ er das Thema der Vorbereitungen ganz fallen und fragte statt dessen, ob sie denn schon bemerkt habe, daß drüben ein Badegast eingezogen sei, nicht gerade der erste, aber doch einer der ersten.

„Ein Herr?"

„Nein, eine Dame, die schon früher hier war, jedesmal in derselben Wohnung. Und sie kommt immer so früh, weil sie's nicht leiden kann, wenn alles schon so voll ist."

„Das kann ich ihr nicht verdenken. Und wer ist es denn?"

„Die verwitwete Registrator Rode."

„Sonderbar. Ich habe mir Registratorwitwen immer arm gedacht."

„Ja", lachte Innstetten, „das ist die Regel. Aber hier hast du eine Ausnahme. Jedenfalls hat sie mehr als ihre Witwenpension. Sie kommt immer mit viel Gepäck, unendlich viel mehr als sie gebraucht, und scheint überhaupt eine ganz eigene Frau, wunderlich, kränklich und namentlich schwach auf den Füßen. Sie mißtraut sich deshalb auch und hat immer eine ältliche Dienerin um sich, die kräftig genug ist, sie zu schützen oder sie zu tragen, wenn ihr was passiert. Diesmal hat sie eine neue. Aber doch auch wieder eine ganz ramassierte Person, ähnlich wie die Trippelli, nur noch stärker."

„Oh, die hab ich schon gesehen. Gute braune Augen, die einen treu und zuversichtlich ansehen. Aber ein klein bißchen dumm."

„Richtig, das ist sie."

*

Das war Mitte Juni, daß Innstetten und Effi dies Gespräch hatten. Von da ab brachte jeder Tag Zuzug, und nach dem Bollwerk hin spazieren gehen, um daselbst die Ankunft des Dampfschiffs abzuwarten, wurde, wie immer um diese Zeit, eine Art Tagesbeschäftigung für die Kessiner. Effi freilich, weil Innstetten sie nicht begleiten konnte, mußte darauf verzichten, aber sie hatte doch wenigstens die Freude, die nach dem Strand und dem Strandhotel hinausführende, sonst so menschenleere Straße sich beleben zu sehen, und war denn auch, um immer wieder Zeuge davon zu sein, viel mehr als sonst in ihrem Schlafzimmer, von dessen Fenstern aus sich alles am besten beobachten ließ. Johanna stand dann neben ihr und gab Antwort auf ziemlich alles, was sie wissen wollte; denn da die meisten alljährlich wiederkehrende Gäste waren, so konnte das Mädchen nicht bloß die Namen nennen, sondern mitunter auch eine Geschichte dazu geben.

Das alles war unterhaltlich und erheiternd für Effi. Gerade am Johannistage aber traf es sich, daß kurz vor elf Uhr vormittags, wo sonst der Verkehr vom Dampfschiff her am buntesten vorüberflutete, statt der mit Ehepaaren, Kindern und Reisekoffern besetzten Droschken, aus der Mitte der Stadt her ein schwarz verhangener Wagen (dem sich zwei Trauerkutschen anschlossen) die zur Plantage führende Straße herunter kam und vor dem der landrätlichen Wohnung gegenüber gelegenen Hause hielt. Die verwitwete Frau Registrator Rode war nämlich drei Tage vorher gestorben, und nach Eintreffen der in aller Kürze benachrichtigten Berliner Verwandten war seitens eben dieser beschlossen worden, die Tote nicht nach Berlin hin überführen, sondern auf dem Kessiner Dünenfriedhof begraben zu wollen. Effi stand am Fenster und sah neugierig auf die sonderbar feierliche Szene, die sich drüben abspielte. Die zum Begräbnis von Berlin her Eingetroffenen waren zwei Neffen mit ihren Frauen, alle gegen Vierzig, etwas mehr oder weniger, und von beneidenswert gesunder Gesichtsfarbe. Die Neffen, in gut sitzenden Fracks, konnten passieren, und die nüchterne Geschäftsmäßigkeit, die sich in ihrem gesamten Tun ausdrückte, war im Grund mehr kleidsam als störend. Aber die beiden Frauen! Sie waren ganz ersichtlich bemüht, den Kessinern zu zeigen, was eigentlich Trauer sei, und trugen denn auch lange, bis an die Erde reichende schwarze Kreppschleier, die zugleich ihr

Gesicht verhüllten. Und nun wurde der Sarg, auf dem einige Kränze und sogar ein Palmenwedel lagen, auf den Wagen gestellt, und die beiden Ehepaare setzen sich in die Kutschen. In die erste – gemeinschaftlich mit dem einen der beiden leidtragenden Paare – stieg auch Lindequist, hinter der zweiten Kutsche aber ging die Hauswirtin und neben dieser die stattliche Person, die die Verstorbene zur Aushilfe mit nach Kessin gebracht hatte. Letztere war sehr aufgeregt und schien durchaus ehrlich darin, wenn dies Aufgeregtsein auch vielleicht nicht gerade Trauer war; der sehr heftig schluchzenden Hauswirtin aber, einer Witwe, sah man dagegen fast allzu deutlich an, daß sie sich beständig die Möglichkeit eines Extrageschenkes berechnete, trotzdem sie in der bevorzugten und von andern Wirtinnen auch sehr beneideten Lage war, die für den ganzen Sommer vermietete Wohnung noch einmal vermieten zu können.

Effi, als der Zug sich in Bewegung setzte, ging in ihren hinter dem Hofe gelegenen Garten, um hier, zwischen den Buchsbaumbeeten, den Eindruck des Lieb- und Leblosen, den die ganze Szene drüben auf sie gemacht hatte, wieder los zu werden. Als dies aber nicht glücken wollte, kam ihr die Lust, statt ihrer eintönigen Gartenpromenade lieber einen weiteren Spaziergang zu machen, und zwar um so mehr, als ihr der Arzt gesagt hatte, viel Bewegung im Freien sei das beste, was sie bei dem, was ihr bevorstände, tun könne. Johanna, die mit im Garten war, brachte ihr denn auch Umhang, Hut und Entoutcas, und mit einem freundlichen „Guten Tag" trat Effi aus dem Hause heraus und ging auf das Wäldchen zu, neben dessen breitem chaussierten Mittelweg ein schmaler Fußsteig auf die Dünen und das am Strand gelegene Hotel zulief. Unterwegs standen Bänke, von denen sie jede benutzte, denn das Gehen griff sie an, und um so mehr, als inzwischen die heiße Mittagsstunde herangekommen war. Aber wenn sie saß und von ihrem bequemen Platz aus die Wagen und die Damen in Toilette beobachtete, die da hinausfuhren, belebte sie sich wieder. Denn Heiteres sehen, war ihr wie Lebensluft. Als das Wäldchen aufhörte, kam freilich noch eine allerschlimmste Wegstelle, Sand und wieder Sand, und nirgends eine Spur von Schatten; aber glücklicherweise waren hier Bohlen und Bretter gelegt, und so kam sie, wenn auch erhitzt und müde, doch in guter Laune bei dem Strandhotel an. Drinnen im Saal wurde schon gegessen, aber hier draußen um sie her war alles still und leer, was ihr in diesem Augenblicke denn auch das liebste war. Sie ließ sich ein Glas Sherry und eine Flasche Biliner Wasser bringen und sah auf das Meer hinaus, das im hellen Sonnenlichte schimmerte, während es am Ufer in kleinen Wellen brandete. „Da drüben liegt Bornholm und dahinter Wisby, wovon mir Jahnke vor Zeiten immer Wunderdinge vorschwärmte. Wisby ging ihm fast noch über Lübeck und Wullenweber. Und hinter Wisby kommt Stockholm, wo das Stockholmer Blutbad war, und dann kommen die großen Ströme und dann das Nordkap und dann die Mitternachtssonne." Und im Augenblick erfaßte sie eine Sehnsucht, das alles zu sehen. Aber dann gedachte sie wieder dessen, was ihr so nahe bevorstand, und sie erschrak fast. „Es ist eine Sünde, daß ich so leichtsinnig bin und solche Gedanken habe und mich wegträume, während ich doch an das nächste denken müßte. Vielleicht bestraft es sich auch noch, und alles stirbt hin, das Kind und ich. Und der Wagen und die zwei Kutschen, die halten dann nicht drüben vor dem Hause, die halten dann bei uns ... Nein, nein, ich mag hier nicht sterben, ich will hier nicht begraben sein, ich will nach Hohen-Cremmen. Und Lindequist, so gut er ist – aber Niemeyer ist mir lieber; er hat mich getauft und eingesegnet und getraut, Niemeyer soll mich auch begraben." Und dabei fiel eine Träne auf ihre Hand. Dann aber lachte sie wieder. „Ich lebe ja noch und bin erst siebzehn, und Niemeyer ist siebenundfünfzig."

In dem Eßsaal hörte sie das Geklapper des Geschirrs. Aber mit einem Male war es ihr, als ob die Stühle geschoben würden; vielleicht stand man schon auf, und sie wollte jede Begegnung vermeiden. So erhob sie sich auch ihrerseits rasch wieder von ihrem Platz, um auf einem Umweg nach der Stadt zurückzukehren. Dieser Umweg führte sie dicht an dem Dünenkirchhof vorüber, und weil der Torweg des Kirchhofs gerade offen stand, trat sie ein. Alles blühte hier, Schmetterlinge flogen über die Gräber hin, und hoch in den Lüften standen ein paar Möwen. Es war so still und schön, und sie hätte hier gleich bei den ersten Gräbern verweilen mögen; aber weil die Sonne mit jedem Augenblick heißer niederbrannte, ging sie höher hinauf, auf einen schattigen Gang zu, den Hängeweiden und etliche an den Gräbern stehende Trauereschen bildeten. Als sie bis an das Ende dieses Ganges gekommen, sah sie zur Rechten einen frisch aufgeworfenen Sandhügel, mit vier, fünf Kränzen darauf, und dicht daneben eine schon außerhalb der Baumreihe stehende Bank, darauf die gute, robuste Person saß, die an der Seite der Hauswirtin dem Sarge der verwitweten Registratorin als letzte Leidtragende gefolgt war. Effi erkannte sie sofort wieder und war in ihrem Herzen bewegt die gute, treue Person, denn dafür mußte sie sie halten, in sengender Sonnenhitze hier vorzufinden. Seit dem Begräbnis waren wohl an zwei Stunden vergangen.

„Es ist eine heiße Stelle, die Sie sich da ausgesucht haben", sagte Effi, „viel zu heiß. Und wenn ein Unglück kommen soll, dann haben Sie den Sonnenstich."

„Das wär auch das beste."

„Wie das?"

„Dann wär ich aus der Welt."

„Ich meine, das darf man nicht sagen, auch wenn man unglücklich ist oder wenn einem wer gestorben ist, den man lieb hatte. Sie hatten sie wohl sehr lieb?"

„Ich? Die? I, Gott bewahre."

„Sie sind aber doch sehr traurig. Das muß doch einen Grund haben."

„Den hat es auch, gnädigste Frau."

„Kennen Sie mich?"

„Ja. Sie sind die Frau Landrätin von drüben. Und ich habe mit der Alten immer von Ihnen gesprochen. Zuletzt konnte sie nicht mehr, weil sie keine rechte Luft mehr hatte, denn es saß ihr hier und wird wohl Wasser gewesen sein; aber solange sie noch reden konnte, redete sie immerzu. Es war eine richtige Berlinsche …"

„Gute Frau?"

„Nein; wenn ich das sagen wollte, müßt ich lügen. Da liegt sie nun, und man soll von einem Toten nichts Schlimmes sagen, und erst recht nicht, wenn er so kaum seine Ruhe hat. Na, die wird sie ja wohl haben! Aber sie taugte nichts und war zänkisch und geizig, und für mich hat sie auch nicht gesorgt. Und die Verwandtschaft, die da gestern von Berlin gekommen … gezankt haben sie sich bis in die sinkende Nacht … na, die taugt auch nichts, die taugt erst recht nichts. Lauter schlechtes Volk, happig und gierig und hartherzig, und haben mir barsch und unfreundlich und mit allerlei Redensarten meinen Lohn ausgezahlt, bloß weil sie mußten und weil es bloß noch sechs Tage sind bis zum Vierteljahresersten. Sonst hätte ich nichts gekriegt, oder bloß halb oder bloß ein Viertel. Nichts aus freien Stücken. Und einen eingerissenen Fünfmarkschein haben sie mir gegeben, daß ich nach Berlin zurückreisen kann; na, es reicht so gerade für die vierte Klasse, und ich werde wohl auf meinem Koffer sitzen müssen. Aber ich will auch gar nicht; ich will hier sitzen bleiben und warten, bis ich sterbe ... Gott, ich dachte nun mal Ruhe zu haben und hätte auch ausgehalten bei der Alten. Und nun ist es wieder nichts und soll mich wieder 'rumstoßen lassen. Und kattolsch bin ich auch noch. Ach, ich hab es satt und läg am liebsten wo die Alte liegt, und sie könnte meinetwegen weiter leben. Sie hätte gerne noch weitergelebt; solche Menschenschikanierer, die nicht mal Luft haben, die leben immer am liebsten."

Rollo, der Effi begleitet hatte, hatte sich mittlerweile vor die Person hingesetzt, die Zunge weit heraus, und sah sie an. Als sie jetzt schwieg, erhob er sich, und ging einen Schritt vor und legte seinen Kopf auf ihre Knie.

Mit einem Male war die Person wie verwandelt. „Gott, das bedeutet mir was. Da ist ja 'ne Kreatur, die mich leiden kann, die mich freundlich ansieht und ihren Kopf auf mein Knie legt. Gott, das ist lange her, daß ich so was gehabt habe. Nu, mein Alterchen, wie heißt du denn? Du bist ja ein Prachtkerl."

„Rollo", sagte Effi.

„Rollo; das ist sonderbar. Aber der Name tut nichts. Ich habe auch einen sonderbaren Namen, das heißt Vornamen. Und einen andern hat unsereins ja nicht."

„Wie heißen Sie denn?"

„Ich heiße Roswitha."

„Ja, das ist selten, das ist ja ..."

„Ja, ganz recht, gnädige Frau, das ist ein kattolscher Name. Und das kommt auch noch dazu, daß ich eine Kattolsche bin. Aus'n Eichsfeld. Und das Kattolsche, das macht es einem immer noch schwerer und saurer. Viele wollen keine Kattolsche, weil sie so viel in die Kirche rennen. ‚Immer in die Beichte; und die Hauptsache sagen sie doch nich' – Gott, wie oft hab ich das hören müssen, erst als ich in Giebichenstein im Dienst war und dann in Berlin. Ich bin aber eine schlechte Katholikin und bin ganz davon abgekommen, und vielleicht geht es mir deshalb so schlecht; ja, man darf nicht von seinem Glauben lassen und muß alles ordentlich mitmachen."

„Roswitha“, wiederholte Effi den Namen und setzte sich zu ihr auf die Bank. „Was haben Sie nun vor?“

„Ach, gnädige Frau, was soll ich vorhaben. Ich habe gar nichts vor. Wahr und wahrhaftig, ich möchte hier sitzen bleiben und warten, bis ich tot umfalle. Das wär mir das liebste. Und dann würden die Leute noch denken, ich hätte die Alte so geliebt wie ein treuer Hund und hätte von ihrem Grabe nicht weg gewollt und wäre da gestorben. Aber das ist falsch, für solche Alte stirbt man nicht; ich will bloß sterben, weil ich nicht leben kann.“

„Ich will Sie was fragen, Roswitha. Sind Sie, was man so ‚kinderlieb‘ nennt? Waren Sie schon mal bei kleinen Kindern?“

„Gewiß, war ich. Das ist mein bestes und schönstes. Solche alte Berlinsche – Gott verzeih mir die Sünde, denn sie ist nun tot und steht vor Gottes Thron und kann mich da verklagen – solche Alte, wie die da, ja, das ist schrecklich, was man da alles tun muß, und steht einem hier vor Brust und Magen, aber solch kleines, liebes Ding, solch Dingelchen wie ’ne Puppe, daß einen mit seinen Guckäugelchen ansieht, ja, das ist was, da geht einem das Herz auf. Als ich in Halle war, da war ich Amme bei der Frau Salzdirektorin, und in Giebichenstein, wo ich nachher hin kam, da hab ich Zwillinge mit der Flasche groß gezogen; ja, gnäd’ge Frau, das versteh ich, da drin bin ich wie zu Hause.“

„Nun, wissen Sie was, Roswitha, Sie sind eine gute, treue Person, das seh ich Ihnen an, ein bißchen geradezu, aber das schadet nichts, das sind mitunter die besten, und ich habe gleich ein Zutrauen zu Ihnen gefaßt. Wollen Sie mit zu mir kommen? Mir ist, als hätte Gott Sie mir geschickt. Ich erwarte nun bald ein Kleines, Gott gebe mir seine Hilfe dazu, und wenn das Kind da ist, dann muß es gepflegt und abgewartet werden und vielleicht auch gepäppelt. Man kann das ja nicht wissen, wiewohl ich es anders wünsche. Was meinen Sie, wollen Sie mit zu mir kommen? Ich kann mir nicht denken, daß ich mich in Ihnen irre.“

Roswitha war aufgesprungen und hatte die Hand der jungen Frau ergriffen und küßte sie mit Ungestüm. „Ach, es ist doch ein Gott im Himmel, und wenn die Not am größten ist, ist die Hilfe am nächsten. Sie sollen sehn, gnäd’ge Frau, es geht; ich bin eine ordentliche Person und habe gute Zeugnisse. Das können Sie sehn, wenn ich Ihnen mein Buch bringe. Gleich den ersten Tag, als ich die gnäd'ge Frau sah, da dacht ich: ‚Ja, wenn du mal solchen Dienst hättest'. Und nun soll ich ihn haben. 0 du lieber Gott, o du heilige Jungfrau Maria, wer mir das gesagt hätte, wie wir die Alte hier unter der Erde hatten, und die Verwandten machten, daß sie wieder fortkamen und mich hier sitzen ließen."

„Ja, unverhofft kommt oft, Roswitha, und mitunter auch im Guten. Und nun wollen wir gehen. Rollo wird schon ungeduldig und läuft immer auf das Tor zu."

Roswitha war gleich bereit, trat aber noch einmal an das Grab, brummelte was vor sich hin und machte ein Kreuz. Und dann gingen Sie den schattigen Gang hinunter und wieder auf das Kirchhofstor zu. Drüben lag die eingegitterte Stelle, deren weißer Stein in der Nachmittagssonne blinkte und blitzte. Effi konnte jetzt ruhiger hinsehen. Eine Weile noch führte der Weg zwischen Dünen hin, bis sie, dicht vor Utpatels Mühle, den Außenrand des Wäldchens erreichte. Da bog sie links ein, und unter Benutzung einer schräg laufenden Allee, die die „Reeperbahn" hieß, ging sie mit Roswitha auf die landrätliche Wohnung zu.

Vierzehntes Kapitel

Keine Viertelstunde, so war die Wohnung erreicht. Als beide hier in den kühlen Flur traten, war Roswitha beim Anblick all des Sonderbaren, das da umherging, wie befangen; Effi aber ließ sie nicht zu weiteren Betrachtungen kommen und sagte: „Roswitha, nun gehen Sie da hinein. Das ist das Zimmer, wo wir schlafen. Ich will erst zu meinem Manne nach dem Landratsamt hinüber – das große Haus da neben dem kleinen, in dem Sie gewohnt haben – und will ihm sagen, daß ich Sie zur Pflege haben möchte bei dem Kinde. Er wird wohl mit allem einverstanden sein, aber ich muß doch erst seine Zustimmung haben. Und wenn ich die habe, dann müssen wir ihn ausquartieren, und Sie schlafen mit mir in dem Alkoven. Ich denke, wir werden uns schon vertragen."

Innstetten, als er erfuhr, um was sich's handelte, sagte rasch und in guter Laune: „Das hast du recht gemacht, Effi, und wenn ihr Gesindebuch nicht zu schlimme Sachen sagt, so nehmen wir sie auf ihr gutes Gesicht hin. Es ist doch, Gott sei Dank, selten, daß daß einen das täuscht."

Effi wir sehr glücklich, so wenig Schwierigkeiten zu begegnen, und sagte: „Nun wird es gehen. Ich fürchte mich jetzt nicht mehr."

„Um was, Effi?"

„Ach, du weißt ja ... Aber Einbildungen sind das schlimmste, mitunter schlimmer als alles."

*

Roswitha zog in selbiger Stunde noch mit ihren paar Habseligkeiten in das landrätliche Haus hinüber und richtete sich in dem kleinen Alkoven ein. Als der Tag um war, ging sie früh zu Bett und schlief, ermüdet wie sie war, gleich ein.

Am andern Morgen erkundigte sich Effi – die seit einiger Zeit (denn es war gerade Vollmond) wieder in Ängsten lebte – wie Roswitha geschlafen und ob sie nichts gehört habe?

„Was?" fragte diese.

„Oh, nichts. Ich meine nur so; so was wie wenn ein Besen fegt oder wie wenn einer über die Diele schlittert."

Roswitha lachte, was auf ihre junge Herrin einen besonders guten Eindruck machte. Effi war fest protestantisch erzogen und würde sehr erschrocken gewesen sein, wenn man an und in ihr was Katholisches entdeckt hätte; trotzdem glaubte sie, daß der Katholizismus uns gegen solche Dinge „wie da oben" besser schütze; ja, diese Betrachtung hatte bei dem Plane, Roswitha ins Haus zu nehmen, ganz erheblich mitgewirkt. Man lebte sich schnell ein, denn Effi hatte ganz den liebenswürdigen Zug der meisten märkischen Landfräulein, sich gern allerlei kleine Geschichten erzählen zu lassen, und die verstorbene Frau Registratorin und ihr Geiz und ihre Neffen und deren Frauen boten einen unerschöpflichen Stoff. Auch Johanna hörte dabei gerne zu.

Diese, wenn Effi bei den drastischen Stellen oft laut lachte, lächelte freilich und verwunderte sich im stillen, daß die gnädige Frau an all dem dummen Zeuge so viel Gefallen finde; diese Verwunderung aber, die mit einem starken Überlegenheitsgefühle Hand in Hand ging, war doch auch wieder ein Glück und sorgte dafür, daß keine Rangstreitigkeiten aufkommen konnten. Roswitha war einfach die komische Figur, und Neid gegen sie zu hegen, wäre für Johanna nichts anders gewesen, wie wenn sie Rollo um seine Freundschaftsstellung beneidet hätte.

So verging eine Woche, plauderhaft und beinahe gemütlich, weil Effi dem, was ihr persönlich bevorstand, ungeängstigter als früher entgegensah. Auch glaubte sie nicht, daß es so nahe sei. Den neunten Tag aber war es mit dem Plaudern und den Gemütlichkeiten vorbei; da gab es ein Laufen und Rennen, Innstetten selbst kam ganz aus seiner gewohnten Reserve heraus, und am Morgen des 3. Juli stand neben Effis Bett eine Wiege. Doktor Hannemann patschelte der jungen Frau die Hand und sagte: „Wir haben heute den Tag von Königgrätz; schade, daß es ein Mädchen ist. Aber das andere kann ja nachkommen, und die Preußen haben viele Siegestage." Roswitha mochte wohl ähnliches denken, freute sich indessen vorläufig ganz uneingeschränkt über das, was da war, und nannte das Kind ohne weiteres „Lütt-Annie", was der jungen Mutter als ein Zeichen galt. „Es müsse doch wohl eine Eingebung gewesen sein, daß Roswitha gerade auf diesen Namen gekommen sei." Selbst Innstetten wußte nichts dagegen zu sagen, und so wurde schon von Klein-Annie gesprochen, lange bevor der Tauftag da war. Effi, die von Mitte August an bei den Eltern in Hohen-Cremmen sein wollte, hätte die Taufe gern bis dahin verschoben. Aber es ließ sich nicht tun; Innstetten konnte nicht Urlaub nehmen, und so wurde denn der 15. August, trotzdem es der Napoleonstag war (was denn auch von seiten einiger Familien beanstandet wurde), für diesen Taufakt festgesetzt, natürlich in der Kirche. Das sich anschließende Festmahl, weil das landrätliche Haus keinen Saal hatte, fand in dem großen Ressourcen-Hotel am Bollwerk statt, und der gesamte Nachbaradel war geladen und auch erschienen. Pastor Lindequist ließ Mutter und Kind in einem liebenswürdigen und allseitig bewunderten Toaste leben, bei welcher Gelegenheit Sidonie von Grasenabb zu ihrem Nachbar, einem adligen Assessor von der strengen Richtung, bemerkte: „Ja, seine Kasualreden, das geht. Aber seine Predigten kann er vor Gott und Menschen nicht verantworten; er ist ein Halber, einer von denen, die verworfen sind, weil sie lau sind. Ich mag das Bibelwort hier nicht wörtlich zitieren." Gleich danach nahm auch der alte Herr von Borcke das Wort, um Innstetten leben zu lassen. „Meine Herrschaften, es sind schwere Zeiten, in denen wir leben, Auflehnung, Trotz, Indisziplin, wohin wir blicken. Aber solange wir noch Männer haben, und ich darf hinzusetzen, Frauen und Mütter" – und hierbei verbeugte er sich mit einer eleganten Handbewegung gegen Effi – „solange wir noch Männer haben wie Baron Innstetten, den ich stolz bin meinen Freund nennen zu dürfen, so lange geht es noch, so lange hält unser altes Preußen noch. Ja, meine Freunde, Pommern und Brandenburg, damit zwingen wir's und zertreten dem Drachen der Revolution das giftige Haupt. Fest und treu, so siegen wir. Die Katholiken, unsere Brüder, die wir, auch wenn wir sie bekämpfen achten müssen, haben den ‚Felsen Petri', wir aber haben den Rocher de Bronce. Baron Innstetten, er lebe hoch!" Innstetten dankte ganz kurz. Effi sagte zu dem neben ihr sitzenden Major von Crampas: Das mit dem „Felsen Petri" sei wahrscheinlich eine Huldigung gegen Roswitha gewesen; sie werde nachher an den alten Justizrat Gadebusch herantreten und ihn fragen, ob er nicht ihrer Meinung sei. Crampas nahm diese Bemerkung unerklärlicherweise für Ernst und riet von einer Anfrage bei dem Justizrat ab, was Effi ungemein erheiterte. „Ich habe Sie doch für einen besseren Seelenleser gehalten."

„Ach, meine Gnädigste, bei schönen, jungen Frauen, die noch nicht achtzehn sind, scheitert alle Lesekunst."

„Sie verderben sich vollends, Major. Sie können mich eine Großmutter nennen, aber Anspielungen darauf, daß ich noch nicht achtzehn bin, das kann Ihnen nie verziehen werden."

Als man vom Tisch aufgestanden war, kam der Spätnachmittags-Dampfer die Kessine herunter und legte an der Landungsbrücke, gegenüber dem Hotel, an. Effi saß mit Crampas und Gieshübler beim Kaffee, alle Fenster auf, und sah dem Schauspiel drüben zu. „Morgen früh um neun führt mich dasselbe Schiff den Fluß hinauf, und zu Mittag bin ich in Berlin, und am Abend bin ich in Hohen-Cremmen, und Roswitha geht neben mir und hält das Kind auf dem Arme. Hoffentlich schreit es nicht. Aber, wie mir schon heute zumute ist! Lieber Gieshübler, sind Sie auch mal so froh gewesen, Ihr elterliches Haus wiederzusehen?"

„Ja, ich kenne das auch, gnädigste Frau. Nur bloß, ich brachte kein Anniechen mit, weil ich keins hatte."

„Kommt noch", sagte Crampas. „Stoßen Sie an, Gieshübler; Sie sind der einzige vernünftige Mensch hier."

„Aber, Herr Major, wir haben ja bloß noch den Cognak."

„Desto besser."

Fünfzehntes Kapitel

Mitte August war Effi abgereist, Ende September war sie wieder in Kessin. Manchmal in den zwischenliegenden sechs Wochen hatte sie's zurückverlangt; als sie aber wieder da war und in den dunklen Flur eintrat, auf den nur von der Treppenstiege her ein etwas fahles Licht fiel, wurde ihr mit einem Mal wieder bang, und sie sagte leise: „Solch fahles, gelbes Licht gibt es in Hohen-Cremmen gar nicht."

Ja, ein paarmal, während ihrer Hohen-Cremmer Tage, hatte sie Sehnsucht nach dem „verwunschenen Hause" gehabt, alles in allem aber war ihr doch das Leben daheim voller Glück und Zufriedenheit gewesen. Mit Hulda freilich, die's nicht verwinden konnte, noch immer auf Mann oder Bräutigam warten zu müssen, hatte sie sich nicht recht stellen können, desto besser dagegen mit den Zwillingen, und mehr als einmal, wenn sie mit ihnen Ball oder Krocket gespielt hatte, war ihr's ganz aus dem Sinn gekommen, überhaupt verheiratet zu sein. Das waren dann glückliche Viertelstunden gewesen. Am liebsten aber hatte sie wie früher auf dem durch die Luft fliegenden Schaukelbrett gestanden, und in dem Gefühle: „jetzt stürz ich", etwas eigentümlich prickelndes, einen Schauer süßer Gefahr empfunden. Sprang sie dann schließlich von der Schaukel ab, so begleitete sie die beiden Mädchen bis an die Bank vor dem Schulhause und erzählte, wie sie da saßen, dem alsbald hinzukommenden alten Jahnke von ihrem Leben in Kessin, das halb hanseatisch und halb skandinavisch und jedenfalls sehr anders als in Schwantikow und Hohen-Cremmen sei.

Das waren so die täglichen kleinen Zerstreuungen, an die sich gelegentlich auch Fahrten in das sommerliche Luch schlossen, meist im Jagdwagen; allem voran aber standen für Effi doch die Plaudereien, die sie beinahe jeden Morgen mit der Mama hatte. Sie saßen dann oben in der luftigen, großen Stube, Roswitha wiegte das Kind und sang in einem thüringischen Platt allerlei Wiegenlieder, die niemand recht verstand, vielleicht sie selber nicht; Effi und Frau von Briest aber rückten ans offene Fenster und sahen, während sie sprachen, auf den Park hinunter, auf die Sonnenuhr oder auf die Libellen, die beinahe regungslos über dem Teich standen, oder auch auf den Fliesengang, wo Herr von Briest neben dem Treppenvorbau saß und die Zeitungen las. Immer wenn er umschlug, nahm er zuvor den Kneifer ab und grüßte zu Frau und Tochter hinauf. Kam dann das letzte Blatt an die Reihe, das in der Regel der „Anzeiger fürs Havelland“ war, so ging Effi hinunter, um sich entweder zu ihm zu setzen oder um mit ihm durch Garten und Park zu schlendern. Einmal, bei solcher Gelegeinheit, traten sie, von dem Kieswege her, an ein kleines, zur Seite stehendes Denkmal heran, das schon Briests Großvater zur Erinnerung an die Schlacht von Waterloo hatte aufrichten lassen, eine verrostete Pyramide mit einem gegossenen Blücher in Front und einem dito Wellington auf der Rückseite.

„Hast du nun solche Spaziergänge auch in Kessin“, sagte Briest, „und begleitet dich Innstetten auch und erzählt dir allerlei?“

„Nein, Papa, solche Spaziergänge habe ich nicht. Das ist ausgeschlossen, denn wir haben bloß einen kleinen Garten hinter dem Hause, der eigentlich kaum ein Garten ist, bloß ein paar Buchsbaumrabatten und Gemüsebeete mit drei, vier Obstbäumen drin. Innstetten hat keinen Sinn dafür und denkt wohl auch nicht sehr lange mehr in Kessin zu bleiben.“

„Aber Kind, du mußt doch Bewegung haben und frische Luft, daran bist du doch gewöhnt.“

„Hab ich auch. Unser Haus liegt an einem Wäldchen, das sie die Plantage nennen. Und da geh ich denn viel spazieren und Rollo mit mir.“

„Immer Rollo“, lachte Briest. „Wenn man's nicht anders wüßte, so sollte man beinah glauben, Rollo sei dir mehr ans Herz gewachsen als Mann und Kind.“

„Ach, Papa, das wäre ja schrecklich, wenn's auch freilich – so viel muß ich zugeben – eine Zeit gegeben hat, wo's ohne Rollo gar nicht gegangen wäre. Das war damals ... nun, du weißt schon ... Da hat er mich so gut wie gerettet, oder ich habe mir's wenigstens eingebildet, und seitdem ist er mein guter Freund und mein ganz besonderer Verlaß. Aber er ist doch bloß ein Hund. Und erst kommen doch natürlich die Menschen.“

„Ja, das sagt man immer, aber ich habe da doch so meine Zweifel. Das mit der Kreatur, damit hat's doch seine eigene Bewandtnis, und was da das Richtige ist, darüber sind die Akten noch nicht geschlossen. Glaube mir, Effi, das ist auch ein weites Feld. Wenn ich mir so denke, da verunglückt einer auf dem Wasser oder gar auf dem schülbrigen Eis, und solch ein Hund, sagen wir so einer wie dein Rollo, ist dabei, ja, der ruht nicht eher, als bis er den Verunglückten wieder an Land hat. Und wenn der Verunglückte schon tot ist, dann legt er sich neben den Toten hin und blafft und winselt so lange, bis wer kommt, und wenn keiner kommt, dann bleibt er bei dem Toten liegen, bis er selber tot ist. Und das tut solch Tier immer. Und nun nimm dagegen die Menschheit! Gott, vergib mir die Sünde, aber mitunter ist mir's doch, als ob die Kreatur besser wäre als der Mensch."

„Aber, Papa, wenn ich das Innstetten wieder erzählte"

„Nein, das tu lieber nicht, Effi ..."

„Rollo würde mich ja natürlich retten, aber Innstetten würde mich auch retten. Er ist ja ein Mann von Ehre."

„Das ist er."

„Und liebt mich."

„Versteht sich, versteht sich. Und wo Liebe ist, da ist auch Gegenliebe. Das ist nun mal so. Mich wundert nur, daß er nicht mal Urlaub genommen hat und 'rübergeflitzt ist. Wenn man eine so junge Frau hat ..."

Effi errötete, weil sie gerade so dachte. Sie mochte es aber nicht einräumen. „Innstetten ist so gewissenhaft und will, glaub ich, gut angeschrieben sein, und hat so seine Pläne für die Zukunft; Kessin ist doch bloß eine Station. Und dann am Ende, ich lauf ihm ja nicht fort. Er hat mich ja. Wenn man zu zärtlich ist ... und dazu der Unterschied der Jahre ... da lächeln die Leute bloß."

„Ja, das tun sie, Effi. Aber darauf muß man's ankommen lassen. Übrigens sage nichts darüber, auch nicht zu Mama. Es ist so schwer, was man tun und lassen soll. Das ist auch ein weites Feld."

Gespräche wie diese waren während Effis Besuch im elterlichen Hause mehr als einmal geführt worden, hatten aber glücklicherweise nicht lange nachgewirkt, und ebenso war auch der etwas melancholische Eindruck rasch verflogen, den das erste Wiederbetreten ihres Kessiner Hauses auf Effi gemacht hatte. Innstetten zeigte sich voll kleiner Aufmerksamkeiten, und als der Tee genommen und alle Stadt- und Liebesgeschichten in heiterster Stimmung durchgesprochen waren, hing sich Effi zärtlich an seinen Arm, um drüben ihre Plaudereien mit ihm fortzusetzen und noch einige Anekdoten von der Trippelli zu hören, die neuerdings wieder mit Gieshübler in einer lebhaften Korrespondenz gestanden hatte, was immer gleichbedeutend mit einer neuen Belastung ihres nie ausgeglichenen Kontos war. Effi war bei diesem Gespräch sehr ausgelassen, fühlte sich ganz als junge Frau und war froh, die nach der Gesindestube hin ausquartierte Roswitha auf unbestimmte Zeit los zu sein.

Am andern Morgen sagte sie: „Das Wetter ist schön und mild, und ich hoffe, die Veranda nach der Plantage hinaus ist noch in gutem Stande, und wir können uns ins Freie setzen und da das Frühstück nehmen. In unsere Zimmer kommen wir ohnehin noch früh genug, und der Kessiner Winter ist wirklich um vier Wochen zu lang."

Innstetten war sehr einverstanden. Die Veranda, von der Effi gesprochen, und die vielleicht richtiger ein Zelt genannt werden konnte, war schon im Sommer hergerichtet worden, drei, vier Wochen vor Effis Abreise nach Hohen-Cremmen, und bestand aus einem großen, gedielten Podium, vorn offen, mit einer mächtigen Markise zu Häupten, während links und rechts breite Leinwandvorhänge waren, die sich mit Hilfe von Ringen an einer Eisenstange hin und her schieben ließen. Es war ein reizender Platz, den ganzen Sommer über von allen Badegästgen, die hier vorüber mußten, bewundert.

Effi hatte sich in einen Schaukelstuhl gelehnt und sagte, während sie das Kaffeebrett von der Seite her ihrem Manne zuschob: „Geert, du könntest heute den liebenswürdigen Wirt machen; ich für meinen Teil find es so schön in diesem Schaukelstuhl, daß ich nicht aufstehen mag. Also strenge dich an, und wenn du dich recht freust, mich wieder hier zu haben, so werd ich mich schon zu revanchieren wissen." Und dabei zupfte sie die weiße Damastdecke zurecht und legte ihre Hand darauf, die Innstetten nahm und küßte.

„Wie bist du nur eigentlich ohne mich fertig geworden?"

„Schlecht genug, Effi."

„Das sagst du so hin und machst ein betrübtes Gesicht, und ist doch eigentlich alles nicht wahr."

„Aber Effi ..."

„Was ich dir beweisen will. Denn wenn du ein bißchen Sehnsucht nach deinem Kinde gehabt hättest – von mir selber will ich nicht sprechen, was ist man am Ende solchem hohen Herrn, der so lange Jahre Junggeselle war und es nicht eilig hatte ..."

„Nun?"

„Ja, Geert, wenn du nur ein bißchen Sehnsucht gehabt hättest, so hättest du mich nicht sechs Wochen mutterwindallein in Hohen-Cremmen sitzen lassen wie eine Witwe, und nichts da als Niemeyer und Jahnke und mal die Schwantikower. Und von den Rathenowern ist niemand gekommen, als ob sie sich vor mir gefürchtet hätten oder als ob ich zu alt geworden sei."

„Ach, Effi, wie du nur sprichst. Weißt du, daß du eine kleine Kokette bist?"

„Gott sei Dank, daß du das sagt. Das ist für euch das beste, was man sein kann. Und du bist nichts anderes als die andern, wenn du auch so feierlich und ehrsam tust. Ich weiß es recht gut, Geert ... Eigentlich bist du ..."

„Nun, was?"

„Nun, ich will es lieber nicht sagen. Aber ich kenne dich recht gut; du bist eigentlich, wie der Schwantikower Onkel mal sagte, ein Zärtlichkeitsmensch und unterm Liebesstern geboren, und Onkel Belling hatte ganz recht, als er das sagte. Du willst es bloß nicht zeigen und denkst, es schickt sich nicht und verdirbt einem die Karriere. Hab ich's getroffen?"

Innstetten lachte. „Ein bißchen getroffen hast du's. Weißt du was, Effi, du kommst mir ganz anders vor. Bis Anniechen da war, warst du ein Kind. Aber mit einem Mal ..."

„Nun?"

„Mit einem Mal bist du wie vertauscht. Aber es steht dir, du gefällst mir sehr, Effi. Weißt du was?"

„Nun?"

„Du hast was Verführerisches."

„Ach, mein einziger Geert, das ist ja herrlich, was du da sagst; nun wird mir erst recht wohl ums Herz ... Gib mir noch eine halbe Tasse ... Weißt du denn, daß ich mir das immer gewünscht habe. Wir müssen verführerisch sein, sonst sind wir gar nichts ..."

„Hast du das aus dir?"

„Ich könnt es wohl auch aus mir haben. Aber ich hab es von Niemeyer ..."

„Von Niemeyer! 0 du himmlischer Vater, ist das ein Pastor. Nein, solche gibt es hier nicht. Aber wie kam denn der dazu? Das ist ja, als ob irgend ein Don Juan oder Herzensbrecher gesprochen hätte."

„Ja, wer weiß", lachte Effi ... „Aber kommt da nicht Crampas? Und vom Strand her. Er wird doch nicht gebadet haben? Am 27.

September …"

„Er macht öfter solche Sachen. Reine Renommisterei."

Derweilen war Crampas bis in nächste Nähe gekommen und grüßte.

„Guten Morgen", rief Innstetten ihm zu. „Nur näher, nur näher."

Crampas trat heran. Er war in Zivil und küßte der in ihrem Schaukelstuhl sich weiter wiegenden Effi die Hand. „Entschuldigen Sie mich, Major, daß ich so schlecht die Honneurs des Hauses mache; aber die Veranda ist kein Haus und zehn Uhr früh ist eigentlich gar keine Zeit. Da wird man formlos oder, wenn Sie wollen, intim. Und nun setzen Sie sich und geben Sie Rechenschaft von Ihrem Tun. Denn an Ihrem Haar, ich wünschte ihnen, daß es mehr wäre, sieht man deutlich, daß Sie gebadet haben."

Er nickte.

„Unverantwortlich", sagte lnnstetten, halb ernst-, halb scherzhaft. „Da haben Sie nun selber vor vier Wochen die Geschichte mit dem Bankier Heinersdorf erlebt, der auch dachte, das Meer und der grandiose Wellenschlag würden ihn um seiner Million willen respektieren. Aber die Götter sind eifersüchtig untereinander, und Neptun stellte sich ohne weiteres gegen Pluto oder doch wenigstens gegen Heinersdorf."

Crampas lachte. „Ja, eine Million Mark! Lieber Innstetten, wenn ich die hätte, da hätt ich es am Ende nicht gewagt; denn so schön das Wetter ist, das Wasser hatte nur neun Grad. Aber unsereins mit seiner Million Unterbilanz, gestatten Sie mir diese kleine Renommage, unsereins kann sich so was ohne Furcht vor der Götter Eifersucht erlauben. Und dann muß einen das Sprichwort trösten: ‚Wer für den Strick geboren ist, kann im Wasser nicht umkommen.'"

„Aber, Major, Sie werden sich doch nicht etwas so Urprosaisches, ich möchte beinah sagen an den Hals reden wollen. Allerdings glauben manche, daß … ich meine das, wovon Sie eben gesprochen haben … daß ihn jeder mehr oder weniger verdiene. Trotzdem, Major … für einen Major …"

„… Ist es keine herkömmliche Todesart. Zugegeben, meine Gnädigste. Nicht herkömmlich und in meinem Falle auch nicht einmal sehr wahrscheinlich – also alles bloß Zitat oder noch richtiger facon de parler. Und doch steckt etwas Aufrichtiggemeintes dahinter, wenn ich da eben sagte, die See werde mir nichts anhaben. Es steht mir nämlich fest, daß ich einen richtigen und hoffentlich ehrlichen Soldatentod sterben werde. Zunächst bloß Zigeunerprophezeiung, aber mit Resonanz im eigenen Gewissen."

Innstettenn lachte. „Das wird seine Schwierigkeiten haben, Crampas, wenn Sie nicht vorhaben, beim Großtürken oder unterm chinesischen Drachen Dienste zu nehmen. Da schlägt man sich jetzt herum. Hier ist die Geschichte, glauben Sie mir, auf dreißig Jahre vorbei, und wer seinen Soldatentod sterben will ..."

„... Der muß sich erst bei Bismarck einen Krieg bestellen.Weiß ich alles, Innstetten. Aber das ist doch für Sie eine Kleinigkeit. Jetzt haben wir Ende September; in zehn Wochen spätstens ist der Fürst wieder in Varzin, und da er ein liking für Sie hat – mit der volkstümlicheren Wendung will ich zurückhalten, um nicht direkt vor Ihren Pistolenlauf zu kommen –, so werden Sie einem alten Kameraden von Vionville her doch wohl ein bißchen Krieg besorgen können. Der Fürst ist auch nur ein Mensch, und Zureden hilft."

Effi hatte während dieses Gesprächs einige Brotkügelchen gedreht, würfelte damit und legte sie zu Figuren zusammen, um so anzuzeigen, daß ihr ein Wechsel des Themas wünschenswert wäre. Trotzdem schien Innstetten auf Crampas scherzhafte Bemerkungen antworten zu wollen, was denn Effi bestimmte, lieber direkt einzugreifen. „Ich sehe nicht ein, Major, warum wir uns mit Ihrer Todesart beschäftigen sollen; das Leben ist uns näher und zunächst auch eine viel ernstere Sache."

Crampas nickte.

„Das ist recht, daß Sie mir recht geben. Wie soll man hier leben? Das ist vorläufig die Frage, das ist wichtiger als alles andere. Gieshübler hat mir darüber geschrieben, und wenn es nicht indiskret und eitel wäre, denn es steht noch allerlei nebenher darin, so zeigte ich Ihnen den Brief ... Innstetten braucht ihn nicht zu lesen, der hat keinen Sinn für dergleichen ... beiläufig eine Handschrift wie gestochen und Ausdrucksformen, als wäre unser Freund am Kessiner Alten-Markt an einem altfranzösischen Hofe erzogen. Und daß er verwachsen ist und weiße Jabots trägt wie kein anderer Mensch mehr – ich weiß nur nicht, wo er die Plätterin hernimmt – das paßt alles so vorzüglich. Nun, also Gieshübler hat mir von Plänen für die Ressourcenabende geschrieben und von einem Entrepreneur, Namens Crampas. Sehen Sie, Major, das gefällt mir besser als der Soldatentod oder gar der andere."

„Mir persönlich nicht minder. Und es muß ein Prachtwinter werden, wenn wir uns der Unterstützung der gnädigen Frau versichert halten dürfen. Die Trippelli kommt ..."

„Die Trippelli? Dann bin ich überflüssig."

„Mit nichten, gnädigste Frau. Die Trippelli kann nicht von Sonntag bis wieder Sonntag singen, es wäre zuviel für sie und für uns; Abwechslung ist des Lebens Reiz, eine Wahrheit, die freilich jede glückliche Ehe zu widerlegen scheint."

„Wenn es glückliche Ehen gibt, die meinige ausgenommen ..." und sie reichte Innstetten die Hand.

„Abwechslung also", fuhr Crampas fort. „Und diese für uns und unsere Ressource zu gewinnen, deren Vizevorstand zu sein ich zur Zeit die Ehre habe, dazu braucht es aller bewährten Kräfte. Wenn wir uns zusammentun, so müssen wir das ganze Nest auf den Kopf stellen. Die Theaterstücke sind schon ausgesucht: Krieg im Frieden, Monsieur Herkules, Jugendliebe von Wilbrandt, vielleicht auch Euphrosyne von Gensichen. Sie die Euphrosyne, ich der alte Goethe. Sie sollen staunen, wie gut ich den Dichterfürsten tragiere ... wenn ‚tragieren' das richtige Wort ist."

„Kein Zweifel. Hab ich doch inzwischen aus dem Briefe meines alchimistischen Geheimkorrespondenten erfahren, daß Sie neben vielem andern gelegentlich auch Dichter sind. Anfangs habe ich mich gewundert ..."

„Denn Sie haben es mir nicht angesehen."

„Nein. Aber seit ich weiß, daß Sie bei neun Grad baden, bin ich andern Sinnes geworden ... neun Grad Ostsee, das geht über den kastalischen Quell ..."

„Dessen Temperatur unbekannt ist."

„Nicht für mich; wenigstens wird mich niemand widerlegen. Aber nun muß ich aufstehen. Da kommt ja Roswitha mit Lütt-Annie." Und sie erhob sich rasch und ging auf Roswitha zu, nahm ihr das Kind aus dem Arm und hielt es stolz und glücklich in die Höhe.

Sechzehntes Kapitel

Die Tage waren schön und blieben es bis in den Oktober hinein.

Eine Folge davon war, daß die halb zeltartige Veranda draußen zu ihrem Rechte kam, so sehr, daß sich wenigstens die Vormittagsstunden regelmäßig darin abspielten. Gegen elf kam dann wohl der Major, um sich zunächst nach dem Befinden der gnädigen Frau zu erkundigen und mit ihr ein wenig zu medisieren, was er wundervoll verstand, danach aber mit Innstetten einen Ausritt zu verabreden, oft landeinwärts, die Kessine hinauf bis an den Breitling, noch häufiger auf die Molen zu. Effi, wenn die Herren fort waren, spielte mit dem Kind oder durchblätterte die von Gieshübler nach wie vor ihr zugeschickten Zeitungen und Journale, schrieb auch wohl einen Brief an die Mama oder sagte: „Roswitha, wir wollen mit Annie spazieren fahren", und dann spannte sich Roswitha vor den Korbwagen und fuhr, während Effi hinterherging, ein paar hundert Schritt in das Wäldchen hinein, auf eine Stelle zu, wo Kastanien ausgestreut lagen, die man nun auflas, um sie dem Kinde als Spielzeug zu geben. In die Stadt kam Effi wenig; es war niemand recht da, mit dem sie hätte plaudern können, nachdem ein Versuch, mit der Frau von Crampas auf einen Umgangsfuß zu kommen, aufs neue gescheitert war. Die Majorin war und blieb menschenscheu.

Das ging so wochenlang, bis Effi plötzlich den Wunsch äußerte, mit ausreiten zu dürfen; sie habe nun mal die Passion, und es sei doch zu viel verlangt, bloß um des Geredes der Kessiner willen, auf etwas zu verzichten, das einem so viel wert sei. Der Major fand die Sache kapital, und Innstetten, dem es augenscheinlich weniger paßte – so wenig, daß er immer wieder hervorhob, es werde sich kein Damenpferd finden lassen – Innstetten mußte nachgeben, als Crampas versicherte, „das solle seine Sorge sein". Und richtig, was man wünschte, fand sich auch, und Effi war selig, am Strande hinjagen zu können, jetzt wo „Damenbad" und „Herrenbad" keine scheidenden Schreckensworte mehr waren. Meist war auch Rollo mit von der Partie, und weil es sich ein paarmal ereignet hatte, daß man am Strande zu rasten oder auch eine Strecke Wegs zu Fuß zu machen wünschte, so kam man überein, sich von entsprechender Dienerschaft begleiten zu lassen, zu welchem Behufe des Majors Bursche, ein alter Treptower Ulan, der Knut hieß, und Innstettens Kutscher Kruse zu Reitknechten umgewandelt wurden, allerdings ziehmlich unvollkommen, indem sie, zu Effis Leidwesen, in eine Phantasielivree gesteckt wurden, darin der eigentliche Beruf beider noch nachspukte.

Mitte Oktober war schon heran, als man, so herausstaffiert, zum erstenmal in voller Kavalkade aufbrach, in Front Innstetten und Crampas, Effi zwischen ihnen, dann Kruse und Knut und zuletzt Rollo, der aber bald, weil ihm das Nachtrotten mißfiel, allen vorauf war. Als man das jetzt öde Strandhotel passiert und bald danach, sich rechts haltend, auf dem von einer mäßigen Brandung überschäumten Strandwege den diesseitigen Molendamm erreicht hatte, verspürte man Lust, abzusteigen und einen Spaziergang bis an den Kopf der Mole zu machen. Effi war die erste aus dem Sattel. Zwischen den beiden Steindämmen floß die Kessine breit und ruhig dem Meere zu, das wie eine sonnenbeschienene Fläche, darauf nur hier und da eine leichte Welle kräuselte, vor ihnen lag.

Effi war noch nie hier draußen gewesen, denn als sie vorigen November in Kessin eintraf, war schon Sturmzeit, und als der Sommer kam, war sie nicht mehr imstande, weite Gänge zu machen. Sie war jetzt entzückt, fand alles groß und herrlich, erging sich in kränkenden Vergleichen zwischen dem Luch und dem Meer und ergriff, so oft die Gelegenheit dazu sich bot, ein Stück angeschwemmtes Holz, um es nach links hin in die See oder nach rechts hin in die Kessine zu werfen. Rollo war immer glücklich, im Dienste seiner Herrin sich nachstürzen zu können, mit einem Male aber wurde seine Aufmerksamkeit nach einer ganz andern Seite hin abgezogen, und sich vorsichtig, ja beinahe ängstlich vorwärts schleichend, sprang er plötzlich auf einen in Front sichtbar werdenden Gegenstand zu, freilich vergeblich, denn im selben Augenblicke glitt von einem sonnenbeschienenen und mit grünem Tang überwachsenen Stein eine Robbe glatt und geräuschlos in das nur etwa fünf Schritt entfernte Meer hinunter. Eine kurze Weile noch sah man den Kopf, dann tauchte auch dieser unter.

Alle waren erregt, und Crampas phantasierte von Robbenjagd, und daß man das nächste Mal die Büchse mitnehmen müsse, „denn die Dinger haben ein festes Fell."

„Geht nicht", sagte Innstetten; „Hafenpolizei."

„Wenn ich so was höre", lachte der Major. „Hafenpolizei! Die drei Behörden, die wir hier haben, werden doch wohl untereinander die Augen zudrücken können. Muß denn alles so furchtbar gesetzlich sein? Alle Gesetzlichkeiten sind langweilig."

Effi klatschte in die Hände.

„Ja, Crampas, Sie kleidet das, und Effi, wie Sie sehen, klatscht Ihnen Beifall. Natürlich; die Weiber schreien sofort nach einem Schutzmann, aber von Gesetz wollen sie nichts wissen."

„Das ist so Frauenrecht von alter Zeit her, und wir werden's nicht ändern, Innstetten."

„Nein", lachte dieser, „und ich will es auch nicht. Auf Mohrenwäsche lasse ich mich nicht ein. Aber einer wie Sie, Crampas, der unter der Fahne der Disziplin groß geworden ist und recht gut weiß, daß es ohne Zucht und Ordnung nicht geht, ein Mann wie Sie, der sollte doch eigentlich so was nicht reden, auch nicht einmal im Spaß. Indessen, ich weiß schon, Sie haben einen himmlischen Kehr-michnicht-dran und denken der Himmel wird nicht gleich einstürzen. Nein, gleich nicht. Aber mal kommt es."

Crampas wurde einen Augenblick verlegen, weil er glaubte, das alles sei mit einer gewissen Absicht gesprochen, was aber nicht der Fall war. Innstetten hielt nur einen seiner kleinen moralischen Vorträge, zu denen er überhaupt hinneigte. „Da lob ich mir Gieshübler", sagte er einlenkend, „immer Kavalier und dabei doch Grundsätze."

Der Major hatte sich mittlerweile wieder zurechtgefunden und sagte in seinem alten Ton: „Ja, Gieshübler; der beste Kerl von der Welt und, wenn möglich, noch bessere Grundsätze. Aber am Ende woher? Warum? Weil er einen ‚Verdruß' hat. Wer gerade gewachsen ist, ist für Leichtsinn. Überhaupt ohne Leichtsinn ist das ganze Leben keinen Schuß Pulver wert."

„Nun hören Sie, Crampas, gerade so viel kommt mitunter dabei heraus." Und dabei sah er auf des Majors linken, etwas verkürzten Arm.

Effi hatte von diesem Gespräche wenig gehört. Sie war dicht an die Stelle getreten, wo die Robbe gelegen, und Rollo stand neben ihr. Dann sahen beide, von dem Stein weg, auf das Meer und warteten, ob die „Seejungfrau" noch einmal sichtbar werden würde.

*

Ende Oktober begann die Wahlkampagne, was Innstetten hinderte, sich ferner an den Ausflügen zu beteiligen, und auch Crampas und Effi hätten jetzt um der lieben Kessiner willen wohl verzichten müssen, wenn nicht Knut und Kruse als eine Art

Ehrengarde gewesen wären. So kam es, daß sich die Spazierritte bis in den November hinein fortsetzten.

Ein Wetterumschlag war freilich eingetreten, ein andauernder Nordwest trieb Wolkenmassen heran, und das Meer schäumte mächtig, aber Regen und Kälte fehlten noch, und so waren diese Ausflüge bei grauem Himmel und lärmender Brandung fast noch schöner, als sie vorher bei Sonnenschein und stiller See gewesen waren. Rollo jagte vorauf, dann und wann von dem Gischt überspritzt, und der Schleier von Effis Reithut flatterte im Winde. Dabei zu sprechen, war fast unmöglich; wenn man dann aber, vom Meere fort, in die schutzgebenden Dünen oder noch besser in den weiter zurückgelegenen Kiefernwald einlenkte, so wurd es still, Effis Schleier flatterte nicht mehr, und die Enge des Wegs zwang die beiden Reiter dicht nebeneinander. Das war dann die Zeit, wo man – schon um der Knorren und Wurzeln willen im Schritt reitend – die Gespräche, die der Brandungslärm unterbrochen hatte, wieder aufnehmen konnte. Crampas, ein guter Causeur, erzählte dann Kriegs- und Regimentsgeschichten, auch Anekdoten und kleine Charakterzüge von Innstetten, der mit seinem Ernst und seiner Zugeknöpftheit in den übermütigen Kreis der Kameraden nie recht hineingepaßt habe, so daß er eigentlich immer mehr respektiert als geliebt worden sei.

„Das kann ich mir denken", sagte Effi, „ein Glück nur, daß der Respekt die Hauptsache ist."

„Ja, zu seiner Zeit. Aber er paßt doch nicht immer. Und zu dem allen kam noch seine mystische Richtung, die mitunter Anstoß gab, einmal weil Soldaten überhaupt nicht sehr für derlei Dinge sind, und dann weil wir die Vorstellung unterhielten vielleicht mit Unrecht, daß er doch nicht ganz so dazu stände wie er's uns einreden wollte."

„Mystische Richtung?" sagte Effi. „Ja, Major, was verstehen Sie darunter? Er kann doch keine Konventikel abgehalten und den Propheten gespielt haben. Auch nicht einmal den aus der Oper … ich habe seinen Namen vergessen."

„Nein, so weit ging er nicht. Aber es ist vielleicht besser, davon abzubrechen. Ich möchte nicht hinter seinem Rücken etwas sagen, was falsch ausgelegt werden könnte. Zudem sind es Dinge, die sich sehr gut auch in seiner Gegenwart verhandeln lassen, Dinge, die nur, man mag wollen oder nicht, zu was Sonderbarem aufgebauscht werden, wenn er nicht dabei ist und nicht jeden Augenblick eingreifen und uns widerlegen oder meinetwegen auch auslachen kann."

„Aber das ist ja grausam, Major. Wie können Sie meine Neugier so auf die Folter spannen. Erst ist es was, und dann ist es wieder nichts. Und Mystik! Ist er denn ein Geisterseher?"

„Ein Geisterseher! Das will ich nicht gerade sagen. Aber er hatte eine Vorliebe, uns Spukgeschichten zu erzählen. Und wenn er uns dann in große Aufregung versetzt und manchen auch wohl geängstigt hatte, dann war es mit einem Male wieder, als habe er sich über alle Leichtgläubigen bloß mokieren wollen. Und kurz und gut, einmal kam es, daß ich ihm auf den Kopf zusagte. ‚Ach was, Innstetten, das ist ja alles bloß Komödie. Mich täuschen Sie nicht. Sie treiben Ihr Spiel mit uns. Eigentlich glauben Sie's grad so wenig wie wir, aber Sie wollen sich interessant machen und haben eine Vorstellung davon, daß Ungewöhnlichkeiten nach oben hin besser empfehlen. In höheren Karrieren will man keine Alltagsmenschen. Und da Sie so was vorhaben, so haben Sie sich was Apartes ausgesucht und sind bei der Gelegenheit auf den Spuk gefallen.'"

Effi sagte kein Wort, was dem Major zuletzt bedrücklich wurde. „Sie schweigen, gnädigste Frau."

„Ja."

„Darf ich fragen warum? Hab ich Anstoß gegeben? Oder finden Sie's unritterlich, einen abwesenden Freund, ich muß das trotz aller Verwahrungen einräumen, ein klein wenig zu hecheln? Aber da tun Sie mir trotz alledem unrecht. Das alles soll ganz ungeniert seine Fortsetzung vor seinen Ohren haben, und ich will ihm dabei jedes Wort wiederholen, was ich eben gesagt habe."

„Glaub es." Und nun brach Effi ihr Schweigen und erzählte, was sie alles in ihrem Hause erlebt und wie sonderbar sich Innstetten damals dazu gestellt habe. „Er sagte nicht ja und nicht nein, und ich bin nicht klug aus ihm geworden."

„Also ganz der Alte", lachte Crampas. „So war er damals auch schon, als wir in Liancourt und dann später in Beauvais mit ihm im Quartier lagen. Er wohnte da in einem alten bischöflichen Palast – beiläufig, was Sie vielleicht interessieren wird, war es ein Bischof von Beauvais, glücklicherweise ‚Cochon' mit Namen, der die

Jungfrau von Orleans zum Feuertod verurteilte und da verging denn kein Tag, das heißt keine Nacht, wo Innstetten nicht Unglaubliches erlebt hatte. Freilich immer nur so halb. Es konnte auch nichts sein. Und nach diesem Prinzip arbeitet er noch, wie ich sehe."

„Gut, gut. Und nun ein ernstes Wort, Crampas, auf das ich mir eine ernste Antwort erbitte: wie erklären Sie sich dies alles?"

„Ja, meine gnädigste Frau ..."

„Keine Ausweichungen, Major. Dies alles ist sehr wichtig für mich. Er ist Ihr Freund, und ich bin Ihre Freundin. Ich will wissen, wie hängt dies zusammen? Was denkt er sich dabei?"

„Ja, meine gnädigste Frau, Gott sieht ins Herz, aber ein Major vom Landwehrbezirks-Kommando, der sieht in gar nichts. Wie soll ich solche psychologische Rätsel lösen? Ich bin ein einfacher Mann."

„Ach, Crampas, reden Sie nicht so töricht. Ich bin zu jung, um eine große Menschenkennerin zu sein; aber ich müßte noch vor der Einsegnung und beinah vor der Taufe stehen, um Sie für einen einfachen Mann zu halten. Sie sind das Gegenteil davon, Sie sind gefährlich ..."

„Das Schmeichelhafteste, was einem guten Vierziger, mit einem a. D. auf der Karte, gesagt werden kann. Und nun also, was sich Innstetten dabei denkt ..."

Effi nickte.

„Ja, wenn ich durchaus sprechen soll, er denkt sich dabei, daß ein Mann wie Landrat Baron Innstetten, der jeden Tag Ministerialdirektor oder dergleichen werden kann – denn glauben Sie mir, er ist hoch hinaus – daß ein Mann wie Baron Innstetten nicht in einem gewöhnlichen Hause wohnen kann, nicht in einer solchen Kate, wie die landrätliche Wohnung, ich bitte um Vergebung, gnädigste Frau, doch eigentlich ist. Da hilft er denn nach. Ein Spukhaus ist nie was Gewöhnliches ... Das ist das eine."

„Das eine? Mein Gott, haben Sie noch etwas?"

„Ja."

„Nun denn, ich bin ganz Ohr. Aber wenn es sein kann, lassen Sie's was Gutes sein."

„Dessen bin ich nicht ganz sicher. Es ist etwas Heikles, beinah Gewagtes, und ganz besonders vor Ihren Ohren, gnädigste Frau."

„Das macht mich nur um so neugieriger."

„Gut denn. Also Innstetten, meine gnädigste Frau, hat außer

seinem brennenden Verlangen, es koste, was es wolle, ja, wenn es sein muß unter Heranziehung eines Spuks, seine Karriere zu machen, noch eine zweite Passion: er operiert nämlich immer erzieherisch, ist der geborene Pädagog, und hätte, links Basedow und rechts Pestalozzi – aber doch kirchlicher als beide – eigentlich nach Schnepfenthal oder Bunzlau hingepaßt."

„Und will er mich auch erziehen? Erziehen durch Spuk?"

„Erziehen ist vielleicht nicht das richtige Wort. Aber doch erziehen auf einem Umweg."

„Ich verstehe Sie nicht."

„Eine junge Frau ist eine junge Frau, und ein Landrat ist ein Landrat. Er kutschiert oft im Kreise umher, und dann ist das Haus allein und unbewohnt. Aber solch Spuk ist wie ein Cherub mit dem Schwert ..."

„Ah, da sind wir wieder aus dem Walde heraus", sagte Effi. Und da ist Utpatels Mühle. Wir müssen nur noch an dem Kirchhof vorüber."

Gleich danach passierten sie den Hohlweg zwischen dem Kirchhof und der eingegitterten Stelle, und Effi sah nach dem Stein und der Tanne hinüber, wo der Chinese lag.

Siebzehntes Kapitel

Es schlug zwei Uhr, als man zurück war. Crampas verabschiedete sich und ritt in die Stadt hinein, bis er vor seiner am Marktplatz gelegenen Wohnung hielt. Effi ihrerseits kleidete sich um und versuchte zu schlafen; es wollte aber nicht glücken, denn ihre Verstimmung war noch größer als ihre Müdigkeit. Daß Innstetten sich seinen Spuk parat hielt, um ein nicht ganz gewöhnliches Haus zu bewohnen, das mochte hingehen, das stimmte zu seinem Hange, sich von der großen Menge zu unterscheiden; aber das andere, daß er den Spuk als Erziehungsmittel brauchte, das war doch arg und beinahe beleidigend. Und „Erziehungsmittel", darüber war sie sich klar, sagte nur die kleinere Hälfte; was Crampas gemeint hatte, war viel, viel mehr, war eine Art Angstapparat aus Kalkül. Es fehlte jede Herzensgüte darin und grenzte schon fast an Grausamkeit. Das Blut stieg ihr zu Kopf, und sie ballte ihre kleine Hand und wollte Pläne schmieden; aber mit einem Male mußte sie wieder lachen. „Ich

Kindskopf! Wer bürgt mir denn dafür, daß Crampas recht hat! Crampas ist unterhaltlich, weil er medisant ist, aber er ist unzuverlässig und ein bloßer Haselant, der schließlich Innstetten nicht das Wasser reicht."

In diesem Augenblick fuhr Innstetten vor, der heute früher zurückkam als gewöhnlich. Effi sprang auf, um ihn schon im Flur zu begrüßen, und war um so zärtlicher, je mehr sie das Gefühl hatte, etwas gut machen zu müssen. Aber ganz konnte sie das, was Crampas gesagt hatte, doch nicht verwinden, und inmitten ihrer Zärtlichkeiten, und während sie mit anscheinendem Interesse zuhörte, klang es in ihr immer wieder. „Also Spuk aus Berechnung, Spuk, um dich in Ordnung zu halten."

Zuletzt indessen vergaß sie's und ließ sich unbefangen von ihm erzählen.

*

Inzwischen war Mitte November herangekommen, und der bis zum Sturm sich steigernde Nordwester stand anderthalb Tag lang so hart auf die Molen, daß die mehr und mehr zurückgestaute Kessine das Bollwerk überstieg und in die Straßen trat. Aber nachdem sich's ausgetobt, legte sich das Unwetter, und es kamen noch ein paar sonnige Spätherbsttage. „Wer weiß, wie lange sie dauern", sagte Effi zu Crampas, und so beschloß man, am nächsten Vormittage noch einmal auszureiten; auch Innstetten, der einen freien Tag hatte, wollte mit. Es sollte zunächst wieder bis an die Mole gehen; da wollte man dann absteigen, ein wenig am Strande promenieren und schließlich im Schutze der Dünen, wo's windstill war, ein Frühstück nehmen.

Um die festgesetzte Stunde ritt Crampas vor dem landrätlichen Hause vor; Kruse hielt schon das Pferd der gnädigen Frau, die sich rasch in den Sattel hob und noch im Aufsteigen Innstetten entschuldigte, der nun doch verhindert sei: letzte Nacht wieder großes Feuer in Morgenitz – das dritte seit drei Wochen, also angelegt –, da habe er hingemußt, sehr zu seinem Leidwesen, denn er habe sich auf diesen Ausritt, der wohl der letzte in diesem Herbste sein werde, wirklich gefreut.

Crampas sprach sein Bedauern aus, vielleicht nur um was zu sagen, vielleicht aber auch aufrichtig, denn so rücksichtslos er im

Punkte chevaleresker Liebesabenteuer war, so sehr war er auch wieder guter Kamerad. Natürlich, alles ganz oberflächlich. Einem Freunde helfen, und fünf Minuten später ihn betrügen, waren Dinge, die sich mit seinem Ehrbegriffe sehr wohl vertrugen. Er tat das eine und das andere mit unglaublicher Bonhomie.

Der Ritt ging wie gewöhnlich durch die Plantage hin. Rollo war wieder vorauf, dann kamen Crampas und Effi, dann Kruse. Knut fehlte.

„Wo haben Sie Knut gelassen?"

„Er hat einen Ziegenpeter."

„Merkwürdig", lachte Effi. „Eigentlich sah er schon immer so aus."

„Sehr richtig. Aber Sie sollten ihn jetzt sehen! Oder doch lieber nicht. Denn Ziegenpeter ist ansteckend, schon bloß durch Anblick."

„Glaub ich nicht."

„Junge Frauen glauben vieles nicht."

„Und dann glauben sie wieder vieles, was sie besser nicht glaubten."

„An meine Adresse?"

„Nein."

„Schade."

„Wie dies ‚Schade' Sie kleidet. Ich glaube wirklich, Major, Sie hielten es für ganz in Ordnung, wenn ich Ihnen eine Liebeserklärung machte."

„So weit will ich nicht gehen. Aber ich möchte den sehen, der sich dergleichen nicht wünschte. Gedanken und Wünsche sind zollfrei."

„Das fragt sich. Und dann ist doch immer noch ein Unterschied zwischen Gedanken und Wünschen. Gedanken sind in der Regel etwas, das noch im Hintergrunde liegt, Wünsche aber liegen meist schon auf der Lippe."

„Nur nicht gerade diesen Vergleich!"

„Ach, Crampas, Sie sind ... Sie sind ..."

„Ein Narr."

„Nein. Auch darin übertreiben Sie wieder. Aber Sie sind etwas anderes. In Hohen-Cremmen sagten wir immer, und ich mit, das Eitelste, was es gäbe, das sei ein Husarenfähnrich von achtzehn ..."

„Und jetzt?"

„Und jetzt sag ich, das Eitelste, was es gibt, ist ein Landwehr-

Bezirksmajor von zweiundvierzig."

„... Wobei die zwei Jahre, die Sie mir gnädigst erlassen, alles wieder gut machen, – küß die Hand."

„Ja, küß die Hand. Das ist so recht das Wort, das für Sie paßt. Das ist wienerisch. Und die Wiener, die hab ich kennen gelernt in Karlsbad, vor vier Jahren, wo sie mir vierzehnjährigem Dinge den Hof machten. Was ich da alles gehört habe!"

„Gewiß nicht mehr als recht war."

„Wenn das zuträfe, wäre das, was mir schmeicheln soll, ziemlich ungezogen ... Aber sehen Sie da die Bojen, wie die schwimmen und tanzen. Die kleinen roten Fahnen sind eingezogen. Immer, wenn ich diesen Sommer, die paarmal wo ich mich bis an den Strand hinauswagte, die roten Fahnen sah, sagt ich mir: da liegt Vineta, da muß es liegen, das sind die Turmspitzen ..."

„Das macht, weil Sie das Heinesche Gedicht kennen."

„Welches?"

„Nun, das von Vineta."

„Nein, das kenne ich nicht; ich kenne überhaupt nur wenig. Leider."

„Und haben doch Gieshübler und den Journalzirkel! Übrigens hat Heine dem Gedicht einen andern Namen gegeben, ich glaube ‚Seegespenst', oder so ähnlich. Aber Vineta hat er gemeint. Und er selber – verzeihen Sie, wenn ich Ihnen ohne weiteres den Inhalt hier wiedergebe – der Dichter also, während er die Stelle passiert, liegt auf einem Schiffsdeck, und sieht hinunter und sieht da schmale, mittelalterliche Straßen und trippelnde Frauen in Kapotthüten, und alle haben ein Gesangbuch in Händen und wollen zur Kirche, und alle Glocken läuten. Und als er das hört, da faßt ihn eine Sehnsucht, auch mit in die Kirche zu gehen, wenn auch bloß um der Kapotthüte willen, und vor Verlangen schreit er auf und will sich hinunterstürzen. Aber im selben Augenblicke packt ihn der Kapitän am Bein und ruft ihm zu: ‚Doktor, sind Sie des Teufels?'"

„Das ist ja allerliebst. Das möcht ich lesen. Ist es lang?"

„Nein, es ist eigentlich kurz, etwas länger als ‚Du hast Diamanten und Perlen' oder ‚Deine weißen Lilienfinger' ... " und er berührte leise ihre Hand. „Aber lang oder kurz, welche Schilderungskraft, welche Anschaulichkeit! Er ist mein Lieblingsdichter, und ich kann ihn auswendig, so wenig ich mir sonst, trotz gelegentlich eigener

Versündigungen, aus der Dichterei mache. Bei Heine liegt es aber anders: alles ist Leben, und vor allem versteht er sich auf die Liebe, die doch die Hauptsache bleibt. Er ist übrigens nicht einseitig darin …"

„Wie meinen Sie das?"

„Ich meine, er ist nicht bloß für die Liebe …"

„Nun, wenn er diese Einseitigkeit auch hätte, das wäre am Ende noch nicht das schlimmste. Wofür ist er denn sonst noch?"

„Er ist auch sehr für das Romantische, was freilich gleich nach der Liebe kommt und nach Meinung einiger sogar damit zusammenfällt. Was ich aber nicht glaube. Denn in seinen späteren Gedichten, die man denn auch die ‚romantischen' genannt hat, oder eigentlich hat er es selber getan, in diesen romantischen Dichtungen wird in einem fort hingerichtet, allerdings vielfach aus Liebe. Aber doch meist aus andern gröberen Motiven, wohin ich in erster Reihe die Politik, die fast immer gröblich ist, rechne. Karl Stuart zum Beispiel trägt in einer dieser Romanzen seinen Kopf unterm Arm, und noch fataler ist die Geschichte vom Vitzliputzli …"

„Von wem?"

„Vom Vitzliputzli. Vitzliputzli ist nämlich ein mexikanischer Gott, und als die Mexikaner zwanzig oder dreißig Spanier gefangen genommen hatten, mußten diese zwanzig oder dreißig dem Vitzliputzli geopfert werden. Das war da nicht anders, Landessitte, Kultus, und ging auch alles im Handumdrehen, Bauch auf, Herz 'raus …"

„Nein, Campas, so dürfen Sie nicht weiter sprechen. Das ist indezent und degoutant zugleich. Und das alles so ziemlich in demselben Augenblicke, wo wir frühstücken wollen."

„Ich für meine Person sehe mich dadurch unbeeinflußt und stelle meinen Appetit überhaupt nur in Abhängigkeit vom Menu."

Während dieser Worte waren sie, ganz wie's das Programm wollte, vom Strand her bis an eine schon halb im Schutze der Dünen aufgeschlagene Bank, mit einem äußerst primitiven Tisch davor, gekommen, zwei Pfosten mit einem Brett darüber. Kruse, der voraufgeritten, hatte hier bereits serviert; Teebrötchen und Aufschnitt von kaltem Braten, dazu Rotwein und neben der Flasche zwei hübsche, zierliche Trinkgläser, klein und mit Goldrand, wie man sie in Badeorten kauft oder von Glashütten als Erinnerung mitbringt.

Und nun stieg man ab. Kruse, der die Zügel seines eigenen Pferdes um eine Krüppelkiefer geschlungen hatte, ging mit den beiden andern Pferden auf und ab, während sich Crampas und Effi, die durch eine schmale Dünenöffnung einen freien Blick auf Strand und Mole hatten, vor dem gedeckten Tische niederließen.

Über das von den Sturmtagen her noch bewegte Meer goß die schon halb winterliche Novembersonne ihr fahles Licht aus, und die Brandung ging hoch. Dann und wann kam ein Windzug und trieb den Schaum bis an sie heran. Strandhafer stand umher, und das helle Gelb der Immortellen hob sich, trotz der Farbenverwandtschaft, von dem gelben Sande, darauf sie wuchsen, scharf ab. Effi machte die Wirtin. „Es tut mir leid, Major, Ihnen diese Brötchen in einem Korbdeckel präsentieren zu müssen …“

„Ein Korbdeckel ist kein Korb …“

„… Indessen Kruse hat es so gewollt. Und da bist du ja auch, Rollo. Auf dich ist unser Vorrat aber nicht eingerichtet. Was machen wir mit Rollo?“

„Ich denke, wir geben ihm alles; ich meinerseits schon aus Dankbarkeit. Denn sehen Sie, teuerste Effi …“

Effi sah ihn an.

„… Denn sehen Sie, gnädigste Frau, Rollo erinnert mich wieder an das, was ich Ihnen noch als Fortsetzung oder Seitenstück zum Vitzliputzli erzählen wollte, – nur viel pikanter, weil Liebesgeschichte. Haben Sie mal von einem gewissen Pedro dem Grausamen gehört?“

„So dunkel.“

„Eine Art Blaubartskönig. –

„Das ist gut. Von so einem hört man immer am liebsten, und ich weiß noch, daß wir von meiner Freundin Hulda Niemeyer, deren Namen Sie ja kennen, immer behaupteten: sie wisse nichts von Geschichte, mit Ausnahme der sechs Frauen von Heinrich dem Achten, diesem englischen Blaubart, wenn das Wort für ihn reicht. Und wirklich, diese sechs kannte sie auswendig. Und dabei hätten Sie hören sollen, wie sie die Namen aussprach, namentlich den von der Mutter der Elisabeth, – so schrecklich verlegen, als wäre sie nun an der Reihe … Aber nun bitte, die Geschichte von Don Pedro …“

„Nun also, an Don Pedros Hofe war ein schöner, schwarzer spanischer Ritter, der das Kreuz von Kalatrava – was ungefähr so viel bedeutet wie schwarzer Adler und pour le mérite zusammengenommen – auf seiner Brust trug. Dies Kreuz gehörte mit dazu, das mußten sie immer tragen, und dieser Kalatrava-Ritter, den die Königin natürlich heimlich liebte ..."

„Warum natürlich?"

„Weil wir in Spanien sind."

„Ach so."

„Und dieser Kalatrava-Ritter, sag ich, hatte einen wunderschönen Hund, einen Neufundländer, wiewohl es die noch gar nicht gab, denn es war gerade hundert Jahre vor der Entdeckung von Amerika. Einen wunderschönen Hund also, sagen wir wie Rollo ..."

Rollo schlug an, als er seinen Namen hörte, und wedelte mit dem Schweif.

„Das ging so manchen Tag. Aber das mit der heimlichen Liebe, die wohl nicht ganz heimlich blieb, das wurde dem Könige doch zu viel, und weil er den schönen Kalatrava-Ritter überhaupt nicht leiden mochte, – denn er war nicht bloß grausam, er war auch ein Neidhammel, oder wenn das Wort für einen König und noch mehr für meine liebenswürdige Zuhörerin, Frau Effi, nicht recht passen sollte, wenigstens ein Neidling – so beschloß er, den Kalatrava-Ritter für die heimliche Liebe heimlich hinrichten zu lassen."

„Kann ich ihm nicht verdenken."

„Ich weiß doch nicht, meine Gnädigste. Hören Sie nur weiter. Etwas geht schon, aber es war zu viel, der König, find ich, ging um ein Erkleckliches zu weit. Er heuchelte nämlich, daß er dem Ritter wegen seiner Kriegs- und Heldentaten ein Fest veranstalten wolle, und da gab es dann eine lange, lange Tafel, und alle Granden des Reichs saßen an dieser Tafel, und in der Mitte saß der König, und ihm gegenüber war der Platz für den, dem dies alles galt, also für den Kalatrava-Ritter, für den an diesem Tage zu Feiernden. Und weil der, trotzdem man schon eine ganze Weile seiner gewartet hatte, noch immer nicht kommen wollte, so mußte schließlich die Festlichkeit ohne ihn begonnen werden, und es blieb ein leerer Platz – ein leerer Platz gerade gegenüber dem König."

„Und nun?"

„Und nun denken Sie, meine gnädigste Frau, wie der König, dieser Pedro, sich eben erheben will, um gleisnerisch sein Bedauern auszusprechen, daß sein ‚lieber Gast' noch immer fehle, da hört man auf der Treppe draußen einen Aufschrei der entsetzten Dienerschaften, und ehe noch irgendwer weiß, was geschehen ist, jagt etwas an der langen Festestafel entlang, und nun springt es auf den Stuhl und setzt ein abgeschlagenes Haupt auf den leergebliebenen Platz, und über eben dieses Haupt hinweg starrt Rollo auf sein Gegenüber, den König. Rollo hatte seinen Herrn auf seinem letzten Gange begleitet und im selben Augenblicke, wo das Beil fiel, hatte das treue Tier das fallende Haupt gepackt, und da war er nun, unser Freund Rollo, an der langen Festestafel und verklagte den königlichen Mörder."

Effi war ganz still geworden. Endlich sagte sie: „Crampas, das ist in seiner Art sehr schön, und weil es sehr schön ist, will ich es Ihnen verzeihen. Aber Sie könnten doch Bess'res und zugleich mir Lieberes tun, wenn Sie mir andere Geschichten erzählten. Auch von Heine. Heine wird doch nicht bloß von Vitzliputzli und Don Pedro und Ihrem Rollo – denn meiner hätte so etwas nicht getan – gedichtet haben. Komm, Rollo! Armes Tier, ich kann dich gar nicht mehr ansehen, ohne an den Kalatrava-Ritter zu denken, den die Königin heimlich liebte ... Rufen Sie, bitte, Kruse, daß er die Sachen hier wieder in die Halfter steckt, und wenn wir zurückreiten, müssen Sie mir was anderes erzählen, ganz was anderes."

Kruse kam. Als er aber die Gläser nehmen wollte, sagte Crampas: „Kruse, das eine Glas, das da, das lassen Sie stehen. Das werde ich selber nehmen."

„Zu Befehl, Herr Major."

Effi, die dies mit angehört hatte, schüttelte den Kopf. Dann lachte sie. „Crampas, was fällt Ihnen nur eigentlich ein? Kruse ist dumm genug, über die Sache nicht weiter nachzudenken, und wenn er darüber nachdenkt, so findet er glücklicherweise nichts. Aber das berechtigt Sie doch nicht, dies Glas ... dies Dreißigpfennig-Glas aus der Josefinenhütte ..."

„Daß Sie so spöttisch den Preis nennen, läßt mich seinen Wert um so tiefer empfinden."

„Immer derselbe. Sie haben so viel von einem Humoristen, aber doch von ganz sonderbarer Art. Wenn ich Sie recht verstehe, so haben Sie vor – es ist zum Lachen, und ich geniere mich fast, es auszusprechen – so haben Sie vor, sich vor der Zeit auf den König von Thule hin auszuspielen."

Er nickte mit einem Anfluge von Schelmerei.

„Nun denn, meinetwegen. Jeder trägt seine Kappe; Sie wissen, welche. Nur das muß ich Ihnen doch sagen dürfen, die Rolle, die Sie mir dabei zudiktieren, ist mir zu wenig schmeichelhaft. Ich mag nicht als Reimwort auf Ihren König von Thule herumlaufen. Behalten Sie das Glas, aber bitte, ziehen Sie nicht Schlüsse daraus, die mich kompromittieren. Ich werde Innstetten davon erzählen."

„Das werden Sie nicht tun, meine gnädigste Frau."

„Warum nicht?"

„Innstetten ist nicht der Mann, solche Dinge so zu sehen, wie sie gesehen sein wollen."

Sie sah ihn einen Augenblick scharf an. Dann aber schlug sie verwirrt und fast verlegen die Augen nieder.

Achtzehntes Kapitel

Effi war unzufrieden mit sich und freute sich, daß es nunmehr feststand, diese gemeinschaftlichen Ausflüge für die ganze Winterdauer auf sich beruhen zu lassen. Überlegte sie, was während all dieser Wochen und Tage gesprochen, berührt und angedeutet war, so fand sie nichts, um dessentwillen sie sich direkte Vorwürfe zu machen gehabt hätte. Crampas war ein kluger Mann, welterfahren, humoristisch, frei, frei auch im guten, und es wäre kleinlich und kümmerlich gewesen, wenn sie sich ihm gegenüber aufgesteift und jeden Augenblick die Regeln strengen Anstandes befolgt hätte. Nein, sie konnte sich nicht tadeln, auf seinen Ton eingegangen zu sein, und doch hatte sie ganz leise das Gefühl einer überstandenen Gefahr und beglückwünschte sich, daß das alles nun mutmaßlich hinter ihr läge. Denn an ein häufigeres Sichsehen en famille war nicht wohl zu denken, das war durch die Crampasschen Hauszustände so gut wie ausgeschlossen, und Begegnungen bei den benachbarten adligen Familien, die freilich für den Winter in Sicht standen, konnten immer nur sehr vereinzelt und sehr flüchtige sein. Effi rechnete sich dies alles mit wachsender Befriedigung heraus und fand schließlich, daß ihr der Verzicht auf das, was sie dem Verkehr mit dem Major verdankte, nicht allzu schwer ankommen würde. Dazu kam noch, daß Innstetten ihr mitteilte, seine Fahrten nach Varzin würden in diesem Jahre fortfallen: der Fürst gehe nach Friedrichsruh, das ihm immer lieber zu werden scheine; nach der einen Seite hin bedauere er das, nach der anderen sei es ihm lieb – er könne sich nun ganz seinem Hause widmen, und wenn es ihr recht wäre, so wollten sie die italienische Reise, an der Hand seiner Aufzeichnungen, noch einmal durchmachen. Eine solche Rekapitulation sei eigentlich die Hauptsache, dadurch mache man sich alles erst dauernd zu eigen, und selbst Dinge, die man nur flüchtig gesehen und von denen man kaum wisse, daß man sie in seiner Seele beherberge, kämen einem durch solche nachträglichen Studien erst voll zu Bewußtsein und Besitz. Er führte das noch weiter aus und fügte hinzu, daß ihn Gieshübler, der den ganzen „italienischen Stiefel" bis Palermo kenne, gebeten habe, mit dabei sein zu dürfen. Effi, der ein ganz gewöhnlicher Plauderabend ohne den „italienischen Stiefel" (es sollten sogar Photographien herumgereicht werden) viel, viel lieber gewesen wäre, antwortete mit einer gewissen Gezwungenheit; Innstetten indessen, ganz erfüllt von seinem Plane, merkte nichts und fuhr fort. „Natürlich ist nicht bloß Gieshübler zugegen, auch Roswitha und Annie müssen dabei sein, und wenn ich mir dann denke, daß wir den Canal grande hinauffahren und hören dabei ganz in der Ferne die Gondoliere singen, während drei Schritte von uns Roswitha sich über Annie beugt und ‚Buhküken von Halberstadt' oder so was Ähnliches zum besten gibt, so können das schöne Winterabende werden, und du sitzest dabei und strickst mir eine große Winterkappe. Was meinst du dazu, Effi?"

Solche Abende wurden nicht bloß geplant, sie nahmen auch ihren Anfang, und sie würden sich, aller Wahrscheinlichkeit nach, über viele Wochen hin ausgedehnt haben, wenn nicht der unschuldige, harmlose Gieshübler trotz größter Abgeneigtheit gegen zweideutiges Handeln, dennoch im Dienste zweier Herren gestanden hätte. Der eine, dem er diente, war Innstetten, der andere war Crampas, und wenn er der Innstettenschen Aufforderung zu den italienischen Abenden, schon um Effis willen, auch mit aufrichtigster Freude Folge leistete, so war die Freude, mit der er Crampas gehorchte, doch noch eine größere. Nach einem Crampaschen Plane nämlich sollte noch vor Weihnachten „Ein Schritt vom Wege" aufgeführt werden, und als man vor dem dritten italienischen Abend stand, nahm Gieshübler die Gelegenheit wahr, mit Effi, die die Rolle der Ella spielen sollte, darüber zu sprechen.

Effi war wie elektrisiert; was wollten Padua, Vicenza daneben bedeuten! Effi war nicht für Aufgewärmheiten; Frisches war es, wonach sie sich sehnte, Wechsel der Dinge. Aber als ob eine Stimme, ihr zugerufen hätte: „Sieh dich vor!" so fragte sie doch, inmitten ihrer freudigen Erregung: „Ist es der Major, der den Plan aufgebracht hat?"

„Ja. Sie wissen, gnädigste Frau, daß er einstimmig in das Vergnügungskomitee gewählt wurde. Wir dürfen uns endlich einen hübschen Winter in der Ressource versprechen. Er ist ja wie geschaffen dazu."

„Und wird er auch mitspielen?"

„Nein, das hat er abgelehnt. Ich muß sagen, leider. Denn er kann ja alles und würde den Arthur von Schmettwitz ganz vorzüglich geben. Er hat nur die Regie übernommen."

„Desto schlimmer."

„Desto schlimmer?" wiederholte Gieshübler.

„Oh, Sie dürfen das nicht so feierlich nehmen; das ist nur so eine Redensart, die eigentlich das Gegenteil bedeutet. Auf der anderen Seite freilich, der Major hat so was Gewaltsames, er nimmt einem die Dinge gern über den Kopf fort. Und man muß dann spielen, wie er will, und nicht, wie man selber will."

Sie sprach noch so weiter und verwickelte sich immer mehr in Widersprüche.

*

Der „Schritt vom Wege" kam wirklich zustande, und gerade weil man nur noch gute vierzehn Tage hatte (die letzte Woche vor Weihnachten war ausgeschlossen), so strengte sich alles an, und es ging vorzüglich; die Mitspielenden, vor allem Effi, ernteten reichen Beifall. Crampas hatte sich wirklich mit der Regie begnügt, und so streng er gegen alle anderen war, so wenig hatte er auf den Proben in Effis Spiel hineingeredet. Entweder waren ihm von seiten Gieshüblers Mitteilungen über das mit Effi gehabte Gespräch gemacht worden, oder er hatte es auch aus sich selber bemerkt, daß Effi beflissen war, sich von ihm zurückzuziehen. Und er war klug und Frauenkenner genug, um dem natürlichen Entwicklungsgang, den er nach seinen Erfahrungen nur zu gut kannte, nicht zu stören.

Am Theaterabend in der Ressource trennte man sich spät, und

Mitternacht war vorüber, als Innstetten und Effi wieder zu Hause bei sich eintrafen. Johanna war noch auf, um behilflich zu sein, und Innstetten, der auf seine junge Frau nicht wenig eitel war, erzählte Johanna, wie reizend die gnädige Frau ausgesehen und wie gut sie gespielt habe. Schade, daß er nicht vorher daran gedacht, Christel und sie selber und auch die alte Unke, die Kruse, hätten von der Musikgalerie her sehr gut zusehen können; es seien viele da gewesen. Dann ging Johanna, und Effi, die müde war, legte sich nieder. Innstetten aber, der noch plaudern wollte, schob einen Stuhl heran und setzte sich an das Bett seiner Frau, diese freundlich ansehend und ihre Hand in der seinen haltend.

„Ja, Effi, das war ein hübscher Abend. Ich habe mich amüsiert über das hübsche Stück. Und denke dir, der Dichter ist ein Kammergerichtsrat, eigentlich kaum zu glauben. Und noch dazu aus Königsberg. Aber worüber ich mich am meisten gefreut, das war doch meine entzückende kleine Frau, die allen die Köpfe verdreht hat."

„Ach, Geert, sprich nicht so. Ich bin schon gerade eitel genug."

„Eitel genug, das wird wohl richtig sein. Aber doch lange nicht so eitel wie die anderen. Und das ist zu deinen sieben Schönheiten ..."

„Sieben Schönheiten haben alle."

„... Ich habe mich auch bloß versprochen; du kannst die Zahl gut mit sich selbst multiplizieren."

„Wie galant du bist, Geert. Wenn ich dich nicht kennte, könnt ich mich fürchten. Oder lauert wirklich was dahinter?"

„Hast du ein schlechtes Gewissen? Selber hinter der Tür gestanden?"

„Ach, Geert, ich ängstige mich wirklich." Und sie richtete sich im Bett in die Höh' und sah ihn starr an. „Soll ich noch nach Johanna klingeln, daß sie uns Tee bringt? Du hast es so gern vor dem Schlafengehen."

Er küßte ihr die Hand. „Nein, Effi. Nach Mitternacht kann auch der Kaiser keine Tasse Tee mehr verlangen, und du weißt, ich mag die Leute nicht mehr in Anspruch nehmen, als nötig. Nein, ich will nichts, als dich ansehen und mich freuen, daß ich dich habe. So manchmal empfindet man's doch stärker, welchen Schatz man hat. Du könntest ja auch so sein wie die arme Frau Crampas; das ist eine schreckliche Frau, gegen keinen freundlich, und dich hätte sie vom

Erdboden vertilgen mögen."

„Ach, ich bitte dich, Geert, das bildest du dir wieder ein. Die arme Frau! Mir ist nichts aufgefallen."

„Weil du für derlei keine Augen hast. Aber es war so wie ich dir sage, und der arme Crampas war wie befangen dadurch und mied dich immer und sah dich kaum an. Was doch ganz unnatürlich ist; denn erstens ist er überhaupt ein Damenmann, und nun gar Damen wie du, das ist seine besondere Passion. Und ich wette auch, daß es keiner besser weiß, als meine kleine Frau selber. Wenn ich daran denke, wie, Pardon, das Geschnatter hin und her ging, wenn er morgens in die Veranda kam oder wenn wir am Strande ritten oder auf der Mole spazieren gingen. Es ist, wie ich dir sage, er traute sich heute nicht, er fürchtete sich vor seiner Frau. Und ich kann es ihm nicht verdenken. Die Majorin ist so etwas wie unsere Frau Kruse, und wenn ich zwischen beiden wählen müßte, ich wüßte nicht wen."

„Ich wüßt es schon; es ist doch ein Unterschied zwischen den beiden. Die arme Majorin ist unglücklich, die Kruse ist unheimlich."

„Und da bist du doch mehr für das Unglückliche?"

„Ganz entschieden."

„Nun höre, das ist Geschmackssache. Man merkt, daß du noch nicht unglücklich warst. Übrigens hat Crampas ein Talent, die arme Frau zu eskamotieren. Er erfindet immer etwas, sie zu Hause zu lassen."

„Aber heute war sie doch da."

„Ja, heute. Da ging es nicht anders. Aber ich habe mit ihm eine Partie zu Oberförster Ring verabredet, er, Gieshübler und der Pastor, auf den dritten Feiertag, und da hättest du sehen sollen, mit welcher Geschicklichkeit er bewies, daß sie, die Frau, zu Hause bleiben müsse."

„Sind es denn nur Herren?"

„0 bewahre. Da würd ich mich auch bedanken. Du bist mit dabei und noch zwei, drei andere Damen, die von den Gütern eingerechnet."

„Aber dann ist es doch auch häßlich von ihm, ich meine von Crampas, und so was bestraft sich immer."

„Ja, mal kommt es. Aber ich glaube, unser Freund hält zu denen, die sich über das, was kommt, keine grauen Haare wachsen lassen."

„Hältst du ihn für schlecht?"

„Nein, für schlecht nicht. Beinahe im Gegenteil, jedenfalls hat er gute Seiten. Aber er ist so'n halber Pole, kein rechter Verlaß, eigentlich in nichts, am wenigstens mit Frauen. Eine Spielernatur. Er spielt nicht am Spieltisch, aber er hazardiert im Leben in einem fort, und man muß ihm auf die Finger sehen."

„Es ist mir doch lieb, daß du mir das sagst. Ich werde mich vorsehen mit ihm."

„Das tu. Aber nicht zu sehr; dann hilft es nichts. Unbefangenheit ist immer das beste, und natürlich das allerbeste ist Charakter und Festigkeit und, wenn ich solch steifleinenes Wort brauchen darf, eine reine Seele."

Sie sah ihn groß an. Dann sagte sie: „Ja, gewiß. Aber nun sprich nicht mehr, und noch dazu lauter Dinge, die mich nicht recht froh machen können. Weißt du, mir ist, als hörte ich oben das Tanzen. Sonderbar, daß es immer wieder kommt. Ich dachte, du hättest mit dem allen nur so gespaßt."

„Das will ich doch nicht sagen, Effi. Aber so oder so, man muß nur in Ordnung sein und sich nicht zu fürchten brauchen."

Effi nickte und dachte mit einem Male wieder an die Worte, die ihr Crampas über ihren Mann als „Erzieher" gesagt hatte. Der heilige Abend kam und verging ähnlich wie das Jahr vorher; aus Hohen-Cremmen kamen Geschenke und Briefe; Gieshübler war wieder mit einem Huldigungsvers zur Stelle, und Vetter Briest sandte eine Karte: Schneelandschaft mit Telegraphenstangen, auf deren Draht geduckt ein Vögelchen saß. Auch für Annie war aufgebaut: ein Baum mit Lichtern, und das Kind griff mit seinen Händchen danach. Innstetten, unbefangen und heiter, schien sich seines häuslichen Glücks zu freuen und beschäftigte sich viel mit dem Kinde. Roswitha war erstaunt, den gnädigen Herrn so zärtlich und zugleich so aufgeräumt zu sehen. Auch Effi sprach viel und lachte viel, es kam ihr aber nicht aus innerster Seele. Sie fühlte sich bedrückt und wußte nur nicht, wen sie dafür verantwortlich machen sollte, Innstetten oder sich selber. Von Crampas war kein Weihnachtsgruß eingetroffen; eigentlich war es ihr lieb, aber auch wieder nicht, seine Huldigungen erfüllten sie mit einem gewissen Bangen, und seine Gleichgültigkeiten verstimmten sie; sie sah ein, es war nicht alles so, wie's sein sollte.

„Du bist so unruhig", sagte Innstetten nach einer Weile.

„Ja. Alle Welt hat es so gut mit mir gemeint, am meisten du; das bedrückt mich, weil ich fühle, daß ich es nicht verdiene.“

„Damit darf man sich nicht quälen, Effi. Zuletzt ist es doch so: was man empfängt, das hat man auch verdient.“

Effi hörte scharf hin, und ihr schlechtes Gewissen ließ sie sich selber fragen, ob er das absichtlich in so zweideutiger Form gesagt habe.

Spät gegen Abend kam Pastor Lindequist, um zu gratulieren und noch wegen der Partie nach der Oberförsterei Uvagla hin anzufragen, die natürlich eine Schlittenpartie werden müsse. Crampas habe ihm einen Platz in seinem Schlitten angeboten aber weder der Major noch sein Bursche, der wie alles, auch das Kutschieren übernehmen solle, kenne den Weg, und so würde es sich vielleicht empfehlen, die Fahrt gemeinschaftlich zu machen, wobei dann der landrätliche Schlitten die Tete zu nehmen und der Crampassche zu folgen hätte. Wahrscheinlich auch der Gieshüblersche. Denn mit der Wegkenntnis Mirambos, dem sich unerklärlicherweise Freund Alonzo, der doch sonst so vorsichtig, anvertrauen wolle, stehe es wahrscheinlich noch schlechter als mit der des sommersprossigen Treptower Ulanen. Innstetten, den diese kleinen Verlegenheiten erheiterten, war mit Lindequists Vorschlage durchaus einverstanden und ordnete die Sache dahin, daß er pünktlich um zwei Uhr über den Marktplatz fahren und ohne alles Säumen die Führung des Zuges in die Hand nehmen werde.

Nach diesem Übereinkommen wurde denn auch verfahren, und als Innstetten punkt zwei Uhr den Marktplatz passierte, grüßte Crampas zunächst von seinem Schlitten aus zu Effi hinüber und schloß sich dann dem Innstettenschen an. Der Pastor saß neben ihm. Gieshüblers Schlitten, mit Gieshübler selbst und Doktor Hannemann, folgte, jener in einem eleganten Büffelrock mit Marderbesatz, dieser in einem Bärenpelz, dem man ansah, daß er wenigstens dreißig Dienstjahre zählte. Hannemann war nämlich in seiner Jugend Schiffschirurgus auf einem Grönlandfahrer gewesen. Mirambo saß vorn, etwas aufgeregt wegen Unkenntnis im Kutschieren, ganz wie Lindequist vermutet hatte.

Schon nach zwei Minuten war man an Utpatels Mühle vorbei.

Zwischen Kessin und Uvagla (wo, der Sage nach, ein Wendentempel gestanden) lag ein nur etwa tausend Schritt breiter, aber wohl anderthalb Meilen langer Waldstreifen, der an seiner rechten Längsseite das Meer, an seiner linken, bis weit an den Horizont hin, ein großes, überaus fruchtbares und gut angebautes Stück Land hatte. Hier, an der Binnenseite, flogen jetzt die drei Schlitten hin, in einiger Entfernung ein paar alte Kutschwagen vor sich, in denen, aller Wahrscheinlichkeit nach, andere nach der Oberförsterei hin eingeladene Gäste saßen. Einer dieser Wagen war an seinen altmodisch hohen Rädern deutlich zu erkennen, es war der Papenhagensche. Natürlich. Güldenklee galt als der beste Redner des Kreises (noch besser als Borcke, ja selbst besser als Grasenabb) und durfte bei Festlichkeiten nicht leicht fehlen.

Die Fahrt ging rasch – auch die herrschaftlichen Kutscher strengten sich an und wollten sich nicht überholen lassen – so daß man schon um drei vor der Oberförsterei hielt. Ring, – ein stattlicher, militärisch dreinschauender Herr von Mitte fünfzig, der den ersten Feldzug in Schleswig noch unter Wrangel und Bonin mitgemacht und sich bei Erstürmung des Danewerks ausgezeichnet hatte, stand in der Tür und empfing seine Gäste, die, nachdem sie abgelegt und die Frau des Hauses begrüßt hatten, zunächst vor einem langgedeckten Kaffeetische Platz nahmen, auf dem kunstvoll aufgeschichtete Kuchenpyramiden standen. Die Oberförsterin, eine von Natur sehr ängstliche, zum mindesten aber sehr befangene Frau, zeigte sich auch als Wirtin so, was den überaus eitlen Oberförster, der für Sicherheit und Schneidigkeit war, ganz augenscheinlich verdroß. Zum Glück kam sein Unmut zu keinem Ausbruch, denn von dem, was seine Frau vermissen ließ, hatten seine Töchter desto mehr, bildhübsche Backfische von vierzehn und dreizehn, die ganz nach dem Vater schlugen. Besonders die ältere, Cora, kokettierte sofort mit Innstetten und Crampas, und beide gingen auch darauf ein. Effi ärgerte sich darüber und schämte sich dann wieder, daß sie sich geärgert habe. Sie saß neben Sidonie von Grasenabb und sagte: „Sonderbar, so bin ich auch gewesen, als ich vierzehn war."

Effi rechnete darauf, daß Sidonie dies bestreiten oder doch wenigstens Einschränkungen machen würde. Statt dessen sagte diese: „Das kann ich mir denken."

„Und wie der Vater sie verzieht", fuhr Effi halb verlegen, und nur, um doch was zu sagen, fort.

Sidonie nickte. „Da liegt es. Keine Zucht. Das ist die Signatur unserer Zeit.“

Effi brach nun ab.

Der Kaffee war bald genommen, und man stand auf, um noch einen halbstündigen Spaziergang in den umliegenden Wald zu machen, zunächst auf ein Gehege zu, drin Wild eingezäunt war. Cora öffnete das Gatter, und kaum, daß sie eingetreten, so kamen auch schon die Rehe auf sie zu. Es war eigentlich reizend, ganz wie ein Märchen. Aber die Eitelkeit des jungen Dinges, das sich bewußt war, ein lebendes Bild zu stellen, ließ doch einen reinen Eindruck nicht aufkommen, am wenigstens bei Effi. „Nein“, sagte sie zu sich selber, „so bin ich doch nicht gewesen. Vielleicht hat es mir auch an Zucht gefehlt, wie diese furchtbare Sidonie mir eben andeutete, vielleicht auch anderes noch. Man war zu Haus zu gütig gegen mich, man liebte mich zu sehr. Aber das darf ich doch wohl sagen, ich habe mich nie geziert. Das war immer Huldas Sache. Darum gefiel sie mir auch nicht, als ich diesen Sommer sie wiedersah.“

Auf dem Rückwege vom Walde nach der Oberförsterei begann es zu schneien. Crampas gesellte sich zu Effi und sprach ihr sein Bedauern aus, daß er noch nicht Gelegenheit gehabt habe, sie zu begrüßen. Zugleich wies er auf die großen schweren Schneeflokken, die fielen, und sagte. „Wenn das so weiter geht, so schneien wir hier ein.“

„Das wäre nicht das Schlimmste. Mit dem Eingeschneitwerden, verbinde ich von langer Zeit her eine freundliche Vorstellung, eine Vorstellung von Schutz und Beistand.“

„Das ist mir neu, meine gnädigste Frau.“

„Ja“, fuhr Effi fort und versuchte zu lachen, „mit den Vorstellungen ist es ein eigen Ding, man macht sie sich nicht bloß nach dem, was man persönlich erfahren hat, auch nach dem, was man irgendwo gehört oder ganz zufällig weiß. Sie sind so belesen, Major, aber mit einem Gedichte – freilich keinem Heineschen, keinem ‚Seegespenst‘, und keinem ‚Vitzliputzli‘, – bin ich Ihnen, wie mir scheint, doch voraus. Dies Gedicht heißt die ‚Gottesmauer‘, und ich hab es bei unserm Hohen-Cremmner Pastor vor vielen, vielen Jahren, als ich noch ganz klein war, auswendig gelernt.“

„Gottesmauer“, wiederholte Crampas. „Ein hübscher Titel, und wie verhält es sich damit?“

„Eine kleine Geschichte, nur ganz kurz. Da war irgenwo Krieg, ein Winterfeld, und eine alte Witwe, die sich vor dem Feinde mächtig fürchtete, betete zu Gott, er möge doch ‚eine Mauer um sie bauen', um sie vor dem Landesfeinde zu schützen. Und da ließ Gott das Haus einschneien, und der Feind zog daran vorüber."

Crampas war sichtlich betroffen und wechselte das Gespräch.

Als es dunkelte, waren alle wieder in der Oberförsterei zurück.

Neunzehntes Kapitel

Gleich nach sieben ging man zu Tisch, und alles freute sich, daß der Weihnachtsbaum, eine mit zahllosen Silberkugeln bedeckte Tanne, noch einmal angesteckt wurde. Crampas, der das Ringsche Haus noch nicht kannte, war helle Bewunderung. Der Damast, die Weinkühler, das reiche Silbergeschirr, alles wirkte herrschaftlich, weit über oberförsterliche Durchschnittsverhältnisse hinaus, was darin seinen Grund hatte, daß Rings Frau, so scheu und verlegen sie war, aus einem reichen Danziger Kornhändlerhause stammte. Von da her rührten auch die meisten der ringsumher hängenden Bilder: der Kornhändler und seine Frau, der Marienburger Remter und eine gute Kopie nach dem berühmten Memlingschen Altarbilde in der Danziger Marienkirche. Kloster Oliva war zweimal da, einmal in Öl und einmal in Kork geschnitzt. Außerdem befand sich über dem Büffet ein sehr nachgedunkeltes Porträt des alten Nettelbeck, das noch aus dem bescheidenen Mobiliar des erst vor anderthalb Jahren verstorbenen Ringschen Amtsvorgängers herrührte. Niemand hatte damals bei der wie gewöhnlich stattfindenden Auktion das Bild des Alten haben wollen, bis Innstetten, der sich über diese Mißachtung ärgerte, darauf geboten hatte. Da hatte sich denn auch Ring patriotisch besonnen, und der alte Kolbergverteidiger war der Oberförsterei verblieben.

Das Nettelbeckbild ließ ziemlich viel zu wünschen übrig; sonst aber verriet alles, wie schon angedeutet, eine beinahe an Glanz streifende Wohlhabenheit, und dem entsprach denn auch das Mahl, das aufgetragen wurde. Jeder hatte mehr oder weniger seine Freude daran, mit Ausnahme Sidoniens. Diese saß zwischen Innstetten und Lindequist und sagte, als sie Coras ansichtig wurde: „Da ist ja wieder dies unausstehliche Balg, diese Cora. Sehen Sie nur, Innstetten, wie sie die kleinen Weingläser präsentiert, ein wahres Kunststück, sie könnte jeden Augenblick Kellnerin werden. Ganz unerträglich. Und dazu die Blicke von Ihrem Freunde Crampas. Das ist so die rechte Saat! Ich frage Sie, was soll dabei herauskommen?"

Innstetten, der ihr eigentlich zustimmte, fand trotzdem den Ton, in dem das alles gesagt wurde, so verletzend herbe, daß er spöttisch bemerkte: „Ja, meine Gnädigste, was dabei herauskommen soll? Ich weiß es auch nicht" – worauf sich Sidonie von ihm ab- und ihrem Nachbar zur linken zuwandte: „Sagen Sie, Pastor, ist diese vierzehnjährige Kokette schon im Unterricht bei Ihnen?"

„Ja, mein gnädigstes Fräulein."

„Dann müssen Sie mir die Bemerkung verzeihen, daß Sie sie nicht in die richtige Schule genommen haben. Ich weiß wohl, es hält das heutzutage sehr schwer, aber ich weiß auch, daß die, denen die Fürsorge für junge Seelen obliegt, es vielfach an dem rechten Ernste fehlen lassen. Es bleibt dabei, die Hauptschuld tragen die Eltern und Erzieher."

Lindequist, denselben Ton anschlagend wie Innstetten, antwortete, daß das alles sehr richtig, der Geist der Zeit aber zu mächtig sei.

„Geist der Zeit!" sagte Sidonie. „Kommen Sie mir nicht damit. Das kann ich nicht hören, das ist der Ausdruck höchster Schwäche, Bankrotterklärung. Ich kenne das; nie scharf zufassen wollen, immer dem Unbequemen aus dem Wege gehen. Denn Pflicht ist unbequem. Und so wird nur allzuleicht vergessen, daß das uns anvertraute Gut auch mal von uns zurückgefordert wird. Eingreifen, lieber Pastor, Zucht. Das Fleisch ist schwach, gewiß; aber …"

In diesem Augenblicke kam ein englisches Roastbeef, von dem Sidonie ziemlich ausgiebig nahm, ohne Lindequists Lächeln dabei zu bemerken. Und weil sie's nicht bemerkte, so durfte es auch nicht wundernehmen, daß sie mit vieler Unbefangenheit fortfuhr: „Es kann übrigens alles, was Sie hier sehen, nicht wohl anders sein; alles ist schief und verfahren von Anfang an. Ring, Ring – wenn ich nicht irre, hat es drüben in Schweden oder da herum mal einen Sagenkönig dieses Namens gegeben. Nun sehen Sie, benimmt er sich nicht, als ob er von dem abstamme, und seine Mutter, die ich noch gekannt habe, war eine Plättfrau in Köslin."

„Ich kann darin nichts Schlimmes finden."

„Schlimmes finden? Ich auch nicht. Und jedenfalls gibt es

Schlimmeres. Aber so viel muß ich doch von Ihnen, als einem geweihten Diener der Kirche, gewärtigen dürfen, daß Sie die gesellschaftlichen Ordnungen gelten lassen. Ein Oberförster ist ein bißchen mehr als ein Förster, und ein Förster hat nicht solche Weinkühler und solch Silberzeug; das alles ist ungehörig und zieht dann solche Kinder groß, wie dies Fräulein Cora."

Sidonie, jedesmal bereit, irgend was Schreckliches zu prophezeien, wenn sie, vom Geist überkommen, die Schalen ihres Zornes ausschüttete, würde sich auch heute bis zum Kassandrablick in die Zukunft gesteigert haben, wenn nicht in eben diesem Augenblicke die dampfende Punschbowle – womit die Weihnachtsreunions bei Ring immer abschlossen – auf der Tafel erschienen wäre, dazu Krausgebackenes, das, geschickt übereinandergetürmt, noch weit über die vor einigen Stunden aufgetragene Kaffeekuchenpyramide hinauswuchs. Und nun trat auch Ring selbst, der sich bis dahin etwas zurückgehalten hatte, mit einer gewissen strahlenden Feierlichkeit in Aktion und begann die vor ihm stehenden Gläser, große geschliffene Römer, in virtuosem Bogensturz zu füllen, ein Einschenkekunststück, das die stets schlagfertige Frau von Padden, die heute leider fehlte, mal als „Ringsche Füllung en cascade" bezeichnet hatte. Rotgolden wölbte sich dabei der Strahl, und kein Tropfen durfte verloren gehen. So war es auch heute wieder. Zuletzt aber, als jeder, was ihm zukam in Händen hielt – auch Cora, die sich mittlerweile mit ihrem rotblonden Wellenhaar auf „Onkel Crampas'" Schoß gesetzt hatte –, erhob sich der alte Papenhagner, um, wie herkömmlich bei Festlichkeiten derart, einen Toast auf seinen lieben Oberförster auszubringen. Es gäbe viele Ringe, so etwa begann er, Jahresringe, Gardinenringe, Trauringe, und was nun gar – denn auch davon dürfe sich am Ende wohl sprechen lassen – die Verlobungsringe angehe, so sei glücklicherweise die Gewähr gegeben, daß einer davon in kürzester Frist in diesem Hause sichtbar werden und den Ringfinger (und zwar hier in einem doppelten Sinne den Ringfinger) eines kleines hübschen Pätschelchens zieren werde …"

„Unerhört", raunte Sidonie dem Pastor zu.

„Ja, meine Freunde", fuhr Güldenklee mit gehobener Stimme fort, „Viele Ringe gibt es, und es gibt sogar eine Geschichte, die wir alle kennen, die die Geschichte von den ‚drei Ringen' heißt, eine

Judengeschichte, die, wie der ganze liberale Krimskrams, nichts wie Verwirrung und Unheil gestiftet hat und noch stiftet. Gott bessere es. Und nun lassen sie mich schließen, um ihre Geduld und Nachsicht nicht über Gebühr in Anspruch zu nehmen. Ich bin nicht für diese drei Ringe, meine Lieben, ich bin vielmehr für einen Ring, für einen Ring, der so recht ein Ring ist wie er sein soll, ein Ring, der alles Gute, was wir in unsrem altpommerschen Kessiner Kreise haben, alles, was noch mit Gott für König und Vaterland einsteht – und es sind ihrer noch einige (lauter Jubel) –, an diesem seinem gastlichen Tisch vereinigt sieht. Für diesen Ring bin ich. Er lebe hoch!"

Alles stimmte ein und umdrängte Ring, der, solange das dauerte, das Amt des „Einschenkens en cascade" an den ihm gegenübersitzenden Crampas abtreten mußte; der Hauslehrer aber stürzte von seinem Platz am unteren Ende der Tafel an das Klavier und schlug die ersten Takte des Preußenliedes an, worauf alles stehend und feierlich einfiel. „Ich bin ein Preuße ... will ein Preuße sein."

„Es ist doch etwas Schönes", sagte gleich nach der ersten Strophe der alte Borcke zu Innstetten, „so was hat man in anderen Ländern nicht."

„Nein", antwortete Innstetten, der von solchem Patriotismus nicht viel hielt, „in anderen Ländern hat man was anderes."

Man sang alle Strophen durch, dann hieß es, die Wagen seien vorgefahren, und gleich danach erhob sich alles, um die Pferde nicht warten zu lassen. Denn diese Rücksicht „auf die Pferde" ging auch im Kreise Kessin allem anderen vor. Im Hausflur standen zwei hübsche Mägde. Ring hielt auf dergleichen, um den Herrschaften beim Anziehen ihrer Pelze behilflich zu sein. Alles war heiter angeregt, einige mehr als das, und das Einsteigen in die verschiedenen Gefährte schien sich schnell und ohne Störung vollziehen zu sollen, als es mit einem Male hieß, der Gieshüblersche Schlitten sei nicht da. Gieshübler selbst war viel zu artig, um gleich Unruhe zu zeigen oder gar Lärm zu machen; endlich aber, weil doch wer das Wort nehmen mußte, fragte Crampas, „was es denn eigentlich sei?"

„Mirambo kann nicht fahren", sagte der Hofknecht; „das linke Pferd hat ihn beim Anspannen vor das Schienbein geschlagen. Er liegt im Stall und schreit."

Nun wurde natürlich nach Doktor Hannemann gerufen, der denn auch hinausging und nach fünf Minuten mit echter Chirurgenruhe versicherte. „Ja, Mirambo müsse zurückbleiben; es sei vorläufig in der Sache nichts zu machen als still liegen und kühlen. Übrigens von Bedenklichem keine Rede.“ Das war nun einigermaßen ein Trost, aber schaffte doch die Verlegenheit, wie der Gieshüblersche Schlitten zurückzufahren sei, nicht aus der Welt, bis Innstetten erklärte, daß er für Mirambo einzutreten und das Zwiegestirn von Doktor und Apotheker persönlich glücklich heimzusteuern gedenke. Lachend und unter ziemlich angeheiterten Scherzen gegen den verbindlichsten aller Landräte, der sich, um hilfreich zu sein, sogar von seiner jungen Frau trennen wolle, wurde dem Vorschlage zugestimmt, und Innstetten, mit Gieshübler und dem Doktor im Fond, nahm jetzt wieder die Tete. Crampas und Lindequist folgten unmittelbar. Und als gleich danach auch Kruse mit dem landrätlichen Schlitten vorfuhr, trat Sidonie lächelnd an Effi heran und bat diese, da ja nun ein Platz frei sei, mit ihr fahren zu dürfen. „in unserer Kutsche ist es immer so stickig; mein Vater liebt das. Und außerdem, ich möchte so gerne mit Ihnen plaudern. Aber nur bis Quappendorf. Wo der Morgnitzer Weg abzweigt, steig ich aus und muß dann wieder in unsern unbequemen Kasten. Und Papa raucht auch noch.“

Effi war wenig erfreut über diese Begleitung und hätte die Fahrt lieber allein gemacht; aber ihr blieb keine Wahl, und so stieg denn das Fräulein ein, und kaum daß beide Damen ihre Plätze genommen hatten, so gab Kruse den Pferden auch schon einen Peitschenknips und von der oberförsterlichen Rampe her, von der man einen prächtigen Ausblick auf das Meer hatte, ging es, die ziemlich steile Düne hinunter, auf den Strandweg zu, der, eine Meile lang, in beinahe gerader Linie bis an das Kessiner Strandhotel, und von dort aus, rechts einbiegend, durch die Plantage hin, in die Stadt führte. Der Schneefall hatte schon seit ein paar Stunden aufgehört, die Luft war frisch, und auf das weite dunkelnde Meer fiel der matte Schein der Mondsichel. Kruse fuhr hart am Wasser hin, mitunter den Schaum der Brandung durchschneidend, und Effi, die etwas fröstelte, wickelte sich fester in ihren Mantel und schwieg noch immer und mit Absicht Sie wußte recht gut, daß das mit der „stickigen Kutsche“ bloß Vorwand gewesen und daß sich Sidonie nur zu ihr gesetzt hatte um ihr etwas Unangenehmes zu sagen. Und das kam immer noch früh genug. Zudem war sie wirklich müde, vielleicht von dem Spaziergang im Walde, vielleicht auch von dem oberförsterlichen Punsch, dem sie, auf Zureden der neben ihr sitzenden Frau von Flemming, tapfer zugesprochen hatte. Sie tat denn auch, als ob sie schliefe, schloß die Augen und neigte den Kopf immer mehr nach links.

„Sie sollten sich nicht so sehr nach links beugen, meine gnädigste Frau. Fährt der Schlitten auf einen Stein, so fliegen Sie hinaus. Ihr Schlitten hat ohnehin kein Schutzleder und, wie ich sehe, auch nicht einmal die Haken dazu."

„Ich kann die Schutzleder nicht leiden; sie haben so was Prosaisches. Und dann, wenn ich hinausflöge, mir wär es recht, am liebsten gleich in die Brandung. Freilich ein etwas kaltes Bad, aber was tut's ... Übrigens hören Sie nichts?"

„Nein."

„Hören Sie nicht etwas wie Musik?"

„Orgel?"

„Nein, nicht Orgel. Da würd ich denken, es sei das Meer. Aber es ist etwas anderes, ein unendlich feiner Ton, fast wie menschliche Stimme ..."

„Das sind Sinnestäuschungen", sagte Sidonie, die jetzt den richtigen Einsetzemoment gekommen glaubte. „Sie sind nervenkrank. Sie hören Stimmen. Gebe Gott, daß Sie auch die richtige Stimme hören."

„Ich höre ... nun gewiß, es ist Torheit, ich weiß, sonst würd ich mir einbilden, ich hätte die Meerfrauen singen hören ... Aber, ich bitte Sie, was ist das? Es blitzt ja bis hoch in den Himmel hinauf. Das muß ein Nordlicht sein."

„Ja", sagte Sidonie. „Gnädigste Frau tun ja, als ob es ein Weltwunder wäre. Das ist es nicht. Und wenn es dergleichen wäre, wir haben uns vor Naturkultus zu hüten. Übrigens ein wahres Glück, daß wir außer Gefahr sind, unsern Freund Oberförster, diesen eitelsten aller Sterblichen, über das Nordlicht sprechen zu hören. Ich wette, daß er sich einbilden würde, das tue ihm der Himmel zu Gefallen, um sein Fest noch festlicher zu machen. Er ist ein Narr. Güldenklee konnte besseres tun, als ihn feiern. Und dabei spielt er sich auf den Kirchlichen aus und hat auch neulich eine Altardecke geschenkt. Vielleicht, daß Cora daran mitgestickt hat. Diese Unechten sind schuld an allem, denn ihre Weltlichkeit liegt immer oben auf und wird denen mit angerechnet, die's ernst mit dem Heil ihrer Seele meinen."

„Es ist so schwer, ins Herz zu sehen!"

„Ja. Das ist es. Aber bei manchem ist es auch ganz leicht." Und dabei sah sie die junge Frau mit beinahe ungezogener Eindringlichkeit an.

Effi schwieg und wandte sich ungeduldig zur Seite.

„Bei manchem, sag ich, ist es ganz leicht", wiederholte Sidonie, die ihren Zweck erreicht hatte und deshalb ruhig lächelnd fortfuhr: „und zu diesen leichten Rätseln gehört unser Oberförster. Wer seine Kinder so erzieht, den beklag ich, aber das eine Gute hat es, es liegt bei ihm alles klar da. Und wie bei ihm selbst, so bei den Töchtern. Cora geht nach Amerika und wird Millionärin oder Methodistenpredigerin; in jedem Fall ist sie verloren. Ich habe noch keine Vierzehnjährige gesehen …"

In diesem Augenblicke hielt der Schlitten, und als sich beide Damen umsahen, um in Erfahrung zu bringen, was es denn eigentlich sei, bemerkten sie, daß rechts von ihnen, in etwa dreißig Schritt Abstand, auch die beiden anderen Schlitten hielten – am weitesten nach rechts der von Innstetten geführte, näher heran der Crampassche.

„Was ist?" fragte Effi.

Kruse wandte sich halb herum und sagte: „Der Schloon, gnäd'ge Frau."

„Der Schloon? Was ist das? Ich sehe nichts."

Kruse wiegte den Kopf hin und her, wie wenn er ausdrücken wollte, daß die Frage leichter gestellt als beantwortet sei. Worin er auch recht hatte. Denn was der Schloon sei, das war nicht so mit Worten zu sagen. Kruse fand aber in seiner Verlegenheit alsbald Hilfe bei dem gnädigen Fräulein, das hier mit allem Bescheid wußte und natürlich auch mit dem Schloon.

„Ja, meine gnädigste Frau", sagte Sidonie, „da steht es schlimm. Für mich hat es nicht viel auf sich, ich komme bequem durch; denn wenn erst die Wagen heran sind, die haben hohe Räder, und unsere Pferde sind außerdem daran gewöhnt. Aber mit solchem Schlitten ist es was anderes; die versinken im Schloon, und Sie werden wohl oder übel einen Umweg machen müssen."

„Versinken! Ich bitte Sie, mein gnädigstes Fräulein, ich sehe noch immer nicht klar. Ist denn der Schloon ein Abgrund oder irgendwas, drin man mit Mann und Maus zugrunde gehen muß? Ich kann mir so was hier zu Lande gar nicht denken."

„Und doch ist es so was, nur freilich im kleinen; dieser Schloon ist eigentlich bloß ein kümmerliches Rinnsal, das hier rechts vom Gothener See her herunter kommt und sich durch die Dünen schleicht. Und im Sommer trocknet es mitunter ganz aus, und Sie fahren dann ruhig drüber hin und wissen es nicht einmal."

„Und im Winter?"

„Ja, im Winter, da ist es was anderes; nicht immer, aber doch oft. Da wird es dann ein Soog."

„Mein Gott, was sind das nur alles für Namen und Wörter!"

„... Da wird es ein Soog, und am stärksten immer dann, wenn der Wind nach dem Lande hin steht. Dann drückt der Wind das Meerwasser in das kleine Rinnsal hinein, aber nicht so, daß man es sehen könnte. Und das ist das Schlimmste von der Sache, darin steckt die eigentliche Gefahr. Alles geht nämlich unterirdisch vor sich, und der ganze Strandsand ist dann bis tief hinunter mit Wasser durchsetzt und gefüllt. Und wenn man dann über solche Sandstelle weg will, die keine mehr ist, dann sinkt man ein, als ob es ein Sumpf oder ein Moor wäre."

„Das kenn ich", sagte Effi lebhaft. „Das ist wie in unsrem Luch", und inmitten all ihrer Ängstlichkeit wurde ihr mit einem Male ganz wehmütig-freudig zu Sinn.

Während das Gespräch noch so ging und sich fortsetzte, war Crampas aus seinem Schlitten ausgestiegen und auf den am äußersten Flügel haltenden Gieshüblerschen zugeschritten, um hier mit Innstetten zu verabreden, was nun wohl eigentlich zu tun sei. Knut, so vermeldete er, wolle die Durchfahrt riskieren, aber Knut sei dumm und verstehe nichts von der Sache; nur solche, die hier zu Hause seien, müßten die Entscheidung treffen. Innstetten – sehr zu Crampas Überraschung – war auch fürs „Riskieren", es müsse durchaus noch mal versucht werden ... er wisse schon, die Geschichte wiederhole sich jedesmal: die Leute hier hätten einen Aberglauben und vorweg eine Furcht, während es doch eigentlich wenig zu bedeuten habe. Nicht Knut, der wisse nicht Bescheid, wohl aber Kruse solle noch einmal einen Anlauf nehmen und Crampas derweilen bei den Damen einsteigen (ein kleiner Rücksitz sei ja noch da), um bei der Hand zu sein, wenn der Schlitten umkippe. Das sei doch schließlich das Schlimmste, was geschehen könne.

Mit dieser Innstettenschen Botschaft erschien jetzt Crampas bei den beiden Damen und nahm, als er lachend seinen Auftrag ausgeführt hatte, ganz nach empfangener Ordre den kleinen Sitzplatz ein, der eigentlich nichts als eine mit Tuch überzogene Leiste war, und rief Kruse zu: „Nun, vorwärts, Kruse."

Dieser hatte denn auch die Pferde bereits um hundert Schritte zurückgezoppt und hoffte, scharf anfahrend, den Schlitten glücklich durchbringen zu können; im selben Augenblick aber, wo die Pferde den Schloon auch nur berührten, sanken sie bis über die Knöchel in den Sand ein, so daß sie nur mit Mühe nach rückwärts wieder herauskonnten.

„Es geht nicht", sagte Crampas, und Kruse nickte.

Während sich dies abspielte, waren endlich auch die Kutschen herangekommen, die Grasenabbsche vorauf, und als Sidonie, nach kurzem Dank gegen Effi, sich verabschiedet und dem seine türkische Pfeife rauchenden Vater gegenüber ihren Rückplatz eingenommen hatte, ging es mit dem Wagen ohne weiteres auf den Schloon zu; die Pferde sanken tief ein, aber die Räder ließen alle Gefahr leicht überwinden, und ehe eine halbe Minute vorüber war, trabten auch schon die Grasenabbs drüben weiter. Die andern Kutschen folgten. Effi sah ihnen nicht ohne Neid nach. Indessen nicht lange, denn auch für die Schlittenfahrer war in der zwischenliegenden Zeit Rat geschafft worden, und zwar einfach dadurch, daß sich Instetten entschlossen hatte, statt aller weiteren Forcierung, das friedlichere Mittel eines Umwegs zu wählen. Also genau das, was Sidonie gleich anfangs in Sicht gestellt hatte. Vom rechten Flügel her klang des Landrats bestimmte Weisung herüber, vorläufig diesseits zu bleiben und ihm durch die Dünen hin bis an eine weiter hinauf gelegene Bohlenbrücke zu folgen. Als beide Kutscher, Knut und Kruse, so verständigt waren, trat der Major, der, um Sidonie zu helfen, gleichzeitig mit dieser ausgestiegen war, wieder an Effi heran und sagte: „Ich kann Sie nicht allein lassen, gnädige Frau."

Effi war einen Augenblick unschlüssig, rückte dann aber rasch von der einen Seite nach der anderen hinüber, und Crampas nahm links neben ihr Platz.

All dies hätte vielleicht mißdeutet werden können, Crampas

selbst aber war zu sehr Frauenkenner, um es sich bloß in Eitelkeit zurechtzulegen. Er sah deutlich, daß Effi nur tat, was, nach Lage der Sache, das einzig Richtige war. Es war unmöglich für sie, sich seine Gegenwart zu verbitten. Und so ging es denn im Fluge den beiden anderen Schlitten nach, immer dicht an dem Wasserlaufe hin, an dessen anderem Ufer dunkle Waldmassen aufragten. Effi sah hinüber und nahm an, daß schließlich an dem landeinwärts gelegenen Außenrande des Waldes hin die Weiterfahrt gehen würde, genau also den Weg entlang, auf dem man in früher Nachmittagsstunde gekommen war. Innstetten aber hatte sich inzwischen einen andern Plan gemacht, und im selben Augenblicke, wo sein Schlitten die Bohlenbrücke passierte, bog er, statt den Außenweg zu wählen, in einen schmaleren Weg ein, der mitten durch die dichte Waldmasse hindurchführte. Effi schrak zusammen. Bis dahin waren Luft und Licht um sie her gewesen, aber jetzt war es damit vorbei, und die dunklen Kronen wölbten sich über ihr. Ein Zittern überkam sie, und sie schob die Finger fest ineinander, um sich einen Halt zu geben. Gedanken und Bilder jagten sich und eines dieser Bilder war das Mütterchen in dem Gedichte, das die „Gottesmauer" hieß, und wie das Mütterchen, so betete auch sie jetzt, daß Gott eine Mauer um sie her bauen möge. Zwei, drei Male kam es auch über ihre Lippen, aber mit einem Male fühlte sie, daß es tote Worte waren. Sie fürchtete sich und war doch zugleich wie in einem Zauberbann und wollte auch nicht heraus.

„Effi", klang es jetzt leis an ihr Ohr, und sie hörte, daß seine Stimme zitterte. Dann nahm er ihre Hand und löste die Finger, die sie noch immer geschlossen hielt, und überdeckte sie mit heißen Küssen. Es war ihr, als wandle sie eine Ohnmacht an.

Als sie die Augen wieder öffnete, war man aus dem Walde heraus, und in geringer Entfernung vor sich hörte sie das Geläut der vorauseilenden Schlitten. Immer vernehmlicher klang es, und als man, dicht vor Utpatels Mühle, von den Dünen her in die Stadt einbog, lagen rechts die kleinen Häuser mit ihren Schneedächern neben ihnen.

Effi blickte sich um, und im nächsten Augenblicke hielt der Schlitten vor dem landrätlichen Hause.

*

Zwanzigstes Kapitel

Innstetten, der Effi, als er sie aus dem Schlitten hob, scharf beobachtet, aber doch ein Sprechen über die sonderbare Fahrt zu zweien vermieden hatte, war am anderen Morgen früh auf und suchte seiner Verstimmung, die noch nachwirkte, so gut es ging Herr zu werden.

„Du hast gut geschlafen?“ fragte er, als Effi zum Frühstück kam.

„Ja.“

„Wohl dir. Ich kann dasselbe von mir nicht sagen. Ich träumte, daß du mit dem Schlitten im Schloon verunglückt seist, und Crampas mühte sich, dich zu retten; ich muß es so nennen, aber er versank mit dir.“

„Du sprichst das alles so sonderbar, Geert. Es verbirgt sich ein Vorwurf dahinter, und ich ahne weshalb.“

„Sehr merkwürdig.“

„Du bist nicht einverstanden damit, daß Crampas kam und uns seine Hilfe anbot.“

„Uns? “

„Ja, uns. Sidonien und mir. Du mußt durchaus vergessen haben, daß der Major in deinem Auftrage kam. Und als er mir erst gegenüber saß, beiläufig jämmerlich genug auf der elenden schmalen Leiste, sollte ich ihn da ausweisen, als die Grasenabbs kamen und mit einem Male die Fahrt weiter ging? Ich hätte mich lächerlich gemacht, und dagegen bist du doch so empfindlich. Erinnere dich, daß wir unter deiner Zustimmung viele Male gemeinschaftlich spazieren geritten sind, und nun sollte ich nicht gemeinschaftlich mit ihm fahren? Es ist falsch, so hieß es bei uns zu Haus, einem Edelmanne Mißtrauen zu zeigen.“

„Einem Edelmanne“, sagte Innstetten mit Betonung.

„Ist er keiner? Du hast ihn selbst einen Kavalier genannt, sogar einen perfekten Kavalier.“

„Ja“, fuhr Innstetten fort, und seine Stimme wurde freundlicher, trotzdem ein leiser Spott noch darin nachklang. „Kavalier, das ist er, und ein perfekter Kavalier, das ist er nun schon ganz gewiß. Aber Edelmann! Meine liebe Effi, ein Edelmann sieht anders aus. Hast du schon etwas Edles an ihm bemerkt? Ich nicht.“

Effi sah vor sich hin und schwieg.

„Es scheint, wir sind gleicher Meinung. Im übrigen, wie du schon sagtest, ich bin selber schuld; von einem faux pas mag ich nicht sprechen, das ist in diesem Zusammenhange kein gutes Wort. Also selber schuld, und es soll nicht wieder vorkommen, so weit ich's hindern kann. Aber auch du, wenn ich dir raten darf, sei auf deiner Hut. Er ist ein Mann der Rücksichtslosigkeiten und hat so seine Ansichten über junge Frauen. Ich kenne ihn von früher."

„Ich werde mir deine Worte gesagt sein lassen. Nur so viel, ich glaube, du verkennst ihn."

„Ich verkenne ihn nicht."

„Oder mich", sagte sie mit einer Kraftanstrengung und versuchte seinem Blicke zu begegnen.

„Auch dich nicht, meine liebe Effi. Du bist eine reizende kleine Frau, aber Festigkeit ist nicht eben deine Spezialität."

Er erhob sich, um zu gehen. Als er bis an die Tür gegangen war, trat Friedrich ein, um ein Gieshüblersches Billet abzugeben, das natürlich an die gnädige Frau gerichtet war.

Effi nahm es. „Eine Geheimkorrespondenz mit Gieshübler", sagte sie; „Stoff zu neuer Eifersucht für meinen gestrengen Herrn. Oder nicht?"

„Nein, nicht ganz, meine liebe Effi. Ich begehe die Torheit, zwischen Crampas und Gieshübler einen Unterschied zu machen. Sie sind sozusagen nicht von gleichem Karat; nach Karat berechnet man nämlich den reinen Goldwert, unter Umständen auch der Menschen. Mir persönlich, um auch das noch zu sagen, ist Gieshüblers weißes Jabot, trotzdem kein Mensch mehr Jabots trägt, erheblich lieber als Crampas' rotblonder Sappeurbart. Aber ich bezweifle, daß dies weiblicher Geschmack ist."

„Du hältst uns für schwächer, als wir sind."

„Eine Tröstung von praktisch außerordentlicher Geringfügigkeit. Aber lassen wir das. Lies lieber."

Und Effi las: „Darf ich mich nach der gnäd'gen Frau Befinden erkundigen? Ich weiß nur, daß Sie dem Schloon glücklich entronnen sind: aber es blieb auch durch den Wald hin immer noch Fährlichkeit genug. Eben kommt Dr. Hannemann von Uvagla zurück und beruhigt mich über Mirambo; gestern habe er die Sache für bedenklicher angesehen, als er uns habe sagen wollen, heute nicht mehr. Es war eine reizende Fahrt. – In drei Tagen feiern wir

Silvester. Auf eine Festlichkeit, wie die vorjährige, müssen wir verzichten; aber einen Ball haben wir natürlich, und Sie erscheinen zu sehen, würde die Tanzwelt beglücken und nicht am wenigsten Ihren respektvollst ergebenen Alonzo G. “

Effi lachte. „Nun, was sagst du?“

„Nach wie vor nur das eine, daß ich dich lieber mit Gieshübler als mit Crampas sehe.“

„Weil du den Crampas zu schwer und den Gieshübler zu leicht nimmst.“

Innstetten drohte ihr scherzhaft mit dem Finger.

Drei Tage später war Silvester. Effi erschien in einer reizenden Balltoilette, einem Geschenk, das ihr der Weihnachtstisch gebracht hatte; sie tanzte aber nicht, sondern nahm ihren Platz bei den alten Damen, für die, ganz in der Nähe der Musikempore, die Fauteuils gestellt waren. Von den adligen Familien, mit denen Innstettens vorzugsweise verkehrten, war niemand da, weil kurz vorher ein kleines Zerwürfnis mit dem städtischen Ressourcenvorstand, der, namentlich seitens des alten Güldenklee, mal wieder „destruktiver Tendenzen“ beschuldigt worden war, stattgefunden hatte; drei, vier andere adlige Familien aber, die nicht Mitglieder der Ressource, sondern immer nur geladene Gäste waren und deren Güter an der anderen Seite der Kessine lagen, waren aus zum Teil weiter Entfernung über das Flußeis gekommen und freuten sich, an dem Feste teilnehmen zu können. Effi saß zwischen der alten Ritterschaftsrätin von Padden und einer etwas jüngeren Frau von Tietzewitz. Die Ritterschaftsrätin, eine vorzügliche alte Dame, war in allen Stücken ein Original und suchte das, was die Natur, besonders durch starke Backenknochenbildung, nach der wendisch-heidnischen Seite hin für sie getan hatte, durch christlich-germanische Glaubensstrenge wieder in Ausgleich zu bringen. In dieser Strenge ging sie so weit, daß selbst Sidonie von Grasenabb eine Art esprit fort neben ihr war, wogegen sie freilich – vielleicht weil sich die Radegaster und die Swantowiter Linie des Hauses in ihr vereinigten – über jenen alten Paddenhumor verfügte, der von langer Zeit her, wie ein Segen auf der Familie ruhte, und jeden, der mit derselben in Berührung kam, auch wenn es Gegner in Politik und Kirche waren, herzlich erfreute.

„Nun, Kind“, sagte die Ritterschaftsrätin, „Wie geht es Ihnen denn eigentlich?“

„Gut, gnädigste Frau; ich habe einen sehr ausgezeichneten Mann."

„Weiß ich. Aber das hilft nicht immer. Ich hatte auch einen ausgezeichneten Mann. Wie steht es hier? Keine Anfechtungen?"

Effi erschrak und war zugleich wie gerührt. Es lag etwas ungemein Erquickliches in dem freien und natürlichen Ton, in dem die alte Dame sprach, und daß es eine so fromme Frau war, das machte die Sache nur noch erquicklicher.

„Ach, gnädigste Frau ..."

„Da kommt es schon. Ich kenne das. Immer dasselbe. Darin ändern die Zeiten nichts. Und vielleicht ist es auch recht gut so. Denn worauf es ankommt, meine liebe junge Frau, das ist das Kämpfen. Man muß immer ringen mit dem natürlichen Menschen. Und wenn man sich dann so unter hat und beinah schreien möchte, weil's weh tut, dann jubeln die lieben Engel!"

„Ach, gnädigste Frau. Es ist oft recht schwer."

„Freilich ist es schwer. Aber je schwerer, desto besser. Darüber müssen Sie sich freuen. Das mit dem Fleisch, das bleibt, und ich habe Enkel und Enkelinnen, da seh ich es jeden Tag. Aber im Glauben sich unterkriegen, meine liebe Frau, darauf kommt es an, das ist das Wahre. Das hat uns unser alter Martin Luther zur Erkenntnis gebracht, der Gottesmann. Kennen Sie seine Tischreden?"

„Nein, gnädigste Frau."

„Die werde ich Ihnen schicken."

In diesem Augenblicke trat Major Crampas an Effi heran und bat, sich nach ihrem Befinden erkundigen zu dürfen. Effi war wie mit Blut übergossen, aber ehe sie noch antworten konnte, sagte Crampas: „Darf ich Sie bitten, gnädigste Frau, mich den Damen vorstellen zu wollen?"

Effi nannte nun Crampas' Namen, der seinerseits schon vorher vollkommen orientiert war und in leichtem Geplauder alle Paddens und Titzewitze, von denen er je gehört hatte, Revue passieren ließ. Zugleich entschuldigte er sich, den Herrschaften jenseits der Kessine noch immer nicht seinen Besuch gemacht und seine Frau vorgestellt zu haben; aber es sei sonderbar, welche trennende Macht das Wasser habe. Es sei dasselbe wie mit dem Canal La Manche ..."

„Wie?" fragte die alte Titzewitz.

Crampas seinerseits hielt es für unangebracht, Aufklärungen zu geben, die doch zu nichts geführt haben würden, und fuhr fort: „Auf zwanzig Deutsche, die nach Frankreich gehen, kommt noch nicht einer, der nach England geht. Das macht das Wasser; ich wiederhole, das Wasser hat eine scheidende Kraft."

Frau von Padden, die darin mit feinem Instinkt etwas Anzügliches witterte, wollte für das Wasser eintreten, Crampas aber sprach mit immer wachsendem Redefluß weiter und lenkte die Aufmerksamkeit der Damen auf ein schönes Fräulein von Stojentin, „das ohne Zweifel die Ballkönigin" sei, wobei sein Blick übrigens Effi bewundernd streifte. Dann empfahl er sich rasch unter Verbeugung gegen alle drei.

„Schöner Mann", sagte die Padden. „Verkehrt er in Ihrem Hause?"

„Flüchtig."

„Wirklich", wiederholte die Padden, „ein schöner Mann. Ein bißchen zu sicher. Und Hochmut kommt vor dem Fall ... Aber sehen Sie nur, da tritt er wirklich mit der Grete Stojentin an. Eigentlich ist er doch zu alt; wenigstens Mitte vierzig."

„Er wird vierundvierzig."

„Ei, ei, Sie scheinen ihn ja gut zu kennen."

*

Es kam Effi sehr zu paß, daß das neue Jahr, gleich in seinem Anfang, allerlei Aufregungen brachte. Seit Silvesternacht ging ein scharfer Nordost, der sich in den nächsten Tagen fast bis zum Sturm steigerte, und am dritten Januar nachmittags hieß es, daß ein Schiff draußen mit der Einfahrt nicht zustande gekommen und hundert Schritt vor der Mole gescheitert sei; es sei ein englisches, von Sunderland her, und soweit sich erkennen lasse, sieben Mann an Bord; die Lotsen könnten beim Ausfahren, trotz aller Anstrengung, nicht um die Mole herum, und vom Strande aus ein Boot abzulassen, daran sei nun vollends nicht zu denken, die Brandung sei viel zu stark. Das klang traurig genug. Aber Johanna, die die Nachricht brachte, hatte doch auch Trost bei der Hand: Konsul Eschrich, mit dem Rettungsapparat und der Raketenbatterie, sei schon unterwegs, und es würde gewiß glücken; die Entfernung sei nicht voll so weit wie Anno 75, wo's doch auch gegangen, und sie hätten damals sogar den Pudel mit gerettet, und es wäre ordentlich rührend gewesen, wie sich das Tier gefreut und die Kapitänsfrau und das liebe, kleine Kind, nicht viel größer als Anniechen, immer wieder mit seiner roten Zunge geleckt habe.

„Geert, da muß ich mit hinaus, das muß ich sehen", hatte Effi sofort erklärt, und beide waren aufgebrochen, um nicht zu spät zu kommen, und hatten denn auch den rechten Moment abgepaßt; denn im Augenblick, als sie, von der Plantage her, den Strand erreichten, fiel der erste Schuß, und sie sahen ganz deutlich, wie die Rakete mit dem Fangseil unter dem Sturmgewölk hinflog und über das Schiff weg jenseits niederfiel. Alle Hände regten sich sofort an Bord, und nun holten sie, mit Hilfe der kleinen Leine, das dickere Tau samt dem Korb heran, und nicht lange, so kam der Korb in einer Art Kreislauf wieder zurück, und einer der Matrosen, ein schlanker, bildhübscher Mensch mit einer wachsleinenen Kappe, war geborgen an Land und wurde neugierig ausgefragt, während der Korb aufs neue seinen Weg machte, zunächst den zweiten und dann den dritten heranzuholen und so fort. Alle wurden gerettet, und Effi hätte sich, als sie nach einer halben Stunde mit ihrem Manne wieder heimging, in die Dünen werfen und sich ausweinen mögen. Ein schönes Gefühl hatte wieder Platz in ihrem Herzen gefunden, und es beglückte sie unendlich, daß es so war.

Das war am dritten gewesen. Schon am fünften kam ihr eine neue Aufregung, freilich ganz anderer Art. Innstetten hatte Gieshübler, der natürlich auch Stadtrat und Magistratsmitglied war, beim Herauskommen aus dem Rathause getroffen und im Gespräche mit ihm erfahren, daß seitens des Kriegsministeriums angefragt worden sei, wie sich die Stadtbehörden eventuell zur Garnisonsfrage zu stellen gedächten? Bei nötigem Entgegenkommen, also bei Bereitwilligkeit zu Stall- und Kasernenbauten, könnten ihnen zwei Schwadronen Husaren zugesagt werden.

„Nun, Effi, was sagst du dazu?" Effi war wie benommen. All das unschuldige Glück ihrer Kinderjahre stand mit einem Male wieder vor ihrer Seele, und im Augenblick war es ihr, als ob rote Husaren – denn es waren auch rote wie daheim in Hohen-Cremmen – so recht eigentlich die Hüter von Paradies und Unschuld seien. Und dabei schwieg sie noch immer.

„Du sagst ja nichts, Effi."

„Ja, sonderbar, Geert. Aber es beglückt mich so, daß ich vor

Freude nichts sagen kann. Wird es denn auch sein? Werden sie denn auch kommen?"

„Damit hat's freilich noch gute Wege, ja, Gieshübler meinte sogar, die Väter der Stadt, seine Kollegen, verdienten es gar nicht. Statt einfach über die Ehre, und wenn nicht über die Ehre, so doch wenigstens über den Vorteil einig und glücklich zu sein, wären sie mit allerlei ‚Wenns' und ‚Abers' gekommen und hätten geknausert wegen der neuen Bauten; ja, Pfefferküchler Michelsen habe sogar gesagt, es verderbe die Sitten der Stadt, und wer eine Tochter habe, der möge sich vorsehen und Gitterfenster anschaffen."

„Es ist nicht zu glauben. Ich habe nie manierlichere Leute gesehen als unsere Husaren; wirklich, Geert. Nun, du weißt es ja selbst. Und nun will dieser Michelsen alles vergittern. Hat er denn Töchter?"

„Gewiß; sogar Drei. Aber sie sind sämtlich hors concours."

Effi lachte so herzlich, wie sie seit lange nicht mehr gelacht hatte. Doch es war von keiner Dauer, und als Innstetten ging und sie allein ließ, setzte sie sich an die Wiege des Kindes, und ihre Tränen fielen auf die Kissen. Es brach wieder über sie herein, und sie fühlte, daß sie wie eine Gefangene sei und nicht mehr heraus könne.

Sie litt schwer darunter und wollte sich befreien. Aber wiewohl sie starker Empfindungen fähig war, so war sie doch keine starke Natur; ihr fehlte die Nachhaltigkeit, und alle guten Anwandlungen gingen wieder vorüber. So trieb sie denn weiter, heute, weil sie's nicht ändern konnte, morgen, weil sie's nicht ändern wollte. Das Verbotene, das Geheimnisvolle hatte seine Macht über sie.

So kam es, daß sie sich, von Natur frei und offen, in ein verstecktes Komödienspiel mehr und mehr hineinlebte. Mitunter erschrak sie, wie leicht es ihr wurde. Nur in einem blieb sie sich gleich: sie sah alles klar und beschönigte nichts. Einmal trat sie spät abends vor den Spiegel in ihrer Schlafstube; die Lichter und Schatten flogen hin und her, und Rollo schlug draußen an, und im selben Augenblick war es ihr, als sähe ihr wer über die Schulter. Aber sie besann sich rasch. „Ich weiß schon, was es ist; es war nicht der", und sie wies mit dem Finger nach dem Spukzimmer oben. „Es war was anderes … mein Gewissen … Effi, du bist verloren."

Es ging aber doch weiter so, die Kugel war im Rollen, und was an einem Tage geschah, machte das Tun des andern zur Notwendigkeit.

Um die Mitte des Monats kamen Einladungen aufs Land. Über die dabei innezuhaltende Reihenfolge hatten sich die vier Familien, mit denen Innstettens vorzugsweise verkehrten, geeinigt: die Borckes sollten beginnen, die Flemmings und Grasenabbs folgten, die Güldenklees schlossen ab. Immer eine Woche dazwischen. Alle vier Einladungen kamen am selben Tage; sie sollten ersichtlich den Eindruck des Ordentlichen und Wohlerwogenen machen, auch wohl den einer besonderen freundschaftlichen Zusammengehörigkeit.

„Ich werde nicht dabei sein, Geert, und du mußt mich der Kur halber, in der ich nun seit Wochen stehe, von vornherein entschuldigen."

Innstetten lachte. „Kur. Ich soll es auf die Kur schieben. Das ist das Vorgebliche; das Eigentliche heißt: Du willst nicht."

„Nein, es ist doch mehr Ehrlichkeit dabei als du zugeben willst. Du hast selbst gewollt, daß ich den Doktor zu Rate ziehe. Das hab ich getan, und nun muß ich doch seinem Rate folgen. Der gute Doktor, er hält mich für bleichsüchtig, sonderbar genug, und du weißt, daß ich jeden Tag von dem Eisenwasser trinke. Wenn du dir ein Borckesches Diner dazu vorstellst, vielleicht mit Preßkopf und Aal in Aspik, so mußt du den Eindruck haben, es wäre mein Tod. Und so wirst du dich doch zu deiner Effi nicht stellen wollen. Freilich mitunter ist es mir ..."

„Ich bitte dich, Effi ..."

„... Übrigens freu ich mich, und das ist das einzige Gute dabei, dich jedesmal, wenn du fährst, eine Strecke Wegs begleiten zu können, bis an die Mühle gewiß oder bis an den Kirchhof oder auch bis an die Waldecke, da, wo der Morgnitzer Querweg einmündet. Und dann steig ich ab und schlendere wieder zurück. In den Dünen ist es immer am schönsten."

Innstetten war einverstanden, und als drei Tage später der Wagen vorfuhr stieg Effi mit auf und gab ihrem Manne das Geleit bis an die Waldecke „Hier laß halten, Geert. Du fährst nun links weiter, ich gehe rechts bis an den Strand und durch die Plantage zurück. Es ist etwas weit, aber doch nicht zu weit. Doktor Hannemann sagt mir jeden Tag, Bewegung sei alles, Bewegung und frische Luft. Und ich glaube beinah, daß er recht hat. Empfiehl mich all den Herrschaften; nur bei Sidonie kannst du schweigen."

Die Fahrten, auf denen Effi ihren Gatten bis an die Waldecke begleitete, wiederholten sich allwöchentlich; aber auch in der zwischenliegenden Zeit hielt Effi darauf, daß sie der ärztlichen Verordnung streng nachkam. Es verging kein Tag, wo sie nicht ihren vorgeschriebenen Spaziergang gemacht hätte, meist nachmittags, wenn sich Innstetten in seine Zeitungen zu vertiefen begann. Das Wetter war schön, eine milde, frische Luft, der Himmel bedeckt. Sie ging in der Regel allein und sagte zu Roswitha: „Roswitha, ich gehe nun also die Chaussee hinunter und dann rechts an den Platz mit dem Karussell; da will ich auf dich warten, da hole mich ab. Und dann gehen wir durch die Birkenallee oder durch die Reeperbahn wieder zurück. Aber komme nur, wenn Annie schläft. Und wenn sie nicht schläft, so schicke Johanna. Oder laß es lieber ganz; es ist nicht nötig, ich finde mich schon zurecht."

Den ersten Tag, als es so verabredet war, trafen sie sich auch wirklich. Effi saß auf einer an einem langen Holzschuppen sich hinziehenden Bank und sah nach einem niedrigen Fachwerkhause hinüber, gelb mit schwarz gestrichenen Balken, einer Wirtschaft für kleine Bürger, die hier ihr Glas Bier tranken oder Solo spielten. Es dunkelte noch kaum, die Fenster aber waren schon hell, und ihr Lichtschimmer fiel auf die Schneemassen und etliche zur Seite stehende Bäume. „Sieh, Roswitha, wie schön das aussieht."

Ein paar Tage wiederholte sich das. Meist aber, wenn Roswitha bei dem Karussell und dem Holzschuppen ankam, war niemand da, und wenn sie dann zurückkam und in den Hausflur eintrat, kam ihr Effi schon entgegen und sagte: „Wo du nur bleibst, Roswitha, ich bin schon lange wieder hier."

In dieser Art ging es durch Wochen hin. Das mit den Husaren hatte sich wegen der Schwierigkeiten, die die Bürgerschaft machte, so gut wie zerschlagen; aber da die Verhandlungen noch nicht geradezu abgeschlossen waren und neuerdings durch eine andere Behörde, das Generalkommando, gingen, so war Crampas nach Stettin berufen worden, wo man seine Meinung in dieser Angelegenheit hören wollte. Von dort schrieb er den zweiten Tag an Innstetten: „Pardon, Innstetten, daß ich mich auf französisch empfohlen. Es kam alles so schnell. Ich werde übrigens die Sache herauszuspinnen versuchen, denn man ist froh, einmal draußen zu sein. Empfehlen Sie mich der gnädigen Frau, meiner liebenswürdigen Gönnerin."

Er las es Effi vor. Diese blieb ruhig. Endlich sagte sie: „Es ist recht gut so."

„Wie meinst du das?"

„Daß er fort ist. Er sagt eigentlich immer dasselbe. Wenn er wieder da ist, wird er wenigstens vorübergehend was Neues zu sagen haben."

Innstettens Blick flog scharf über sie hin. Aber er sah nichts, und sein Verdacht beruhigte sich wieder. „Ich will auch fort", sagte er nach einer Weile, „sogar nach Berlin; vielleicht kann ich dann, wie Crampas, auch mal was Neues mitbringen. Meine liebe Effi will immer gern was Neues hören; sie langweilt sich in unserm guten Kessin. Ich werde gegen acht Tage fort sein, vielleicht noch einen Tag länger. Und ängstige dich nicht ... es wird ja wohl nicht wiederkommen ... du weißt schon, das da oben ... Und wenn doch, du hast ja Rollo und Roswitha."

Effi lächelte vor sich hin, und es mischte sich etwas von Wehmut mit ein. Sie mußte des Tages gedenken, wo Crampas ihr zum ersten Male gesagt hatte, daß er mit dem Spuk und ihrer Furcht eine Komödie spiele. Der große Erzieher! Aber hatte er nicht recht? War die Komödie nicht am Platz? Und allerhand Widerstreitendes, Gutes und Böses, ging ihr durch den Kopf.

Den dritten Tag reiste Instetten ab.

Über das, was er in Berlin vorhabe, hatte er nichts gesagt.

Einundzwanzigstes Kapitel

Innstetten war erst vier Tage fort, als Crampas von Stettin wieder eintraf und die Nachricht brachte, man hätte höheren Orts die Absicht, zwei Schwadronen nach Kessin zu legen, endgültig fallen lassen; es gäbe so viele kleine Städte, die sich um eine Kavalleriegarnison, und nun gar um Blüchersche Husaren, bewürben, daß man gewohnt sei, bei solchem Anerbieten einem herzlichen Entgegenkommen, aber nicht einem zögernden zu begegnen. Als Crampas dies mitteilte, machte der Magistrat ein ziemlich verlegenes Gesicht; nur Gieshübler, weil er der Philisterei seiner Kollegen eine

Niederlage gönnte, triumphierte. Seitens der kleinen Leute griff, beim Bekanntwerden der Nachricht, eine gewisse Verstimmung Platz, ja selbst einige Konsuls mit Töchtern waren momentan unzufrieden; im ganzen aber kam man rasch über die Sache hin, vielleicht weil die nebenherlaufende Frage, „was Innstetten in Berlin vorhabe", die Kessiner Bevölkerung oder doch wenigstens die Honoratiorenschaft der Stadt mehr interessierte. Diese wollte den überaus wohlgelittenen Landrat nicht gern verlieren, und doch gingen darüber ganz ausschweifende Gerüchte, die von Gieshübler, wenn er nicht ihr Erfinder war, wenigstens genährt und weiter verbreitet wurden. Unter anderem hieß es, Innstetten würde als Führer einer Gesandtschaft nach Marokko gehen und zwar mit Geschenken, unter denen nicht bloß die herkömmliche Vase mit Sanssouci und dem Neuen Palais, sondern vor allem auch eine große Eismaschine sei. Das letztere erschien mit Rücksicht auf die marokkanischen Temperaturverhältnisse so wahrscheinlich, daß das Ganze geglaubt wurde.

Effi hörte auch davon. Die Tage, wo sie sich darüber erheitert hätte, lagen noch nicht allzuweit zurück; aber in der Seelenstimmung, in der sie sich seit Schluß des Jahres befand, war sie nicht mehr fähig, unbefangen und ausgelassen über derlei Dinge zu lachen. Ihre Gesichtszüge hatten einen ganz anderen Ausdruck angenommen, und das halb rührend, halb schelmisch Kindliche, was sie noch als Frau gehabt hatte, war hin. Die Spaziergänge nach dem Strand und der Plantage, die sie, während Crampas in Stettin war, aufgegeben hatte, nahm sie nach seiner Rückkehr wieder auf und ließ sich auch durch ungünstige Witterung nicht davon abhalten. Es wurde wie früher bestimmt, daß ihr Roswitha bis an den Ausgang der Reeperbahn oder bis in die Nähe des Kirchhofs entgegenkommen solle, sie verfehlten sich aber noch häufiger als früher. „Ich könnte dich schelten, Roswitha, daß du mich nie findest. Aber es hat nichts auf sich; ich ängstige mich nicht mehr, auch nicht einmal am Kirchhof, und im Walde bin ich noch keiner Menschenseele begegnet."

Es war am Tage vor Innstettens Rückkehr von Berlin, daß Effi das sagte. Roswitha machte nicht viel davon und beschäftigte sich lieber damit, Girlanden über den Türen anzubringen; auch der Haifisch bekam einen Fichtenzweig und sah noch merkwürdiger aus als gewöhnlich. Effi sagte: „Das ist recht, Roswitha; er wird sich freuen über all das Grün, wenn er morgen wieder da ist. Ob ich heute wohl noch gehe? Doktor Hannemann besteht darauf und meint in einem fort, ich nähme es nicht ernst genug, sonst müßte ich besser aussehe; ich habe aber keine rechte Lust heut, es nieselt und der Himmel ist so grau."

„Ich werde der gnädigen Frau den Regenmantel bringen."

„Das tu! Aber komme heute nicht nach, wir treffen uns ja doch nicht", und sie lachte. „Wirklich, du bist gar nicht findig, Roswitha. Und ich mag nicht, daß du dich erkältest und alles um nichts."

Roswitha blieb denn auch zu Haus, und weil Annie schlief, ging sie zu Kruses, um mit der Frau zu plaudern. „Liebe Frau Kruse", sagte sie, „Sie wollten mir ja das mit dem Chinesen noch erzählen. Gestern kam die Johanna dazwischen, die tut immer so vornehm, für die ist so was nicht. Ich glaube aber doch, daß es was gewesen ist, ich meine mit dem Chinesen und mit Thomsens Nichte, wenn es nicht seine Enkelin war."

Die Kruse nickte.

„Entweder", fuhr Roswitha fort, „war es eine unglückliche Liebe" – die Kruse nickte wieder –, „oder es kann auch eine glückliche gewesen sein und der Chinese konnte es bloß nicht aushalten, daß es alles mit einem Male so wieder vorbei sein sollte. Denn die Chinesen sind doch auch Menschen, und es wird wohl alles ebenso mit ihnen sein, wie mit uns."

„Alles", versicherte die Kruse und wollte dies eben durch ihre Geschichte bestätigen, als ihr Mann eintrat und sagte: „Mutter, du könntest mir die Flasche mit dem Lederlack geben; ich muß doch das Sielenzeug blank haben, wenn der Herr morgen wieder da ist; der sieht alles, und wenn er auch nichts sagt, so merkt man doch, daß er's gesehen hat."

„Ich bring es Ihnen 'raus, Kruse", sagte Roswitha. „Ihre Frau will mir bloß noch was erzählen; aber es is gleich aus, und dann komm ich und bring es."

Roswitha, die Flasche mit dem Lack in der Hand, kam denn auch ein paar Minuten danach auf den Hof hinaus und stellte sich neben das Sielenzeug, das Kruse eben über den Gartenzaun gelegt hatte. „Gott", sagte er, während er ihr die Flasche aus der Hand nahm, „viel hilft es ja nicht, es nieselt in einem weg, und die Blänke vergeht doch wieder. Aber ich denke, alles muß seine Ordnung haben."

„Das muß es. Und dann, Kruse, es ist ja doch auch ein richtiger Lack, das kann ich gleich sehen, und was ein richtiger Lack ist, der klebt nicht lange, der muß gleich trocknen. Und wenn es dann morgen nebelt, oder naß fällt, dann schadet es nich mehr. Aber das muß ich doch sagen, das mit dem Chinesen is eine merkwürdige Geschichte."

Kruse lachte. „Unsinn is es, Roswitha. Und meine Frau, statt aufs Richtige zu sehen, erzählt immer so was, un wenn ich ein reines Hemd anziehen will, fehlt ein Knopp. Un so is es nu schon, solange wir hier sind. Sie hat immer bloß solche Geschichten in ihrem Kopp und dazu das schwarze Huhn. Un das schwarze Huhn legt nich mal Eier. Un am Ende, wovon soll es auch Eier legen? Es kommt ja nich 'raus und und von's bloße Kikeriki kann doch so was nich kommen. Das is von keinein Huhn nich zu verlangen."

„Hören Sie, Kruse, das werde ich Ihrer Frau wieder erzählen. Ich habe Sie immer für einen anständigen Menschen gehalten, und nun sagen Sie so was wie das da von Kikeriki. Die Mannsleute sind doch immer noch schlimmer als man denkt. Un eigentlich müßt ich nu gleich den Pinsel hier nehmen und Ihnen einen schwarzen Schnurrbart anmalen."

„Nu von Ihnen, Roswitha, kann man sich das schon gefallen lassen", und Kruse, der meist den Würdigen spielte, schien in einem mehr und mehr schäkrigen Ton übergehen zu wollen, als er plötzlich der gnädigen Frau ansichtig wurde, die heute von der anderen Seite der Plantage herkam und in eben diesem Augenblick den Gartenzaun passierte.

„Guten Tag, Roswitha, du bist ja so ausgelassen. Was macht denn Annie?"

„Sie schläft, gnädige Frau."

Aber Roswitha, als sie das sagte, war doch rot geworden und ging, rasch abbrechend, auf das Haus zu, um der gnädigen Frau beim Umkleiden behilflich zu sein. Denn ob Johanna da war, das war die Frage. Die steckte jetzt viel auf dem „Amt" drüben, weil es zu Haus weniger zu tun gab und Friedrich und Christel waren ihr zu langweilig und wußten nie was.

Annie schlief noch. Effi beugte sich über die Wiege, ließ sich dann Hut und Regenmantel abnehmen und setzte sich auf das kleine Sofa in ihrer Schlafstube. Das feuchte Haar strich sie langsam zurück, legte die Füße auf einen niedrigen Stuhl, den Roswitha herangeschoben, und sagte, während sie sichtlich das Ruhebehagen nach einem ziemlich langen Spaziergange genoß: „Ich muß dich darauf aufmerksam machen, Roswitha, daß Kruse verheiratet ist.“

„Ich weiß gnäd'ge Frau.“

„Ja, was weiß man nicht alles und handelt doch, als ob man es nicht wüßte. Das kann nie was werden.“

„Es soll ja auch nichts werden, gnäd'ge Frau …“

„Denn wenn du denkst, sie sei krank, da machst du die Rechnung ohne den Wirt. Die Kranken leben am längsten. Und dann hat sie das schwarze Huhn. Vor dem hüte dich, das weiß alles und plaudert alles aus. Ich weiß nicht, ich habe einen Schauder davor. Und ich wette, daß das alles da oben mit dem Huhn zusammenhängt.“

„Ach, das glaub ich nicht. Aber schrecklich ist es doch. Und Kruse, der immer gegen seine Frau ist, kann es mir nicht ausreden.“

„Was sagte der?“

„Er sagte, es seien bloß Mäuse.“

„Nun, Mäuse, das ist auch gerade schlimm genug. Ich kann keine Mäuse leiden. Aber ich sah ja deutlich, wie du mit dem Kruse schwatztest und vertraulich tatest, und ich glaube sogar, du wolltest ihm einen Schnurrbart anmalen. Das ist doch schon sehr viel. Und nachher sitzest du da. Du bist ja noch eine schmücke Person und hast so was. Aber sieh dich vor, so viel kann ich dir bloß sagen. Wie war es denn eigentlich das erste Mal mit dir? Ist es so, daß du mir's erzählen kannst?“

„Ach, ich kann schon. Aber schrecklich war es. Und weil es so schrecklich war, drum können gnädige Frau auch ganz ruhig sein, von wegen dem Kruse. Wem es so gegangen ist wie mir, der hat genug davon und paßt auf. Mitunter träume ich noch davon, und dann bin ich den andern Tag wie zerschlagen. Solche grausame Angst …“

Effie hatte sich aufgerichtet und stützte den Kopf auf ihren Arm. „Nun erzähle. Wie kann es denn gewesen sein? Es ist ja mit euch, das weiß ich noch von Hause her, immer dieselbe Geschichte …“

„Ja, zuerst is es wohl immer dasselbe, und ich will mir auch nicht einbilden, daß es mit mir was Besonderes war, ganz und gar nicht. Aber wie sie's mir dann auf den Kopf zusagten und ich mit einem Male sagen mußte: ‚ja. es ist so', ja, das war schrecklich. Die Mutter, na, das ging noch, aber der Vater, der die Dorfschmiede hatte, der war streng und wütend, und als er's hörte, da kam er mit einer Stange auf mich los, die er eben aus dem Feuer genommen hatte, und wollte mich umbringen. Und ich schrie laut auf und lief auf den Boden und versteckte mich, und da lag ich und zitterte und kam erst wieder nach unten, als sie mich riefen und sagten, ich solle nur kommen. Und dann hatte ich noch eine jüngere Schwester, die wies immer auf mich hin und sagte ‚Pfui'. Und dann, wie das Kind kommen sollte, ging ich in eine Scheune nebenan, weil ich mir's bei uns nicht getraute. Da fanden mich fremde Leute halb tot und trugen mich ins Haus und in mein Bett. Und den dritten Tag nahmen sie mir das Kind fort, und als ich nachher fragte, wo es sei, da hieß es, es sei gut aufgehoben. Ach, gnädigste Frau, die heil'ge Mutter Gottes bewahre Sie vor solchem Elend."

Effi fuhr auf und sah Roswitha mit großen Augen an. Aber sie war doch mehr erschrocken als empört. „Was du nur sprichst! Ich bin ja doch eine verheiratete Frau. So was darfst du nicht sagen, das ist ungehörig, das paßt sich nicht."

„Ach, gnädigste Frau ..."

„Erzähle mir lieber, was aus dir wurde. Das Kind hatten sie dir genommen. So weit warst du ..."

„Und dann, nach ein paar Tagen, da kam wer aus Erfurt, der fuhr bei dem Schulzen vor und fragte: ‚ob da nicht eine Amme sei'. Da sagte der Schulze ‚ja'. Gott lohne es ihm, und der fremde Herr nahm mich gleich mit, und von da an hab ich bess're Tage gehabt; selbst bei der Registratorin war es doch immer noch zum Aushalten, und zuletzt bin ich zu Ihnen gekommen, gnädige Frau. Und das war das beste, das allerbeste." Und als sie das sagte, trat sie an das Sofa heran und küßte Effi die Hand.

„Roswitha, du mußt mir nicht immer die Hand küssen, ich mag das nicht. Und nimm dich nur in acht mit dem Kruse. Du bist doch sonst eine gute und verständige Person ... Mit einem Ehemanne ... das tut nie gut."

„Ach, gnädige Frau, Gott und seine Heiligen führen uns wunderbar, und das Unglück, das uns trifft, das hat doch auch sein

Glück. Und wen es nicht bessert, dem is nich zu helfen … Ich kann eigentlich die Mannsleute gut leiden …"

„Siehst du, Roswitha, siehst du."

„Aber wenn es mal wieder so über mich käme, mit dem Kruse, das is ja nichts, und ich könnte nicht mehr anders, da lief ich gleich ins Wasser. Es war zu schrecklich. Alles. Und was nur aus dem armen Wurm geworden is? Ich glaube nicht, daß es noch lebt; sie haben es umkommen lassen, aber ich bin doch schuld." Und sie warf sich vor Annies Wiege nieder und wiegte das Kind hin und her und sang in einem fort ihr „Buhküken von Halberstadt".

„Laß", sagte Effi. „Singe nicht mehr; ich habe Kopfweh. Aber bringe mir die Zeitungen. Oder hat Gieshübler vielleicht die Journale geschickt?"

„Das hat er. Und die Modezeitung lag oben auf. Da haben wir drin geblättert, ich und Johanna, eh' sie 'rüber ging. Johanna ärgert sich immer, daß sie so was nicht haben kann. Soll ich die Modezeitung bringen?"

„Ja, die bringe und bring auch die Lampe."

Roswitha ging, und Effi, als sie allein war, sagte: „Womit man sich nicht alles hilft? Eine hübsche Dame mit einem Muff und eine mit einem Halbschleier; Modepuppen. Aber es ist das beste, mich auf andre Gedanken zu bringen …"

*

Im Laufe des andern Vormittags kam ein Telegramm von Innstetten, worin er mitteilte, daß er erst mit dem zweiten Zuge kommen, also nicht vor Abend in Kessin eintreffen werde. Der Tag verging in ewiger Unruhe; glücklicherweise kam Gieshübler im Laufe des Nachmittags und half über eine Stunde weg. Endlich um sieben Uhr fuhr der Wagen vor, Effi trat hinaus, und man begrüßte sich. Innstetten war in einer ihm sonst fremden Erregung, und so kam es, daß er die Verlegenheit nicht sah, die sich in Effis Herzlichkeit mischte. Drinnen im Flur brannten die Lampen und Lichter; und das Teezeug, das Friedrich schon auf einen der zwischen den Schränken stehenden Tische gestellt hatte, reflektierte den Lichterglanz.

„Das sieht ja ganz so aus wie damals, als wir hier ankamen. Weißt du noch Effi?"

Sie nickte.

„Nur der Haifisch mit seinem Fichtenzweig verhält sich heute ruhiger, und auch Rollo spielt den Zurückhaltenden und legt mir nicht mehr die Pfoten auf die Schulter. Was ist das mit dir, Rollo?"

Rollo strich an seinem Herrn vorbei und wedelte.

„Der ist nicht recht zufrieden, entweder mit mir nicht oder mit andern. Nun, ich will annehmen, mit mir. Jedenfalls laß uns eintreten." Und er trat in sein Zimmer und bat Effi, während er sich aufs Sofa niederließ, neben ihm Platz zu nehmen. „Es war so hübsch in Berlin, über Erwarten; aber in all meiner Freude habe ich mich immer zurückgesehnt. Und wie gut du aussiehst! Ein bißchen blaß und auch ein bißchen verändert, aber es kleidet dich."

Effi wurde rot.

„Und nun wirst du auch noch rot. Aber es ist, wie ich dir sage. Du hattest so was von einem verwöhnten Kind, mit einem Male siehst du aus wie eine Frau."

„Das hör ich gern, Geert, aber ich glaube, du sagst es nur so."

„Nein, nein, du kannst es dir gutschreiben, wenn es etwas Gutes ist ..."

„Ich dächte doch."

„Und nun rate, von wem ich dir Grüße bringe."

„Das ist nicht schwer, Geert. Außerdem, wir Frauen, zu denen ich mich, seitdem du wieder da bist, ja rechnen darf" – und sie reichte ihm die Hand und lachte – „wir Frauen, wir raten leicht. Wir sind nicht so schwerfällig wie ihr."

„Nun von wem?"

„Nun natürlich von Vetter Briest. Er ist ja der einzige, den ich in Berlin kenne, die Tanten abgerechnet, die du nicht aufgesucht haben wirst und die viel zu neidisch sind, um mich grüßen zu lassen. Hast du nicht auch gefunden, alle alten Tanten sind neidisch."

„Ja, Effi, das ist wahr. Und daß du das sagst, das ist ganz meine alte Effi wieder. Denn du mußt wissen, die alte Effi, die noch aussah wie ein Kind, nun, die wär auch nach meinem Geschmack. Grad so wie die jetzige gnäd'ge Frau."

„Meinst du? Und wenn du dich zwischen beiden entscheiden solltest ..."

„Das ist eine Doktorfrage, darauf lasse ich mich nicht ein. Aber da bringt Friedrich den Tee. Wie hat's mich nach dieser Stunde verlangt! Und hab es auch ausgesprochen, sogar zu deinem Vetter Briest, als wir bei Dressel saßen und in Champagner dein Wohl tranken ... Die Ohren müssen dir geklungen haben ... Und weißt du, was dein Vetter dabei sagte?"

„Gewiß etwas Albernes. Darin ist er groß."

„Das ist der schwärzeste Undank, den ich all mein Lebtag erlebt habe. ‚Lassen wir Effi leben', sagte er, ‚meine schöne Cousine ... Wissen Sie Innstetten, daß ich Sie am liebsten fordern und totschießen möchte? Denn Effi ist ein Engel, und Sie haben mich um diesen Engel gebracht'. Und dabei sah er so ernst und wehmütig aus, daß man's beinah hätte glauben können."

„Oh, diese Stimmung kenn ich an ihm. Bei der wievielten wart ihr?"

„Ich hab es nicht mehr gegenwärtig, und vielleicht hätte ich es auch damals nicht mehr sagen können. Aber das glaub ich, daß es ihm ganz ernst war. Und vielleicht wäre es auch das Richtige gewesen. Glaubst du nicht, daß du mit ihm hättest leben können?"

„Leben können? Das ist wenig, Geert. Aber beinah möchte ich sagen, ich hätte auch nicht einmal mit ihm leben können."

„Warum nicht? Er ist wirklich ein liebenswürdiger und netter Mensch und auch ganz gescheit."

„Ja, das ist er ..."

„Aber ..."

„Aber er ist dalbrig. Und das ist keine Eigenschaft, die wir Frauen lieben, auch nicht einmal dann, wenn wir noch halbe Kinder sind, wohin du mich immer gerechnet hast und vielleicht, trotz meiner Fortschritte, auch jetzt noch rechnest. Das Dalbrige, das ist nicht unsre Sache. Männer müssen Männer sein."

„Gut, daß du das sagst. Alle Teufel, da muß man sich ja zusammennehmen. Und ich kann von Glück sagen, daß ich von so was, das wie Zusammennehmen aussieht oder wenigstens ein Zusammennehmen in Zukunft fordert, so gut wie direkt herkomme ... Sage, wie denkst du dir ein Ministerium?"

„Ein Ministerium? Nun, das kann zweierlei sein. Es können Menschen sein, kluge, vornehme Herren, die den Staat regieren, und es kann auch bloß ein Haus sein, ein Palazzo, ein Palazzo Strozzi oder Pitti oder, wenn die nicht passen, irgendein andrer. Du siehst, ich habe meine italienische Reise nicht umsonst gemacht."

„Und könntest du dich entschließen, in solchem Palazzo zu wohnen? Ich meine in solchem Ministerium?“

„Um Gottes willen, Geert, sie haben dich doch nicht zum Minister gemacht? Gieshübler sagte so was. Und der Fürst kann alles. Gott, der hat es am Ende durchgesetzt, und ich bin erst achtzehn.“

Innstetten lachte. „Nein, Effi, nicht Minister, so weit sind wir noch nicht. Aber vielleicht kommen noch allerhand Gaben in mir heraus, und dann ist es nicht unmöglich.“

„Also jetzt noch nicht, noch nicht Minister?“

„Nein. Und wir werden, die Wahrheit zu sagen, auch nicht einmal im Ministerium wohnen, aber ich werde täglich ins Ministerium gehen, wie ich jetzt in unser Landratsamt gehe, und werde dem Minister Vortrag halten und mit ihm reisen, wenn er die Provinzialbehörden inspiziert. Und du wirst eine Ministerialrätin sein und in Berlin leben, und in einem halben Jahre wirst du kaum noch wissen, daß du hier in Kessin gewesen bist und nichts gehabt hast als Gieshübler und die Dünen und die Plantage.“

Effi sagte kein Wort, und nur ihre Augen wurden immer größer; um ihre Mundwinkel war ein nervöses Zucken, und ihr ganzer zarter Körper zitterte. Mit einem Male aber glitt sie von ihrem Sitze vor Innstetten nieder, umklammerte seine Knie und sagte in einem Tone, wie wenn sie betete: „Gott sei Dank!“

Innstetten verfärbte sich. Was war das? Etwas, was seit Wochen flüchtig, aber doch immer sich erneuernd über ihn kam, war wieder da und sprach so deutlich aus seinem Auge, daß Effi davor erschrak. Sie hatte sich durch ein schönes Gefühl, das nicht viel was andres als ein Bekenntnis ihrer Schuld war, hinreißen lassen und dabei mehr gesagt, als sie sagen durfte. Sie mußte das wieder ausgleichen, mußte was finden, irgendeinen Ausweg, es koste, was es wolle.

„Steh auf, Effi. Was hast du?“

Effi erhob sich rasch. Aber sie nahm ihren Platz auf dem Sofa nicht wieder ein, sondern schob einen Stuhl mit hoher Lehne heran, augenscheinlich, weil sie nicht Kraft genug fühlte, sich ohne Stütze zu halten.

„Was hast du?“ wiederholte Innstetten. „Ich dachte, du hättest hier glückliche Tage verlebt. Und nun rufst du ‚Gott sei Dank‘, als ob dir hier alles nur ein Schrecknis gewesen wäre. War ich dir ein Schrecknis? Oder war es was andres? Sprich.“

„Daß du noch fragen kannst, Geert", sagte sie, während sie mit einer äußersten Anstrengung das Zittern ihrer Stimme zu bezwingen suchte. „Glückliche Tage! Ja, gewiß, glückliche Tage, aber doch auch andre. Nie bin ich die Angst hier ganz losgeworden, nie. Noch keine vierzehn Tage, daß es mir wieder über die Schulter sah, dasselbe Gesicht, derselbe fahle Teint. Und diese letzten Nächte, wo du fort warst, war es auch wieder da, nicht das Gesicht, aber es schlurrte wieder, und Rollo schlug wieder an, und Roswitha, die's auch gehört, kam an mein Bett und setzte sich zu mir, und erst, als es schon dämmerte, schliefen wir wieder ein. Es ist ein Spukhaus, und ich hab es auch glauben sollen, das mit dem Spuk, – denn du bist ein Erzieher. Ja, Geert, das bist du. Aber laß es sein, wie's will, so viel weiß ich, ich habe mich ein ganzes Jahr lang und länger in diesem Hause gefürchtet, und wenn ich von hier fortkomme, so wird es, denk ich, von mir abfallen, und ich werde wieder frei sein."

Innstetten hatte kein Auge von ihr gelassen und war jedem Worte gefolgt. Was sollte das heißen: „du bist ein Erzieher?" und dann das andre, was vorausging: „und ich hab es auch glauben sollen, das mit dem Spuk." Was war das alles? Wo kam das her? Und er fühlte seinen leisen Argwohn sich wieder regen und fester einnisten. Aber er hatte lange genug gelebt, um zu wissen, daß alle Zeichen trügen, und daß wir in unsrer Eifersucht, trotz ihrer hundert Augen, oft noch mehr in die Irre gehen, als in der Blindheit unsres Vertrauens. Es konnte ja so sein, wie sie sagte. Und wenn es so war, warum sollte sie nicht ausrufen: „Gott sei Dank!"

Und so, rasch alle Möglichkeiten ins Auge fassend, wurde er seines Argwohns wieder Herr und reichte ihr die Hand über den Tisch hin: „Verzeih mir, Effi, aber ich war so sehr überrascht von dem allen. Freilich wohl meine Schuld. Ich bin immer zu sehr mit mir beschäftigt gewesen. Wir Männer sind alle Egoisten. Aber das soll nun anders werden. Ein Gutes hat Berlin gewiß: Spukhäuser gibt es da nicht. Wo sollen die auch herkommen? Und nun laß uns hinübergehen, daß ich Annie sehe; Roswitha verklagt mich sonst als einen unzärtlichen Vater."

Effi war unter diesen Worten allmählich ruhiger geworden, und das Gefühl, aus einer selbstgeschaffenen Gefahr sich glücklich befreit zu haben, gab ihr ihre Spannkraft und gute Haltung wieder zurück.

Zweiundzwanzigstes Kapitel

Am andern Morgen nahmen beide gemeinschaftlich ihr etwas verspätetes Frühstück. Innstetten hatte seine Mißstimmung und Schlimmeres überwunden, und Effi lebte so ganz dem Gefühl ihrer Befreiung, daß sie nicht bloß die Fähigkeit einer gewissen erkünstelten guten Laune, sondern fast auch ihre frühere Unbefangenheit wieder gewonnen hatte. Sie war noch in Kessin, und doch war ihr schon zumute, als läge es weit hinter ihr.

„Ich habe mir's überlegt, Effi", sagte Innstetten, „du hast nicht so ganz unrecht mit allem, was du gegen unser Haus hier gesagt hast. Für Kapitän Thomsen war es gerade gut genug, aber nicht für eine junge, verwöhnte Frau; alles altmodisch, kein Platz. Da sollst du's in Berlin besser haben, auch einen Saal, aber einen andern als hier, und auf Flur und Treppe hohe bunte Glasfenster, Kaiser Wilhelm mit Szepter und Krone oder auch was Kirchliches, heilige Elisabeth oder Jungfrau Maria. Sagen wir Jungfrau Maria, das sind wir Roswitha schuldig."

Effi lachte. „So soll es sein. Aber wer sucht uns eine Wohnung? Ich kann doch nicht Vetter Briest auf die Suche schicken. Oder gar die Tanten! Die finden alles gut genug."

„Ja, das Wohnungsuchen. Das macht einem keiner zu Dank. Ich denke, da mußt du selber hin."

„Und wann meinst du?"

„Mitte März."

„Oh, das ist viel zu spät, Geert, dann ist ja alles fort. Die guten Wohnungen werden schwerlich auf uns warten!"

„Ist schon recht. Aber ich bin erst seit gestern wieder hier und kann doch nicht sagen ‚reise morgen'. Das würde mich schlecht kleiden und paßte mir auch wenig; ich bin froh, daß ich dich wiederhabe."

„Nein", sagte sie, während sie das Kaffeegeschirr, um eine aufsteigende Verlegenheit zu verbergen, ziemlich geräuschvoll zusammenrückte, „nein, so soll's auch nicht sein, nicht heut und nicht morgen, aber doch in den nächsten Tagen. Und wenn ich etwas finde, so bin ich rasch wieder zurück. Aber noch eins, Roswitha und Annie müssen mit. Am schönsten wär es, du auch. Aber ich sehe ein, das geht nicht. Und ich denke, die Trennung soll nicht lange dauern. Ich weiß auch schon, wo ich miete …"

„Nun?"

„Das bleibt mein Geheimnis. Ich will auch ein Geheimnis haben. Damit will ich dich dann überraschen."

In diesem Augenblick trat Friedrich ein, um die Postsachen abzugeben. Das meiste war Dienstliches und Zeitungen. „Ah, da ist auch ein Brief für dich", sagte Innstetten. „Und wenn ich nicht irre, die Handschrift der Mama."

Effi nahm den Brief. „Ja, von der Mama. Aber das ist ja nicht der Friesacker Poststempel; sieh nur, das heißt ja deutlich Berlin."

„Freilich", lachte Innstetten. „Du tust, als ob es ein Wunder wäre. Die Mama wird in Berlin sein und hat ihrem Liebling von ihrem Hotel aus einen Brief geschrieben."

„Ja", sagte Effi, „so wird es sein. Aber ich ängstige mich doch beinah und kann keinen rechten Trost darin finden, daß Hulda Niemeyer immer sagte: wenn man sich ängstigt, ist es besser, als wenn man hofft. Was meinst du dazu?"

„Für eine Pastorstochter nicht ganz auf der Höhe. Aber nun lies den Brief. Hier ist ein Papiermesser."

Effi schnitt das Kuvert auf und las: Meine liebe Effi. Seit 24 Stunden bin ich hier in Berlin; Konsultationen bei Schweigger. Als er mich sieht, beglückwünscht er mich, und als ich erstaunt ihn frage, wozu, erfahr ich, daß Ministerialdirektor Wüllersdorf eben bei ihm gewesen und ihm erzählt habe: Innstetten sei ins Ministerium berufen. Ich bin ein wenig ärgerlich, daß man dergleichen von einem dritten erfahren muß. Aber in meinem Stolz und meiner Freude sei Euch verziehen. Ich habe es übrigens immer gewußt (schon als I. noch bei den Rathenowern war), daß etwas aus ihm werden würde. Nun kommt es Dir zugute. Natürlich müßt Ihr eine Wohnung haben und eine andere Einrichtung. Wenn Du, meine liebe Effi, glaubst, meines Rates dabei bedürfen zu können, so komme, so rasch es Dir Deine Zeit erlaubt. Ich bleibe acht Tage hier in Kur, und wenn es nicht anschlägt, vielleicht noch etwas länger; Schweigger drückt sich unbestimmt darüber aus. Ich habe eine Privatwohnung in der Schadowstraße genommen; neben dem meinigen sind noch Zimmer frei. Was es mit meinem Auge ist, darüber mündlich; vorläufig beschäftigt mich nur Eure Zukunft. Briest wird unendlich glücklich sein, er tut immer so gleichgültig gegen dergleichen eigentlich hängt er aber mehr daran als ich. Grüße Innstetten, küsse Annie, die Du vielleicht mitbringst. Wie immer Deine Dich zärtlich liebende Mutter Luise von B.

Effi legte den Brief aus der Hand und sagte nichts. Was sie zu tun habe, das stand bei ihr fest; aber sie wollte es nicht selber aussprechen, Innstetten sollte damit kommen, und dann wollte sie zögernd ja sagen.

Innstetten ging auch wirklich in die Falle. „Nun, Effi, du bleibst so ruhig."

„Ach, Geert, es hat alles so seine zwei Seiten. Auf der einen Seite beglückt es mich, die Mama wiederzusehen, und vielleicht sogar schon in wenig Tagen. Aber es spricht auch so vieles dagegen".

„Was?"

„Die Mama, wie du weißt, ist sehr bestimmt und kennt nur ihren eigenen Willen. Dem Papa gegenüber hat sie alles durchsetzen können. Aber ich möchte gern eine Wohnung haben, die nach meinem Geschmack ist, und eine neue Einrichtung, die mir gefällt."

Innstetten lachte. „Und das ist alles?"

„Nun, es wäre grade genug. Aber es ist nicht alles." Und nun nahm sie sich zusammen und sah ihn an und sagte: „Und dann, Geert, ich möchte nicht gleich wieder von dir fort."

„Schelm, das sagst du so, weil du meine Schwäche kennst. Aber wir sind alle so eitel, und ich will es glauben. Ich will es glauben und doch zugleich den Heroischen spielen, den Entsagenden. Reise, sobald du's für nötig hältst und vor deinem Herzen verantworten kannst."

„So darfst du nicht sprechen, Geert. Was heißt das ‚vor meinem Herzen verantworten'. Damit schiebst du mir, halb gewaltsam, eine Zärtlichkeitsrolle zu, und ich muß dir dann aus reiner Koketterie sagen: ‚Ach, Geert, dann reise ich nie.' Oder doch so etwas ähnliches."

Innstetten drohte ihr mit dem Finger. „Effi, du bist mir zu fein. Ich dachte immer, du wärst ein Kind, und sehe nun, daß du das Maß hast wie alle andern. Aber lassen wir das, oder wie dein Papa immer sagte: ‚das ist ein zu weites Feld'. Sage lieber, wann willst du fort?"

„Heute haben wir Dienstag. Sagen wir also Freitag mittag mit dem Schiff. Dann bin ich am Abend in Berlin."

„Abgemacht. Und wann zurück?"

„Nun, sagen wir Montag abend. Das sind dann drei Tage."

„Geht nicht. Das ist zu früh. In drei Tagen kannst du's nicht zwingen. Und so rasch läßt dich die Mama auch nicht fort."

„Also auf Diskretion."

„Gut."

Und damit erhob sich Innstetten, um nach dem Landratsamte hinüberzugehen.

*

Die Tage bis zur Abreise vergingen wie im Fluge. Roswitha war sehr glücklich. „Ach, gnädigste Frau, Kessin, nun ja ..., aber Berlin ist es nicht. Und die Pferdebahn. Und wenn es dann so klingelt und man nicht weiß, ob man links oder rechts soll, und mitunter ist mir schon gewesen, als ginge alles grad über mich weg. Nein, so was ist hier nicht. Ich glaube, manchen Tag sehen wir keine sechs Menschen. Und immer bloß die Dünen und draußen die See. Und das rauscht und rauscht, aber weiter ist es auch nichts."

„Ja, Roswitha, du hast recht. Es rauscht und rauscht immer, aber es ist kein richtiges Leben. Und dann kommen einem allerhand dumme Gedanken. Das kannst du doch nicht bestreiten, das mit dem Kruse war nicht in der Richtigkeit."

„Ach, gnädigste Frau ..."

„Nun, ich will nicht weiter nachforschen. Du wirst es natürlich nicht zugeben. Und nimm nur nicht zu wenig Sachen mit. Deine Sachen kannst du eigentlich ganz mitnehmen und Annies auch."

„Ich denke, wir kommen noch mal wieder."

„Ja, ich. Der Herr wünscht es. Aber ihr könnt vielleicht da bleiben, bei meiner Mutter. Sorge nur, daß sie Anniechen nicht zu sehr verwöhnt. Gegen mich war sie mitunter streng, aber ein Enkelkind ..."

„Und dann ist Anniechen ja auch so zum Anbeißen. Da muß ja jeder zärtlich sein."

Das war am Donnerstag, am Tage vor der Abreise. Innstetten war über Land gefahren und wurde erst gegen Abend zurückerwartet. Am Nachmittag ging Effi in die Stadt, bis auf den Marktplatz, und trat hier in die Apotheke und bat um eine Flasche Sal volatile. „Man weiß nie, mit wem man reist", sagte sie zu dem alten Gehilfen, mit dem sie auf dem Plauderfuße stand und der sie anschwärmte wie

Gieshübler selbst.

„Ist der Herr Doktor zu Hause?" fragte sie weiter, als sie das Fläschchen eingesteckt hatte.

„Gewiß, gnädigste Frau; er ist hier nebenan und liest die Zeitungen."

„Ich werde ihn doch nicht stören?"

„Oh, nie."

Und Effi trat ein. Es war eine kleine, hohe Stube, mit Regalen rings herum, auf denen allerlei Kolben und Retorten standen; alphabetisch geordnete, nur an der einen Wand befanden sich vorn mit einem Eisenringe versehene Kästen, in denen die Rezepte lagen.

Gieshübler war beglückt und verlegen. „Welche Ehre. Hier unter meinen Retorten. Darf ich die gnädige Frau auffordern, einen Augenblick Platz zu nehmen?"

„Gewiß, lieber Gieshübler. Aber auch wirklich nur einen Augenblick. Ich will Ihnen Adieu sagen."

„Aber meine gnädigste Frau, Sie kommen ja doch wieder. Ich habe gehört, nur auf drei, vier Tage ..."

„Ja, lieber Freund, ich soll wiederkommen, und es ist sogar verabredet, daß ich spätestens in einer Woche wieder in Kessin bin. Aber ich könnte doch auch nicht wiederkommen. Muß ich Ihnen sagen, welche tausend Möglichkeiten es gibt ... Ich sehe, Sie wollen mir sagen, daß ich noch zu jung sei ..., auch Junge können sterben. Und dann so vieles andre noch. Und da will ich doch lieber Abschied nehmen von Ihnen, als wär es für immer."

„Aber meine gnädigste Frau ..."

„Als wär es für immer. Und ich will Ihnen danken, lieber Gieshübler. Denn Sie waren das beste hier; natürlich, weil Sie der Beste waren. Und wenn ich hundert Jahr alt würde, so werde ich Sie nicht vergessen. Ich habe mich hier mitunter einsam gefühlt, und mitunter war mir so schwer ums Herz, schwerer als Sie wissen können; ich habe es nicht immer richtig eingerichtet; aber wenn ich Sie gesehen habe, vom ersten Tage an, dann habe ich mich immer wohler gefühlt und auch besser."

„Aber meine gnädigste Frau."

„Und dafür wollte ich Ihnen danken. Ich habe mir eben ein Fläschchen mit Sal volatile gekauft; im Coupé sind mitunter so merkwürdige Menschen und wollen einem nicht mal erlauben, daß man ein Fenster aufmacht; und wenn mir dann vielleicht – denn es steigt einem ja ordentlich zu Kopf, ich meine das Salz – die Augen übergehen, dann will ich an Sie denken. Adieu, lieber Freund, und grüßen Sie Ihre Freundin, die Trippelli. Ich habe in den letzten Wochen öfter an sie gedacht und an Fürst Kotschukoff. Ein eigentümliches Verhältnis bleibt es doch. Aber ich kann mich hineinfinden Und lassen Sie einmal von sich hören. Oder ich werde schreiben."

Damit ging Effi. Gieshübler begleitete sie bis auf den Platz hinaus. Er war wie benommen, so sehr, daß er über manches Rätselhafte, was sie gesprochen, ganz hinwegsah.

*

Effi ging wieder nach Haus. „Bringen Sie mir die Lampe, Johanna", sagte sie, „aber in mein Schlafzimmer. Und dann eine Tasse Tee. Ich hab es so kalt und kann nicht warten, bis der Herr wieder da ist."

Beides kam. Effi saß schon an ihrem kleinen Schreibtisch, einen Briefbogen vor sich, die Feder in der Hand. „Bitte, Johanna, den Tee auf den Tisch da."

Als Johanna das Zimmer wieder verlassen hatte, schloß Effi sich ein, sah einen Augenblick in den Spiegel und setzte sich dann wieder. Und nun schrieb sie: „Ich reise morgen mit dem Schiff, und dies sind Abschiedszeilen. Innstetten erwartet mich in wenig Tagen zurück, aber ich komme nicht wieder ... Warum ich nicht wiederkomme, Sie wissen es ... Es wäre das beste gewesen, ich hätte dies Stück Erde nie gesehen. Ich beschwöre Sie, dies nicht als einen Vorwurf zu fassen; alle Schuld ist bei mir. Blick ich auf Ihr Haus ..., Ihr Tun mag entschuldbar sein, nicht das meine. Meine Schuld ist sehr schwer. Aber vielleicht kann ich noch heraus. Daß wir hier abberufen wurden, ist mir wie ein Zeichen, daß ich noch zu Gnaden angenommen werden kann. Vergessen Sie das Geschehene, vergessen Sie mich. Ihre Effi."

Sie überflog die Zeilen noch einmal, am fremdesten war ihr das „Sie"; aber auch das mußte sein; es sollte ausdrücken, daß keine Brücke mehr da sei. Und nun schob sie die Zeilen in ein Kuvert und ging auf ein Haus zu, zwischen dem Kirchhof und der Waldecke. Ein dünner Rauch stieg aus dem halb eingefallenen Schornstein. Da gab sie die Zeilen ab.

Als sie wieder zurück war, war Innstetten schon da, und sie setzte sich zu ihm und erzählte ihm von Gieshübler und dem Sal volatile

Innstetten lachte. „Wo hast du nur dein Latein her, Effi?“

*

Das Schiff, ein leichtes Segelschiff (die Dampfboote gingen nur sommers), fuhr um zwölf. Schon eine Viertelstunde vorher waren Effi und Innstetten an Bord; auch Roswitha und Annie.

Das Gepäck war größer, als es für einen, auf so wenig Tage geplanten Ausflug geboten erschien. Innstetten sprach mit dem Kapitän; Effi, in einem Regenmantel und hellgrauen Reisehut, stand auf dem Hinterdeck, nahe am Steuer, und musterte von hier aus das Bollwerk und die hübsche Häuserreihe, die dem Zuge des Bollwerks folgte. Gerade der Landungsbrücke gegenüber lag Hoppensacks Hotel, ein drei Stock hohes Gebäude, von dessen Giebeldach eine gelbe Flagge, mit Kreuz und Krone darin, schlaff in der stillen, etwas nebeligen Luft herniederhing. Effi sah eine Weile nach der Flagge hinauf, ließ dann aber ihr Auge wieder abwärts gleiten und verweilte zuletzt auf einer Anzahl von Personen, die neugierig am Bollwerk umherstanden. In diesem Augenblicke wurde geläutet. Effi war ganz eigen zumute; das Schiff setzte sich langsam in Bewegung, und als sie die Landungsbrücke noch einmal musterte, sah sie, daß Crampas in vorderster Reihe stand. Sie erschrak bei seinem Anblick und freute sich doch auch. Er seinerseits, in seiner ganzen Haltung verändert, war sichtlich bewegt und grüßte ernst zu ihr herüber, ein Gruß, den sie ebenso, aber doch zugleich in großer Freundlichkeit, erwiderte; dabei lag etwas Bittendes in ihrem Auge. Dann ging sie rasch auf die Kajüte zu, wo sich Roswitha mit Annie schon eingerichtet hatte. Hier, in dem etwas stickigen Raume blieb sie, bis man aus dem Fluß in die weite Bucht des Breitling eingefahren war; da kam Innstetten und rief sie nach oben, daß sie sich an dem herrlichen Anblick erfreue, den die Landschaft gerade an dieser Stelle bot. Sie ging dann auch hinauf. Über dem Wasserspiegel hingen graue Wolken, und nur dann und wann schoß ein halb umschleierter, Sonnenblick aus dem Gewölk hervor. Effi gedachte des Tages, wo sie, vor jetzt gerade Fünfvierteljahren, im offenen Wagen am Ufer eben dieses Breitlings hin entlang gefahren war. Eine kurze Spanne Zeit, und das Leben oft so still und einsam. Und doch, was war alles seitdem geschehen!

So fuhr man die Wasserstraße hinauf und war um zwei an der Station oder doch ganz in der Nähe derselben. Als man gleich danach das Gasthaus des „Fürsten Bismarck" passierte, stand auch Golchowski wieder an der Tür und versäumte nicht, den Herrn Landrat und die gnädige Frau bis an die Stufen der Böschung zu geleiten. Oben war der Zug noch nicht angemeldet, und Effi und Innstetten schritten auf dem Bahnsteig auf und ab. Ihr Gespräch drehte sich um die Wohnungsfrage; man war einig über den Stadtteil, und daß es zwischen dem Tiergarten und dem Zoologischen Garten sein müsse. „Ich will den Finkenschlag hören und die Pagageien auch", sagte Innstetten, und Effi stimmte ihm zu.

Nun aber hörte man das Signal, und der Zug lief ein; der Bahnhofsinspektor war voller Entgegenkommen, und Effi erhielt ein Coupé für sich.

Noch ein Händedruck, ein Wehen mit dem Tuch, und der Zug setzte sich wieder in Bewegung.

Dreiundzwanzigstes Kapitel

Auf dem Friedrichstraßen-Bahnhofe war ein Gedränge; aber trotzdem, Effi hatte schon vom Coupé aus die Mama erkannt und neben ihr den Vetter Briest. Die Freude des Wiedersehens war groß, das Warten in der Gepäckhalle stellte die Geduld auf keine allzu harte Probe, und nach wenig mehr als fünf Minuten rollte die Droschke neben dem Pferdebahngeleise hin, in die Dorotheenstraße hinein und auf die Schadowstraße zu, an deren nächstgelegener Ecke sich die „Pension" befand. Roswitha war entzückt und freute sich über Annie, die die Händchen nach den Lichtern ausstreckte.

Nun war man da. Effi erhielt ihre zwei Zimmer, die nicht wie erwartet, neben denen der Frau von Briest, aber doch auf demselben Korridor lagen, und als alles seinen Platz und Stand hatte, und Annie in einem Bettchen mit Gitter glücklich untergebracht war, erschien Effi wieder im Zimmer der Mama, einem kleinen Salon mit Kamin, drin ein schwaches Feuer brannte; denn es war mildes, beinah warmes Wetter. Auf dem runden Tische mit grüner Schirmlampe waren drei Kuverts gelegt, und auf einem Nebentischchen stand das Teezeug.

„Du wohnst ja reizend, Mama", sagte Effi, während sie dem Sofa gegenüber Platz nahm, aber nur um sich gleich danach an dem Teetisch zu schaffen zu machen. „Darf ich wieder die Rolle des Teefräuleins übernehmen?"

„Gewiß, meine liebe Effi. Aber nur für Dagobert und dich selbst. Ich meinerseits muß verzichten, was mir beinah schwer fällt."

„Ich versteh, deiner Augen halber. Aber nun sage mir, Mama, was ist es damit? In der Droschke, die noch dazu so klapperte, haben wir immer nur von Innstetten und unserer großen Karriere gesprochen, viel zu viel, und das geht nicht so weiter; glaube mir, deine Augen sind mir wichtiger, und in einem finde ich sie, Gott sei Dank, ganz unverändert, du siehst mich immer noch so freundlich an wie früher." Und sie eilte auf die Mama zu und küßte ihr die Hand.

„Effi, du bist so stürmisch. Ganz die alte."

„Ach nein, Mama. Nicht die alte. Ich wollte, es wäre so. Man ändert sich in der Ehe."

Vetter Briest lachte. „Cousine, ich merke nicht viel davon; du bist noch hübscher geworden, das ist alles. Und mit dem Stürmischen wird es wohl auch noch nicht vorbei sein."

„Ganz der Vetter", versicherte die Mama; Effi selbst aber wollte davon nichts hören und sagte: „Dagobert, du bist alles, nur kein Menschenkenner. Es ist sonderbar. Ihr Offiziere seid keine guten Menschenkenner, die jungen gewiß nicht. Ihr guckt euch immer nur selber an oder eure Rekruten, und die von der Kavallerie haben auch noch ihre Pferde. Die wissen nun vollends nichts."

„Aber Cousine, wo hast du denn diese ganze Weisheit her? Du kennst ja keine Offiziere. Kessin, so habe ich gelesen, hat ja auf die ihm zugedachten Husaren verzichtet, ein Fall, der übrigens einzig in der Weltgeschichte dasteht. Und willst du von alten Zeiten sprechen? Du warst ja noch ein halbes Kind, als die Rathenower zu euch herüberkamen."

„Ich könnte dir erwidern, daß Kinder am besten beobachten. Aber ich mag nicht, das sind ja alles bloß Allotria. Ich will wissen, wie's mit Mamas Augen steht."

Frau von Briest erzählte nun, daß es der Augenarzt für Blutandrang nach dem Gehirn ausgegeben habe. Daher käme das Flimmern. Es müsse mit Diät gezwungen werden; Bier, Kaffee, Tee – alles gestrichen und gelegentlich eine lokale Blutentziehung, dann würde es bald besser werden. „Er sprach so von vierzehn Tagen. Aber ich kenne die Doktorangaben; vierzehn Tage heißt sechs Wochen, und ich werde noch hier sein, wenn Innstetten kommt und ihr in eure neue Wohnung einzieht. Ich will auch nicht leugnen, daß das das beste von der Sache ist und mich über die mutmaßlich lange Kurdauer schon vorweg tröstet. Sucht euch nur recht was Hübsches. Ich habe mir Landgrafen- oder Keithstraße gedacht, elegant und doch nicht allzu teuer. Denn ihr werdet euch einschränken müssen. Innstettens Stellung ist sehr ehrenvoll, aber sie wirft nicht allzuviel ab. Und Briest klagt auch. Die Preise gehen herunter, er erzählt mir jeden Tag, wenn nicht Schutzzölle kämen, so müss er mit einem Bettelsack von Hohen-Cremmen abziehen. Du weißt, er übertreibt gern. Aber nun lange zu, Dagobert, und wenn es sein kann, erzähle uns was Hübsches. Krankheitsberichte sind immer langweilig, und die liebsten Menschen hören bloß zu, weil es nicht anders geht. Effi wird wohl auch gern eine Geschichte hören, etwas aus den Fliegenden Blättern oder aus dem Kladderadatsch. Er soll aber nicht mehr so gut sein."

„Oh, er ist noch ebenso gut wie früher. Sie haben immer noch Strudelwitz und Prudelwitz, und da macht es sich von selber."

„Mein Liebling ist Karlchen Mießnick und Wippchen von Bernau."

„Ja, das sind die besten. Aber Wippchen, der übrigens – Pardon, schöne Cousine – keine Kladderadatschfigur ist, Wippchen hat gegenwärtig nichts zu tun, es ist ja kein Krieg mehr. Leider. Unsereins möchte doch auch mal an die Reihe kommen und hier diese schreckliche Leere", und er strich vom Knopfloch nach der Achsel hinüber, „endlich los werden."

„Ach, das sind ja bloß Eitelkeiten. Erzähle lieber. Was ist denn jetzt dran?"

„Ja, Cousine, das ist ein eigen Ding. Das ist nicht für jedermann. Jetzt haben wir nämlich die Bibelwitze."

„Die Bibelwitze? Was soll das heißen? … Bibel und Witze gehören nicht zusammen."

„Eben deshalb sagte ich, es sei nicht für jedermann. Aber ob zulässig oder nicht, sie stehen jetzt hoch im Preise. Modesache, wie Kibitzeier."

„Nun, wenn es nicht zu toll ist, so gib uns eine Probe. Geht es?"

„Gewiß geht es. Und ich möchte sogar hinzusetzen dürfen, du triffst es besonders gut. Was jetzt nämlich kursiert, ist etwas hervorragend Feines, weil es als Kombination auftritt und in die einfache Bibelstelle noch das dativisch Wrangelsche mit einmischt. Die Fragestellung – alle diese Witze treten nämlich in Frageform auf – ist übrigens in vorliegendem Falle von großer Simplizität und lautet: ‚Wer war der erste Kutscher?' Und nun rate."

„Nun, vielleicht Apollo."

„Sehr gut. Du bist doch ein Daus, Effi. Ich wäre nicht darauf gekommen. Aber trotzdem, du triffst damit nicht ins Schwarze."

„Nun, wer war es denn?"

„Der erste Kutscher war ‚Leid'. Denn schon im Buche Hiob heißt es. ‚Leid soll mir nicht widerfahren', oder auch ‚wieder fahren' in zwei Wörtern und mit einem e."

Effi wiederholte kopfschüttelnd den Satz, auch die Zubemerkung, konnte sich aber trotz aller Mühe nicht drin zurechtfinden; sie gehörte ganz ausgesprochen zu den Bevorzugten, die für derlei Dinge durchaus kein Organ haben, und so kam dem Vetter Briest in die nicht beneidenswerte Situation, immer erneut erst auf den Gleichklang und dann auch wieder auf den Unterschied von ‚widerfahren' und ‚wieder fahren' hinweisen zu müssen.

„Ach, nun versteh ich. Und du mußt mir verzeihen, daß es so lange gedauert. Aber es ist wirklich zu dumm."

„Ja, dumm ist es", sagte Dagobert kleinlaut.

„Dumm und unpassend und kann einem Berlin ordentlich verleiden. Da geht man nun aus Kessin fort, um wieder unter Menschen zu sein, und das erste, was man hört, ist ein Bibelwitz. Auch Mama schweigt, und das sagt genug. Ich will dir aber doch den Rückzug erleichtern …"

„Das tu, Cousine."

„… den Rückzug erleichtern und es ganz ernsthaft als ein gutes Zeichen nehmen, daß mir, als erstes hier, von meinem Vetter Dagobert gesagt wurde: ‚Leid soll mir nicht widerfahren'. Sonderbar, Vetter, so schwach die Sache als Witz ist, ich bin dir doch dankbar dafür."

Dagobert, kaum aus der Schlinge heraus, versuchte über Effis Feierlichkeit zu spötteln, ließ aber ab davon, als er sah, daß es sie verdroß.

Bald nach zehn Uhr brach er auf und versprach am anderen Tage wiederzukommen, um nach den Befehlen zu fragen.

Und gleich, nachdem er gegangen war, zog sich auch Effi in ihre Zimmer zurück.

Am andern Tage war das schönste Wetter, und Mutter und Tochter brachen früh auf, zunächst nach der Augenklinik, wo Effi im Vorzimmer verblieb und sich mit dem Durchblättern eines Albums beschäftigte. Dann ging es nach dem Tiergarten und bis in die Nähe des „Zoologischen", um dort herum nach einer Wohnung zu suchen. Es traf sich auch wirklich so, daß man in der Keithstraße, worauf sich ihre Wünsche von Anfang an gerichtet hatten, etwas durchaus Passendes ausfindig machte, nur daß es ein Neubau war, feucht und noch unfertig. „Es wird nicht gehen, liebe Effi", sagte Frau von Briest, „Schon einfach Gesundheitsrücksichten werden es verbieten. Und dann ein Geheimrat ist kein Trockenwohner."

Effi, so sehr ihr die Wohnung gefiel, war um so einverstandener mit diesem Bedenken, als ihr an einer raschen Erledigung überhaupt nicht lag, ganz im Gegenteil: „Zeit gewonnen, alles gewonnen", und so war ihr denn ein Hinausschieben der ganzen Angelegenheit eigentlich das liebste, was ihr begegnen konnte.

„Wir wollen diese Wohnung aber doch im Auge behalten, Mama, sie liegt so schön und ist im wesentlichen das, was ich mir gewünscht habe." Dann fuhren beide Damen in die Stadt zurück, aßen im Restaurant, das man ihnen empfohlen, und waren am Abend in der Oper, wozu der Arzt unter der Bedingung, daß Frau von Briest mehr hören als sehen wolle, die Erlaubnis gegeben hatte.

Die nächsten Tage nahmen einen ähnlichen Verlauf; man war aufrichtig erfreut, sich wieder zu haben und nach so langer Zeit wieder ausgiebig miteinander plaudern zu können. Effi, die sich nicht bloß auf Zuhören und Erzählen, sondern, wenn ihr am wohlsten war, auch auf Medisieren ganz vorzüglich verstand, geriet mehr als einmal in ihren alten Übermut, und die Mama schrieb nach Hause, wie glücklich sie sei, das „Kind" wieder so heiter und lachlustig zu finden; es wiederhole sich ihnen allen die schöne Zeit von vor fast zwei Jahren, wo man die Ausstattung besorgt habe. Auch Vetter Briest sei ganz der alte. Das war nun auch wirklich der Fall, nur mit dein Unterschiede, daß er sich seltener sehen ließ als vordem, und auf die Frage nach dem „Warum" anscheinend ernsthaft versicherte: „Du bist mir zu gefährlich, Cousine." Das gab dann jedesmal ein Lachen bei Mutter und Tochter, und Effi sagte: „Dagobert, du bist freilich noch sehr jung, aber zu solcher Form des Courmachens doch nicht mehr jung genug."

So waren schon beinah vierzehn Tage vergangen. Innstetten schrieb immer dringlicher und wurde ziemlich spitz, fast auch gegen die Schwiegermama, so daß Effi einsah, ein weiteres Hinausschieben sei nicht mehr gut möglich, und es müsse nun wirklich gemietet werden. Aber was dann? Bis zum Umzuge nach Berlin waren immer noch drei Wochen, und Innstetten drang auf rasche Rückkehr. Es gab also nur ein Mittel: sie mußte wieder eine Komödie spielen, mußte krank werden.

Das kam ihr aus mehr als einem Grunde nicht leicht an; aber es mußte sein, und als ihr das feststand, stand ihr auch fest, wie die Rolle, bis in die kleinsten Einzelheiten hinein, gespielt werden müsse.

„Mama, Innstetten, wie du siehst, wird über mein Ausbleiben empfindlich. Ich denke, wir geben also nach und mieten heute noch. Und morgen reise ich. Ach, es wird mir so schwer, mich von dir zu trennen."

Frau von Briest war einverstanden. „Und welche Wohnung wirst du wählen?"

„Natürlich die erste, die in der Keithstraße, die mir von Anfang an so gut gefiel und dir auch. Sie wird wohl noch nicht ganz ausgetrockknet sein, aber es ist ja das Sommerhalbjahr, was einigermaßen ein Trost ist. Und wird es mit der Feuchtigkeit zu arg und kommt ein bißchen Rheumatismus, so hab ich ja schließlich immer noch Hohen-Cremmen."

„Kind, beruf es nicht; ein Rheumatismus ist mitunter da, man weiß nicht wie."

Diese Worte der Mama kamen Effi sehr zu paß. Sie mietete denselben Vormittag noch und schrieb eine Karte an Innstetten, daß sie den nächsten Tag zurückwolle. Gleich danach wurden auch wirklich die Koffer gepackt und alle Vorbereitungen getroffen. Als dann aber der andere Morgen da war, ließ Effi die Mama an ihr Bett rufen und sagte: „Mama, ich kann nicht reisen. Ich habe ein solches Reißen und Ziehen, es schmerzt mich über den ganzen Rücken hin, und ich glaube beinah, es ist ein Rheumatismus. Ich hätte nicht gedacht, daß das so schmerzhaft sei."

„Siehst du, was ich dir gesagt habe; man soll den Teufel nicht an die Wand malen. Gestern hast du noch leichtsinnig darüber gesprochen, und heute ist es schon da. Wenn ich Schweigger sehe, werde ich ihn fragen, was du tun sollst."

„Nein, nicht Schweigger. Der ist ja ein Spezialist. Das geht nicht und er könnt es am Ende übelnehmen, in so was anderem zu Rate gezogen zu werden. Ich denke, das beste ist, wir warten es ab. Es kann ja auch vorübergehen. Ich werde den ganzen Tag über von Tee und Sodawasser leben, und wenn ich dann transpiriere, komm ich vielleicht noch drüber hin."

Frau von Briest drückte ihre Zustimmung aus, bestand aber darauf, daß sie sich gut verpflege. Daß man nichts genießen müsse, wie das früher Mode war, das sei ganz falsch und schwäche bloß; in diesem Punkte stehe sie ganz zu der jungen Schule: tüchtig essen.

Effi sog sich nicht wenig Trost aus diesen Anschauungen, schrieb ein Telegramm an Innstetten, worin sie von dem „leidigen Zwischenfall" und einer ärgerlichen, aber doch nur momentanen Behinderung sprach, und sagte dann zu Roswitha: „Roswitha, du mußt mir nun auch Bücher besorgen; es wird nicht schwer halten, ich will alte, ganz alte."

„Gewiß, gnädige Frau. Die Leihbibliothek ist ja gleich hier neben an. Was soll ich besorgen?"

„Ich will es aufschreiben, allerlei zur Auswahl, denn mitunter haben sie nicht das eine, was man gerade haben will." Roswitha brachte Bleistift und Papier, und Effi schrieb auf. Walter Scott, Ivanhoe oder Quentin Durward; Cooper, Der Spion; Dickens, David Copperfield; Willibald Alexis, Die Hosen des Herrn von Bredow.

Roswitha las den Zettel durch und schnitt in der anderen Stube die letzte Zeile fort; sie genierte sich ihretwegen und ihrer Frau wegen, den Zettel in seiner ursprünglichen Gestalt abzugeben.

Ohne besondere Vorkommnisse verging der Tag. Am anderen Morgen war es nicht besser und am dritten auch nicht.

„Effi, das geht so nicht länger. Wenn so was einreißt, dann wird man's nicht wieder los; wovor die Doktoren am meisten warnen und mit Recht, das sind solche Verschleppungen."

Effi seufzte. „Ja, Mama, aber wen sollen wir nehmen? Nur keinen jungen; ich weiß nicht, aber es würde mich genieren."

„Ein junger Doktor ist immer genant, und wenn er es nicht ist, desto schlimmer. Aber du kannst dich beruhigen; ich komme mit einem ganz alten, der mich schon behandelt hat, als ich noch in der Heckerschen Pension war, also vor etlichen zwanzig Jahren. Und damals war er nah an Fünfzig und hatte schönes graues Haar, ganz kraus. Er war ein Damenmann, aber in den richtigen Grenzen. Ärzte, die das vergessen, gehen unter, und es kann auch nicht anders sein; unsere Frauen, wenigstens die aus der Gesellschaft, haben immer noch einen guten Fond."

„Meinst du? Ich freue mich immer, so was Gutes zu hören. Denn mitunter hört man doch auch anderes. Und schwer mag es wohl oft sein. Und wie heißt denn der alte Geheimrat? Ich nehme an, daß es ein Geheimrat ist."

„Geheimrat Rummschüttel."

Effi lachte herzlich. „Rummschüttel! Und als Arzt für jemanden, der sich nicht rühren kann."

„Effi, du sprichst so sonderbar. Große Schmerzen kannst du nicht haben."

„Nein, in diesem Augenblicke nicht; es wechselt beständig."

*

Am anderen Morgen erschien Geheimrat Rummschüttel. Frau von Briest empfing ihn, und als er Effi sah, war sein erstes Wort: „Ganz die Mama."

Diese wollte den Vergleich ablehnen und meinte, zwanzig Jahre und drüber seien doch eine lange Zeit; Rummschüttel blieb aber bei seiner Behauptung, zugleich versichernd: nicht jeder Kopf präge sich ihm ein, aber wenn er überhaupt erst einen Eindruck empfangen habe, so bleibe der auch für immer. „Und nun, meine gnädigste Frau von Innstetten, wo fehlt es, wo sollen wir helfen?"

„Ach, Herr Geheimrat, ich komme in Verlegenheit, Ihnen auszudrücken, was es ist. Es wechselt beständig. In diesem Augenblick ist es wie weggeflogen. Anfangs habe ich an Rheumatisches gedacht, aber ich möchte beinah glauben, es sei eine Neuralgie, Schmerzen den Rücken entlang, und dann kann ich mich nicht aufrichten. Mein Papa leidet an Neuralgie, da hab ich es früher beobachten können. Vielleicht ein Erbstück von ihm."

„Sehr wahrscheinlich", sagte Rummschüttel, der den Puls gefühlt und die Patientin leicht, aber doch scharf beobachtet hatte.

„Sehr wahrscheinlich, meine gnädigste Frau." Was er aber still zu sich selber sagte, das lautete: „Schulkrank und mit Virtuosität gespielt; Evastochter comme il faut." Er ließ jedoch nichts davon merken, sondern sagte mit allem wünschenswerten Ernst:

„Ruhe und Wärme sind das beste, was ich anraten kann. Eine Medizin, übrigens nichts Schlimmes, wird das weitere tun."

Und er erhob sich, um das Rezept aufzuschreiben: Aqua Amygdalarum amararum eine halbe Unze, Syrupus florum Aurantii zwei Unzen. „Hiervon, meine gnädigste Frau, bitte ich Sie, alle zwei Stunden einen halben Teelöffel voll nehmen zu wollen. Es wird Ihre Nerven beruhigen. Und worauf ich noch dringen möchte: keine geistigen Anstrengungen, keine Besuche, keine Lektüre." Dabei wies er auf das neben ihr liegende Buch.

„Es ist Scott."

„Oh, dagegen ist nichts einzuwenden. Das beste sind Reisebeschreibungen. Ich spreche morgen wieder vor."

Effi hatte sich wundervoll gehalten, ihre Rolle gut durchgespielt. Als sie wieder allein war – die Mama begleitete den Geheimrat –, schoß ihr trotzdem das Blut zu Kopf; sie hatte recht gut bemerkt, daß er ihrer Komödie mit einer Komödie begegnet war. Er war offenbar ein überaus lebensgewandter Herr, der alles recht gut sah, aber nicht alles sehen wollte, vielleicht weil er wußte, daß dergleichen auch mal zu respektieren sein könne. Denn gab es nicht zu respektierende Komödien, war nicht die, die sie selber spielte, eine solche?

Bald danach kam die Mama zurück, und Mutter und Tochter ergingen sich in Lobeserhebungen über den feinen alten Herrn, der trotz seiner beinah Siebzig. noch etwas Jugendliches habe. „Schicke nur gleich Roswitha nach der Apotheke ... Du sollst aber nur alle drei Stunden nehmen, hat er mir draußen noch eigens gesagt. So war er schon damals, er verschrieb nicht oft und nicht viel; aber immer Energisches, und es half auch gleich."

Rummschüttel kam den zweiten Tag und dann jeden dritten, weil er sah, welche Verlegenheit sein Kommen der jungen Frau bereitete. Dies nahm ihn für sie ein, und sein Urteil stand ihm nach dem dritten Besuche fest: „Hier liegt etwas vor, was die Frau zwingt, so zu handeln, wie sie handelt." Über solche Dinge den Empfindlichen zu spielen, lag längst hinter ihm.

Als Rummschüttel seinen vierten Besuch machte, fand er Effi auf, in einem Schaukelstuhl sitzend, ein Buch in der Hand, Annie neben ihr.

„Ah, meine gnädigste Frau! Hocherfreut. Ich schiebe es nicht auf die Arznei; das schöne Wetter, die hellen, frischen Märztage, da fällt die Krankheit ab. Ich beglückwünsche Sie. Und die Frau Mama?"

„Sie ist ausgegangen, Herr Geheimrat, in die Keithstraße, wo wir gemietet haben. Ich erwarte nun innerhalb weniger Tage meinen Mann, den ich mich, wenn in unserer Wohnung erst alles in Ordnung sein wird, herzlich freue, Ihnen vorstellen zu können. Denn ich darf doch wohl hoffen, daß Sie auch in Zukunft sich meiner annehmen werden."

Er verbeugte sich.

„Die neue Wohnung", fuhr sie fort, „ein Neubau, macht mir freilich Sorge. Glauben Sie, Herr Geheimrat, daß die feuchten Wände ..."

„Nicht im geringsten, meine gnädigste Frau. Lassen Sie drei, vier Tage lang tüchtig heizen und immer Türen und Fenster auf, da können Sie's wagen, auf meine Verantwortung. Und mit Ihrer Neuralgie, das war nicht von solcher Bedeutung. Aber ich freue mich Ihrer Vorsicht, die mir Gelegenheit gegeben hat, eine alte Bekanntschaft zu erneuern und eine neue zu machen."

Er wiederholte seine Verbeugung, sah noch Annie freundlich in die Augen und verabschiedete sich unter Empfehlungen an die Mama.

Kaum daß er fort war, so setzte sich Effi an den Schreibtisch und schrieb: „Lieber Innstetten! Eben war Rummschüttel hier und hat mich aus der Kur entlassen. Ich könnte nun reisen, morgen etwa; aber heut ist schon der 24., und am 28. willst Du hier eintreffen. Angegriffen bin ich ohnehin noch. Ich denke, Du wirst einverstanden sein, wenn ich die Reise ganz aufgebe. Die Sachen sind ja ohnehin schon unterwegs, und wir würden, wenn ich käme, in Hoppensacks Hotel wie Fremde leben müssen. Auch der Kostenpunkt ist in Betracht zu ziehen, die Ausgaben werden sich ohnehin häufen; unter anderem ist Rummschüttel zu honorieren, wenn er uns auch als Arzt verbleibt. Übrigens ein sehr liebenswürdiger alter Herr. Er gilt ärztlich nicht für ersten Ranges, ‚Damendoktor' sagten seine Gegner und Neider. Aber dies Wort umschließt doch auch ein

Lob; es kann eben nicht jeder mit uns umgehen. Daß ich von den Kessinern nicht persönlich Abschied nehme, hat nicht viel auf sich. Bei Gieshübler war ich. Die Frau Majorin hat sich immer ablehnend gegen mich verhalten, ablehnend bis zur Unart; bleibt nur noch der Pastor und Dr. Hannemann und Crampas. Empfiehl mich letzterem. An die Familien auf dem Lande schicke ich Karten; Güldenklees, wie du mir schreibst, sind in Italien (was sie da wollen, weiß ich nicht), und so bleiben nur die drei anderen. Entschuldige mich, so gut es geht. Du bist ja der Mann der Formen und weißt das richtige Wort zu treffen. An Frau von Padden, die mir am Silvesterabend so außerordentlich gut gefiel, schreibe ich vielleicht selber noch und spreche ihr mein Bedauern aus. Laß mich in einem Telegramm wissen, ob Du mit allem einverstanden bist. Wie immer Deine Effi."

Effi brachte selber den Brief zur Post, als ob sie dadurch die Antwort beschleunigen könne, und am nächsten Vormittage traf denn auch das erbetene Telegramm von Innstetten ein: „Einverstanden mit allem." Ihr Herz jubelte, sie eilte hinunter und auf den nächsten Droschkenstand zu „Keithstraße 1c." Und erst die Linden und dann die Tiergartenstraße hinunter flog die Droschke, und nun hielt sie vor der neuen Wohnung.

Oben standen die den Tag vorher eingetroffenen Sachen noch bunt durcheinander, aber es störte sie nicht, und als sie auf den breiten, aufgemauerten Balkon hinaustrat, lag jenseits der Kanalbrücke der Tiergarten vor ihr, dessen Bäume schon überall einen grünen Schimmer zeigten. Darüber aber ein klarer, blauer Himmel und eine lachende Sonne.

Sie zitterte vor Erregung und atmete hoch auf. Dann trat sie, vom Balkon her, wieder über die Türschwelle zurück, erhob den Blick und faltete die Hände.

„Nun, mit Gott, ein neues Leben! Es soll anders werden."

Vierundzwanzigstes Kapitel

Drei Tage danach, ziemlich spät, um die neunte Stunde, traf Innstetten in Berlin ein. Alles war am Bahnhof – Effi, die Mama, der Vetter; der Empfang war herzlich, am herzlichsten von seiten Effis, und man hatte bereits eine Welt von Dingen durchgesprochen, als der Wagen, den man genommen, vor der neuen Wohnung in der

Keithstraße hielt. „Ach, da hast du gut gewählt, Effi“, sagte Innstetten, als er in das Vestibul eintrat, „kein Haifisch, kein Krokodil und hoffentlich auch kein Spuk.“

„Nein, Geert, damit ist es nun vorbei. Nun bricht eine andere Zeit an, und ich fürchte mich nicht mehr und will auch besser sein als früher und dir mehr zu Willen leben.“ Alles das flüsterte sie ihm zu, während sie die teppichbedeckte Treppe bis in den zweiten Stock hinanstiegen. Der Vetter führte die Mama.

Oben fehlte noch manches, aber für einen wohnlichen Eindruck war doch gesorgt, und Innstetten sprach seine Freude darüber aus. „Effi, du bist doch ein kleines Genie“; aber diese lehnte das Lob ab und zeigte auf die Mama, die habe das eigentliche Verdienst. „Hier muß es stehen“, so hab es unerbittlich geheißen, und immer habe sie's getroffen, wodurch natürlich viel Zeit gespart und die gute Laune nie gestört worden sei. Zuletzt kam auch Roswitha, um den Herrn zu begrüßen, bei welcher Gelegenheit sie sagte: „Fräulein Annie ließe sich für heute entschuldigen“ – ein kleiner Witz, auf den sie stolz war und mit dem sie auch ihren Zweck vollkommen erreichte.

Und nun nahmen sie Platz um den schon gedeckten Tisch, und als Innstetten sich ein Glas Wein eingeschenkt und „auf glückliche Tage“ mit allen angestoßen hatte, nahm er Effis Hand und sagte: „Aber Effi, nun erzähle mir, was war das mit deiner Krankheit?“

„Ach, lassen wir doch das, nicht der Rede wert; ein bißchen schmerzhaft und eine rechte Störung, weil es einen Strich durch unsere Pläne machte. Aber mehr war es nicht, und nun ist es vorbei. Rummschüttel hat sich bewährt, ein feiner, liebenswürdiger, alter Herr, wie ich dir, glaub ich, schon schrieb. In seiner Wissenschaft soll er nicht gerade glänzen, aber Mama sagt, das sei ein Vorzug. Und sie wird wohl recht haben wie in allen Stücken. Unser guter Doktor Hannemann war auch kein Licht und traf es doch immer. Und nun sage, was macht Gieshübler und die anderen alle?“

„Ja, wer sind die anderen alle? Crampas läßt sich der gnädigen Frau empfehlen ...“

„Ah, sehr artig.“

„Und der Pastor will dir desgleichen empfohlen sein; nur die Herrschaften auf dem Lande waren ziemlich nüchtern und schienen auch mich für deinen Abschied ohne Abschied verantwortlich machen zu wollen. Unsere Freundin Sidonie war sogar spitz, und nur die gute Frau von Padden, zu der ich eigens vorgestern noch hinüberfuhr, freute sich aufrichtig über deinen Gruß und deine Liebeserklärung an sie. ‚Du seist eine reizende Frau', sagte sie, ‚aber ich sollte dich gut hüten.' Und als ich ihr erwiderte: ‚Du fändest schon, daß ich mehr ein „Erzieher" als ein Ehemann sei' sagte sie halblaut und beinahe wie abwesend: ‚Ein junges Lämmchen weiß wie Schnee.' Und dann brach sie ab."

Vetter Briest lachte. „‚Ein junges Lämmchen weiß wie Schnee … Da hörst du's, Cousine." Und er wollte sie zu necken fortfahren, gab es aber auf, als er sah, daß sie sich verfärbte.

Das Gespräch, das meist zurückliegende Verhältnisse berührte, spann sich noch eine Weile weiter, und Effi erfuhr zuletzt aus diesem und jenem, was Innstetten mitteilte, daß sich von dem ganzen Kessiner Hausstande nur Johanna bereit erklärt habe, die Übersiedelung nach Berlin mitzumachen. Sie sei natürlich noch zurückgeblieben, werde aber in zwei, drei Tagen mit dem Rest der Sachen eintreffen; er sei froh über ihren Entschluß, denn sie sei immer die brauchbarste gewesen und von einem ausgesprochenen großstädtischen Chic. Vielleicht ein bißchen zu sehr. Christel und Friedrich hätten sich beide für zu alt erklärt, und mit Kruse zu verhandeln habe sich von vornherein verboten. „Was soll uns ein Kutscher hier?" schloß Innstetten, „Pferd und Wagen, das sind tempi passati, mit diesem Luxus ist es in Berlin vorbei. Nicht einmal das schwarze Huhn hätten wir unterbringen können. Oder unterschätz ich die Wohnung?"

Effi schüttelte den Kopf, und als eine kleine Pause eintrat, erhob sich die Mama; es sei bald elf, und sie habe noch einen weiten Weg, übrigens solle sie niemand begleiten, der Droschkenstand sei ja nah – ein Ansinnen, das Vetter Briest natürlich ablehnte. Bald darauf trennte man sich, nachdem noch ein Rendezvous für den andern Vormittag verabredet war.

Effi war ziemlich früh auf und hatte – die Luft war beinahe sommerlich warm – den Kaffeetisch bis nahe an die geöffnete Balkontür rücken lassen, und als Innstetten nun auch erschien, trat sie mit ihm auf den Balkon hinaus und sagte: „Nun, was sagst du? Du wolltest den Finkenschlag aus dem Tiergarten hören und die Papageien aus dem Zoologischen. Ich weiß nicht, ob beide dir den

Gefallen tun werden, aber möglich ist es. Hörst du wohl? Das kam von drüben, drüben aus dem kleinen Park. Es ist nicht der eigentliche Tiergarten, aber doch beinah.“

Innstetten war entzückt und von einer Dankbarkeit, als ob Effi ihm das alles persönlich herangezaubert habe. Dann setzten sie sich, und nun kam auch Annie. Roswitha verlangte, daß Innstetten eine große Veränderung an dem Kinde finden solle, was er denn auch schließlich tat. Und dann plauderten sie weiter, abwechselnd über die Kessiner und die in Berlin zu machenden Visiten und ganz zuletzt auch über eine Sommerreise. Mitten im Gespräch aber mußten sie abbrechen, um rechtzeitig beim Rendezvous erscheinen zu können.

*

Man traf sich, wie verabredet, bei Helms, gegenüber dem Roten Schloß, besuchte verschiedene Läden, aß bei Hiller und war bei guter Zeit wieder zu Haus. Es war ein gelungenes Beisammensein gewesen, Innstetten herzlich froh, das großstädtische Leben wieder mitmachen und auf sich wirken lassen zu können. Tags darauf, am 1. April, begab er sich in das Kanzlerpalais, um sich einzuschreiben (eine persönliche Gratulation unterließ er aus Rücksicht), und ging dann aufs Ministerium, um sich da zu melden. Er wurde auch angenommen, trotzdem es ein geschäftlich und gesellschaftlich sehr unruhiger Tag war, ja, sah sich seitens seines Chefs durch besonders entgegenkommende Liebenswürdigkeit ausgezeichnet. „Er wisse, was er an ihm habe, und sei sicher, ihr Einvernehmen nie gestört zu sehen.“

Auch im Hause gestaltete sich alles zum guten. Ein aufrichtiges Bedauern war es für Effi, die Mama, nachdem diese, wie gleich anfänglich vermutet, fast sechs Wochen lang in Kur gewesen, nach Hohen-Cremmen zurückkehren zu sehen, ein Bedauern, das nur dadurch einigermaßen gemildert wurde, daß sich Johanna denselben Tag noch in Berlin einstellte. Das war immerhin was, und wenn die hübsche Blondine dem Herzen Effis auch nicht so nahe stand wie die ganz selbstsuchtslose und unendlich gutmütige Roswitha, so war sie doch gleichmäßig angesehen, ebenso bei Innstetten wie bei ihrer jungen Herrin, weil sie sehr geschickt und brauchbar und der Männerwelt gegenüber von einer ausgesprochenen und selbstbewußten Reserviertheit war. Einem Kessiner on dit zufolge ließen sich die Wurzeln ihrer Existenz auf eine längst pensionierte Größe der Garnison Pasewalk zurückführen, woraus man sich auch ihre vornehme Gesinnung, ihr schönes, blondes Haar und die besondere Plastik ihrer Gesamterscheinung erklären wollte. Johanna selbst teilte die Freude, die man allerseits über ihr Eintreffen empfand, und war durchaus einverstanden damit, als Hausmädchen und Jungfer, ganz wie früher, den Dienst bei Effi zu übernehmen, während Roswitha, die der Christel in beinahe Jahresfrist ihre Kochkünste so ziemlich abgelernt hatte, dem Küchendepartement vorstehen sollte. Annies Abwartung und Pflege fiel Effi selber zu, worüber Roswitha freilich lachte. Denn sie kannte die jungen Frauen.

Innstetten lebte ganz seinem Dienst und seinem Haus. Er war glücklicher als vordem in Kessin, weil ihm nicht entging, daß Effi sich unbefangener und heiterer gab. Und das konnte sie, weil sie sich freier fühlte. Wohl blickte das Vergangene noch in ihr Leben hinein, aber es ängstigte sie nicht mehr, oder doch um vieles seltener und vorübergehender, und alles, was davon noch in ihr nachzitterte, gab ihrer Haltung einen eigenen Reiz. In jeglichem, was sie tat, lag etwas Wehmütiges, wie eine Abbitte, und es hätte sie glücklich gemacht, dies alles noch deutlicher zeigen zu können. Aber das verbot sich freilich.

Das gesellschaftliche Leben der großen Stadt war, als sie während der ersten Aprilwochen ihre Besuche machten, noch nicht vorüber, wohl aber im Erlöschen, und so kam es für sie zu keiner rechten Teilnahme mehr daran. In der zweiten Hälfte des Mai starb es dann ganz hin, und mehr noch als vorher war man glücklich, sich in der Mittagsstunde, wenn Innstetten von seinem Ministerium kam, im Tiergarten treffen oder nachmittags einen Spaziergang nach dem Charlottenburger Schloßgarten machen zu können. Effi sah sich, wenn sie die lange Front zwischen dem Schloß und den Orangeriebäumen auf und ab schritt, immer wieder die massenhaft dortstehenden römischen Kaiser an, fand eine merkwürdige Ähnlichkeit zwischen Nero und Titus, sammelte Tannenäpfel, die von den Trauertannen gefallen waren, und ging dann, Arm in Arm mit ihrem Manne, bis auf das nach der Spree hin einsam gelegene „Belvedere“ zu.

„Da drin soll es auch einmal gespukt haben", sagte sie.

„Nein bloß Geistererscheinungen."

„Das ist dasselbe."

„Ja, zuweilen", sagte Innstetten. „Aber eigentlich ist doch ein Unterschied. Geistererscheinungen werden immer gemacht – wenigstens soll es hier in dem ‚Belvedere', so gewesen sein, wie mir Vetter Briest erst gestern noch erzählte – Spuk aber wird nie gemacht, Spuk ist natürlich."

„Also glaubst du doch dran?"

„Gewiß glaub ich dran. Es gibt so was. Nur an das, was wir in Kessin davon hatten, glaub ich nicht recht. Hat dir denn Johanna schon ihren Chinesen gezeigt?"

„Welchen?"

„Nun, unsern. Sie hat ihn, eh' sie unser altes Haus verließ, oben von der Stuhllehne abgelöst und ihn ins Portemonnaie gelegt. Als ich mir neulich ein Markstück bei ihr wechselte, hab ich ihn gesehen. Und sie hat es mir auch verlegen bestätigt."

„Ach, Geert, das hättest du mir nicht sagen sollen. Nun ist doch wieder so was in unserem Hause."

„Sag ihr, daß sie ihn verbrennt."

„Nein, das mag ich auch nicht, und das hilft auch nichts. Aber ich will Roswitha bitten …"

„Um was? Ah, ich verstehe schon, ich ahne, was du vorhast. Die soll ein Heiligenbild kaufen und es dann auch ins Portemonnaie tun. Ist es so was?"

Effi nickte.

„Nun, tu was du willst. Aber sag es niemandem."

Effi meinte dann schließlich, es lieber doch lassen zu wollen, und unter allerhand kleinem Geplauder, in welchem die Reisepläne für den Sommer mehr und mehr Platz gewannen, fuhren sie bis an den „Großen Stern" zurück und gingen dann durch die Korso-Allee und die breite Friedrich-Wilhelmstraße auf ihre Wohnung zu.

*

Sie hatten vor, schon Ende Juli Urlaub zu nehmen und ins bayerische Gebirge zu gehen, wo gerade in diesem Jahre wieder die Oberammergauer Spiele stattfanden. Es ließ sich aber nicht tun; Geheimrat von Wüllersdorf, den Innstetten schon von früher her kannte und der jetzt sein Spezialkollege war, erkrankte plötzlich, und Innstetten mußte bleiben und ihn vertreten. Erst Mitte August war alles wieder beglichen und damit die Reisemöglichkeit gegeben; es war aber nun zu spät geworden, um noch nach Oberammergau zu gehen, und so entschied man sich für einen Aufenthalt auf Rügen. „Zunächst natürlich Stralsund, mit Schill, den du kennst, und mit Scheele, den du nicht kennst und der den Sauerstoff entdeckte, was man aber nicht zu wissen braucht. Und dann von Stralsund nach Bergen und dem Rugard, von wo man, wie mir Wüllersdorf sagte, die ganze Insel übersehen kann, und dann zwischen dem Großen und Kleinen Jasmunder Bodden hin, bis nach Saßnitz. Denn nach Rügen reisen heißt nach Saßnitz reisen. Binz ginge vielleicht auch noch, aber da sind – ich muß Wüllersdorf noch einmal zitieren – so viele kleine Steinchen und Muschelschalen am Strande, und wir wollen doch baden."

Effi war einverstanden mit allem, was von seiten Innstettens geplant wurde, vor allem auch damit, daß der ganze Hausstand auf vier Wochen aufgelöst werden und Roswitha mit Annie nach Hohen-Cremmen, Johanna aber zu ihrem etwas jüngeren Halbbruder reisen sollte, der bei Pasewalk eine Schneidemühle hatte. So war alles gut untergebracht. Mit Beginn der nächsten Woche brach man denn auch wirklich auf, und am selben Abende noch war man in Saßnitz. Über dem Gasthause stand „Hotel Fahrenheit". „Die Preise hoffentlich nach Réaumur", setzte Innstetten, als er den Namen las, hinzu, und in bester Laune machten beide noch einen Abendspaziergang an dem Klippenstrande hin und sahen von einem Felsenvorsprung aus auf die stille, vom Mondschein überzitterte Bucht. Effi war entzückt. „Ach, Geert, das ist ja Capri, das ist ja Sorrent. Ja, hier bleiben wir. Aber natürlich nicht im Hotel; die Kellner sind mir zu vornehm, und man geniert sich, um eine Flasche Sodawasser zu bitten ..."

„Ja, lauter Attachés. Es wird sich aber wohl eine Privatwohnung finden lassen."

„Denk ich auch. Und wir wollen gleich morgen danach aussehen."

Schön wie der Abend war der Morgen, und man nahm das Frühstück im Freien. Innstetten empfing etliche Briefe, die schnell erledigt werden mußten, und so beschloß Effi, die für sie frei gewordene Stunde sofort zur Wohnungssuche zu benutzen. Sie ging erst an einer eingepferchten Wiese, dann an Häusergruppen und Haferfeldern vorüber und bog zuletzt in einen Weg ein, der schluchtartig auf das Meer zulief. Da, wo dieser Schluchtenweg den Strand traf, stand ein von hohen Buchen überschattetes Gasthaus, nicht so vornehm wie das Fahrenheitsche, mehr ein bloßes Restaurant, in dem, der frühen Stunde halber, noch alles leer war. Effi nahm an einem Aussichtspunkte Platz, und kaum daß sie von dem Sherry, den sie bestellt, genippt hatte, so trat auch schon der Wirt an sie heran, um halb aus Neugier und halb aus Artigkeit ein Gespräch mit ihr anzuknüpfen.

„Es gefällt uns sehr gut hier", sagte sie, „meinem Manne und mir; welch prächtiger Blick über die Bucht, und wir sind nur in Sorge wegen einer Wohnung."

„Ja, gnädigste Frau, das wird schwer halten ..."

„Es ist aber schon spät im Jahr ..."

„Trotzdem. Hier in Saßnitz ist sicherlich nichts zu finden, dafür möcht ich mich verbürgen; aber weiterhin am Strand, wo das nächste Dorf anfängt, Sie können die Dächer von hier aus blinken sehen, da möcht es vielleicht sein."

„Und wie heißt das Dorf?"

„Crampas."

Effi glaubte, nicht recht gehört zu haben. „Crampas", wiederholte sie mit Anstrengung „Ich habe den Namen als Ortsnamen nie gehört ... Und sonst nichts in der Nähe?"

„Nein, gnädigste Frau. Hier herum nichts. Aber höher hinauf, nach Norden zu, da kommen noch wieder Dörfer, und in dem Gasthause, das dicht neben Stubbenkammer liegt, wird man Ihnen gewiß Auskunft geben können. Es werden dort von solchen, die gerne noch vermieten wollen, immer Adressen abgegeben."

Effi war froh, das Gespräch allein geführt zu haben, und als sie bald danach ihrem Manne Bericht erstattet und nur den Namen des an Saßnitz angrenzenden Dorfes verschwiegen hatte, sagte dieser: „Nun, wenn es hier herum nichts gibt, so wird es das beste sein, wir nehmen einen Wagen – wodurch man sich beiläufig einem Hotel immer empfiehlt – und übersiedeln ohne weiteres da höher hinauf, nach Stubbenkammer hin. Irgendwas Idyllisches mit einer Geißblattlaube wird sich da wohl finden lassen, und finden wir nichts, so bleibt uns immer noch das Hotel selbst. Eins ist schließlich wie das andere."

Effi war einverstanden, und gegen Mittag schon erreichten sie das neben Stubbenkammer gelegene Gasthaus, von dem Innstetten eben gesprochen, und bestellten daselbst einen Imbiß. „Aber erst nach einer halben Stunde; wir haben vor, zunächst noch einen Spaziergang zu machen und uns den Herthasee anzusehen. Ein Führer ist doch wohl da?"

Dies wurde bejaht, und ein Mann von mittleren Jahren trat alsbald an unsere Reisenden heran. Er sah so wichtig und feierlich aus, als ob er mindestens ein Adjunkt bei dem alten Herthadienst gewesen wäre.

Der von hohen Bäumen umstandene See lag ganz in der Nähe, Binsen säumten ihn ein, und auf der stillen, schwarzen Wasserfläche schwammen zahlreiche Mummeln.

„Es sieht wirklich nach so was aus", sagte Effi, „nach Herthadienst."

„Ja, gnäd'ge Frau ... Dessen sind auch noch die Steine Zeugen."

„Welche Steine?"

„Die Opfersteine."

Und während sich das Gespräch in dieser Weise fortsetzte, traten alle drei vom See her an eine senkrecht abgestochene Kies- und Lehmwand heran, an die sich etliche glatt polierte Steine lehnten, alle mit einer flachen Höhlung und etlichen nach unten laufenden Rinnen.

„Und was bezwecken die?"

„Daß es besser abliefe, gnädige Frau."

„Laß uns gehen", sagte Effi, und den Arm ihres Mannes nehmend, ging sie mit ihm wieder auf das Gasthaus zurück, wo nun, an einer Stelle mit weitem Ausblick auf das Meer, das vorher bestellte Frühstück aufgetragen wurde. Die Bucht lag im Sonnenlichte vor ihnen, einzelne Segelboote glitten darüber hin, und um die benachbarten Klippen haschten sich die Möwen. Es war sehr schön, auch Effi fand es; aber wenn sie dann über die glitzernde Fläche hinwegsah, bemerkte sie, nach Süden zu, wieder die hell aufleuchtenden Dächer des langgestreckten Dorfes, dessen Name sie heute früh so sehr erschreckt hatte.

Innstetten, wenn auch ohne Wissen und Ahnung dessen, was in

ihr vorging, sah doch deutlich, daß es ihr an aller Lust und Freude gebrach. „Es tut mir leid, Effi, daß du der Sache hier nicht recht froh wirst. Du kannst den Herthasee nicht vergessen und noch weniger die Steine.“

Sie nickte. „Es ist so wie du sagst. Und ich muß dir bekennen, ich habe nichts in meinem Leben gesehen, was mich so traurig gestimmt hätte. Wir wollen das Wohnungssuchen ganz aufgeben; ich kann hier nicht bleiben.“

„Und gestern war es dir noch der Golf von Neapel und alles mögliche Schöne.“

„Ja, gestern.“

„Und heute? Heute keine Spur mehr von Sorrent?“

„Eine Spur noch, aber auch nur eine Spur; es ist Sorrent, als ob es sterben wollte.“

„Gut dann, Effi“, sagte Innstetten und reichte ihr die Hand. „Ich will dich mit Rügen nicht quälen, und so geben wir's denn auf. Abgemacht. Es ist nicht nötig, daß wir uns an Stubbenkammer anklammern oder an Saßnitz oder da weiter hinunter. Aber wohin?“

„Ich denke, wir bleiben noch einen Tag und warten das Dampfschiff ab, das, wenn ich nicht irre, morgen von Stettin kommt und nach Kopenhagen hinüberfährt. Da soll es ja so vergnüglich sein, und ich kann dir gar nicht sagen, wie sehr ich mich nach etwas Vergnüglichem sehne. Hier ist mir, als ob ich in meinem ganzen Leben nicht mehr lachen könnte und überhaupt nie gelacht hätte, und du weißt doch, wie gern ich lache.“

Innstetten zeigte sich voll Teilnahme mit ihrem Zustand, und das um so lieber, als er ihr in vielem recht gab. Es war wirklich alles schwermütig, so schön es war.

Und so warteten sie denn das Stettiner Schiff ab und trafen am dritten Tage in aller Frühe in Kopenhagen ein, wo sie auf Kongens Nytorv Wohnung nahmen. Zwei Stunden später waren sie schon im Thorwaldsen-Museum, und Effi sagte: „Ja, Geert, das ist schön, und ich bin glücklich, daß wir uns hierher auf den Weg gemacht haben.“ Bald danach gingen sie zu Tisch und machten an der Table d'hote die Bekanntschaft einer ihnen gegenübersitzenden jütländischen Familie, deren bildschöne Tochter, Thora von Penz, ebenso Innstettens wie Effis beinah bewundernde Aufmerksamkeit sofort in Anspruch nahm. Effi konnte sich nicht satt sehen an den großen, blauen Augen und dem flachsblonden Haar, und als man sich nach anderthalb Stunden vom Tisch erhob, wurde seitens der Penzschen Familie – die leider, denselben Tag noch, Kopenhagen wieder verlassen mußte die Hoffnung ausgesprochen, das junge preußische Paar mit nächstem in Schloß Aggerhuus (eine halbe Meile vom Limfjord) begrüßen zu dürfen, eine Einladung, die von den Innstettens auch ohne langes Zögern angenommen wurde. So vergingen die Stunden im Hotel. Aber damit war es nicht genug des Guten an diesem denkwürdigen Tage, von dem Effi denn auch versicherte, daß er im Kalender rot angestrichen werden müsse. Der Abend brachte, das Maß des Glücks voll zu machen, eine Vorstellung im Tivoli-Theater: eine italienische Pantomime, Arlequin und Colombine. Effi war wie berauscht von den kleinen Schelmereien, und als sie spät am Abend nach ihrem Hotel zurückkehrten, sagte sie: „Weißt du, Geert, nun fühl ich doch, daß ich allmählich wieder zu mir komme. Von der schönen Thora will ich gar nicht erst sprechen; aber wenn ich bedenke, heute vormittag Thorwaldsen und heute abend diese Colombine …“

„… Die dir im Grunde doch noch lieber war als Thorwaldsen …“

„Offen gestanden, ja. Ich habe nun mal den Sinn für dergleichen. Unser gutes Kessin war ein Unglück für mich. Alles fiel mir da auf die Nerven. Rügen beinah auch. Ich denke, wir bleiben noch ein paar Tage hier in Kopenhagen, natürlich mit Ausflug nach Fredericksborg und Helsingör, und dann nach Jütland hinüber; ich freue mich aufrichtig, die schöne Thora wiederzusehen, und wenn ich ein Mann wäre, so verliebte ich mich in sie.“

Innstetten lachte. „Du weißt noch nicht, was ich tue.“

„Wär mir schon recht. Dann gibt es einen Wettstreit, und du sollst sehen, dann hab ich auch noch meine Kräfte.“

„Das brauchst du mir nicht erst zu versichern.“

*

So verlief denn auch die Reise. Drüben in Jütland fuhren sie den Limfjord hinauf, bis Schloß Aggerhuus, wo sie drei Tage bei der Penzschen Familie verblieben, und kehrten dann mit vielen Stationen und kürzeren und längeren Aufenthalten in Viborg, Flensburg, Kiel, über Hamburg (das ihnen ungemein gefiel) in die Heimat zurück – nicht direkt nach Berlin in die Keithstraße, wohl aber vorher nach Hohen-Cremmen, wo man sich nun einer wohlverdienten Ruhe hingeben wollte. Für Innstetten bedeutete das nur wenige Tage, da sein Urlaub abgelaufen war, Effi blieb aber noch eine Woche länger und sprach es aus, erst zum dritten Oktober, ihrem Hochzeitstage, wieder zu Haus eintreffen zu wollen.

Annie war in der Landluft prächtig gediehen, und was Roswitha geplant hatte, daß sie der Mama in Stiefelchen entgegenlaufen sollte, das gelang auch vollkommen. Briest gab sich als zärtlicher Großvater, warnte vor zu viel Liebe, noch mehr vor zu viel Strenge, und war in allem der alte. Eigentlich aber galt all seine Zärtlichkeit doch nur Effi, mit der er sie in seinem Gemüt immer beschäftigte, zumeist auch, wenn er mit seiner Frau allein war.

„Wie findest du Effi?"

„Lieb und gut wie immer. Wir können Gott nicht genug danken, eine so liebenswürdige Tochter zu haben. Und wie dankbar sie für alles ist und immer so glücklich, wieder unter unserm Dach zu sein."

„Ja", sagte Briest, „sie hat von dieser Tugend mehr als mir lieb ist. Eigentlich ist es, als wäre dies hier immer noch ihre Heimstätte. Sie hat doch den Mann und das Kind, und der Mann ist ein Juwel, und das Kind ist ein Engel, aber dabei tut sie, als wäre Hohen-Cremmen immer noch die Hauptsache für sie, und Mann und Kind kämen gegen uns beide nicht an. Sie ist eine prächtige Tochter, aber sie ist es mir zu sehr. Es ängstigt mich ein bißchen. Und ist auch ungerecht gegen Innstetten. Wie steht es denn eigentlich damit?"

„Ja, Briest, was meinst du?"

„Nun, ich meine, was ich meine, und du weißt auch was. Ist sie glücklich? Oder ist da doch irgendwas im Wege? Von Anfang an war mir's so, als ob sie ihn mehr schätze als liebe. Und das ist in meinen Augen ein schlimm Ding. Liebe hält auch nicht immer vor, aber Schätzung gewiß nicht. Eigentlich ärgern sich die Weiber, wenn sie wen schätzen müssen; erst ärgern sie sich, und dann langweilen sie sich, und zuletzt lachen sie."

„Hast du so was an dir selber erfahren?"

„Das will ich nicht sagen. Dazu stand ich nicht hoch genug in der Schätzung. Aber schrauben wir uns nicht weiter, Luise. Sage, wie steht es?"

„Ja, Briest, du kommst immer auf diese Dinge zurück. Da reicht ja kein dutzendmal, daß wir darüber gesprochen und unsere Meinungen ausgetauscht haben, und immer bist du wieder da mit deinem Alles-wissen-wollen und fragst dabei so schrecklich naiv, als ob ich in alle Tiefen sähe. Was hast du nur für Vorstellungen von einer jungen Frau und ganz speziell von deiner Tochter? Glaubst du, daß das alles so plan da liegt? Oder daß ich ein Orakel bin – ich kann mich nicht gleich auf den Namen der Person besinnen – oder daß ich die Wahrheit sofort klipp und klar in den Händen halte, wenn mir Effi ihr Herz ausgeschüttet hat? Oder was man wenigstens so nennt. Denn was heißt ausschütten? Das Eigentliche bleibt doch zurück. Sie wird sich hüten, mich in ihre Geheimnisse einzuweihen. Außerdem, ich weiß nicht, von wem sie's hat, sie ist ... ja, sie ist eine sehr schlaue, kleine Person, und diese Schlauheit an ihr ist um so gefährlicher, weil sie so sehr liebenswürdig ist."

„Also das gibst du doch zu ... liebenswürdig. Und auch gut?"

„Auch gut. Das heißt voll Herzensgüte. Wie's sonst steht, da bin ich mir doch nicht sicher; ich glaube, sie hat einen Zug, den lieben Gott einen guten Mann sein zu lassen und sich zu trösten, er werde wohl nicht allzu streng mit ihr sein."

„Meinst du?"

„Ja, das mein ich. Übrigens glaube ich, daß sich vieles gebessert hat. Ihr Charakter ist wie er ist, aber die Verhältnisse liegen seit ihrer Übersiedlung um vieles günstiger, und sie leben sich mehr und mehr ineinander ein. Sie hat mir so was gesagt, und was mir wichtiger ist, ich hab es auch bestätigt gefunden, mit Augen gesehen."

„Nun, was sagte sie?"

„Sie sagte: Mama, es geht jetzt besser. Innstetten war immer ein vortrefflicher Mann, so einer, wie's nicht viele gibt, aber ich konnte nicht recht an ihn heran, er hatte so was Fremdes. Und fremd war er auch in seiner Zärtlichkeit. Ja, dann am meisten; es hat Zeiten gegeben, wo ich mich davor fürchtete."

„Kenn ich, kenn ich."

„Was soll das heißen, Briest? Soll ich mich gefürchtet haben oder willst du dich gefürchtet haben? Ich finde beides gleich lächerlich ..."

„Du wolltest von Effi erzählen."

„Nun also, sie gestand mir, daß dies Gefühl des Fremden sie

verlassen habe, was sie sehr glücklich mache. Kessin sei nicht der rechte Platz für sie gewesen, das spukige Haus und die Menschen da, die einen zu fromm, die andern zu platt; aber seit ihrer Übersiedlung nach Berlin fühle sie sich ganz an ihrem Platz. Er sei der beste Mensch, etwas zu alt für sie und zu gut für sie, aber sie sei nun über den Berg. Sie brauchte diesen Ausdruck, der mir allerdings auffiel."

„Wieso? Er ist nicht ganz auf der Höhe, ich meine der Ausdruck. Aber ..."

„Es steckt etwas dahinter. Und sie hat mir das auch andeuten wollen."

„Meinst du?"

„Ja, Briest; du glaubst immer, sie könne kein Wasser trüben. Aber darin irrst du. Sie läßt sich gern treiben, und wenn die Welle gut ist, dann ist sie auch selber gut. Kampf und Widerstand sind nicht ihre Sache."

Roswitha kam mit Annie und so brach das Gespräch ab.

*

Dies Gespräch führten Briest und Frau an demselben Tage, wo Innstetten von Hohen-Cremmen nach Berlin hin abgereist war, Effi auf wenigstens noch eine Woche zurücklassend. Er wußte, daß es nichts Schöneres für sie gab, als so sorglos in einer weichen Stimmung hinträumen zu können, immer freundliche Worte zu hören und die Versicherung, wie liebenswürdig sie sei. Ja, das war das, was ihr vor allem wohl tat, und sie genoß es auch diesmal wieder in vollen Zügen und aufs dankbarste, trotzdem jede Zerstreuung fehlte; Besuch kam selten, weil es seit ihrer Verheiratung, wenigstens für die junge Welt, an dem rechten Anziehungspunkte gebrach, und selbst die Pfarre und die Schule waren nicht mehr das, was sie noch vor Jahr und Tag gewesen waren. Zumal im Schulhause stand alles halb leer. Die Zwillinge hatten sich im Frühjahr an zwei Lehrer in der Nähe von Genthin verheiratet, große Doppelhochzeit mit Festbericht im „Anzeiger fürs Havelland", und Hulda war in Friesack zur Pflege einer alten Erbtante, die sich übrigens, wie gewöhnlich in solchen Fällen, um sehr viel langlebiger erwies, als Niemeyers angenommen hatten. Hulda schrieb aber trotzdem immer zufriedene Briefe, nicht weil sie wirklich zufrieden war (im Gegenteil), sondern weil sie den Verdacht nicht aufkommen lassen wollte, daß es einem so ausgezeichneten Wesen anders als sehr gut ergehen könne. Niemeyer, ein schwacher Vater, zeigte die Briefe mit Stolz und Freude, während der ebenfalls ganz in seinen Töchtern lebende Jahnke sich herausgerechnet hatte, daß beide junge Frauen am selben Tage, und zwar am Weihnachtsheiligabend, ihre Niederkunft halten würden. Effi lachte herzlich und drückte dem Großvater in spe zunächst den Wunsch aus, bei beiden Enkeln zu Gevatter geladen zu werden, ließ dann aber die Familienthemata fallen und erzählte von „Kjöbenhavn“ und Helsingör, vom Limfjord und Schloß Aggerhuus, und vor allem von Thora von Penz, die, wie sie nur sagen könne, „typisch skandinavisch“ gewesen sei, blauäugig, flachsen und immer in einer roten Plüschtaille, wobei sich Jahnke verklärte und einmal über das andere sagte: „Ja, so sind sie; rein germanisch, viel deutscher als die Deutschen.“

An ihrem Hochzeitstage, dem dritten Oktober, wollte Effi wieder in Berlin sein. Nun war es der Abend vorher, und unter dem Vorgeben, daß sie packen und alles zur Rückreise vorbereiten wolle, hatte sie sich schon verhältnismääig früh auf ihr Zimmer zurückgezogen. Eigentlich lag ihr aber nur daran, allein zu sein; so gern sie plauderte, so hatte sie doch auch Stunden, wo sie sich nach Ruhe sehnte.

Die von ihr im Oberstock bewohnten Zimmer lagen nach dem Garten hinaus; in dem kleineren schlief Roswitha und Annie, die Tür nur angelehnt, in dem größeren, das sie selber inne hatte, ging sie auf und ab; die unteren Fensterflügel waren geöffnet, und die kleinen, weißen Gardinen bauschten sich in dem Zuge, der ging, und fielen dann langsam über die Stuhllehne, bis ein neuer Zugwind kam und sie wieder frei machte. Dabei war es so hell, daß man die Unterschriften unter den über dem Sofa hängenden und in schmale Goldleisten eingerahmten Bildern deutlich lesen konnte: „der Sturm auf Düppel, Schanze V“, und daneben: „König Wilhelm und Graf Bismarck auf der Höhe von Lipa“. Effi schüttelte den Kopf und lächelte. „Wenn ich wieder hier bin, bitt ich mir andere Bilder aus; ich kann so was Kriegerisches nicht leiden.“ Und nun schloß sie das eine Fenster und setzte sich an das andere, dessen Flügel sie offen ließ. Wie tat ihr das alles so wohl. Neben dem Kirchturm stand der Mond und warf sein Licht auf den Rasenplatz mit der Sonnenuhr und den Heliotropbeeten. Alles schimmerte silbern, und neben den Schattenstreifen lagen weiße Lichtstreifen, so weiß, als läge Leinwand auf der Bleiche. Weiterhin aber standen die hohen Rhabarberstauden wieder, die Blätter herbstlich gelb, und sie mußte des Tages gedenken, nun erst wenig über zwei Jahre, wo sie hier mit Hulda und den Jahnkeschen Mädchen gespielt hatte. Und dann war sie, als der Besuch kam, die kleine Steintreppe neben der Bank hinaufgestiegen, und eine Stunde später war sie Braut.

Sie erhob sich und ging auf die Tür zu und horchte; Roswitha schlief schon und Annie auch.

Und mit einem Male, während sie das Kind so vor sich hatte, traten ungerufen allerlei Bilder aus den Kessiner Tagen wieder vor ihre Seele: das landrätliche Haus mit seinem Giebel und die Veranda mit dem Blick auf die Plantage, und sie saß im Schaukelstuhl und wiegte sich; und nun trat Crampas an sie heran, um sie zu begrüßen, und dann kam Roswitha mit dem Kinde, und sie nahm es und hob es hoch in die Höhe und küßte es.

„Das war der erste Tag; da fing es an." Und während sie dem nachhing, verließ sie das Zimmer, drin die beiden schliefen, und setzte sich wieder an das offene Fenster und sah in die stille Nacht hinaus.

„Ich kann es nicht los werden", sagte sie. „Und was das schlimmste ist und mich ganz irre macht an mir selbst ..."

In diesem Augenblicke setzte die Turmuhr drüben an, und Effi zählte die Schläge.

„Zehn ... Und morgen um diese Stunde bin, ich in Berlin. Und wir sprechen davon, daß unser Hochzeitstag sei, und er sagt mir Liebes und Freundliches und vielleicht Zärtliches. Und ich sitze dabei und höre es und habe die Schuld auf meiner Seele."

Und sie stützte den Kopf auf ihre Hand und starrte vor sich hin und schwieg.

„Und habe die Schuld auf meiner Seele", wiederholte sie. „Ja, da hab ich sie. Aber lastet sie auch auf meiner Seele? Nein. Und das ist es, warum ich vor mir selbst erschrecke. Was da lastet, das ist etwas ganz anderes – Angst, Todesangst und die ewige Furcht: es kommt doch am Ende noch an den Tag. Und dann außer der Angst ... Scham. Ich schäme mich. Aber wie ich nicht die rechte Reue habe, so hab ich auch nicht die rechte Scham. Ich schäme mich bloß von wegen dem ewigen Lug und Trug; immer war es mein Stolz, daß ich nicht lügen könne und auch nicht zu lügen brauche, lügen ist so gemein, und nun habe ich doch immer lügen müssen, vor ihm und vor aller Welt, im großen und im kleinen, und Rummschüttel hat es gemerkt und hat die die Achseln gezuckt, und wer weiß, was er von mir denkt, jedenfalls nicht das beste. Ja, Angst quält mich und dazu Scham über mein Lügenspiel. Aber Scham über meine Schuld, die hab ich nicht oder doch nicht so recht oder doch nicht genug, und das bringt mich um, daß ich sie nicht habe. Wenn alle Weiber so sind, dann ist es schrecklich, und wenn sie nicht so sind, wie ich hoffe, dann steht es schlecht um mich, dann ist etwas nicht in Ordnung in meiner Seele, dann fehlt mir das richtige Gefühl. Und das hat mir der alte Niemeyer in seinen guten Tagen noch, als ich noch ein halbes Kind war, mal gesagt: auf ein richtiges Gefühl, darauf käme es an, und wenn man das habe, dann könne einem das schlimmste nicht passieren, und wenn man es nicht habe, dann sei man in einer ewigen Gefahr, und das, was man den Teufel nenne, das habe dann eine sichere Macht über uns. Um Gottes Barmherzigkeit Willen, steht es so mit mir."

Und sie legte den Kopf in ihre Arme und weinte bitterlich.

Als sie sich wieder aufrichtete, war sie ruhiger geworden und sah wieder in den Garten hinaus. Alles war so still, und ein leiser, feiner Ton, wie wenn es regnete, traf von den Platanen her ihr Ohr.

So verging eine Weile. Herüber von der Dorfstraße klang ein Geplärr: der alte Nachtwächter Kulicke rief die Stunden ab, und als er zuletzt schwieg, vernahm sie von fernher das Rasseln des Zuges, der, auf eine halbe Meile Entfernung, an Hohen-Cremmen vorüberfuhr. Dann wurde der Lärm wieder schwächer, endlich erstarb er ganz, und nur der Mondschein lag noch auf dem Grasplatz, und nur auf die Platanen rauschte es nach wie vor wie leiser Regen nieder.

Aber es war nur Nachtluft, die ging.

Fünfundzwanzigstes Kapitel

Am andern Abend war Effi wieder in Berlin, und Innstetten empfing sie am Bahnhof, mit ihm Rollo, der, als sie plaudernd durch den Tiergarten hinfuhren, nebenher trabte.

„Ich dachte schon, du würdest nicht Wort halten."

„Aber Geert, ich werde doch Wort halten, das ist doch das erste."

„Sage das nicht. Immer Wort halten ist sehr viel. Und mitunter kann man auch nicht. Denke doch zurück. Ich erwartete dich damals in Kessin, als du die Wohnung mietetest, und wer nicht kam, war Effi."

„Ja, das war was anderes."

Sie mochte nicht sagen „ich war krank" und Innstetten hörte darüber hin. Er hatte seinen Kopf auch voll anderer Dinge, die sich auf sein Amt und seine gesellschaftliche Stellung bezogen.

„Eigentlich, Effi, fängt unser Berliner Leben nun erst an. Als wir im April hier einzogen, damals ging es mit der Saison auf die Neige, kaum noch daß wir unsere Besuche machen konnten, und Wüllersdorf, der einzige, dem wir näher standen – nun, der ist leider Junggeselle. Von Juni an schläft dann alles ein und die heruntergelassenen Rouleaus verkünden einem schon auf hundert Schritt ‚Alles ausgeflogen'; ob wahr oder nicht, macht keinen Unterschied ... Ja, was blieb da noch? Mal mit Vetter Briest sprechen, mal bei Hiller essen, das ist kein richtiges Berliner Leben. Aber nun soll es anders werden. Ich habe mir die Namen aller Räte notiert, die noch mobil genug sind, um ein Haus zu machen. Und wir wollen es auch, wollen auch ein Haus machen, und wenn der Winter dann da ist, dann soll es im ganzein Ministerium heißen: ‚Ja, die liebenswürdigste Frau, die wir jetzt haben, das ist doch die Frau von Innstetten'."

„Ach, Geert, ich kenne dich ja gar nicht wieder, du sprichst ja wie ein Courmacher."

„Es ist unser Hochzeitstag, und da mußt du mir schon was zu gute halten."

*

Innstetten war ernsthaft gewillt, auf das stille Leben, das er in seiner landrätlichen Stellung geführt, ein gesellschaftlich angeregteres folgen zu lassen, um seinet- und noch mehr um Effis willen; es ließ sich aber anfangs nur schwach und vereinzelt damit an, die rechte Zeit war noch nicht gekommen, und das beste, was man zunächst von dem neuen Leben hatte, war genau so wie während des zurückliegenden Halbjahres, ein Leben im Hause. Wüllersdorf kam oft, auch Vetter Briest, und waren die da, so schickte man zu

Gizickis hinauf, einem jungen Ehepaare, das über ihnen wohnte. Gizicki selbst war Landgerichtsrat, seine kluge, aufgeweckte Frau ein Fräulein von Schmettau. Mitunter wurde musiziert, kurze Zeit sogar ein Whist versucht; man gab es aber wieder auf, weil man fand, daß eine Plauderei gemütlicher wäre. Gizickis hatten bis vor kurzem in einer kleinen oberschlesischen Stadt gelebt, und Wüllersdorf war sogar, freilich vor einer Reihe von Jahren schon, in den verschiedensten kleinen Nestern der Provinz Posen gewesen, weshalb er denn auch den bekannten Spottvers:

Schrimm
Ist schlimm,
Rogasen
Zum Rasen,
Aber weh dir nach Samter
Verdammter –

mit ebensoviel Emphase wie Vorliebe zu zitieren pflegte. Niemand erheiterte sich dabei mehr als Effi, was dann meistens Veranlassung wurde, kleinstädtische Geschichten in Hülle und Fülle folgen zu lassen. Auch Kessin mit Gieshübler und der Trippelli, mit Oberförster Ring und Sidonie Grasenabb – kam dann wohl an die Reihe, wobei sich Innstetten, wenn er guter Laune war, nicht leicht genug tun konnte. „Ja", so hieß es dann wohl, „unser gutes Kessin! Das muß ich zugeben, es war eigentlich reich an Figuren, obenan Crampas, Major Crampas, ganz Beau und halber Barbarossa, den meine Frau, ich weiß nicht, soll ich sagen unbegreiflicher- oder begreiflicherweise, stark in Affektion genommen hatte …" – „Sagen wir begreiflicherweise", warf Wüllersdorf ein, „denn ich nehme an, daß er Ressourcenvorstand war und Komödie spielte, Liebhaber und Bonvivants. Und vielleicht noch mehr, vielleicht war er auch ein Tenor." Innstetten bestätigte das eine wie das andere, und Effi suchte lachend darauf einzugehen, aber es gelang ihr nur mit Anstrengung, und wenn dann die Gäste gingen und Innstetten sich in sein Zimmer zurückzog, um noch einen Stoß Akten abzuarbeiten, so fühlte sie sich immer aufs neue von den alten Vorstellungen gequält, und es war ihr zu Sinn, als ob ihr ein Schatten nachginge.

Solche Beängstigungen blieben ihr auch. Aber sie kamen doch

seltener und schwächer, was bei der Art, wie sich ihr Leben gestaltete, nicht wundernehmen konnte. Die Liebe, mit der ihr nicht nur Innstetten, sondern auch fernerstehende Personen begegneten, und nicht zum wenigsten die beinah zärtliche Freundschaft, die die Ministerin, eine selbst noch junge Frau, für sie an den Tag legte – all das ließ die Sorgen und Ängste zurückliegender Tage sich wenigstens mindern, und als ein zweites Jahr ins Land gegangen war und die Kaiserin, bei Gelegenheit einer neuen Stiftung, die „Frau Geheimrätin" mit ausgewählt und in die Zahl der Ehrendamen eingereiht, der alte Kaiser Wilhelm aber auf dem Hofball gnädige, huldvolle Worte an die schöne junge Frau, „von der er schon gehört habe", gerichtet hatte, da fiel es allmählich von ihr ab. Es war einmal gewesen, aber weit, weit weg, wie auf einem andern Stern, und alles löste sich wie ein Nebelbild und wurde Traum.

Die Hohen-Cremmener kamen dann und wann auf Besuch und freuten sich des Glücks der Kinder, Annie wuchs heran – „Schön wie die Großmutter", sagte der eitle Briest – und wenn es an dem klaren Himmel eine Wolke gab, so war es die, daß es, wie man nun beinahe annehmen mußte, bei Klein-Annie sein Bewenden haben werde; Haus Innstetten (denn es gab nicht einmal Namensvettern) stand also mutmaßlich auf dem Aussterbeetat. Briest, der den Fortbestand anderer Familien obenhin behandelte, weil er eigentlich nur an die Briests glaubte, scherzte mitunter darüber und sagte: „Ja, Innstetten, wenn das so weiter geht, so wird Annie seiner Zeit wohl einen Bankier heiraten – hoffentlich einen christlichen, wenn's deren noch gibt – und mit Rücksicht auf das alte freiherrliche Geschlecht der Innstetten wird dann Seine Majestät Annies Haute finance-Kinder unter dem Namen ‚von der Innstetten' im Gothaischen Kalender, oder was weniger wichtig ist, in der preußischen Geschichte fortleben lassen" – Ausführungen, die von Innstetten selbst immer mit einer kleinen Verlegenheit, von Frau von Briest mit Achselzucken, von Effi dagegen mit Heiterkeit aufgenommen wurden. Denn so adelsstolz sie war, so wars sie's doch nur für ihre Person, und ein eleganter und welterfahrener und vor allem sehr, sehr reicher Bankierschwiegersohn wäre durchaus nicht gegen ihre Wünsche gewesen.

Ja, Effi nahm die Erbfolgefrage leicht, wie junge, reizende Frauen das tun; als aber eine lange, lange Zeit – sie waren schon im siebenten Jahre in ihrer neuen Stellung – vergangen war, wurde der alte Rummsschüttel, der auf dem Gebiete der Gynäkologie nicht ganz ohne Ruf war, durch Frau von Briest doch schließlich zu Rate gezogen. Er verordnete Schwalbach. Weil aber Effi seit letztem Winter auch an katarrhalischen Affektionen litt und ein paarmal sogar auf Lunge hin behorcht worden war, so hieß es abschließend: „Also zunächst Schwalbach, meine Gnädigste, sagen wir drei Wochen und dann ebenso lange Ems. Bei der Emser Kur kann aber der Geheimrat zugegen sein. Bedeutet mithin alles in allem drei Wochen Trennung. Mehr kann ich für Sie nicht tun, lieber Innstetten."

Damit war man denn auch einverstanden, und zwar sollte Effi, dahin ging ein weiterer Beschluß, die Reise mit einer Geheimrätin Zwicker zusammen machen, wie Briest sagte „zum Schutze dieser letzteren", worin er nicht ganz unrecht hatte, da die Zwicker, trotz guter vierzig, eines Schutzes erheblich bedürftiger war als Effi. Innstetten, der wieder viel mit Vertretung zu tun hatte, beklagte, daß er, von Schwalbach gar nicht zu reden, wahrscheinlich auch auf gemeinschaftliche Tage in Ems werde verzichten müssen. Im übrigen wurde der 24. Juni (Johannistag) als Abreisetag festgesetzt, und Roswitha half der gnädigen Frau beim Packen und Aufschreiben der Wäsche. Effi hatte noch immer die alte Liebe für sie, war doch Roswitha die einzige, mit der sie von all dem Zurückliegenden, von Kessin und Crampas, von dem Chinesen und Kapitän Thomsens Nichte frei und unbefangen reden konnte.

„Sage, Roswitha, du bist doch eigentlich katholisch. Gehst du denn nie zur Beichte?"

„Nein."

„Warum nicht?"

„Ich bin früher gegangen. Aber das richtige hab ich doch nicht gesagt."

„Das ist sehr unrecht. Dann freilich kann es nicht helfen."

„Ach, gnädigste Frau, bei mir im Dorfe machten es alle so. Und welche waren, die kicherten bloß."

„Hast du denn nie empfunden, daß es ein Glück ist, wenn man etwas auf der Seele hat, daß es runter kann?"

„Nein, gnädigste Frau. Angst habe ich wohl gehabt, als mein Vater damals mit dem glühenden Eisen auf mich los kam; ja, das war eine große Furcht, aber weiter war es nichts."

„Nicht vor Gott?"

„Nicht so recht, gnädigste Frau. Wenn man sich vor seinem Vater so fürchtet, wie ich mich gefürchtet habe, dann fürchtet man sich nicht so sehr vor Gott. Ich habe bloß immer gedacht, der liebe Gott sei gut und werde mir armen Wurm schon helfen."

Effi lächelte und brach ab und fand es auch natürlich, daß die arme Roswitha so sprach, wie sie sprach. Sie sagte aber doch:

„Weißt du, Roswitha, wenn ich wiederkomme, müssen wir doch mal ernstlich drüber reden. Es war doch eigentlich eine große Sünde."

„Das mit dem Kinde, und daß es verhungert ist? Ja, gnädigste Frau, das war es. Aber ich war es ja nicht, das waren ja die anderen ... Und dann ist es auch schon so sehr lange her."

Sechsundzwanzigstes Kapitel

Effi war nun schon in die fünfte Woche fort und schrieb glückliche, beinahe übermütige Briefe, namentlich seit ihrem Eintreffen in Ems, wo man doch unter Menschen sei, das heißt unter Männern, von denen sich in Schwalbach nur ausnahmsweise was gezeigt habe. Geheimrätin Zwicker, ihre Reisegefährtin, habe freilich die Frage nach dem Kurgemäßen dieser Zutat aufgeworfen und sich aufs entschiedenste dagegen ausgesprochen, alles natürlich mit einem Gesichtsausdrucke, der so ziemlich das Gegenteil versichert habe; die Zwicker sei reizend, etwas frei, wahrscheinlich sogar mit einer Vergangenheit, aber höchst amüsant, und man könne viel, sehr viel von ihr lernen; nie habe sie sich, trotz ihrer fünfundzwanzig, so als Kind gefühlt, wie nach der Bekanntschaft mit dieser Dame. Dabei sei sie so belesen, auch in fremder Literatur, und als sie, Effi, beispielsweise neulich von Nana gesprochen und dabei gefragt habe, „ob es denn wirklich so schrecklich sei", habe die Zwicker geantwortet: „Ach, meine liebe Baronin, was heißt schrecklich? Da gibt es noch ganz anderes." „Sie schien mich auch", so schloß Effi ihren Brief, „mit diesem ‚anderen' bekannt machen zu wollen. Ich habe es aber abgelehnt, weil ich weiß, daß Du die Unsitte unserer Zeit aus diesem und ähnlichen herleitest, und wohl mit Recht. Leicht ist es mir aber nicht geworden. Dazu kommt noch, daß Ems in einem Kessel liegt. Wir leiden hier außerordentlich unter der Hitze."

Innstetten hatte diesen letzten Brief mit geteilten Empfindungen gelesen, etwas erheitert, aber doch auch ein wenig mißmutig. Die Zwicker war keine Frau für Effi, der nun einmal ein Zug innewohnte, sich nach links hin treiben zu lassen; er gab es aber auf, irgendwas in diesem Sinne zu schreiben, einmal weil er sie nicht verstimmen, wollte, mehr noch, weil er sich sagte, daß es doch nichts helfen würde. Dabei sah er der Rückkehr seiner Frau mit Sehnsucht entgegen und beklagte des Dienstes nicht bloß „immer gleichgestellte", sondern jetzt, wo jeder Ministerialrat fort war oder fort wollte, leider auch auf Doppelstunden gestellte Uhr.

Ja, Innstetten sehnte sich nach Unterbrechung von Arbeit und Einsamkeit, und verwandte Gefühle hegte man draußen in der Küche, wo Annie, wenn die Schulstunden hinter ihr lagen, ihre Zeit am liebsten verbrachte, was insoweit ganz natürlich als Roswitha und Johanna nicht nur das kleine Fräulein in gleichem Maße liebten, sondern auch untereinander nach wie vor auf dem besten Füße standen. Diese Freundschaft der beiden Mädchen war ein Lieblingsgespräch zwischen den verschiedenen Freunden des Hauses, und Landgerichtsrat Gizicki sagte dann wohl zu Wüllersdorf: „Ich sehe darin nur eine neue Bestätigung des alten Weisheitssatzes: ‚Laßt fette Leute um mich sein'; – Cäsar war eben ein Menschenkenner und wußte, daß Dinge, wie Behaglichkeit und Umgänglichkeit, eigentlich nur beim Embonpoint sind." Von einem solchen ließ sich denn nun bei beiden Mädchen auch wirklich sprechen, nur mit dem Unterschiede, daß das in diesem Falle nicht gut zu umgehende Fremdwort bei Roswitha schon stark eine Beschönigung, bei Johanna dagegen einfach die zutreffende Bezeichnung war. Diese letztere durfte man nämlich nicht eigentlich korpulent nennen, sie war nur prall und drall und sah jederzeit mit einer eigenen, ihr übrigens durchaus kleidenden Siegermiene geradlinig und blauäugig über ihre Normalbüste fort. Von Haltung und Anstand getragen, lebte sie ganz in dem Hochgefühl, die Dienerin eines guten Hauses zu sein, wobei sie das Überlegenheitsbewußtsein über die halb bäuerisch gebliebene Roswitha in einem so hohen Maße hatte, daß sie, was gelegentlich vorkam, die momentan bevorzugte Stellung dieser nur belächelte. Diese Bevorzugung, – nun ja, wenn's dann mal so sein sollte, war eine kleine liebenswürdige Sonderbarkeit der gnädigen Frau, die man der guten alten Roswitha mit ihrer ewigen Geschichte „von dem Vater mit der glühenden Eisenstange" schon gönnen konnte. „Wenn man sich besser hält, so kann dergleichen nicht vorkommen." Das alles dachte sie, sprach's aber nicht aus. Es war eben ein freundliches Miteinanderleben. Was aber wohl ganz besonders für Frieden und gutes Einvernehmen sorgte, das war der Umstand, daß man sich, nach einem stillen Übereinkommen, in die Behandlung und fast auch Erziehung Annies geteilt hatte. Roswitha hatte das poetische Departement, die Märchen- und Geschichtenerzählung, Johanna dagegen das des Anstands, eine Teilung, die hüben und drüben so fest gewurzelt stand, daß Kompetenzkonflikte kaum vorkamen, wobei der Charakter Annies, die eine ganz entschiedene Neigung hatte, das vornehme Fräulein zu betonen, allerdings mithalf, eine Rolle, bei der sie keine bessere Lehrerin als Johanna haben konnte.

Noch einmal also: Beide Mädchen waren gleichwertig in Annies Augen. In diesen Tagen aber, wo man sich auf die Rückkehr Effis vorbereitete, war Roswitha der Rivalin mal wieder um einen Pas voraus, weil ihr, und zwar als etwas ihr Zuständiges, die ganze Begrüßungsangelegenheit zugefallen war. Diese Begrüßung zerfiel in zwei Hauptteile: Girlande mit Kranz und dann, abschließend, Gedichtvortrag. Kranz und Girlande – nachdem man über „W." oder „E. v. I." eine Zeitlang geschwankt – hatte zuletzt keine sonderlichen Schwierigkeiten gemacht („W." in Vergißmeinnicht geflochten, war bevorzugt worden), aber desto größere Verlegenheit schien die Gedichtfrage heraufbeschwören zu sollen und wäre vielleicht ganz unbeglichen geblieben, wenn Roswitha nicht den Mut gehabt hätte, den von einer Gerichtssitzung heimkehrenden Landgerichtsrat auf der zweiten Treppe zu stellen und ihm mit einem auf einen „Vers" gerichteten Ansinnen mutig entgegenzutreten. Gizicki, ein sehr gütiger Herr, hatte sofort alles versprochen, und noch am selben Spätnachmittage war seitens seiner Köchin der gewünschte Vers, und zwar folgenden Inhalts abgegeben worden:

Mama, wir erwarten dich lange schon,
Durch Wochen und Tage und Stunden,
Nun grüßen wir dich von Flur und Balkon
Und haben Kränze gewunden.

Nun lacht Papa voll Freudigkeit,
Denn die gattin- und mutterlose Zeit
Ist endlich von ihm genommen,
Und Roswitha lacht und Johanna dazu,
Und Annie springt aus ihrem Schuh
Und ruft: willkommen, willkommen.

Es versteht sich von selbst, daß die Strophe noch an demselben Abend auswendig gelernt, aber doch nebenher auch auf ihre Schönheit beziehungsweise Nicht-Schönheit kritisch geprüft worden war. Das Betonen von Gattin und Mutter, so hatte sich Johanna geäußert, erscheine zunächst freilich in der Ordnung; aber es läge doch auch etwas darin, was Anstoß erregen könne, und sie persönlich würde sich als „Gattin und Mutter" dadurch verletzt fühlen. Annie, durch diese Bemerkung einigermaßen geängstigt, versprach, das Gedicht am andern Tage der Klassenlehrerin vorlegen zu wollen und kam mit dem Bemerken zurück: „Das Fräulein sei mit ‚Gattin und Mutter' durchaus einverstanden, aber desto mehr gegen ‚Roswitha und Johanna' gewesen", – worauf Roswitha erklärt hatte: „Das Fräulein sei eine dumme Gans; das käme davon, wenn man zuviel gelernt habe."

*

Es war an einem Mittwoch, daß die Mädchen und Annie das vorstehende Gespräch geführt und den Streit um die bemängelte Zeile beigelegt hatten. Am andern Morgen – ein erwarteter Brief Effis hatte noch den mutmaßlich erst in den Schluß der nächsten Woche fallenden Ankunftstag festzustellen – ging Innstetten auf das Ministerium. Jetzt war Mittag heran, die Schule aus, und als Annie, ihre Mappe auf dem Rücken, eben vom Kanal her auf die Keithstraße zuschritt, traf sie Roswitha vor ihrer Wohnung.

„Nun laß sehen", sagte Annie, „wer am ehesten von uns die Treppe heraufkommt." Roswitha wollte von diesem Wettlauf nichts wissen, aber Annie jagte voran, geriet, oben angekommen, ins Stolpern und fiel dabei so unglücklich, daß sie mit der Stirn auf den dicht an der Treppe befindlichen Abkratzer aufschlug und stark blutete. Roswitha, mühevoll nachkeuchend, riß jetzt die Klingel, und als Johanna das etwas verängstigte Kind hineingetragen hatte, beratschlagte man, was nun wohl zu machen sei. „Wir wollen nach dem Doktor schicken, ... wir wollen nach dem gnädigen Herrn schicken ... des Portiers Lene muß ja jetzt auch aus der Schule wieder da sein." Es wurde aber alles wieder verworfen, weil es zu lange dauere, man müsse gleich was tun, und so packte man denn das Kind aufs Sofa und begann, mit kaltem Wasser zu kühlen. Alles ging auch gut, so daß man sich zu beruhigen begann. „Und nun wollen wir sie verbinden", sagte schließlich Roswitha. „Da muß ja noch die lange Binde sein, die die gnädige Frau letzten Winter zuschnitt, als sie sich auf dem Eise den Fuß verknickt hatte ..." „Freilich, freilich", sagte Johanna, „bloß wo die Binde hernehmen? ... Richtig, da fällt mir ein, die liegt im Nähtisch. Er wird wohl zu sein, aber das Schloß ist Spielerei; holen Sie nur das Stemmeisen, Roswitha, wir wollen den Deckel aufbrechen." Und nun wuchteten sie auch wirklich den Deckel ab und begannen, in den Fächern umherzukramen, oben und unten, die zusammengerollte Binde jedoch wollte sich nicht finden lassen. „Ich weiß aber doch, daß ich sie gesehn habe", sagte Roswitha, und während sie halb ärgerlich immer weiter suchte, flog alles, was ihr dabei zu Händen kam, auf das breite Fensterbrett: Nähzeug, Nadelkissen, Rollen mit Zwirn und Seide, kleine vertrocknete Veilchensträußchen, Karten, Billetts, zuletzt ein kleines Konvolut von Briefen das unter dem dritten Einsatz gelegen hatte, ganz unten, mit einem roten Seidenfaden umwickelt. Aber die Binde hatte man noch immer nicht.

In diesem Augenblicke trat Innstetten ein.

„Gott", sagte Roswitha und stellte sich erschreckt neben das Kind. „Es ist nichts, gnädiger Herr; Annie ist auf das Kratzeisen gefallen ... Gott, was wird die gnädige Frau sagen. Und doch ist es ein Glück, daß sie nicht mit dabei war."

Innstetten hatte mittlerweile die vorläufig aufgelegte Kompresse fortgenommen und sah, daß es ein tiefer Riß, sonst aber ungefährlich war. „Es ist nicht schlimm", sagte er; „trotzdem, Roswitha, wir müssen sehen, daß Rummschüttel kommt. Lene kann ja gehen, die wird jetzt Zeit haben. Aber was in aller Welt ist denn das da mit dem Nähtisch?"

Und nun erzählte Roswitha, wie sie nach der gerollten Binde gesucht hätten; aber sie woll es nun aufgeben und lieber eine neue Leinwand schneiden.

Innstetten war einverstanden und setzte sich, als bald danach beide Mädchen das Zimmer verlassen hatten, zu dein Kinde. „Du bist so wild, Annie, das hast du von der Mama. Immer wie ein Wirbelwind. Aber dabei kommt nichts heraus oder höchstens so was.“ Und er wies auf die Wunde und gab ihr einen Kuß. „Du hast aber nicht geweint, das ist brav, und darum will ich dir die Wildheit verzeihen ... Ich denke, der Doktor wird in einer Stunde hier sein; tu nur alles, was er sagt, und wenn er dich verbunden hat, so zerre nicht und rücke und drücke nicht dran, dann heilt es schnell, und wenn die Mama dann kommt, dann ist alles wieder in Ordnung oder doch beinah. Ein Glück ist es aber doch, daß es noch bis nächste Woche dauert, Ende nächster Woche, so schreibt sie mir; eben habe ich einen Brief von ihr bekommen; sie läßt dich grüßen und freut sich, dich wiederzusehen.“

„Du könntest mir den Brief eigentlich vorlesen, Papa.“

„Das will ich gern.“

Aber eh' er dazu kam, kam Johanna, um zu sagen, daß das Essen aufgetragen sei. Annie, trotz ihrer Wunde, stand mit auf, und Vater und Tochter setzten sich zu Tisch.

Siebenundzwanzigstes Kapitel

Innstetten und Annie saßen sich eine Welle stumm gegenüber; endlich als ihm die Stille peinlich wurde, tat er ein paar Fragen über die Schulvorsteherin und welche Lehrerin sie eigentlich am liebsten habe. Annie antwortete auch, aber ohne rechte Lust, weil sie fühlte, daß Innstetten wenig bei der Sache war. Es wurde erst besser, als Johanna nach dem zweiten Gericht ihrem Anniechen zuflüsterte, es gäbe noch was. Und wirklich, die gute Roswitha, die dem Liebling an diesem Unglückstage was schuldig zu sein glaubte, hatte noch ein übriges getan und sich zu einer Omelette mit Apfelschnitten aufgeschwungen.

Annie wurde bei diesem Anblicke denn auch etwas redseliger, und ebenso zeigte sich Innstettens Stimmung gebessert, als es gleich danach klingelte und Geheimrat Rummschüttel eintrat. Ganz zufällig. Er sprach nur vor, ohne jede Ahnung, daß man nach ihm geschickt und um seinen Besuch gebeten habe. Mit den aufgelegten Kompressen war er zufrieden. „Lassen Sie noch etwas Bleiwasser holen und Annie morgen zu Hause bleiben. Überhaupt Ruhe." Dann frug er noch nach der gnädigen Frau und wie die Nachrichten aus Ems seien; er werde den andern Tag wiederkommen und nachsehen.

*

Als man von Tisch aufgestanden und in das nebenan gelegene Zimmer – dasselbe, wo man mit so viel Eifer und doch vergebens nach dem Verbandstück gesucht hatte – eingetreten war, wurde Annie wieder auf das Sofa gebettet. Johanna kam und setzte sich zu dem Kinde, während Innstetten die zahllosen Dinge, die bunt durcheinander gewürfelt noch auf dem Fensterbrett umherlagen, wieder in den Nähtisch einzuräumen begann. Dann und wann wußte er sich nicht recht Rat und mußte fragen.

„Wo haben die Briefe gelegen, Johanna?"

„Ganz zu unterst", sagte diese, „hier in diesem Fach."

Und während so Frage und Antwort ging, betrachtete Innstetten etwas aufmerksamer als vorher das kleine, mit einem roten Faden zusammengebundene Paket, das mehr aus einer Anzahl zusammengelegter Zettel, als aus Briefen zu bestehen schien. Er fuhr, als wäre es ein Spiel Karten, mit dem Daumen und Zeigefinger an der Seite des Päckchens hin und einige Zeilen, eigentlich nur vereinzelte Worte, flogen dabei an seinem Auge vorüber. Von deutlichem Erkennen konnte keine Rede sein, aber es kam ihm doch so vor, als habe er die Schriftzüge schon irgendwo gesehen. Ob er nachsehen solle?

„Johanna, Sie könnten uns den Kaffee bringen. Annie trinkt auch eine halbe Tasse. Der Doktor hat's nicht verboten, und was nicht verboten ist, ist erlaubt."

Als er das sagte, wand er den roten Faden ab und ließ, während Johanna das Zimmer verließ, den ganzen Inhalt des Päckchens rasch durch die Finger gleiten. Nur zwei, drei Briefe waren adressiert: „An Frau Landrat von Innstetten." Er erkannte jetzt auch die Handschrift; es war die des Majors. Innstetten wußte nichts von einer Korrespondenz zwischen Crampas und Effi, und in seinem Kopfe begann sich alles zu drehen. Er steckte das Paket zu sich und ging in sein Zimmer zurück. Etliche Minuten später und Johanna, zum Zeichen, daß der Kaffee da sei, klopfte leis an die Tür.

Innstetten antwortete auch, aber dabei blieb es; sonst alles still. Erst nach einer Viertelstunde hörte man wieder sein Auf- und Abschreiten auf dem Teppich. „Was nur Papa hat?“ sagte Johanna zu Annie. „Der Doktor hat ihm doch gesagt, es sei nichts.“

*

Das Auf- und Abschreiten nebenan wollte kein Ende nehmen. Endlich erschien Innstetten wieder im Nebenzimmer und sagte: „Johanna, achten Sie auf Annie und daß sie ruhig auf dem Sofa bleibt. Ich will eine Stunde gehen oder vielleicht zwei.“

Dann sah er das Kind aufmerksam an und entfernte sich. „Hast du gesehen, Johanna, wie Papa aussah?“

„Ja, Annie. Er muß einen großen Ärger gehabt haben. Er war ganz blaß. So hab ich ihn noch nie gesehen.“

Es vergingen Stunden. Die Sonne war schon unter, und nur ein roter Widerschein lag noch über den Dächern drüben, als Innstetten wieder zurückkam. Er gab Anna die Hand, fragte wie's ihr gehe und ordnete dann an, daß ihm Johanna die Lampe in sein Zimmer bringe. Die Lampe kam auch. In dem grünen Schirm befanden sich halb durchsichtige Ovale mit Photographien, allerlei Bildnisse seiner Frau, die noch in Kessin, damals als man den Wichertschen „Schritt vom Wege“ aufgeführt hatte, für die verschiedenen Mitspielenden angefertigt waren. Innstetten drehte den Schirm langsam von links nach rechts und musterte jedes einzelne Bildnis. Dann ließ er davon ab, öffnete, weil er es schwül fand, die Balkontür und nahm schließlich das Briefpaket wieder zur Hand. Es schien, daß er, gleich beim ersten Durchsehen, ein paar davon ausgewählt und obenauf gelegt hatte. Diese las er jetzt noch einmal mit halblauter Stimme.

„Sei heute nachmittag wieder in den Dünen, hinter der Mühle. Bei der alten Adermann können wir uns ruhig sprechen, das Haus ist abgelegen genug. Du mußt Dich nicht um alles so bangen. Wir haben auch ein Recht. Und wenn Du Dir das eindringlich sagst, wird, denk ich, alle Furcht von Dir abfallen. Das Leben wäre nicht des Lebens wert, wenn das alles gelten sollte, was zufällig gilt. Alles beste liegt jenseits davon. Lerne Dich daran freuen …“

„… Fort, so schreibst Du, Flucht. Unmöglich. Ich kann meine Frau nicht im Stich lassen, zu allem andern auch noch in Not. Es geht nicht, und wir müssen es leicht nehmen, sonst sind wir arm und verloren. Leichtsinn ist das beste, was wir haben. Alles ist Schicksal. Es hat so sein sollen. Und möchtest Du, daß es anders wäre, daß wir uns nie gesehen hätten?“

Dann kam der dritte Brief.

„... Sei heute noch einmal an der alten Stelle. Wie sollen meine Tage hier verlaufen ohne Dich! In diesem öden Nest. Ich bin außer mir, und nur darin hast Du recht: es ist die Rettung, und wir müssen schließlich doch die Hand segnen, die diese Trennung über uns verhängt.“

Innstetten hatte die Briefe kaum wieder beiseite geschoben, als draußen die Klingel ging. Gleich danach meldete Johanna: „Geheimrat Wüllersdorf.“

Wüllersdorf trat ein und sah auf den ersten Blick, daß etwas vorgefallen sein müsse.

„Pardon, Wüllersdorf“, empfing ihn Innstetten, „daß ich Sie gebeten habe, noch gleich heute bei mir vorzusprechen. Ich störe niemand gern in seiner Abendruhe, am wenigsten einen geplagten Ministerialrat. Es ging aber nicht anders. Ich bitte Sie, machen Sie sich's bequem. Und hier eine Zigarre.“

Wüllersdorf setzte sich. Innstetten ging wieder auf und ab und wäre bei der ihn verzehrenden Unruhe gern in Bewegung geblieben, sah aber, daß das nicht gehe. So nahm er denn auch seinerseits eine Zigarre, setzte sich Wüllersdorf gegenüber und versuchte ruhig zu sein.

„Es ist“, begann er, „um zweier Dinge willen, daß ich Sie habe bitten lassen: erst um eine Forderung zu überbringen und zweitens um hinterher, in der Sache selbst, mein Sekundant zu sein; das eine ist nicht angenehm und das andere noch weniger. Und nun Ihre Antwort.“

„Sie wissen, Innstetten, Sie haben über mich zu verfügen. Aber eh' ich die Sache kenne, verzeihen Sie mir die naive Vorfrage: muß es sein? Wir sind doch über die Jahre weg, Sie, um die Pistole in die Hand zu nehmen, und ich, um dabei mitzumachen. Indessen mißverstehen Sie mich nicht, alles dies soll kein ‚nein‘ sein. Wie könnte ich Ihnen etwas abschlagen. Aber nun sagen Sie, was ist es?“

„Es handelt sich um einen Galan meiner Frau, der zugleich mein Freund war oder doch beinah.“

Wüllersdorf sah Innstetten an. „Innstetten, das ist nicht möglich.“

„Es ist mehr als möglich, es ist gewiß. Lesen Sie."

Wüllersdorf flog darüber hin. „Die sind an Ihre Frau gerichtet?"

„Ja. Ich fand sie heut in ihrem Nähtisch."

„Und wer hat sie geschrieben?"

„Major Crampas."

„Also Dinge, die sich abgespielt, als Sie noch in Kessin waren?"

Innstetten nickte.

„Liegt also sechs Jahre zurück oder noch ein halb Jahr länger."

„Ja."

Wüllersdorf schwieg. Nach einer Weile sagte Innstetten: „Es sieht fast so aus, Wüllersdorf, als ob die sechs oder sieben Jahre einen Eindruck auf Sie machten. Es gibt eine Verjährungstheorie, natürlich, aber ich weiß doch nicht, ob wir hier einen Fall haben, diese Theorie gelten zu lassen."

„Ich weiß es auch nicht", sagte Wüllersdorf. „Und ich bekenne Ihnen offen, um diese Frage scheint sich hier alles zu drehen."

Innstetten sah ihn groß an. „Sie sagen das in vollem Ernst?"

„In vollem Ernst. Es ist keine Sache, sich in jeu d'esprit oder in dialektischen Spitzfindigkeiten zu versuchen."

„Ich bin neugierig, wie Sie das meinen. Sagen Sie mir offen, wie stehen Sie dazu?"

„Innstetten, Ihre Lage ist furchtbar, und Ihr Lebensglück ist hin. Aber wenn Sie den Liebhaber totschießen, ist Ihr Lebensglück sozusagen doppelt hin, und zu dem Schmerz über empfangenes Leid kommt noch der Schmerz über getanes Leid. Alles dreht sich um die Frage, müssen Sie's durchaus tun? Fühlen Sie sich so verletzt, beleidigt, empört, daß einer weg muß, er oder Sie? Steht es so?"

„Ich weiß es nicht."

„Sie müssen es wissen."

Innstetten war aufgesprungen, trat ans Fenster und tippte voll nervöser Erregung an die Scheiben. Dann wandte er sich rasch wieder, ging auf Wüllersdorf zu und sagte: „Nein, so steht es nicht."

„Wie steht es dann?"

„Es steht so, daß ich unendlich unglücklich bin; ich bin gekränkt, schändlich hintergangen, aber trotzdem, ich bin ohne jedes Gefühl von Haß oder gar von Durst nach Rache. Und wenn ich mich frage, warum nicht? so kann ich zunächst nichts anderes finden als die Jahre. Man spricht immer von unsühnbarer Schuld; vor Gott ist es gewiß falsch, aber vor den Menschen auch. Ich hätte nie geglaubt, daß die Zeit, rein als Zeit, so wirken könne. Und dann als zweites: ich liebe meine Frau, ja, seltsam zu sagen, ich liebe sie noch, und so furchtbar ich alles finde, was geschehen, ich bin so sehr im Bann ihrer Liebenswürdigkeit, eines ihr eignen heiteren Charmes, daß ich mich, mir selbst zum Trotz, in meinem letzten Herzenswinkel zum Verzeihen geneigt fühle."

Wüllersdorf nickte. „Kann ganz folgen, Innstetten, würde mir vielleicht ebenso gehen. Aber wenn Sie so zu der Sache stehen und mir sagen: ‚Ich liebe diese Frau so sehr, daß ich ihr alles verzeihen kann' und wenn wir dann das andere hinzunehmen, daß alles weit, weit zurückliegt, wie ein Geschehnis auf einem andern Stern, ja, wenn es so liegt, Innstetten, so frage ich, wozu die ganze Geschichte?"

„Weil es trotzdem sein muß. Ich habe mir's hin und her überlegt. Man ist nicht bloß ein einzelner Mensch, man gehört einem Ganzen an, und auf das Ganze haben wir beständig Rücksicht zu nehmen, wir sind durchaus abhängig von ihm. Ging es, in Einsamkeit zu leben, so könnt ich es gehen lassen; ich trüge dann die mir aufgepackte Last, das rechte Glück wäre hin, aber es müssen so viele leben ohne dies ‚rechte Glück', und ich würde es auch müssen und – auch können. Man braucht nicht glücklich zu sein, am allerwenigsten hat man einen Anspruch darauf, und den, der einem das Glück genommen hat, den braucht man nicht notwendig aus der Welt zu schaffen. Man kann ihn, wenn man weltabgewandt weiter existieren will, auch laufen lassen. Aber im Zusammenleben mit den Menschen hat sich ein Etwas ausgebildet, das nun mal da ist und nach dessen Paragraphen wir uns gewöhnt haben, alles zu beurteilen, die andern und uns selbst. Und dagegen zu verstoßen, geht nicht; die Gesellschaft verachtet uns, und zuletzt tun wir es selbst und können es nicht aushalten und jagen uns die Kugel durch den Kopf. Verzeihen Sie, daß ich Ihnen solche Vorlesung halte, die schließlich doch nur sagt, was sich jeder selber hundertmal gesagt hat. Aber freilich, wer kann was Neues sagen! Also noch einmal, nichts von Haß oder dergleichen, und um eines Glückes willen, das mir genommen wurde, mag ich nicht Blut an den Händen haben; aber jenes, wenn Sie wollen, uns tyrannisierende Gesellschafts-Etwas, das fragt nicht nach Charme und nicht nach Liebe und nicht nach Verjährung. Ich habe keine Wahl. Ich muß."

„Ich weiß doch nicht, Innstetten ..."

Innstetten lächelte. „Sie sollen selbst entscheiden, Wüllersdorf. Es ist jetzt zehn Uhr. Vor sechs Stunden, diese Konzession will ich Ihnen vorweg machen, hatt ich das Spiel noch in der Hand, konnt ich noch das eine und noch das andere, da war noch ein Ausweg. Jetzt nicht mehr, jetzt stecke ich in einer Sackgasse. Wenn Sie wollen, so bin ich selber schuld daran; ich hätte mich besser beherrschen und bewachen, alles in mir verbergen, alles im eigenen Herzen auskämpfen sollen. Aber es kam mir zu plötzlich, zu stark, und so kann ich mir kaum einen Vorwurf machen, meine Nerven nicht geschickter in Ordnung gehalten zu haben. Ich ging zu Ihnen und schrieb Ihnen einen Zettel, und damit war das Spiel aus meiner Hand. Von dem Augenblicke an hatte mein Unglück und, was schwerer wiegt, der Fleck auf meiner Ehre einen halben Mitwisser, und nach den ersten Worten, die wir hier gewechselt, hat es einen ganzen. Und weil dieser Mitwisser da ist, kann ich nicht mehr zurück."

„Ich weiß doch nicht", wiederholte Wüllersdorf. „Ich mag nicht gerne zu der alten abgestandenen Phrase greifen, aber doch läßt sich's nicht besser sagen: Innstetten, es ruht alles in mir wie in einem Grabe."

„Ja, Wüllersdorf, so heißt es immer. Aber es gibt keine Verschwiegenheit. Und wenn Sie's wahr machen und gegen andere die Verschwiegenheit selber sind, so wissen Sie es, und es rettet mich nicht vor Ihnen, daß Sie mir eben Ihre Zustimmung ausgedrückt und mir sogar gesagt haben: ich kann Ihnen in allem folgen. Ich bin, und dabei bleibt es, von diesem Augenblicke an ein Gegenstand ihrer Teilnahme – schon nicht etwas sehr Angenehmes – und jedes Wort, das Sie mich mit meiner Frau wechseln hören, unterliegt Ihrer Kontrolle, Sie mögen wollen oder nicht, und wenn meine Frau von Treue spricht oder, wie Frauen tun, über eine andere zu Gericht sitzt, so weiß ich nicht, wo ich mit meinen Blicken hin soll. Und ereignet sich's gar, daß ich in irgendeiner ganz alltäglichen Beleidigungssache zum guten rede, ‚weil ja der dolus fehle' oder so was Ähnliches, so geht ein Lächeln über Ihr Gesicht, oder es zuckt wenigstens darin, und in ihrer Seele klingt es-. ‚der gute Innstetten, er hat doch eine wahre Passion, alle Beleidigungen auf ihren

Beleidigungsgehalt chemisch zu untersuchen, und das richtige Quantum Stickstoff findet er nie. Er ist noch nie an einer Sache erstickt' ... Habe ich recht, Wüllersdorf, oder nicht?"

Wüllersdorf war aufgestanden. „Ich finde es furchtbar, daß Sie recht haben, aber Sie haben recht. Ich quäle Sie nicht länger mit meinem ‚muß es sein'. Die Welt ist einmal wie sie ist, und die Dinge verlaufen nicht wie wir wollen, sondern wie die andern wollen. Das mit dem ‚Gottesgericht', wie manche hochtrabend versichern, ist freilich ein Unsinn, nichts davon, umgekehrt, unser Ehrenkultus ist ein Götzendienst, aber wir müssen uns ihm unterwerfen, solange der Götze gilt."

Innstetten nickte.

Sie blieben noch eine Viertelstunde miteinander, und es wurde festgestellt, Wüllersdorf solle noch denselben Abend abreisen. Ein Nachtzug ging um zwölf.

Dann trennten sie sich mit einem kurzen: „Auf Wiedersehen in Kessin."

Achtundzwanzigstes Kapitel

Am andern Abend, wie verabredet, reiste Innstetten. Er benutzte denselben Zug, den am Tage vorher Wüllersdorf benutzt hatte und war bald nach fünf Uhr früh auf der Bahnstation, von wo der Weg nach Kessin links abzweigte. Wie immer, solange die Saison dauerte, ging auch heute, gleich nach Eintreffen des Zuges, das mehrerwähnte Dampfschiff, dessen erstes Läuten Innstetten schon hörte, als er die letzten Stufen der vom Bahndamm hinabführenden Treppe erreicht hatte. Der Weg bis zur Anlegestelle war keine drei Minuten; er schnitt darauf zu und begrüßte den Kapitän, der etwas verlegen war, also im Laufe des gestrigen Tages von der ganzen Sache schon gehört haben mußte, und nahm dann seinen Platz in der Nähe des Steuers. Gleich danach löste sich das Schiff vom Brückensteg los; das Wetter war herrlich, helle Morgensonne, nur wenig Passagiere an Bord. Innstetten gedachte des Tages, als er, mit Effi von der Hochzeitsreise zurückkehrend, hier am Ufer der Kessine hin in offenem Wagen gefahren war, – ein grauer Novembertag damals, aber er selber froh im Herzen; nun hatte sich's verkehrt: das Licht lag draußen, und der Novembertag war in ihm. Viele, viele Male war er dann des Weges hier gekommen, und der Frieden, der sich über die Felder breitete, das Zuchtvieh in den Koppeln, das aufhorchte, wenn er vorüberfuhr, die Leute bei der Arbeit, die Fruchtbarkeit der Äcker, das alles hatte seinem Sinne wohlgetan, und jetzt, in hartem Gegensatz dazu, war er froh, als etwas Gewölk heranzog und den lachenden blauen Himmel leise zu trüben begann. So fuhren sie den Fluß hinab, und bald, nachdem sie die prächtige Wasserfläche des „Breitling" passiert, kam der Kessiner Kirchturm in Sicht und gleich danach auch das Bollwerk und die lange Häuserreihe mit Schiffen und Booten davor. Und nun waren sie heran. Innstetten verabschiedete sich von dem Kapitän und schritt auf den Steg zu, den man, bequemeren Aussteigens halber, herangerollt hatte. Wüllersdorf war schon da. Beide begrüßten sich, ohne zunächst ein Wort zu sprechen, und gingen dann, quer über den Damm, auf den Hoppensackschen Gasthof zu, wo sie unter einem Zeltdach Platz nahmen.

„Ich habe mich gestern früh hier einquartiert", sagte Wüllersdorf, der nicht gleich mit den Sachlichkeiten beginnen wollte.

„Wenn man bedenkt, daß Kessin ein Nest ist, ist es erstaunlich, ein so gutes Hotel hier zu finden. Ich bezweifle nicht, daß mein Freund, der Oberkellner, drei Sprachen spricht; seinem Scheitel und seiner ausgeschnittenen Weste nach können wir dreist auf vier rechnen ... Jean, bitte, wollen Sie uns Kaffee und Kognak bringen."

Innstetten begriff vollkommen, warum Wüllersdorf diesen Ton anschlug, war auch damit einverstanden, konnte aber seiner Unruhe nicht ganz Herr werden und zog unwillkürlich die Uhr.

„Wir haben Zeit", sagte Wüllersdorf. „Noch anderthalb Stunden oder doch beinah. Ich habe den Wagen auf 8 1/4 bestellt; wir fahren nicht länger als zehn Minuten."

„Und wo?"

„Crampas schlug erst ein Waldeck vor, gleich hinter dem Kirchhof. Aber dann unterbrach er sich und sagte: ‚Nein, da nicht.' Und dann haben wir uns über eine Stelle zwischen den Dünen geeinigt. Hart am Strand; die vorderste Düne hat einen Einschnitt, und man sieht aufs Meer."

Innstetten lächelte. „Crampas scheint sich einen Schönheitspunkt ausgesucht zu haben. Er hatte immer die Allüren dazu. Wie benahm er sich?"

„Wundervoll."

„Übermütig? Frivol?"

„Nicht das eine und nicht das andere. Ich bekenne Ihnen offen, Innstetten, daß es mich erschütterte. Als ich Ihren Namen nannte, wurde er totenblaß und rang nach Fassung, und um seine Mundwinkel sah ich ein Zittern. Aber all das dauerte nur einen Augenblick, dann hatte er sich wieder gefaßt, und von da ab war alles an ihm wehmütige Resignation. Es ist mir ganz sicher, er hat das Gefühl, aus der Sache nicht heil herauszukommen, und will auch nicht. Wenn ich ihn richtig beurteile, er lebt gern und ist zugleich gleichgültig gegen das Leben. Er nimmt alles mit und weiß doch, daß es nicht viel damit ist."

„Wer wird ihm sekundieren? Oder sag ich lieber, wen wird er mitbringen?"

„Das war, als er sich wieder gefunden hatte, seine Hauptsorge. Er nannte zwei, drei Adlige aus der Nähe, ließ sie dann aber wieder fallen, sie seien zu alt und zu fromm, er werde nach Treptow hin telegraphieren an seinen Freund Buddenbrook. Und der ist auch gekommen, famoser Mann, schneidig und doch zugleich wie ein Kind. Er konnte sich nicht beruhigen und ging in größter Erregung auf und ab. Aber als ich ihm alles gesagt hatte, sagte er gerade so wie wir: Sie haben recht, es muß sein!"'

Der Kaffee kam. Man nahm eine Zigarre, und Wüllersdorf war wieder darauf aus, das Gespräch auf mehr gleichgültige Dinge zu lenken.

„Ich wundere mich, daß keiner von den Kessinern sich einfindet, Sie zu begrüßen. Ich weiß doch, daß Sie sehr beliebt gewesen sind. Und nun gar Ihr Freund Gieshübler ..."

Innstetten lächelte. „Da verkennen Sie die Leute hier an der Küste; halb sind es Philister und halb Pfiffici, nicht sehr nach meinem Geschmack; aber eine Tugend haben sie, sie sind alle sehr manierlich. Und nun gar mein alter Gieshübler. Natürlich weiß jeder, um was sich's handelt, aber eben deshalb hütet man sich, den Neugierigen zu spielen."

In diesem Augenblicke wurde von links her ein zurückgeschlagener Chaisewagen sichtbar, der, weil es noch vor der bestimmten Zeit war, langsam herankam.

„Ist das unser?" fragte Innstetten.

„Mutmaßlich."

Und gleich danach hielt der Wagen vor dem Hotel, und Innstetten und Wüllersdorf erhoben sich.

Wüllersdorf trat an den Kutscher heran und sagte: „Nach der Mole."

Die Mole lag nach der entgegengesetzten Strandseite, rechts statt links, und die falsche Weisung wurde nur gegeben, um etwaigen Zwischenfällen, die doch immerhin möglich waren, vorzubeugen. Im übrigen, ob man sich nun weiter draußen nach rechts oder links zu halten vorhatte, durch die Plantage mußte man jedenfalls, und so führte denn der Weg unvermeidlich an Innstettens alter Wohnung vorüber. Das Haus lag noch stiller da als früher; ziemlich vernachlässigt sah's in den Parterreräumen aus; wie mocht es erst da oben sein! Und das Gefühl des Unheimlichen, das Innstetten an Effi so oft bekämpft oder auch wohl belächelt hatte, jetzt überkam es ihn selbst, und er war froh, als sie dran vorüber waren.

„Da hab ich gewohnt", sagte er zu Wüllersdorf.

„Es sieht sonderbar aus, etwas öd' und verlassen."

„Mag auch wohl. In der Stadt galt es als ein Spukhaus, und wie's heute da liegt, kann ich den Leuten nicht unrecht geben."

„Was war es denn damit?"

„Ach, dummes Zeug: alter Schiffskapitan mit Enkelin oder Nichte, die eines schönen Tages verschwand, und dann ein Chinese, der vielleicht ein Liebhaber war, und auf dem Flur ein kleiner Haifisch und ein Krokodil, beides an Strippen und immer in Bewegung. Wundervoll zu erzählen, aber nicht jetzt. Es spukt einem doch allerhand anderes im Kopf."

„Sie vergessen, es kann auch alles glatt ablaufen."

„Darf nicht. Und vorhin, Wüllersdorf, als Sie von Crampas sprachen, sprachen Sie selber anders davon."

Bald danach hatte man die Plantage passiert, und der Kutscher wollte jetzt rechts einbiegen auf die Mole zu. „Fahren Sie lieber links. Das mit der Mole kann nachher kommen."

Und der Kutscher bog links in eine breite Fahrstraße ein, die hinter dem Herrenbade grade auf den Wald zulief. Als sie bis auf dreihundert Schritt an diesen heran waren, ließ Wüllersdorf den Wagen halten, und beide gingen nun, immer durch mahlenden Sand hin, eine ziemlich breite Fahrstraße hinunter, die die hier dreifache

Dünenreihe senkrecht durchschnitt. Überall zur Seite standen dichte Büschel von Strandhafer, um diesen herum aber Immortellen und ein paar blutrote Nelken. Innstetten bückte sich und steckte sich eine der Nelken ins Knopfloch. „Die Immortellen nachher."

So gingen sie fünf Minuten. Als sie bis an die ziemlich tiefe Senkung gekommen waren, die zwischen den beiden vordersten Dünenreihen hinlief, sahen sie, nach links hin, schon die Gegenpartei: Crampas und Buddenbrook und mit ihnen den guten Doktor Hannemann, der seinen Hut in der Hand hielt, so daß das weiße Haar im Winde flatterte.

Innstetten und Wüllersdorf gingen die Sandschlucht hinauf, Buddenbrook kam ihnen entgegen. Man begrüßte sich, worauf beide Sekundanten beiseite traten, um noch ein kurzes sachliches Gespräch zu führen. Es lief darauf hinaus, daß man a tempo avancieren und auf zehn Schritt Distanz feuern solle. Dann kehrte Buddenbrook an seinen Platz zurück; alles erledigte sich rasch; und die Schüsse fielen. Crampas stürzte.

Innstetten, einige Schritte zurücktretend, wandte sich ab von der Szene. Wüllersdorf aber war auf Buddenbrook zugeschritten, und beide warteten jetzt auf den Ausspruch des Doktors, der die Achseln zuckte. Zugleich deutete Crampas durch eine Handbewegung an, daß er etwas sagen wollte. Wüllersdorf beugte sich zu ihm nieder, nickte zustimmend zu den paar Worten, die kaum hörbar von des Sterbenden Lippen kamen, und ging dann auf Innstetten zu.

„Crampas will Sie noch sprechen, Innstetten. Sie müssen ihm zu Willen sein. Er hat keine drei Minuten Leben mehr."

Innstetten trat an Crampas heran.

„Wollen Sie ..." das waren seine letzten Worte.

Noch ein schmerzlicher und doch beinah freundlicher Schimmer in seinem Antlitz, und dann war es vorbei.

Neunundzwanzigstes Kapitel

Am Abend desselben Tages traf Innstetten wieder in Berlin ein. Er war mit dem Wagen, den er innerhalb der Dünen an dem Querwege zurückgelassen hatte, direkt nach der Bahnstation gefahren, ohne Kessin noch einmal zu berühren, dabei den beiden Sekundanten die Meldung an die Behörden überlassend.

Unterwegs (er war allein im Coupé) hing er, alles noch mal überdenkend, dem Geschehenen nach; es waren dieselben Gedanken wie zwei Tage zuvor, nur daß sie jetzt den umgekehrten Gang gingen und mit der Überzeugtheit von seinem Recht und seiner Pflicht anfingen, um mit Zweifeln daran aufzuhören.

„Schuld, wenn sie überhaupt was ist, ist nicht an Ort und Stunde gebunden und kann nicht hinfällig werden von heute auf morgen. Schuld verlangt Sühne; das hat einen Sinn. Aber Verjährung ist etwas Halbes, etwas Schwächliches, zum mindesten was Prosaisches." Und er richtete sich an dieser Vorstellung auf und wiederholte sich's, daß es gekommen sei, wie's habe kommen müssen. Aber im selben Augenblicke, wo dies für ihn feststand, warf er's auch wieder um. „Es muß eine Verjährung geben, Verjährung ist das einzig Vernünftige; ob es nebenher auch noch so prosaisch ist, ist gleichgültig; das Vernünftige ist meist prosaisch. Ich bin jetzt fünfundvierzig. Wenn ich die Briefe fünfundzwanzig Jahre später gefunden hätte, so war ich siebzig. Dann hätte Wüllersdorf gesagt: ‚Innstetten seien Sie kein Narr.' Und wenn es Wüllersdorf nicht gesagt hätte, so hätt es Buddenbrook gesagt, und wenn auch der nicht, so ich selbst. Dies ist mir klar. Treibt man etwas auf die Spitze, so übertreibt man und hat die Lächerlichkeit. Kein Zweifel. Aber wo fängt es an? Wo liegt die Grenze? Zehn Jahre verlangen noch ein Duell, und da heißt es Ehre, und nach elf Jahren oder vielleicht schon bei zehneinhalb heißt es Unsinn. Die Grenze, die Grenze. Wo ist sie? War sie da? War sie schon überschritten? Wenn ich mir seinen letzten Blick vergegenwärtige, resigniert und in seinem Elend doch noch ein Lächeln, so hieß der Blick: ‚Innstetten, Prinzipienreiterei ... Sie konnten es mir ersparen und sich selber auch.' Und er hatte vielleicht recht. Mir klingt so was in der Seele. Ja, wenn ich voll tödlichem Haß gewesen wäre, wenn mir hier ein tiefes Rachegefühl gesessen hätte ... Rache ist nichts Schönes, aber was Menschliches und hat ein natürlich menschliches Recht. So aber war alles einer Vorstellung, einem Begriff zuliebe, war eine gemachte Geschichte, halbe Komödie. Und diese Komödie muß ich nun fortsetzen und muß Effi wegschicken und sie ruinieren, und mich mit ... Ich mußte die Briefe verbrennen, und die Welt durfte nie davon erfahren. Und wenn sie dann kam, ahnungslos, so mußt ich ihr sagen: ‚Da ist dein Platz', und mußte mich innerlich von ihr scheiden. Nicht vor der

Welt. Es gibt so viele Leben, die keine sind, und so viele Ehen, die keine sind … dann war das Glück hin, aber ich hätte das Auge mit seinem Frageblicke und mit seiner stummen, leisen Anklage nicht vor mir."

*

Kurz vor zehn hielt Innstetten vor seiner Wohnung. Er stieg die Treppen hinauf und zog die Glocke; Johanna kam und öffnete.

„Wie steht es mit Annie?"

„Gut, gnäd'ger Herr. Sie schläft noch nicht … Wenn der gnäd'ge Herr …"

„Nein, nein, das regt sie bloß auf. Ich sehe sie lieber morgen früh. Bringen sie mir ein Glas Tee, Johanna. Wer war hier?"

„Nur der Doktor."

Und nun war Innstetten wieder allein. Er ging auf und ab, wie er's zu tun liebte. „Sie wissen schon alles; Roswitha ist dumm, aber Johanna ist eine kluge Person. Und wenn sie's nicht mit Bestimmtheit wissen, so haben sie sich's zurecht gelegt und wissen es doch. Es ist merkwürdig, was alles zum Zeichen wird und Geschichten ausplaudert, als wäre jeder mit dabei gewesen."

Johanna brachte den Tee. Innstetten trank. Er war nach der Überanstrengung todmüde und schlief ein.

*

Innstetten war zu guter Zeit auf. Er sah Annie, sprach ein paar Worte mit ihr, lobte sie, daß sie eine gute Kranke sei und ging dann aufs Ministerium, um seinem Chef von allem Vorgefallenen Meldung zu machen. Der Minister war sehr gnädig. „Ja, Innstetten, wohl dem, der aus allem, was das Leben uns bringen kann, heil herauskommt; Sie hat's getroffen." Er fand alles, was geschehen, in der Ordnung und überließ Innstetten das weitere. Erst spät nachmittags war Innstetten wieder in seiner Wohnung, in der er ein paar Zeilen von Wüllersdorf vorfand. „Heute früh wieder eingetroffen. Eine Welt von Dingen erlebt: Schmerzliches, Rührendes, Gieshübler an der Spitze. Der liebenswürdigste Bucklige, den ich je gesehen. Von Ihnen sprach er nicht allzuviel, aber die Frau, die Frau! Er konnte sich nicht beruhigen, und zuletzt brach der kleine Mann in Tränen aus. Was alles vorkommt. Es wäre zu wünschen, daß es mehr Gieshübler gäbe. Es gibt aber mehr andere. Und dann die Szene im Hause des Majors ... furchtbar. Kein Wort davon. Man hat wieder mal gelernt: aufpassen. Ich sehe Sie morgen. Ihr W."

Innstetten war ganz erschüttert, als er gelesen. Er setzte sich und schrieb seinerseits ein paar Briefe. Als er damit zu Ende war, klingelte er: „Johanna, die Briefe in den Kasten."

Johanna nahm die Briefe und wollte gehen.

„... Und dann, Johanna, noch eins: die Frau kommt nicht wieder. Sie werden von anderen erfahren, warum nicht. Annie darf nichts wissen, wenigstens jetzt nicht. Das arme Kind. Sie müssen es ihr allmählich beibringen, daß sie keine Mutter mehr hat. Ich kann es nicht. Aber machen Sie's gescheit. Und daß Roswitha nicht alles verdirbt."

Johanna stand einen Augenblick ganz wie benommen da. Dann ging sie auf Innstetten zu und küßte ihm die Hand.

Als sie wieder draußen in der Küche war, war sie von Stolz und Überlegenheit ganz erfüllt, ja beinahe von Glück. Der gnädige Herr hatte ihr nicht nur alles gesagt, sondern am Schlusse auch noch hinzugesetzt „und daß Roswitha nicht alles verdirbt". Das war die Hauptsache, und ohne daß es ihr an gutem Herzen und selbst an Teilnahme mit der Frau gefehlt hätte, beschäftigte sie doch, über jedes andere hinaus, der Triumph einer gewissen Intimitätsstellung zum gnädigen Herrn.

Unter gewöhnlichen Umständen wäre ihr denn auch die Herauskehrung und Geltendmachung dieses Triumphes ein Leichtes gewesen, aber heute traf sich's so wenig günstig für sie, daß ihre Rivalin, ohne Vertrauensperson gewesen zu sein, sich doch als die Eingeweihtere zeigen sollte. Der Portier unten hatte nämlich, so ziemlich um dieselbe Zeit, wo dies spielte, Roswitha in seine kleine Stube hineingerufen und ihr gleich beim Eintreten ein Zeitungsblatt zum Lesen zugeschoben. „Da, Roswitha, das ist was für Sie; Sie können es mir nachher wieder 'runterbringen. Es ist bloß das Fremdenblatt; aber Lene ist schon hin und holt das Kleine Journal. Da wird wohl schon mehr drin stehen; die wissen immer alles. Hören Sie, Roswitha, wer so was gedacht hätte."

Roswitha, sonst nicht allzu neugierig, hatte sich doch nach dieser Ansprache, so rasch wie möglich die Hintertreppe hinaufbegeben und war mit dem Lesen gerade fertig, als Johanna dazu kam.

Diese legte die Briefe, die ihr Innstetten eben gegeben, auf den Tisch, überflog die Adressen oder tat wenigstens so (denn sie wußte längst, an wen sie gerichtet waren) und sagte mit erkünstelter Ruhe: „Einer ist nach Hohen-Cremmen."

„Das kann ich mir denken", sagte Roswitha.

Johanna war nicht wenig erstaunt über diese Bemerkung

„Der Herr schreibt sonst nie nach Hohen-Cremmen."

„Ja, sonst. Aber jetzt denken Sie sich, das hat mir eben der Portier unten gegeben."

Johanna nahm das Blatt und las nun halblaut eine mit einem dicken Tintenstrich markierte Stelle: „Wie wir kurz vor Redaktionsschluß von gut unterrichteter Seite her vernehmen, hat gestern früh in dem Badeorte Kessin, in Hinterpommern, ein Duell zwischen dem Ministerialrat v. I. (Keithstraße) und dem Major von Crampas stattgefunden. Major von Crampas fiel. Es heißt, daß Beziehungen zwischen ihm und der Rätin, einer schönen und noch sehr jungen Frau, bestanden haben sollen."

„Was solche Blätter auch alles schreiben", sagte Johanna, die verstimmt war, ihre Neuigkeit überholt zu sehen. „Ja", sagte Roswitha. „Und das lesen nun die Menschen und verschimpfieren mir meine liebe, arme Frau. Und der arme Major. Nun ist er tot."

„Ja, Roswitha, was denken Sie sich eigentlich. Soll er nicht tot sein? Oder soll lieber unser gnädiger Herr tot sein?"

„Nein, Johanna, unser gnädiger Herr, der soll auch leben, alles soll leben. Ich bin nicht für totschießen und kann nicht mal das Knallen hören. Aber bedenken Sie doch, Johanna, das ist ja nun schon eine halbe Ewigkeit her, und die Briefe, die mir gleich so sonderbar aussahen, weil sie die rote Strippe hatten und drei- oder viermal umwickelt und dann eingeknotet und keine Schleife – die sahen ja schon ganz gelb aus, so lang ist es her. Wir sind ja nun schon über sechs Jahre hier, und wie kann man wegen solcher alter Geschichten ..."

„Ach, Roswitha, Sie reden, wie Sie's verstehen. Und bei Lichte besehen, sind Sie schuld. Von den Briefen kommt es her. Warum kamen Sie mit dem Stemmeisen und brachen den Nähtisch auf, was man nie darf; man darf kein Schloß aufbrechen, was ein anderer zugeschlossen hat."

„Aber, Johanna, das ist doch wirklich zu schlecht von Ihnen, mir so was auf den Kopf zuzusagen, und Sie wissen doch, daß Sie schuld sind und daß Sie wie närrisch in die Küche stürzten und mir sagten, der Nähtisch müsse aufgemacht werden, da wäre die Bandage drin, und da bin ich mit dem Stemmeisen gekommen, und nun soll ich schuld sein. Nein, ich sage ..."

„Nun, ich will es nicht gesagt haben, Roswitha. Nur Sie sollen mir nicht kommen und sagen: der arme Major. Was heißt der arme Major! Der ganze arme Major taugte nichts; wer solchen rotblonden Schnurrbart hat und immer wribbelt, der taugt nie was und richtet bloß Schaden an. Und wenn man immer in vornehmen Häusern gedient hat ... aber das haben Sie nicht, Roswitha, das fehlt Ihnen eben ... dann weiß man auch, was sich paßt und schickt und was Ehre ist, und weiß auch, daß, wenn so was vorkommt, dann geht es nicht anders, und dann kommt das, was man eine Forderung nennt, und dann wird einer totgeschossen."

„Ach, das weiß ich auch; ich bin nicht so dumm, wie Sie mich immer machen wollen. Aber wenn es so lange her ist ..."

„Ja, Roswitha, mit Ihrem ewigen ‚so lange her'; daran sieht man ja eben, daß Sie nichts davon verstehen. Sie erzählen immer die alte Geschichte von Ihrem Vater mit dem glühenden Eisen und wie er damit auf Sie losgekommen, und jedesmal, wenn ich einen glühenden Bolzen eintue, muß ich auch wirklich immer an Ihren Vater denken und sehe immer, wie er Sie wegen des Kindes, das ja nun tot ist, tot machen will. Ja, Roswitha, davon sprechen Sie in einem fort, es fehlt bloß noch, daß Sie Anniechen auch die Geschichte erzählen, und wenn Anniechen eingesegnet wird, dann wird sie's auch gewiß erfahren, und vielleicht denselben Tag noch; und das ärgert mich, daß Sie das alles erlebt haben, und Ihr Vater war doch bloß ein Dorfschmied und hat Pferde beschlagen oder einen Radreifen gelegt, und nun kommen Sie und verlangen von unserm gnädigen Herrn, daß er sich das alles ruhig gefallen läßt, bloß weil es schon lange her ist. Was heißt lange her? Sechs Jahre ist nicht lange her. Und unsre gnäd'ge Frau – die aber nicht wiederkommt, der gnädige Herr hat es mir eben gesagt – unsre gnäd'ge Frau wird erst sechsundzwanzig, und im August ist ihr Geburtstag, und da kommen Sie mir ‚mit lange her'. Und wenn sie sechsunddreißig wäre, ich sage Ihnen, bei sechsunddreißig muß man erst recht aufpassen, und wenn der gnäd'ge Herr nichts getan hätte, dann hätten ihn die vornehmen Leute geschnitten. Aber das Wort kennen Sie gar nicht, Roswitha, davon wissen Sie nichts."

„Nein, davon weiß ich nichts, will auch nicht; aber das weiß ich, Johanna, daß Sie in den gnäd'gen Herrn verliebt sind."

Johanna schlug eine krampfhafte Lache auf.

„Ja, lachen Sie nur. Ich seh es schon lange. Sie haben so was. Und ein Glück, daß unser gnäd'ger Herr keine Augen dafür hat ... Die arme Frau, die arme Frau."

Johanna lag daran, Frieden zu schließen. „Lassen Sie's gut sein, Roswitha. Sie haben wieder Ihren Koller; aber ich weiß schon, den haben alle vom Lande."

„Kann schon sein."

„Ich will jetzt nur die Briefe forttragen und unten sehen, ob der Portier vielleicht schon die andere Zeitung hat. Ich habe doch recht verstanden, daß er Lene danach geschickt hat? Und es muß auch mehr darin stehen; das hier ist ja so gut wie gar nichts."

Dreißigstes Kapitel

Effi und die Geheimrätin Zwicker waren seit fast drei Wochen in Ems und bewohnten daselbst das Erdgeschoß einer reizenden kleinen Villa. In ihrem zwischen ihren zwei Wohnzimmern gelegenen gemeinschaftlichen Salon mit Blick auf den Garten stand ein Polisanderflügel, auf dem Effi dann und wann eine Sonate, die Zwicker dann und wann einen Walzer spielte; sie war ganz unmusikalisch und beschränkte sich im wesentlichen darauf, für Niemann als Tannhäuser zu schwärmen.

Es war ein herrlicher Morgen; in dem kleinen Garten zwitscherten die Vögel, und aus dem angrenzenden Hause, drin sich ein „Lokal" befand, hörte man, trotz der frühen Stunde, bereits das Zusammenschlagen der Billardbälle. Beide Damen hatten ihr Frühstück nicht im Salon selbst, sondern auf einem ein paar Fuß hoch aufgemauerten und mit Kies bestreuten Vorplatz eingenommen, von dem aus drei Stufen nach dem Garten hinunterführten; die Markise, ihnen zu Häupten, war aufgezogen, um den Genuß der frischen Luft in nichts zu beschränken, und sowohl Effi wie die Geheimrätin waren ziemlich emsig bei ihrer Handarbeit. Nur dann und wann wurden ein paar Worte gewechselt.

„Ich begreife nicht", sagte Effi, „daß ich schon seit vier Tagen keinen Brief habe; er schreibt sonst täglich. Ob Annie krank ist? Oder er selbst?"

Die Zwicker lächelte: „Sie werden erfahren, liebe Freundin, daß er gesund ist, ganz gesund."

Effi fühlte sich durch den Ton, in dem dies gesagt wurde, wenig angenehm berührt und schien antworten zu wollen, aber in ebendiesem Augenblicke trat das aus der Umgebung von Bonn stammende Hausmädchen, das sich von Jugend an daran gewöhnt hatte, die mannigfachsten Erscheinungen des Lebens an Bonner Studenten und Bonner Husaren zu messen, vom Salon her auf den Vorplatz hinaus, um hier den Frühstückstisch abzuräumen. Sie hieß Afra.

„Afra", sagte Effi, „es muß doch schon neun sein; war der Postbote noch nicht da?"

„Nein, noch nicht, gnäd'ge Frau."

„Woran liegt es?"

„Natürlich an dem Postboten; er ist aus dem Siegenschen und hat keinen Schneid. Ich hab's ihm auch schon gesagt, das sei die ‚reine Lodderei'. Und wie ihm das Haar sitzt; ich glaube, er weiß gar nicht, was ein Scheitel ist."

„Afra, Sie sind mal wieder zu streng. Denken Sie doch: Postbote, und so tagaus, tagein bei der ewigen Hitze …"

„Ist schon recht, gnäd'ge Frau. Aber es gibt doch andere, die zwingens; wo's drin steckt, da geht es auch." Und während sie noch so sprach, nahm sie das Tablett geschickt auf ihre fünf Fingerspitzen und stieg die Stufen hinunter, um durch den Garten hin den näheren Weg in die Küche zu nehmen.

„Eine hübsche Person", sagte die Zwicker. „Und so quick und kasch, und ich möchte fast sagen von einer natürlichen Anmut. Wissen Sie, liebe Baronin, daß mich diese Afra … übrigens ein wundervoller Name, und es soll sogar eine heilige Afra gegeben haben, aber ich glaube nicht, daß unsere davon abstammt …"

„Und nun, liebe Geheimrätin, vertiefen Sie sich wieder in Ihr Nebenthema, das diesmal Afra heißt, und vergessen darüber ganz, was Sie eigentlich sagen wollten …"

„Doch nicht, liebe Freundin, oder ich finde mich wenigstens wieder zurück … Ich wollte sagen, daß mich diese Afra ganz ungemein an die stattliche Person erinnert, die ich in Ihrem Hause …"

„Ja, Sie haben recht. Es ist eine Ähnlichkeit da. Nur unser Berliner Hausmädchen ist doch erheblich hübscher und namentlich ihr Haar viel schöner und voller. Ich habe so schönes flachsenes Haar, wie unsere Johanna hat, überhaupt noch nicht gesehen. Ein bißchen davon sieht man ja wohl, aber solche Fülle …"

Die Zwicker lächelte. „Das ist wirklich selten, daß man eine junge Frau mit solcher Begeisterung von dem flachsenen Haar ihres Hausmädchens sprechen hört. Und nun auch noch von der Fülle! Wissen Sie, daß ich das rührend finde. Denn eigentlich ist man doch bei der Wahl der Mädchen in einer beständigen Verlegenheit. Hübsch sollen sie sein, weil es jeden Besucher, wenigstens die Männer, stört, eine lange Stakete mit griesem Teint und schwarzen Rändern in der Türöffnung erscheinen zu sehen, und ein wahres Glück, daß die Korridore meistens so dunkel sind. Aber nimmt man wieder zu viel Rücksicht auf solche Hausrepräsentation und den sogenannten ersten Eindruck und schenkt man wohl gar noch einer solchen hübschen Person eine weiße Tändelschürze nach der andern, so hat man eigentlich keine ruhige Stunde mehr und fragt sich, wenn man nicht zu eitel ist und nicht zu viel Vertrauen zu sich selber hat, ob da nicht Remedur geschaffen werden müsse. Remedur war nämlich ein Lieblingswort von Zwicker, womit er mich oft gelangweilt hat; aber freilich, alle Geheimräte haben solche Lieblingsworte."

Effi hörte mit sehr geteilten Empfindungen zu. Wenn die Geheimrätin nur ein bißchen anders gewesen wäre, so hätte dies alles reizend sein können, aber da sie nun mal war wie sie war, so fühlte sich Effi wenig angenehm von dem berührt, was sie sonst vielleicht einfach erheitert hätte.

„Das ist schon recht, liebe Freundin, was Sie da von den Geheimräten sagen. Innstetten hat sich auch dergleichen angewöhnt, lacht aber immer, wenn ich ihn darauf hin ansehe und entschuldigt sich hinterher wegen der Aktenausdrücke. Ihr Herr Gemahl war freilich schon länger im Dienst und überhaupt wohl älter …"

„Um ein geringes", sagte die Geheimrätin spitz und ablehnend.

„Und alles in allem kann ich mich in Befürchtungen, wie Sie sie aussprechen, nicht recht zurechtfinden. Das, was man gute Sitte nennt, ist doch immer noch eine Macht."

„Meinen Sie?"

„... Und ich kann mir namentlich nicht denken, daß es gerade Ihnen, liebe Freundin, beschieden gewesen sein sollte, solche Sorgen und Befürchtungen durchzumachen. Sie haben, Verzeihung, daß ich diesen Punkt hier so offen berühre, gerade das, was die Männer einen ‚Charme' nennen, Sie sind heiter, fesselnd, anregend und, wenn es nicht indiskret ist, so möcht ich angesichts dieser Ihrer Vorzüge wohl fragen dürfen, stützt sich das, was Sie da sagen, auf allerlei Schmerzliches, das Sie persönlich erlebt haben?"

„Schmerzliches?" sagte die Zwicker. „Ach, meine liebe, gnädigste Frau, Schmerzliches, das ist ein zu großes Wort, auch dann noch, wenn man vielleicht manches erlebt hat. Schmerzlich ist einfach zu viel, viel zu viel. Und dann hat man doch schließlich auch seine Hilfsmittel und Gegenkräfte. Sie dürfen dergleichen nicht zu tragisch nehmen."

„Ich kann mir keine rechte Vorstellung von dem machen, was Sie anzudeuten belieben. Nicht, als ob ich nicht wüßte, was Sünde sei, das weiß ich auch; aber es ist doch ein Unterschied, ob man so hineingerät in allerlei schlechte Gedanken oder ob einem derlei Dinge zur halben oder auch wohl zur ganzen Lebensgewohnheit werden. Und nun gar im eigenen Hause ..."

„Davon will ich nicht sprechen, das will ich nicht so direkt gesagt haben, obwohl ich, offen gestanden, auch nach dieser Seite hin voller Mißtrauen bin, oder, wie ich jetzt sagen muß, war; denn es liegt ja alles zurück. Aber da gibt es Außengebiete. Haben Sie von Landpartien gehört?"

„Gewiß. Und ich wollte wohl, Innstetten hätte mehr Sinn dafür ..."

„Überlegen Sie sich das, liebe Freundin. Zwicker saß immer im Saatwinkel. Ich kann Ihnen nur sagen, wenn ich das Wort höre, gibt es mir noch jetzt einen Stich ins Herz. Überhaupt diese Vergnügungsörter in der Umgebung unseres lieben, alten Berlin! Denn ich liebe Berlin trotz alledem. Aber schon die bloßen Namen der dabei in Frage kommenden Ortschaften umschließen eine Welt von Angst und Sorge. Sie lächeln. Und doch, sagen Sie selbst, liebe Freundin, was können Sie von einer großen Stadt und ihren Sittlichkeitszuständen erwarten, wenn Sie beinah unmittelbar vor den Toren derselben – denn zwischen Charlottenburg und Berlin ist kein rechter Unterschied mehr – auf kaum tausend Schritte zusammengedrängt, einem Pichelsberg, einem Pichelsdorf und einem Pichelswerder begegnen. Dreimal Pichel ist zu viel. Sie können die ganze Welt absuchen, das finden Sie nicht wieder."

Effi nickte.

„Und das alles", fuhr die Zwicker fort, „geschieht am grünen Holze der Havelseite. Das alles liegt nach Westen zu, da haben Sie Kultur und höhere Gesittung. Aber nun gehen Sie, meine Gnädigste, nach der andern Seite hin, die Spree hinauf. Ich spreche nicht von Treptow und Stralau, das sind Bagatellen, Harmlosigkeiten, aber wenn Sie die Spezialkarte zur Hand nehmen wollen, da begegnen Sie neben mindestens sonderbaren Namen, wie Kiekebusch, wie Wuhlheide ... Sie hätten hören sollen, wie Zwicker das Wort aussprach ... Namen von geradezu brutalem Charakter, mit denen ich Ihr Ohr nicht verletzen will. Aber natürlich sind das gerade die Plätze, die bevorzugt werden. Ich hasse diese Landpartien, die sich das Volksgemüt als eine Kremserpartie mit ‚Ich bin ein Preuße' vorstellt, in Wahrheit aber schlummern hier die Keime einer sozialen Revolution. Wenn ich sage ‚soziale Revolution' so meine ich natürlich moralische Revolution, alles andere ist bereits wieder überholt, und schon Zwicker sagte mir noch in seinen letzten Tagen: ‚Glaube mir, Sophie, Saturn frißt seine Kinder.' Und Zwicker, welche Mängel und Gebrechen er haben mochte, das bin ich ihm schuldig, er war ein philosophischer Kopf und hatte ein natürliches Gefühl für historische Entwicklung ... Aber ich sehe, meine liebe Frau von Innstetten, so artig sie sonst ist, hört nur noch mit halbem Ohr zu; natürlich, der Postbote hat sich drüben blicken lassen, und da fliegt denn das Herz hinüber und nimmt die Liebesworte vorweg aus dem Briefe heraus ... Nun, Böselager, was bringen Sie?"

Der Angeredete war mittlerweile bis an den Tisch herangetreten und packte aus: mehrere Zeitungen, zwei Friseuranzeigen und zuletzt auch einen großen, eingeschriebenen Brief an Frau Baronin von Innstetten, geb. von Briest.

Die Empfängerin unterschrieb, und nun ging der Postbote wieder. Die Zwicker aber überflog die Friseuranzeigen und lachte über die Preisermäßigung von Shampooing.

Effi hörte nicht hin; sie drehte den ihrerseits empfangenen Brief zwischen den Fingern und hatte eine ihr unerklärliche Scheu, ihn zu öffnen. Eingeschrieben und mit zwei großen Siegeln gesiegelt und ein dickes Kuvert. Was bedeutete das? Poststempel: „Hohen-Cremmen", und die Adresse von der Handschrift der Mutter. Von Innstetten, es war der fünfte Tag, keine Zeile.

Sie nahm eine Stichschere mit Perlmuttergriff und schnitt die Längsseite des Briefes langsam auf. Und nun harrte ihrer eine neue Überraschung. Der Briefbogen, ja das waren eng geschriebene Zeilen von der Mama, darin eingelegt aber waren Geldscheine mit einem breiten Papierstreifen drum herum, auf dem mit Rotstift, und zwar von des Vaters Hand, der Betrag der eingelegten Summe verzeichnet war. Sie schob das Konvolut zurück und begann zu lesen, während sie sich in den Schaukelstuhl zurücklehnte. Aber sie kam nicht weit, die Zeilen entfielen ihr, und aus ihrem Gesicht war alles Blut fort. Dann bückte sie sich und nahm den Brief wieder auf.

„Was ist Ihnen, liebe Freundin? Schlechte Nachrichten?"

Effi nickte, gab aber weiter keine Antwort und bat nur, ihr ein Glas Wasser reichen zu wollen. Als sie getrunken, sagte sie: „Es wird vorüber gehen, liebe Geheimrätin, aber ich möchte mich doch einen Augenblick zurückziehen ... Wenn sie mir Afra schicken könnten."

Und nun erhob sie sich und trat in den Salon zurück, wo sie sichtlich froh war, einen Halt gewinnen und sich an dem Polisanderflügel entlang fühlen zu können. So kam sie bis an ihr nach rechts hin gelegenes Zimmer, und als sie hier, tappend und suchend, die Tür geöffnet und das Bett an der Wand gegenüber erreicht hatte, brach sie ohnmächtig zusammen.

Einunddreißigstes Kapitel

Minuten vergingen. Als Effi sich wieder erholt hatte, setzte sie sich auf einen am Fenster stehenden Stuhl und sah auf die stille Straße hinaus. Wenn da doch Lärm und Streit gewesen wäre; aber nur der Sonnenschein lag auf dem chaussierten Wege und dazwischen die Schatten, die das Gitter und die Bäume warfen. Das Gefühl des Alleinseins in der Welt überkam sie mit seiner ganzen Schwere. Vor einer Stunde noch eine glückliche Frau, Liebling aller, die sie kannten, und nun ausgestoßen. Sie hatte nur erst den Anfang des Briefes gelesen, aber genug, um ihre Lage klar vor Augen zu haben. Wohin? Sie hatte keine Antwort darauf, und doch war sie voll tiefer Sehnsucht, aus dem herauszukommen, was sie hier umgab, also fort von dieser Geheimrätin, der das alles bloß ein „interessanter Fall" war, und deren Teilnahme, wenn etwas davon existierte, sicher an das Maß ihrer Neugier nicht heranreichte.

„Wohin?"

Auf dem Tische vor ihr lag der Brief; aber ihr fehlte der Mut, weiter zu lesen. Endlich sagte sie: „Wovor bange ich mich noch? Was kann noch gesagt werden, das ich mir nicht schon selber sagte? Der, um den all dies kam, ist tot, eine Rückkehr in mein Haus gibt es nicht, in ein paar Wochen wird die Scheidung ausgesprochen sein, und das Kind wird man dem Vater lassen. Natürlich. Ich bin schuldig, und eine Schuldige kann ihr Kind nicht erziehen. Und wovon auch? Mich selbst werde ich wohl durchbringen. Ich will sehen, was die Mama darüber schreibt, wie sie sich mein Leben denkt."

Und unter diesen Worten nahm sie den Brief wieder, um auch den Schluß zu lesen.

„... Und nun Deine Zukunft, meine liebe Effi. Du wirst Dich auf Dich selbst stellen müssen und darfst dabei, soweit äußere Mittel mitsprechen, unserer Unterstützung sicher sein. Du wirst am besten in Berlin leben (in einer großen Stadt vertut sich dergleichen am besten) und wirst da zu den vielen gehören, die sich um freie Luft und lichte Sonne gebracht haben. Du wirst einsam leben, und wenn Du das nicht willst, wahrscheinlich aus Deiner Sphäre herabsteigen müssen. Die Welt, in der Du gelebt hast, wird Dir verschlossen sein. Und was das Traurigste für uns und für Dich ist (auch für Dich, wie wir Dich zu kennen vermeinen) – auch das elterliche Haus wird Dir verschlossen sein; wir können Dir keinen stillen Platz in Hohen-Cremmen anbieten, keine Zuflucht in unserem Hause, denn es hieße das, dies Haus von aller Welt abschließen, und das zu tun, sind wir entschieden nicht geneigt. Nicht weil wir zu sehr an der Welt hingen und ein Abschiednehmen von dem, was sich ‚Gesellschaft' nennt, uns als etwas unbedingt Unerträgliches erschiene; nein, nicht deshalb, sondern einfach, weil wir Farbe bekennen und vor aller Welt, ich kann Dir das Wort nicht ersparen, unsere

Verurteilung Deines Tuns, des Tuns unseres einzigen und von uns so sehr geliebten Kindes, aussprechen wollen ..."

Effi konnte nicht weiter lesen; ihre Augen füllten sich mit Tränen, und nachdem sie vergeblich dagegen angekämpft hatte, brach sie zuletzt in ein heftiges Schluchzen und Weinen aus, darin sich ihr Herz erleichterte.

*

Nach einer halben Stunde klopfte es, und auf Effis „Herein" erschien die Geheimrätin.

„Darf ich eintreten?"

„Gewiß, liebe Geheimrätin", sagte Effi, die jetzt, leicht zugedeckt und die Hände gefaltet, auf dem Sofa lag. „Ich bin erschöpft und habe mich hier eingerichtet, so gut es ging. Darf ich Sie bitten, sich einen Stuhl zu nehmen."

Die Geheimrätin setzte sich so, daß der Tisch, mit einer Blumenschale darauf, zwischen ihr und Effi war. Effi zeigte keine Spur von Verlegenheit und änderte nichts in ihrer Haltung, nicht einmal die gefalteten Hände. Mit einem Male war es ihr vollkommen gleichgültig, was die Frau dachte; nur fort wollte sie.

„Sie haben eine traurige Nachricht empfangen, liebe, gnädigste Frau ..."

„Mehr als traurig", sagte Effi. „Jedenfalls traurig genug, um unserem Beisammensein ein rasches Ende zu machen. Ich muß noch heute fort."

„Ich möchte nicht zudringlich erscheinen, aber ist es etwas mit Annie?"

„Nein, nicht mit Annie. Die Nachrichten kamen überhaupt nicht aus Berlin, es waren Zeilen meiner Mama. Sie hat Sorgen um mich, und es liegt mir daran, sie zu zerstreuen, oder wenn ich das nicht kann, wenigstens an Ort und Stelle zu sein."

„Mir nur zu begreiflich, so sehr ich es beklage, diese letzten Emser Tage nun ohne Sie verbringen zu sollen. Darf ich Ihnen meine Dienste zur Verfügung stellen?"

Ehe Effi darauf antworten konnte, trat Afra ein und meldete, daß man sich eben zum Lunch versammle. Die Herrschaften seien alle sehr in Aufregung: der Kaiser käme wahrscheinlich auf drei Wochen, und am Schluß seien große Manöver, und die Bonner

Husaren kämen auch.

Die Zwicker überschlug sofort, ob es sich verlohnen würde, bis dahin zu bleiben, kam zu einem entschiedenen „Ja“ und ging dann, um Effis Ausbleiben beim Lunch zu entschuldigen.

Als gleich danach auch Afra gehen wollte, sagte Effi: „Und dann, Afra, wenn Sie frei sind, kommen Sie wohl noch eine Viertelstunde zu mir, um mir beim Packen behilflich zu sein. Ich will heute noch mit dem Siebenuhrzuge fort.“

„Heute noch? Ach, gnädigste Frau, das ist doch aber schade. Nun fangen ja die schönen Tage erst an.“

Effi lächelte.

*

Die Zwicken die noch allerlei zu hören hoffte, hatte sich nur mit Mühe bestimmen lassen, der „Frau Baronin“ beim Abschiede nicht das Geleit zu geben. „Auf einem Bahnhofe“, so hatte Effi versichert, „sei man immer so zerstreut und nur mit seinem Platz und seinem Gepäck beschäftigt; gerade Personen, die man lieb habe, von denen nähme man gern vorher Abschied.“ Die Zwicker bestätigte das, trotzdem sie das Vorgeschützte darin sehr wohl herausfühlte; sie hatte hinter allen Türen gestanden und wußte gleich, was echt und unecht war.

Afra begleitete Effi zum Bahnhof und ließ sich fest versprechen, daß die Frau Baronin im nächsten Sommer wiederkommen wolle; wer mal in Ems gewesen, der komme immer wieder. Ems sei das schönste, außer Bonn.

Die Zwicker hatte sich mittlerweile zum Briefschreiben niedergesetzt, nicht an dem etwas wackligen Rokokosekretär im Salon, sondern draußen auf der Veranda, an demselben Tisch, an dem sie kaum zehn Stunden zuvor mit Effi das Frühstück genommen hatte.

Sie freute sich auf den Brief, der einer befreundeten, zurzeit in Reichenhall weilenden Berliner Dame zugute kommen sollte. Beider Seelen hatten sich längst gefunden und gipfelten in einer der ganzen Männerwelt geltenden starken Skepsis; sie fanden die Männer durchweg weit zurückbleibend hinter dem, was billigerweise gefordert werden könne, die sogenannten „forschen“ am meisten. „Die, die vor Verlegenheit nicht wissen, wo sie hinsehen sollen, sind, nach einem kurzen Vorstudium, immer noch die besten, aber die eigentlichen Don Juans erweisen sich jedesmal als eine Enttäuschung. Wo soll es am Ende auch herkommen.“ Das waren so Weisheitssätze, die zwischen den zwei Freundinnen ausgetauscht wurden.

Die Zwicker war schon auf dem zweiten Bogen und fuhr in ihrem mehr als dankbaren Thema, das natürlich „Effi“ hieß, eben wie folgt fort: „Alles in allem war sie sehr zu leiden, artig, anscheinend offen, ohne jeden Adelsdünkel (oder doch groß in der Kunst, ihn zu verbergen) und immer interessiert, wenn man ihr etwas Interessantes erzählte, wovon ich, wie ich Dir nicht zu versichern brauche, den ausgiebigsten Gebrauch machte. Nochmals also, reizende junge Frau, fünfundzwanzig oder nicht viel mehr. Und doch hab ich dem Frieden nie getraut und traue ihm auch in diesem Augenblicke noch nicht, ja, jetzt vielleicht am wenigsten. Die Geschichte heute mit dem Briefe – da steckt eine wirkliche Geschichte dahinter. Dessen bin ich so gut wie sicher. Es wäre das erste Mal, daß ich mich in solcher Sache geirrt hätte. Daß sie mit Vorliebe von den Berliner Modepredigern sprach und das Maß der Gottseligkeit jedes einzelnen feststellte, das, und der gelegentliche Gretchenblick, der jedesmal versicherte, kein Wässerchen trüben zu können – alle diese Dinge haben mich in meinem Glauben … Aber da kommt eben unsere Afra, von der ich Dir, glaub ich, schon schrieb, eine hübsche Person, und packt mir ein Zeitungsblatt auf den Tisch, das ihr, wie sie sagt, unsere Frau Wirtin für mich gegeben habe; die blau angestrichene Stelle.

Nun verzeih, wenn ich diese Stelle erst lese …

Nachschrift. Das Zeitungsblatt war interessant genug und kam wie gerufen. Ich schneide die blau angestrichene Stelle heraus und lege sie diesen Zeilen bei. Du siehst daraus, daß ich mich nicht geirrt habe. Wer mag nur dieser Crampas sein? Es ist unglaublich – erst selber Zettel und Briefe schreiben und dann auch noch die des anderen aufbewahren! Wozu gibt es Öfen und Kamine? Solange wenigstens dieser Duellunsinn noch existiert, darf dergleichen nicht vorkommen; einem kommenden Geschlechte kann diese Briefschreibepassion (weil dann gefahrlos geworden) vielleicht freigegeben werden. Aber so weit sind wir noch lange nicht. Übrigens bin ich voll Mitleid mit der jungen Baronin und finde, eitel wie man nun mal ist, meinen einzigen Trost darin, mich in der Sache selbst nicht getäuscht zu haben. Und der Fall lag nicht so ganz gewöhnlich. Ein schwächerer Diagnostiker hätte sich doch vielleicht hinters Licht führen lassen. Wie immer

Deine Sophie."

Zweiunddreißigstes Kapitel

Drei Jahre waren vergangen, und Effi bewohnte seit fast ebensolanger Zeit eine kleine Wohnung in der Königgrätzerstraße, zwischen Askanischem Platz und Halleschem Tor: ein Vorder- und Hinterzimmer, und hinter diesem die Küche mit Mädchengelaß, alles so durchschnittsmäßig und alltäglich wie nur möglich. Und doch war es eine apart hübsche Wohnung, die jedem, der sie sah, angenehm auffiel, am meisten vielleicht dem alten Geheimrat Rummschüttel, der, dann und wann vorsprechend, der armen jungen Frau nicht bloß die nun weit zurückliegende Rheumatismus- und Neuralgiekomödie, sondern auch alles, was seitdem sonst noch vorgekommen war, längst verziehen hatte, wenn es für ihn der Verzeihung überhaupt bedurfte. Denn Rummschüttel kannte noch ganz anderes. Er war jetzt ausgangs siebzig, aber wenn Effi, die seit einiger Zeit ziemlich viel kränkelte, ihn brieflich um seinen Besuch bat, so war er am anderen Vormittag auch da und wollte von Entschuldigungen, daß es so hoch sei, nichts wissen. „Nur keine Entschuldigungen, meine liebe, gnädigste Frau; denn erstens ist es mein Metier, und zweitens bin ich glücklich und beinahe stolz, die drei Treppen so gut noch steigen zu können. Wenn ich nicht fürchten müßte, Sie zu belästigen – denn ich komme doch schließlich als Arzt und nicht als Naturfreund und Landschaftsschwärmer –, so käme ich wohl noch öfter, bloß um Sie zu sehen und mich hier etliche Minuten an Ihr Hinterfenster zu setzen. Ich glaube, Sie würdigen den Ausblick nicht genug."

„0 doch, doch", sagte Effi; Rummschüttel aber ließ sich nicht stören und fuhr fort: „Bitte, meine gnädigste Frau, treten Sie hier heran, nur einen Augenblick, oder erlauben Sie mir, daß ich Sie bis an das Fenster führe. Wieder ganz herrlich heute. Sehen Sie doch nur die verschiedenen Bahndämme, drei, nein vier, und wie es beständig darauf hin und her gleitet ... und nun verschwindet der Zug da wieder hinter einer Baumgruppe. Wirklich herrlich. Und wie die Sonne den weißen Rauch durchleuchtete. Wäre der Matthäikirchhof nicht unmittelbar dahinter, so wäre es ideal."

„Ich sehe gern Kirchhöfe."

„Ja, Sie dürfen das sagen. Aber unserein! Unsereinem kommt unabweislich immer die Frage, könnten hier nicht vielleicht einige weniger liegen? Im übrigen, meine gnädigste Frau, bin ich mit Ihnen zufrieden und beklage nur, daß Sie von Ems nichts wissen wollen; Ems bei Ihren katarrhalischen Affektionen würde Wunder …"

Effi schwieg.

„Ems würde Wunder tun. Aber da Sie's nicht mögen – und ich finde mich darin zurecht – so trinken Sie den Brunnen hier. In drei Minuten sind Sie im Prinz Albrechtschen Garten, und wenn auch die Musik und die Toiletten und all die Zerstreuungen einer regelrechten Brunnenpromenade fehlen, der Brunnen selbst ist doch die Hauptsache."

Effi war einverstanden, und Rummschüttel nahm Hut und Stock. Aber er trat noch einmal an das Fenster heran. „Ich höre von einer Terrassierung des Kreuzbergs sprechen, Gott segne die Stadtverwaltung, und wenn dann erst die kahle Stelle da hinten mehr in Grün stehen wird … Eine reizende Wohnung. Ich könnte Sie fast beneiden … Und was ich schon längst einmal sagen wollte, meine gnädige Frau, Sie schreiben mir immer einen so liebenswürdigen Brief. Nun, wer freute sich dessen nicht? Aber es ist da jedesmal eine Mühe … Schicken Sie mir doch einfach Roswitha."

Effi dankte ihm, und so schieden sie.

„Schicken Sie mir doch einfach Roswitha …" hatte Rummschüttel gesagt. Ja, war denn Roswitha bei Effi? War sie denn statt in der Keith- in der Königgrätzerstraße? Gewiß war sie's und zwar sehr lange schon, gerade so lange, wie Effi selbst in der Königgrätzerstraße wohnte. Schon drei Tage vor diesem Einzug hatte sich Roswitha bei ihrer lieben gnädigen Frau sehen lassen, und das war ein großer Tag für beide gewesen, so sehr, daß dieses Tages hier noch nachträglich gedacht werden muß. Effi hatte damals, als der elterliche Absagebrief aus Hohen-Cremmen kam und sie mit dem Abendzuge von Ems nach Berlin zurückreiste, nicht gleich eine selbständige Wohnung genommen, sondern es mit einem Unterkommen in einem Pensionate versucht. Es war ihr damit auch leidlich geglückt. Die beiden Damen, die dem Pensionat vorstanden, waren gebildet und voll Rücksicht und hatten es längst verlernt, neugierig zu sein. Es kam da so vieles zusammen, daß ein Eindringenwollen in die Geheimnisse jedes einzelnen viel zu umständlich gewesen wäre. Dergleichen hinderte nur den Geschäftsgang. Effi, die die mit den Augen angestellten Kreuzverhöre der Zwicker noch in Erinnerung hatte, fühlte sich denn auch von dieser Zurückhaltung der Pensionsdamen sehr angenehm berührt; als aber vierzehn Tage vorüber waren, empfand sie doch deutlich, daß die hier herrschende Gesamtatmosphäre, die physische wie die moralische, nicht wohl ertragbar für sie sei. Bei Tisch waren sie zumeist zu sieben, und zwar außer Effi und der einen Pensionsvorsteherin (die andere leitete draußen das Wirtschaftliche) zwei die Hochschule besuchende Engländerinnen, eine adelige Dame aus Sachsen, eine sehr hübsche galizische Jüdin, von der niemand wußte, was sie eigentlich vorhatte, und eine Kantorstochter aus Polzin in Pommern, die Malerin werden wollte. Das war eine schlimme Zusammensetzung, und die gegenseitigen Überheblichkeiten, bei denen die Engländerinnen merkwürdigerweise nicht absolut obenan standen, sondern mit der vom höchsten Malergefühl erfüllten Polzinerin um die Palme rangen, waren unerquicklich; dennoch wäre Effi, die sich passiv verhielt, über den Druck, den diese geistige Atmosphäre übte, hinweggekommen, wenn nicht, rein physisch und äußerlich, die sich hinzugesellende Pensionsluft gewesen wäre. Woraus sich diese eigentlich zusammensetzte, war vielleicht überhaupt unerforschlich, aber daß sie der empfindlichen Effi den Atem raubte, war nur zu gewiß, und so sah sie sich, aus diesem äußerlichen Grunde, sehr bald schon zur Aus- und Umschau nach einer anderen Wohnung gezwungen, die sie denn auch in verhältnismäßiger Nähe fand. Es war dies die vorgeschilderte Wohnung in der Königgrätzerstraße. Sie sollte dieselbe zu Beginn des Herbstvierteljahres beziehen, hatte das Nötige dazu beschafft und zählte während der letzten Septembertage die Stunden bis zur Erlösung aus dem Pensionat. An einem dieser letzten Tage – sie hatte sich eine Viertelstunde zuvor aus dem Eßzimmer zurückgezogen und gedachte sich eben auf einem mit einem großblumigen Wollstoff überzogenen Seegras-Sofa auszuruhen –, wurde leise an ihre Tür geklopft.

„Herein."

Das eine Hausmädchen, eine kränklich aussehende Person von Mitte Dreißig, die durch beständigen Aufenthalt auf dem Korridor des Pensionats, den hier lagernden Dunstkreis überall hin in ihren Falten mitschleppte, trat ein und sagte: „Die gnädige Frau möchte entschuldigen, aber es wolle sie jemand sprechen."

„Wer?"

„Eine Frau."

„Und hat sie ihren Namen genannt?"

„Ja. Roswitha."

Und siehe da, kaum daß Effi diesen Namen gehört hatte, so schüttelte sie den Halbschlaf von sich ab und sprang auf und lief auf den Korridor hinaus, um Roswitha bei beiden Händen zu fassen und in ihr Zimmer zu ziehen.

„Roswitha. Du. Ist das eine Freude. Was bringst du? Natürlich was Gutes. Ein so gutes, altes Gesicht kann nur was Gutes bringen. Ach, wie glücklich ich bin, ich könnte dir einen Kuß geben; ich hätte nicht gedacht, daß ich noch solche Freude haben könnte. Mein gutes, altes Herz, wie geht es dir denn? Weißt du noch, wie's damals war, als der Chinese spukte? Das waren glückliche Zeiten. Ich habe damals gedacht, es wären unglückliche, weil ich das Harte des Lebens noch nicht kannte. Seitdem habe ich es kennen gelernt. Ach, Spuk ist lange nicht das schlimmste! Komm, meine gute Roswitha, komm, setze dich zu mir und erzähle mir ... Ach, ich habe solche Sehnsucht. Was macht Annie?"

Roswitha konnte kaum reden und sah sich in dem sonderbaren Zimmer um, dessen grau und verstaubt aussehende Wände in schmale Goldleisten gefaßt waren. Endlich aber fand sie sich und sagte, daß der gnädige Herr nun wieder aus Glatz zurück sei; der alte Kaiser habe gesagt, „sechs Wochen in solchem Falle sei gerade genug", und auf den Tag, wo der gnädige Herr wieder da sein würde, darauf habe sie bloß gewartet, wegen Annie, die doch eine Aufsicht haben müsse. Denn Johanna sei wohl eine sehr propre Person, aber sie sei doch noch zu hübsch und beschäftige sich noch zu viel mit sich selbst und denke vielleicht Gott weiß alles. Aber nun, wo der gnädige Herr wieder aufpassen und in allem nach dem Rechten sehen könne, da habe sie sich's doch antun wollen und mal sehen, wie's der gnädigen Frau gehe ...

„Das ist recht, Roswitha ..."

... Und habe mal sehen wollen, ob der gnädigen Frau was fehle und ob sie sie vielleicht brauche, dann wolle sie gleich hier bleiben und beispringen und alles machen und dafür sorgen, daß es der gnädigen Frau wieder gut ginge.

Effi hatte sich in die Sofaecke zurückgelehnt und die Augen geschlossen. Aber mit eins richtete sie, sich auf und sagte: „Ja, Roswitha, was du da sagst, das ist ein Gedanke; das ist was. Denn du mußt wissen, ich bleibe hier nicht in dieser Pension, ich habe da weiterhin eine Wohnung gemietet und auch Einrichtung besorgt und in drei Tagen will ich da einziehen. Und wenn ich da mit dir ankäme und zu dir sagen könnte: ‚Nein, Roswitha, da nicht, der Schrank muß dahin und der Spiegel da', ja, das wäre was, das sollte mir schon gefallen. Und wenn wir dann müde von all der Plackerei wären, dann sagte ich: ‚Nun, Roswitha, gehe da hinüber und hole uns eine Karaffe Spatenbräu, denn wenn man gearbeitet hat, dann will man doch auch trinken, und wenn du kannst, so bring uns auch etwas Gutes aus dem ‚Habsburger Hof' mit, du kannst ja das Geschirr nachher wieder herüberbringen –', ja, Roswitha, wenn ich mir das denke, da wird mir ordentlich leichter ums Herz. Aber ich muß dich doch fragen, hast du dir auch alles überlegt? Von Annie will ich nicht sprechen, an der du doch hängst, sie ist ja wie dein eigen Kind, – aber trotzdem, für Annie wird schon gesorgt werden, und die Johanna hängt ja auch an ihr. Also davon nichts. Aber bedenke, wie sich alles verändert hat, wenn du wieder zu mir willst. Ich bin nicht mehr wie damals; ich habe jetzt eine ganz kleine Wohnung genommen, und der Portier wird sich wohl nicht sehr um dich und mich bemühen. Und wir werden eine sehr kleine Wirtschaft haben, immer das, was wir sonst unser Donnerstagessen nannten, weil da rein gemacht wurde. Weißt du noch? Und weißt du noch, wie der gute Gieshübler mal dazu kam und sich zu uns setzen mußte, und wie er dann sagte: ‚So was Delikates habe er noch nie gegessen.' Du wirst dich noch erinnern, er war immer so schrecklich artig, denn eigentlich war er doch der einzige Mensch in der Stadt, der von Essen was verstand. Die andern fanden alles schön."

Roswitha freute sich über jedes Wort und sah schon alles in bestem Gange, bis Effi wieder sagte: „Hast du dir das alles überlegt? Denn du bist doch – ich muß das sagen, wiewohl es meine eigne Wirtschaft war –, du bist doch nun durch viele Jahre hin verwöhnt, und es kam nie darauf an, wir hatten es nicht nötig sparsam zu sein; aber jetzt muß ich sparsam sein, denn ich bin arm und habe nur, was man mir gibt, du weißt von Hohen-Cremmen her. Meine Eltern sind sehr gut gegen mich, soweit sie's können, aber sie sind nicht reich. Und nun sage, was meinst du?"

„Daß ich nächsten Sonnabend mit meinem Koffer anziehe, nicht am Abend, sondern gleich am Morgen, und daß ich da bin, wenn das Einrichten losgeht. Denn ich kann doch ganz anders zufassen, wie die gnädige Frau."

„Sage das nicht, Roswitha. Ich kann es auch. Wenn man muß, kann man alles."

„Und dann, gnädige Frau, Sie brauchen sich wegen meiner nicht zu fürchten, als ob ich mal denken könnte: ‚für Roswitha ist das nicht gut genug.' Für Roswitha ist alles gut, was sie mit der gnädigen Frau teilen muß, und am liebsten, wenn es was Trauriges ist. Ja, darauf freue ich mich schon ordentlich. Dann sollen Sie mal sehen, das verstehe ich. Und wenn ich es nicht verstünde, dann wollte ich es schon lernen. Denn, gnädige Frau, das hab ich nicht vergessen, als ich da auf dem Kirchhof saß, mutterwindallein und bei mir dachte, nun wäre es doch wohl das beste, ich läge da gleich mit in der Reihe. Wer kam da? Wer hat mich da bei Leben erhalten? Ach, ich habe so viel durchzumachen gehabt. Als mein Vater damals mit der glühenden Stange auf mich los kam ..."

„Ich weiß schon, Roswitha"

„Ja, das war schlimm genug. Aber als ich da auf dem Kirchhof saß, so ganz arm und verlassen, das war doch noch schlimmer. Und da kam die gnädige Frau. Und ich will nicht selig werden, wenn ich das vergesse."

Und dabei stand sie auf und ging aufs Fenster zu. „Sehen Sie, gnädige Frau, den müssen Sie doch auch noch sehen."

Und nun trat auch Effi heran.

Drüben, auf der anderen Seite der Straße, saß Rollo und sah nach den Fenstern der Pension hinauf.

*

Wenige Tage danach bezog Effi, von Roswitha unterstützt, ihre Wohnung in der Königgrätzerstraße, darin es ihr von Anfang an gefiel. Umgang fehlte freilich, aber sie hatte während ihrer

Pensionstage von dem Verkehr mit Menschen so wenig Erfreuliches gehabt, daß ihr das Alleinsein nicht schwer fiel, wenigstens anfänglich nicht. Mit Roswitha ließ sich allerdings kein ästhetisches Gespräch führen, auch nicht mal sprechen über das, was in der Zeitung stand, aber wenn es einfach menschliche Dinge betraf und Effi mit einem ‚ach Roswitha, mich ängstigt es wieder ...' ihren Satz begann, dann wußte die treue Seele jedesmal gut zu antworten und hatte immer Trost und meist auch Rat.

Bis Weihnachten ging es vorzüglich; aber der Heiligabend verlief schon recht traurig, und als das neue Jahr herankam, begann Effi ganz schwermütig zu werden. Es war nicht kalt, nur grau und regnerisch, und wenn die Tage kurz waren, so waren die Abende desto länger. Was tun? Sie las, sie stickte, sie legte Patience, sie spielte Chopin, aber diese Notturnos waren auch nicht angetan, viel Licht in ihr Leben zu tragen, und wenn Roswitha mit dem Teebrett kam und außer dem Teezeug auch noch zwei Tellerchen mit einem Ei und einem in kleine Scheiben geschnittenen Wiener Schnitzel auf den Tisch setzte, sagte Effi, während sie das Pianino schloß: „Rücke heran, Roswitha. Leiste mir Gesellschaft."

Roswitha kam denn auch. „Ich weiß schon, die gnädige Frau haben wieder zu viel gespielt; dann sehen Sie immer so aus und haben rote Flecke. Der Geheimrat hat es doch verboten."

„Ach, Roswitha, der Geheimrat hat leicht verbieten, und du hast es auch leicht, all das nachzusprechen. Aber was soll ich denn machen? Ich kann doch nicht den ganzen Tag am Fenster sitzen und nach der Christuskirche hinübersehen. Sonntags, beim Abendgottesdienst, wenn die Fenster erleuchtet sind, sehe ich ja immer hinüber; aber es hilft mir auch nichts, mir wird dann immer noch schwerer ums Herz."

„Ja, gnädige Frau, dann sollten Sie mal hineingehen. Einmal waren Sie ja schon drüben."

„Oh, schon öfters. Aber ich habe nicht viel davon gehabt. Er predigt ganz gut und ist ein sehr kluger Mann, und ich wäre froh, wenn ich das Hundertste davon wüßte. Aber es ist doch alles bloß, wie wenn ich ein Buch lese; und wenn er dann so laut spricht und herumficht und seine schwarzen Locken schüttelt, dann bin ich aus meiner Andacht heraus."

„Heraus?"

Effi lachte. „Du meinst, ich war noch gar nicht drin. Und es wird wohl so sein. Aber an wem liegt das? Das liegt doch nicht an mir. Er spricht immer so viel vom alten Testament. Und wenn es auch ganz gut ist, es erbaut mich nicht. Überhaupt all das Zuhören; es ist nicht das rechte. Sieh, ich müßte so viel zu tun haben, daß ich nicht ein noch aus wußte. Das wäre was für mich. Da gibt es so Vereine, wo junge Mädchen die Wirtschaft lernen oder Nähschulen oder Kindergärtnerinnen. Hast Du nie davon gehört?"

„Ja, ich habe mal davon gehört. Anniechen sollte mal in einen Kindergarten."

„Nun siehst du, du weißt es besser als ich. Und in solchen Verein, wo man sich nützlich machen kann, da möchte ich eintreten. Aber daran ist gar nicht zu denken; die Damen nehmen mich nicht an und können es auch nicht. Und das ist das schrecklichste, daß einem die Welt so zu ist, und daß es sich einem sogar verbietet, bei Gutem mit dabei zu sein. Ich kann nicht mal armen Kindern eine Nachhilfestunde geben ..."

„Das wäre auch nichts für Sie, gnädige Frau; die Kinder haben immer so fettige Stiefel an, und wenn es nasses Wetter ist, – das ist dann solch ein Dunst und Schmook, das halten die gnädige Frau gar nicht aus."

Effi lächelte. „Du wirst wohl recht haben, Roswitha; aber es ist schlimm, daß du recht hast, und ich sehe daran, daß ich noch zu viel von dem alten Menschen in mir habe und daß es mir noch zu gut geht."

Davon wollte aber Roswitha nichts wissen. „Wer so gut ist, wie gnädige Frau, dem kann es gar nicht zu gut gehen. Und Sie müssen nur nicht immer so was Trauriges spielen, und mitunter denke ich mir, es wird alles noch wieder gut, und es wird sich schon was finden."

Und es fand sich auch was. Effi, trotz der Kantorstochter aus Polzin, deren Künstlerdünkel ihr immer noch als etwas Schreckliches vorschwebte, wollte Malerin werden, und wiewohl sie selber darüber lachte, weil sie sich bewußt war, über eine unterste Stufe des Dilettantismus nie hinauskommen zu können, so griff sie doch mit Passion danach, weil sie nun eine Beschäftigung hatte, noch dazu eine, die, weil still und geräuschlos, ganz nach ihrem Herzen war. Sie meldete sich denn auch bei einem ganz alten Malerprofessor, der in der märkischen Aristokratie sehr bewandert und zugleich so fromm war, daß ihm Effi von Anfang an ans Herz gewachsen erschien. Hier, so gingen wohl seine Gedanken, war eine Seele zu retten, und so kam er ihr, als ob sie seine Tochter gewesen wäre, mit einer ganz besonderen Liebenswürdigkeit entgegen. Effi war sehr glücklich darüber, und der Tag ihrer ersten Malstunde bezeichnete für sie einen Wendepunkt zum Guten. Ihr armes Leben war nun nicht so arm mehr, und Roswitha triumphierte, daß sie recht gehabt und sich nun doch etwas gefunden habe.

Das ging so Jahr und Tag und darüber hinaus. Aber daß sie nun wieder eine Berührung mit den Menschen hatte, wie sie's beglückte, so ließ es auch wieder den Wunsch in ihr entstehen, daß diese Berührungen sich erneuern und mehren möchten. Sehnsucht nach Hohen-Cremmen erfaßte sie mitunter mit einer wahren Leidenschaft, und noch leidenschaftlicher sehnte sie sich danach, Annie wiederzusehen. Es war doch ihr Kind, und wenn sie dem nachhing und sich dabei gleichzeitig der Trippelli erinnerte, die mal gesagt hatte: ‚die Welt sei so klein, und in Mittelafrika könne man sicher sein, plötzlich einem alten Bekannten zu begegnen', so war sie mit Recht verwundert, Annie noch nie getroffen zu haben. Aber auch das sollte sich eines Tages ändern. Sie kam aus der Malstunde, dicht am Zoologischen Garten und stieg, nahe dem Halteplatz, in einen die lange Kurfürstenstraße passierenden Pferdebahnwagen ein. Es war sehr heiß, und die herabgelassenen Vorhänge, die bei dem starken Luftzuge, der ging, hin und her bauschten, taten ihr wohl. Sie lehnte sich in die dem Vorderperron zugekehrte Ecke und musterte eben mehrere in eine Glasscheibe eingebrannte Sofas, blau mit Quasten und Puscheln daran, als sie – der Wagen war gerade in einem langsamen Fahren – drei Schulkinder aufspringen sah, die Mappen auf dem Rücken, mit kleinen spitzen Hüten, zwei blond und ausgelassen, die dritte dunkel und ernst. Es war Annie. Effi fuhr heftig zusammen, und eine Begegnung mit dem Kinde zu haben, wonach sie sich doch so lange gesehnt, erfüllte sie jetzt mit einer wahren Todesangst. Was tun? Rasch entschlossen öffnete sie die Tür zu dem Vorderperron, auf dem niemand stand als der Kutscher, und bat diesen, sie bei der nächsten Haltestelle vorn absteigen zu lassen. „Is verboten, Fräulein", sagte der Kutscher; sie gab ihm aber ein Geldstück und sah ihn so bittend an, daß der gutmütige Mensch anderen Sinnes wurde und vor sich hin sagte: „Sind soll es eigentlich nich; aber es wird ja woll mal gehn." Und als der Wagen hielt, nahm er das Gitter aus, und Effi sprang ab.

Noch in großer Erregung kam Effi nach Hause.

„Denke dir, Roswitha, ich habe Annie gesehen." Und nun erzählte sie von der Begegnung in dem Pferdebahnwagen. Roswitha war unzufrieden, daß Mutter und Tochter keine Wiedersehensszene gefeiert hatten, und ließ sich nur ungern überzeugen, daß das in Gegenwart so vieler Menschen nicht wohl angegangen sei. Dann mußte Effi erzählen, wie Annie ausgesehen habe, und als sie das mit mütterlichem Stolze getan, sagte Roswitha: „Ja, sie ist so halb und halb. Das Hübsche und, wenn ich es sagen darf, das Sonderbare, das hat sie von der Mama; aber das Ernste, das ist ganz der Papa. Und wenn ich mir so alles überlege, ist sie doch wohl mehr wie der gnädige Herr."

„Gott sei Dank!" sagte Effi.

„Na, gnäd'ge Frau, das ist nu doch auch noch die Frage. Und da wird ja wohl mancher sein, der mehr für die Mama ist."

„Glaubst du, Roswitha? Ich glaube es nicht."

„Na, na, ich lasse mir nichts vormachen, und ich glaube, die gnädige Frau weiß auch ganz gut, wie's eigentlich ist und was die Männer am liebsten haben."

„Ach, sprich nicht davon, Roswitha."

Damit brach das Gespräch ab und wurde auch nicht wieder aufgenommen. Aber Effi, wenn sie's auch vermied, gerade über Annie mit Roswitha zu sprechen, konnte die Begegnung in ihrem Herzen doch nicht verwinden und litt unter der Vorstellung, vor ihrem eigenen Kinde geflohen zu sein. Es quälte sie bis zur Beschämung, und das Verlangen nach einer Begegnung mit Annie steigerte sich bis zum Krankhaften. An Innstetten schreiben und ihn darum bitten, das war nicht möglich. Ihrer Schuld war sie sich wohl bewußt, ja, sie nährte das Gefühl davon mit einer halb leidenschaftlichen Geflissentlichkeit; aber inmitten ihres Schuldbewußtseins fühlte sie sich andererseits auch von einer gewissen Auflehnung gegen Innstetten erfüllt. Sie sagte sich: er hatte recht und noch einmal und noch einmal, und zuletzt hatte er doch unrecht. Alles Geschehene lag so weit zurück, ein neues Leben hatte begonnen, – er hätte es können verbluten lassen, statt dessen verblutete der arme Crampas.

Nein, an Innstetten schreiben, das ging nicht; aber Annie wollte sie sehen und sprechen und an ihr Herz drücken, und nachdem sie's tagelang überlegt hatte, stand ihr fest, wie's am besten zu machen sei.

Gleich am andern Vormittage kleidete sie sich sorgfältig in ein dezentes Schwarz und ging auf die Linden zu, sich hier bei der Ministerin melden zu lassen. Sie schickte ihre Karte hinein, auf der nur stand: Effi von Innstetten geb. von Briest. Alles andere war fortgelassen, auch die Baronin. „Exzellenz lassen bitten", und Effi folgte dem Diener bis in ein Vorzimmer, wo sie sich niederließ und trotz der Erregung, in der sie sich befand, den Bilderschmuck an den Wänden musterte. Da war zunächst Guido Renis Aurora, gegenüber aber hingen englische Kupferstiche, Stiche nach Benjamin West, in der bekannten Aquatinta-Manier von viel Licht und Schatten. Eines der Bilder war König Lear im Unwetter auf der Heide.

Effi hatte ihre Musterung kaum beendet, als die Tür des angrenzenden Zimmers sich öffnete und eine große, schlanke Dame von einem sofort für sie einnehmenden Ausdruck auf die Bittstellerin zutrat und ihr die Hand reichte. „Meine liebe, gnädigste Frau", sagte sie, „welche Freude für mich, Sie wiederzusehen ..."

Und während sie das sagte, schritt sie auf das Sofa zu und zog Effi, während sie selber Platz nahm, zu sich nieder.

Effi war bewegt durch die sich in allem aussprechende Herzensgüte. Keine Spur von Überheblichkeit oder Vorwurf, nur menschlich schöne Teilnahme. „Womit kann ich Ihnen dienen?" nahm die Ministerin noch einmal das Wort.

Um Effis Mund zuckte es. Endlich sagte sie: „Was mich herführt, ist eine Bitte, deren Erfüllung Exzellenz vielleicht möglich machen. Ich habe eine zehnjährige Tochter, die ich seit drei Jahren nicht gesehen habe und gern wiedersehen möchte."

Die Ministerin nahm Effis Hand und sah sie freundlich an. „Wenn ich sage, in drei Jahren nicht gesehen, so ist das nicht ganz richtig. Vor drei Tagen habe ich sie wiedergesehen." Und nun schilderte Effi mit großer Lebendigkeit die Begegnung, die sie mit Annie gehabt hatte. „Vor meinem eigenen Kinde auf der Flucht. Ich weiß wohl, man liegt, wie man sich bettet, und ich will nichts ändern in meinem Leben. Wie es ist, so ist es recht; ich habe es nicht anders gewollt.

Aber das mit dem Kinde, das ist doch zu hart, und so habe ich denn den Wunsch, es dann und wann sehen zu dürfen, nicht heimlich und verstohlen, sondern mit Wissen und Zustimmung aller Beteiligten."

„Unter Wissen und Zustimmung aller Beteiligten", wiederholte die Ministerin Effis Worte. „Das heißt also unter Zustimmung Ihres Herrn Gemahls. Ich sehe, daß seine Erziehung dahin geht, das Kind von der Mutter fernzuhalten, ein Verfahren, über das ich mir kein Urteil erlaube. Vielleicht, daß er recht hat; verzeihen Sie mir diese Bemerkung, gnädige Frau ..."

Effi nickte.

„Sie finden sich selbst in der Haltung Ihres Herrn Gemahls zurecht und verlangen nur, daß einem natürlichen Gefühle, wohl dem schönsten unserer Gefühle – wenigstens wir Frauen werden uns darin finden – sein Recht werde. Treff ich es darin?"

„In allem."

„Und so soll ich denn die Erlaubnis zu gelegentlichen Begegnungen erwirken, in Ihrem Hause, wo Sie versuchen können, sich das Herz Ihres Kindes zurückzuerobern."

Effi drückte noch einmal ihre Zustimmung aus, während die Ministerin fortfuhr. „Ich werde also tun, meine gnädigste Frau, was ich tun kann. Aber wir werden es nicht eben leicht haben. Ihr Herr Gemahl, verzeihen Sie, daß ich ihn nach wie vor so nenne, ist ein Mann, der nicht nach Stimmungen und Laune, sondern nach Grundsätzen handelt und diese fallen zu lassen oder auch nur momentan aufzugeben, wird ihm hart ankommen. Läg es nicht so, so wäre seine Handlungs- und Erziehungsweise längst eine andere gewesen. Das, was hart für Ihr Herz ist, hält er für richtig."

„So meinen Exzellenz vielleicht, es wäre besser, meine Bitte zurückzunehmen?"

„Doch nicht. Ich wollte nur das Tun Ihres Herrn Gemahls erklären, um nicht zu sagen rechtfertigen, und wollte zugleich die Schwierigkeiten andeuten, auf die wir, aller Wahrscheinlichkeit nach, stoßen werden. Aber ich denke, wir zwingen es trotzdem. Denn wir Frauen, wenn wir's klug einleiten und den Bogen nicht überspannen, wissen mancherlei durchzusetzen. Zudem gehört Ihr Herr Gemahl zu meinen besonderen Verehrern, und er wird mir eine Bitte, die ich an ihn richte, nicht wohl abschlagen. Wir haben morgen einen kleinen Zirkel, auf dem ich ihn sehe, und übermorgen früh haben Sie ein paar Zeilen von mir, die Ihnen sagen werden, ob ich's klug, das heißt glücklich eingeleitet oder nicht. Ich denke, wir siegen in der Sache, und Sie werden Ihr Kind wiedersehen und sich seiner freuen. Es soll ein sehr schönes Mädchen sein. Nicht zu verwundern."

Dreiunddreißigstes Kapitel

Am zweitfolgenden Tage trafen, wie versprochen, einige Zeilen ein, und Effi las: „Es freut mich, liebe gnädige Frau, Ihnen gute Nachricht geben zu können. Alles ging nach Wunsch; Ihr Herr Gemahl ist zu sehr Mann von Welt, um einer Dame eine von ihr vorgetragene Bitte abschlagen zu können; zugleich aber – auch das darf ich Ihnen nicht verschweigen, – ich sah deutlich, daß sein ‚ja' nicht dem entsprach, was er für klug und recht hält. Aber kritteln wir nicht, wo wir uns freuen sollen. Ihre Annie, so haben wir es verabredet, wird über Mittag kommen, und ein guter Stern stehe über Ihrem Wiedersehen."

Es war mit der zweiten Post, daß Effi diese Zeilen empfing, und bis zu Annies Erscheinen waren mutmaßlich keine zwei Stunden mehr. Eine kurze Zeit, aber immer noch zu lang, und Effi schritt in Unruhe durch beide Zimmer und dann wieder in die Küche, wo sie mit Roswitha von allem möglichen sprach: von dem Efeu drüben an der Christuskirche, nächstes Jahr würden die Fenster wohl ganz zugewachsen sein, von dem Portier der den Gashahn wieder so schlecht zugeschraubt habe (sie würden doch noch nächstens in die Luft fliegen), und daß sie das Petroleum doch lieber wieder aus der großen Lampenhandlung Unter den Linden als aus der Anhaltstraße holen solle, – von allem möglichen sprach sie, nur von Annie nicht, weil sie die Furcht nicht aufkommen lassen wollte, die trotz der Zeilen der Ministerin, oder vielleicht auch um dieser Zeilen willen, in ihr lebte.

Nun war Mittag. Endlich wurde geklingelt, schüchtern, und Roswitha ging, um durch das Guckloch zu sehen. Richtig, es war Annie. Roswitha gab dem Kinde einen Kuß, sprach aber sonst kein Wort, und ganz leise, wie wenn ein Kranker im Hause wäre, führte sie das Kind vom Korridor her erst in die Hinterstube und dann bis an die nach vorn führende Tür.

„Da geh hinein, Annie.“ Und unter diesen Worten, sie wollte nicht stören, ließ sie das Kind allein und ging, wieder auf die Küche zu.

Effi stand am andern Ende des Zimmers, den Rücken gegen den Spiegelpfeiler, als das Kind eintrat. „Annie!“ Aber Annie blieb an der nur angelehnten Tür stehen, halb verlegen, aber halb auch mit Vorbedacht, und so eilte denn Effi auf das Kind zu, hob es in die Höhe und küßte es.

„Annie, mein süßes Kind, wie freue ich mich. Komm, erzähle mir“, und dabei nahm sie Annie bei der Hand und ging auf das Sofa zu, um sich da zu setzen. Annie stand aufrecht und griff, während sie die Mutter immer noch scheu ansah, mit der Linken nach dem Zipfel der herabhängenden Tischdecke. „Weißt du wohl, Annie, daß ich dich einmal gesehen habe.“

„Ja, mir war es auch so.“

„Und nun erzähle mir recht viel. Wie groß du geworden bist! Und das ist die Narbe da; Roswitha hat mir davon erzählt. Du warst immer so wild und ausgelassen beim Spielen. Das hast du von deiner Mama, die war auch so. Und in der Schule? Ich denke mir, du bist immer die Erste, du siehst mir so aus als müßtest du eine Musterschülerin sein und immer die besten Zensuren nach Hause bringen. Ich habe auch gehört, daß dich das Fräulein von Wedelstädt so gelobt haben soll. Das ist recht; ich war auch so ehrgeizig, aber ich hatte nicht solche gute Schule. Mythologie war immer mein bestes. Worin bist du denn am besten?“

„Ich weiß es nicht.“

„Oh, du wirst es schon wissen. Das weiß man. Worin hast du denn die beste Zensur?“

„In der Religion.“

„Nun, siehst du, da weiß ich es doch. Ja, das ist sehr schön; ich war nicht so gut darin, aber es wird wohl auch an dem Unterricht gelegen haben. Wir hatten bloß einen Kandidaten.“

„Wir hatten auch einen Kandidaten.“

„Und der ist fort?“

Annie nickte.

„Warum ist er fort?“

„Ich weiß es nicht. Wir haben nun wieder den Prediger.“

„Den ihr alle sehr liebt.“

„Ja; zwei aus der ersten Klasse wollen auch übertreten.“

„Ah, ich verstehe; das ist schön. Und was macht Johanna?"

„Johanna hat mich bis vor das Haus begleitet ..."

„Und warum hast du sie nicht mit heraufgebracht?"

„Sie sagte, sie wolle lieber unten bleiben und an der Kirche drüben warten."

„Und da sollst du sie wohl abholen?"

„Ja."

„Nun, sie wird da hoffentlich nicht ungeduldig werden. Es ist ein kleiner Vorgarten da, und die Fenster sind schon halb von Efeu überwachsen, als ob es eine alte Kirche wäre."

„Ich möchte sie aber doch nicht gerne warten lassen."

„Ach, ich sehe, du bist sehr rücksichtsvoll, und darüber werde ich mich wohl freuen müssen. Man muß es nur richtig einteilen ... Und nun sage mir noch, was macht Rollo?"

„Rollo ist sehr gut. Aber Papa sagt, er würde so faul; er liegt immer in der Sonne."

„Das glaub ich. So war er schon, als du noch ganz klein warst ... Und nun sage mir, Annie – denn heute haben wir uns ja bloß so mal wiedergesehen – wirst du mich öfter besuchen?"

„0 gewiß, wenn ich darf."

„Wir können dann in dem Prinz Albrechtschen Garten spazieren gehen."

„0 gewiß, wenn ich darf."

„Oder wir gehen zu Schilling und essen Eis, Ananas- oder Vanilleneis; das aß ich immer am liebsten."

„0 gewiß, wenn ich darf."

Und bei diesem dritten „wenn ich darf" war das Maß voll; Effi sprang auf, und ein Blick, in dem es wie Empörung aufflammte, traf das Kind. „Ich glaube, es ist die höchste Zeit, Annie; Johanna wird sonst ungeduldig." Und sie zog die Klingel. Roswitha, die schon im Nebenzimmer war, trat gleich ein.

„Roswitha, gib Annie das Geleit bis drüben zur Kirche. Johanna wartet da. Hoffentlich hat sie sich nicht erkältet. Es sollte mir leid tun. Grüße Johanna."

Und nun gingen beide.

Kaum aber, daß Roswitha draußen die Tür ins Schloß gezogen hatte, so riß Effi, weil sie zu ersticken drohte, ihr Kleid auf und verfiel in ein krampfhaftes Lachen. „So also sieht ein Wiedersehen aus", und dabei stürzte sie nach vorn, öffnete die Fensterflügel und suchte nach etwas, das ihr beistehe. Und sie fand auch was in der Not ihres Herzens. Da neben dem Fenster war ein Bücherbrett, ein paar Bände von Schiller und Körner darauf, und auf den Gedichtbüchern, die alle gleiche Höhe hatten, lag eine Bibel und ein Gesangbuch. Sie griff danach, weil sie was haben mußte, vor dem sie knien und beten konnte, und legte Bibel und Gesangbuch auf den Tischrand, gerade da, wo Annie gestanden hatte, und mit einem heftigen Ruck warf sie sich davor nieder und sprach halblaut vor sich hin: „Oh, du Gott im Himmel, vergib mir, was ich getan; ich war ein Kind ... Aber nein, nein, ich war kein Kind, ich war alt genug, um zu wissen, was ich tat. Ich hab es auch gewußt, und will meine Schuld nicht kleiner machen, ... aber das ist zu viel. Denn das hier, mit dem Kind, das bist nicht du, Gott, der mich strafen will, das ist er, bloß er! Ich habe geglaubt, daß er ein edles Herz habe, und habe mich immer klein neben ihm gefühlt; aber jetzt weiß ich, daß er es ist, er ist klein. Und weil er klein ist, ist er grausam. Alles, was klein ist, ist grausam. Das hat er dem Kinde beigebracht, ein Schulmeister war er immer, Crampas hat ihn so genannt, spöttisch damals, aber er hat gehabt. ‚0 gewiß, wenn ich darf.' Du brauchst nicht zu dürfen; ich will euch nicht mehr, ich hass euch, auch mein eigen Kind. Was zu viel ist, ist zu viel. Ein Streber war er, weiter nichts. – Ehre, Ehre, Ehre ... und dann hat er den armen Kerl totgeschossen, den ich nicht einmal liebte und den ich vergessen hatte, weil ich ihn nicht liebte. Dummheit war alles, und nun Blut und Mord. Und ich schuld. Und nun schickt er mir das Kind, weil er einer Ministerin nichts abschlagen kann, und ehe er das Kind schickt, richtet er's ab wie einen Pagagei und bringt ihm die Phrase bei ‚wenn ich darf'. Mich ekelt, was ich getan; aber was mich noch mehr ekelt, das ist eure Tugend. Weg mit euch. Ich muß leben, aber ewig wird es ja wohl nicht dauern."

Als Roswitha wiederkam, lag Effi am Boden, das Gesicht abgewandt, wie leblos.

Vierunddreißigstes Kapitel

Rummschüttel, als er gerufen wurde, fand Effis Zustand nicht unbedenklich. Das hektische, das er seit Jahr und Tag an ihr beobachtete, trat ihm ausgesprochener als früher entgegen, und was schlimmer war, auch die ersten Zeichen eines Nervenleidens waren da. Seine ruhig freundliche Weise aber, der er einen Beisatz von Laune zu geben wußte, tat Effi wohl, und sie war ruhig, solange Rummschüttel um sie war. Als er schließlich ging, begleitete Roswitha den alten Herrn in den Vorflur und sagte: „Gott, Herr Geheimrat, mir ist so bange; wenn es nu mal wiederkommt, und es kann doch; Gott, – da hab ich ja keine ruhige Stunde mehr. Es war aber doch auch zu viel, das mit dem Kind. Die arme, gnädige Frau. Und noch so jung, wo manche erst anfangen."

„Lassen Sie nur, Roswitha. Kann noch alles wieder werden. Aber fort muß sie. Wir wollen schon sehen. Andere Luft, andere Menschen."

Den zweiten Tag danach traf ein Brief in Hohen-Cremmen ein, der lautete: „Gnädigste Frau! Meine alten freundschaftlichen Beziehungen zu den Häusern Briest und Belling und nicht zum wenigsten die herzliche Liebe, die ich zu Ihrer Frau Tochter hege, werden diese Zeilen rechtfertigen. Es geht so nicht weiter. Ihre Frau Tochter, wenn nicht etwas geschieht, das sie der Einsamkeit und dem Schmerzlichen ihres nun seit Jahren geführten Lebens entreißt, wird schnell hinsiechen. Eine Disposition zu Phtisis war immer da, weshalb ich schon vor Jahren Ems verordnete; zu diesem alten Übel hat sich nun ein neues gesellt: ihre Nerven zehren sich auf. Dem Einhalt zu tun, ist ein Luftwechsel nötig. Aber wohin? Es würde nicht schwer sein, in den schlesischen Bädern eine Auswahl zu treffen, Salzbrunn gut, und Reinerz, wegen der Nervenkomplikation, noch besser. Aber es darf nur Hohen-Cremmen sein. Denn, meine gnädigste Frau, was Ihrer Frau Tochter Genesung bringen kann, ist nicht Luft allein; sie siecht hin, weil sie nichts hat als Roswitha. Dienertreue ist schön, aber Elternliebe ist besser. Verzeihen Sie einem alten Manne dies Sicheinmischen in Dinge, die jenseits seines ärztlichen Berufes liegen. Und doch auch wieder nicht, denn es ist schließlich auch der Arzt, der hier spricht und schier Pflicht nach, verzeihen Sie dies Wort, Forderungen stellt ... Ich habe so viel vom Leben gesehen ... aber nichts mehr in diesem Sinne. Mit der Bitte, mich Ihrem Herrn Gemahl empfehlen zu wollen, in vorzüglicher Ergebenheit Dr. Rummschüttel."

Frau von Briest hatte den Brief ihrem Manne vorgelesen beide saßen auf dem schattigen Steinfliesengange, den Gartensaal im Rücken, das Rondell mit der Sonnenuhr vor sich. Der um die Fenster sich rankende wilde Wein bewegte sich leis in dem Luftzuge, der ging, und über dem Wasser standen ein paar Libellen im hellen Sonnenschein.

Briest schwieg und trommelte mit dem Finger auf dem Teebrett.

„Bitte, trommle nicht; sprich lieber."

„Ach, Luise, was soll ich sagen. Daß ich trommle, sagt gerade genug. Du weißt seit Jahr und Tag, wie ich darüber denke. Damals als Innstettens Brief kam, ein Blitz aus heiterem Himmel, damals war ich deiner Meinung. Aber das ist nun schon wieder eine halbe Ewigkeit her; soll ich hier bis an mein Lebensende den Großinquisitor spielen? Ich kann dir sagen, ich hab es seit lange satt ..."

„Mache mir keine Vorwürfe, Briest; ich liebe sie so wie du, vielleicht noch mehr; jeder hat seine Art. Aber man lebt doch nicht bloß in der Welt, um schwach und zärtlich zu sein und alles mit Nachsicht zu behandeln, was gegen Gesetz und Gebot ist und was die Menschen verurteilen und, vorläufig wenigstens, auch noch – mit Recht verurteilen."

„Ach was. Eins geht vor."

„Natürlich, eins geht vor; aber was ist das eine?"

„Liebe der Eltern zu ihren Kindern. Und wenn man gar bloß eines hat ..."

„Dann ist es vorbei mit Katechismus und Moral und mit dem Anspruch der ‚Gesellschaft'."

„Ach, Luise, komme mir mit Katechismus so viel du willst; aber komme mir nicht mit ‚Gesellschaft'."

„Es ist sehr schwer, sich ohne Gesellschaft zu behelfen."

„Ohne Kind auch. Und dann glaube mir, Luise, die ‚Gesellschaft', wenn sie nur will, kann auch ein Auge zudrücken. Und ich stehe so zu der Sache: kommen die Rathenower, so ist es gut, und kommen sie nicht, so ist es auch gut. Ich werde ganz einfach telegraphieren: ‚Effi komm.' Bist du einverstanden?"

Sie stand auf und gab ihm einen Kuß auf die Stirn. „Natürlich bin ich's. Du sollst mir nur keinen Vorwurf machen. Ein leichter Schritt ist es nicht. Und unser Leben wird von Stund an ein anderes."

„Ich kann's aushalten. Der Raps steht gut, und im Herbst kann ich einen Hasen hetzen. Und der Rotwein schmeckt mir noch. Und wenn ich das Kind erst wieder im Hause habe, dann schmeckt er mir noch besser ... Und nun will ich das Telegramm schicken."

Effi war nun schon über ein halbes Jahr in Hohen-Cremmen; sie bewohnte die beiden Zimmer im ersten Stock, die sie schon früher, wenn sie zu Besuch da war, bewohnt hatte; das größere war für sie persönlich hergerichtet, nebenan schlief Roswitha. Was Rummschüttel von diesem Aufenthalt und all dem andern Guten erwartet hatte, das hatte sich auch erfüllt, soweit sich's erfüllen konnte. Das Hüsteln ließ nach, der herbe Zug, der das so gütige Gesicht um ein gut Teil seines Liebreizes gebracht hatte, schwand wieder hin, und es kamen Tage, wo sie wieder lachen konnte. Von Kessin und allem, was da zurück lag, wurde wenig gesprochen, mit alleiniger Ausnahme von Frau von Padden und natürlich von Gieshübler, für den der alte Briest eine lebhafte Vorliebe hatte. „Dieser Alonzo, diese Preciosa-Spanier, der einen Mirambo beherbergt und eine Trippelli großzieht, – ja, das muß ein Genie sein, das laß ich mir nicht ausreden." Und dann mußte sich Effi bequemen, ihm den ganzen Gieshübler, mit dem Hut in der Hand und seinen endlosen Artigkeitsverbeugungen, vorzuspielen, was sie, bei dem ihr eigenen Nachahmungstalent, sehr gut konnte, trotzdem aber ungern tat, weil sie's allemal als ein Unrecht gegen den guten und lieben Menschen empfand. – Von Innstetten und Annie war nie die Rede, wiewohl feststand, daß Annie Erbtochter sei und Hohen-Cremmen ihr zufallen würde.

Ja, Effi lebte wieder auf, und die Mama, die nach Frauenart nicht ganz abgeneigt war, die ganze Sache, so schmerzlich sie blieb, als einen interessanten Fall anzusehen, wetteiferte mit ihrem Manne in Liebes- und Aufmerksamkeitsbezeugungen.

„Solchen guten Winter haben wir lange nicht gehabt", sagte Briest. Und dann erhob sich Effi von ihrem Platz und streichelte ihm das spärliche Haar aus der Stirn. Aber so schön das alles war, auf Effis Gesundheit hin angesehen, war es doch alles nur Schein, in Wahrheit ging die Krankheit weiter und zehrte still das Leben auf. Wenn Effi – die wieder, wie damals an ihrem Verlobungstage mit Innstetten, ein blau und weißgestreiftes Kittelkleid mit einem losen Gürtel trug – rasch und elastisch auf die Eltern zutrat, um ihnen einen guten Morgen zu bieten, so sahen sich diese freudig verwundert an, freudig verwundert, aber doch auch wehmütig, weil ihnen nicht entgehen konnte, daß es nicht die helle Jugend, sondern eine Verklärtheit war, was der schlanken Erscheinung und den leuchtenden Augen diesen eigentümlichen Ausdruck gab. Alle, die schärfer zusahen, sahen dies, nur Effi selbst sah es nicht und lebte ganz dem Glücksgefühle, wieder an dieser für sie so freundlich friedreichen Stelle zu sein, in Versöhnung mit denen, die sie immer geliebt hatte und von denen sie immer geliebt worden war, auch in den Jahren ihres Elends und ihrer Verbannung.

Sie beschäftigte sich mit allerlei Wirtschaftlichem und sorgte für Ausschmückung und kleine Verbesserungen im Haushalt. Ihr Sinn für das Schöne ließ sie darin immer das Richtige treffen. Lesen aber und vor allem die Beschäftigung mit den Künsten hatte sie ganz aufgegeben. „Ich habe davon so viel gehabt, daß ich froh bin, die Hände in den Schoß legen zu können." Es erinnerte sie auch wohl zu sehr an ihre traurigen Tage. Sie bildete statt dessen die Kunst aus, still und entzückt auf die Natur zu blicken, und wenn das Laub von den Platanen fiel, wenn die Sonnenstrahlen auf dem Eis des kleinen Teiches blitzten oder die ersten Krokus aus dem noch halb winterlichen Rondell aufblühten, – das tat ihr wohl, und auf all das konnte sie stundenlang blicken und dabei vergessen, was ihr das Leben versagt, oder richtiger wohl, um was sie sich selbst gebracht hatte.

Besuch blieb nicht ganz aus, nicht alle stellten sich gegen sie; ihren Hauptverkehr aber hatte sie doch in Schulhaus und Pfarre.

Daß im Schulhaus die Töchter ausgeflogen waren, schadete nicht viel, es würde nicht mehr so recht gegangen sein; aber zu Jahnke selbst – der nicht bloß ganz Schwedisch-Pommern, sondern auch die Kessiner Gegend als skandinawisches Vorland ansah und beständig darauf bezügliche Fragen stellte –, zu diesem alten Freunde stand sie besser denn je. „Ja, Jahnke, wir hatten ein Dampfschiff, und wie ich Ihnen, glaub ich, schon einmal schrieb oder vielleicht auch schon mal erzählt habe, beinahe wär ich wirklich 'rüber nach Wisby gekommen. Denken Sie sich, beinahe nach Wisby. Es ist komisch, aber ich kann eigentlich von vielem in meinem Leben sagen ‚beinah'."

„Schade, schade", sagte Jahnke.

„Ja, freilich schade. Aber auf Rügen bin ich wirklich umhergefahren. Und das wäre so was für Sie gewesen, Jahnke. Denken Sie sich, Arkona mit einem großen Wenden-Lagerplatz, der noch sichtbar sein soll; denn ich bin nicht hin gekommen; aber nicht allzu weit davon ist der Herthasee mit weißen und gelben Mummeln. Ich habe da viel an Ihre Hertha denken müssen ..."

„Nun, ja, ja, Hertha ... Aber Sie wollten von dem Herthasee sprechen ..."

„Ja, das wollt ich ... Und denken Sie sich, Jahnke, dicht an dem See standen zwei große Opfersteine, blank und noch die Rinnen drin, in denen vordem das Blut ablief. Ich habe von der Zeit an einen Widerwillen gegen die Wenden."

„Ach, gnädige Frau verzeihen. Aber das waren ja keine Wenden. Das mit den Opfersteinen und mit dem Herthasee, das war ja schon wieder viel, viel früher, ganz vor Christum natum; reine Germanen, von denen wir alle abstammen ..."

„Versteht sich", lachte Effi, „von denen wir alle abstammen, die Jahnkes gewiß und vielleicht auch die Briests."

Und dann ließ sie Rügen und den Herthasee fallen und fragte nach seinen Enkeln und welche ihm lieber wären: die von Bertha oder die von Hertha.

Ja, Effi stand gut zu Jahnke. Aber trotz seiner intimen Stellung zu Herthasee, Skandinavien und Wisby war er doch nur ein einfacher Mann, und so konnte es nicht ausbleiben, daß der vereinsamten jungen Frau die Plaudereien mit Niemeyer um vieles lieber waren. Im Herbst, solange sich im Parke prominieren ließ, hatte sie denn auch die Hülle und Fülle davon; mit dem Eintreten des Winters aber kam eine mehrmonatliche Unterbrechung, weil sie das Predigerhaus selbst nicht gern betrat; Frau Pastor Niemeyer war immer eine sehr unangenehme Frau gewesen und schlug jetzt vollends hohe Töne an, trotzdem sie, nach Ansicht der Gemeinde, selber nicht ganz einwandfrei war.

Das ging so den ganzen Winter durch, sehr zu Effis Leidwesen. Als dann aber, Anfang April, die Sträucher einen grünen Rand zeigten und die Parkwege rasch abtrockneten, da wurden auch die Spaziergange wieder aufgenommen.

Einmal gingen sie auch wieder so. Von fern her hörte man den Kuckuck, und Effi zählte, wie viele Male er rief. Sie hatte sich an Niemeyers Arm gehängt und sagte: „Ja, da ruft der Kuckuck. Ich mag ihn nicht befragen. Sagen Sie, Freund, was halten Sie vom Leben?"

„Ach, liebe Effi, mit solchen Doktorfragen darfst du mir nicht kommen. Da mußt du dich an einen Philosophen wenden oder ein Ausschreiben an eine Fakultät machen. Was ich vom Leben halte? Viel und wenig. Mitunter ist es recht viel und mitunter ist es recht wenig."

„Das ist recht, Freund, das gefällt mir; mehr brauch ich nicht zu wissen." Und als sie das so sagte, waren sie bis an die Schaukel gekommen. Sie sprang hinauf mit einer Behendigkeit wie in ihren jüngsten Mädchentagen, und ehe sich noch der Alte, der ihr zusah, von seinem halben Schreck erholen konnte, huckte sie schon zwischen den zwei Stricken nieder und setzte das Schaukelbrett durch ein geschicktes Auf- und Niederschnellen ihres Körpers in Bewegung. Ein paar Sekunden noch, und sie flog durch die Luft, und bloß mit einer Hand sich haltend, riß sie mit der andern ein kleines Seidentuch von Brust und Hals und schwenkte es wie in Glück und Übermut. Dann ließ sie die Schaukel wieder langsam gehen und sprang herab und nahm wieder Niemeyers Arm.

„Effi, du bist doch noch immer wie du früher warst."

„Nein. Ich wollte, es wäre so. Aber es liegt ganz zurück, und ich hab es nur noch einmal versuchen wollen. Ach, wie schön es war, und wie mir die Luft wohltat; mir war, als flög ich in den Himmel. Ob ich wohl hineinkomme? Sagen Sie mir's, Freund, Sie müssen es wissen. Bitte, bitte ..."

Niemeyer nahm ihren Kopf in seine zwei alten Hände und gab ihr einen Kuß auf die Stirn und sagte: „Ja, Effi, du wirst."

Fünfunddreißigstes Kapitel

Effi war den ganzen Tag draußen im Park, weil sie das Luftbedürfnis hatte; der alte Friesacker Doktor Wiesike war auch einverstanden damit, gab ihr aber in diesem Stücke doch zuviel Freiheit, zu tun, was sie wolle, so daß sie sich während der kalten Tage im Mai heftig erkältete. Sie wurde fiebrig, hustete viel, und der Doktor, der sonst jeden dritten Tag herüber kam, kam jetzt täglich und war in Verlegenheit, wie er der Sache beikommen solle, denn die Schlaf- und Hustenmittel, nach denen Effi verlangte, konnten ihr des Fiebers halber nicht gegeben werden.

„Doktor", sagte der alte Briest, „was wird aus der Geschichte? Sie kennen sie ja von klein auf, haben sie geholt. Mir gefällt das alles nicht; sie nimmt sichtlich ab, und die roten Flecke und der Glanz in den Augen, wenn sie mich mit einem Male so fragend ansieht. Was meinen Sie? Was wird? Muß sie sterben?"

Wiesike wiegte den Kopf langsam hin und her. „Das will ich nicht sagen, Herr von Briest. Daß sie so fiebert, gefällt mir nicht. Aber wir werden es schon wieder 'runter kriegen, dann muß sie nach der Schweiz oder nach Mentone. Reine Luft und freundliche Eindrücke, die das Alte vergessen machen ..."

„Lethe, Lethe."

„Ja, Lethe", lächelte Wiesike. „Schade, daß uns die alten Schweden, die Griechen, bloß das Wort hinterlassen haben und nicht zugleich auch die Quelle selbst ..."

„Oder wenigstens das Rezept dazu; Wasser werden ja jetzt nachgemacht. Alle Wetter, Wiesike, das wär ein Geschäft, wenn wir hier so ein Sanatorium anlegen könnten; Friesack als Vergessenheitsquelle. Nun, vorläufig wollen wir's mit der Riviera versuchen. Mentone ist ja wohl Riviera? Die Kornpreise sind zwar in diesem Augenblicke wieder schlecht, aber was sein muß, muß sein. Ich werde mit meiner Frau darüber sprechen."

Das tat er denn auch und fand sofort seiner Frau Zustimmung, deren in letzter Zeit – wohl unter dem Eindruck zurückgezogenen Lebens – stark erwachte Lust, auch mal den Süden zu sehen, seinem Vorschlage zu Hilfe kam. Aber Effi selbst wollte nichts davon wissen. „Wie gut Ihr gegen mich seid. Und ich bin egoistisch genug, ich würde das Opfer auch annehmen, wenn ich mir etwas davon verspräche. Mir steht es aber fest, daß es mir bloß schaden würde."

„Das redest du dir ein, Effi."

„Nein. Ich bin so reizbar geworden; alles ärgert mich. Nicht hier bei euch. Ihr verwöhnt mich und räumt mir alles aus dem Wege. Aber auf einer Reise, da geht das nicht, da läßt sich das Unangenehme nicht so beiseite tun; mit dem Schaffner fängt es an, und mit dem Kellner hört es auf. Wenn ich mir die suffisanten Gesichter bloß vorstelle, so wird mir schon ganz heiß. Nein, nein, laßt mich hier. Ich mag nicht mehr weg von Hohen-Cremmen, hier ist meine Stelle. Der Heliotrop unten auf dem Rondell, um die Sonnenuhr herum, ist mir lieber als Mentone."

Nach diesem Gespräch ließ man den Plan wieder fallen, und

Wiesike, so viel er sich von Italien versprochen hatte, sagte: „Das müssen wir respektieren, denn das sind keine Launen; solche Kranken haben ein sehr feines Gefühl und wissen mit merkwürdiger Sicherheit, was ihnen, hilft und was nicht. Und was Frau Effi da gesagt hat von Schaffner und Kellner, das ist doch auch eigentlich ganz richtig, und es gibt keine Luft, die so viel Heilkraft hätte, den Hotelärger – wenn man sich überhaupt darüber ärgert – zu balanzieren. Also lassen wir sie hier; wenn es nicht das beste ist, so ist es gewiß nicht das schlechteste."

Das bestätigte sich denn auch. Effi erholte sich, nahm um ein Geringes wieder zu (der alte Briest gehörte zu den Wiegefanatikern) und verlor ein gut Teil ihrer Reizbarkeit. Dabei war aber ihr Luftbedürfnis in einem beständigen Wachsen, und zumal wenn Westwind ging und graues Gewölk am Himmel zog, verbrachte sie viele Stunden im Freien. An solchen Tagen ging sie wohl auch auf die Felder hinaus und ins Luch, oft eine halbe Meile weit, und setzte sich, wenn sie müde geworden, auf einen Hürdenzaun und sah, in Träume verloren, auf die Ranunkeln und und roten Ampferstauden, die sich im Winde bewegten.

„Du gehst immer so allein", sagte Frau von Briest. „Unter unseren Leuten bist du sicher; aber es schleicht auch so viel fremdes Gesindel umher."

Das machte doch einen Eindruck auf Effi, die an Gefahr nie gedacht hatte, und als sie mit Roswitha allein war, sagte sie: „Dich kann ich nicht gut mitnehmen, Roswitha; du bist zu dick und nicht mehr fest auf den Füßen."

„Nu, gnädige Frau, so schlimm ist es doch noch nicht. Ich könnte ja doch noch heiraten."

„Natürlich", lachte Effi. „Das kann man immer noch. Aber weißt du, Roswitha, wenn ich einen Hund hätte, der mich begleitete. Papas Jagdhund hat gar kein Attachement für mich, Jagdhunde sind so dumm, und er rührt sich immer erst, wenn der Jäger oder der Gärtner die Flinte vom Riegel nimmt. Ich muß jetzt oft an Rollo denken."

„Ja", sagte Roswitha, „so was wie Rollo haben sie hier gar nicht. Aber damit will ich nichts gegen ‚hier' gesagt haben. Hohen-Cremmen ist sehr gut."

*

Es war drei, vier Tage nach diesem Gespräche zwischen Effi und Roswitha, daß Innstetten um eine Stunde früher in sein Arbeitszimmer trat als gewöhnlich. Die Morgensonne, die sehr hell schien, hatte ihn geweckt, und weil er fühlen mochte, daß er nicht wieder einschlafen würde, war er aufgestanden, um sich an eine Arbeit zu machen, die schon seit geraumer Zeit der Erledigung harrte.

Nun war es eine Viertelstunde nach acht, und er klingelte. Johanna brachte das Frühstückstablett, auf dem neben der Kreuzzeitung und der Norddeutschen Allgemeinen auch noch zwei Briefe lagen. Er überflog die Adressen und erkannte an der Handschrift, daß der eine vom Minister war. Aber der andere? Der Poststempel war nicht deutlich zu lesen, und das „Sr. Wohlgeboren Herrn Baron von Innstetten" bezeugte eine glückliche Unvertrautheit mit den landesüblichen Titulaturen. Dem entsprachen auch die Schriftzüge von sehr primitivem Charakter. Aber die Wohnungsangabe war wieder merkwürdig genau: W. Keithstraße 1c, zwei Treppen hoch.

Innstetten war Beamter genug, um den Brief von „Exzellenz" zuerst zu erbrechen. „Mein lieber Innstetten! Ich freue mich, Ihnen mitteilen zu können, daß Seine Majestät Ihre Ernennung zu unterzeichnen geruht haben, und ich gratuliere Ihnen aufrichtig dazu." Innstetten war erfreut über die liebenswürdigen Zeilen des Ministers, fast mehr als über die Ernennung selbst. Denn was das Höherhinaufklimmen auf der Leiter anging, so war er seit dem Morgen in Kessin, wo Crampas mit einem Blick, den er immer vor Augen hatte, Abschied von ihm genommen, etwas kritisch gegen derlei Dinge geworden. Er maß seitdem mit anderem Maße, sah alles anders an. Auszeichnung, was war es am Ende? Mehr als einmal hatte er, während der ihm immer freudloser dahin fließenden Tage, einer halb vergessenen Ministerialanekdote aus den Zeiten des älteren Ladenberg her gedenken müssen, der, als er nach langem Warten den Roten Adlerorden empfing, ihn wütend und mit dem Ausrufe beiseite warf: „Da liege, bis du schwarz wirst." Wahrscheinlich war er dann hinterher auch „schwarz" geworden, aber um viele Tage zu spät und sicherlich ohne rechte Befriedigung für den Empfänger. Alles, was uns Freude machen soll, ist an Zeit und Umstände gebunden, und was uns heute noch beglückt, ist morgen wertlos. Innstetten empfand das tief, und so gewiß ihm an Ehren und Gunstbezeugungen von oberster Stelle her lag, wenigstens gelegen hatte, so gewiß stand ihm jetzt fest, es käme bei dem glänzenden Schein der Dinge nicht viel heraus, und das, was man ‚das Glück' nenne, wenn's überhaupt existiere, sei was anderes als dieser Schein. „Das Glück, wenn mir recht ist, liegt in zweierlei: darin, daß man ganz da steht, wo man hingehört – aber welcher Beamte kann das von sich sagen –, und zum zweiten und besten in einem behaglichen Abwickeln des ganz Alltäglichen, also darin, daß man ausgeschlafen hat und daß einen die neuen Stiefel nicht drücken. Wenn einem die siebenhundertzwanzig Minuten eines zwölfstündigen Tages ohne besonderen Ärger vergehen, so läßt sich von einem glücklichen Tage sprechen". In einer Stimmung, die derlei schmerzlichen Betrachtungen nachhing, war Innstetten auch heute wieder. Er nahm nun den zweiten Brief. Als er ihn gelesen, fuhr er über seine Stirn und empfand schmerzlich, daß es ein Glück gebe, daß er es gehabt, aber daß er es nicht mehr habe und nicht mehr haben könne.

Johanna trat ein und meldete. „Geheimrat Wüllersdorf."

Dieser stand schon auf der Türschwelle. „Gratuliere, Innstetten."

„Ihnen glaub ich's; die anderen werden sich ärgern. Im übrigen ..."

„Im übrigen. Sie werden doch in diesem Augenblicke nicht kritteln wollen."

„Nein. Die Gnade Seiner Majestät beschämt mich, und die wohlwollende Gesinnung des Ministers, dem ich das alles verdanke, fast noch mehr."

„Aber ..."

„Aber ich habe mich zu freuen verlernt. Wenn ich es einem anderen als Ihnen sagte, so würde solche Rede für redensartlich gelten. Sie aber, Sie finden sich darin zurecht. Sehen Sie sich hier um; wie leer und öde ist das alles. Wenn die Johanna eintritt, ein sogenanntes Juwel, so wird mir angst und bange. Dieses Sich-in-Szene-setzen" – und Innstetten ahmte Johannas Haltung nach – „diese halb komische Büstenplastik, die wie mit einem Spezialanspruch auftritt, ich weiß nicht, ob an die Menschheit oder an mich – ich finde das alles so trist und elend, und es wäre zum Totschießen, wenn es nicht so lächerlich wäre."

„Lieber Innstetten, in dieser Stimmung wollen Sie Ministerialdirektor werden?"

„Ah, bah. Kann es anders sein? Lesen Sie; diese Zeilen habe ich eben bekommen."

Wüllersdorf nahm den zweiten Brief mit dem unleserlichen Poststempel, amüsierte sich über das „Wohlgeboren" und trat dann ans Fenster, um bequemer lesen zu können.

„Gnädiger Herr! Sie werden sich wohl am Ende wundern, daß ich Ihnen schreibe, aber es ist wegen Rollo. Anniechen hat uns schon voriges Jahr gesagt: Rollo wäre jetzt so faul; aber das tut hier nichts, er kann hier so faul sein wie er will, je fauler, je besser. Und die gnädige Frau möchte es doch so gern. Sie sagt immer, wenn sie ins Luch oder über Feld geht: ‚Ich fürchte mich eigentlich, Roswitha, weil ich da so allein bin; aber wer soll mich begleiten? Rollo, ja, das ginge; der ist mir auch nicht gram. Das ist der Vorteil, daß sich die Tiere nicht so drum kümmern.' Das sind die Worte der gnäd'gen Frau, und weiter will ich nichts sagen und den gnäd'gen Herrn bloß noch bitten, mein Anniechen zu grüßen. Und auch die Johanna. Von Ihrer treu ergebensten Dienerin

Roswitha Gellenhagen."

„Ja", sagte Wüllersdorf, als er das Papier wieder zusammenfaltete, „die ist uns über."

„Finde ich auch."

„Und das ist auch der Grund, daß Ihnen alles andere so fraglich erscheint."

„Sie treffen's. Es geht mir schon lange durch den Kopf, und diese schlichten Worte mit ihrer gewollten oder vielleicht auch nicht gewollten Anklage haben mich wieder vollends aus dem Häuschen gebracht. Es quält mich seit Jahr und Tag schon, und ich möchte aus dieser ganzen Geschichte heraus; nichts gefällt mir mehr; je mehr man mich auszeichnet, je mehr fühle ich, daß dies alles nichts ist. Mein Leben ist verpfuscht, und so hab ich mir im stillen ausgedacht, ich müßte mit all den Strebungen und Eitelkeiten überhaupt nichts mehr zu tun haben und mein Schulmeistertum, was ja wohl mein Eigentlichstes ist, als ein höherer Sittendirektor verwenden können. Es hat ja dergleichen gegeben. Ich müßte also, wenn's ginge, solche schrecklich berühmte Figur werden, wie beispielsweise der Doktor Wichern im Rauhen Hause zu Hamburg gewesen ist, dieser

Mirakelmensch, der alle Verbrecher mit seinem Blick und seiner Frömmigkeit bändigte ..."

„Hm, dagegen ist nichts zu sagen; das würde gehen."

„Nein, es geht auch nicht. Auch das nicht mal. Mir ist eben alles verschlossen. Wie soll ich einen Totschläger an seiner Seele packen? Dazu muß man selber intakt sein. Und wenn man's nicht mehr ist und selber so was an den Fingerspitzen hat, dann muß man wenigstens vor seinen zu bekehrenden Konfratres den wahnsinnigen Büßer spielen und eine Riesenzerknirschung zum besten geben können."

Wüllersdorf nickte.

„... Nun sehen Sie, Sie nicken. Aber das alles kann ich nicht mehr. Den Mann im Büßerkleid bring ich nicht mehr heraus, und den Derwisch oder Fakir, der unter Selbstanklagen sich zu Tode tanzt, erst recht nicht. Und da hab ich mir denn, weil das alles nicht geht, als ein bestes herausgeklügelt: weg von hier, weg und hin unter lauter pechschwarze Kerle, die von Kultur und Ehre nichts wissen. Diese Glücklichen! Denn gerade das, dieser ganze Krimskrams ist doch an allem schuld. Aus Passion, was am Ende gehen möchte, tut man dergleichen nicht. Also bloßen Vorstellungen zuliebe ... Vorstellungen! ... Und da klappt denn einer zusammen, und man klappt selber nach. Bloß noch schlimmer."

„Ach was, Innstetten, das sind Launen, Einfälle. Quer durch Afrika, was soll das heißen? Das ist für 'nen Leutnant, der Schulden hat. Aber ein Mann wie Sie! Wollen Sie mit einem roten Fez einem Palawer präsidieren oder mit einem Schwiegersohn von König Mtesa Blutsfreundschaft schließen? Oder wollen Sie sich in einem Tropenhelm, mit sechs Löchern oben, am Kongo entlang tasten, bis Sie bei Kamerun oder da herum wieder herauskommen? Unmöglich!"

„Unmöglich? Warum? Und wenn unmöglich, was dann?"

„Einfach hier bleiben und Resignation üben. Wer ist denn unbedrückt? Wer sagte nicht jeden Tag: ‚Eigentlich eine sehr fragwürdige Geschichte.' Sie wissen, ich habe auch mein Päckchen zu tragen, nicht gerade das Ihrige, aber nicht viel leichter. Es ist Torheit mit dem im Urwald-Umherkriechen oder in einem Termitenhügel nächtigen; wer's mag, der mag es, aber für unserein ist es nichts. In der Bresche stehen und aushalten, bis man fällt, das ist das beste. Vorher aber im kleinen und kleinsten so viel herausschlagen wie möglich und ein Auge dafür haben, wenn die Veilchen blühen oder das Luisendenkmal in Blumen steht oder die kleinen Mädchen mit hohen Schnürstiefeln über die Korde springen. Oder auch wohl nach Potsdam fahren und in die Friedenskirche gehen, wo Kaiser Friedrich liegt, und wo sie jetzt eben anfangen, ihm ein Grabhaus zu bauen. Und wenn Sie da stehen, dann überlegen Sie sich das Leben von dem, und wenn Sie dann nicht beruhigt sind, dann ist Ihnen freilich nicht zu helfen."

„Gut, gut. Aber das Jahr ist lang, und jeder einzelne Tag ... und dann der Abend."

„Mit dem ist immer noch am ehesten fertig zu werden. Da haben wir ‚Sardanapal' oder ‚Coppelia' mit der del Era, und wenn es damit aus ist, dann haben wir Siechen. Nicht zu verachten. Drei Seidel beruhigen jedesmal. Es gibt immer noch viele, sehr viele, die zu der ganzen Sache nicht anders stehen wie wir, und einer, dem auch viel verquer gegangen war, sagte mir mal: ‚Glauben Sie mir, Wüllersdorf, es geht überhaupt nicht ohne ‚Hilfskonstruktionen'.' Der das sagte, war ein Baumeister und mußt es also wissen. Und er hatte recht mit seinem Satz. Es vergeht kein Tag, der mich nicht an die ‚Hilfskonstruktionen' gemahnte."

Wüllersdorf, als er sich so expektoriert, nahm Hut und Stock. Innstetten aber, der sich bei diesen Worten seines Freundes seiner eigenen voraufgegangenen Betrachtungen über das „kleine Glück" erinnert haben mochte, nickte halb zustimmend und lächelte vor sich hin.

„Und wohin gehen Sie nun, Wüllersdorf? Es ist noch zu früh für das Ministerium."

„Ich schenk es mir heute ganz. Erst noch eine Stunde Spaziergang am Kanal hin bis an die Charlottenburger Schleuse und dann wieder zurück. Und dann ein kleines Vorsprechen bei Huth, Potsdamer Straße, die kleine Holztreppe vorsichtig hinauf. Unten ist ein Blumenladen."

„Und das freut Sie? Das genügt Ihnen?"

„Das will ich nicht gerade sagen. Aber es hilft ein bißchen. Ich finde da verschiedene Stammgäste, Frühschoppler, deren Namen ich klüglich verschweige. Der eine erzählt dann vom Herzog von Ratibor, der andere vom Fürstbischof Kopp und der dritte wohl gar von Bismarck. Ein bißchen fällt immer ab. Dreiviertel stimmt nicht, aber wenn es nur witzig ist, krittelt man nicht lange dran herum und hört dankbar zu."

Und damit ging er.

Sechsunddreißigstes Kapitel

Der Mai war schön, der Juni noch schöner, und Effi, nachdem ein erstes schmerzliches Gefühl, das Rollos Eintreffen in ihr geweckt hatte, glücklich überwunden war, war voll Freude, das treue Tier wieder um sich zu haben. Roswitha wurde belobt, und der alte Briest erging sich seiner Frau gegenüber in Worten der Anerkennung für Innstetten, der ein Kavalier sei, nicht kleinlich, und immer das Herz auf dem rechten Fleck gehabt habe. „Schade, daß die dumme Geschichte dazwischen fahren mußte. Eigentlich war es doch ein Musterpaar." Der einzige, der bei dem Wiedersehen ruhig blieb, war Rollo selbst, weil er entweder kein Organ für Zeitmaß hatte oder die Trennung als eine Unordnung ansah, die nun einfach wieder behoben sei. Daß er alt geworden, wirkte wohl auch mit dabei. Mit seinen Zärtlichkeiten blieb er sparsam, wie er beim Wiedersehen sparsam mit seinen Freudenbezeugungen gewesen war, aber in seiner Treue war er womöglich noch gewachsen. Er wich seiner Herrin nicht von der Seite. Den Jagdhund behandelte er wohlwollend, aber doch als ein Wesen auf niederer Stufe. Nachts lag er vor Effis Tür auf der Binsenmatte, morgens, wenn das Frühstück im Freien genommen wurde, neben der Sonnenuhr, immer ruhig, immer schläfrig, und nur wenn sich Effi vom Frühstückstisch erhob und auf den Flur zuschritt und hier erst den Strohhut und dann den Sonnenschirm vom Ständer nahm, kam ihm seine Jugend wieder, und ohne sich darum zu kümmern, ob seine Kraft auf eine große oder kleine Probe gestellt werden würde, jagte er die Dorfstraße hinauf und wieder herunter und beruhigte sich erst, wenn sie zwischen den ersten Feldern waren. Effi, der freie Luft noch mehr galt als landschaftliche Schönheit, vermied die kleinen Waldpartien und hielt meist die große, zunächst von uralten Rüstern und dann, wo die Chaussee begann, von Pappeln besetzte große Straße, die nach der Bahnhofsstation führte, wohl eine Stunde Wegs. An allem freute sie sich, atmete beglückt den Duft ein, der von den Raps- und Kleefeldern herüberkam, oder folgte dem Aufsteigen der Lerchen und zählte die Ziehbrunnen und Tröge, daran das Vieh zur Tränke ging. Dabei klang ein leises Läuten zu ihr herüber. Und dann war ihr zu Sinn, als müsse sie die Augen schließen und in einem süßen, Vergessen hinübergehen. In Nähe der Station, hart an der Chaussee, lag eine Chausseewalze. Das war ihr täglicher Rasteplatz, von dem aus sie das Treiben auf dem Bahndamm verfolgen konnte; Züge kamen und gingen, und mitunter sah sie zwei Rauchfahnen, die sich einen Augenblick wie deckten und dann nach links und rechts hin wieder auseinandergingen, bis sie hinter Dorf und Wäldchen verschwanden. Rollo saß dann neben ihr, an ihrem Frühstück teilnehmend, und wenn er den letzten Bissen aufgefangen hatte, fuhr er, wohl um sich dankbar zu bezeigen, irgendeine Ackerfurche wie ein Rasender hinauf und hielt nur inne, wenn ein paar beim Brüten gestörte Rebhühner dicht neben ihm aus einer Nachbarfurche aufflogen.

*

„Wie schön dieser Sommer! Daß ich noch so glücklich sein könnte, liebe Mama, vor einem Jahre hätte ich's nicht gedacht", – das sagte Effi jeden Tag, wenn sie mit der Mama um den Teich schritt oder einen Frühapfel vom Zweig brach und tapfer einbiß. Denn sie hatte die schönsten Zähne. Frau von Briest streichelte ihr dann die Hand und sagte: „Werde nur erst wieder gesund, Effi, ganz gesund; das Glück findet sich dann; nicht das alte, aber ein neues. Es gibt Gott sei Dank viele Arten von Glück. Und du sollst sehen, wir werden schon etwas finden für dich."

„Ihr seid so gut. Und eigentlich hab ich doch auch euer Leben geändert und euch vor der Zeit zu alten Leuten gemacht."

„Ach, meine liebe Effi, davon sprich nicht. Als es kam, da dacht ich ebenso. Jetzt weiß ich, daß unsere Stille besser ist als der Lärm und das laute Getriebe von vordem. Und wenn du so fortfährst, können wir noch reisen. Als Wiesike Mentone vorschlug, da warst du krank und reizbar und hattest, weil du krank warst, ganz recht mit dem, was du von den Schaffnern und Kellnern sagtest; aber wenn du wieder festere Nerven hast, dann geht es, dann ärgert man sich nicht mehr, dann lacht man über die großen Allüren und das gekräuselte Haar. Und dann das blaue Meer und weiße Segel und die Felsen ganz mit rotem Kaktus überwachsen, – ich habe es noch nicht gesehen, aber ich denke es mir so. Und ich möchte es wohl kennen lernen."

So verging der Sommer, und die Sternschnuppennächte lagen schon zurück. Effi hatte während dieser Nächte bis über Mitternacht hinaus am Fenster gesessen und sich nicht müde sehen können. „Ich war immer eine schwache Christin; aber ob wir doch vielleicht von da oben stammen und, wenn es hier vorbei ist, in unsere himmlische Heimat zurückkehren, zu den Sternen oben oder noch darüber hinaus! Ich weiß es nicht, ich will es auch nicht wissen, ich habe nur die Sehnsucht."

Arme Effi, du hattest zu den Himmelwundern zu lange hinaufgesehen und darüber nachgedacht, und das Ende war, daß die Nachtluft und die Nebel, die vom Teich her aufstiegen, sie wieder aufs Krankenbett warfen, und als Wiesike gerufen wurde und sie gesehen hatte, nahm er Briest beiseite und sagte: „Wird nichts mehr; machen Sie sich auf ein baldiges Ende gefaßt."

Er hatte nur zu wahr gesprochen, und wenige Tage danach, es war noch nicht spät und die zehnte Stunde noch nicht heran, da kam Roswitha nach unten und sagte zu Frau von Briest: „Gnädigste Frau, mit der gnädigen Frau oben ist es schlimm; sie spricht immer so still vor sich hin, und mitunter ist es, als ob sie bete, sie will es aber nicht wahr haben, und ich weiß nicht, mir ist, als ob es jede Stunde vorbei sein könnte."

„Will sie mich sprechen?"

„Sie hat es nicht gesagt. Aber ich glaube, sie möchte es. Sie wissen ja, wie sie ist; sie will Sie nicht stören und ängstlich machen. Aber es wäre doch wohl gut."

„Es ist gut, Roswitha", sagte Frau von Briest, „ich werde kommen."

Und ehe die Uhr noch einsetzte, stieg Frau von Briest die Treppe hinauf und trat bei Effi ein. Das Fenster stand auf, und sie lag auf einer Chaiselongue, die neben dem Fenster stand.

Frau von Briest schob einen kleinen schwarzen Stuhl mit drei goldenen Stäbchen in der Ebenholzlehne heran, nahm Effis Hand und sagte:

„Wie geht es dir, Effi? Roswitha sagt, du seiest so fiebrig."

„Ach, Roswitha nimmt alles so ängstlich. Ich sah ihr an, sie glaubt, ich sterbe. Nun, ich weiß nicht. Aber sie denkt, es soll es jeder so ängstlich nehmen wie sie selbst."

„Bist du so ruhig über Sterben, liebe Effi?"

„Ganz ruhig, Mama."

„Täuschst du dich darin nicht? Alles hängt am Leben und die Jugend erst recht. Und du bist noch so jung, liebe Effi."

Effi schwieg eine Weile. Dann sagte sie: „Du weißt, ich habe nicht viel gelesen, und Innstetten wunderte sich oft darüber, und es war ihm nicht recht."

Es war das erste Mal, daß sie Innstettens Namen nannte, was einen großen Eindruck auf die Mama machte und dieser klar zeigte, daß es zu Ende sei.

„Aber ich glaube", nahm Frau von Briest das Wort, „du wolltest mir was erzählen."

„Ja, das wollte ich, weil du davon sprachst, ich sei noch so jung. Freilich bin ich noch jung. Aber das schadet nichts. Es war noch in glücklichen Tagen, da las mir Innstetten abends vor; er hatte sehr gute Bücher, und in einem hieß es: Es sei wer von einer fröhlichen Tafel abgerufen worden, und am anderen Tage habe der Abgerufene gefragt, wie's denn nachher gewesen sei. Da habe man ihm geantwortet: ‚Ach, es war noch allerlei; aber eigentlich haben Sie nichts versäumt.' Sieh, Mama, diese Worte haben sich mir eingeprägt – es hat nicht viel zu bedeuten, wenn man von der Tafel etwas früher abgerufen wird."

Frau von Briest schwieg. Effi aber schob sich etwas höher hinauf und sagte dann: „Und da ich nun mal von alten Zeiten und auch von Innstetten gesprochen habe, muß ich dir doch noch etwas sagen, liebe Mama."

„Du regst dich auf, Effi."

„Nein, nein; etwas von der Seele heruntersprechen, das regt mich nicht auf, das macht still. Und da wollt ich dir denn sagen: ich sterbe mit Gott und Menschen versöhnt, auch versöhnt mit ihm."

„Warst du denn in deiner Seele in so großer Bitterkeit mit ihm? Eigentlich, verzeihe mir, meine liebe Effi, daß ich das jetzt noch sage, eigentlich hast du doch euer Leid heraufbeschworen."

Effi nickte. „Ja, Mama. Und traurig, daß es so ist. Aber als dann all das Schreckliche kam, und zuletzt das mit Annie, du weißt schon, da hab ich doch, wenn ich das lächerliche Wort gebrauchen darf, den Spieß umgekehrt und habe mich ganz ernsthaft in den Gedanken hineingelebt, er sei schuld, weil er nüchtern und berechnend gewesen sei und zuletzt auch noch grausam. Und da sind Verwünschungen gegen ihn über meine Lippen gekommen."

„Und das bedrückt dich jetzt?"

„Ja. Und es liegt mir daran, daß er erfährt, wie mir hier in meinen Krankheitstagen, die doch fast meine schönsten gewesen sind, wie mir hier klar geworden, daß er in allem recht gehandelt. In der Geschichte mit dem armen Crampas – ja, was sollt er am Ende anders tun? Und dann, womit er mich am tiefsten verletzte, daß er mein eigen Kind in einer Art Abwehr gegen mich erzogen hat, so hart es mir ankommt und so weh es mir tut, er hat auch darin recht gehabt. Laß ihn das wissen, daß ich in dieser Überzeugung gestorben bin. Es wird ihn trösten, aufrichten, vielleicht versöhnen. Denn er hatte viel Gutes in seiner Natur und war so edel, wie jemand sein kann, der ohne rechte Liebe ist."

Frau von Briest sah, daß Effi erschöpft war und zu schlafen schien oder schlafen wollte. Sie erhob sich leise von ihrem Platz und ging. Indessen kaum, daß sie fort war, erhob sich auch Effi und setzte sich an das offene Fenster, um noch einmal die kühle Nachtluft einzusaugen. Die Sterne flimmerten, und im Parke regte sich kein Blatt. Aber je länger sie hinaushorchte, je deutlicher hörte sie wieder, daß es wie ein feines Rieseln auf die Platanen niederfiel. Ein Gefühl der Befreiung überkam sie. „Ruhe, Ruhe."

*

Es war einen Monat später, und der September ging auf die Neige. Das Wetter war schön, aber das Laub im Parke zeigte schon viel Rot und Gelb, und seit den Äquinoktien, die drei Sturmtage gebracht hatten, lagen die Blätter überallhin ausgestreut. Auf dem Rondell hatte sich eine kleine Veränderung vollzogen, die Sonnenuhr war fort, und an der Stelle, wo sie gestanden hatte, lag seit gestern eine weiße Marmorplatte, darauf stand nichts als „Effi Briest" und darunter ein Kreuz. Das war Effis letzte Bitte gewesen: „Ich möchte auf meinem Stein meinen alten Namen wieder haben; ich habe dem andern keine Ehre gemacht." Und es war ihr versprochen worden.

Ja, gestern war die Marmorplatte gekommen und aufgelegt

worden, und angesichts der Stelle saßen nun wieder Briest und Frau und sahen darauf hin auf den Heliotrop, den man geschont, und der den Stein jetzt einrahmte. Rollo lag daneben, den Kopf in die Pfoten gesteckt.

Wilke, dessen Gamaschen immer weiter wurden, brachte das Frühstück und die Post, und der alte Briest sagte: „Wilke, bestelle den kleinen Wagen. Ich will mit der Frau über Land fahren."

Frau von Briest hatte mittlerweile den Kaffee eingeschenkt und sah nach dem Rondell und seinem Blumenbeete. „Sieh, Briest, Rollo liegt wieder vor dem Stein. Es ist ihm doch noch tiefer gegangen als uns. Er frißt auch nicht mehr."

„Ja, Luise, die Kreatur. Das ist ja, was ich immer sage. Es ist nicht so viel mit uns, wie wir glauben. Da reden wir immer von Instinkt. Am Ende ist es doch das beste."

„Sprich nicht so. Wenn du so philosophierst ... nimm es mir nicht übel, Briest, dazu reicht es bei dir nicht aus. Du hast deinen guten Verstand, aber du kannst doch nicht an solche Fragen ..."

„Eigentlich nicht."

„Und wenn denn schon überhaupt Fragen gestellt werden sollen, da gibt es ganz andere, Briest, und ich kann dir sagen, es vergeht kein Tag, seit das arme Kind da liegt, wo mir solche Fragen nicht gekommen wären ..."

„Welche Fragen?"

„Ob wir nicht doch vielleicht schuld sind?"

„Unsinn, Luise. Wie meinst du das?"

„Ob wir sie nicht anders in Zucht hätten nehmen müssen. Gerade wir. Denn Niemeyer ist doch eigentlich eine Null, weil er alles in Zweifel läßt. Und dann, Briest, so leid es mir tut ... deine beständigen Zweideutigkeiten ... und zuletzt, womit ich mich selbst anklage, denn ich will nicht schuldlos ausgehen in dieser Sache, ob sie nicht doch vielleicht zu jung war?"

Rollo, der bei diesen Worten aufwachte, schüttelte den Kopf langsam hin und her, und Briest sagte ruhig: „Ach, Luise, laß ... das ist ein zu weites Feld."